# Reader's Digest Auswahlbücher

497 (213)
Printed in Germany
ISBN 3 87070 675 9

# Reader's Digest Auswahlbücher

VERLAG DAS BESTE
STUTTGART · ZÜRICH · WIEN

## INHALT

Seite 7

John Gilstrap
**Nathans Flucht**

Gerade zwölf Jahre ist Nathan alt, und eigentlich möchte er nichts weiter sein als ein ganz normaler Junge. Aber ein furchtbares Verbrechen ist geschehen – und alle halten ihn für den Schuldigen. Nun wird Nathan als Mörder gejagt. Immer wieder gelingt es ihm, seine Verfolger mit Witz und Einfallsreichtum in die Irre zu führen. Doch sein Vorsprung schwindet. Ihm bleibt nur eine Chance: Er muß einen Erwachsenen finden, der ihm glaubt!

Seite 163

Stefanie Zweig
**Nirgendwo in Afrika**

Die Flucht nach Afrika 1938 hat die jüdische Familie Redlich vor dem Schlimmsten bewahrt. Doch die Eltern haben große Schwierigkeiten, sich an das völlig andere Leben auf einer Farm in Kenia zu gewöhnen. Ihre Tochter Regina hingegen verfällt schnell dem Zauber Afrikas, der überwältigenden Natur und der unbekümmerten Lebensfreude der Menschen.

Seite 323

Dick Francis
## Lunte

Seit dem Tod Lord Strattons herrschen hinter den altehrwürdigen Mauern des Familiensitzes Haß, Habgier, Intrigen und tödliche Gefahr. Das einzige, was die zerstrittenen Erben verbindet, ist ein unsägliches Geheimnis, dessen Preisgabe sie mit allen Mitteln zu verhindern suchen.

Seite 455

Elizabeth Webster
## Wolken, die vorüberziehen

Als sein Neffe Kit während eines humanitären Einsatzes vermißt gemeldet wird, gibt es für Tom Denholm nur eine Möglichkeit, ihn wieder nach Hause zu bekommen. Zusammen mit einer ungewöhnlichen jungen Frau macht er sich auf die gefährliche Suche in die vom Krieg zerrütteten Gebiete Kroatiens. Ausgerechnet hier gelingt es Tom, den verlorenen Glauben an das Glück wiederzufinden.

# NATHANS Flucht

JOHN GILSTRAP

Nur ein Gedanke
beherrscht
den zwölfjährigen
Nathan –
er muß fliehen!
Fliehen aus einem grausamen Gefängnis …
Fliehen vor der Polizei, die ihn so schnell wie möglich wieder einsperren will …
Fliehen vor einem unheimlichen Verfolger, der ihm immer näher kommt …
… und er weiß, daß er sich dabei keinen Fehler leisten kann – denn er läuft um sein Leben!

## EINS

MIT EINEM dumpfen Dröhnen in der Ferne kündigte sich der Höhepunkt des Festes an. Tausende von Augenpaaren folgten der Feuerwerksrakete, die in Spiralen mehrere hundert Meter hoch aufschoß, im Dunkeln verschwand und schließlich als rot-goldener Funkenregen herabrieselte. Knatternd folgten mehrere kleine Detonationen. Die Zuschauer, die ganz vorne saßen, spürten den Knall in ihrer Brust und brachen in lauten Beifallsjubel aus.

Warren Michaels lächelte im hellen Schein des Feuerwerks. Seit 37 Jahren verbrachte er den 4. Juli, den amerikanischen Nationalfeiertag, immer auf die gleiche Weise. Wenn man eine glückliche Familie haben wollte, mußte man die Traditionen eben ernst nehmen. Seine Frau Monique und er hatten es sich auf der Motorhaube seines Streifenwagens bequem gemacht, seine beiden Töchter hockten oben auf dem Leuchtbalken. Zum erstenmal seit langem empfand Michaels wieder echte Zufriedenheit.

„Na, ihr Damen – Spaß gehabt heute?“ fragte er.

„Und wie!“

„Klar!“

Monique stöhnte nur, was Michaels zum Lachen brachte. Seine Frau haßte die Hitze, die Mücken, den Lärm. Daß sie dieses Ritual jahraus, jahrein über sich ergehen ließ, war der Beweis dafür, daß sie ihn wirklich liebte.

„Brian hätte heute auch Spaß gehabt, glaube ich“, sagte Kathleen unvermittelt.

Monique drückte Michaels' Hand und pflichtete ihrer Tochter bei. „Das glaube ich auch, Schatz.“

Michaels zog seine Frau an sich; sie erwiderte die Geste mit einem sanften Klaps auf seinen Oberschenkel.

Die Michaels' waren schon seit neun Uhr morgens auf den Beinen. Um diese Zeit hatten nämlich die Festivitäten auf der Rathaustreppe begonnen, wo man die Unterzeichnung der Unabhängigkeitserklärung szenisch nachstellte. Um zehn war dann eine große Parade abgehalten worden.

Die Parade von Brookfield, Virginia, war im Lauf der Jahre immer länger geworden; sie dauerte inzwischen drei Stunden, erstreckte sich über fast doppelt so viele Kilometer und zog sogar Zuschauer von der Parade im nahe gelegenen Washington, D. C., ab. Die Leute waren offenbar durchaus mit ein bißchen weniger Pracht zufrieden, wenn ihnen dafür bodenständiger Patriotismus geboten wurde. An der Veranstaltung nahmen Feuerwehren aus drei Bundesstaaten sowie nicht weniger als acht High-School-Bands teil.

Nach der Parade wurde der Vergnügungspark eröffnet; gleichzeitig stieg das große Grillfest. Auf dem Baseballfeld wurden Hunderte von Grills angeworfen. Einheimische Familien, Freunde und Gäste von außerhalb – alle packte das patriotische Grillfieber. Kein Elternpaar hatte mittlerweile auch nur die geringste Ahnung, wo seine Kinder sich gerade aufhielten; aber das machte nichts, denn in Brookfield geschah nichts Böses.

Nachdem die ersten zehn, zwölf Raketen gezündet waren, meldete sich Michaels' Piepser in der Tasche seiner Tennisshorts. Verärgert über die Unterbrechung, zog er das nur fünf Zentimeter lange Gerät – seine „Hundeleine", wie er es nannte – heraus und hielt es sich vor die Augen, um besser sehen zu können. Auf dem grünen Leuchtdisplay erschien seine Büronummer, gefolgt von der Notrufnummer 911. Es war also dringend.

„Was ist denn?" fragte seine Frau.

„Weiß noch nicht. Wenn Jed mich mitten während des Feuerwerks anruft, hat das nichts Gutes zu bedeuten."

Michaels setzte sich rasch auf den Fahrersitz. Er nahm das Handy aus der Akku-Feststation in der Mittelkonsole des Streifenwagens, klappte es auf und drückte eine Kurzwahltaste.

Nach dem dritten Klingelzeichen meldete sich eine barsche Frauenstimme. „Bezirkspolizei Braddock County. Ist das ein Notruf?"

„Hallo, Janice, hier spricht Warren Michaels. Was gibt es denn?" fragte er.

„Gut, daß Sie sich melden, Lieutenant!" stieß die Frau aufgeregt hervor. „Drüben in der Jugendstrafanstalt ist ein Mord geschehen. Sergeant Hackner hat gesagt, Sie sollen sofort hinfahren."

„Hören Sie, Janice, ich bin heute abend nicht im Dienst."

„Sergeant Hackner hat ausdrücklich Sie verlangt."

Michaels seufzte laut auf. „Na gut, aber dann muß jemand herkommen und mich abholen. Mein Streifenwagen steht mitten in Brookfield Park und ist umstellt von anderen Autos, wegen des Feuerwerks."

„Gut, Sir, wo soll man Sie denn abholen?"

Michaels seufzte noch einmal auf. „Ecke Braddock und Horner Street. Wird aber ein paar Minuten dauern, ich muß mich erst durch die vielen Leute kämpfen."

„Okay, Sir, ich richte ihnen aus, daß sie auf Sie warten sollen."

Er klappte das Handy zu, stellte es zurück und stieg aus dem Wagen, um seiner Familie die Neuigkeit mitzuteilen.

WARREN MICHAELS hatte die Jugendstrafanstalt schon seit Jahren nicht mehr betreten. Es war ein unglaublich deprimierendes Gebäude.

Die Außenmauern der JSA – Michaels nannte sie insgeheim immer noch „Besserungsanstalt" – waren in den typischen Brauntönen der frühen achtziger Jahre gehalten. In der gepflegten Gartenanlage wuchsen schöne Bäume und Blumen; Zäune oder Stacheldrahtabsperrungen gab es nicht. Man hätte das Gebäude auch für eine Klinik halten können, ja sogar für eine kleine Grundschule. Wie ein Aufbewahrungsort für gewalttätige Kinder sah es jedenfalls ganz und gar nicht aus. Das Innere des Gebäudes aber schwitzte die „Anstalt" aus allen Mauerritzen. Der Zigarettenrauch, die verstrichene Zeit und die Berührung durch zahllose schmutzige Hände hatten die einst weißen Wände vergilbt.

Während Michaels die Eingangshalle durchquerte, befestigte er sein goldenes Dienstabzeichen am Bund seiner Shorts. Hätte er nicht eine so hohe Stellung eingenommen, er hätte sich in seiner legeren Kleidung ziemlich unwohl gefühlt: ein Tennishemd, Tennisshorts und Tennisschuhe (ohne Socken). Von zwei uniformierten Polizisten begleitet, passierte er die innere Sicherheitstür.

Nachdem die drei Männer einen kurzen Korridor hinuntergegangen und nach rechts abgebogen waren, stießen sie auf eine Gruppe uniformierter Männer und Frauen in hektischer Betriebsamkeit. Die Aufmerksamkeit all dieser Leute galt einer schmalen Tür mit der Aufschrift KRISENRAUM. In den Raum selbst konnte Michaels nicht sehen, aber die Blitzlichter, die dort aufflammten, wiesen ihn als den Tatort aus.

Als die Leute den Lieutenant sahen, gingen sie sofort zur Seite, und Michaels betrat den Raum. Es war ein grausiger Anblick. Ein etwa dreißigjähriger Weißer in der Uniform eines JSA-Wärters lag mit ausgestreckten Armen und Beinen auf dem Boden des winzigen Raums; um ihn hatte sich eine Pfütze trocknenden Blutes gebildet. Ein Feldbett war in die Ecke geschleudert worden. Alles in dem Raum war blutbesudelt; bis hoch hinauf waren die Wände mit Blutstropfen, Blutflecken und Blutspritzern bedeckt. Der blutige Abdruck eines Kinderfußes zeigte in Richtung Tür. Michaels' Phantasie arbeitete auf Hochtouren; er versuchte, den grauenhaften Kampf zu rekonstruieren, der hier stattgefunden hatte.

Während Michaels den Tatort in Augenschein nahm, übertönte plötzlich eine fröhliche, sehr vertraute Stimme den Lärm. „Todschicke Aufmachung, Lieutenant!" sagte Jed Hackner und schlug seinem Chef auf die Schulter. Hackner und Michaels hatten die Polizeiakademie im selben Jahr absolviert, kannten sich aber schon seit der Schulzeit und waren eng befreundet.

„Tja, stell dir vor, nur weil ich dienstfrei hatte, dachte ich doch tatsächlich, ich müßte nicht arbeiten!" gab Michaels zurück.

„Sieht ziemlich übel aus, was?" meinte Hackner.

„Allerdings. Was ist passiert?"

Hackner zog ein Notizbuch aus der Innentasche seines Jacketts. „Soweit wir bisher in Erfahrung bringen konnten, ist das hier Richard W. Harris, 28. Er arbeitete hier seit viereinhalb Jahren als Kinderbetreuer."

„Ist das dasselbe wie ein Wärter?" unterbrach ihn Michaels.

„Ja", antwortete Hackner lächelnd. „Aber nur für alte Knacker, die immer noch nicht kapiert haben, daß es für so was ‚politisch korrekte' Bezeichnungen gibt." Michaels war mit seinen 37 Jahren nur acht Monate älter als Hackner. Dieser fuhr anhand seiner Notizen fort: „Um sieben Uhr kam es zu einem Streit zwischen Mr. Harris und einem der Insassen, einem gewissen Nathan Bailey, den er daraufhin hierher in den Krisenraum beorderte."

„Ist ein ‚Krisenraum' so was Ähnliches wie eine Einzelzelle?"

„Ja, etwas sehr Ähnliches. Was dann passierte, können wir nur vermuten. Alles in allem gehen wir jedenfalls davon aus, daß Nathan Bailey Rick Harris getötet hat und dann geflohen ist. Er ist derzeit noch flüchtig."

„Welches Motiv könnte Nathan Bailey gehabt haben?"

Hackner zuckte mit den Schultern. „Ich würde sagen, er wollte nur raus hier. Würdest du das etwa nicht wollen?“

Michaels blickte ihn finster an. „Ich weiß nicht, ob ich dafür jemanden umbringen würde. Haben wir die Tatwaffe?“

„Ja. Sie steckt noch in der Leiche. Scharfes Auge, Lieutenant!“

Aus der Brust des Toten, direkt unter dem aufgestickten Namen, ragte der Holzgriff eines Messers. Von Michaels’ Standort aus war die Waffe jedoch nahezu völlig verdeckt. „Blödmann!“ brummte er.

Michaels deutete auf die Sicherheitskamera, die sich in der hinteren linken Ecke des Raums direkt unter der Decke befand. „Hast du dich um das Band gekümmert?“ fragte er. „Vielleicht haben wir das Ganze ja auf Video.“

„Ja, ich habe mich darum gekümmert, aber das Videosystem funktioniert nicht.“

„Na prima. Woher stammt das Messer?“

„Weiß ich nicht.“

„Wie lange ist er schon tot?“

„Kann ich nicht mit Sicherheit sagen. Meiner Meinung nach seit ungefähr zwei Stunden.“

Michaels sah Hackner eindringlich an. „Seit zwei Stunden? So lang haben die gewartet, bis sie uns endlich informiert haben?“

„Nein, sie haben offenbar unverzüglich angerufen. Hier arbeitet nachts wohl immer nur einer. Harris wurde gefunden, als er um neun abgelöst werden sollte. Jetzt ist es viertel vor zehn.“

Michaels schüttelte ungläubig den Kopf. „Der Junge hat also zwei Stunden Vorsprung?“

„Ja“, gab Hackner zu. „Aber wir haben den alten Peters angerufen und mit seinen Hunden herbestellt, und an strategisch wichtigen Punkten werden derzeit Straßensperren errichtet – das volle Programm eben.“

Michaels seufzte laut auf. „Tja, wenn wir es nicht schaffen, das Kind wieder einzufangen, haben wir ein Mordsproblem. Wie alt ist der Knabe eigentlich?“

DER ZWÖLFJÄHRIGE Nathan Bailey drückte seinen mageren Körper ins feuchte Laub, so tief es ging, und schmiegte sich noch dichter an die Ziegelmauer. Aber so sehr er sich auch anstrengte, ganz unsichtbar konnte er sich nicht machen. Trotz der drückend schwülen Nacht zitterte er am ganzen Leib.

Je mehr er sich bemühte, nicht aufzufallen, um so mehr wurde ihm bewußt, wie sehr er sich von seiner Umgebung abhob. Alle Menschen in der Welt hier draußen trugen in dieser Sommernacht kurze Hosen und T-Shirts, während er in seinem viel zu großen orangefarbenen Overall mit den hinten aufgedruckten Buchstaben „JSA" fast verschwand.

Nathan hatte keine Ahnung, wo er war. Nach seiner Flucht aus der JSA war er einfach drauflosgerannt, so schnell es mit nackten Füßen ging. Zuerst hatten die Zweige und Steine beim Laufen weh getan, aber als dann das Feuerwerk mit lautem Getöse und grellem Licht losging, hatte er nichts mehr gespürt außer seiner Angst. Er lief immer weiter, ohne zu wissen, wohin. Das einzige, was er ganz genau wußte, war, daß er *dorthin* nie wieder zurückgehen würde.

Rechts von ihm knallte es mehrere Male.

Als Nathan die linke Gesichtshälfte tiefer ins Laub drückte und das rechte Auge zukniff, konnte er durch den unteren Teil der Buchsbaumhecke sehen, die ihm als Schild gegen die Welt diente. Ein paar Kinder feuerten auf der Straße Feuerwerkskörper ab. Chinaböller waren das wohl.

Nathan dachte daran zurück, wie sein Vater und er früher vor dem Haus selbst Chinaböller abgefeuert hatten. Plötzlich wirbelten tausend Gedanken und Bilder gleichzeitig durch seinen Kopf. Das Leben war ungerecht. Es war einfach ungerecht, daß sein Dad in den Himmel gegangen war und ihn in der Hölle zurückgelassen hatte, ganz allein mit Onkel Mark, daß die Leute einen wie den letzten Dreck behandelten, wenn man keinen Erwachsenen hatte, der einem half, daß alles, was man sagte, als Lüge galt, nur weil man ein Kind war, daß man manchmal töten mußte …

Zum erstenmal, so als bräche plötzlich ein Damm in seinem Innern, wurde ihm die Bedeutung dessen, was er getan hatte, bewußt. Sie würden ihn suchen. Er mußte abhauen, aber er wußte nicht, wohin.

Er begann wieder zu zittern. Ganz ruhig! befahl er sich im stillen. Du mußt dich beruhigen! Er wußte, wenn er jetzt den Kopf verlor, würde er eine Dummheit begehen. Dabei bestand seine einzige Überlebenschance darin, schlau zu sein.

Er mußte sich einen Plan ausdenken. Aber noch wichtiger war: Er mußte schlafen. Er konnte sich nicht erinnern, jemals so müde gewesen zu sein. Außerdem brauchte er ein besseres Versteck und etwas Anständiges zum Anziehen. Und Essen. In jedem Haus, das er von hier aus sehen konnte, gab es alles, was er benötigte; aber der Zutritt zu diesen Häusern war ihm ebenso versagt wie jede freundliche Geste und jedes noch so kleine bißchen Normalität.

Moment mal! Daß die Türen und Fenster verschlossen waren, hieß noch lange nicht, daß man die Häuser nicht betreten konnte. Ihm kam eine Idee.

Schweißgebadet und vom Tau durchnäßt kroch Nathan auf Ellbogen und Knien über das Laub den engen Tunnel zwischen der Hecke und der Hausmauer entlang, um die Straße besser überblicken zu können. Es war ein schönes Viertel. Gepflegte Häuser, alle hell erleuchtet, und kurzgemähte Rasenflächen. Überall waren Leute zu sehen. Und Autos! Mann, fuhren in dieser Straße viele Autos! Nathan vermutete, daß darin Leute saßen, die vom Feuerwerk zurückkamen.

Ein Haus unterschied sich jedoch von den anderen. Es stand gleich gegenüber, auf der anderen Straßenseite, war nicht erleuchtet und sah aus, als hätte sich schon seit einiger Zeit niemand darum gekümmert – das Gras war zu lang, nur das Verandalicht brannte, und auf der Auffahrt lagen, noch zusammengerollt, etwa ein Dutzend Zeitungen herum. Nathan vermutete, daß die Bewohner im Urlaub waren. Das Haus war also leer; zumindest in dieser Nacht würde er dort sicher sein.

Aber dazu mußte er sich ins Freie wagen, und wenn er das jetzt täte, würden sie ihn mit Sicherheit kriegen. Er sagte sich, daß er geduldig sein mußte.

Er kroch wieder ein Stück in den Tunnel zurück, um den richtigen Zeitpunkt abzuwarten, und zwang sich, an alles zu denken, nur nicht ans Schlafen.

## ZWEI

ES WAR zwanzig Minuten vor elf, und draußen vor der JSA standen die Vertreter der Medien und forderten Informationen. Die Fernsehleute waren ganz besonders aggressiv und brüllten jedem, der eine Uniform trug, Fragen entgegen. Von allen Redaktionsterminen war der für die 23-Uhr-Nachrichten der gnadenloseste. Die unmittelbare Berichterstattung war die einzige Trumpfkarte des

Fernsehens gegenüber den Printmedien, und die Fernsehreporter waren zu allem bereit, wenn sie nur ihre Nachrichtensendung mit einer großen Story aufmachen konnten. Michaels wußte das; er hatte die Aufgabe, ihnen die notwendigen Informationen zukommen zu lassen.

Das Namensschild auf dem Schreibtisch, an dem Michaels saß, trug die Aufschrift: HAROLD P. JOHNSTONE, DIREKTOR. Der Gefängnisdirektor, in Michaels' Augen nichts anderes als eine Art Oberaufseher, hatte der Polizei freundlicherweise sein Büro als Hauptquartier angeboten.

Auf der anderen Schreibtischseite saß Jed Hackner und versorgte seinen Chef mit den neuesten Einzelheiten. Das Ganze machte, milde ausgedrückt, noch immer einen ziemlich bruchstückhaften Eindruck.

Michaels überflog die zwei mit handgeschriebenen Notizen gefüllten Bögen Papier. „Der Junge ist also ein Autoknacker, ja?"

„Ja."

Er drehte das Blatt um. „Hat Ricky Harris Familie?"

„Ja, aber nicht hier in der Gegend. Er stammt aus Missouri."

„Hm. Was ist mit den Hunden?"

Hackner räusperte sich. „Mit den Hunden gibt es ein Problem, Warren. Es wird wohl noch einige Stunden dauern, bis Peters mit ihnen da ist. Er ist heute, weil Feiertag ist, nach Washington gefahren, hat aber sein Handy mitgenommen; vor etwa zwanzig Minuten habe ich mit ihm gesprochen. Er steckt hoffnungslos im Verkehr fest."

Michaels rieb sich mit dem Handballen die Augen, dann lachte er gequält auf und schüttelte den Kopf. „Ich hasse es, diesen Aasgeiern von den Medien was erzählen zu müssen. Die stellen uns doch als die reinsten Provinztrottel hin. ‚Jawohl, Sir'", sagte er mit spöttischem Unterton und ahmte gleichzeitig den leicht singenden Tonfall der Gegend nach, „‚wir haben die wunderbarste Suchhundestaffel in diesem Bundesstaat!' Gerade jetzt, wo wir sie brauchen, ist ihr Leiter in der Hauptstadt und macht sich einen schönen Tag!" Der Akzent in seiner Stimme war verschwunden; die Lautstärke stieg. „Jed, die Spur des Jungen bleibt doch nicht ewig frisch! Außerdem ist für heute nacht Regen vorhergesagt. Wenn es regnet, können wir die Hunde genausogut erschießen – helfen können sie uns dann nämlich überhaupt nicht mehr."

Michaels beendete seine Schimpftirade und starrte Hackner schweigend an.

„Was soll ich denn machen, Warren? Sind doch nicht meine Hunde! Seit Jahren drängen wir in der Verwaltung darauf, endlich Geld für eine eigene Hundestaffel lockerzumachen, aber die unternehmen nichts. Und das kommt dann eben raus bei dieser Pfennigfuchserei!"

Michaels lächelte. Sein Ärger war verflogen. „Das war eine sehr kluge Lektion in Staatsbürgerkunde, Sergeant Hackner. Darf ich Sie im Fernsehen zitieren?"

Hackner grinste zurück. „Klar, warum nicht? Es geht ja nur um meine berufliche Zukunft."

Michaels warf einen Blick auf seine Armbanduhr. Zwölf Minuten vor elf. Durch die Fenster strahlte die Nacht im Glanz der Fernsehschirme wie heller Mittag. Er stand auf. „Also los, Jed. Die Vögel wollen ihr Futter."

ZWANZIG Kilometer von Brookfield entfernt, im südwestlichsten Winkel von Braddock County, saß Mark Bailey im Schneidersitz auf seinem abgewetzten Kunstledersofa und widmete sich den letzten fünf Zentimetern Bourbon, die noch in der Flasche waren. Er wollte, daß diese miese Sache mit Nathan endlich ausgestanden war, damit er sein restliches Leben leben konnte.

Mark Bailey hatte in dieser Nacht etwas Schreckliches getan. Aber er hatte sich trotz der Ereignisse so lange im Griff gehabt, bis im Fernsehen der Nachrichtensprecher Harry Caruthers mit der Vorschau auf die 23-Uhr-Sendung erschien. „Mord in der Jugendstrafanstalt. Mehr um elf." Diese sieben Wörter, die in weniger als fünf Sekunden ausgesprochen waren, bestätigten Mark, daß alles vorbei war, daß ihm ein neues Leben geschenkt worden war, allerdings um den Preis seines Seelenfriedens.

Den ersten Toast brachte er auf seinen geliebten toten Bruder Steve aus. Der alte Steve. Mr. Perfektes Leben. Mr. Päpstlicher-als-der-Papst. „Tut mir leid, daß es so enden mußte, Bruderherz, aber du hast mir keine Wahl gelassen."

Für Mark hatte sein Leben lang das schiere Überleben im Vordergrund gestanden. Schon als er noch ein Kind war, hatten sowohl die Erwachsenen als auch die anderen Kinder immer gesagt, er sei „ein gewiefter Bursche". Das sollte heißen, daß er einer war, den nichts umwarf. Er hatte jedes Unglück, das ihm das Leben beschert hatte, überwunden und sofort den nächsten Tag in Angriff genommen. Als das Jugendamt ihm Steves Sprößling vor die Tür setzte, hatte er sogar daraus noch einen Vorteil gezogen, so als hätte er Stroh in Gold verwandelt.

Je älter Mark wurde, desto besser gelang es ihm, allen widrigen Umständen zum Trotz zu überleben. Der Preis, den er dafür zu zahlen hatte, wurde allerdings immer höher.

Als zu Beginn der *Action News* um 23 Uhr die Sponsoren genannt wurden, trank Mark den letzten Schluck aus der Flasche. Wenn er es richtig getimt hatte, würde er genau nach dem Bericht über Nathan einschlafen.

Wie immer brachte Harry Caruthers die wichtigste Meldung als erste: „Die Polizei wurde heute abend von dem brutalen Mord an einem Mitarbeiter der Jugendstrafanstalt in Brookfield überrascht. Der achtundzwanzigjährige Betreuer Richard W. Harris wurde gegen einundzwanzig Uhr tot aufgefunden. Bei dem Tatverdächtigen handelt es sich um einen zwölfjährigen Jungen, der nach der Tat aus der Strafanstalt entkam und derzeit flüchtig ist. John Ogilsvy befindet sich in Brookfield und hat einen Livebericht für uns. Welche Einzelheiten sind denn bisher bekannt, John?"

Mark Baileys erster Gedanke war, daß der Bourbon offenbar sein Gehirn aufgelöst hatte. Was er glaubte gehört zu haben, war einfach undenkbar. Er blinzelte, um wieder einen klaren Kopf zu bekommen, ließ sich auf den Boden gleiten, rutschte näher zum Fernseher und versuchte mit größter Willensanstrengung, sich auf jedes Wort zu konzentrieren.

Auf dem Bildschirm erschien der junge John Ogilsvy im perfekt gebügelten Hemd mit Krawatte. Die hell erleuchtete Fassade der Jugendstrafanstalt diente ihm als Hintergrund.

„Nun, Harry, im Augenblick haben wir nur sehr vage Einzelheiten, aber irgendwann zwischen sieben und halb neun heute abend wurde in der Anstalt auf den Betreuer Ricky Harris mehrmals eingestochen, als dieser sich auf seinem Rundgang befand. Harris' Leiche wurde von einem Angehörigen des Anstaltspersonals in der Zelle eines zwölfjährigen Autodiebes namens Nathan Bailey aus Braddock County gefunden. Sicher ist nur, daß Nathan Bailey geflohen ist. Man kann aber meiner Ansicht nach mit hoher Wahrscheinlichkeit davon ausgehen, daß er auch der Hauptverdächtige in diesem Mordfall ist. Den

Bewohnern der umliegenden Häuser wird geraten, ihre Türschlösser heute besonders gut zu überprüfen …“

Es war nicht zu fassen! „Verdammt!“ zischte Mark durch die zusammengebissenen Zähne und schleuderte die leere Flasche in Richtung Fernseher, woraufhin das Wohnzimmer augenblicklich in tiefe Dunkelheit versank. *Wie hatte das passieren können?* Es war doch so einfach. Wie war es möglich, daß Ricky es dermaßen verbockt hatte?

Mark versuchte aufzustehen, kippte aber zur Seite wie ein tödlich getroffener Bison. Keuchend blieb er liegen und fluchte leise vor sich hin. Der letzte zusammenhängende Gedanke, der ihm kam, ehe er das Bewußtsein verlor, war, daß der gewiefte Mark Bailey diesmal vielleicht doch nicht überleben würde.

GRELLE Scheinwerferstrahlen wischten über Nathans Gesicht; er schrak auf. Eine ganze Weile wußte er nicht, wo er war, konnte sich das helle Licht, die Nässe, den erdigen Geruch, seine Angst nicht erklären. Die Scheinwerfer näherten sich immer mehr und blendeten ihn; erst auf der vor ihm liegenden Auffahrt kamen sie zum Stehen. Gleich darauf ertönte das Rattern eines automatischen Garagentors, und kurz danach verschwanden die Scheinwerfer in der Garage.

Dann hörte er weitere Geräusche. Eine Wagentür wurde geöffnet und geschlossen. Ratternd schloß sich das Garagentor wieder.

Nathan lag die ganze Zeit bewegungslos da, darauf gefaßt, jeden Augenblick am Kragen aus seinem Versteck hervorgezerrt zu werden. Doch als die Sekunden verstrichen und zu Minuten wurden, entspannte er sich ein wenig. Die Straße wirkte jetzt völlig anders. Die meisten Häuser waren dunkel. Die ganze Gegend lag in tiefem Schlaf. Der Augenblick, das Versteck zu verlassen, war gekommen.

Nathan robbte hinter der Buchsbaumhecke hervor, bis er den Rasen erreichte. Die Distanz, die ihn vom Schatten des Hauses auf der anderen Straßenseite trennte, entsprach ungefähr dem Fünfzigmetersprint, den er in der Schule immer hatte hinlegen müssen. Er hatte für diese Strecke 8,5 Sekunden gebraucht und war damit der Schnellste seiner Klasse gewesen.

Er blieb in der Hocke und sagte sich im stillen das Kommando vor: Auf die Plätze …, fertig …, los!

Mit fünf schnellen, langen Schritten durchquerte er den Vorgarten, trat mit dem sechsten auf die Straße und mit dem achten auf einen gutgetarnten Stein. Er stolperte und fiel mit dem Gesicht voran auf die Grasfläche der gegenüberliegenden Straßenseite.

In diesem Moment ergoß sich aus dem Haus, von dem er gerade losgelaufen war, helles Licht: Das Garagentor rumpelte wieder hoch. Nathan sah zunächst die Füße, dann die Beine und schließlich den ganzen Körper des Mannes, der in dem Haus wohnte.

Fast geriet er in Panik. Er befand sich voll im Blickfeld des Mannes. Da ihm nicht viel anderes übrigblieb, blieb er zusammengekauert liegen und verharrte völlig regungslos. Manchmal ist das offene Feld das beste Versteck, hatte sein Vater einmal zu ihm gesagt.

Nathans Blick folgte gebannt dem Mann, der jetzt eine Mülltonne zum Randstein trug. Der Mann schaute kein einziges Mal auf die andere Straßenseite. Nichts wies darauf hin, daß er Nathan gesehen hatte. Als er wieder im Inneren des Hauses verschwunden war und das Garagentor sich ratternd zu schließen begann, stürzte Nathan auf den Schatten des Hauses zu, von dem er hoffte, es möge ihm für eine Nacht Unterschlupf bieten.

Dank seiner Kenntnisse aus diversen Fernsehkrimis war Nathan innerhalb von zehn Sekunden in das Haus eingebrochen. Als Einstiegsstelle hatte er sich die ebenerdige Glastür an der Rückseite ausgesucht. Er schlug mit dem Ellbogen ein Stück Scheibe neben dem Schloß ein, griff durch die so entstandene Öffnung, entriegelte die Tür und drehte den Knauf.

Die Tür öffnete sich und gab den Weg in einen dunklen Raum frei. Rechts befand sich ein vom Fußboden bis zur Decke reichender Kamin, links eine riesige Hi-Fi-Anlage mit Fernsehgerät und Videorecorder. Nathan schloß die Glastür leise und verriegelte sie wieder.

Obwohl sich seine Augen mittlerweile an die Dunkelheit gewöhnt hatten, bewegte er sich ganz vorsichtig. Was für ein riesiges Haus, dachte er. Links befand sich eine Küche mit eingebauter Frühstückstheke. Dahinter, für ihn nicht sichtbar, erstreckten sich das Wohnzimmer, ein Eßzimmer und eine Bibliothek. Das waren alle Räume im Erdgeschoß.

Als erstes steuerte Nathan den Kühlschrank an. Er hatte einen Riesenhunger. Mit aller Kraft zog er am Türgriff. Plötzlich erstarrte er. Im matten Licht des Kühlschranks sah er zum erstenmal deutlich seine Hände. Sie waren schmutzig, voller Erde und Blut – Rickys Blut.

Von einer Sekunde auf die andere war sein Hunger verschwunden und dem dringenden Bedürfnis gewichen, sich zu waschen. Im Flur, neben der Treppe, die nach oben führte, fand er eine Gästetoilette. Er schloß die Tür und knipste das Licht an. Das konnte er gefahrlos tun, weil die Toilette kein Fenster hatte. Das Bild des Jungen im Spiegel erschreckte ihn. Er sah aus wie ein Sechzigjähriger. Seine Augen lagen in dunklen Höhlen, eines war stark geschwollen. Das blonde Haar war braun vor Schmutz und klebte in wirren Strähnen am Schädel. Er wirkte zerbrechlich in dem viel zu großen Overall, dessen Schulterteile ihm fast bis zu den Ellbogen hinunterhingen. Und das Blut! Er starrte vor Blut. Bei jeder Bewegung sprangen winzige Plättchen geronnenen Blutes wie Schuppen vom Stoff und schwebten zu Boden.

Nathan zog mit beiden Händen das Vorderteil des Overalls auseinander und riß dabei den Reißverschluß heraus, aber er hatte nur den einen Wunsch, aus dem Ding herauszukommen. Er bewegte sich hektisch und ruckartig. Als die Schultern frei waren, ließ er das Oberteil zu Boden gleiten und stieg hastig aus den Hosenbeinen. Dann riß er sich die Unterhose vom Leib und warf sie obenauf.

Mit einer Hand zog er den Duschvorhang zurück und drehte mit der anderen die Dusche an. Er trat unter die Dusche, zog den Vorhang vor und stand reglos da, während das Wasser auf sein Gesicht prasselte. Auf einer Ablage lag ein Stück Seife; er nahm es und begann sich langsam und bewußt den Alptraum vom Körper zu waschen.

Als das Wasser und der Schmutz an seinem Körper hinabflossen und wirbelnd im Ausguß verschwanden, versuchte Nathan zu lächeln. Ein Lächeln macht selbst den traurigsten Menschen wieder ein bißchen glücklicher, hatte sein Vater oft gesagt. Aber so traurig wie er jetzt war sein Vater wohl nie gewesen.

„Dad, du fehlst mir“, sagte Nathan flüsternd. „Ich sitze ganz tief in der Patsche, Dad. Bitte, hilf mir! Du mußt mir helfen!“

All die Gefühle, die Nathan lange und mühevoll zurückgehalten hatte, brachen sich jetzt gleichzeitig in ihm Bahn. Er begann zu weinen – ganz leise zuerst, dann, während er sich die Hände vors Gesicht schlug, in langen, quälenden Schluchzern.

Draußen ging ein heftiger Sommerregen nieder, tränkte den Boden, ließ die Bäche bis an die Ufer schwellen und tilgte für alle Zeit die Spuren eines verängstigten zwölfjährigen Jungen.

## DREI

„SAG MIR, was wir bisher wissen, Jed", bat Michaels seinen Kollegen und lehnte sich auf seinem knarrenden Kunstleder-Schreibtischstuhl zurück.

Inzwischen war der Morgen angebrochen, der Morgen nach dem 4. Juli, und Hackner blätterte in seinem ständig griffbereiten Notizbuch, um die Fehlschläge der vergangenen zwölf Stunden durchzugehen.

„Weder die Suchaktion noch die Straßensperren haben irgend etwas erbracht. Der Regen gestern nacht hat jede Spur gelöscht, die die Hunde möglicherweise noch hätten aufnehmen können. Und im Büro des Leichenbeschauers hat man mir heute morgen erklärt, daß die Autopsie von Ricky Harris wohl frühestens morgen nachmittag in Angriff genommen werden kann, weil Dr. Cooper im Urlaub ist. Oh, übrigens", fuhr Hackner fort, „unser hochgeschätzter Staatsanwalt, der ehrenwerte J. Daniel Petrelli, hat sich heute früh in den Morgen-Talk-Shows sämtlicher lokaler Fernsehsender interviewen lassen."

„O nein!" stöhnte Michaels auf. „Und was hat Mr. Hollywood den Bürgern unserer wunderschönen Gemeinde zu sagen?"

„Daß er den kleinen Bailey wie einen Erwachsenen strafrechtlich verfolgen und für den Rest seines Lebens in den Knast bringen wird. Als die Reporter nachhakten, meinte er, auch die Todesstrafe könne er nicht ausschließen."

„Aber sicher! Und er wird natürlich auch sofort einen Richter finden, der einen Zwölfjährigen aufs elektrische Stühlchen setzt!" Michaels machte keinen Hehl aus seiner Verachtung für Petrelli, der im Verlauf der zurückliegenden fünf Jahre nur allzu deutlich gemacht hatte, daß er der nächste US-Senator für den Bundesstaat Virginia zu werden gedachte.

Petrelli befaßte sich als Staatsanwalt persönlich nur noch mit Fällen, die zwei Bedingungen erfüllten: Sie mußten ein Medienereignis darstellen, und es mußte sicher sein, daß er sie gewann. Michaels konnte sich nur zu gut vorstellen, was Petrelli an diesem Morgen von sich gegeben hatte. Ein Hauptthema von Petrellis Wahlkampfreden war der Verlust an moralischen Werten bei der Jugend.

Jetzt, nur vier Monate vor den Wahlen, konnte Petrelli sich keine bessere Plattform wünschen, um seine autoritären Sprüche abzulassen.

„Ich nehme an, er ist seinem Stil treu geblieben und macht uns unfähige Bullen dafür verantwortlich, wenn etwas schiefläuft. Sonst noch irgendwas?"

„Nichts Erfreuliches. Die Suchtrupps sind hinter dem Jungen her. Es gibt inzwischen ein besseres Foto von ihm; wir haben es aus seinem Jahrbuch der fünften Klasse rausgenommen." Er reichte Michaels eine Kopie.

„Sieht nicht gerade wie ein Mörder aus, was?" meinte Michaels.

Der Junge auf dem Bild lächelte mit leuchtendblauen Augen und perlweißen Zähnen in die Kamera. Er war strohblond, durchtrainiert und wirkte vollkommen sorglos. Der Kontrast zu dem offiziellen Foto, das am Aktendeckel seiner Anstaltsakte befestigt war, hätte nicht größer sein können. Michaels stieß einen Seufzer aus. „Stehen die Truppen bereit?"

„Jawohl. Sie stehen bereit und warten darauf, motiviert zu werden."

Michaels und Hackner erhoben sich gleichzeitig von ihren Stühlen, durchquerten den Mannschaftsraum und betraten das kleine Konferenzzimmer, in dem sich bereits drei andere Abteilungsleiter versammelt hatten. Michaels begab sich an die Kopfseite und begann sofort zu sprechen.

„Sie wissen inzwischen alle, daß gestern nacht in der JSA ein Mord verübt wurde und daß der Tatverdächtige irgendwo dort draußen herumläuft. Es handelt sich bei dem Mörder um einen zwölfjährigen Jungen." Während Michaels sprach, verteilte Hackner Kopien des Jahrbuchfotos.

„Die Presse hat bereits Geschmack an der Story gefunden", fuhr Michaels fort. „Die Berichterstattung orientiert sich im Prinzip am altbewährten David-Goliath-Motiv – ‚Kleiner Junge überlistet die Polizei', man kennt das ja. Ich möchte jedem einzelnen von Ihnen klar und deutlich sagen, daß ich diesen Fall noch heute geklärt und Nathan Bailey in Untersuchungshaft wissen will. Bis jetzt haben unsere Suchaktion und die Straßensperren nicht das geringste gebracht. Sergeant Hackner wird im Anschluß an diese Besprechung die Jungs vom Bundesstaat in die Ermittlungen mit einbeziehen; mir persönlich wäre es allerdings lieber, wenn das Ganze geklärt würde, solange es sich noch um eine rein örtliche Angelegenheit handelt. Habe ich mich verständlich ausgedrückt?"

Rings um den Konferenztisch wurde genickt.

„Gut, dann motivieren Sie Ihre Streifenleute, den Knaben zu fassen!"

Damit war die Besprechung zu Ende.

Als Michaels die fünf Meter zur Tür ging, hörte er einen der Abteilungsleiter sagen: „Sieht ja süß aus, der Kleine."

Michaels blieb abrupt stehen und wandte sich dem Sprecher zu. „Darf ich Sie daran erinnern, Bob, daß dieser süße Kleine gestern nacht sozusagen einen Kollegen von uns ermordet hat? Indem Sie Ihre Arbeit ordentlich machen, können Sie dafür sorgen, daß er so etwas nie wieder tut."

ALS NATHAN erwachte, lag er nackt, aber unter einer wärmenden Daunendecke in der Mitte eines großen Ehebetts. Durch die Jalousieritzen drangen Sonnenstrahlen ins Zimmer; das Licht fiel auf seine Augen und machte ihn mit einem Schlag hellwach. Die Digitaluhr auf dem Nachtschränkchen zeigte 8:48. Er brummte mißmutig und vergrub den Kopf zwischen zwei Kissen.

Wenige Sekunden später gellte plötzlich die Stimme eines Diskjockeys aus dem Radiowecker. Dann folgte eine Unterhaltung, die Nathan zu ignorieren versuchte, um wieder einschlafen zu können. Nach einer Weile reichte es ihm. Er schlug, ohne hinzusehen, so lange auf das Radio, bis es Ruhe gab.

Endlich war es wieder still und friedlich in dem Zimmer. Nathan legte den Kopf zwischen die Kissen und wartete darauf, daß der Schlaf zurückkehrte, doch erfolglos: Er war wach, und in seinem Kopf begannen sich erste Gedanken zu formen, wie er seine Flucht bewerkstelligen sollte.

Es war jetzt neun Uhr. Um diese Zeit gab es in den Kabelprogrammen sicher ein paar gute Zeichentrickfilme. In der vergangenen Nacht, als er im Dunkeln das Schlafzimmer betreten hatte, war ihm als erstes ein riesiger Fernseher ins Auge gefallen, in der Ecke gegenüber dem riesigen Bett.

Die Fernbedienung lag auf dem Nachtschränkchen. Nathan schaltete ein. Der gewaltige Bildschirm erwachte zum Leben, und Nathan sah sich plötzlich sich selbst gegenüber: Er schaute auf einem großen Foto mürrisch vom Bildschirm herab – dem Foto, das sie damals gleich nach seiner Festnahme von ihm gemacht hatten. Auf dem Bildschirm erschien jetzt in einer Aufzeichnung ein älterer Mann im Anzug, der vor der Jugendstrafanstalt stand. Der kalte Blick des Mannes gefiel Nathan ganz und gar nicht. Der Einblendung zufolge, die jetzt quer über der Brust des Mannes erschien, war dies J. Daniel Petrelli, der für Nordvirginia zuständige Oberste Staatsanwalt.

„Die Schwere des Falles, mit dem wir uns derzeit beschäftigen, darf keineswegs unterschätzt werden", sagte Petrelli. „Unserer Ansicht nach hat Nathan Bailey Mr. Harris getötet. Wir werden ihn strafrechtlich verfolgen und den gegen ihn erhobenen Vorwürfen nachgehen, und zwar mit der ganzen Härte, die den ihm zur Last gelegten Straftatbeständen angemessen ist."

„Was machen Sie mit ihm, falls er gefaßt wird?" fragte jemand aus dem Off.

Petrelli verschwendete keine Sekunde darauf, verschiedene Möglichkeiten zu überdenken. *„Sobald* er gefaßt worden ist, bin ich entschlossen, den jungen Mann wie einen Erwachsenen zu behandeln. Wenn er ein Erwachsenenverbrechen begehen kann, kann er auch den Erwachsenenpreis dafür bezahlen."

„Damit meinen Sie aber doch wohl nicht die Todesstrafe, oder?" kam es aus dem Off.

Petrelli lächelte kühl. „Wir wollen nichts überstürzen. Zuerst müssen wir den jungen Mann wieder hinter Gitter bringen. Darüber, was letztlich mit ihm geschehen wird, machen wir uns Gedanken, wenn wir den Prozeß vorbereiten."

„Die Todesstrafe!" stieß Nathan hervor. „Mein Gott, der elektrische Stuhl!" Wie hypnotisiert starrte er auf den Fernseher.

Auf dem Bildschirm war jetzt wieder der Nachrichtensprecher zu sehen. „John Ogilsvy beobachtet für uns die polizeilichen Ermittlungen, seit der Fall bekannt ist. John, kann man denn schon sagen, daß die Polizei Nathan Bailey in Kürze fassen wird?"

„Nun, Peter", antwortete Ogilsvy, „den ganzen Vormittag hat die Bezirkspolizei von Braddock County langatmig und detailliert von ihren Bemühungen berichtet, den Jungen aufzuspüren, das Ergebnis ihrer Bemühungen jedoch nur kurz gestreift." Man sah jetzt einen müde wirkenden Mann in einem rot-blauen Freizeithemd, der hinter einer Unmenge von Mikrofonen stand. Die Namenszeile wies ihn als Lieutenant Warren Michaels, Bezirkspolizei Braddock County, aus.

Im Hintergrund hörte man weiter die Stimme von John Ogilsvy. „Lieutenant Michaels zufolge verzögerte sich der Beginn der Suche nach dem Flüchtigen um bis zu zwei Stunden, und als die Suchaktion dann endlich ins Rollen kam, wurde sie gleich von mehreren Faktoren schwer behindert. Dazu gehören unter anderem der Verkehrsstau sowie der gewaltige Wolkenbruch gestern nacht. Er machte die Suchhunde, die man normalerweise zum Aufspüren von flüchtigen Personen heranzieht, völlig nutzlos …"

Nathan stellte den Ton ab, so daß der Moderator nur mehr lautlos die Lippen bewegte. Nathan wußte, daß die Nachrichtenmeldung ihn eigentlich hätte erschrecken müssen, aber er empfand einen gewissen Stolz. Zwölf Stunden war er nun schon auf der Flucht, und sie wußten immer noch nicht, wo er war.

Er hatte also noch ein bißchen Zeit zum Nachdenken.

Die Zeichentrickfilme waren plötzlich nicht mehr wichtig. Er mußte sich um neue Kleidung kümmern, etwas essen und überlegen, wie er seinen Vorsprung vor den Bullen weiter ausbauen konnte. Allmählich schöpfte er Hoffnung, die Polizei tatsächlich austricksen zu können. Das Problem mit den Erwachsenen war, daß sie immer stur wie Erwachsene dachten. Es war wirklich komisch. Kinder waren noch nie erwachsen gewesen und wußten trotzdem genau, was die Großen dachten, während die Erwachsenen jahrelang Kinder gewesen waren und sich trotzdem nie in ihre Kindheit zurückversetzen konnten.

Nathan fragte sich, ob in diesem Haus wohl auch Kinder wohnten, die in etwa seine Größe hatten. Er trat in den Flur hinaus, der sich links von ihm in Form eines weiten Halbkreises erstreckte. Alle Zimmertüren waren geschlossen. Zu seiner Rechten befand sich ein Treppenabgang, über dem ein vierarmiger goldener Kronleuchter hing.

Die erste Tür links vom großen Schlafzimmer führte ins Zimmer eines kleinen Mädchens; auf mehreren Regalbrettern lag Barbiepuppenzubehör. Nathan ging rasch weiter.

Was er suchte, fand er endlich hinter der dritten Tür. Die Wände waren mit Postern geschmückt: eines mit dem Basketballspieler Michael Jordan im Trikot der Chicago Bulls und mit zwei Bildern der Teenage Mutant Ninja Turtles, einmal als Zeichentrickfiguren und einmal als Filmaufnahme. Bevor Nathan zu Onkel Mark gezogen war, hatte er das Zeichentrickposter selbst an der Wand seines Zimmers hängen gehabt. Ihn überkamen traurige Erinnerungen, während er so dastand, doch er verdrängte sie rasch.

Erleichtert darüber, daß der Bewohner dieses Zimmers ganz offensichtlich ein Junge etwa in seinem Alter war, durchstöberte Nathan eine schwere Fichtenkommode und nahm sich Unterwäsche, Socken, ein Chicago-Bulls-T-Shirt und kurze Jeans heraus. Alles war ungefähr zwei Nummern zu groß, paßte aber trotzdem besser als der Anstaltsoverall der JSA.

Auf der Suche nach Schuhen ging Nathan zum Kleiderschrank, einem riesigen begehbaren Ding, in dessen eine Wand Regalböden eingebaut waren, vollgestopft mit Hemden, Hosen, Pullovern und Unterwäsche. Und mit Schuhen, Schuhen aller Art. Nathan brauchte nicht lange, um ein Paar uralter Turnschuhe auszusuchen, die die richtige Größe hatten. Das Leder war stark abgenutzt, aber sie sahen bequem aus, und das war ihm das wichtigste.

Nachdem er sich angezogen hatte, ging er ins Elternschlafzimmer zurück und wagte einen Blick in den Spiegel, in dem er sich in ganzer Größe betrachten konnte. Ein bißchen mager und blaß vielleicht, aber es war wieder der Junge, der ihm üblicherweise aus dem Spiegel entgegenschaute. Kein Blut mehr. Sein Haar sah wieder blond aus und mußte jetzt nur noch einmal richtig durchgekämmt werden, weil es vom Waschen verstrubbelt war. Die Schwellung an seinem Auge war deutlich zurückgegangen. Alles in allem war er sehr zufrieden mit dem, was er sah.

Er spürte, daß sein Selbstbewußtsein wuchs und er zuversichtlicher wurde – ein Gefühl, wie er es seit fast einem Jahr nicht mehr empfunden hatte, seit Onkel Mark ihn in den Knast hatte werfen lassen.

Jetzt dachte er schon wieder daran! Das mußte unbedingt aufhören. Düstere Gedanken und schlimme Erinnerungen machten ihn nur ängstlich und brachten ihn durcheinander, und beides konnte er sich nun mal nicht leisten.

Mit beschwingten Schritten kehrte er ins Elternschlafzimmer zurück. Sein neugewonnener Elan hielt lange genug an, um mitzubekommen, daß der Radiowecker sich wieder eingeschaltet hatte und Stimmen einer weiteren Talk-Show durch den Raum dröhnten. Fünf Sekunden brauchte er, um zu merken, daß die Leute im Radio über ihn sprachen. Dann registrierte er, *was* sie sagten.

DENISE CARPENTER, alleinerziehende Mutter von Zwillingstöchtern, war seit nunmehr fast fünf Jahren „das Biest" des Talk-Show-Senders „NewsTalk 990". Die Veränderung, die ihr Leben dadurch erfahren hatte, war das Ergebnis eines unglaublichen Zufalls.

Im Oktober vor vierdreiviertel Jahren hatte Denise noch Verkehrsberichte abgeliefert, gerade mal dreißig Sekunden Sendezeit zu jeder halben Stunde. Da rief eines Morgens Johnny, der Moderator der Morgensendung, aus dem Gefängnis in Washington an, wo man ihm ein „Gästezimmer" zur Verfügung gestellt hatte – als Gegenleistung für sieben ausstehende Haftbefehle, die unterschiedlichste Vergehen betrafen: angefangen von der Weigerung, Kindesunterhalt zu zahlen, bis hin zu versuchtem Totschlag. Zwanzig Minuten vor Ausstrahlungsbeginn erfuhr Denise, daß sie ihre große Chance in einer zuhörerstarken Radiosendung bekommen würde.

Sie war clever genug, eine solche Gelegenheit beim Schopf zu packen. Ihre Töchter Laura und Erin waren damals erst fünf Jahre alt, und von ihrem wöchentlichen Einkommen blieb nach Abzug der Miete und der Kosten für die Kindertagesstätte kaum genug Geld fürs Essen übrig. Eine befreundete Sozialarbeiterin hatte ihr gesagt, daß sie ein Anrecht auf Essensmarken habe, aber Denise lehnte ab. Niemals hätte sie ihrem Exmann Bernie die Genugtuung gegönnt zu erfahren, daß sie Sozialhilfe bezog! Schließlich hatte *sie* sich scheiden lassen, *sie* hatte das Sorgerecht für die Kinder gewollt und keinen Cent für ihren Unterhalt von ihm gefordert, obwohl der Richter große Bedenken geäußert hatte. Das letzte, was Bernie beim Verlassen des Justizgebäudes zu ihr gesagt hatte, war: „Ohne mich verhungerst du!" Im Lauf der folgenden sechs Jahre hatte sie diesen Satz als Ansporn für sich uminterpretiert.

Ohne jede Vorbereitung und mit dem Bewußtsein, daß sich ihr jetzt die eine niemals im Leben wiederkehrende Chance bot, hatte Denise unverzagt und voller Selbstvertrauen den Senderaum betreten. Jahre später vertraute ihr damaliger Tonmeister und jetziger Produktionsleiter Enrique Zamora Denise an, er habe an jenem Tag gewettet, sie werde noch vor dem Ende der ersten Werbeeinblendung heulend das Studio verlassen, und er habe zwanzig Dollar verloren.

Denn keineswegs heulend meldete Denise sich zu Wort, während die Titelmelodie im Hintergrund verklang, und plauderte munter drauflos.

„Das hier ist nicht die Stimme, die ihr heute morgen erwartet." So lautete ihr erster Satz als Moderatorin. „Die Stimme, die ihr erwartet, übt wahrscheinlich gerade schwedische Volkslieder ein – und zwar hinter den entsprechenden Gardinen."

Und dann zog Denise vier Stunden lang über die Mängel der amerikanischen Gesellschaft her, wobei sie auch vor Tabus nicht zurückschreckte. Sie bezog Position für das Recht der Frauen, eine Schwangerschaft abbrechen zu lassen, wenn die Umstände es rechtfertigten, sprach sich aber dafür aus, jeden an einem Abbruch Beteiligten – auch den jeweiligen Vater und die Ärzte – des Mordes anzuklagen, wenn der Eingriff ausschließlich als nachträgliches „Verhütungsmittel" gedacht sei. Auf die Frage, wie sie eine in sich derartig widersprüchliche Einstellung begründe, antwortete sie: „Ich muß euch gegenüber gar nichts begründen. Ich sage nur, was ich denke. Wenn euch das nicht paßt, braucht ihr bloß den kleinen Knopf an eurem Radio so lange zu drehen, bis ich nicht mehr da bin!"

Ihre ganze erste Sendung hindurch liefen die Telefondrähte heiß. Hunderte von Anrufern wollten Denise' Ansichten kritisieren. Ihren Beinamen verdankte sie schließlich einer Anruferin namens Barbara aus Arlington in Virginia, die erklärte: „Sei mir nicht böse, Denise, aber im Radio kommst du rüber wie ein richtiges Biest."

„Herzlichen Dank, Barbara", hatte Denise erwidert, „du hast völlig recht. Aber ich bin nicht einfach irgendein Biest – ich bin *das* Biest von Washington, D. C." In einer Branche, in der ein eingängiger Name alles bedeutet, hatte Denise mit diesem Spruch einen Volltreffer gelandet.

Eine Woche nach dem Beginn ihrer neuen Karriere hatte Denise' Gehalt sich verfünffacht. Sie verkörperte alles, was im amerikanischen Rundfunk normalerweise keine Chance hatte: eine schwarze Frau, die offen und unparteiisch über jedes Thema sprach, von Rassismus bis zu Kindererziehung. In politischer Hinsicht war sie eher konservativ als liberal, ging jedoch unterschiedslos jeden hart an, der sich ihrer Meinung nach danebenbenahm.

Drei Wochen nach ihrer ersten Sendung war die Zuhörerschaft von „NewsTalk 990" in der heißumkämpften Sendezeit am Vormittag um sechs Prozent gewachsen. Ihre Fans fanden, Denise sage genau das, was „normale" Menschen über das Leben dachten. Wenn sie ihre Meinung zu einem Thema äußerte, dann klang das ehrlich, und ihre Zuhörer konnten sich damit identifizieren.

Ein Jahr nach ihrem Einstieg als Moderatorin hatte sich der Radiosender bereits mit zwölf anderen Sendern zusammengeschlossen, um die Talk-Show auszustrahlen. Zu dem Zeitpunkt, als Nathan sie zum erstenmal hörte, im Schlafzimmer eines fremden Hauses, war Denise auf 327 Radiosendern in den gesamten Vereinigten Staaten zu hören und verdiente einen hohen siebenstelligen Betrag.

In ihrem Einstieg in die Sendung dieses Morgens hatte Denise gegen den Zustand der amerikanischen Jugend gewettert und als ein Beispiel für den Verfall der moralischen Werte den zwölfjährigen Jungen aus Washington angeführt, der aus dem Gefängnis geflohen sei, nachdem er einen Aufseher getötet habe. „Der zuständige Staatsanwalt sagt, er wird diesen Jungen wie einen Erwachsenen behandeln, und das finde ich super. Schließlich hört man so viel über Morde, die von Gangs ausgeführt werden, über Morde von fahrenden Autos aus und über Raubmorde, und dann stellt sich heraus, daß sie von kleinen Monstern verübt wurden. Ich habe es, ehrlich gesagt, allmählich satt, solche Geschichten zu hören, und sage ganz offen: Wenn es nach mir ginge, würde jeder Mensch, Mann oder Frau, Junge oder Mädchen, der einem anderen Menschen vorsätzlich das Leben nimmt, nicht mehr als Teil dieser Gesellschaft betrachtet werden. Ich möchte, daß ein solcher Mensch den Rest seines Lebens im Gefängnis sitzt, oder, besser noch, gerade so lange, bis er alt genug ist, um auf einen dieser schnuckeligen elektrischen Stühle geschnallt zu werden, die mittlerweile fast überall im Land Staub angesetzt haben und auf denen man direkt in die Hölle fährt. Dort können sie dann bis in alle Ewigkeit darüber nachdenken, wie toll es wirklich ist, jemanden zu ermorden!"

Die Telefonleitungen liefen wieder mal heiß; als sie ihre Tirade beendet hatte, blinkten an sämtlichen Apparaten die Lämpchen. Denise, das Biest, versprach den Hörern, sie werde in wenigen Minuten mit ihnen über dieses Thema diskutieren, und legte eine Werbepause ein.

„Die Hälfte der Anrufer will, daß der Junge hingerichtet wird, die andere Hälfte will deine Hinrichtung", teilte Enrique ihr über Kopfhörer mit.

Denise hob den Blick von ihren Notizen und schaute mit ihren onyxfarbenen Augen Enrique an, der hinter der Glasscheibe saß. „Hör zu, Enrique", sagte sie, „schmeiß bitte die Anrufer raus, die mir weismachen wollen, daß das Kind unschuldig ist, okay?"

Enrique nickte und streckte ihr die aufgerichteten Daumen entgegen. „Alles klar, Denise."

ZWANZIG Minuten lang saß Nathan auf der Kante des großen Betts und hörte zu, wie ein Erwachsener nach dem anderen sein Urteil über ihn fällte.

Wie können die nur so was sagen? Die waren doch gar nicht dabei! dachte er. Sie hatten Rickys Drohungen nicht gehört und seine Hand nicht um ihren Hals gespürt. Sie wußten nicht – und wahrscheinlich war es ihnen auch ganz egal –, daß Ricky ihn umgebracht hätte, wenn er nicht Ricky getötet hätte.

Je länger er zuhörte, um so klarer wurde ihm, daß die Wahrheit immer unwichtiger wurde. Niemand kannte die Geschichte aus seiner Sicht. Sie hörten nur, was die Polizei und die Typen von der JSA über ihn sagten. Sie hörten nur Lügen.

Aber das konnte man ja ändern, oder? Er mußte nur den Telefonhörer abnehmen und Denise anrufen. Er könnte doch einfach anrufen, seine Version der Geschichte erzählen und die Dinge richtigstellen. Ein Anruf schadete doch bestimmt nicht, oder? Wenn es schlecht lief, konnte er ja jederzeit wieder auflegen.

Neben dem Radio auf dem Nachtschränkchen lag ein schnurloses Telefon. Nathan nahm es und wählte die gebührenfreie Nummer des Senders. Sofort ertönte das Besetztzeichen. Er wählte die Nummer noch einmal. Dann noch einmal. Und noch einmal. Jedesmal kam der Besetztton. Beim neunten Versuch hörte er merkwürdige Geräusche, und das Telefon am anderen Ende der Leitung begann zu klingeln.

Es mußte wohl hundertmal geklingelt haben, ehe jemand den Hörer abnahm. „Hier ist die Biest-Sendung. Worüber wollen Sie reden?"

„Ich möchte über diese Sache mit Nathan Bailey reden."

„Du bist doch ein Kind, oder? Mit Kindern spricht Denise nicht."

„Mit mir wird sie bestimmt reden. Ich bin Nathan Bailey."

DENISE hatte über diese Nathan-Bailey-Sache nun schon nahezu 45 Minuten geredet, als sie im Kopfhörer plötzlich Enriques aufgeregte Stimme hörte. „Nimm sofort den Anrufer auf Leitung sechs dran!" verlangte er. „Es ist ein Junge, der behauptet, Nathan Bailey zu sein. Ich glaube, er sagt die Wahrheit."

Einen Moment lang geriet Denise völlig aus dem Konzept. Wenn das stimmte, dann würde diese Sendung in wenigen Sekunden zur Sensation werden. Nach einer Pause gewann Denise ihre Fassung wieder und warf den Psychoanalytiker aus Stockdale in Arizona, der am Telefon war, aus der Sendung.

„So, ich glaube, wir haben jetzt einen kleinen Prominenten am Apparat. Nathan Bailey, bist du es?"

„Ja, Ma'am." Der Junge sprach leise, aber in seiner Stimme schwang Entschlossenheit mit. Denise brüstete sich schon seit Jahren damit, aus den Stimmen der Menschen Charaktereigenschaften heraushören zu können. Das hier war die Stimme eines Pfadfinders und Baseballspielers in der Jugendliga, die Stimme eines ehrlichen Menschen. Und in diesem Moment begann Denise, ihre Vorurteile über Nathan zu überdenken.

DER SCHLAFMANGEL machte Michaels bereits zu schaffen, und der Kaffee, den er in sich hineingeschüttet hatte, um sich auf den Beinen zu halten, hatte in seinem Magen ein Säurebad entstehen lassen, mit dem man problemlos Glas hätte ätzen können.

Michaels nahm den Hörer seines Telefons nach dem ersten Klingeln ab, ohne es bewußt gehört zu haben. „Lieutenant Michaels."

„Michaels? Hier spricht Petrelli."

Der hat mir gerade noch gefehlt, dachte Michaels. „Guten Morgen, Petrelli. Wie ich gesehen habe, waren Sie ja heute schon ganz früh vor den Kameras."

Der hörbar aufgeregte Petrelli ignorierte den Seitenhieb, was sonst nicht seine Art war. „Schalten Sie sofort das Radio ein!" blaffte er Michaels an. „Schalten Sie ‚NewsTalk 990' ein! Der kleine Bailey spricht gerade live mit Denise Carpenter! Schalten Sie ein, und hören Sie es sich an! Wenn es zu Ende ist, melde ich mich wieder bei Ihnen."

## VIER

ALS NATHAN zu reden begann, verflog seine Nervosität. Während er in den Hörer sprach, lief er unablässig im Schlafzimmer auf und ab. „Was ist eigentlich aus dem Grundsatz geworden, daß einer so lange unschuldig ist, bis man seine Schuld nachgewiesen hat?" fragte er.

„Und was ist aus dem Grundsatz geworden, daß das menschliche Leben unantastbar ist?" gab Denise zurück. „Findest du nicht, daß es falsch ist, jemanden zu töten?"

„Doch, natürlich. Aber genauso falsch ist es, getötet zu werden. Sie haben doch keine Ahnung, was da drin wirklich passiert ist."

„Hast du den Wärter umgebracht?"

Nathans Stimme wurde vor Verzweiflung lauter und höher. „Ja, aber ..."

Denise schnitt ihm das Wort ab. „Kein Aber, Nathan, hör auf damit. Du hast den Wärter umgebracht. Das reicht doch wohl. Du bist auf der Flucht, Junge, du bist ein Flüchtling, eine Gefahr für die Gesellschaft. Ich will nicht, daß du da draußen frei rumläufst. Ich will dich unter Kontrolle wissen, und zwar hinter Gittern."

„Es gibt dort keine Gitter. Nur schwere Türen. In der Jugendstrafanstalt, meine ich."

„Weich jetzt nicht aus, Nathan!" sagte Denise tadelnd. „Leg den Hörer auf, und ruf die Polizei an! Stell dich!"

Nathan setzte sich auf das Bett. „Ich kann nicht zurück", sagte er nüchtern. „Wenn ich zurückgehe, tun die mir doch bloß wieder weh oder töten mich sogar. Das hat ja auch Ricky versucht! Ich kann nicht zurückgehen."

Eine ganze Weile herrschte Schweigen im Radio. „Also, jetzt mal langsam", sagte Denise. „Du behauptest, dieser Wärter hätte versucht, *dich* zu töten? Du behauptest also, daß du den Wärter in Notwehr getötet hast?"

„Ja, genau. Aber sie heißen dort nicht Wärter, sondern Betreuer. Wenn man sie Wärter nennt, gibt es Zoff."

„Also, auf Zoff mit den Betreuern habe ich wirklich nicht die geringste Lust." Denise bemerkte erstaunt, daß ihre Stimme herzlicher klang als zuvor. Der Junge hatte etwas unglaublich Entwaffnendes an sich. „Erzähl uns doch mal, was gestern abend wirklich passiert ist."

Nathan stopfte sich drei Kissen in den Rücken, lehnte sich gegen die Kopfleiste des Betts und streckte die Beine aus. „Ich weiß eigentlich gar nicht, wo ich anfangen soll", erklärte er. „Ich habe auf die harte Tour gelernt, daß ich mit den anderen Kindern in der Anstalt nie zurechtkommen würde. Die hatten den größten Spaß, wenn sie mich verprügelten und mir meine Sachen klauten und, na ja, also wirklich üble Sachen mit mir machten. Ich habe mich gewehrt, aber die haben mich einfach fertiggemacht."

„Warum hast du das niemandem erzählt?" unterbrach Denise ihn.

Nathan schnaubte verächtlich. „Super Idee! Am ersten Tag habe ich das mal versucht. War aber ein großer Fehler. Jedenfalls gibt es in der JSA einen Raum, wo sich alle zum Unterricht treffen oder zum Basketballspielen, oder einfach nur so zum Quatschen. Da war ich gerade drin und wollte lesen, da kam Ricky zu mir und sagte, ich muß mitkommen. Ich wußte, daß das nichts Gutes zu bedeuten hatte, aber ich wußte nicht, worum es ging ..."

In den folgenden achtzehn Minuten erzählte Nathan vor Millionen von Radiohörern im ganzen Land seine Version der Geschichte. Er sprach klar und deutlich und mit der Lebhaftigkeit, die nur ein Kind ausstrahlen kann. Denise unterbrach ihn nur dreimal, um Mißverständliches zu klären. Ansonsten saß sie schweigend da, starrte auf das Kommandopult vor ihr und versuchte sich das, was Nathan beschrieb, vorzustellen. Als der Junge zu Ende gesprochen hatte, lag die Sendung zwölf Werbeeinblendungen zurück, aber darüber würden sich die Sponsoren nicht beschweren. Das hier war ein Medienereignis.

NATHAN erzählte, alle lesenswerten Bücher in der Bibliothek der JSA habe er schon längst gelesen. Da dieser Tag der 4. Juli, der Unabhängigkeitstag, gewesen sei, habe er es passend gefunden, noch einmal „Aprilmorgen" von Howard Fast zu lesen, die Geschichte eines Jungen, dessen Leben sich durch die Schlacht von Lexington* von Grund auf verändert.

Der Aufenthaltsraum war der Mittelpunkt der Jugendstrafanstalt. Er wurde für alle möglichen Aktivitäten genutzt, nur geschlafen wurde nicht darin. Besonders dicke Türen an jeder Seite führten in den Verwaltungstrakt beziehungsweise in den Krisenraum.

An diesem Abend betrat Ricky gegen sieben Uhr den Aufenthaltsraum, ging direkt auf Nathan zu und zog ihn am Ohr vom Stuhl hoch. „Komm mit!" fauchte er ihn an. Er stank nach Schnaps und Zigaretten. Durch den Aufenthaltsraum zerrte er Nathan zu einer der Türen. „Nach einer Nacht im Krisenraum wirst du nicht so bald wieder Wände beschmieren!"

Nathan umklammerte Rickys Arm mit beiden Händen und balancierte auf den Zehenspitzen, um zu verhindern, daß ihm das Ohr abgerissen wurde. „Lassen Sie los, Ricky, bitte! Ich hab nichts getan! Ehrlich!"

---

* In Lexington, einer Stadt in der Nähe von Boston, fand am 19. April 1775 das erste Gefecht im amerikanischen Unabhängigkeitskrieg gegen die Briten statt. (Anm. d. Red.)

Ricky reagierte nicht, außer daß er noch ein bißchen stärker an Nathans Ohr zog. An der Tür blieben Ricky und Nathan kurz stehen, denn Ricky mußte den Schlüsselbund vom Gürtel lösen. Als der Schlüssel sich im Schloß drehte, überkam Nathan panische Angst. Der Krisenraum war praktisch eine Einzelzelle, abgesondert von allen anderen und als ein Ort gedacht, wo sich ein Insasse mit Problemen, wenn nötig, wieder beruhigen sollte. In Wahrheit aber war es eine Zelle, in die man zur Strafe gesteckt wurde und wo einem Essen, Kleidung, ja sogar Licht vorenthalten werden konnten. Der Krisenraum war zwar nur selten besetzt, doch genoß er unter den Insassen einen denkbar schlechten Ruf. Nathan zitterte vor Furcht.

Die Tür wurde entriegelt und geöffnet. „Sie tun mir weh, Ricky!" schrie Nathan.

Sie betraten den schmalen Gang, der hinter der Tür lag, und Ricky zerrte Nathan am Oberarm vorwärts. Hinter einer rechtwinkligen Biegung befand sich die Tür mit der gefürchteten Aufschrift KRISENRAUM.

Nathan machte noch einmal einen Befreiungsversuch und entwand seinen Arm Rickys Griff, doch er wurde sofort an den Haaren zu Boden gezerrt. Ricky ging in die Knie und näherte seinen Mund bis auf einen Zentimeter Nathans Gesicht. „Hör gut zu!" fauchte er ihn an, wobei er kleine Spucketröpfchen auf Nathans Wangen versprühte. „Du wirst jetzt da reingesteckt, so oder so, und wenn ich dir dabei sämtliche Knochen brechen muß. Hast du mich verstanden?"

Nathan nickte, das Gesicht auf die Bodenfliesen gepreßt. Er versuchte Ricky anzusehen, aber die Tränen in seinen Augen verschleierten ihm den Blick.

„Und hör endlich auf zu heulen!" Ricky stand auf, hielt aber Nathans Haarschopf weiter fest und schloß mit einer Hand auf. Halb schob, halb warf er Nathan in die winzige Zelle.

Zu seiner Überraschung stellte Nathan fest, daß der Krisenraum seiner eigenen Zelle ziemlich ähnlich war, wenn auch nur etwa halb so groß. An einer Wand stand ein Metallbett mit einer dünnen Matratze, an der anderen befanden sich ein Klo und ein Waschbecken. Der Boden war aus nacktem Beton. Und es war kalt.

„Zieh die Schuhe aus und gib sie mir!" befahl Ricky. „Und die Socken auch!"

„Aber es ist kalt hier drin!"

Ricky warf ihm einen zornigen Blick zu und steckte fordernd die Hand aus. Nathan ließ sich auf die Kante des Feldbetts plumpsen und begann wieder zu weinen. Er war wütend auf sich selbst, weil er das Heulen nicht lassen konnte. Aber wie sehr er sich auch anstrengte, vor diesen Leuten begann er einfach immer wieder zu weinen. Er zog nacheinander beide Schuhe und Socken aus und gab sie Ricky, der daraufhin sofort verschwand und die Tür hinter sich abschloß. Nathan hörte noch, wie er den Gang hinunterging.

„Was habe ich denn getan?“ Er brüllte diese Frage so laut, daß der Widerhall von den Betonwänden ihm in den Ohren schmerzte.

Frierend, verwirrt und verängstigt zog er die Beine hoch, legte die Stirn auf die Knie und zwang sich, die Fassung zurückzugewinnen. Nur noch zehn Monate, sagte er sich. Nur noch zehn Monate, dann bin ich hier raus. Acht Monate bin ich schon drin. Noch die Hälfte dieser Zeit, dann ist ein ganzes Jahr rum, und dann noch mal die Hälfte davon, dann bin ich draußen. Ich schaffe es.

Der Trick, den er entdeckt hatte, bestand darin, die Zeit so rasch vergehen zu lassen wie nur möglich; und nie verging die Zeit schneller als im Schlaf. Mit angezogenen Knien legte er sich auf die Seite und versuchte, die Füße, so weit es ging, in die Beine seines Overalls hochzuziehen, damit sie möglichst warm waren.

Als sich der Schlüssel im Schloß drehte, schreckte Nathan aus dem Schlaf hoch. In seiner Zelle brannte zwar das Licht, draußen im Gang aber war es völlig dunkel, das sah er durch das etwa sieben mal zwölf Zentimeter große Beobachtungsfenster in der Tür. Die Tür wurde aufgeschlossen, und dann passierte erst einmal lange nichts. Nathan richtete sich auf und zog die Knie wieder an die Brust.

Er sagte sich zwar, daß sich hinter der Tür nichts Schreckliches befand, aber sein Herz schlug dröhnend wie eine Pauke. Seine Atemstöße wurden immer lauter. Sollte er aufstehen und zur Tür gehen? Würde gleich jemand reinkommen?

Als sich die Tür nach innen öffnete und plötzlich Ricky im Türrahmen stand, fuhr Nathan vor Schreck zusammen. Ricky war betrunken, das erkannte Nathan sofort an seinem leeren Blick. Es war der gleiche Blick, den auch Onkel Mark immer gehabt hatte, bevor er Nathan geschlagen hatte. In der rechten Hand hielt Ricky etwas hinter dem Rücken versteckt.

Nathan wußte, daß gleich etwas passieren würde. Ohne zu überlegen und ohne seine Stellung auf dem Bett zu verändern, verlagerte er sein Gewicht auf die Fußballen. Er ahnte bereits, daß ihm ein Kampf bevorstand, und obwohl er nicht gerade der geborene Kämpfer war, sagte ihm etwas in Rickys Gesicht, daß dies der Kampf seines Lebens werden würde – der Kampf *um* sein Leben.

Ricky trat ganz langsam und merkwürdig grinsend in den Raum. „Hast hier eigentlich nie richtig dazugehört, weißt du", lallte er. „Früher oder später hätten dich die anderen sowieso kaltgemacht."

Sowieso? Nathans Gedanken wirbelten durcheinander. Hatte er „sowieso" gesagt? Das würde ja bedeuten …

Mit einem einzigen großen Schritt halbierte Ricky die Distanz zwischen sich und Nathan.

„Ich mach's schon so, daß es nicht zu weh tut", sagte er. Sein eigenartiges Grinsen wurde noch breiter. „Hast du schon mal 'nen Fisch ausgenommen?"

Dann sah Nathan das Messer. Wenn Ricky schnell gehandelt und einfach auf Nathan eingestochen hätte, wäre es mit dem Jungen aus gewesen. Aber Ricky wollte das Ganze dramatisch gestalten und fuchtelte mit der Waffe vor Nathans Gesicht herum. „Na, was glaubst du, wie isses wohl, wenn man ein Messer . . .?"

Nathan zögerte keinen Augenblick. Er preßte den Rücken an die Wand, ließ ein Bein nach vorn schnellen und stieß seine Ferse in Rickys Unterleib. Ricky taumelte und ging in die Knie. Nathan versuchte, über den vornübergebeugten Mann zu springen, aber als er sich vom Bettgestell abstieß, bewegte sich das Ding, und er schaffte es nur halb – er prallte mit den Knien gegen Rickys Kopf, und beide stürzten zu Boden.

Noch ehe Nathan wieder auf den Beinen war, fuhr das Messer in hohem, kraftvollem Bogen von oben auf ihn herab. Mit seiner freien Hand gelang es ihm, die Stoßrichtung gerade so weit abzuändern, daß er nicht getroffen wurde; den größten Teil des Aufpralls bekam sein Ellbogen ab. Als Ricky das Messer zu einer zweiten Attacke hob, richtete Nathan sich auf den Knien auf und grub die Zähne in Rickys Hand. Er biß zu, so fest er konnte, und schmeckte sofort Blut, aber er achtete nicht weiter darauf.

Ricky heulte vor Schmerzen auf wie ein Hund. Er versuchte, seinen Arm durch wildes Herumfuchteln aus Nathans Griff zu lösen, aber dadurch bohrten sich die Zähne des Jungen noch tiefer. Endlich ließ Ricky das Messer los, und es fiel zu Boden. In einer einzigen geschmeidigen Bewegung zog Ricky Nathan zu sich heran und verpaßte ihm einen heftigen Schlag aufs rechte Auge.

Die Wucht des Schlages ließ Nathan gegen das Bett krachen, das daraufhin zur Seite kippte. Fünf lange Sekunden starrten Nathan und Ricky einander an. Dann blickten beide plötzlich auf das Messer am Boden und stürzten sich gleichzeitig darauf.

Nathan hatte es sich schon unzählige Male gesagt: Ein nüchternes Kind kann einen betrunkenen Erwachsenen an sieben Tagen in der Woche austricksen. Und dieser 4. Juli bildete da keine Ausnahme. Nathan schnappte sich das Messer vom Boden, drehte sich abrupt um und holte mit dem Arm weit aus in der festen Überzeugung, er könne Ricky so zum Rückzug zwingen.

Doch Ricky war unfähig, ausreichend schnell zu reagieren, und sah nur dumpf zu, wie die Klinge einen horizontalen Bogen beschrieb und sich bis zum Griff in seinen Bauch grub.

Als Nathan das Messer tief in Rickys Bauch sah, war er genauso schockiert wie Ricky selbst, der wie ein gefällter Baum rückwärts zu Boden fiel.

„Das wollte ich nicht!“ schrie Nathan. „O Gott, Ricky, das wollte ich nicht!“

Nathan wußte nicht, was er tun sollte. Er wußte nur, daß Ricky sterben würde, wenn er nichts unternahm. Vielleicht war es am besten, er half Ricky und zog das Messer heraus. Dann würde es ihm vielleicht bessergehen. Zögernd näherte Nathan seine Hand dem Messer, griff zu, schloß die Augen und zog es aus der Wunde.

Kaum daß er das Messer entfernt hatte, wurde Nathan klar, daß er einen Fehler begangen hatte. Ein gewaltiger Schwall Blut ergoß sich über ihn. Ohne lange zu überlegen, legte er beide Hände auf die klaffende Wunde, um das Blut zu stoppen, aber es brachte nichts.

„Das wollte ich nicht, Ricky!“ sagte Nathan wieder und wieder. Er war sicher, daß er Ricky getötet hatte.

Da schnellte Rickys Hand plötzlich empor, packte Nathan am Hals und schnürte ihm den Atem ab. Nathan zerrte verzweifelt an Rickys Handgelenk, um den Griff zu lockern, aber er saß in der Falle wie eine Maus in einer Adlerklaue. In Rickys Blick lag Mordlust. Er würde sterben, aber er würde Nathan mit sich nehmen.

Das Messer! Es lag noch auf dem Boden. Nathan löste eine Hand von Rickys Handgelenk und ertastete das Messer nur wenige Zentimeter von seinem Knie entfernt. Diesmal würde es kein unglücklicher Zufall sein. Er nahm alle Kraft zusammen, die er noch hatte, und stach Ricky das Messer mit ausgestrecktem Arm in die Brust. Rickys Griff wurde schwächer, dann ließ er ganz los. Ein letzter rasselnder Atemzug, und er war tot.

Nathan geriet in Panik. Der Krisenraum sah aus wie eine Szene in einem Horrorfilm. Ein Betreuer war tot, und man würde ihn dafür verantwortlich machen. Und er hatte nichts, aber auch gar nichts vorzubringen, um sie davon zu überzeugen, daß Ricky angefangen hatte. Die Entlassung in zehn Monaten konnte er vergessen. Pech gehabt, Junge – einen Betreuer umzubringen, das war so ziemlich das schlimmste Verbrechen, das es überhaupt gab.

Nein, dazubleiben und die Suppe auszulöffeln hatte keinen Sinn. Nathan mußte sehen, daß er so schnell wie möglich von hier wegkam. Er mußte sofort loslaufen. Nichts wie weg hier! Aber um rauszukommen, brauchte er Schlüssel. Er nahm den Schlüsselbund von Rickys Gürtel, stürzte aus dem Raum und schloß die Tür hinter sich ab.

Von jetzt an war es einfach. Jeder Schlüssel, den er brauchte, hing an dem Schlüsselbund. Schließlich kam er zur letzten Tür. Zuerst schob er sie nur einen Spaltbreit auf und betete, auf der anderen Seite möge kein Bulle oder Betreuer stehen. Aber er hatte Glück. Er schlüpfte hinaus, verschloß die Tür von außen und warf den Schlüsselbund ins Gebüsch. Vor ihm lag noch eine etwa fünfzehn Meter lange Rasenfläche, die sich eine steile Anhöhe hinaufzog. Dahinter begann die Freiheit. Die fünfzehn Meter hatte er im Nu zurückgelegt.

Oben auf dem Hügel machte Nathan eine kurze Pause und warf einen Blick zurück auf die JSA. Von hier oben wirkte sie friedlich, umgeben von Blumen und Sträuchern, aber in ihrem Inneren war die Jugendstrafanstalt ein Hort des Hasses. Nathan schwor sich, daß er nie wieder dorthin zurückkehren würde.

„... UND DANN bin ich losgerannt", beendete Nathan seinen Bericht. Er lag jetzt auf dem Bauch und stützte sich auf die Ellbogen.

„Und – ist alles in Ordnung mit dir?" fragte Denise hörbar besorgt.

„Ja, ja. Mein Auge tut ein bißchen weh, und mein Ohr brennt wie Feuer, aber sonst habe ich nichts."

„Hast du denn eine Ahnung, warum der Betreuer dich töten wollte?" So unglaublich die Geschichte des Jungen auch war, Denise glaubte ihm.

„Ja, ich denke, er war verrückt. Er war besoffen. Erwachsene werden doch immer so, wenn sie was getrunken haben."

„Wer denn, zum Beispiel?" hakte Denise nach. Aus dieser sensationellen Geschichte war möglicherweise noch mehr herauszuholen. „Dein Vater vielleicht?"

„Nein!" Nathans Antwort erfolgte mit erstaunlicher Entschiedenheit. „Mein Dad war ein guter Mensch. Er hat nie getrunken oder jemanden geschlagen. Er war ganz toll."

„Bist du denn schon mal von jemandem geschlagen worden?"

„Darüber will ich nicht reden", erwiderte Nathan barsch.

„Warum denn nicht? Es wäre sicher gut für dich, wenn die Leute erfahren, was du alles durchgemacht hast."

„Quatsch. Die Leute glauben doch am liebsten, daß alle Menschen so leben wie diese tollen Familien im Fernsehen. Wenn ich denen was anderes erzähle, denken die doch bloß, ich lüge. Die Leute können schreien und brüllen und ihre Kinder schlagen – ist alles okay, solange das Kind es nicht weitererzählt. Aber wenn das Kind zurückschlägt oder abhaut, dann ist es schwer erziehbar und wird in den Knast gesteckt."

„Bist du deshalb ins Gefängnis gekommen? Weil du dich gewehrt hast?"

Nathan erinnerte sich an die vielen Kämpfe in Onkel Marks Haus. Vielleicht wäre es am besten, wenn er ihr alles erzählte. Vielleicht sollte er ihr berichten, daß er früher mal ein ganz normales Leben geführt hatte, daß er bei seinem Dad in einem schönen Viertel in einem schönen Haus aufgewachsen war, in dem nur sie beide gewohnt hatten. Vielleicht sollte er die Menschen, die jetzt gemütlich in ihren Häusern und Büros und Autos saßen und zuhörten, wissen lassen, daß Onkel Mark ihn nur drei Tage nach Dads Begräbnis in dem kleinen Stauraum unter dem Wohnzimmer eingesperrt hatte, nur weil er über etwas gegrinst hatte. Die Zuhörer fänden es bestimmt toll, wenn er erzählen würde, daß seine Hilferufe ihm die erste Tracht Prügel mit dem Gürtel verschafft hatten.

Er hatte eine Menge zu erzählen, aber er ließ es bleiben. Es gab nichts, was er nicht schon Richtern und Rechtsanwälten und Polizisten erzählt hatte, und das hatte ihm, wie man ja sah, wahnsinnig viel gebracht …

„Nein", antwortete er schließlich, „ich habe mich nicht gewehrt. Ich habe ein Auto geklaut."

Denise war baff. „Du bist zwölf Jahre alt und hast ein Auto geklaut?“

„Als ich das Auto geklaut habe, war ich sogar erst elf!“ In Nathans Stimme schwang Stolz mit.

„Haben sie dich deshalb in die Jugendstrafanstalt gesteckt?“

„Ja. Aber nennen Sie sie ruhig beim richtigen Namen – es ist ein Knast.“

Ist es möglich, daß ich diesen Jungen bewundere? fragte sich Denise. Diesen Mörder? Die Aufrichtigkeit, mit der er antwortete, berührte sie. Er war wirklich auf Draht. Und sein Problem war offenbar vielschichtiger, als sie zunächst angenommen hatte.

„Und das Ende der Geschichte?“ fragte Denise. „Wohin bist du denn gelaufen? Wo bist du jetzt im Moment?“

Nathan seufzte. „Ich glaube nicht, daß es besonders schlau wäre, Ihnen das zu sagen, oder?“ Plötzlich schoß ihm ein so entsetzlicher Gedanke durch den Kopf, daß ihm der Atem stockte. „Mensch, kann man diesen Anruf hierher zurückverfolgen?“ Er klang plötzlich völlig verängstigt.

„Nein, nein“, beruhigte ihn Denise. „Das hier ist ein Radiosender. Solange hier in diesem Land der erste Zusatzartikel zur Verfassung gilt, darf niemand die Anrufe, die uns erreichen, zurückverfolgen.“

„Sind Sie sicher?“

„Klar, ganz sicher“, sagte sie aufs Geratewohl und zuckte mit den Schultern. „Was willst du denn als nächstes tun? Du kannst doch nicht ewig weglaufen.“

„Und warum nicht?“

„Weil sie dich kriegen werden.“

„Na ja, das einzige, was ich sonst noch tun könnte, wäre, mich zu stellen. Und das ist schließlich auch nicht viel anders, als erwischt zu werden.“

„Nathan, ich habe Angst, daß dir was passieren könnte.“

„Ja, ich auch. Und deshalb laufe ich weiter.“

Der Junge war echt gut. „Du machst mich lächerlich, Nathan“, sagte sie milde.

„Nein, Sie machen das schon richtig“, tröstete Nathan sie. „Aber jetzt sehen Sie das Ganze auch mal von meiner Seite, nicht? Als ich in der JSA war, habe ich alles getan, was man mir befahl, und bin trotzdem geprügelt worden. Ich habe denen die andere Wange hingehalten, so wie mein Dad es mir immer gesagt hat, aber sie haben mich nur noch mehr vermöbelt. Ich habe es dem Betreuer gesagt, und der hat versucht, mich zu töten. Ich habe mich gewehrt, aber die Leute, die sich Ihre Sendung anhören, nennen mich Mörder und wollen mich auf den elektrischen Stuhl bringen. Keiner, wirklich keiner..." Seine Stimme brach. Er schwieg.

„... kümmert sich um dich?" half Denise ihm weiter.

Zu Beginn hatte Nathan sich ganz stark gefühlt, aber jetzt erfaßte ihn plötzlich eine schreckliche Traurigkeit. „Ja", flüsterte er.

Als Denise Nathans traurige, leise Stimme hörte, traten ihr ganz unerwartet Tränen in die Augen. „Du hast Angst, mein Kleiner, nicht wahr?"

„Ich muß jetzt Schluß machen", sagte Nathan heiser und legte auf.

In der Stille, die folgte, warf Denise Enrique einen hilfesuchenden Blick zu, aber Enrique starrte nur zurück.

„Also", sagte Denise nach einer Weile, „das war ja wirklich allerhand. Nathan, wenn du jetzt noch zuhörst – wir alle wünschen dir viel Glück, wie immer die Sache auch ausgeht. Ich finde, du hast allmählich ein bißchen Glück verdient. Ich glaube, wir alle brauchen jetzt ein, zwei Minuten, um uns zu fassen. Wir machen eine Werbepause und melden uns dann wieder."

## FÜNF

FÜNF Sekunden nach Ende des Radiogesprächs war Petrelli am Telefon.

„Der Junge lügt, um die Sympathien der Öffentlichkeit auf seiner Seite zu haben!" fuhr er Michaels an. „Die Frage, ob er in der JSA gut oder schlecht behandelt wurde, spielt im Zusammenhang mit diesem Fall doch nicht die geringste Rolle. Es geht einzig und allein darum, daß er aus einer Strafvollzugsanstalt geflohen ist und dabei einen Betreuer getötet hat!"

Petrellis Wutanfall war, wie so viele, die er im Laufe der Jahre vor Michaels zelebriert hatte, reine Show. Michaels wußte genau, daß selbst der Tod von hundert Betreuern Petrelli völlig egal gewesen wäre. Hier ging es darum, daß J. Daniel Petrelli im Fernsehen unvollständige Informationen gegeben und einen Minderjährigen eines

Kapitalverbrechens bezichtigt hatte, noch ehe die Beweislage dies zuließ. Und nun lief der Bezirksstaatsanwalt in diesem ach-so-wichtigen Wahljahr plötzlich Gefahr, weniger wie ein hart durchgreifender Gesetzeshüter als vielmehr wie ein Kindesmißhandler zu wirken. Michaels wußte, daß das Wutgeheul am Telefon nur den ersten Akt eines langen Dramas darstellte, in dessen Verlauf Petrelli sein ganzes schauspielerisches und rhetorisches Talent aufbieten würde, damit alles unter seiner Kontrolle blieb.

Was nun Nathan Bailey betraf, so wußte Michaels nicht recht, was er glauben sollte. So unwahrscheinlich Nathans Geschichte auch klang – seine Erzählung beinhaltete doch viel zu viele Details und war zu genau, um sie pauschal als Lüge abtun zu können.

Doch selbst wenn man Nathans Behauptung akzeptierte, er habe in Notwehr getötet, so hatte der Junge trotzdem gegen das Gesetz verstoßen, indem er aus der Jugendstrafanstalt geflohen war, und blieb weiterhin ein flüchtiger Rechtsbrecher. An Michaels' Pflicht als Polizeibeamter, den Flüchtigen zu ergreifen, hatte sich nicht das geringste geändert. Er mußte die Gegend weiterhin so lange durchkämmen, bis der Flüchtige gefaßt war.

J. DANIEL PETRELLI, der Mann am anderen Ende der Leitung, hatte sich eine weit kompliziertere Welt zurechtkonstruiert als die, in der Warren Michaels lebte. Petrelli mußte sich nicht nur Gedanken über Schuld und Unschuld machen, sondern auch darauf achten, wie die strafrechtliche Verfolgung eines jeden Falles von der Presse bewertet wurde, und stets die politischen Auswirkungen eines Siegs beziehungsweise einer Niederlage bedenken. Bezüglich des Bailey-Falls war an diesem Vormittag zunächst alles sonnenklar gewesen. Die Leute waren es leid, Angst vor außer Kontrolle geratenen Kindern haben zu müssen, und der himmelschreiende, vorsätzlich begangene Mord an einem Gefängniswärter durch einen fliehenden Sträfling hatte die Öffentlichkeit über alle Maßen entrüstet. Eine solche Chance, seine Führungskraft unter Beweis zu stellen, hatte sich Petrelli noch nie geboten.

Wer hätte auch ahnen können, daß der Junge sich direkt an die Zuhörerschaft einer amerikaweit ausgestrahlten Radiosendung wenden würde! Innerhalb von knapp zwanzig Minuten hatte Nathan Bailey die Polizei und die Staatsanwaltschaft in die Defensive gedrängt.

Für Petrelli war der Fall sonnenklar. Der kleine Bailey war ein Autodieb, ein Ausbrecher und ein Mörder und mußte so hart bestraft werden, wie es das Gesetz nur zuließ. Doch die Öffentlichkeit würde in Bailey lediglich einen kleinen geprügelten Jungen sehen, den eine Überzahl großer böser Polizisten verfolgte.

Der Senator in spe sah einen alptraumhaften Medienrummel auf sich zukommen, und dafür machte er Michaels verantwortlich. Wenn dessen Leute die Sache nicht so vermasselt hätten, wäre der Junge noch vor Tagesanbruch wieder hinter Gittern gewesen. So aber war er seit fünfzehn Stunden auf der Flucht und hatte einer vielversprechenden politischen Laufbahn bereits unschätzbaren Schaden zugefügt.

„ALSO, hören Sie mir gut zu, Lieutenant Michaels, ich sage es nämlich nur einmal. Ich erwarte, daß Sie Nathan Bailey spätestens heute nachmittag fassen. Und ich will keine Ausreden hören!"

„Also, Mr. Petrelli, ich habe Ihnen gut zugehört", erklärte Michaels ganz ruhig. „Für mich stellt sich der Fall wie folgt dar: Sie konnten es nicht abwarten, heute morgen Ihr großes Maul aufzureißen und vor der Presse völlig unverantwortliche Kommentare abzugeben. Ich bin hier der Polizist, Sie sind nur mein Sprachrohr. Wenn Sie mit Ihrer Bewertung des Falles bis zum Abschluß der Beweisaufnahme gewartet hätten, würden Sie jetzt nicht als ein solcher Idiot dastehen. Sie tun mir wirklich ganz furchtbar leid!" Er knallte den Hörer auf die Gabel.

„Fühlst du dich jetzt besser?"

Michaels zuckte zusammen, obwohl ihm die Stimme sehr vertraut war. Als er den Blick hob, sah er Jed Hackner im Türrahmen stehen. Hackner lächelte und nahm unaufgefordert auf einem der Stühle vor Michaels' Schreibtisch Platz. „Kopf hoch, Chef. Hast du gerade mit deinem Kumpel Petrelli gesprochen?"

„Erraten. Nach Nathan Baileys Radiodebüt kriegt er es jetzt mit der Angst zu tun." Dann wechselte er abrupt das Thema. „Ich nehme nicht an, daß du mir eine gute Neuigkeit bringst."

„Ich weiß nicht, ob sie gut oder schlecht ist, aber sie ist auf jeden Fall interessant. Zuerst mal haben wir den Onkel und ehemaligen Vormund des Kindes, Mark Bailey, bisher nicht erreichen können. Wir haben es per Telefon versucht und sogar eine Streife hingeschickt, aber wenn er zu Hause war, ist er jedenfalls nicht an die Tür gegangen."

„Glaubst du, daß er dem Jungen bei der Flucht geholfen hat?"

„Ist nicht sehr wahrscheinlich. Die beiden lieben sich nicht gerade."

„Wie kommt's?"

Hackner zog sein Notizbuch aus der Tasche und begann daraus vorzulesen. „Das hier stammt aus den Gerichtsakten. Ziemlich traurige Geschichte. In den ersten zehn Jahren seines Lebens wurde Nathan Bailey von seinem Vater aufgezogen. Seine Mutter starb, als er noch ein Baby war. Daddy war Rechtsanwalt mit einer Menge Kohle, aber die Vermögensplanung hatte er nicht gerade erfunden. Vor zwei Jahren wurde Daddys Wagen von einem Zug platt gemacht, er selbst starb bei dem Unfall. Da im Hinblick auf Nathans Vormundschaft keine Vorkehrungen getroffen worden waren, ging das Sorgerecht an seinen Onkel Mark über. Dieser Mark glaubte offenbar, das Kind würde aus einem Treuhandfonds finanziert werden, aber Daddy hatte kurz zuvor mehr als zwei Millionen in seine Kanzlei gesteckt und mit seinem gesamten Vermögen gebürgt. Als das Testament eröffnet wurde, war nichts mehr da. Onkel Mark war darüber verständlicherweise alles andere als entzückt. Er hatte kein Geld, um Nathan großzuziehen. Und so ließ er es eben bleiben. Die Leute vom Jugendamt waren im Lauf des einen Jahres, das Nathan dort verbrachte, mindestens fünfmal bei ihm draußen, weil die Nachbarn sich beschwert hatten, aber es änderte sich nie etwas. Vor ungefähr einem Jahr stahl Nathan schließlich den Wagen seines Onkels, da dies, wie er sagte, die einzige Möglichkeit für ihn war, weit genug von ihm wegzukommen. Onkel Mark zeigte ihn selbstverständlich an. Er erklärte vor Gericht – ich zitiere wörtlich –: ‚Ein bißchen Knast hat noch keinem geschadet.'"

„Sympathischer Typ", warf Michaels verächtlich ein.

„Nein, das ist er ganz und gar nicht", erwiderte Hackner völlig ernst. „Mark Bailey weiß, wovon er spricht, er hat nämlich selbst mal sieben Jahre in Leavenworth gesessen, weil er ein Offizierskasino in Texas angezündet hatte. In den acht Jahren, die er nun schon hier im Bezirk wohnt, bekam er drei Strafen wegen Trunkenheit am Steuer, zwei wegen Erregung öffentlichen Ärgernisses sowie eine Anzeige wegen Körperverletzung. Aktenkundig ist er außerdem wegen zahlloser Kneipenschlägereien."

Michaels sah seinen Kollegen ungläubig an. „Wußten die Leute vom Jugendamt das alles, als sie ihm das Sorgerecht übertrugen?"

Hackner zuckte mit den Achseln. „Wahrscheinlich schon. Es gab nicht gerade viele Alternativen. Entweder Onkel Mark oder das Waisenhaus."

Michaels schob seine zynische Polizistenperspektive einen Augenblick beiseite und sah das Ganze wie ein besorgter Vater. „Ziemlich hart, das alles, für ein kleines Kind. Gibt es noch mehr Neuigkeiten?"

Hackner klappte sein Notizbuch zu. „Ja. Wir haben jetzt doch einen Videofilm."

„Ich dachte, die Kamera wäre kaputt!"

„Die Kamera im Krisenraum war kaputt, und die Kamera im Aufenthaltsraum ging auch nicht. Aber auf dem Weg durch den Einweisungstrakt nach draußen ist der junge Mann aufgenommen worden. Zusätzlich haben wir noch ein paar Sekunden, die ihn zeigen, wie er aus der Hintertür verschwindet. Willst du dir das Band ansehen? Ich habe im Konferenzraum alles vorbereitet."

Beide Männer erhoben sich gleichzeitig, und Michaels folgte Hackner aus dem Zimmer. Sie betraten den vis-à-vis von Michaels' Büro gelegenen Konferenzraum und schlossen die Tür. Der Fernseher war angeschaltet. Hackner bediente die Fernbedienung, und der Film begann zu laufen. Michaels sah, durchbrochen von den für Sicherheitskameras typischen zuckenden Schwarzweißschatten, einen leeren Raum, den er von der letzten Nacht her als den Einweisungsraum wiedererkannte. In der oberen rechten Ecke des Bildschirms erschien ein Junge, barfuß, in einem viel zu großen Overall. Er wirkte verängstigt; seine Bewegungen waren gleichzeitig hastig und zögerlich. Seine Kleidung war mit etwas verschmiert, das auf dem Schwarzweißbild wie Tinte wirkte, was aber bekanntermaßen Blut war.

„Stopp mal das Band!" befahl Michaels. Der Junge auf dem Bildschirm blieb stehen. „Im Radio sagte Bailey, der Aufseher – der Betreuer – hätte ihm die Schuhe weggenommen. Warum hat er das gemacht? Ist das so üblich?"

Hackner schüttelte den Kopf. „Das glaube ich nicht. Es könnte sein, daß Harris ihn einfach schikanieren wollte. Ich treffe mich heute nachmittag mit dem Direktor Johnstone von der JSA und versuche das rauszukriegen."

Michaels machte eine Kopfbewegung zum Fernseher hin. „Also, dann weiter."

Der Junge lief direkt auf die Kamera zu, wobei er sich bei jedem Schritt abwechselnd über die linke und die rechte Schulter umsah. Als er die Kamera entdeckte, reagierte er sichtlich überrascht. Er drehte sich ganz um, wahrscheinlich um nachzusehen, ob ihm jemand folgte.

Als Nathan sich wieder der Kamera zuwandte, blieb Michaels' Herz einen Augenblick lang stehen. Den Ausdruck in den Augen des Jungen hatte er schon einmal gesehen.

„Stopp das Band!“ Der Befehl war diesmal viel lauter.

Wieder blieb der Junge auf dem Bildschirm stehen. Aus Nathans Blick sprachen Angst und Unsicherheit. Wenn man das Blut und die Angst einen Moment außer acht ließ, war dies das Gesicht eines kleinen Jungen, der um Hilfe flehte.

Genau diesen Ausdruck hatte Michaels dutzende Male auf dem Gesicht eines anderen unsicheren, introvertierten Zwölfjährigen gesehen, der einst ganz auf ihn angewiesen war, nun aber für immer schwieg. Michaels spürte eine plötzliche Leere und ließ sich schwer auf einen Stuhl am Konferenztisch fallen. Sein Gesicht war kalkweiß.

„Ich weiß nicht, Jed.“ Er richtete den Blick unverwandt auf den Bildschirm. Seine Kehle war wie zugeschnürt. „Schau dir sein Gesicht an, Jed. Er hat die Augen von Brian.“

Jetzt sah Hackner es auch. „Es tut mir leid, Warren“, sagte er. „Ich schalte jetzt ab.“

„Nein!“ sagte Michaels mit fester Stimme. „Ich kann doch nicht bis in alle Ewigkeit so reagieren, Jed. Ich habe wirklich geglaubt, ich wäre darüber hinweg. Aber jetzt geht es schon wieder. Sehen wir uns den Rest an.“

Mit einem prüfenden Blick auf seinen Chef schaltete Hackner den Videorecorder erneut ein. Die beiden Männer sahen den Ausgang von außen. Im Hintergrund war eine Tür, die sich langsam öffnete. Der Held des kleinen TV-Dramas schlich hinaus, schloß hinter sich ab und lief aus dem Bild. Die Aufnahme verzerrte sich, dann war der Bildschirm plötzlich schwarz.

Hackner schaltete den Fernseher aus. „Na, Chef, was meinst du?“

Michaels seufzte. „Ich meine, daß ich es mir besser nicht angesehen hätte. Das Band da macht die Sache für mich noch schwieriger. Hat die Presse das eigentlich schon?“

„Ist das dein Ernst? Petrellis Bluthunde sind über dieses Band sofort hergefallen. Er hat eine Videoaufnahme von einem blutigen Mord in den Klauen! Wenn du mich fragst, haben die das den Nachrichtensendern schon angeboten, als für uns noch nicht mal die Kopien fertig waren."

„Ich weiß nicht, was du davon hältst, Jed, aber ich finde, der, den ich da eben gesehen habe, wirkt nicht wie ein Mörder, sondern eher wie ein verängstigter kleiner Hund."

Michaels stand mit einem Ruck auf und ging seinem Kollegen voraus zurück ins Büro, zurück zu der Arbeit, die auf ihn wartete: den geprügelten kleinen Hund zu fangen, der Petrelli so ins Schwitzen brachte. „Du mußt unbedingt die Telefondaten dieses Radiosenders überprüfen, Jed. Jedesmal, wenn eine gebührenfreie Nummer angewählt wird, speichert das irgendein Computer. Verschaff dir Einblick in diese Computerunterlagen, und sieh nach, woher der Anruf kam. Wir verfolgen ihn dann zurück und schnappen uns den Jungen."

„Dafür brauchen wir einen Gerichtsbeschluß", wandte Hackner ein. „Gegen einen Radiosender haben wir sonst nicht die geringste Chance."

„Bring sie dazu, die Informationen freiwillig rauszurücken", sagte Michaels.

„Das machen die doch nie, Warren!"

„Jetzt hör mal zu, Jed! Wir haben nicht den geringsten Hinweis darauf, wo der Junge hingelaufen ist – also sag mir bitte nicht, wir könnten dies und jenes nicht tun, bevor wir es nicht zumindest versucht haben, okay? Ich will, daß Nathan Bailey noch heute abend in Haft ist. Kapiert?"

Hackner drehte sich um und ging wortlos hinaus.

Fünf Minuten später verließ auch Michaels den Raum, nachdem er seiner Sekretärin mitgeteilt hatte, daß er über sein Handy erreichbar sei.

HAROLD THOMPKINS, Streifenpolizist der Bezirkspolizei von Braddock County, war wild entschlossen, auf sich aufmerksam zu machen. Nach fünf Jahren Schichtarbeit, Verkehrskontrollen und allen erdenklichen anderen wunderbaren Anfängerjobs wollte er endlich mal echte Polizeiarbeit leisten. Er suchte eine Chance, sein Können in der Praxis zu beweisen. Er mußte nur das eine entscheidende Beweisstück finden oder dem einen entscheidenden Hinweis nachgehen und einen wichtigen Fall knacken.

Als Sergeant Hackner an diesem Vormittag zu ihm kam und ihn anwies, mit Hilfe der Telefondaten Nathan Baileys Aufenthaltsort herauszufinden, wußte Thompkins sofort, daß dies die Gelegenheit war, auf die er so lange gewartet hatte.

Er begann seine Suche mit dem Nächstliegenden, nämlich einem Anruf bei der Telefongesellschaft. Nachdem er mehrmals von einem kleinen Angestellten zum nächsten verbunden worden war, hatte er schließlich den Abteilungsleiter „Kundendienst“ an der Strippe. Der teilte ihm mit, da kein Gerichtsbeschluß vorliege, könne er ohne die Erlaubnis des Kunden keine Telefondaten herausgeben. Einen Gerichtsbeschluß zu bekommen dauerte eine Ewigkeit, das wußte Thompkins. Wenn die Polizei darauf wartete, würde ihnen ihr Häftling wahrscheinlich durch die Lappen gehen.

Nein, Thompkins mußte die Sache an der Wurzel packen. Er mußte die Eigentümer dieser Telefondaten, Denise Carpenter und ihr Produktionsteam, dazu bringen, ihm die Aufzeichnungen auszuhändigen. Er mußte nur überzeugend auftreten. Einen Augenblick lang zog er die sanfte, menschenfreundliche Tour in Erwägung, verwarf sie jedoch gleich wieder als zu zahm und entschied sich statt dessen für einen energischen Auftritt. Wenn er diese Radiofritzen entsprechend bearbeitete und die Trumpfkarte „Behinderung polizeilicher Ermittlungen“ im richtigen Augenblick ausspielte, würden sie garantiert nachgeben. Was hatten sie schon zu verlieren? Bei der Aufklärung eines Mordfalls mitzuhelfen würde ihnen doch nur hochwillkommene Publicity einbringen.

Während Thompkins jetzt am Telefon wartete, bereute er bereits wieder einiges von dem, was er eben noch zu Enrique Zamora, dem Produzenten, gesagt hatte. Im Eifer des Gefechts hatte er Zamora nämlich eingeredet, falls er nicht mitspiele, drohe ihm eine Haftstrafe. Zu solchen Äußerungen war er selbstverständlich nicht befugt, hatte sich jedoch gedacht, daß das nicht weiter schlimm sei. Es erstaunte ihn, wie wenig die Amerikaner über ihre Rechte Bescheid wußten.

Während die Leitung stumm geschaltet war und Thompkins sich eine aufdringliche Pausenmelodie anhören mußte, beschloß er, falls man ihn wegen seiner Vorgehensweise kritisieren sollte, einfach zu sagen, der Produktionsleiter müsse da wohl etwas mißverstanden haben.

Denise nippte hinter der Glasscheibe an ihrer „Cola light" und nahm die nächste Anruferin dran, Joanne aus New York City, die nicht glaubte, daß Nathan etwas Böses getan habe.

Plötzlich konnte Denise sich nicht mehr richtig konzentrieren, denn Enrique wies sie über Kopfhörer an, sofort einen Werbeblock einzuschieben. Sie machte ein böses Gesicht und deutete auf ihre Armbanduhr, um ihm klarzumachen, daß bis dahin noch Zeit sei. Enrique versuchte daraufhin, ihr durch überdeutliche Lippenbewegungen etwas mitzuteilen, was sie jedoch nicht verstand. Dann hielt er den Telefonhörer hoch.

Kaum lief der erste Werbespot, fuhr sie Enrique wütend an: „Was ist denn los, verdammt noch mal? Ich nehme während der Sendung keine Privatanrufe entgegen, das weißt du ganz genau!"

„Reg dich wieder ab, Denise!" gab Enrique zurück. „Da ist ein Bulle am Apparat, der unsere Telefondaten haben will, um Nathans Anruf zurückzuverfolgen."

Denise begann sofort abzuwägen, welche Möglichkeiten sie hatte. Wenn bekannt wurde, daß die Polizei mit Hilfe einer Radiosendung – genauer: mit Hilfe *ihrer* Radiosendung – Anrufe zurückverfolgen konnte, bedeutete dies das Ende aller kontroversen Diskussionen. Und ohne kontroverse Diskussionen würde sie zu einer ganz normalen Rundfunkmoderatorin herabsinken.

„Erklär ihm, daß unsere Telefondaten nicht zugänglich sind", sagte Denise hastig. „Das ist verfassungsrechtlich absolut ausgeschlossen!"

„Das habe ich ihm ja alles schon gesagt, aber er behauptet, wenn wir ihm nicht helfen, können wir wegen Behinderung polizeilicher Ermittlungen belangt werden."

Diese Vorstellung jagte Denise einen gewaltigen Schrecken ein. „Wirklich? Na gut, dann stell ihn mal durch. Wir senden ihn, sobald der Werbeblock vorbei ist. Wie heißt er denn?"

„Officer Thompkins."

Fünfzehn Sekunden später war der letzte Werbespot zu Ende. Auf Enriques Handzeichen hin schaltete Denise ihr Mikrofon ein.

„Herzlich willkommen und vielen Dank, daß Sie zu dieser so ungewöhnlichen Sendung bei uns geblieben sind. Das Interesse, das durch mein Gespräch mit Nathan Bailey hervorgerufen wurde, wird immer größer. Wir haben jetzt einen Polizeibeamten aus Braddock County, Virginia, am Apparat, der damit droht, meine Mitarbeiter und mich wegen dieser Sache ins Gefängnis zu werfen. Officer Thompkins, Sie sind auf Sendung."

Eine Weile war vom anderen Ende der Leitung her gar nichts zu hören. Dann ertönte eine vorsichtig klingende Stimme.

„Hallo?"

„Officer Thompkins? So, Sie wollen mich also in den Knast stecken. Was ist denn los?" Der Mann am anderen Ende der Leitung geriet ins Stottern. Denise genoß es in vollen Zügen. „Bin ich ..., bin ich jetzt im Radio?"

„Sie haben einen Radiosender angerufen. Wenn man so was tut, landet man im allgemeinen im Radio. Also, warum wollen Sie mich ins Kittchen stecken?"

„Entschuldigen Sie bitte, aber ich glaube, das sollten wir besser unter Ausschluß der Öffentlichkeit besprechen."

Plötzlich lag nichts Verbindliches mehr in Denise' Stimme. „Meinem Produktionsleiter zufolge wollen Sie mit Hilfe der Telefondaten dieser Sendung herausfinden, von wo aus Nathan Bailey heute morgen hier angerufen hat. Ist das richtig?"

„Also ..., äh ..., nun, ja, im Grunde schon ..." Er klang, als ob er sich vor Verlegenheit wand.

„Ich interpretiere das mal als ‚Ja'. Und jetzt werde ich Ihnen eine Antwort geben, die keinerlei Interpretation bedarf. Wenn ich Ihnen Einsicht in unsere Daten gewähren würde, hätte das eine Einschränkung der Redefreiheit zur Folge. Und die Redefreiheit ist durch unsere Verfassung geschützt. Geben Sie zu, daß Sie meinem Produktionsleiter erklärt haben, wenn wir Ihnen nicht erlauben, unsere Telefondaten durchzusehen, würden Sie uns wegen Behinderung polizeilicher Ermittlungen anzeigen?"

„Es könnte sein, daß ich etwas in der Art erwähnt habe –"

„Ich möchte das jetzt mal klären, Officer Thompkins. Sie wollen mich strafrechtlich belangen, weil ich mein Recht gemäß dem ersten Zusatzartikel zur Verfassung in Anspruch nehme. Aber vielleicht haben Sie ja auch nur geblufft und wollten mit Hilfe von Einschüchterungsmethoden das kriegen, was Sie brauchen, um die vom Gesetz vorgesehenen Wege zu umgehen!"

Mann, die wurde nicht umsonst „das Biest" genannt! Ohne auch nur einen einzigen Satz zu Ende gesprochen zu haben, hatte Thompkins nicht nur sich selbst lächerlich gemacht, sondern auch die gesamte Dienststelle. Und das vor Millionen von Leuten. Es war noch keine Minute her, da hatte er geglaubt, das Ganze sei ein guter Plan. Jetzt sah er im Geiste bereits, wie sich seine Karriere in nichts auflöste. Da er nicht wußte, was er weiter tun sollte, legte er abrupt auf.

Denise hörte das Klicken in der Leitung und grinste Enrique triumphierend an. „Aufgelegt!" sagte sie lachend ins Mikrofon. „Na ja, auflegen ist zwar eigentlich keine Antwort, aber mitgeteilt hat er uns damit doch etwas, findet ihr nicht?"

## SECHS

LYLE POINTER hielt sich für *den* Profikiller schlechthin. Dabei wirkte er mit seinen einsachtzig Körpergröße und 77 Kilo Gewicht nicht sonderlich einschüchternd und war auch nicht einer der brutalen Dummköpfe, die Hollywood üblicherweise auf der Leinwand zeigte. Ganz im Gegenteil, er sah gut aus, war intelligent und hatte, was bei den Angehörigen seiner Branche eher selten vorkam, Humor. Genau deshalb mußte er sich auch den Respekt, der seiner Tätigkeit gebührte, hart erkämpfen.

Keiner war Mr. Slater gegenüber loyaler als er, keiner führte seine Befehle besser aus, und trotzdem glaubten die Leute aufgrund seiner nicht allzu beeindruckenden Statur, man könne ihn herumschubsen. Doch nur wenige stellten diese Vermutung mehr als einmal an. Mit eiserner Entschlossenheit und augenscheinlicher Furchtlosigkeit hatte Pointer sich langsam, aber sicher den Respekt des einen Menschen erworben, der für ihn wichtig war, und zwar durch schiere Brutalität.

Sosehr Mr. Slater einen gut erledigten Job zu schätzen wußte, so wenig duldete er es, wenn etwas versaut wurde. Pointer hörte seinen Chef oft sagen, daß jeder eine zweite Chance verdiene, aber keiner eine dritte. An diesem Tag war Pointer dankbar für die zweite Chance. Er hatte sie nötig.

Auf dem Weg zu einem Treffen raste er jetzt auf einer Landstraße in Virginia dahin, und während der Fahrt konnte er seine Wut kaum bezähmen. Die Sache mit Mark Bailey und seinem Neffen war derartig außer Kontrolle geraten, daß Pointer jeden in seiner Nähe hätte umbringen können. Warum hatte er sich Baileys Plan nur angehört, geschweige denn seine Zustimmung dazu gegeben? Aber es war so einfach gewesen! Alles schien optimal: ein Knastjob, großer Mann, kleiner Junge, kleiner Raum. Wie hatten die es nur so verbocken können? Na, in ungefähr fünfzehn Minuten würde er es wissen. Der Uhr auf dem Armaturenbrett zufolge wartete Bailey jetzt schon seit einer halben Stunde. Aber mit Idioten wie Bailey ließ sich eben viel besser reden, wenn man sie eine Weile hatte warten lassen.

DREISSIG Minuten zuvor hatte Mark Bailey seinen Bronco auf den Parkplatz hinter der „Hillbilly Tavern" gelenkt. Sein Wagen war der einzige, aber vor dem Eingang standen drei ziemlich mitgenommen wirkende Harleys. Jetzt, kurz nach zwölf Uhr mittags, hatte Bailey immer noch einen solchen Kater, daß er sich kaum richtig bewegen, geschweige denn Auto fahren konnte.

Er parkte den Geländewagen, doch bevor er den Motor abstellte, spielte er kurz mit dem Gedanken, einfach den Rückwärtsgang einzulegen und möglichst schnell zu verschwinden, aus Virginia, ja sogar aus den Vereinigten Staaten, wenn es denn sein mußte. Aber er wußte sofort, daß das keine Lösung war. Pointer war nicht der Typ, dem man auf diese Weise entkommen konnte. Im Grunde war Bailey klar, daß er dieses Kapitel seines Lebens wahrscheinlich nicht überleben würde, er tröstete sich jedoch mit der Hoffnung, daß Slater und seine Gorillas wenigstens kurzen Prozeß machen würden, sobald das Geld geliefert und seine Aufgabe bei diesem Geschäft erfüllt war.

Die Hillbilly Tavern war ein Lokal, wie es sie nur im ländlichen Virginia gibt. Es war ein Hort Tausender unaussprechlicher Geheimnisse und Machenschaften, und wenn man Mut genug hatte, um ihn überhaupt zu betreten, konnte man dort mit jedem x-beliebigen über wirklich alles reden und dabei sicher sein, daß nichts davon je weitererzählt würde.

Als Mark Bailey auf die Eingangstür zuging, fiel ihm auf, daß der Laden kein einziges Fenster hatte. Die Fensteröffnungen waren mit Brettern vernagelt; davor hatte man ein Sammelsurium von Neonröhren in verschiedenen Formen angebracht, die auch jetzt, bei hellem Tageslicht, brannten. Bevor er eintrat, blieb er kurz stehen. Noch kann ich umkehren und wieder gehen, sagte er sich, doch bereits während er das dachte, wußte er, daß es eine Lüge war. Schon in dem Augenblick, als er Pointer um Hilfe angegangen war, hatte es kein Zurück mehr gegeben.

Bailey holte tief Luft, drehte den Türknauf und betrat die Hillbilly Tavern. Der Übergang vom grellen Sonnenschein in fast völlige Dunkelheit machte ihn für kurze Zeit blind. Reglos stand er in der Tür und wartete, bis seine Augen sich an das Schummerlicht gewöhnt hatten.

„Wer bist du?“ bellte ihn von irgendwo weiter hinten eine heisere Stimme an.

„Ich heiße Bailey“, antwortete er. „Ich soll mich hier mit einem gewissen Pointer treffen. Kennt ihr den?“ Das Schweigen sagte ihm, daß es so war.

Bailey schloß die Tür und zwängte sich zu einem Tisch in der Ecke durch. In der Hoffnung, seinen Kater mit Alkoholnachschub besänftigen zu können, bestellte er ein Bier.

Nachdem Bailey sich mit dem Rücken zur Ecke auf einen Stuhl gesetzt hatte, ließ er den Blick durch den Raum schweifen. Außer ihm selbst und dem Barmann hielten sich drei weitere Gäste in der Bar auf. Das Gespräch zwischen diesen Männern war manchmal leise, manchmal laut, wirkte einmal traurig und dann wieder sehr angeregt, wurde aber stets in der langsamen, nuscheligen Sprechweise dieser Gegend geführt. Baileys einzige Aufgabe bestand nun darin zu warten.

ALS POINTER die Hillbilly Tavern endlich betrat, hoben die Stammgäste den Blick gerade so lange, daß sie ihn wieder senken konnten. Pointer ging, ohne zu zögern, direkt zu Baileys Tisch und nahm auf dem Stuhl neben ihm Platz, nicht auf dem gegenüberstehenden, wie Bailey erwartet hatte. Diese Sitzordnung paßte eher zu einem Rendezvous als zu einer geschäftlichen Besprechung.

Pointer starrte Bailey lange an. „Du hast dein Versprechen gebrochen“, sagte er schließlich. Seine Stimme klang merkwürdig, gleichzeitig ganz ruhig und sehr wütend. Es war furchterregend. „Du hast mir versprochen, das Ding problemlos durchzuziehen, und dann hast du alles versaut.“

Auf Baileys Stirn traten Schweißperlen. Er hatte sich vor diesem Treffen mit Ausreden und Erklärungen für Rickys Versagen gewappnet, aber jetzt brachte er vor lauter Angst kein Wort heraus.

„Schau mich an, Bailey!“ befahl Pointer leise. „Ich habe heute morgen mit Mr. Slater gesprochen, und er war nicht gerade entzückt. Und weißt du auch, über wen er nicht gerade entzückt war?"

Bailey stammelte: „N-nein, w-weiß nicht. Über mich wahrscheinlich."

Pointer beugte sich so weit vor, daß Bailey den Pfefferminzgeruch seines Kaugummis roch. „Nein, Mark, da liegst du falsch", sagte er ruhig und wiederum mit beängstigend sanfter Stimme. „Auf dich war er nicht wütend. Er war wütend auf *mich*. Weil ich so dumm war zu glauben, du könntest tatsächlich einen idiotensicheren Plan durchziehen, der darin besteht, ein Kind in einem ganz bestimmten Raum umzulegen."

„Hör zu, Pointer, ich kann alles erklären –"

Pointer unterbrach ihn. „Ich will keine Erklärung von dir. Du selbst warst ja ganz offensichtlich nicht dabei. Laß mich doch mal raten! Hast dich gestern nacht gut vollaufen lassen, was?"

Bailey nickte.

Pointer atmete tief ein und wieder aus. „Das ist also der Dank, was? Ich setze mich für dich ein, verhindere, daß man dir die Kehle durchschneidet, und du gibst den Auftrag einfach an irgendeinen völlig unfähigen Gefängniswärter weiter. Findest du das fair, Mark?"

„Nein", gab Bailey zu. Was er nicht sagte, wußten beide sowieso schon. Pointer hatte sich einzig und allein deshalb für ihn eingesetzt, weil er sich die zweihunderttausend Dollar sichern wollte, die er ohne Wissen des wütenden Mr. Slater bei diesem Deal bekommen sollte.

„Also, Mark, da sind wir uns ja endlich mal einig. Ich finde es nämlich auch nicht fair. Aber weißt du was? Ich habe es sogar noch mal für dich getan. Ich habe Mr. Slater gesagt, daß zuviel Geld im Spiel ist, als daß man dich einfach so kaltmachen könnte, ohne es wenigstens noch einmal versucht zu haben. Und weißt du, was er darauf gesagt hat?"

Pointer faßte Baileys Gesicht mit der linken Hand und drehte es zu sich hin, so daß die beiden Männer sich in die Augen sehen konnten. „Er hat gesagt, daß ihm das Geld egal ist. Er sagte, jetzt stehen die Ehre und die Würde seines Namens auf dem Spiel, und das einzig Wichtige sei jetzt, dich zu töten."

Pointer ließ Baileys Gesicht los und lehnte sich auf seinem Stuhl zurück. „Aber ich habe es ihm ausgeredet. Ich habe ihn zu einem zweiten Versuch überredet. So stehen die Dinge im Augenblick,

Mark. Wenn dein Neffe stirbt und wir unser Geld kriegen, bleibst du am Leben. Wenn nicht, bist du tot."

Bailey sah einen winzigen Hoffnungsschimmer am Horizont. „Das ist gut, Pointer, ich brauche nur noch eine einzige Chance –"

„Was? Sehe ich aus wie ein Idiot? Um den Jungen kümmere ich mich selbst. Du tust nichts weiter, als auf die Papiere vom Anwalt zu warten!"

Es folgte eine lange Pause. Bailey wußte genau, daß noch etwas kommen würde, doch er zog es vor zu warten, statt danach zu fragen.

„Da ist noch eine Sache, über die wir sprechen müssen – eigentlich sind es sogar zwei. Erstens bist du jetzt in bezug auf dein Erbe Minderheitsaktionär. Mr. Slaters Anteil ist auf zwei Millionen gestiegen. Dazu kommen noch dreihunderttausend extra dafür, daß ich dich am Leben gelassen habe. Dazu kannst du dann noch die zweihunderttausend addieren, die du mir bereits persönlich schuldest. Du zahlst also, alles in allem, etwa zweieinhalb Millionen. Der Rest gehört dir."

In Baileys Kehle formte sich ein Einwand; doch er schluckte ihn hinunter. „Damit kann ich leben", sagte er und zuckte zusammen, als ihm die unfreiwillige Komik des Satzes bewußt wurde.

Pointer lachte. „Das will ich meinen! So, und dann wäre da noch der letzte Punkt."

Pointer zog in einer langsamen, geschmeidigen Bewegung eine Pistole aus einem Halfter irgendwo unter der glänzenden Lederjacke, spannte mit dem Daumen den Hahn und plazierte die Mündung zwei Zentimeter vor Marks rechtem Auge. Dann stand er auf und stieß seinen Stuhl mit dem rechten Fuß nach hinten, um sich mehr Bewegungsfreiheit zu verschaffen. „Bist du Rechts- oder Linkshänder?" fragte er.

„R-rechtshänder", stammelte Bailey in einem winselnden Ton.

„Leg die rechte Hand auf den Tisch!" befahl Pointer.

Baileys Hand zitterte völlig unkontrolliert, als er sie auf den Tisch legte. Er brach in hemmungsloses Schluchzen aus, Tränen rannen ihm die Wangen hinab.

Pointer umschloß mit der Faust den Zeigefinger von Baileys rechter Hand und drückte seinen Daumen in der Mitte zwischen dem zweiten und dem dritten Knöchel fest gegen die Fingerwurzel. Nach etwa fünf Sekunden hatte Pointer Baileys Knöchel mit einem leisen

*Plopp* ausgerenkt. Zehn Sekunden später brach der Finger unter Pointers Daumen in der Mitte entzwei. Als der Schmerz Bailey wie ein Stachel bis zur Schulter hinauf durchfuhr, zuckte sein ganzer Körper so sehr, daß er sich die Unterlippe durchbiß.

Als Pointer losließ, barg Bailey seine geschundene Hand und wiegte sie wie ein Baby in der linken Ellenbeuge. Doch dann bemerkte er, daß die Pistole noch immer auf ihn gerichtet war.

„Tut mir leid, Mark", sagte Pointer, „aber wir sind noch nicht fertig. Leg deine Hand wieder auf den Tisch!"

Baileys Hand war mittlerweile bereits auf doppelte Größe angeschwollen. Diesmal machte Pointer es ganz lässig, indem er sich Baileys kleinen Finger griff, noch während der seine Hand auf dem Tisch plazierte, und ihn ruckweise nach hinten und seitlich drehte. Bailey heulte vor Schmerz auf und fiel vom Stuhl auf den schmutzigen Boden. Pointer entspannte den Hahn und steckte die Pistole ins Halfter. „Es war mir ein Vergnügen, geschäftlich mit dir zu tun gehabt zu haben, Bailey. Schreib mir, sobald das wieder geht. Wenn wir dich brauchen, melde ich mich bei dir."

Mit derselben Entschlossenheit, mit der er die Kneipe betreten hatte, schritt Pointer auf den Ausgang zu. Keiner in der Hillbilly Tavern hatte irgend etwas gesehen.

NATHAN leckte sich die Pizzasauce von Daumen und Zeigefinger und ließ sich satt und zufrieden rückwärts in die weichen Lederpolster des Sofas fallen. Auf dem Pappteller, auf dem kurz zuvor eine große Pizza gelegen hatte, befanden sich jetzt nur mehr Krümel. Er suchte die Fernbedienung für den Fernseher und drückte auf die Tasten, bis der große Apparat sich endlich anschaltete. Von Nathans heißgeliebten Trickfilmen lief gerade keiner, daher entschied er sich für eine Wiederholung von „Raumschiff Enterprise".

Während der Nachrichten, die zu jeder vollen Stunde gesendet wurden, sah Nathan sich noch einmal auf dem Bildschirm. Sie zeigten ihn auf einem unscharfen Videobild, das er noch nie gesehen hatte. Berühmt zu sein machte allmählich Spaß. Trotzdem brauchte er einen Plan.

Was soll ich tun? dachte er. Das Allerwichtigste war natürlich, möglichst weit von der JSA wegzukommen, und obwohl er keine genaue Vorstellung davon hatte, wo er sich befand, wußte er doch, daß er nicht mehr als zwei, drei Kilometer von seinem Ausgangspunkt entfernt sein konnte, sich also mitten im Suchgebiet aufhielt. In den Nachrichten des Frühstücksfernsehens hatten sie Suchtrupps und Straßensperren gezeigt – alles hielt nach ihm Ausschau. Sie hatten sogar gesagt, daß es keine Hinweise auf seinen Aufenthaltsort gebe. Daraus zog er den Schluß, daß er bei seiner Flucht „keine Spuren hinterlassen" hatte, wie es in den Filmen immer hieß. Jetzt mußte er sich einfach den nächsten Schritt überlegen.

Wenn ich nur Auto fahren könnte! dachte er. Augenblick mal! Warum sollte er denn nicht Auto fahren können? Durch Onkel Marks Kleinlaster war er doch überhaupt erst in den ganzen Schlamassel geraten. Vor einem Jahr hatte er es damit fast vierzig Kilometer weit geschafft, ehe ein Bulle ihn anhielt, und das war mitten am Tag gewesen, als doch eigentlich jeder sah, daß ein Kind am Steuer saß. Wenn er nur nachts fuhr und die großen Straßen mit den Polizeisperren mied, dann würde er vielleicht unbemerkt aus dem Land abhauen können!

Die Garage war, wie alles andere in und an dem Haus, riesengroß. Der Abstellplatz gleich neben der Tür zur Küche war leer; dort stand wohl normalerweise der Wagen, den die Familie offenbar gerade benutzte. In einer mittleren Parkbucht stand auf einem Anhänger ein glänzendes Fiberglas-Schnellboot. Was er zu finden gehofft hatte, befand sich auf dem dritten und letzten Abstellplatz und war mit einer olivgrünen Plane bedeckt. Ohne zu zögern, packte Nathan den vorderen Zipfel und zog sie ab.

„*Wow!*" Es war der Ausdruck größtmöglicher Bewunderung. Vor ihm stand ein nagelneues kirschrotes BMW-Cabrio, das tollste Auto, das es überhaupt gab. Die Schlüssel, auf deren Anhänger mit der Hand *BMW* geschrieben war, hingen an einem mit SCHLÜSSEL beschrifteten Haken, der gleich links von der Fahrertür an der Wand angebracht war.

Die Fahrertür war nicht abgeschlossen. Nathan öffnete sie und setzte sich in den Wagen. Das Leder des Sitzes war noch weicher als der alte Klubsessel von seinem Dad. Mit vor Ehrfurcht offenstehendem Mund strich Nathan über die Sitze, packte dann das Lenkrad und steuerte den Wagen im Geiste durch die Kurven der Autobahnen, auf denen er bald dahinfahren würde. Er fand die Knöpfe, mit denen sich die Sitzposition verändern ließ, und schob sich ganz nach vorn, so daß er mit den Füßen die Pedale erreichen konnte. Er würde sich zwar strecken müssen, aber wenigstens kam er hin. Und außerdem hatte der Wagen ein Automatikgetriebe – das Schalten war also kein Problem.

Er grinste. Es konnte klappen. Es mußte klappen. Er spielte alles in Gedanken durch und spürte, wie seine Zuversicht mit jeder Sekunde größer wurde. Alle Wenns und Abers galten jetzt nicht mehr. Er hatte es sämtlichen Widrigkeiten zum Trotz bis hierher geschafft und würde es auch weiter schaffen. Wichtig war, daß er endlich einen Plan hatte.

DENISE hätte am liebsten drauflosgetanzt. In den Stunden seit dem Ende ihrer Sendung hatte sie unzählige Anrufe und Faxe von Leuten erhalten, die auf die eine oder andere Art und Weise zum Ausdruck bringen wollten, wie sehr die heutige Sendung sie interessiert hatte.

Punkt sechzehn Uhr kam Enrique in ihr Büro mit der Nachricht, daß Mr. Dorfman am Telefon sei und sie sprechen wolle. Ronald Dorfman war der Präsident von Omega Broadcasting. Omega, deren Zentrale sich in New York befand, verkaufte ihre Sendung an andere Sender weiter, und Omega zahlte Enrique und Denise ihr Gehalt.

Drei Minuten nachdem Enrique die Stummschalttaste gedrückt hatte, war Denise am Apparat.

„Guten Tag, Denise, hier spricht Ron Dorfman." Es klang ziemlich freundlich. „Wie geht es Ihnen denn?"

„Sehr gut, Ron, danke der Nachfrage. Die Sendung läuft ja recht erfreulich."

„Das kann man wohl sagen", stimmte er ihr zu. „Ich hatte heute Gelegenheit, mal bei Ihnen reinzuhören. Ich hoffe, Sie sind mir nicht böse, aber bei meinem Job kann ich das beim besten Willen nicht allzuoft tun."

„Aber das ist doch klar." Denise spannte die Schultern an. Irgendwas war im Busch.

„Diese Sache mit dem Jungen, der den Gefängnisaufseher getötet hat – sagen Sie mir doch mal, was Sie persönlich davon halten!"

„Das war ein tolles Radiothema, finde ich", sagte sie wie aus der Pistole geschossen.

„Nein, nein, das meine ich nicht. Ich will wissen, wie Sie die augenblickliche Situation einschätzen."

„Wenn Sie wissen wollen, ob ich ihn für ehrlich halte, dann lautet meine Antwort ja."

„Und was veranlaßt Sie dazu? Da draußen sind Tausende von Menschen, die in dieser Frage völlig anderer Ansicht sind.“

„Bei allem Respekt, Ron, aber diese Menschen haben unseren Sender nicht angerufen.“

„Sie können es mir trotzdem glauben, Denise. Es gibt solche und solche Leute. Diejenigen, die Polizeimarken tragen, stimmen nicht mit Ihnen überein. Jetzt sagen Sie mir bitte, warum Sie dem jungen Mann seine Geschichte abnehmen.“

Wie konnte man eine solche Frage beantworten? Wie sollte man ein Gefühl, eine Intuition so erklären, daß es dem Chef eines 700-Millionen-Dollar-Unternehmens einleuchtete? Sie suchte, ein wenig stotternd, nach den richtigen Worten und sagte schließlich: „Ich glaube dem Jungen vor allem deshalb, weil ich selbst Kinder in seinem Alter habe und einfach weiß, wann sie lügen. Wie er diese Geschichte erzählt hat, das war einfach ... *echt.*“

Vom anderen Ende der Leitung ertönte ein tiefer Seufzer. Denise spürte, daß ihm noch etwas auf dem Herzen lag. Sie brauchte nicht lange zu warten.

„Vor einer halben Stunde war ein Polizist der Staatspolizei von New York hier in meinem Büro und hat mir eine Vorladung vor das Gericht von Braddock County präsentiert – wo auch immer das sein mag. Ich soll dort morgen nachmittag erscheinen und Gründe gegen eine Dringlichkeitsklage vorbringen, die der für Nordvirginia zuständige Staatsanwalt, ein gewisser J. Daniel Petrelli, eingebracht hat. Die wollen offenbar an unsere Telefondaten ran. Was halten Sie davon?“

„Ich finde, das ist eine Sauerei, Ron. Sie sagten, Sie haben sich heute die Sendung angehört. Haben Sie auch meine Unterhaltung mit dem Polizisten mitverfolgt?“

„Ja“, sagte Dorfman und gluckste vergnügt. „Und an Ihrer Stelle würde ich mich in den nächsten Jahren möglichst bei keiner Geschwindigkeitsüberschreitung erwischen lassen!“

„Ich finde, ich habe meine Ansicht da sehr deutlich zum Ausdruck gebracht.“

„Das kann man wohl sagen. Ich möchte aber, daß Sie wissen, was hier auf dem Spiel steht, Denise. Unseren Anwälten zufolge ist Ihr Argument mit dem ersten Zusatzartikel der Verfassung nur dann anwendbar, wenn der Staat dazu gebracht wird, uns zur Aushändigung der Daten zu zwingen. Wenn wir es freiwillig tun, ist die Sache strittig. Die Anwälte haben mir darüber hinaus erklärt, daß wir, wenn wir den Einblick in die Telefondaten verweigern und vor Gericht siegen, ein unglaublich hohes zivilrechtliches Haftungsrisiko eingehen für den Fall, daß der Junge doch ein Mörder ist und noch jemanden umbringt. Das ist also unsere augenblickliche Lage", faßte Dorfman das Gesagte zusammen. „Auf der einen Seite sind wir verpflichtet, der Polizei bei ihren Bemühungen zu helfen und einen Menschen vor Gericht zu bringen, der nach eigenem Geständnis jemanden getötet hat. Auf der anderen Seite haben wir die ethische Verpflichtung uns selbst und unserer Branche gegenüber, das, was uns gehört, zu schützen, und sei es aus Prinzip. Sie sind diejenige, die mit dem Jungen geredet hat. Ich möchte von Ihnen wissen, was wir Ihrer Meinung nach tun sollen."

„Ich glaube, Sie haben in dieser Angelegenheit etwas sehr Wichtiges übersehen, Ron", sagte sie vorsichtig. „Alles, was Sie gerade gesagt haben, klingt vernünftig, aber hier geht es um etwas Bedeutenderes als nur darum, daß unsere Rechte den Rechten der Allgemeinheit gegenüberstehen. Zwischen diesen beiden Fronten befindet sich ein verängstigtes kleines Kind. Mein Herz schlägt für diesen Jungen. Ich würde ihm am liebsten die Hand halten und ihm aus der ganzen Sache heraushelfen. Aber das geht nicht. Ich kann ihm überhaupt nicht helfen. Verdammt, Ron, er hat einfach zu viel gegen sich. Er ist doch nur ein kleiner Junge, der einen aussichtslosen Kampf zu gewinnen versucht, und ich finde es einfach ungerecht, wenn wir ihnen Einblick in unsere Computerlisten geben, obwohl sie doch sowieso schon alle Trümpfe in der Hand halten."

Ron lachte leise. „Also, Denise, wir werden morgen folgendes tun: Ich setze meinen Job und Ihren und obendrein einen beträchtlichen Teil unseres Firmenvermögens darauf, daß der kleine Nathan Bailey die Wahrheit sagt und jetzt nicht losziehen wird, um kriminelle Taten zu begehen. Wir werden vor Gericht sagen, daß unsere Telefondaten vertraulich sind und daß wir sie niemandem zeigen werden."

Denise war baff. Das hatte sie nicht erwartet. Da ihr nichts Klügeres einfiel, sagte sie einfach nur: „Danke."

„Warten Sie noch mit Ihrem Dank! Es könnte sich als die idiotischste Entscheidung herausstellen, die ich je getroffen habe."

„Auf jeden Fall ist es eine der mutigsten, die Sie je getroffen haben", erwiderte Denise herzlich, und sie meinte es so.

Jetzt war Dorfman erstaunt. „Vielen Dank, Denise. So etwas bekommen wir von der Unternehmensleitung nicht gerade oft zu hören.

Hoffentlich schlafen Sie heute nacht besser als ich.“ Er legte auf. Denise starrte das Telefon an, und auf ihrem Gesicht erschien ein breites Lächeln.

SCHON die bloße Vorstellung, Sergeant Hackner könnte den üblen Gerüchten über einen seiner loyalsten und erfolgreichsten Mitarbeiter Glauben schenken, machte den Direktor der JSA, Harold Johnstone, rasend. „Ich habe gehört, was dieser Mörder heute morgen im Radio gesagt hat, und jedes Wort davon ist eine Lüge! Ricky Harris hatte eine makellose Personalakte.“

„Wir verleumden hier niemanden, Mr. Johnstone“, sagte Hackner. „Wir stellen bloß Fragen.“

„Dann nehmen Sie hiermit zur Kenntnis, daß Ihre Fragen beleidigend sind!“ fauchte Johnstone. Er war ein massiger Mann mit mindestens dreißig Kilo Übergewicht. Sein Hemdkragen stand offen, und der Krawattenknoten war gerade so weit hochgeschoben, wie der Halsumfang es erlaubte.

„Mr. Johnstone“, sagte Hackner, „Sie können sich meinetwegen gern beleidigt fühlen, aber Ihre Aufgabe ist es, uns zu helfen. Es sei denn, Sie haben irgend etwas zu verbergen.“

Der Direktor erhob sich von seinem Stuhl. „Sergeant Hackner, wie können Sie es wagen, mir zu unterstellen, daß ich an dieser Sache in irgendeiner Form schuld –“

Hackner unterbrach ihn mit einer Handbewegung. „Setzen Sie sich, Mr. Johnstone. Entschuldigen Sie bitte. Ich habe einen harten Tag hinter mir.“

„Ja, allerdings, es war ein sehr harter Tag. Die Sache hat uns alle zutiefst erschüttert. Nathan Bailey hat einen guten Betreuer getötet.“

Hackner kniff die Augen zusammen. „Sie wissen, daß diese Aussage grundlegend von den Erkenntnissen abweicht, die wir bisher gewonnen haben, oder?“

„Nach all den Lügen, die Nathan im Radio von sich gegeben hat, wundert es mich nicht, daß Sie diesen Eindruck haben.“

Hackner veränderte seine Sitzhaltung. „Warum wurde Nathan gestern abend in den Krisenraum gesteckt?“

Johnstone schien diese Frage in Verlegenheit zu bringen. „Darüber können wir leider nur Mutmaßungen anstellen. Ich nehme an, es geschah aufgrund eines Verhaltensproblems.“

„Haben die anderen Kinder irgendein Verhaltensproblem bei Nathan bemerkt?“

Johnstone lächelte. „Sergeant Hackner, hier in dieser Einrichtung benützen wir eine Menge beschönigender Ausdrücke, um unsere Tätigkeit ... nun ja, um sie etwas weniger schockierend erscheinen zu lassen, als sie in Wahrheit ist. Wir sind ein Gefängnis. Hier in dieser Einrichtung ist der Begriff ‚Verhaltensproblem‘ etwas sehr Relatives. Ich stelle unseren Kindern hier keine Fragen in bezug auf das Verhalten der anderen Kinder. Sie dürfen das, was die Insassen Ihnen sagen, nicht glauben, und die Bitte um ihre Mithilfe wäre reine Energieverschwendung.“

„Das heißt, daß Ihr Personal immer recht hat?“

„Um es kurz zu machen: Ja.“

„Johnstone, Sie fordern ein Fehlverhalten ja geradezu heraus!“ empörte sich Hackner. „Sie sagen mir, daß Ihre Leute tun und lassen können, was sie wollen, und daß Sie damit einverstanden sind, solange es nicht publik wird!“

Johnstone ließ die Faust auf den Schreibtisch knallen. „Halten Sie mir hier keine Vorträge, Sergeant! Machen Sie die Augen auf! Das ganze System ist doch bereits verrottet! Wir tun so, als gäbe es für diese Kinder noch Hoffnung, wo es längst keine mehr gibt! Diese Kinder sind Tiere, und wir sind die Zoowärter! Ob ich glaube, daß die Bewohner dieser Einrichtung lügen? Ja, das glaube ich. Und ob ich das, was meine Leute mir erzählen, für wahr halte? Ja, weil mir nichts anderes übrigbleibt. In einer Einrichtung wie dieser ist das die einzige Realität, die es gibt.“

Hackner sah ihn lange schweigend an. Auf seinem Gesicht spiegelte sich eine Mischung aus Fassungslosigkeit und Ekel. „Ist es üblich, einem Insassen seine Schuhe wegzunehmen, wenn man ihn in den Krisenraum steckt?“ fragte er, um das Thema zu wechseln.

„Daß es üblich war, würde ich nicht sagen“, erwiderte Johnstone, „aber unüblich war es auch nicht.“

„Welchen Zweck hatte es?“

Johnstone antwortete, als hätte er sich auf diese Frage vorbereitet. „Wenn die Insassen hierherkommen, besitzen sie nichts Eigenes. Von diesem Zeitpunkt an sind sie hundertprozentig von der Anstalt abhängig. Wir geben ihnen Unterwäsche, Kleidung, Toilettenartikel – einfach alles. Wenn sie sich gut führen, können sie beispielsweise Punkte sammeln, die ihnen schließlich den Kauf einer eigenen Seife oder ihres Lieblingsshampoos ermöglichen. Diese Dinge werden dann zu Statussymbolen. Bei schlechter Führung ist es nicht unüblich, daß man einem Insassen beim Eintritt in den Krisenraum etwas wegnimmt, was ihm wichtig ist."

Hackners nächste Frage kam wie aus der Pistole geschossen. „In Ihren Akten steht, daß Nathan Bailey während seiner ersten Nacht in der JSA mit einem Besenstiel vergewaltigt wurde. Gehört das auch zu Ihrem Programm?"

In Johnstones Augen blitzte eine Wut auf, die heftiger war als jeder Haß. „Meinetwegen können Sie über mich und meine Arbeit hier denken, was Sie wollen, Sergeant!" fauchte er Hackner mit zusammengebissenen Zähnen an. „Aber ich habe während meiner ganzen Zeit in dieser Einrichtung noch nie eine Gewalttat gerechtfertigt. Ich lebe nun mal in der Welt, wie sie ist. ‚Gott gebe mir die Gelassenheit, Dinge hinzunehmen, die ich nicht ändern kann.' Nach diesem Gebet läßt es sich ganz gut leben."

„Ich ziehe einen anderen Spruch vor: ‚Was du nicht willst, daß man dir tu, das füg auch keinem andern zu.'"

## SIEBEN

NATHAN saß träge auf dem Wohnzimmersofa und zappte sich mit Hilfe der Fernbedienung durch die Kanäle. Die Nachrichten über ihn selbst waren langweilig geworden. Zu seiner Erleichterung fiel ihm allerdings auf, daß wenigstens ein Sender ein besseres Foto von ihm aufgetrieben hatte, nämlich das aus seinem Jahrbuch der fünften Klasse.

Weil er zum einen – wie sein Dad immer gesagt hatte – „anständig erzogen" war, zum anderen aber aus reiner Langeweile hatte er sogar die Bettwäsche aus dem Elternschlafzimmer gewaschen. Es war nicht richtig, ein Haus zu verlassen, ohne das Bett zu machen. Auch die Spuren seines Freßgelages beseitigte er zwischendurch immer wieder sorgfältig.

Doch obwohl er unbedingt ein guter Gast – oder Einbrecher? – sein wollte, brachte er eines nicht über sich: den JSA-Overall zu entsorgen, der noch immer auf dem Boden der Gästetoilette lag, wo er ihn hatte fallen lassen.

Während er gedankenverloren herumzappte, wurde ihm plötzlich wieder bewußt, in welchen Schwierigkeiten er steckte. Er bekam allmählich eine neue Einstellung zu der ganzen Sache. Okay, er hatte einen Typen umgelegt, und das war schlimm, aber es war ein Unfall gewesen, und außerdem hatte er es in Notwehr getan. Er mußte sich allerdings eingestehen, daß es wahrscheinlich ziemlich dumm gewesen war, aus der JSA zu fliehen. Warum also war er weggelaufen? Weil er Angst gehabt hatte, und, was noch wichtiger war, weil sich ihm die Gelegenheit dazu geboten hatte.

Erstaunlich fand er, wie lang seine Liste strafbarer Handlungen in der Zwischenzeit geworden war. Inzwischen war Einbruch hinzugekommen, und er plante, innerhalb der nächsten paar Stunden ein Auto zu klauen. Bis zur kanadischen Grenze würde er noch mindestens zweimal einbrechen und mindestens zwei weitere Wagen stehlen müssen. Wenn sie ihn erwischten, würde er ganz schön in Schwierigkeiten stecken. Deshalb gab es nur eines: sich nicht erwischen zu lassen.

SO ERREGT hatte Michaels seinen Freund Hackner schon lange nicht mehr erlebt. „Beruhige dich wieder, Jed! Johnstone hat dir nur seine Ansichten dargelegt."

„Ansichten! Daß ich nicht lache! Dieser Kerl ist eine Gefahr für alle Kinder, die er eigentlich beschützen soll! Warren, kapierst du nicht –"

„Jed!" Michaels unterbrach ihn. „Ich habe verstanden, daß dieser Johnstone eine Gefahr für seine Schützlinge darstellt. Aber ich habe im Augenblick schlicht und ergreifend keine Zeit, mir Gedanken über die Zusammensetzung des Personals in der Jugendstrafanstalt zu machen. Du übrigens auch nicht, wenn ich das mal sagen darf. Was ist mit Ricky Harris – was hat Johnstone über ihn gesagt?"

„Daß er ein vorbildlicher Mitarbeiter war."

„Du mußt wohl den Tatsachen ins Gesicht sehen, Jed", erklärte Michaels. „Wir suchen noch immer einen Mörder. ‚Im Zweifel für den Angeklagten' – das sage ich mir genauso wie du, aber die Beweislast gegen Nathan Bailey ist im Moment erdrückend."

Hackner ließ nicht locker. „Und ich sage dir, Warren, da ist noch was anderes im Spiel, irgendwas, das wir bis jetzt übersehen haben."

Das alles führte zu nichts. „Weißt du was, Jed? Wir teilen den Fall einfach in zwei Hälften. Die eine Aufgabe lautet: den Jungen in die

Anstalt zurückzubringen. Sobald wir ihn haben, haben wir auch genug Zeit, die Sache für die Verhandlung vorzubereiten. Dann ist der Zeitpunkt für den zweiten Teil gekommen: sich diesen Johnstone – und auch Harris – gegebenenfalls mal näher anzusehen. Einverstanden?"

„Mehr ist im Augenblick wohl nicht drin. Aber was diesen Ricky betrifft, werde ich auf jeden Fall mal ein bißchen tiefer buddeln!"

Michaels lächelte. „Also, das hätten wir geklärt. Das Haus des Onkels wurde doch beobachtet, oder?"

„Genau. Aber weder er noch der Junge sind dort aufgetaucht."

„Könnten sie die Stadt zusammen verlassen haben?"

„Möglich, aber in Anbetracht dessen, was zwischen den beiden früher passiert ist, halte ich das nicht für sehr wahrscheinlich. Immerhin war der Onkel ja der Grund, weshalb der Junge abgehauen ist, erinnerst du dich?"

„Wohin könnte er denn noch gegangen sein?"

Hackners Antwort fiel kurz und bündig aus. „Ich kann mir keinen einzigen Ort vorstellen, an dem er *nicht* sein könnte."

Michaels mußte ihm beipflichten. Wenn man den Onkel aus der Gleichung strich, blieb Nathan kein einziger Mensch auf der Welt. Und so traurig das auch war – er hatte dadurch zugleich unbegrenzte Möglichkeiten. An niemanden gebunden, ohne jede Verpflichtung, irgendwen auch nur anrufen zu müssen, um zu sagen, daß es ihm gutgehe, gehörte dem Gesetzesflüchtling die ganze Welt. Es lag nur an seinem Einfallsreichtum und seiner Intelligenz, welche Möglichkeiten sich ihm eröffneten und welche nicht.

ALS DR. TAD BAKER die Röntgenaufnahmen des gerade behandelten Patienten in die Klammern am Leuchtschirm gesteckt hatte, verzog er das Gesicht. Er ärgerte sich über die Entscheidung der Notaufnahmeschwester, diesen Fall ganz ans Ende zu rücken. Ein gebrochener Finger stand zwar auf der Notfallskala nicht besonders weit oben, aber dieser Bursche hier bildete eine Ausnahme. Die gespenstisch weiße Hand auf dem Leuchtschirm vor ihm war mehr als nur gebrochen; diese Hand war geradezu verstümmelt worden. Der Schmerz mußte unerträglich gewesen sein.

Dr. Tad (wie ihn seine Mitarbeiter nannten) setzte sein professionellstes Arztgesicht auf, zog den Vorhang zurück und sprach den Patienten in Bett Nummer vier an. „Guten Tag, Mr. Bailey. Ich bin

Dr. Baker. Ich habe Ihrer Karte entnommen, daß Sie Ihre Hand verletzt haben. Darf ich mir das mal ansehen, bitte?"

Bailey betrachtete mehrere Sekunden lang eingehend das Gesicht des Arztes und schob ihm dann, sorgsam von der linken gestützt, langsam die rechte Hand hin. „Tut ziemlich weh, Doc."

„Das glaube ich gern", antwortete Dr. Baker. „Ich habe Ihre Röntgenbilder gesehen. Sie haben da wirklich eine ziemlich schwere Verletzung davongetragen. Wie ist das denn passiert?"

„Ich habe gerade die Bremsen meines Wagens ausgewechselt, da ist plötzlich der Wagenheber weggerutscht", erklärte Bailey. „Ich hatte es eilig, wollte die Sache etwas abkürzen. Na ja, solche Geschichten hören Sie hier wahrscheinlich tausendmal am Tag."

Dr. Baker schenkte ihm ein unverbindliches Lächeln; er wußte sofort, daß die Geschichte erlogen war. Es bestand nicht der geringste Zweifel daran, daß die Verletzung von Mark Bailey eine andere Ursache hatte als die vom Patienten angegebene. Dr. Bakers Ansicht nach waren die beiden Finger absichtlich gebrochen worden.

„Dann sind Sie also unter den Reifen geraten?" fragte er, während er Baileys Hand vorsichtig in seiner eigenen hin und her drehte.

„Genau", bestätigte Bailey. Er hatte sich total angespannt, um die Hand jederzeit blitzschnell wegziehen zu können, falls der Arzt ihm weh tun würde.

Dr. Baker spürte, daß der Mann Angst hatte. Er lächelte ihn freundlich an und führte ihm die Hand sacht wieder zurück an die Brust. „Entspannen Sie sich!" bat er ihn. „Ich will Ihnen wirklich nicht weh tun."

Bailey entspannte sich tatsächlich. „Ist in Ordnung, Doc", sagte er. „Sie haben mir tatsächlich überhaupt nicht weh getan. Mal was Nettes zur Abwechslung."

Interessant ausgedrückt, dachte Dr. Baker. „Ach, wirklich? Wie meinen Sie denn das?"

„Wie meine ich was?"

„Sie sagten, es sei zur Abwechslung mal was Nettes gewesen, daß ich Ihnen nicht weh getan habe."

„Habe ich das wirklich gesagt?" fragte Bailey ausweichend.

Dr. Baker tat so, als beschäftige er sich gerade intensiv mit Baileys Patientenkarte. „Hm. Jemand hat Ihnen weh getan, nicht wahr?"

Die Vorstellung ließ Bailey laut auflachen. „Nur ich mir selbst, Doc."

„Wie kommt es denn Ihrer Meinung nach, daß Sie sich nur zwei Finger gebrochen haben und nicht die ganze Hand?“

Selbst durch den Schmerz, der sich wie ein Nebel um seinen Kopf gelegt hatte, erkannte Bailey sofort die undichte Stelle in seiner Geschichte. Der Arzt hat einen Verdacht, stellte er fest. „Keine Ahnung“, sagte er. „War wohl einfach Glück.“

Dr. Baker betrachtete Baileys Gesicht und suchte darin nach der Wahrheit. „Wenn Sie mir nicht etwas anderes erzählt hätten, ich würde schwören, daß jemand Ihnen die Finger absichtlich gebrochen hat. Sie sind ganz sicher, daß das durch einen herabfallenden Wagenheber passiert ist, ja?“

„Durch einen Wagenheber? Nein, das ganze Auto ist draufgefallen. Sie glauben doch nicht, daß ich Sie anlüge, oder?“

Dr. Baker sah ihn ein bißchen zu lange an, als daß er dabei seine wahren Gedanken hätte verbergen können. „Nein, natürlich nicht. Kein vernünftiger Mensch lügt seinen Arzt an.“ Es ist deine Hand und dein Leben, dachte er. Ich habe meine Pflicht getan. Er klickte die Mine seines Kugelschreibers zurück ins Gehäuse und schob den Stift in die Brusttasche seines Kittels.

„Bleiben Sie jetzt einfach ein Weilchen ruhig liegen, Mr. Bailey. Ich komme später noch mal vorbei.“

ES WAR fast zehn Uhr abends geworden, und es war dunkel, im Haus genauso wie draußen. Nathan schrieb den Brief an die Nicholsons zu Ende – den Namen seiner Gastgeber hatte er auf der Zustelladresse einer Illustrierten gefunden – und ging von der Küche in die Garage. Es gab kein Zurück mehr. Wichtiger als alles andere war jetzt, zwischen sich und die JSA eine möglichst große Entfernung zu bringen, und was er dazu brauchte, stand dort hinten in der Garage. Sitz und Lenkrad hatte er seiner Größe bereits angepaßt, und am Nachmittag hatte er etwa eine Stunde lang auswendig gelernt, wo sich die wichtigen Hebel und Schalter des BMW befanden.

Nathan beeilte sich jetzt. Er machte es sich im Fahrersitz bequem, legte den Sicherheitsgurt um und startete den Wagen. Er hatte den Schlüssel kaum gedreht, da heulte der Motor schon auf. Nathan langte nach oben und drückte hastig auf den Knopf an der Sonnenblende, der die Automatik des Garagentors in Gang setzte.

Das Öffnen des Tors bewirkte eine wahre Geräusch- und Lichtexplosion in der ansonsten völlig ruhigen Nacht. Nathan war sicher, daß schon jetzt jeder Nachbar im Umkreis von zwei Querstraßen zum Hörer gegriffen hatte, um die Polizei vom Diebstahl des Nicholson-Wagens zu benachrichtigen. Als das Garagentor offenstand, legte Nathan den Rückwärtsgang ein und drehte sich auf seinem Sitz um, damit er den Wagen die lange, abschüssige Auffahrt hinabsteuern konnte. Auf halbem Weg hielt er an, um das Garagentor zu schließen. Als die Hinterräder das Ende der Auffahrt erreicht hatten, schlug er das Lenkrad kräftig ein, schaltete auf DRIVE und drückte vorsichtig aufs Gaspedal. Der BMW fuhr hoppelnd bis zum Ende der Straße. Von seinen Fahrten in Onkel Marks Auto wußte Nathan noch, daß nicht das Lenken das Schwierigste war, sondern das gleichmäßige Fahren. Aber er hatte schon einmal herausgekriegt, wie das ging, und war zuversichtlich, es diesmal wieder zu schaffen.

Seine Fahrtroute hatte er zwar sorgsam in eine Straßenkarte eingezeichnet, die er im Handschuhfach gefunden hatte, aber er wußte immer noch nicht genau, wo er war, und sah sich jetzt mit der ersten wichtigen Entscheidung konfrontiert: links oder rechts abbiegen? Er bog rechts ab und hoffte, die Straße zu finden, die aus dem Viertel herausführte.

Ungefähr zehn Minuten später hatte er den Cannonball Parkway erreicht, den er von seinem Aufenthalt bei Onkel Mark her kannte. Er wußte, daß der Cannonball und die Prince William Road sich kreuzten, und zwar nicht weit von Onkel Marks Haus entfernt. Von dort aus ging es direkt zur Route 66, die ihn wiederum zur Route 81 bringen würde, auf der er dann nach Norden in Richtung Kanada fahren konnte.

Der BMW fuhr sich leicht, und er fühlte sich dem Wagen durchaus gewachsen. Nach weiteren fünfzehn Minuten war ihm die Gegend entlang des Cannonball Parkway plötzlich vertraut. Etwa zweieinhalb Kilometer weiter kam, wie er wußte, die Kreuzung mit dem McDonald's, wo die Straße zu Onkel Mark abzweigte. Allein dieser Gedanke weckte Erinnerungen in ihm, von denen er gehofft hatte, sie würden ihn nie wieder beschäftigen.

Je näher er der Kreuzung kam, um so stockender wurde der Verkehr, und schließlich ging überhaupt nichts mehr. Weiter vorn blitzten die roten und blauen Lichter von Polizeiwagen durch die Nacht. Nathans erster Gedanke war, sofort umzukehren und zurückzufahren, aber man konnte den Mittelstreifen unmöglich überqueren, ohne sich verdächtig zu machen. Wahrscheinlich war es sowieso nur ein Autounfall. Kein Mensch würde ihn überhaupt bemerken.

Doch nach einem halben Kilometer Stoßstange an Stoßstange hatten sich seine schlimmsten Befürchtungen bewahrheitet. Es war kein Unfall. Es war eine Straßensperre. Polizisten in brauner Uniform hielten jedes vierte oder fünfte Auto an, leuchteten mit einer Taschenlampe hinein und sprachen mit dem Fahrer. „O Gott!“ betete Nathan laut. „Bitte mach, daß sie mich nicht anhalten!“

In der Hoffnung, dort weniger gut sichtbar zu sein, hielt Nathan sich auf der linken Spur. Ohne den Kopf zu bewegen, schielte er zum Wagen rechts von ihm hinüber. Selbst in der nächtlichen Dunkelheit war dessen Fahrer ohne weiteres zu erkennen. Blonde Haare und einen Schnauzbart hatte er, er war Anfang Zwanzig.

Wenn ich ihn sehen kann, können sie mich auch sehen, überlegte Nathan. Sein Herz schlug immer schneller, und das Lenkrad hielt er jetzt so fest umklammert, daß seine Finger schon fast gefühllos waren. „Bleib ruhig!“ sagte er laut vor sich hin – wohl schon zum hundertstenmal an diesem Tag.

Den ganzen Tag hatte er sich sorgfältig auf diese Nacht vorbereitet, aber damit hatte er nicht gerechnet. Auf seiner Spur standen zwischen ihm und der Straßensperre genau dreiundzwanzig Autos und zwei Motorräder. Sechs Wagen wurden jetzt durchgewunken, ohne daß man einen Blick hineingeworfen hatte; blieben noch siebzehn vor ihm. Seine Hände waren schweißnaß, und seine Beine zitterten.

Bitte, ach bitte, lieber Gott, betete er, diesmal allerdings schweigend, um keine Aufmerksamkeit zu erregen, bitte laß mich an ihnen vorbeikommen! Bitte laß mich weiterkommen!

Tränen traten ihm in die Augen, aber er zwang sie mit Willenskraft zurück. Im nächsten Durchgang winkte der Bulle nur drei Wagen weiter und nahm den vierten näher in Augenschein. Danach ließ er wieder fünf durch. Es gab offenbar kein bestimmtes Muster; er hielt die Wagen völlig willkürlich an.

Jetzt waren nur noch acht Autos vor ihm; drei ließ der Bulle durch. Danach zwei.

Jetzt bin ich der dritte! Nathan war nahe daran, in Panik zu geraten. Er stoppt jetzt immer jeden dritten!

Zu Nathans Entsetzen hielt der Polizist auch den Wagen unmittelbar dahinter an. Jetzt nahmen sie sich also ausnahmslos jeden vor. Verzweifelt begann er zu überlegen, wie er abhauen könnte, wenn sie ihn erkannten. Kein einziger Bulle saß in einem Wagen. Wenn es zum Blickkontakt kam, würde er einfach aufs Gas steigen und es riskieren. Eine andere Wahl hatte er nicht.

Als der Polizist auch diesen Wagen abgefertigt hatte, winkte er den Fahrer lächelnd weiter. Und hielt wiederum das unmittelbar folgende Auto an!

Im grünen Schein der Armaturenbeleuchtung konnte Nathan sein rechtes Bein zittern sehen, mit dem er das Bremspedal gleichmäßig zu bedienen versuchte. Er wollte schlucken, aber sein Mund fühlte sich an, als hätte er Kreide gegessen.

Für den Wagen direkt vor ihm interessierte sich der Polizist anscheinend ganz besonders, denn er leuchtete das Wageninnere, vor allem den Rücksitz, lange aus und unterhielt sich dann eine gute halbe Minute mit dem Fahrer. Was geredet wurde, hörte Nathan nicht, aber es schien ein ziemlich erregtes Gespräch zu sein. Der Bulle öffnete die Fahrertür und winkte den Mann heraus. Gehorsam stieg der Fahrer aus und legte die Hände aufs Wagendach.

Während der Bulle mit der Rechten nach seinen Handschellen griff, machte er mit der Linken zu Nathan hin eine Handbewegung, die besagte, daß er um den Wagen herum weiterfahren solle. Einen winzigen Moment lang sahen der Polizist und Nathan einander in die Augen. Aber selbst falls dem Polizisten etwas aufgefallen war, so vergaß er es sofort wieder, denn der andere Mann begann sich zu wehren, und gleich darauf lagen beide am Boden. Nathan beobachtete den Kampf noch kurz im Seitenspiegel und fuhr dabei fast auf den Wagen vor ihm auf.

Erst nachdem er mehrere Kilometer gefahren war, wurde ihm richtig bewußt, daß er es geschafft hatte. Nach der Straßensperre wurde der Verkehr schwächer. Ein Schild teilte mit, daß die Route 66 nur noch fünf Kilometer entfernt war. Ihm wurde fast schwindlig vor Stolz über seine Leistung. Er hatte sie schon wieder überlistet! Mit jeder Abzweigung, die er passierte, kam er der Freiheit näher. Er würde neu anfangen und einfach so tun, als wären Onkel Mark und Ricky und die Richter, ja, und selbst der Tod nie in sein Leben getreten und als hätten sie seine Kindheit nie so abrupt beendet.

Die Fenster waren geschlossen, das Radio war voll aufgedreht, und die Klimaanlage lief auf Hochtouren. Er war frei und hatte vor, es zu bleiben. Plötzlich kam purer Triumph in ihm auf. Er stieß die Faust ins Verdeck des Kabrios und schrie, so laut er konnte: „Ja!"

## ACHT

ALS MONIQUE MICHAELS sich umdrehte, merkte sie, daß ihr Mann nicht mehr im Bett lag, und war von einer Sekunde auf die andere hellwach. Der Digitalwecker auf ihrem Nachtkästchen zeigte 3:21. Monique stützte sich auf einen Ellbogen und lauschte, doch im Haus war es still. Sie machte sich Sorgen um Warren. Er war in dieser Nacht anders als sonst.

Neun Monate waren vergangen, seit ihr Sohn Brian beim Zeitungsaustragen getötet worden war, aber nur zwei, seit Warren begonnen hatte, sich damit auseinanderzusetzen. Monique glaubte – betete –, daß sie die unaussprechliche Trauer verarbeitet hatten. Mit Hilfe der Therapie, gegen die Warren sich immer wieder mit aller Kraft gesträubt hatte, war es ihr schließlich gelungen, ihre Trauer offen zu zeigen. Woche um Woche hatte sie ihrer Therapeutin ihre Wut, ihre Trauer und ihre Verbitterung entgegengeschleudert. Warren dagegen vergoß vor ihr nie auch nur eine einzige Träne. Wie sie ihn deswegen gehaßt hatte!

Als die Therapie nach einiger Zeit von drei Wochenstunden auf zwei Stunden pro Monat reduziert worden war, verklang ihre Wut allmählich, und die Liebe zu ihm kehrte zurück. Und Warren war immer noch da. Immer noch stoisch, immer noch stark. Und immer noch lieb.

Doch der Schmerz war geblieben wie eine Wunde, die nicht verheilt.

Sie schlüpfte in den Morgenmantel, stieg aus dem Bett und verließ das Schlafzimmer, um ihren Mann zu suchen. Wenn er nicht schlafen konnte, ging er normalerweise hinunter und setzte sich so lange vor den Fernseher, bis er wegdöste, aber dort war er diesmal nicht zu finden. „Warren?“ rief Monique leise ins Haus hinein. „Wo bist du?“ Keine Antwort.

Dann sah sie, daß sich draußen auf der Veranda etwas bewegte und daß die Tür nur angelehnt war.

„Was ist denn, Liebling?“ Sie trat auf die Veranda und ging leise zu ihm.

Michaels saß, mit T-Shirt und Jogginghose bekleidet, auf einem der hölzernen Schaukelstühle, hatte die nackten Füße gekreuzt auf das Verandageländer gelegt und hielt ein Glas mit Scotch in der Hand.

„Hallo, Schatz", sagte er.

Monique setzte sich in den Schaukelstuhl, der neben seinem stand. „Ich mache mir Sorgen um dich", sagte sie. „Was ist los?"

Michaels atmete tief ein. „Ich bin, ... äh ..., ich glaube, ich habe Probleme damit, diese Sache mit Nathan Bailey mit dem richtigen Abstand zu sehen." Er erzählte ihr von dem Video und von Nathans Ähnlichkeit mit Brian.

„Ach, Liebling, es tut mir so leid", tröstete Monique ihn. „Ich weiß, wie sehr du ihn vermißt. Aber alle Kinder in diesem Alter sehen sich bis zu einem gewissen Grad ähnlich."

Er rang sich ein leichtes Lächeln ab. „Wahrscheinlich. Aber das macht es so schwer für mich, ihn ins Gefängnis zu werfen. Du weißt nicht, wie sein Leben bisher verlaufen ist. In den letzten beiden Jahren hat er alles verloren." Genau wie ich, dachte er, aber er sagte es nicht.

Monique ließ seine Worte in der feuchten Nachtluft verklingen. Dies war einfach die Art, wie Warren mit seinen Problemen umging. Er versteckte seinen Schmerz, wie ein Spieler sein schlechtes Blatt verbirgt. Solange ihm niemand in die Karten sah, konnte er ewig bluffen.

In dem Augenblick, als Jed Hackner mit der Nachricht über Brian zu ihnen gekommen war, hatte Monique ihren Mann innerlich sterben sehen. Ihr Sohn war Warrens ein und alles gewesen. Sie waren in Aussehen und Charakter fast völlig gleich gewesen und hatten in einer eigenen gemeinsamen Welt gelebt, diese beiden – einer Welt, zu der Frauen keinen Zutritt hatten.

Seit jenem Tag im Oktober, als Brian durch einen betrunkenen Autofahrer in einem Inferno aus verbogenem Stahl und Blech aus ihrem Leben gerissen worden war, hatte Warrens Persönlichkeit sich verändert. Er lebte weiter wie bisher, aber es fehlte etwas. Er würde nie wieder derselbe sein, und sie beide wußten es.

Jetzt erinnerten der Ausdruck in Warrens Augen und seine Sitzhaltung Monique an die schrecklichen Tage nach Brians Tod. Viel mehr würde er nicht mehr schlucken können; irgendwann würde es einfach aus ihm herausbrechen. Eines Tages würde es so kommen, ganz bestimmt, so wie sie selbst es in der Praxis der Therapeutin immer wieder erlebt hatte. Sie würde es nicht erzwingen. Aber sie betete, an dem Tag, an dem es geschehen würde, bei ihm sein zu können.

„Es ist einfach nicht fair“, sagte er nach einer Weile.

Gemeinsam und doch weit voneinander entfernt, weil jeder seinen Gedanken nachhing, saß das Paar schweigend noch über eine Stunde auf der Veranda und lauschte dem schrillen Zirpen Tausender Nachttiere. Im matten Schein der Sterne und der Straßenbeleuchtung hielt Monique Warrens Hand und beobachtete verstohlen, wie sich an seinen Augenlidern Tränen bildeten und seine stoppelbärtigen Wangen herabliefen. Er sagte nichts und wischte sie auch nicht weg.

Die Kehle schnürte sich ihr zusammen, und plötzlich erkannte sie, daß sie ihren Mann in diesem Augenblick mehr liebte als an dem Tag, an dem er ihr den Heiratsantrag gemacht hatte.

UM VIERTEL NACH VIER war Nathan irgendwo zwischen Harrisburg und Wilkes-Barre in Pennsylvania unterwegs und auf der Suche nach seinem nächsten Rastplatz. Sechs Stunden Fahrt hatten ihn nicht annähernd so weit gebracht, wie er gehofft hatte. Als er von der Autobahn abbog und auf ein Wohngebiet zufuhr, näherte sich der Benzinanzeiger des BMW bereits der Reservemarkierung.

Nachdem er die Straßensperre passiert hatte, war er ohne jeden weiteren Zwischenfall durch Virginia und Maryland gedüst. Das größte Problem waren die Krämpfe im rechten Bein, das er ständig strecken mußte, um das Gaspedal wenigstens mit dem großen Zeh zu erreichen. Er war hungrig. Und durstig.

Die Autobahnausfahrt mündete in eine andere vierspurige Straße, die von Ampeln gesäumt war. Nathan befand sich nun in einem miesen Geschäftsviertel mit düsteren Lebensmittel- und Eisenwarenläden und Schnellimbißlokalen. Ein Schild teilte ihm mit, daß in Little Rocky Creek, nur zwölf Kilometer weiter, Einfamilienhäuser ab 180000 Dollar verkauft wurden.

„Little Rocky Creek, das ist es!“ verkündete Nathan dem Wagen.

Es war ein neues Wohngebiet mit vielen Baustellen. Die durch die Siedlung führende Hauptstraße Little Rocky Trail endete in zehn Sackgassen, um die herum die meisten Häuser gebaut worden waren. Nathan begann die Siedlung zu erkunden, indem er langsam diese Seitenstraßen abfuhr.

Offenbar hielt sich jeder in dieser Gegend eine Morgenzeitung, viele sogar zwei. Wie sollte er bloß das eine Haus finden, dessen Bewohner in Urlaub waren, wenn auf jeder Auffahrt Zeitungen lagen?

Ganz ruhig bleiben, Kleiner, sagte er zu sich selbst. Dir wird schon was einfallen.

Am Ende der zehnten Sackgasse wurde seine Aufmerksamkeit auf drei Reklamezettel gelenkt, die jemand in die Fliegengittertür gesteckt hatte. Ob das wohl bedeutete ...

Er konnte die Türen der umliegenden Häuser sehen. In keiner steckte ein Zettel.

Nathan, du bist ein Genie! gratulierte er sich selbst. Er schaltete die Scheinwerfer des BMW aus, schlüpfte, so leise es ging, bei laufendem Motor aus der Tür und schlich auf Zehenspitzen zum Garagentor. Er stellte sich auf den Metallknauf, blickte durch die kleinen Fenster in die fast völlig dunkle Garage und sah, wie er gehofft hatte, einen leeren Abstellplatz. Und es kam noch besser – es stand nämlich ein Zweitwagen dort, ein Honda.

Nachdem er sich die Hausnummer eingeprägt hatte – 4120 –, lief er zum BMW zurück und fuhr weg. Als erstes mußte er den Wagen loswerden. Er erinnerte sich, gleich vor der Abzweigung in die Siedlung an einer Kirche vorbeigekommen zu sein, die für diesen Zweck perfekt geeignet war. Während er aus Little Rocky Creek hinausfuhr, paßte er gut auf die Straßennamen auf und versuchte, sich bestimmte Wegmarken zu merken, um sich den Rückweg zu Fuß zu erleichtern.

Sein Gefühl für Entfernungen hatte ihn getrogen. „Gleich vor der Abzweigung" war schließlich fast zwei Kilometer weiter, als er gedacht hatte. Als er auf den Parkplatz der Kirche fuhr und den BMW auf dem am weitesten vom Gebäude entfernten Platz abstellte, färbte sich der Himmel im Osten bereits rot. Nathan hatte keine Ahnung gehabt, daß es so schnell hell wurde. Der ständig länger werdenden Liste von Feinden, die ihm entgegenarbeiteten, mußte er jetzt noch die Zeit hinzufügen.

Er stieg aus, versteckte die Schlüssel unter der Fußmatte auf der Fahrerseite und schloß die Tür. Er hoffte, daß es, wenn man die Schlüssel zurückgab, eigentlich gar kein richtiger Diebstahl war.

Vor ihm stand die katholische Sankt-Sebastian-Kirche. Er spielte mit dem Gedanken, kurz hineinzugehen und ein bißchen mit Gott zu plaudern, überlegte es sich dann aber anders. Die Zeit lief ihm davon. Außerdem hatte der liebe Gott ihm bisher ja zugehört.

NATHAN brauchte gut fünfundvierzig Minuten, um nach Little Rocky Creek zurückzugehen. Als die Dunkelheit wich und die Schatten schwächer wurden, setzte der Verkehr ein, und er sah sich gezwungen, abseits von der Straße, tiefer im Wald, weiterzugehen, wo dichtes Unterholz, Schlingpflanzen und Dornsträucher sich miteinander verschworen hatten, um ihn auf seinem Weg zu behindern.

Es war noch nicht sechs Uhr, aber die Luft war schon sehr feucht, und die Temperatur hatte dreißig Grad Celsius bereits überschritten. Seine Kleider waren klatschnaß geschwitzt, und die Haare klebten ihm an der Stirn.

Dann sah er endlich durchs Unterholz die Abzweigung zum Little Rocky Trail. Er ging jetzt parallel zu ihr und kam an mehreren Gärten vorbei. Zu dieser Zeit ließen die Leute immer ihre Hunde raus. Einer, ein Schäferhund, bemerkte ihn durch die Zaunlatten hindurch und bellte wütend drauflos, woraufhin ein ganzer Hundechor durch die Gegend zu kläffen begann. Nathan bellte zurück, wofür er in Anbetracht des fast zwei Meter hohen Zauns aus Eichenholzbrettern nicht besonders mutig sein mußte.

Er wanderte weiter durch den Wald. Die direkt daran anschließenden Gärten schienen gar nicht mehr aufzuhören. Nach einiger Zeit war er am Ende der Siedlung angelangt; vor ihm lag ein riesiges unbebautes Gelände mit ausgehobenen Baugruben und aufgehäuftem Baumaterial.

Das Haus Nummer 4120 stand am Ende der Sackgasse auf der gegenüberliegenden Seite des Little Rocky Trail. Wieder war Nathan gezwungen, zwischen mehreren Möglichkeiten zu wählen. Wenn er durch die Baustellen ging, würde er bestimmt gesehen werden, und alles wäre vorbei. Eine Alternative wäre gewesen, im Wald zu bleiben und außen um die Baustelle herumzugehen. Das Problem war nur, daß er nicht wußte, wie lange oder wie weit er gehen mußte. Von seinem Standort aus konnte er das Ende der Baustelle nicht sehen.

Er beschloß, endlich einmal etwas zu riskieren. Er straffte die Schultern, fuhr sich mit den Fingern durch die Haare, trat aus dem Wald und sah für jedermann aus, als gehörte er hierher.

TODD BRISCOW warf das Knäuel Papierhandtücher in den Küchenabfall, während Patty, seine Frau, nach dem Teppichfleckenentferner suchte. Ihr sechsjähriger Sohn und der ein Jahr alte Labrador kauerten nebeneinander an der gegenüberliegenden Wand.

„Peter, wie oft habe ich dir schon gesagt, daß du Essensreste sofort wegwerfen sollst!“ schimpfte Todd mit seinem Sohn. Der Hund hatte gerade ein ganzes Glas Erdbeermarmelade wieder von sich gegeben, das Peter nach dem Frühstück auf der Küchentheke stehengelassen hatte. Und selbstverständlich hatte der Hund genau auf den erst vor kurzem erstandenen Perserteppich gespien, auf den sie so lange gespart hatten.

Todd Briscow sah zum hundertstenmal an diesem Morgen auf die Uhr und sagte genau das Falsche zu Patty – nicht weil er es sagen wollte, sondern weil er es sagen mußte.

„Ich muß jetzt wirklich los, Patty, es ist fast sechs. Die Reischmann-Präsentation beginnt um acht, und ich muß noch Grafiken ausdrucken.“

„Klar mußt du gehen“, erwiderte Patty in eisigem Tonfall. „Schließlich gibt es hier was zu tun …“

Es war der deutliche Versuch, einen Streit zu provozieren, in dem sie das uralte Thema „Du tust nie was, immer bleibt die Dreckarbeit an mir hängen“ zur Sprache brachte. Diese Behauptung war gleichzeitig richtig und falsch. Todd mußte als leitender Angestellter bei einer Telefongesellschaft oft auch nachts und an den Wochenenden arbeiten, aber er bemühte sich nach Kräften, Zeit für die Familie zu erübrigen.

„Tut mir wirklich leid, aber ich muß los.“ Er nahm seinen Aktenkoffer und ging zur Garage.

Während er rückwärts die Auffahrt hinunterfuhr, bewunderte er seine gärtnerischen Leistungen vom zurückliegenden Wochenende. Little Rocky Creek war wirklich ein toller Wohnort. Viele Kinder wohnten hier, es gab keine nennenswerte Kriminalität, dafür aber einen starken Zusammenhalt unter den Bewohnern.

*Wer ist denn das?* Ein Junge, zwölf oder dreizehn Jahre alt, überquerte gerade die Straße. Das Gesicht kam ihm zwar irgendwie bekannt vor, aber er konnte es nicht einer der hier lebenden Familien zuordnen. Es war ein gutaussehender Junge, groß und dünn, mit zerzaustem blondem Haar, aber er strahlte etwas aus, das Todd Briscow auf den Gedanken brachte, er habe nichts Gutes im Sinn.

ALS NATHAN den Wagen auf sich zukommen sah, wollte er zuerst losrennen und sich irgendwo verstecken, aber dazu reichte die Zeit nicht mehr. Er konnte nur noch versuchen, möglichst wenig aufzufallen. Er beschleunigte nicht einmal seine Schritte, als er die Straße überquerte, änderte allerdings die Richtung, nämlich wieder zurück zum äußeren Rand der Siedlung.

Der Chevy kam von links hinten heran und fuhr mit leicht gedrosseltem Tempo an ihm vorbei. Nathan lächelte höflich und winkte.

TODD BRISCOW winkte zurück. Das Kind sah eigentlich ganz normal aus und ganz bestimmt nicht wie ein Ausreißer.

Während er weiterfuhr, wandten Todds Gedanken sich wieder der Reischmann-Präsentation zu. Er warf nicht einmal mehr einen Blick in den Rückspiegel.

SOBALD der Chevy außer Sicht war, machte Nathan eine 45-Grad-Wendung und ging zurück in den Wald. Er mußte sich zusammenreißen, um nicht einfach loszurennen. Als er wieder im Schutz des Schattens und des Dämmerlichts war, lehnte er sich mit dem Rücken an einen Baum und ließ sich zu Boden plumpsen.

„Das war idiotisch!“ sagte er flüsternd. „Ich hätte nie rausgehen dürfen! Was mache ich bloß, wenn der Typ mich erkannt hat?“

Noch etwas, das ihm Sorgen bereitete, noch etwas, das er nicht kontrollieren konnte! In den letzten vierundzwanzig Stunden hatte er es immer nur geschafft, weil er Glück gehabt hatte. Aber irgendwann würde das Glück auch mal ausbleiben, dann würde er sich zur Abwechslung selbst etwas überlegen müssen. Die Vernunft sagte ihm, daß es sinnlos war, sich mit Dingen herumzuquälen, die er nicht ändern konnte, aber genau wegen dieser Dinge konnte er wieder ins Gefängnis geworfen oder sogar getötet werden. Deshalb brauchten Kinder wohl Erwachsene, damit sie die Dinge im richtigen Verhältnis sahen. Und deshalb fühlte er sich so einsam ohne einen einzigen Erwachsenen.

Während ihm diese Gedanken durch den Kopf gingen, verließ ihn alle Kraft. Er brauchte Ruhe und die Zuversicht, die Schlaf immer mit sich brachte. Mit größter Anstrengung rappelte er sich auf und machte sich daran, die letzten zweihundert Meter seiner nächtlichen Reise zurückzulegen.

Zehn Minuten später hatte er sich durch ein ebenerdiges Fenster Eintritt in das Haus Nummer 4120 verschafft, war ins Schlafzimmer gegangen, hatte sich bis auf die Unterhose ausgezogen, sich aufs Bett gelegt und war sofort eingeschlafen.

## NEUN

ALS HACKNER auf den Parkplatz der Jugendstrafanstalt fuhr, wartete Michaels dort bereits auf ihn. Nach ihrem Gespräch am Nachmittag des vergangenen Tages hatte Michaels' frühmorgendlicher Anruf mit der Bitte, sich um neun hier mit ihm zu treffen, Hackner sehr erschreckt. Auf seine Frage nach dem Grund hatte Michaels nur gesagt, er wolle mit einigen Insassen reden.

„Morgen, Chef!" rief Hackner, als die beiden Männer auf dem Parkplatz aufeinander zugingen. „Na, hast du dich gestern nacht ausschlafen können?"

Die Ringe unter Michaels' Augen waren Antwort genug. „Johnstone ist zu mir gekommen und hat sich ein bißchen mit mir unterhalten, während ich hier gewartet habe. Er bereitet die Befragung für uns vor."

„Weiß er, daß ich mit dabei bin?"

„Ich habe es erwähnt, aber er hat über euer gestriges Gespräch kein Wort verloren."

„Kaum zu glauben!"

Michaels streckte ihm drohend den Zeigefinger entgegen. „Du benimmst dich, ist das klar? Keinen Zoff!"

„Ja, Daddy", versprach Hackner mit aufgesetzter Unschuldsmiene.

Auf Michaels' Bitte hin hatte Johnstone ein privates Treffen mit Tyrone Jefferson, den man allgemein nur „Aces" nannte, arrangiert, einem bereits zum drittenmal einsitzenden Fünfzehnjährigen, dessen Sündenregister unter anderem eine Schießerei aus einem fahrenden Auto enthielt. Aces war Nathans Zellennachbar gewesen, und Michaels hoffte, von ihm einen Hinweis darauf zu bekommen, wohin Nathan geflohen sein könnte und wer ihm dabei möglicherweise geholfen hatte.

Johnstone erwartete sie in seinem Büro. Nach dem obligatorischen Austausch von Höflichkeiten gingen sie gemeinsam durch die Sicherheitssperre.

Als die Polizisten eintraten, saß Aces bereits an einem Tisch des ansonsten leeren Klassenzimmers.

Johnstone ergriff als erster das Wort. „Aces, das hier ist Lieutenant Michaels, und das hier ist Sergeant Hackner, beide von der Bezirkspolizei von Braddock County. Sie möchten dir ein paar Fragen stellen." Die Beamten streckten ihm die Hand entgegen, aber Aces machte keine Anstalten, die Geste zu erwidern. Johnstone setzte sich auf einen Stuhl in der Ecke.

„Würden Sie uns bitte entschuldigen, Mr. Johnstone?" bat ihn Michaels. Er sagte es in freundlichem Ton, aber alle wußten, daß es ein Befehl war.

Johnstone blieb zunächst wie erstarrt sitzen und versuchte krampfhaft, sich einen würdevollen Abgangssatz einfallen zu lassen. Nach etwa fünf Sekunden erhob er sich wortlos und verließ den Raum. Der Blick, den er Hackner dabei zuwarf, zeigte, daß er ihn für diese Demütigung verantwortlich machte. Dem kleinen Aces bereitete die Mißstimmung des Gefängnisdirektors sichtliches Vergnügen. Hackner ebenfalls.

Michaels nahm Aces gegenüber Platz, nachdem er den Stuhl herumgedreht hatte, so daß er die Brust an die Rückenlehne stützen konnte. Der junge Schwarze vis-à-vis machte einen mürrischen und teilnahmslosen Eindruck. Bekleidet war er mit dem orangefarbenen Gefängnisoverall. Mit seinen gerade mal fünfzehn Jahren war er zäher, als es Hackner oder Michaels je sein würden.

„Ich will keine langen Vorreden halten", sagte Michaels. „Du kannst mich nicht ausstehen, weil ich ein Bulle bin und bestimmt was dagegen hätte, wenn du mit meinen Töchtern ausgehen würdest, oder? Aber wir beide haben nun mal ein Problem. Nathan Bailey ist vorgestern nacht von hier geflohen, nachdem er einen Aufseher getötet hat. Du wirst hier drin erst dann wieder deine Ruhe haben, wenn man ihn gefunden und zurückgebracht hat. Die Spuren deuten auf einen Komplizen hin, und bis wir diesen Komplizen aufgespürt oder als eine Möglichkeit ausgeschlossen haben, wirst du hier auch tagsüber in deiner Zelle eingesperrt sein. Also, ich will, daß du mir ein paar Fragen beantwortest, okay?"

Aces' Blick wanderte zu Hackner, dann wieder zu Michaels zurück. „Wer von euch zwei Typen ist der gute Bulle und wer der miese? Will bißchen was über die Besetzung wissen, bevor die Show hier startet."

Michaels lächelte, tat ansonsten aber so, als hätte er es nicht gehört. „Nathan war dein Nachbar, richtig?"

Aces begutachtete, ohne eine Miene zu verziehen, seine Fingernägel.

„Hast du eine Ahnung, wer ihm bei der Flucht geholfen haben könnte?"

Schweigen.

„Oder wohin er geflohen sein könnte?"

Keine Antwort.

„Paß mal auf, Aces, ich weiß, daß du mir nicht glaubst, aber ich will nur das Beste für Nathan. Wenn wir ihn nicht hierher zurückbringen, könnte er getötet werden."

„Warum denn? Willst du ihn kaltmachen?"

Michaels wartete einige Sekunden und sagte dann: „Nein. Aber da draußen laufen jede Menge bewaffnete Leute rum und suchen den Jungen, weil sie glauben, daß er Ricky Harris kaltblütig umgebracht hat. Sergeant Hackner und ich vermuten, daß noch mehr hinter der Sache steckt. Wenn wir ihn vor den anderen aufspüren, ist die Wahrscheinlichkeit, daß ihm was passiert, geringer."

„Aber wenn ich nichts sage", überlegte Aces laut, „ist die Wahrscheinlichkeit, daß er überhaupt geschnappt wird, noch viel geringer. War ihm ja wohl ziemlich wichtig, daß er hier rauskam. Hoffentlich schafft er's."

Michaels sah dem Jungen lange in die Augen, sagte aber nichts. Der Blick dieses Jungen war der gleiche, den er schon bei zahllosen Erwachsenen in zahllosen Verhörräumen gesehen hatte. Aces hatte sein ganzes Leben darauf ausgerichtet, innerhalb des Knastsystems der King zu sein. Er hatte sich in der Hierarchie des Jugendgefängnisses ganz nach oben gekämpft, und dort würde er die nächsten sechs Jahre, bis zu seiner Entlassung, bleiben. Wenn die Statistik stimmte, hatte er dann noch etwa ein Jahr auf der Straße. Michaels wollte schon aufstehen und gehen, da ergriff Hackner das Wort.

„Was war mit diesem Ricky?" fragte er. „War der wirklich so ein Mistkerl, wie alle behaupten?"

Aces richtete den Blick blitzschnell auf Hackner; in seinen Augen glomm etwas auf. Wo eben nur Gleichgültigkeit zu sehen gewesen war, erkannte man jetzt blanken Haß. „Ich sage nur: Hoffentlich ist er qualvoll gestorben." Um die Mundwinkel des Jungen zuckte ein böses Lächeln.

„Und wieso?" fragte Hackner.

„Wenn ihr gehört habt, daß er ein Mistkerl war, braucht ihr ja nicht zu fragen."

„Da hast du recht."

Es entstand eine unangenehme Pause, die mehrere Sekunden andauerte, ehe Michaels die Spannung endlich lockerte.

„Danke, daß du Zeit für uns gehabt hast, Aces", sagte er und erhob sich von seinem Stuhl. „Du warst sehr geduldig mit uns. Ich hoffe, daß dein Aufenthalt hier ohne Probleme zu Ende geht." Auch Hackner stand auf und ging zur Tür.

„He, ihr Bullen!" sagte Aces, als Michaels die Hand auf den Türknauf legte. Die beiden Polizisten drehten sich um. „Harris hatte es auf Bailey abgesehen, aber ich weiß nicht, warum. Gut, daß Bailey abgehauen ist. Der hätte das hier nicht überlebt."

Michaels nickte dem Gefangenen respektvoll zu. „Danke, Aces."

„Ich habe nichts gesagt."

KENDRA UND STEVE NICHOLSON hatten während der letzten hundertfünfzig Kilometer kein Wort mehr miteinander gewechselt. Es war Steves Idee gewesen, auf der Heimreise von Disney World ohne Pause durchzufahren, weil er es für besser hielt, die Fahrerei – nebst dazugehörigem Kindergequengel – in einem einzigen endlosen Marathon hinter sich zu bringen, anstatt die Quälerei auf mehrere Tage auszudehnen.

Irgendwo in South Carolina hatte es Kendra dann endgültig gereicht, und sie hatte begonnen, für eine Übernachtungspause zu plädieren. Steve hatte sie dazu überredet, es noch hundertfünfzig Kilometer auszuhalten. Als aber dann Norfolk im Rückspiegel verschwand, war für Kendra der Ofen aus: Sie sagte einfach nichts mehr. Während der Vormittag in den Nachmittag überging und die miese Stimmung der dunklen Stunden aus dem Gedächtnis schwand, spürte Steve, daß die Spannung ein wenig nachließ. Und jetzt, nur mehr drei Kilometer von ihrem Haus entfernt, würde auch Kendra gleich wieder guter Dinge sein, dessen war er ganz sicher.

„Da sind wir!" verkündete er der Familie, als das Haus in Sichtweite kam.

Die Kinder, Jamie und Amy, brachen in Jubel aus. Kendras Antwort bestand aus einem wütenden Blick.

Steve lenkte den Range Rover in die Auffahrt und betätigte den an der Sonnenblende angebrachten Garagentoröffner. Kaum hatte sich das Tor vom Betonboden gehoben, sah er, daß etwas nicht stimmte. Aber Kendra sprach seine Gedanken zuerst aus.

„Wo ist der Wagen?“ fragte sie entsetzt.

In den letzten Minuten vor zehn Uhr starrte Harry Thompkins ohne Unterlaß auf die Digitalziffern seiner Armbanduhr – nur noch vier Stunden verzweifelte Angst vor seinem Treffen mit Lieutenant Michaels. Zu diesem Zeitpunkt war er bereits völlig überzeugt, daß seine Karriere, an der er so hart gearbeitet hatte, ein äußerst unrühmliches Ende finden würde.

Er hatte Anweisung erhalten, bis auf weiteres in einem Zivilwagen vor Mark Baileys Haus zu sitzen und darauf zu warten, ob jemand kam. Thompkins schloß die Augen und wiederholte Mark Baileys Beschreibung, ohne auch nur einen einzigen Blick auf das Fahndungsblatt zu werfen. „Männlicher Weißer, 77 Kilo, blondes Haar, blaue Augen, Schnauzbart. Fährt einen roten Bronco, neueres Modell, amtliches Kennzeichen WLDMAN. Als Zeuge gesucht. Gilt derzeit noch nicht als Verdächtiger.“ Thompkins schlug die Augen auf, sah nach, ob er sich an alles richtig erinnert hatte, und lächelte. Ein paar einzelne Wörter hatte er vergessen, aber von den wichtigen Angaben war alles prompt gekommen.

Und Bailey auch. Zumindest jedenfalls der rote Bronco. Thompkins beobachtete, wie der Wagen in die Auffahrt einbog und stehenblieb. Ein männlicher Weißer, etwa 77 Kilo schwer, mit blondem Haar und einem gewaltigen Verband um die Hand, stieg aus.

Thompkins stürmte aus dem Wagen und lief über die Straße. „Entschuldigen Sie!“ rief er. „Mr. Bailey?“

Als Bailey seinen Namen hörte, drehte er sich kurz um, ging dann jedoch rasch auf die Tür zu. Noch ehe er drei Schritte getan hatte, stand Thompkins neben ihm.

„Entschuldigen Sie, Sir“, sagte er, „Sie sind doch Mr. Bailey, oder?“

Bailey bemühte sich um eine gleichgültige Miene, während sich in seinem Kopf alles um die Frage drehte, was dieser Bulle wohl wußte. „Ja. Was wollen Sie von mir?“

„Ich möchte Ihnen ein paar Fragen stellen. Warum wollten Sie denn vor mir weglaufen?“

Bailey hob seinen Arm schwerfällig hoch. „Sehe ich vielleicht aus wie einer, der gut laufen kann?“

Dem Polizisten war sofort klar, daß der Kerl etwas zu verbergen hatte. Einen Jungen womöglich? „Ich habe den Eindruck, Sie versuchen mir auszuweichen. Wo waren Sie denn letzte Nacht, Sir?“

„Ich war im Krankenhaus, Officer.“ Bailey gestikulierte vorsichtig mit seiner lädierten Hand. „Hatte nämlich einen kleinen Unfall. Mir ist mein Wagen vom Wagenheber gerutscht und auf die Hand geknallt, als ich was an den Bremsen reparieren wollte.“

„Ist Ihnen bekannt, daß Ihr Neffe vorletzte Nacht aus der Jugendstrafanstalt geflohen ist?“

„Ich war, wie gesagt, im Krankenhaus, Officer, nicht auf einer einsamen Insel. Ja, es ist mir bekannt. Glauben Sie vielleicht, ich verstecke Nathan in meinem Haus?“

Thompkins runzelte die Stirn. „Sollte ich das denn glauben?“

„Also, Officer, mein Neffe und ich, wir können uns nicht ausstehen. Ich habe ihn rausgeschmissen, habe darum *gebeten,* daß er in den Knast kommt, und zwar vor allem, um ihn los zu sein. Hier, in diesem Haus, würde Nathan als allerletztes Zuflucht suchen.“

Während sie miteinander redeten, drängte der Polizist seinen Gesprächspartner immer näher zur Haustür. „Dann haben Sie ja sicher nichts dagegen, wenn ich mich bei Ihnen mal kurz umsehe, oder?“

„Ehrlich gesagt habe ich schon was dagegen, Officer“, erwiderte Bailey betont lässig.

Thompkins sah aus, als hätte er so etwas in seinem ganzen Leben noch nie gehört. „Aber warum denn? Sie sagten doch, Sie hätten nichts zu verbergen?“

„Weil Sie keinen Durchsuchungsbefehl haben und weil ich es nicht tun muß.“

„Geht in Ordnung, Mr. Bailey“, sagte Thompkins und wandte sich zur Straße. „Sie kennen Ihre Rechte. Danke, daß Sie mir Ihre Zeit geschenkt haben.“ Als er auf die Straße trat, hörte er, wie die Haustür aufgesperrt wurde. „Mr. Bailey!“ rief er plötzlich und drehte sich blitzschnell um.

Mark wandte sich in der offenen Tür um. „Ja?“

„Sie haben doch gesagt, daß Ihnen ein Auto auf die Hand gefallen ist. Wo war das denn?“

„Ganz am Ende meines Arms.“ Mit diesen Worten verschwand Mark im Haus und schloß die Tür hinter sich.

Wieder allein in seinem Wagen, dachte Thompkins über diese letzte patzige Bemerkung Mark Baileys im Zusammenhang mit dem gesamten Gespräch nach. Der Mann hatte wahnsinnig nervös gewirkt, bis die Sprache auf Nathan gekommen war. Von da an war er frech gewesen. Aber als es dann um seine Verletzung ging, war er wieder unruhig geworden.

Harry wandte den Kopf, um das Haus und den Bronco in der Auffahrt betrachten zu können. Augenblick mal! Hier stand nur ein Wagen! Wenn das Auto vom Wagenheber runtergefallen war, wer hatte es dann so weit repariert, daß er damit ins Krankenhaus fahren konnte?

Jetzt gab es keinen Zweifel mehr – Mark Bailey hatte irgend etwas ausgefressen. Und was immer es auch war, es hing mit seiner Verletzung zusammen.

Harry warf noch einmal einen Blick auf die Uhr und stellte erleichtert fest, daß er noch dreieinhalb Stunden als Polizist vor sich hatte. Einen Teil dieser Zeit würde er im Krankenhaus verbringen.

MICHAELS war der erste Ermittlungsbeamte, der beim Haus der Nicholsons eintraf – gleich nach dem Übertragungswagen eines lokalen Fernsehsenders. Als er auf die Haustür zuging, fiel ihm ein Gesicht auf, das er kannte. „Guten Morgen, Officer Borsuch", sagte er.

Der Streifenpolizist, der die Tür bewachte, war sichtlich stolz darauf, erkannt worden zu sein. Er trat zur Seite und führte Michaels durch die Haustür in die riesige Vorhalle. „Nette kleine Hütte, was?"

„Allerdings. Also, warum glauben Sie denn nun, daß der kleine Bailey hier war?"

„Na ja, wäre schön, wenn ich es als brillante Detektivarbeit bezeichnen könnte, Lieutenant", sagte Borsuch, während er Michaels durch die Vorhalle geleitete, „aber im Grunde war es ganz einfach." Er öffnete die Badezimmertür und deutete auf den Haufen blutgetränkter Kleidungsstücke, die dort lagen, wo Nathan sie fallen gelassen hatte. „Er hat einige Kleidungsstücke von einem der Nicholson-Kinder mitgenommen, etwas von den Vorräten gegessen und ist mit dem BMW der Leute weggefahren."

Michaels runzelte die Stirn. „Was, mit einem BMW? Der Knabe scheint ja einen guten Geschmack zu haben."

„Dann wäre da noch das hier", sagte Borsuch und reichte Michaels ein liniertes Blatt aus einem Notizbuch.

„Er hat eine Nachricht hinterlassen?" fragte Michaels ungläubig.

Borsuch nickte. „Er ist wohl der höflichste Einbrecher, den es je gegeben hat."

Michaels las die Mitteilung und schüttelte den Kopf. Dann blickte er auf. „Wo ist die Familie?“ fragte er.

Borsuch deutete durch die Haustür auf den Garten hinaus. Der Blick des Lieutenants folgte Borsuchs ausgestrecktem Arm. Wo noch kurz zuvor eine Handvoll Menschen relativ verstreut am Straßenrand gestanden hatte, fand jetzt eine Art Pressekonferenz statt. Seit Michaels' Eintreffen am Tatort waren zwei weitere Fernsehteams dazugekommen. Vier Menschen, zwei Erwachsene und zwei Kinder, standen mit dem Rücken zum Haus auf dem Gehsteig. Die Presseleute hatten sich ihnen zugewandt, die Kameralinsen funkelten in der Sonne, und von den Galgen baumelten die Mikrofone.

„So wie dieser Fall von den Medien mittlerweile behandelt wird, tun die Nicholsons gut daran, sich an Fernsehauftritte zu gewöhnen“, meinte Michaels.

HARRY THOMPKINS stellte seinen Streifenwagen in einer der für Polizisten reservierten Parkbuchten ab. Er nahm die Abkürzung durch den Notaufnahmeeingang, lächelte der diensthabenden Schwester im Vorbeigehen höflich zu und betrat die Station.

An der Aufnahme, wo ein junger Assistenzarzt Formulare ausfüllte, blieb er stehen.

„Entschuldigen Sie bitte“, unterbrach Thompkins den Arzt bei dessen Arbeit. „Ich muß mit dem Arzt sprechen, der gestern einen Patienten namens Mark Bailey behandelt hat.“

Der Assistenzarzt hob den Blick zur Decke, während er sich zu erinnern versuchte. „Eine Handverletzung, stimmt's? Dann ist Dr. Baker Ihr Mann.“

„Dr. Tad Baker?“

„Kennen Sie ihn?“

Thompkins zuckte mit den Achseln. „Dr. Tad kennt doch jeder. Wir von der Polente bringen euch schließlich jede Menge Kunden.“

Thompkins wandte sich von der Notaufnahme ab und hatte wenig später Dr. Baker ausfindig gemacht, der in der Ecke eines Behandlungsraums gerade einem Patienten eine Wunde am Hinterkopf nähte.

„Tag, Dr. Tad“, sagte Thompkins im Näherkommen.

Der Arzt sah von seiner Arbeit auf und lächelte. „Na, da kommt ja der beste Mann der Polizei von Braddock County! Was führt Sie denn hierher in unsere Flickschusterei?“

„Ich hätte Ihnen ein paar Fragen zu stellen.“

„Gut, aber lassen Sie mich erst mal meine Stickereiarbeit an Mr. Tyler hier zu Ende machen. Danach stehe ich Ihnen sofort zur Verfügung."

Zehn Minuten und ebenso viele Stiche später war Dr. Baker fertig. Er führte Thompkins in ein leeres Behandlungszimmer.

„Was gibt's?"

„Haben Sie gestern einen Patienten namens Mark Bailey versorgt?" fragte Thompkins. „Er hatte sich die Hand gebrochen."

„Harry, Sie wissen doch, daß ich keine Einzelheiten über die Beschwerden von Patienten weitergeben darf."

„Sie müssen mir nur ein kleines bißchen helfen, das ist alles", erklärte Thompkins hastig. „Hat er Ihnen erzählt, er hätte sich verletzt, als sein Wagen vom Wagenheber rutschte?"

Das war genau die Art von juristischem Dilemma, das zu vermeiden Dr. Baker sich ständig bemühte. Bailey war ein Kotzbrocken, das war jedem klar. Obwohl er noch eine weitere Nacht im Krankenhaus hätte bleiben sollen, war er entgegen dem ärztlichen Rat auf eigenen Wunsch entlassen worden. So etwas machte man nur, wenn man etwas zu verbergen hatte. Außerdem wiesen seine Verletzungen ihn als einen Menschen mit üblen Freunden aus.

Aber es war nun mal Thompkins' Aufgabe und nicht seine, die Bösen zu fassen und ins Gefängnis zu werfen. Ganz abgesehen von seinem Berufsethos – er würde nicht alles aufs Spiel setzen, nur um einem befreundeten Polizisten zu helfen.

„Tut mir leid, Harry, aber ich kann Ihnen nicht helfen. Sämtliche Gespräche mit meinen Patienten sind durch die ärztliche Schweigepflicht geschützt."

„Weiß ich doch, weiß ich doch." In Thompkins' Stimme schwang Verzweiflung mit. „Aber hören Sie mir mal kurz zu! Mein Job könnte davon abhängen. Ich möchte Ihnen nur ein paar Überlegungen meinerseits zu der Sache vortragen. Wenn Sie zustimmen, sagen Sie einfach gar nichts. Wenn Sie nicht meiner Meinung sind, husten Sie. Hinterher können wir beide jederzeit hoch und heilig schwören, daß Sie mir keinerlei Informationen gegeben haben. Okay?"

„Auf einen solchen Vorschlag würde ich niemals eingehen." Doch Dr. Bakers Blick sagte etwas völlig anderes.

„Na klar, da würden Sie nie drauf eingehen", sagte Thompkins und schwieg dann kurz, um seine Gedanken zu ordnen. „Ich glaube, daß Mark Bailey lügt, was die Ursache seiner Verletzung angeht."

Baker schwieg.

„Ich glaube, er hat sich die Hand gebrochen, während er ein Verbrechen beging, und nun befürchtet er, daß wir, wenn wir die Wahrheit über seine Verletzung herausfinden, auch die Wahrheit über dieses Verbrechen entdecken."

Der Arzt wurde plötzlich von einem Hustenanfall geschüttelt. Thompkins war erstaunt. Seine ganze Theorie fußte auf der Annahme, daß Bailey sich die Finger gebrochen hatte, als er Nathan bei dessen Flucht half. Vielleicht hatte er es falsch ausgedrückt. Er versuchte es noch einmal.

„Ich glaube, daß Mark Bailey sich verletzte, als er jemandem dabei half, aus dem Gefängnis zu fliehen."

*Bailey.* Daher also weht der Wind, dachte Dr. Baker. Er hatte letzte Nacht in den Nachrichten von dem Jungen Nathan Bailey gehört, doch die beiden Namen hatte er bisher nie zusammengebracht. Aber auch jetzt sah er keine Möglichkeit, die Verletzungen des älteren Bailey mit irgendeiner von ihm begangenen Straftat zu verbinden; weit eher hingen sie mit Taten zusammen, die man an ihm begangen hatte. Er hustete erneut.

Thompkins wirkte jetzt zutiefst verwirrt, aber der Arzt überließ es ihm, sich alles zusammenzureimen. „Im Warteraum stehen die Patienten schon Schlange, Harry", sagte er bedauernd und öffnete die Tür des Behandlungszimmers.

Mit diesen Worten ging Dr. Baker wieder an seine Arbeit und ließ Harry Thompkins völlig ratlos zurück.

## ZEHN

DAS HAUS Little Rocky Trail Nummer 4120 war nicht einmal halb so groß wie das der Nicholsons, verschaffte Nathan aber erstmals die Erfahrung, auf einem Wasserbett zu schlafen. Nachdem er gegen halb elf aufgewacht war und sich eine lange heiße Dusche gegönnt hatte, war er den restlichen Vormittag unten im Wohnzimmer geblieben, hatte es sich auf dem Sofa bequem gemacht, Trickfilme angesehen und sich den Bauch mit Chips und Limonade vollgeschlagen.

Um zwölf Uhr mittags waren die guten Trickfilme vorbei. Er schaltete den Fernseher aus und beschloß, ein bißchen herumzuschnüffeln. Da er sich vorstellte, daß die meisten Menschen ihre wertvollen Dinge im Schlafzimmer aufbewahrten, stieg er in den ersten Stock hinauf. Aber erst mußte er, bevor er es noch vergaß, die Bettbezüge waschen. Das würde sein schlechtes Gewissen wegen des Einbruchs einigermaßen beruhigen. Einen Vorteil hatte Nummer 4120 gegenüber dem Haus der Nicholsons auf jeden Fall, nämlich eine Waschmaschine im ersten Stock. Er packte die Bezüge mit beiden Armen, trug sie in den Gang hinaus und ließ sie vor der Maschine auf den Boden fallen. Er würde sie gleich hineinstopfen, aber erst wollte er sich mal ein bißchen umsehen.

Die Möbel im Schlafzimmer paßten überhaupt nicht zueinander: helles Fichtenholz und dunkle Eiche. Außer dem Bett standen in dem Raum nur zwei größere Möbelstücke: eine niedrige Kommode und ein großer, hoher Schrank mit zahlreichen Schubladen. Er schob einen Stuhl zu der hohen Kommode hinüber, um einen Blick in die oberen Schubladen werfen zu können. Die beiden obersten waren kleiner und nebeneinander angebracht. In ihnen fand Nathan einige nette kleine Spielsachen: Die linke Schublade beherbergte eine Schachtel mit Patronen, in der rechten lag der dazugehörige Revolver. Er war groß, schwarzblau und schwer wie ein Ziegelstein.

In der Trommel waren die Spitzen von vier Patronen zu sehen. Er konnte damit spielen, solange er nicht richtig abdrückte. In den folgenden zwanzig Minuten durchsuchte er das Zimmer so, wie er es bei den Krimiserien im Fernsehen gesehen hatte. Dabei hielt er den Revolver mit beiden Händen und ausgestreckten Armen.

Nachdem das obere Stockwerk gangsterfrei war, wobei er mindestens ein halbes Dutzend abgeknallt und selbst zwei Kugeln kassiert hatte – in jede Schulter eine –, legte er eine kurze Pause ein, steckte die Bettwäsche in die Maschine und führte den Kampf dann im Erdgeschoß fort.

Fast in derselben Sekunde, in der ihm wieder langweilig wurde, fiel ihm das Telefon ins Auge. Die Frage, über welches Thema Denise wohl heute sprach, schoß ihm durch den Kopf. Er nahm den Hörer ab und wählte.

DENISE unterhielt sich gerade mit Quinn aus Milwaukee, die große Angst um Nathan hatte, als sie die Mitteilung erhielt, daß der wahre Star der Sendung auf Leitung vierzehn wartete.

„Quinn?“ unterbrach sie ihre Gesprächspartnerin.

„Was ist?"

„Ich habe hier eine Überraschung für Sie. Augenblick, er ist auf einer anderen Leitung." Sie drückte die Taste. „Nathan Bailey, bist du dran?"

„Ja, Ma'am."

„Na, hast du uns heute vormittag zugehört?" fragte Denise. „Du bist heute der Star der Sendung!"

„Nein, tut mir leid, ich habe nicht zugehört", gestand Nathan mit ehrlichem Bedauern. „Ich habe geschlafen."

„Das wundert mich nicht!" sagte Denise lachend. „Das viele Wäschewaschen macht so einen kleinen Jungen ziemlich müde, was?"

Nathan blieb das Herz stehen. „Was?" fragte er keuchend. Seine Stimme stockte. Woher wußte sie das? Wie konnte sie ...?

„Hast du dir denn auch die Pressekonferenz nicht angesehen?"

Pressekonferenz? Wovon redete die denn? Fieberhaft versuchte er es sich zusammenzureimen, aber es ergab keinen Sinn. Daher schwieg er lieber.

„Du weißt also noch nichts davon!" erklärte Denise. „Deine ‚Gastgeber' von gestern nacht – die Nicholsons – sind heute früh zurückgekommen und haben einiges vermißt. Ihr Auto, beispielsweise. Außerdem fanden sie deinen kleinen Brief."

Nathans Herz schlug wie wild. Seine Hände zitterten. Da lief etwas schief. So war das alles nicht geplant gewesen! Er hatte nie damit gerechnet, daß sie schon so bald zurückkommen würden. Es bedeutete, daß sein Vorsprung vor den Bullen nach wie vor nur wenige Stunden betrug. Wie lange würde es dauern, bis sie den BMW fanden, besonders jetzt, da sie nach ihm suchten?

Tausend Fragen stürmten gleichzeitig auf ihn ein. Er mußte so schnell wie möglich herausfinden, was die anderen schon wußten. Er begann sich danach zu erkundigen.

LYLE POINTER sah sich die Liveübertragung der Pressekonferenz in seinem Wohnzimmer an und setzte dabei langsam und methodisch seine 9,5-mm-Magnum zusammen, die er gerade gereinigt hatte. Die Nicholsons sahen aus, als kämen sie geradewegs aus der Fernsehserie „Unsere kleine Farm". Eine unerträglich banale amerikanische Kleinfamilie.

In Anbetracht der zu erledigenden Arbeit war Pointer nicht gerade erfreut über die Aufmerksamkeit, die dem kleinen Bailey von den Medien zuteil wurde. Je mehr die Leute davon erfuhren, um so schwieriger würde es sein, den Knaben umzulegen und sich unerkannt davonzumachen. Aber er hatte schon des öfteren Leute unter erschwerten Bedingungen um die Ecke gebracht. In ein, zwei Tagen würde auch das erledigt sein und Mr. Slater ihm damit nicht mehr im Nacken sitzen.

Ja, sagte Kendra jetzt, Nathan sei durch die Glastür an der Rückseite des Hauses eingebrochen. Außer Kleidern und dem Wagen habe er offenbar nichts gestohlen. Soweit sie es beurteilen könnten, habe Nathan im Elternschlafzimmer übernachtet und im Bad der Eltern geduscht, und er habe, ob man es nun glaube oder nicht, sämtliche Bettbezüge und Handtücher gewaschen und das Bett frisch bezogen, bevor er wieder gegangen sei. Dann las Kendra den Brief vor:

„Liebe Mr. & Mrs. Nicholson und liebe Kinder,
entschuldigen Sie, daß ich in Ihr Haus eingebrochen bin. Ich war ganz vorsichtig, aber ich habe trotzdem ein Fenster aus Ihrer Hintertür herausgebrochen. Die Glasscherben habe ich weggeräumt, und wenn ich mal älter bin, zahle ich es Ihnen bestimmt zurück.

Ihr Haus ist wirklich toll. Sie haben die besten Fernseher, die ich je gesehen habe. Bitte sagen Sie Ihrem Sohn, daß ich ein paar von seinen Sachen mitnehmen mußte. Bitte sagen Sie ihm danke und daß es mir leid tut. Ich habe Schmutzwäsche gefunden und zusammen mit der Bettwäsche gewaschen, in der ich gestern nacht geschlafen habe.

Außerdem mußte ich noch Ihren Zweitwagen mitnehmen. Ich bin schon mal Auto gefahren und verspreche Ihnen, daß ich wirklich ganz, ganz vorsichtig bin. Sie brauchen sich keine Sorgen zu machen. Wenn ich den Wagen nicht mehr brauche, werde ich Ihnen schon irgendwie mitteilen, wo er ist.

Sie haben wohl inzwischen gemerkt, daß ich ziemliche Probleme mit der Polizei habe. Ich habe ein paar schlimme Dinge getan, aber nicht das, was die alle denken, ganz ehrlich! Es wäre sehr nett von Ihnen, wenn Sie die Polizei erst einen Tag später oder vielleicht sogar erst eine Woche später anrufen würden, wenn Sie diesen Brief gefunden haben. Ich passe auch ganz bestimmt gut auf Ihre Sachen auf.

Ihr Freund
Nathan Bailey

PS: Entschuldigen Sie bitte die Sauerei im Bad. Sieht ziemlich grauslig aus."

Kaum hatte Kendra den Blick von dem Blatt gehoben und damit das Ende des Briefes signalisiert, erklangen neue Fragen aus dem Pulk der Presseleute, die sie beantwortete, so gut sie konnte, bis schließlich die Reporterin einer Lokalzeitung Kendra mit einer einzigen Frage zum Schweigen brachte.

„In seinem Brief hat Nathan Sie doch gebeten, die Polizei ein paar Tage lang nicht zu informieren. Sie haben trotzdem sofort angerufen. Wie fühlen Sie sich jetzt?"

Kendra wurde rot und sah hilfesuchend zu Steve hinüber, aber der war gerade intensiv mit der Betrachtung seiner Fingernägel beschäftigt.

Pointer mußte laut lachen. „Ha! Jetzt bleibt dir die Spucke weg!" Als er sich wieder seiner Arbeit zuwandte, sechs Patronen in seine Waffe schob und die Trommel hineindrückte, grinste er noch immer. Er wußte, daß er die Chance, die er brauchte, bald bekommen würde. Es konnte losgehen.

MICHAELS verließ das Haus der Nicholsons in großer Hast, um rechtzeitig wieder in der Dienststelle zu sein. Unterwegs stellte er das Autoradio auf „NewsTalk 990" ein. Er überlegte, ob Nathan wohl die Dreistigkeit besaß, Denise noch einmal anzurufen. Kaum blieben die Digitalziffern bei 990 stehen, hörte er schon die Stimme des Jungen und stellte mit aufrichtiger Freude fest, daß ein einziger Tag in Freiheit seine Seelenlage enorm verbessert hatte. Nathan erzählte gerade ausgelassen, wie er in der Nacht zuvor durch die Straßensperre gekommen war, vermied dabei aber sorgsam jede Ortsangabe. Schlaues Kerlchen, dachte Michaels.

Zu seinen verschiedenen Gefühlen, die er in der vergangenen Nacht auf der Veranda analysiert hatte, gehörte eines, mit dem er sich noch nie ernsthaft hatte auseinandersetzen müssen. Im tiefsten Innern hoffte er nämlich, Nathan möge es schaffen. Alle Zweifel an Nathans Unschuld, die Michaels gehegt hatte, waren durch seine Unterhaltung mit Aces wie weggewischt. Das Gespräch hatte Michaels' Glauben an zwei unleugbare Wahrheiten bestärkt: erstens, daß das System der Jugendgerichtsbarkeit selbst Kriminelle hervorbrachte, anstatt diese zu besseren Menschen zu machen, und zweitens, daß Nathan für die Gesellschaft keinerlei Gefahr darstellte.

Er hatte einen Menschen getötet, keine Frage – schließlich hatte er das selbst gesagt. Aber er war kein Mörder.

„Frank aus Coronado in Kalifornien", sagte Denise, „du bist jetzt auf Sendung mit dem kleinen Nathan."

„Hallo, Nathan", sagte Frank, „gestern hast du uns erzählt, daß deine Mama starb, als du noch ein Baby warst, und daß du bei deinem Papa aufgewachsen bist. Über ihn hast du aber gar nichts gesagt. Was ist denn mit ihm?"

Nathan holte tief Luft. Am Vortag war es noch so viel schwieriger gewesen, über diese Dinge nachzudenken. Heute war er dagegen ganz ruhig, ganz gefaßt; er konnte sprechen, ohne in Tränen auszubrechen. „Er ist bei einem Autounfall gestorben, als ich zehn war", erklärte er mit fester Stimme. „Er ist über ein Zuggleis gefahren, über einen unbeschrankten Übergang, und da wurde er von einem Zug erfaßt. Ich übernachtete damals bei meinem besten Freund Jacob Protsky. Er wohnte gleich nebenan. Die Polizei hat es seinen Eltern erzählt, und dann hat Jacobs Dad es mir erzählt. Ich war ganz schön traurig." Er erinnerte sich, daß er bis zum Begräbnis weiter bei den Protskys gewohnt hatte. Danach war Onkel Mark endlich nüchtern genug gewesen, um ihn abzuholen und zu seiner Bruchbude zu fahren.

„Ruf uns an, wenn du etwas brauchst!" hatte Mrs. Protsky noch zu ihm gesagt, als sie ihn zum Abschied umarmt hatte.

Dann wurde die Erinnerung bitter. Er hatte sie gleich nach den ersten Schlägen mit Onkel Marks Gürtel von einem öffentlichen Telefon aus angerufen und sie angefleht, ihn wieder bei sich aufzunehmen. Er wußte noch genau, wie kalt ihre Stimme geklungen hatte, als sie ihm befahl, nie wieder anzurufen. „Du lebst jetzt ein neues Leben, Nathan", hatte sie gesagt. „An diesem Leben können wir nicht mehr teilhaben."

„Außerdem hast du gestern angedeutet, daß du mißhandelt worden bist", hakte Frank nach.

„Darüber will ich nicht mehr reden", erwiderte Nathan bestimmt.

„Gut." Denise warf den Anrufer per Knopfdruck aus der Leitung. „Manchmal wissen die Leute einfach nicht, wann es genug ist."

„Mein Dad war der netteste Mensch der Welt", erklärte Nathan.

„Das glaube ich dir sofort, Kleiner", erwiderte Denise in tröstendem Ton. „Und zwar deshalb, weil er, wie ich finde, einen sehr netten Sohn herangezogen hat."

„Danke", sagte Nathan, ehrlich erfreut. „Aber viele Leute halten überhaupt nichts von mir."

„Na, was wissen die denn schon!“ Denise mußte herzlich lachen.

Nathan lächelte zufrieden und räkelte sich. „Äh – Ma'am?“ sagte er. „Wenn ich Sie etwas frage, versprechen Sie mir dann, daß Sie ehrlich antworten? Auch wenn Sie glauben, daß Ihre ehrliche Antwort mich vielleicht kränken könnte?“

„Aber sicher.“

Nathan holte noch einmal tief Luft. Die Antwort auf die Frage, die er stellen wollte, war ihm sehr wichtig, aber er wußte nicht, warum. Er schob seine Bedenken beiseite und fragte: „Werden Sie mich auch dann noch mögen, wenn ich nicht mehr dazu beitrage, daß Ihre Zuhörerquoten steigen?“

Denise überlegte kurz, ehe sie antwortete. „Nathan, ich kann nicht abstreiten, daß deine Anrufe meiner Sendung nützen. Du weißt ja selbst noch sehr gut, daß ich dir zu Beginn unseres gestrigen Gesprächs kein Wort geglaubt habe. Aber ich muß dir sagen, daß deine Stimme und deine Persönlichkeit sehr viel Charme ausstrahlen und daß deine augenblickliche Situation wirklich herzerweichend ist. Ich bin Mutter und möchte dir helfen, genauso wie die meisten unserer Zuhörer dir zu Hilfe kommen würden, wenn sie könnten. Deshalb kann ich dir ehrlich sagen, Nathan, daß ich dich selbst dann noch mögen würde, wenn die Quoten deinetwegen *sinken* sollten. Und wenn du mich ein bißchen besser kennen würdest, wüßtest du, daß das sehr viel Sympathie bedeutet.“

Bei dieser Antwort mußte Nathan lächeln. Sie rief ein warmes Gefühl in ihm hervor, wie er es schon lange nicht mehr empfunden hatte. Zwei Jahre lang war kein einziger Mensch nett zu ihm gewesen, zwei Jahre lang hatte niemand ihm mal auf die Schulter geklopft oder ihn umarmt. In den ersten zehn Jahren seines Lebens hatte er es nie nötig gehabt, zäh oder mutig zu sein, und die Vorstellung, sich gegen andere Menschen wenden zu müssen, um das Lebensnotwendigste zu bekommen, wäre ihm nicht einmal in den Sinn gekommen. Seit dem Augenblick, als dieser Zug ihm damals alles Gute und Schöne im Leben genommen hatte, war Nathans Leben ein einziger Kampf gewesen – erst gegen Onkel Mark, dann gegen die widerlichen Typen in der JSA und jetzt gegen Hunderte von Polizisten. Auf dem Spiel stand immer dasselbe: das reine Überleben. Er sehnte sich nach der Zeit zurück, als seine größten Sorgen darin bestanden, in welcher Position er beim Fußball spielen sollte oder ob er im Diktat eine Eins bekommen würde oder nicht.

Nathan weigerte sich zu glauben, daß diese Zeit für immer vorbei war. Wenn er sich anstrengte, die Wahrheit sagte und weiterhin Glück hatte, würde er bestimmt eine zweite Chance bekommen. Es gab dort draußen noch Leute, die bereit waren zuzuhören. Und wenn Denise ihn nett finden und ihm Glauben schenken konnte, dann konnten andere Menschen das ja vielleicht auch.

„Bist du noch dran?" fragte Denise.

„Hm? Ja, ja, Entschuldigung." Nathan schwieg wieder eine Weile und dachte nach. Ihm war gerade eine Idee gekommen. „Ich habe mir gerade etwas überlegt. Glauben Sie, daß es okay wäre, wenn ich die Zuhörer bitte, sie sollen ihren Freunden erzählen, daß ich eigentlich gar kein böser Junge bin? Und daß ich vielleicht Hilfe brauche? Vielleicht könnten die Nachrichtenleute dann aufhören, dauernd mein Foto zu zeigen. Dann könnte ich nämlich von vorn anfangen, ohne daß mich jeder erkennt."

Denise' Antwort war ganz die einer Mutter. „Wenn ich ehrlich sein soll, Nathan, glaube ich, daß es dafür schon zu spät ist. Du bist bereits überall in den Nachrichten, und ich glaube, daß du das bleiben wirst, bis die Sache ausgestanden ist. Allen Leuten liegt deine Sicherheit am Herzen, Nathan. Ich mache mir Sorgen, weil du mit Autos durch die Gegend fährst und Straßensperren passierst und nachts ganz allein unterwegs bist. Du bist wirklich in Gefahr, Nathan, und zwar ständig. Manchmal glaube ich, das Sicherste für dich wäre, wenn du dich stellen und Vertrauen in unsere Justiz setzen würdest."

„Unsere Justiz hat mich doch in diese Lage gebracht", fauchte Nathan.

„Sehr vielen Menschen tut sie aber auch Gutes."

„Kindern nicht. Mir jedenfalls nicht."

„Hör mir zu, Nathan –"

„Ich kann nicht dorthin zurück, Denise", sagte Nathan mit großer Bestimmtheit. „Ich gehe nicht zurück. Außer sie fangen mich. Sie wissen nicht, wie es ist, wenn man in einer Betonzelle eingesperrt ist. Sie wissen nicht, wie es ist, wenn die Insassen einen grün und blau schlagen." Nathan schrie jetzt. „Ich habe Ricky Harris getötet, weil er mich töten wollte! Wenn ich zurückgehe, wird es irgendein anderer wieder versuchen, und wenn ich mich wehre, werden sie wieder *mich* als den Mörder bezeichnen! So funktioniert das nämlich, Denise! Die Erwachsenen haben immer recht, und die Kinder haben immer unrecht. Sagen Sie nicht, daß ich dorthin zurückgehen soll, ich tue es nämlich ganz bestimmt nicht!“

Nathan knallte den Hörer so heftig auf die Gabel, daß die Lampe auf dem Tisch zu Boden fiel. Er stand mitten in einem wildfremden Wohnzimmer und keuchte, seine Hände zitterten, und plötzlich war er wieder ganz allein. Und es war still. So schrecklich still, daß er sein eigenes Herz schlagen hörte. In dieser Stille konnte er seine Wut und seine Traurigkeit förmlich mit Händen greifen. Doch das stärkste Gefühl war diese grausame, grausame Einsamkeit.

DER POLIZEIBEAMTE Greg Preminger dankte Schwester Elisabeth freundlich für ihre Hilfe und begab sich auf den Weg nach draußen. Preminger war sein Leben lang in die Sankt-Sebastians-Kirche der Jenkins Township in Pennsylvania gegangen, und nun, da seine Tochter im Herbst in die erste Klasse kommen würde, wollte er sie vorher für die katholische Sonntagsschule anmelden. Weil sein Besuch privat gewesen war, er sich aber eigentlich noch im Dienst befand, ging er rasch zu seinem Streifenwagen zurück, um keinen Funkspruch zu verpassen.

Als er zu seinem Wagen ging, bemerkte er ganz hinten auf dem Parkplatz ein feuerwehrrotes BMW-Cabrio. Komisch, daß er das nicht schon auf dem Weg zur Kirche gesehen hatte. Als er wieder im Auto saß, fuhr er quer über den Parkplatz zu dem BMW hinüber. Über einen gestohlenen BMW hatte an diesem Tag beim Morgenappell niemand etwas gesagt. Aber es war einfach verdächtig, ein wertvolles Auto ausgerechnet dort abzustellen. Er gab für alle Fälle das Kennzeichen durch.

ALS MICHAELS eintraf, wartete Thompkins bereits in seinem Büro und sprang, als die Tür geöffnet wurde, blitzschnell auf.

„Setzen!“ befahl sein Vorgesetzter.

Thompkins ließ sich mit kerzengerade aufgerichtetem Rücken auf dem Stuhl nieder. Der Mann schien halb tot vor Angst, und Michaels mußte sich sehr anstrengen, um nicht zu grinsen. Seinem Gesicht war jedoch nicht der Anflug eines Lächelns anzumerken, man sah nur den düsteren Blick, den schon so viele Polizisten irgendwann an ihm erlebt hatten. Es war ein angewiderter, ein mißbilligender Blick. Keiner, der zum erstenmal etwas ausgefressen hatte, konnte wissen, ob er nicht auch Wut verbarg, denn nur ganz wenige hatten Lieutenant Michaels jemals wütend gesehen. Er war einer von den Guten.

Und wenn man ihn enttäuscht hatte, dann hatte man die ganze Dienststelle enttäuscht.

Michaels lehnte sich auf seinem knarrenden Stuhl zurück. „Sie sind also unser Rundfunkstar, Thompkins?“ fragte er ganz ruhig.

Thompkins heftete den Blick auf sein Gegenüber. Er war bereit, das, was nun auf ihn zukam, zu ertragen wie ein Mann. „Jawohl, Sir“, sagte er mit fester Stimme.

Michaels beugte sich vor und öffnete mit einer bedeutungsschweren Geste die Personalakte des Polizisten. „Sie erwarten sicher, daß ich Sie hier anbrülle, weil Sie gestern im Radio einen Idioten aus sich gemacht haben, was?“

Thompkins nickte. Seine Haltung war plötzlich die eines Schülers im Büro des Rektors.

„Na, Kopf hoch, Thompkins! Wir sind hier in Amerika, und es ist Ihr gutes, unveräußerliches Recht, einen Idioten aus sich zu machen, sooft Sie nur wollen – obwohl ich Ihnen dankbar wäre, wenn Sie es das nächste Mal auf eigene Rechnung täten und unsere Dienststelle nicht mit hineinziehen würden. Der Grund unserer kleinen Unterhaltung, Officer, ist, daß es korrekte und unkorrekte Möglichkeiten gibt, sich Beweismaterial zu beschaffen, und Ihre Handlungsweise zeigt mir, daß Sie durchaus wissen, wieviel mehr Zeit die korrekten Möglichkeiten meist in Anspruch nehmen.“

„Jawohl, Sir“, murmelte Thompkins.

Michaels hielt Thompkins' Personalakte in die Höhe. „Sie konnten lange Zeit einen Erfolg nach dem anderen verbuchen, aber jetzt haben Sie eine Sache gewaltig verbockt. Sollten Sie das noch mal tun, kann ich Sie nicht mehr raushauen, verstanden?“ Michaels' Telefon klingelte.

„Jawohl, Sir“, antwortete Thompkins.

Als das Telefon zum zweitenmal klingelte, legte Michaels die Hand auf den Hörer. „Wenn ich Ihren Namen das nächste Mal irgendwo abgedruckt sehe, dann bitte im Zusammenhang mit einer lobenden Erwähnung oder im Empfehlungsschreiben des Polizeikomitees für eine Beförderung, kapiert?“

Das Telefon klingelte zum viertenmal. „Jetzt verschwinden Sie, und gehen Sie an Ihre Arbeit! Und Petrelli bitten Sie eine Weile lieber nicht um irgendwelche Gefälligkeiten.“

Thompkins ging hinaus und schloß die Tür. Die anderen haben recht, dachte er. Michaels ist einer von den anständigen Typen.

MICHAELS rannte, das Handy zwischen Kinn und Schulter geklemmt, die Treppe zum Parkplatz hinunter, wobei er jeweils zwei Stufen auf einmal nahm. Im Laufen steckte er seine Dienstwaffe in das Halfter. Nach dreimaligem Klingeln nahm Hackner endlich ab.

„Bei Nicholson, Sergeant Hackner."

„Jed, hier ist Warren. Der Wagen ist gefunden worden, in Jenkins Township, Pennsylvania, nördlich von Harrisburg. Ich fahre jetzt gleich dorthin."

„Klasse", sagte Hackner. „Ich kümmere mich inzwischen um alles, was hier passiert."

## ELF

STEPHANIE BUCKMAN gingen allmählich die Tätigkeiten aus, mit denen sich die Zeit totschlagen ließ. Auf der großen Uhr im Hauptkorridor des Gerichtsgebäudes war es fünfzehn Uhr vierzig – fast zwei Stunden nach dem für die Verhandlung angesetzten Termin. Petrelli hatte eine gerichtliche Zeugenvorladung ausgestellt, um Einsicht in die privaten Telefondaten von Omega Broadcasting zu erhalten. Aber Petrelli war nicht erschienen, und seine Abwesenheit, das wußte Stephanie aus Erfahrung, bedeutete, daß es sich um einen aussichtslosen Fall handelte, den sie nun ganz allein durchfechten mußte. Während sie vor Wut kochend auf dem Korridor auf und ab schritt, ging sie im Geist die vielen anderen Fälle durch, die sie noch zu bearbeiten hatte: 33 Kapitalverbrechen und diverse weitere anhängige Verfahren. Sie hatte im Grunde überhaupt keine Zeit und sollte jetzt auch noch gegen Petrellis Windmühlen ankämpfen! Das Allerschlimmste aber war, daß ihre gutbezahlten Prozeßgegner von Omega Broadcasting, angeregt plaudernd, blasiert und ohne das leiseste Anzeichen von Streß, auf der anderen Seite des Korridors saßen. Um zehn vor vier hieß es endlich, Richter Verone werde die Sitzung gleich eröffnen.

Clarence Verone, der bereits im Jahr 1955 zum Richter ernannt worden war, wirkte so alt, daß man ihn für einen der Unterzeichner der amerikanischen Verfassung hätte halten können. Er ging mittlerweile auf die Achtzig zu und sah buchstäblich aus wie eine Mumie;

mit seinem düsteren Blick und den eingefallenen Wangen war es ihm im Lauf der Jahre gelungen, viele Anwesende in seinem Gerichtssaal einzuschüchtern. Als er zu dem erhöhten Richtertisch hochstieg, mußte er einen Augenblick innehalten und seinen arthritischen Knien eine kurze Rast gönnen. Im Gerichtssaal blieb es ruhig, alle standen und fragten sich, wie lange der komische alte Kauz es wohl noch machen würde.

So gebrechlich Verone auch sein mochte, sein juristisches Wissen war enorm. Er stand mit Nachdruck auf seiten der Opfer und pochte unnachgiebig darauf, daß Menschen die Verantwortung für ihr Handeln tragen müßten. Petrellis auffälliges Nichterscheinen lag mit Sicherheit darin begründet, daß man ausgerechnet Richter Verone damit betraut hatte, über die Dringlichkeitsklage der Staatsanwaltschaft auf Einsicht in die Telefondaten von Omega Broadcasting zu entscheiden.

Nach einigen einleitenden Worten und den üblichen Formalitäten wandte Richter Verone sich an Stephanie Buckman. „Miß Buckman, wie ich sehe, sind Sie ganz allein hier", krächzte er. „Ich hatte erwartet, Sie heute in Begleitung von Mr. Petrelli anzutreffen."

Stephanie Buckman lächelte verlegen. „Ich ehrlich gesagt auch, Euer Ehren. Aber ich komme auch ohne ihn zurecht."

Verone erwiderte ihr Lächeln andeutungsweise, wurde aber sofort wieder sachlich. „Da wäre ich mir an Ihrer Stelle nicht so sicher", sagte er. „Ich habe Ihre Stellungnahme gelesen und beabsichtige, sie als unzulässig zurückzuweisen, es sei denn, Sie können mir einen triftigen Grund nennen, warum die Privatsphäre Hunderter unbescholtener Bürger verletzt werden sollte, nur damit Sie einen einzigen Anrufer an die Angel kriegen."

Stephanie Buckman blieb stehen, während sie ihre Gedanken zu ordnen versuchte. Sie öffnete ihre Aktenmappe, warf einen Blick auf ihre Notizen und begann ihr Plädoyer.

„Euer Ehren, ein verurteilter Straftäter und geständiger Mörder läuft in diesem Augenblick frei herum, nachdem er auf dreiste und gewalttätige Weise aus der Jugendstrafanstalt Brookfield geflohen ist. Wir haben die Möglichkeit, ihn wieder in Gewahrsam zu bringen. Wenn Sie uns Einsicht in die Telefondaten von Omega Broadcasting gewähren, ermöglichen Sie uns, den jungen Mann aufzuspüren und dorthin zurückzubringen, wohin er gehört. Die Staatsanwaltschaft will nicht, daß irgend jemandes Privatsphäre verletzt wird, Euer

Ehren, aber manchmal muß das Allgemeinwohl über die Rechte des Individuums gestellt werden."

Verone machte eine Kopfbewegung zum Tisch der Verteidigung hin. „Mr. Morin", sagte er zu einem geschniegelten Anwalt in einem unverkennbar teuren Anzug, „ich nehme an, Sie sehen die Angelegenheit etwas anders."

Morin stand auf. „Ja, Euer Ehren, so verhält es sich in der Tat." In fehlerfrei gesetzten Worten und aller Ausführlichkeit schilderte er nun den unermeßlichen Schaden, der den im ersten Zusatzartikel der Verfassung allen Bürgern garantierten Rechten zugefügt werde, wenn man die Forderung des Klägers erfülle.

„Haben Sie hier irgend etwas anzuführen, was Sie nicht bereits in Ihrer schriftlichen Erwiderung erwähnt haben?" fragte Verone.

Morin lächelte affektiert. „Ja, Euer Ehren. Über alle bisher vorgelegten Argumente hinaus hat der Beklagte den Eindruck, daß sich die ganze Angelegenheit aufgrund der heute morgen vorgefallenen Ereignisse erübrigt hat. In Verbindung mit diesen Ereignissen hat man die Information, die mittels der Dringlichkeitsklage erlangt werden soll, bereits mittels anderer Maßnahmen erhalten."

Miß Buckman blieb der Mund offenstehen. Seit neun Uhr früh war sie nicht mehr in der Kanzlei gewesen, und kein Mensch hatte sie über irgendwelche anderen Maßnahmen informiert. Was für ein mieses Spiel spielte Petrelli da eigentlich?

„Dann klären Sie uns doch bitte alle mal auf, Mr. Morin!" verlangte der Richter.

Morin erzählte von der Rückkehr der Nicholsons aus dem Urlaub und den Entdeckungen, die sie beim Betreten ihres Hauses gemacht hatten. „Dies beweist mehreres, Euer Ehren", schloß er. „Erstens, daß gute Polizeiarbeit nicht unbedingt mit den Bürgerrechten kollidieren muß, und zweitens, daß die Staatsanwaltschaft des Bundesstaates vielen Leuten ihre wertvolle Zeit – und meinem Klienten sein wertvolles Geld – stiehlt, nur um ein paar Wählerstimmen zu gewinnen."

„Die letzte Bemerkung gehört nicht zur Sache, Euer Ehren!" wandte Stephanie Buckman ein.

„Aber ganz im Gegenteil, Miß Buckman, ich halte sie für überfällig", gab Verone zurück. „Ich glaube, wir alle wissen, was hier passiert. Ihr Chef geht mit diesem Fall gewaltig baden und unternimmt alles, um ihn doch noch zu gewinnen. Miß Buckman, ich möchte, daß Sie jetzt in Ihr Büro zurückkehren und Mr. Petrelli mitteilen, daß die Verfassung keine einzige Klausel enthält, der zufolge sie aufgehoben werden kann, um den politischen Ambitionen von Staatsanwälten förderlich zu sein. Und sagen Sie ihm, wenn er sich so etwas noch einmal leistet, werfe ich ihn wegen Mißachtung des Gerichts ins Gefängnis. Ist das klar?"

„Ja, Sir", sagte Stephanie Buckman. Sie stellte sich vor, wie es wäre, das alles Petrelli tatsächlich ins Gesicht zu sagen. Sie hätte viel gegeben, wenn sie es wirklich hätte tun können, ohne ihren Job zu verlieren.

„Die Dringlichkeitsklage ist abgelehnt." Der Hammerschlag klang wie ein Pistolenschuß.

MIT DEM Revolver fühlte sich Nathan viel sicherer. Ihn an der Hüfte zu spüren gab ihm das Gefühl, nicht mehr ganz so im Nachteil zu sein. Wenn irgendein mieser Typ sich ihn als Opfer aussuchte, würde er sich wehren können. Daher hatte er beschlossen, den Revolver mitzunehmen. Und genau wie die von den Nicholsons geborgten Kleider würde er auch den Revolver irgendwie zurückgeben, sobald er es über die kanadische Grenze geschafft hatte.

Der Honda in der Garage stellte allerdings ein Problem dar. Er hatte keine Automatik, und Nathan wußte noch vom alten Pick-up seines Großvaters her, wie schwer eine normale Gangschaltung zu handhaben war. Nie hatte er seinen Großvater so lachen sehen wie damals, als er, Nathan, zum erstenmal den alten Ford gefahren hatte und mit ihm über einen Acker geruckelt und gehoppelt war. Er betete darum, daß er noch wußte, wie es ging.

Die Wäsche war fertig, und aufgeräumt hatte er auch schon. Jetzt mußte er wieder einen Brief schreiben, aber das würde nicht lange dauern. Da es erst in drei Stunden dunkel wurde, blieb ihm nichts übrig, als die Zeit abzuwarten. Die Warterei machte ihn fast verrückt.

Die Digitaluhr am Videorecorder zeigte sechs Uhr an. Nathan drückte den Einschaltknopf auf der Fernbedienung des Fernsehers. Dann ließ er sich der Länge nach rücklings auf die Couch fallen, sprang aber sofort wieder auf, als er den Revolver in seinem Hosenbund spürte. Er zog ihn heraus, legte sich wieder hin und plazierte ihn auf seiner Brust. Erneut war Nathan das Hauptthema der Nachrichten. Ein weiteres Mal zeigten sie dieses grobkörnige Foto von ihm in dem blutigen Overall. Dann blendeten sie auf ein Foto des BMW über, und Nathan brauchte einen Augenblick, ehe er mitbekam, was der Sprecher dazu sagte.

„... glaubt, den Wagen gefunden zu haben, den Nathan Bailey am zweiten Tag seiner tollkühnen Flucht aus der Jugendstrafanstalt von Brookfield in Virginia benutzt hat. Nach Informationen der Polizei wurde auf einem Kirchenparkplatz in Jenkins Township in Pennsylvania dieses BMW-Cabrio entdeckt. Darauf paßt die Beschreibung des Wagens, der aus dem Haus verschwand, in dem der junge Mann die letzte Nacht verbracht hatte."

Nathan schaltete aus. Das konnte doch nicht wahr sein! In ein paar Stunden hatten die Bullen zwei Tage Vorsprung aufgeholt – und er hatte noch Hunderte von Kilometern vor sich! Fieberhaft suchte er nach einer Lösung, nach einer Möglichkeit, wieder einen Vorsprung zu gewinnen.

Denk nach! befahl er sich. Es gibt eine Möglichkeit! Es muß eine Möglichkeit geben!

Er setzte sich auf und stellte die bloßen Füße auf den Boden. Er mußte überlegen, wie seine Situation aussah. Was konnten sie wissen? Sie wußten, daß er irgendwo hier in der Nähe war, aber sie konnten nicht wissen, wo genau. Sie würden mit den Anwohnern sprechen, sein Foto herumzeigen. Konnte ihm das etwas anhaben?

Der Typ in dem Auto! Er hatte ihn gesehen. Wenn der die Meldung hörte, würde es ihm wieder einfallen. Nathan war wütend auf sich selbst, daß er dieses idiotische Risiko eingegangen war. Er war ein Idiot! Ein Schwachkopf! Sie würden ihn zurückbringen und ihn wegen Mordes anklagen und verurteilen und für den Rest seines Lebens einsperren, und er war selbst schuld daran!

Die Verzweiflung überkam ihn mit solcher Macht, daß ihm förmlich die Luft wegblieb. Da hatte er soviel überlegt und geplant, soviel gebetet, und dann war alles an seiner Dummheit und am Zufall gescheitert. Ihm wurde klar, daß es schon idiotisch gewesen war, überhaupt zu glauben, er könne davonkommen. Zum erstenmal wurde ihm bewußt, daß er die Hoffnung, die er seit dem Tod seines Vaters verrückterweise gehegt hatte, nur durch Zufälle hatte aufrechterhalten können. Das wirkliche Leben hatte nicht das geringste damit zu tun. Alle hatten ihn verlassen.

Wie schlimm es auch immer gewesen war, bislang hatte er stets einen Funken Hoffnung gehabt. Doch selbst der war jetzt verschwunden. Nathan hatte das Gefühl, in einem dunklen, türlosen Raum zu sein. Er war ganz allein.

Bald würden die Bullen ihm auf den Fersen sein, und sie würden ihn *dorthin* zurückschicken – allein der Gedanke an dieses Wort war schon entsetzlich –, und er würde auch zu einem dieser Tiere werden, die ihn in der JSA acht Monate lang terrorisiert hatten, äußerlich lebendig, doch im Inneren tot.

Die Verzweiflung lenkte seinen Blick auf die Waffe in seiner Hand. Er hob den Revolver auf Augenhöhe und starrte in den Lauf. Aus der Nähe wirkten die Patronen riesig.

Der Tod war doch so etwas wie Freiheit, oder? Keine Verfolgungsjagd mehr, keine Einsamkeit mehr, keine Schläge mehr. Dann wäre er wieder mit seinem Dad zusammen und würde bei den Engeln leben. Auch seine Mutter wäre da. Die Vorstellung, das Gesicht, das er nur von einem Foto her kannte, wirklich zu sehen, entlockte ihm ein Lächeln. Er konnte ihre warme Umarmung, ihren himmlischen Duft fast spüren. Sein Dad würde ihn wieder anlächeln, und dann würden sie gemeinsam zwischen den Wolken umhergehen und wieder eine richtige Familie sein.

Nathans Lippen zitterten, und eine einzelne Träne fiel ihm vom Kinn, als er den Hahn spannte. Ein bißchen drücken, dann würde alles vorbei sein. Dann würde er frei sein, glücklich sein. Eins…, zwei…

GREG PREMINGER platzte fast vor Stolz. Seine Entdeckung des BMW war Polizeiarbeit vom Feinsten gewesen und hatte ihm bereits eine Erwähnung in den Abendnachrichten eingebracht. Für so was wurde man gelobt und befördert! Während er auf der Suche nach Zeugen von Tür zu Tür ging, träumte er bereits davon, nun auch den Jungen selbst aufzuspüren.

Das Problem war nur, daß es noch ziemlich früh war. Viele Leute waren noch nicht von der Arbeit zurück. Im Augenblick beackerte er den Little Rocky Trail, eine Straße, in der ihm nur in drei der letzten zwanzig Häuser überhaupt jemand die Tür geöffnet hatte, und von diesen dreien hatte keiner etwas gesehen, wobei eine Frau ihn ziemlich schockiert hatte mit der Bemerkung, er solle sich dafür schämen, daß er es „diesem armen kleinen Jungen“ noch schwerer mache.

Die meisten seiner Polizistenkollegen glaubten zwar, daß Nathan möglichst weit weg von dem BMW Zuflucht gesucht hatte, aber

Preminger hatte so ein Gefühl, daß der Junge sich ganz in der Nähe aufhielt. Wenn er an seiner Stelle gewesen wäre, hätte er sich so schnell wie möglich versteckt, und das bedeutete: in Little Rocky Creek.

Preminger ließ sich nicht entmutigen. So was brauchte eben seine Zeit. An allen Häusern, in denen niemand öffnete, hinterließ er seine Karte und ein hastig erstelltes Fahndungsblatt über den Jungen. Wenn jemand etwas wußte, würde er sich bestimmt melden.

Während er auf das Haus Nummer 4120 zuging, faltete er schon mal das nächste Fahndungsblatt und schob seine Karte hinein. An der Tür klopfte er eigentlich nur, damit alles seine Ordnung hatte. Inzwischen erkannte er, ob ein Haus leer war oder nicht.

NATHAN machte vor Schreck einen Satz und stürzte beim zweiten Ertönen des Türklopfers zu Boden. Zuerst glaubte er, der Revolver wäre losgegangen, aber schon im nächsten Augenblick sah er durch die Gardine am Fenster neben der Tür deutlich die Silhouette eines Polizisten. Der Bulle hielt einen Packen mit Zetteln im Arm, und es sah Nathan ganz so aus, als wäre auf diesen Zetteln sein Foto.

„Sie haben mich gefunden“, flüsterte er.

Aber der Bulle verhielt sich überhaupt nicht so, als hätte er irgend etwas gefunden. Er klopfte noch einmal an die Tür und lugte dann in das dunkle Wohnzimmer. Nathan hätte schwören können, daß er und der Bulle sich direkt in die Augen sahen. Aber es kam keine Reaktion. Zum zweitenmal in zwei Tagen stand er seinem Feind von Angesicht zu Angesicht gegenüber, und nichts passierte. Nach ungefähr fünfzehn Sekunden steckte der Bulle eines der Papiere in die Fliegengittertür, drehte sich um und ging weg.

Nathan blieb eine ganze Weile völlig reglos auf dem Boden liegen. Auch wenn er gewollt hätte, hätte er sich nicht bewegen können. Als der Adrenalinausstoß in ihm allmählich nachließ, stemmte er sich auf die Knie und schwang sich auf das Sofa. Dann gestattete er sich ein klitzekleines Lächeln. Sie waren ganze fünf Meter von ihm entfernt gewesen und hatten ihn trotzdem nicht erwischt. Irgendwann würde er ihnen das hoffentlich mal erzählen können. Irgendwann.

In die Düsternis in seinem Innern schlich sich ein winziger Lichtstrahl. Wo wenige Augenblicke zuvor nur Verzweiflung geherrscht hatte und die Zukunft unerträglich erschienen war, fand er nun Grund zur Hoffnung. Sein Dad hatte ihm einmal gesagt, die Hoffnung sei der wertvollste Besitz eines Menschen überhaupt. Damals hatte Nathan nicht verstanden, was er damit gemeint hatte. Jetzt wußte er es. In der Hoffnung gründete immer der nächste Tag.

Wieder fiel sein Blick auf den Revolver in seiner Hand. Zielgerichtet und mit gespanntem Hahn, sah er richtig bösartig aus. Als Nathan erkannte, was er beinahe getan hätte, überkam ihn Scham. Er zitterte am ganzen Körper, als er daran dachte, wie sein Finger sich um den Abzug gekrümmt hatte, den er kaum erreichen konnte.

Er ließ den Revolver auf den Teppichboden gleiten, preßte die Hände auf die Augen und begann zu weinen.

MEHR als hundertfünfzig Kilometer entfernt fuhr Lyle Pointer seinen Porsche auf den Beltway in Richtung Norden. In der Uniform, die er trug, sah er aus wie ein echter Polizist.

SERGEANT HACKNER hatte angenommen, Ricky habe allein gelebt. Von einer Ehefrau hatte nirgendwo etwas gestanden, und von Rickys JSA-Kollegen hatte keiner eine feste Beziehung erwähnt. Als Hackner jedoch den Hausmeister der Brookfield Garden Apartments um den Schlüssel zu Rickys Wohnung bat, um sich dort umsehen zu können, erklärte dieser ihm, Rickys Freundin wohne noch darin und könne ihn reinlassen. Ihr Name sei Misty.

Die Brookfield Garden Apartments waren in den frühen sechziger Jahren hochgezogen worden, um den wachsenden Bedarf an bezahlbaren Wohnungen in der Gegend zu decken. Irgendwann hatten die Eigentümer des Gebäudekomplexes dann Sozialwohnungsverträge schließen können, und jetzt stand die Anlage ganz oben auf der schwarzen Liste der Polizeileitstelle: Bei einem Anruf wegen Ruhestörung mußten hierhin mindestens zwei Mann beordert werden.

Misty. Ein ziemlich verrucht klingender Name, dachte Hackner, als er langsam die Treppe zum ersten Stock hinaufging. Er stellte sich Rickys Freundin als eine platinblonde Sexbombe mit texanischem Akzent vor. Er klopfte an die verschrammte Tür und hielt seine Polizeimarke in die Höhe, damit man sie durch den Türgucker sehen konnte. Er wollte gerade ein zweites Mal klopfen, da wurde die Tür geöffnet.

Hackners Vorstellung hätte nicht falscher sein können. Die Frau, der er gegenüberstand, sah ungefähr so exotisch aus wie eine verhärmte

Hausfrau. Sie war noch jung, fünfundzwanzig vielleicht, und trug einen billigen Zweiteiler, bestehend aus einem Top und Shorts. Das schulterlange brünette Haar hatte sie straff nach hinten gekämmt und zu einem Pferdeschwanz gebunden. In der Hand hielt sie eine halbleere Bierflasche.

„Sind Sie Misty?“ fragte er sie.

„Mitsy“, korrigierte ihn die Frau und ließ den Blick von Hackners Gesicht zu seiner Polizeimarke und wieder zurück wandern. „Wird aber auch Zeit, daß ihr endlich mal hier auftaucht. Ich mußte das mit Ricky aus dem Fernsehen erfahren.“ Sie machte einen Schritt zur Seite, damit der Polizist eintreten konnte.

Als Hackner über die Türschwelle ging, unterbrach er den Blickkontakt mit der Frau und kramte sein Notizbuch hervor. „Also, es ist so, Ma'am – wir wußten nämlich gar nicht, daß Mr. Harris eine, also ... eine feste Beziehung hatte.“

„Feste Beziehung – geht's nicht noch ein bißchen romantischer?“ Sie ließ sich schwerfällig aufs Sofa plumpsen und deutete auf einen leicht durchhängenden Fernsehsessel. „Machen Sie sich's bequem!“

„Nein, danke, ich stehe lieber“, erwiderte Hackner. „Hören Sie, Mrs. äh ...“

„Cahill. Mitsy Cahill.“

„Hören Sie, Mrs. Cahill. Ich weiß, das Ganze ist nicht gerade erfreulich, aber glauben Sie wirklich –“

„Setzen Sie sich!“ schrie Mitsy ihn an. In ihren Augen schimmerten Tränen. „Setzen Sie sich hin und reden Sie mit mir, ja?“ Tränen strömten über ihre Wangen; sie wischte sie mit den Fingerspitzen weg. Dann holte sie tief Luft, faßte sich und deutete noch einmal auf den Fernsehsessel. „Bitte“, wiederholte sie mit sehr viel ruhigerer Stimme. „Ich habe einen sehr einsamen, sehr schwierigen Tag hinter mir. Ich freue mich so, daß endlich jemand da ist, mit dem ich reden kann.“

Hackner setzte sich in den abgewetzten Fernsehsessel. „Also, Mrs. Cahill –“

„Bitte nennen Sie mich Mitsy“, unterbrach sie ihn.

Er lächelte. „Okay, Mitsy. Ich muß Ihnen ein paar Fragen über Ricky stellen.“

„Er ist wohl nicht nur das unschuldige Opfer, was, Officer?“

Die Unverblümtheit der Frage überrumpelte ihn. Abrupt hob er den Blick von seinem Notizbuch. „Also, wenn ich ehrlich sein soll,

Ma'am, versuchen wir genau das im Augenblick herauszufinden. Hat Ricky Ihnen gegenüber Nathan Bailey jemals erwähnt?"

Mitsy beugte sich auf dem Sofa vor. Wieder glänzten Tränen in ihren Augen. „Wissen Sie, diese Frage habe ich mir heute schon tausendmal gestellt. Ich würde Ihnen wirklich gern sagen, daß Ricky nie und nimmer fähig gewesen wäre, ein Kind umzubringen, aber ich kann es nicht. Er haßte sie alle abgrundtief. Sie waren ihm gegenüber nie so respektvoll, wie er es verdiente. Wenn ihm irgend jemand zu nahe trat – also, dann konnte so ziemlich alles passieren."

Sie stierte eine Zeitlang auf die Flasche, trank jedoch nicht. Als sie Hackner wieder ansah, war sie wütend. „Ich glaube, er hatte schon lange irgend etwas geplant", sagte sie. „Aber erst jetzt kann ich mir das alles zusammenreimen."

„Das verstehe ich nicht."

„Können Sie auch gar nicht verstehen, völlig unmöglich. Vor einigen Wochen fiel mir auf, daß ein paar Sachen aus der Wohnung fehlten – Sachen von Ricky. Es war ungefähr so, als würde er so nach und nach aus der Wohnung hier ausziehen. Vor ungefähr einer Woche schließlich fand ich ein Flugticket nach Argentinien, bar bezahlt. Siebenhundert Dollar! Ich kann mir beim besten Willen nicht vorstellen, wie er sich soviel Geld beschafft hat."

„Wo ist das Ticket jetzt?" hakte Hackner nach.

„Keinen blassen Schimmer."

„Wann sollte es denn losgehen?"

Mitsy zuckte mit den Schultern. „Ich habe nur gesehen, daß es ein Ticket ohne Datum war."

Plötzlich packte Hackner eine entsetzliche Mutlosigkeit. Da erhielt er jede Menge neuer Informationen und hatte keine Ahnung, was er damit tun sollte. Daß Ricky Harris nicht der beispielhafte Betreuer gewesen war, als den Johnstone ihn geschildert hatte, war sonnenklar, aber was hatte der kleine Bailey mit alldem zu tun?

„Ich muß nur noch einen allerletzten Punkt klären." Hackner sprach ganz vorsichtig. „Sie sagten, jetzt ist Ihnen klar, daß Ricky schon seit langem irgend etwas geplant hatte. Was, glauben Sie denn, hat er geplant?"

„Ich weiß es nicht, Officer, ganz ehrlich. Egal, was es war, es war wohl immerhin so schlimm, daß er danach das Land verlassen hätte. Und mich." Die letzten beiden Wörter flüsterte sie nur noch.

DIE REISCHMANN-PRÄSENTATION war perfekt verlaufen. Todd Briscow war zu neunundneunzig Prozent sicher, daß sie den Vertrag noch vor Ablauf des Monats unter Dach und Fach haben würden. Sein Verkaufsleiter und er hatten den Nachmittag auf dem Golfplatz verbracht und den bevorstehenden Sieg gefeiert.

An den Jungen hatte er nicht einen einzigen Gedanken verschwendet, bis er auf dem Heimweg die Rundfunknachrichten hörte. War es möglich, daß der Junge, nach dem gefahndet wurde, derselbe war, den er gesehen hatte? Das Alter kam ungefähr hin, andererseits konnte Briscow nicht glauben, daß dieser Junge ein Mörder war. Als er seiner Frau vom Autotelefon aus von seinem Verdacht erzählt hatte, sagte sie ihm, die Polizei habe ein Foto des Jungen in die Haustür gesteckt. Anhand des Bildes würde er bestimmt sofort erkennen, ob er es gewesen war oder nicht.

Patty drückte ihm das Fahndungsblatt mit Nathans Foto in die Hand, noch bevor er seinen Aktenkoffer abstellen konnte. Auf dem Fahndungsblatt waren zwei Bilder von Nathan Bailey. Das eine sah aus wie ein Schulfoto, ein lächelnder Junge mit ordentlich gekämmtem Haar. Das andere war offenbar von einem Videoband abfotografiert. Er verglich die Gesichtszüge und fand wenig Ähnlichkeit zwischen den beiden Fotos. In keinem von beiden erkannte er den Jungen von heute morgen wieder. Doch dann fielen ihm die Augen auf dem grobkörnigen Foto auf. Es war derselbe waidwunde Blick, den er auch an dem Jungen wahrgenommen hatte. Und die Haare waren auch ähnlich.

„Das ist er", sagte Todd Briscow. „Wir müssen die Polizei anrufen."

ENDLICH war es dunkel geworden, und Nathan konnte sich wieder auf den Weg machen. Fast eine Stunde lang hatte er wie ein Verrückter suchen müssen, bis er endlich ganz hinten in einer Kommodenschublade versteckt einen einzelnen Honda-Schlüssel zwischen einem Haufen Münzen in einem Aschenbecher gefunden hatte. Dann war ihm eine geniale Idee gekommen, und er hatte die letzte halbe Stunde damit totgeschlagen, in der feuchten Garage die Einser auf dem Nummernschild des Honda mit Isolierband in Vierer zu verwandeln.

Gleich beim ersten Drehen des Schlüssels sprang der Wagen an. Als Nathan ihn aus der Garage gefahren hatte, rollte er die leicht abfallende Auffahrt hinunter. Der Honda fuhr zwar nicht gerade sanft an, aber doch wesentlich besser, als er befürchtet hatte.

Als Nathan das Ende des Little Rocky Trail erreichte, blieb ihm fast das Herz stehen. Drei Streifenwagen bogen gerade dicht hintereinander mit eingeschaltetem Blaulicht in das Wohngebiet ein und rasten die Straße hinunter, auf der er eben noch gefahren war.

Der Typ von heute morgen hatte seinen Telefonanruf nun offenbar endlich getätigt.

„SIND Sie sicher, daß er es ist?“ bohrte Greg Preminger nach. Er sprach so hastig und abgehackt, daß Todd Briscow Angst bekam, er könnte etwas falsch gemacht haben.

„Wie sicher soll ich denn sein?“ gab er gereizt zurück. „Sie haben ein Foto des Jungen an unserer Tür befestigt, und ich sage Ihnen, daß der Junge, den ich gesehen habe, aussah wie der auf dem Foto.“ Er saß am Küchentisch; Patty, Peter und der Hund hatten sich um ihn geschart, um die Befragung mitzuverfolgen.

„Erzählen Sie mir bitte noch mal, was er trug“, bat Preminger den Mann.

„Ich habe es Ihnen bereits gesagt, Officer. Er trug kurze Hosen, das weiß ich noch, und ein T-Shirt mit dem Namen irgendeiner Sportmannschaft drauf, aber welcher, das weiß ich nicht mehr.“

Den Berichten aus Virginia zufolge hatte Nathan Bailey aus dem Haus der Nicholsons ein T-Shirt mit dem Signet der Chicago Bulls mitgenommen.

„Und wohin ging er?“

„Er ging gerade über die Straße und auf unser Haus zu.“

„Könnte er von der Sankt-Sebastians-Kirche gekommen sein?“ fragte Preminger.

Briscow nickte. „Ja. Wenn er durch den Wald gegangen ist.“

„Ich glaube, das reicht, um offiziell behaupten zu können, daß Sie Nathan gesehen haben“, verkündete Preminger lächelnd. An die anderen Polizisten gewandt, die sich im Gang versammelt hatten, sagte er: „Sieht ganz so aus, als hätten wir einen Riesentreffer gelandet, Jungs. Jetzt gehen wir von Tür zu Tür und suchen ihn!“

Preminger dankte den Briscows für ihre Hilfe und erhob sich vom Küchenstuhl. Als er schon fast an der Haustür war, fiel ihm ein, daß er die wichtigste Frage noch gar nicht gestellt hatte.

„Mr. Briscow“, sagte er, drehte sich um und betrachtete noch einmal die ganze Familie, „wissen Sie, ob irgendwelche Nachbarn von Ihnen diese Woche in Urlaub sind?“

Briscow zuckte zusammen. „Ich kenne hier in der Gegend noch

nicht so viele Leute. Dazu wohnen wir einfach noch nicht lange genug hier. Tut mir leid.“

„Halb so schlimm.“ Der Polizist wandte sich zum Gehen.

„Augenblick mal!“ rief Briscow, noch ehe Preminger einen Schritt getan hatte. Er sah aus, als habe er sich gerade an etwas sehr Wichtiges erinnert. „Mir ist eingefallen, daß die Grimes - ein paar Häuser weiter in der Straße - im Urlaub sind.“

Auf Premingers Bitte hin führte Briscow den Polizisten zum Haus der Grimes’, Little Rocky Trail Nummer 4120. Auf Greg wirkte das Haus nicht anders als die übrigen Häuser in der Straße, aber er erinnerte sich, daß er dort einen Blick durchs Fenster hatte werfen müssen und durch die Gardinen gesehen hatte - nein, es war eher ein Gefühl gewesen –, daß sich drinnen etwas bewegt hatte.

Preminger zog die Pistole aus dem Halfter und befahl Briscow, am Straßenrand zu warten. Daraufhin tat Briscow ihm einen noch größeren Gefallen: Er ging freiwillig nach Hause.

Preminger leuchtete mit der Taschenlampe durch das Fenster neben der Haustür. In dem matten, gebrochenen Lichtstrahl wies nichts darauf hin, daß etwas nicht stimmte. Da war nur ein unbeleuchtetes Wohnzimmer. Preminger verließ die Veranda und ging zur Schmalseite des Hauses. Obwohl er nicht genau wußte, was er eigentlich suchte, fiel ihm auf, daß das Gras keine Fußspuren aufwies und auch keine Glasscherben herumlagen.

Hinten im Garten war auch nichts Außergewöhnliches zu sehen. Die einzig erkennbare Möglichkeit, in das Haus zu gelangen, waren die Küchenfenster, die allerdings intakt aussahen, oder eines der winzigen Kellerfenster auf Höhe des Rasens. Beiläufig kam Preminger der Gedanke, daß die Eigentümer ihr Haus wirklich bewundernswert instand hielten. Eines der Kellerfenster war so sauber, daß es aussah, als hätte es gar keine Scheibe.

Als ihm die Bedeutung dessen, was er gerade dachte, bewußt wurde, lief es Preminger eiskalt den Rücken herunter. „Ich freß ’nen Besen!“ murmelte er vor sich hin, als er erkannte, daß in dem Fenster kein Glas war. Er legte sich auf den Bauch wie ein Schütze und suchte das Innere des Kellers mit der Taschenlampe ab. Als er sicher war, daß sich dort drinnen nichts rührte, schlüpfte er durch das Fenster ins Haus.

Preminger schlich mit spinnenähnlichen Bewegungen durch das Haus. Seine Waffe hielt er in der Rechten, den Arm im 90-Grad-Winkel steif vor sich ausgestreckt; die rechte Hand stützte er mit der linken ab. In letzterer hielt er auch die kleine Taschenlampe, deren starker Lichtstrahl sein Blickfeld hell ausleuchtete.

Wie ein Fechter bewegte Preminger sich geradezu tänzelnd durch den Keller und die Treppe hinauf, jede Sekunde kampfbereit. Nur war im Erdgeschoß nichts, auf das er hätte schießen können.

Erst nachdem er das obere Stockwerk des Hauses gründlich durchsucht hatte, fand er auf dem Küchentisch einen von Nathan Bailey unterschriebenen Brief. Die gute Neuigkeit war, daß Greg das richtige Haus gefunden hatte. Die schlechte Neuigkeit war, daß der Junge hatte entwischen können. In dem Brief entschuldigte er sich für den Einbruch und teilte den Hauseigentümern mit, er habe ihre Wäsche gewaschen. Dann versicherte er ihnen, daß es ihm sehr leid tue, ihren Wagen stehlen zu müssen, und – ach, übrigens habe er ihre Waffe mitgenommen.

Preminger holte sein tragbares Funkgerät hervor und betätigte die Sprechtaste.

## ZWÖLF

IM DUNKELN sah der Staat New York ziemlich ähnlich aus wie Pennsylvania, stellte Nathan fest. Zu seiner Beunruhigung klebte seit gut acht Kilometern ein Wagen an seiner Stoßstange und ließ sich nicht dazu bringen, weniger dicht aufzufahren. Er hatte es schon mit Langsamfahren versucht, damit der Kerl ihn überholte, und er hatte versucht, ihm mit hoher Geschwindigkeit einfach davonzubrausen, aber nichts hatte funktioniert. Der Typ blieb, wo er war; seine grellen Scheinwerfer im Rückspiegel und in den Seitenspiegeln brannten fast Kreise in Nathans Netzhaut.

Nachdem Nathan die Polizeiwagenkolonne gesehen hatte, die in die Siedlung eingefahren war, hatte er beschlossen, die großen Autobahnen zu meiden und statt dessen auf den kleinen Landstraßen zu bleiben. Wie viele Entschlüsse, die er in den letzten Tagen gefaßt hatte, erschien auch dieser zunächst sinnvoll, gefiel ihm dann aber allmählich immer weniger. Nathan hatte nicht daran gedacht, welch ein Gefühl von Sicherheit die Tankstellen entlang der Autobahnen und andere von vielen Menschen aufgesuchte Orte bieten konnten. Jetzt, um halb zwei Uhr nachts, schien nirgendwo mehr ein Licht, und nirgends fuhr mehr ein Auto, was für Nathan bedeutete, daß er auf keine Hilfe rechnen konnte, falls dieser Typ im Rückspiegel seinen wie auch immer gearteten Plan plötzlich ausführen sollte. Eines aber stand fest: Es war schlau von ihm gewesen, den Revolver mitzunehmen.

DIE ANORDNUNGEN, die der stellvertretende Sheriff Chad Steadman erhalten hatte, waren eindeutig. Er sollte den Wagen erst dann zum Halten bringen, wenn die Verstärkung angerückt war. Dem letzten Bericht der Jungs in Pennsylvania zufolge war Nathan Bailey bewaffnet und gefährlich – und er fuhr offenbar den Honda, den Steadman nun schon seit fast zwanzig Kilometern verfolgte. Im Scheinwerferlicht wirkte der Fahrer des Honda auf jeden Fall klein genug, um ein Kind sein zu können. Und auf das, was der Kerl mit den Nummernschildern angestellt hatte, wäre nicht mal ein Idiot hereingefallen.

Um die Zeit totzuschlagen, bis die beiden anderen diensthabenden Streifenpolizisten vom Bezirk Pitcairn County zu ihm stießen, beschloß er, ein bißchen Katz und Maus zu spielen. Er fiel ein paar Wagenlängen zurück und raste dann wieder los, bis er die Stoßstange des Honda fast berührte. Wenn der Junge ihm durchbrannte, war das ein triftiger Grund, ihn auf eigene Faust zu verfolgen. Das Spielchen schien den Kleinen zwar leicht nervös zu machen, aber abgesehen davon, daß er nun ein bißchen unsicherer lenkte, blieb er ziemlich ruhig.

Im selben Moment, als Steadmans Funkgerät loszukrächzen begann, sah er auch schon auf der hinter ihm liegenden Anhöhe Scheinwerfer aufleuchten. „Charlie 7 bei Baker 15 eingetroffen", bellte der Sprecher.

Steadman zog das Mikro aus der Klammer am Armaturenbrett und betätigte die Sendetaste. „Hier Baker 15, hallo Charlie 7", begrüßte er freudig Jerry Schmidt, seine endlich eingetroffene Verstärkung. „Ist mit ziemlicher Wahrscheinlichkeit unser Junge."

„Willst du ihn jetzt gleich anhalten?"

„Nein. Kommando 6 ist unterwegs", erklärte Steadman vorsichtshalber, damit später aus dem Band, das den gesamten Funksprechverkehr aufnahm, ersichtlich wurde, daß er auch dann seine Anweisungen einzuhalten gedachte, wenn sein Chef nirgends zu sehen war.

„Hier Kommando 6, hallo, Baker 15", meldete sich jetzt die heisere, rasselnde Stimme von Sergeant Watts, dem diensthabenden Kommandanten. „Befinde mich Ecke Halsey Road und Route 168. Wir nehmen hier unseren Standort ein und errichten eine Straßensperre. Es gelten die Anordnungen für das Anhalten eines Schwerverbrechers."

Das Anhalten von Schwerverbrechern war Steadmans große Leidenschaft. Während sie sich der Straßensperre näherten, würden Steadman und Schmidt ihr Rot-Blau-Licht und die Sirenen anwerfen und den Honda von den Seiten her bedrängen, so daß an Flucht nicht mehr zu denken war. Hinter den schutzbietenden Wagentüren und mit vorgehaltenen Gewehren würden die drei Polizisten ihren Gefangenen auffordern, aus dem Wagen zu steigen und sich flach auf den Boden zu legen, um ihn dann festzunehmen. Wenn alles glattging, würde es keine Verletzten geben. Sollte er allerdings irgendwas Durchgeknalltes versuchen, dann wäre er mausetot.

Als Nathan das zweite Scheinwerferpaar im Rückspiegel sah, setzte sein Herzschlag einen Moment lang aus. Ruhig bleiben, Junge! machte er sich Mut. Noch haben sie dich nicht angehalten. Fieberhaft suchte er nach einem Ausweg. Sie würden garantiert bald einen Vorstoß machen, und darauf wollte er vorbereitet sein. Bevor sie ihn wieder einsperrten, mußten sie ihn erst mal haben. Du mußt einfach nur auf alles vorbereitet sein! dachte er. Aber das war er nicht.

Der Wald zu beiden Seiten der Straße gab nach und nach den Blick auf dunkle Wohn- und Geschäftshäuser frei. Was sie auch vorhatten, sie würden es bald tun, das spürte Nathan deutlich.

Und da war sie auch schon – die Straßensperre. Ungefähr hundert Meter vor ihm stand ein Bullenwagen quer auf der Straße; seine rotierenden Warnlampen tauchten die umliegenden Gebäude in blaues und rotes Licht. Im Rückspiegel sah Nathan zwei weitere Scheinwerferpaare aufleuchten und zuckte zusammen, als plötzlich eine Sirene losheulte.

Den Bruchteil einer Sekunde lang hob Nathan den Fuß vom Gaspedal, aber dann wurde ihm sofort klar, daß er, wenn er nicht aufgeben wollte, weiterfahren mußte. Er trat das Gaspedal ganz durch.

Während er auf den Streifenwagen zuraste, der die Straße blokkierte, wußte Nathan immer noch nicht, wohin er eigentlich fahren würde; er wußte nur, daß er an diesem Wagen irgendwie vorbeikommen mußte. Etwa zehn Meter vor dem drohenden Zusammenstoß mit dem Streifenwagen lenkte Nathan den Honda über die Bordsteinkante. Der Wagen schrammte über den Beton, wobei das Getriebe widerlich krachte. Nur einen Augenblick lang hing das Auto in der Luft, dann knallte es mit allen vier Rädern gleichzeitig auf den Grünstreifen. Nathan hatte Mühe, den Wagen, der auf dem taunassen Boden ins Schleudern geriet, unter Kontrolle zu halten.

Das Gewehr sah er erst, als der Schuß ertönte. Der Knall an seinem linken Ohr machte Nathan sofort taub; trotzdem schrie er laut, als neun Schrotkugeln durch die Rückscheibe flogen, den Beifahrersitz und die Kopfstütze zerfetzten und die Windschutzscheibe zertrümmerten. Diese Idioten versuchten noch immer, ihn zu töten!

Noch ehe er sich hatte fassen können, war er wieder auf der Straße. Die Straßensperre hinter ihm wurde immer kleiner. Als er in den Rückspiegel blickte, sah er Mündungsfeuer wie gelbes Kamerablitzlicht aufleuchten; gleich darauf wurde der Spiegel zusammen mit den Resten der Windschutzscheibe in einer weißen Wolke zerschmetterten Glases weggeblasen. Nathan trat noch stärker aufs Gaspedal.

Der Wagen reagierte nicht.

„O Gott, nein! Bloß das nicht! Bitte, lieber Gott, das nicht!" Nathan packte das Grausen. Der Honda wurde immer langsamer. Der Tachozeiger stand nur noch bei dreißig Stundenkilometern und fiel immer weiter zurück. Nathan stieg auf die Bremse. Der Honda kam mitten auf der Straße abrupt zum Stehen. Wenn es sein muß, laufe ich eben zu Fuß weiter, beschloß Nathan.

Doch Steadman war bei ihm, ehe er auch nur den Türgriff in der Hand hatte.

„Hände hoch!" rief hinter Nathan jemand mit schriller Stimme. „Hände hoch, oder ich blas dir dein Hirn aus dem Schädel!"

Nathan blieb reglos sitzen und versuchte sich klarzumachen, daß dies das Ende seiner Flucht war. Langsam hob er die Hände. Er kapitulierte nicht nur vor der Polizei, sondern auch vor seinem Schicksal.

Obwohl in seinen Ohren noch immer der Gewehrschuß nachhallte, hörte er von hinten rasch näher kommende Schritte. Wie aus dem Nichts ragte plötzlich ein Gewehrlauf durch die Überreste des Seitenfensters und wurde mit solcher Kraft gegen sein Ohr gedrückt, daß es weh tat.

„Raus aus dem Wagen!" schrie jemand.

„Eine Waffe!" schrie ein anderer. „Auf dem Sitz liegt eine Waffe!"

Nathan wurde von vier Fäusten am T-Shirt und an den Haaren gepackt, und so zogen sie ihn durch das zerschmetterte Seitenfenster aus dem Auto. „Au!" brüllte Nathan. „Sie tun mir weh! Ich mache ja, was Sie wollen!“ Die herausstehenden Glasscherben bohrten sich in seine Arme, seine Beine und in seinen Bauch.

Als die Polizisten ihn herausgezogen hatten, warfen sie ihn so brutal auf den Gehsteig, daß ihm die Luft aus der Lunge gepreßt wurde. Ein Stiefel auf seinem Unterkiefer drückte ihm das Gesicht aufs Pflaster, während die Polizisten ihm die Arme in einem unglaublichen Winkel nach hinten bogen, um ihm Handschellen anzulegen.

„Bitte, tun Sie mir nicht mehr weh!“ flehte Nathan. „Ich verspreche, daß ich alles mache, was Sie wollen!“

Indem sie die Kette zwischen den Handschellen als Griff benutzten, zogen sie ihn zuerst auf die Knie, dann an seinen zitternden Schultern auf die Füße. Aus seiner Nase rann Blut. Während sie ihn an einen der Streifenwagen lehnten, näherte sich ein dritter Polizist. Er wirkte wütend und brutal, und an der linken Brusttasche trug er ein goldenes Dienstabzeichen. An der anderen Brusttasche hing ein goldenes Namensschild, auf dem WATTS stand.

Watts blieb einen Meter vor dem Jungen stehen. „Bist du Nathan Bailey?“

Nathan nickte. „Ja, Sir“, sagte er. Watts hatte Wolfsaugen, die ihn durchdringend und bedrohlich anstarrten. An seine Untergebenen gewandt, sagte er: „Weg mit diesem Dreckskerl!“

Steadman packte Nathan an den Armen und warf ihn auf den Rücksitz seines Streifenwagens wie einen Sack Hundefutter.

Während der zwanzig Kilometer langen Fahrt zum Polizeirevier lag Nathan völlig reglos mit angewinkelten Knien auf der Seite und wartete darauf, daß die Hoffnung zurückkehrte.

DIE GLÜCKSFEE war schon eine komische alte Dame. Pointer hatte geplant, sich in der Gegend von Jenkins Township unter die Bullen zu mischen und sich als Kollege der Bezirkspolizei von Braddock County, Virginia, auszugeben, der den Auftrag hatte, die weiteren Ereignisse in Pennsylvania zu verfolgen. Die Sache hätte hundertprozentig funktioniert. Die Uniform und der Ausweis waren echt. Sogar die Nummer auf seiner Marke war in Ordnung; sie war einer fiktiven Person namens Terry Robertson zugeteilt, die angeblich in der Außenstelle Bankston arbeitete.

So jedenfalls hatte sein Plan ausgesehen. Die Wirklichkeit erwies sich als weit simpler. Pointer wollte sich gerade im „Spear-and-Musket“-Motel einquartieren – der einzigen Unterkunft in Jenkins

Township, in der noch ein Zimmer frei war –, da wurde auf dem kleinen Fernseher auf der Portierstheke eine Sondermeldung angekündigt. Er fragte sich, was wohl so wichtig sein könnte, daß man dafür um drei Uhr morgens das Programm unterbrach.

Auf dem Bildschirm erschien Nathan Baileys Foto mit der Bildunterschrift VERHAFTET. Ein Sprecher berichtete hoch erfreut, daß der berühmteste Flüchtling der Nation von der Bezirkspolizei in Pitcairn County im Staat New York festgenommen worden sei.

„Das darf doch nicht wahr sein!“ sagte Pointer leise zu sich selbst. Er erinnerte sich, in seinem Atlas gesehen zu haben, daß Pitcairn County im südlichsten Teil von New York lag. Wenn er sich beeilte, war er in ein paar Stunden dort.

Wortlos machte er auf dem Absatz kehrt und verließ das Motel.

ALS SIE im Revier eintrafen, blutete Nathans Nase nicht mehr, und die diversen Platzwunden und Blutergüsse schmerzten wie eine einzige riesige Verletzung. Durch die Handschellen waren seine Finger schon seit einiger Zeit taub. Während der endlosen Fahrt im Streifenwagen hätte er den Fahrer – einen Bullen namens Steadman – am liebsten daran erinnert, daß er erst zwölf war und daß es immerhin drei Mann gebraucht hatte, um ihn zusammenzuschlagen. Er hätte ihm gern gesagt, daß sein Dad ihm immer erklärt hatte, größere Jungs, die sich zusammentaten, um kleine Jungs zu verprügeln, seien das Gemeinste, was es gibt. Er hätte ihm gern eine ganze Menge Dinge gesagt, kam jedoch zu dem Schluß, daß Schweigen ihm mehr nutzen würde.

Kaum hatte Steadman den Wagen mit quietschenden Reifen zum Stehen gebracht, sprang er auch schon heraus. Gleich darauf spürte Nathan einen Schwall feuchter Nachtluft; die hintere Tür wurde aufgerissen, Hände packten ihn am Ausschnitt seines T-Shirts und am Bund seiner kurzen Hose und zerrten ihn nach draußen. Die Behandlung war absichtlich so rüde, das wußte er genau. Die Polizisten wollten ihn dazu bringen, daß er noch mehr um Nachsicht bettelte, aber Nathan hatte das Betteln satt. Jetzt war er wieder Teil des Systems, da funktionierte nur noch Schweigen.

Sie konnten ihm weh tun, soviel sie wollten – betteln würde er nicht mehr und weinen auch nicht. Er beschloß, sie auf seine Weise zu bekämpfen. Sein Wille stand gegen ihren.

„Komm mit, du Held!“ befahl Steadman, der offenbar eine Veränderung in der Haltung seines Gefangenen bemerkt hatte.

Das Polizeirevier von Pitcairn County war im Vergleich zu den meisten anderen geradezu winzig. Es gab dort einen Vorraum mit einem Schreibtisch für den diensthabenden Beamten; in diesen Vorraum mündeten zwei Gänge. Am Ende des einen Gangs befanden sich ein kleiner Raum mit Garderobenschränken für die Polizisten und eine Cafeteria, die auch als Besprechungszimmer benutzt wurde. An dem anderen Gang lagen die beiden Arrestzellen, die unter der Woche normalerweise leer blieben, an den Wochenenden jedoch mit Betrunkenen vollgestopft waren.

Steadman führte Nathan direkt zu den Zellen. Der Gang war ziemlich abschüssig und endete vor zwei schweren Holztüren. Der Polizist schob einen altmodischen Eisenschlüssel in das Schlüsselloch und entriegelte die Tür mit einem satten „Klack“. Die acht Zentimeter dicke Eichenholztür ging geräuschlos auf, und Steadman trat zur Seite.

Die Zelle wurde nur von einer einzigen nackten Glühbirne oben an der drei Meter hohen Decke beleuchtet. Neben den unverputzten roten Sandsteinwänden und dem Zementboden wies der Raum nur noch ein uraltes Armeefeldbett aus Holzgestänge und Segeltuchbespannung sowie eine Toilettenschüssel auf.

„Ihre Suite, Mr. Bailey“, sagte Steadman und grinste.

Nathan versuchte, die Schultern zu straffen und seine Zelle mit Würde zu betreten, aber es gelang ihm nicht recht. Hinter der aufgesetzten Tapferkeit lauerte ein entsetzter Blick.

„Stell dich an die Wand!“ befahl Steadman.

Noch immer wortlos befolgte Nathan den Befehl und drückte sein Gesicht seitlich an die kalten roten Ziegel. Steadman löste die Handschellen.

„Schöne Träume auch!“ sagte er noch, bevor er die Tür schloß. „Laß dich nicht von den Wanzen auffressen!“ Der schwere Riegel glitt ins Schließblech; das „Klack“ hallte durch die naßkalte Zelle.

Das wär’s nun also, dachte Nathan. Hat genauso aufgehört, wie es angefangen hat – im Knast. Nur weil du dich gewehrt hast. Die Tränen schossen ihm in die Augen, aber er unterdrückte sie mit aller Willenskraft. Du kannst noch fünfzig, sechzig Jahre lang heulen. Da brauchst du jetzt keine Träne zu verschwenden!

Mann, war das kalt hier drin! Vorsichtig ergriff er einen Zipfel der Wolldecke, die auf dem Feldbett lag, schüttelte sie und suchte sie nach Ungeziefer ab, fand aber nichts. Er legte sich die Decke um die Schultern und setzte sich auf die Bettkante, die unter seinen vierzig

Kilo prompt zusammenbrach. Eines der hölzernen Beine war gebrochen und gemeinerweise so hingestellt worden, daß es unversehrt aussah. Als Nathan auf den Zementboden prallte, spürte er schlagartig all seine Verletzungen wieder.

Jetzt konnte er die Tränen nicht mehr zurückhalten.

SERGEANT WATTS beendete seinen Bericht über Nathans Festnahme um halb fünf Uhr morgens und steckte die Papiere in einen Umschlag für Dienstkorrespondenz, der an Sheriff Murphy adressiert war. Je mehr Watts über die Ironie seines Glücks nachdachte, um so mehr ärgerte er sich über den vor ihm liegenden Tag. Seine Jungs und er hatten die Festnahme geschafft, zu der die tollen Großstadthechte nicht imstande gewesen waren, aber wenn dann endlich die Presse da sein würde, um ihm die verdiente Anerkennung zu zollen, würde er schon wieder im Dienst sein, und alles Lob würde sich der Sheriff unter den Nagel reißen.

Plötzlich hörte er zu seinem großen Erstaunen, daß die Tür zum Vorraum geöffnet wurde. Zu dieser Stunde kam nur selten jemand hierher. Es handelte sich um einen Kollegen, der eine Uniform trug, wie sie Watts noch nie gesehen hatte.

„Guten Morgen", grüßte Pointer fröhlich. „Hier soll ja diese Nacht ziemlich was los gewesen sein."

Watts grinste, obwohl er bei dem Typen unerklärlicherweise sofort ein ganz mieses Gefühl hatte. „Richtig – wir haben den Kerl. Was kann ich für Sie tun?"

„Mein Name ist Robertson", log Pointer. „Ich arbeite bei der Bezirkspolizei von Braddock County. Der kleine Bailey kommt aus meinem Zuständigkeitsbereich. Ich möchte euch hier nur ein bißchen helfen; ich könnte ihn nach Virginia zurückbringen, sobald er dorthin ausgeliefert wird." Er ließ den Blick durch den Vorraum schweifen. „Sieht hier aber gar nicht nach 'ner aufregenden Nacht aus. Kommt mir 'n bißchen leer vor."

Watts zuckte mit den Achseln und senkte den Blick auf seine Papiere. „Ja, außer mir und dem Jungen ist auch niemand hier." Noch während er es sagte, spürte er, daß er einen Fehler gemacht hatte. Das Problem war nur, daß Watts schon viel zu lange am Schreibtisch arbeitete, um schnell auf sein Gespür reagieren zu können.

Als er bemerkte, daß der Fremde den Arm auf Schulterhöhe hob, war die Kugel schon unterwegs.

*Was war das?* Nathan war kurz vor dem Einschlafen durch ein Geräusch aufgeschreckt, das wie ein in der Ferne abgefeuertes Luftgewehr klang – *pfftt* –, dann fielen krachend Möbelstücke um, und es war wieder alles still.

Er konnte es sich nicht erklären, aber er wußte, daß im Knast alles Ungewöhnliche immer etwas Schlechtes bedeutete. Irgend etwas stimmte nicht. Aus dem Vorraum drangen merkwürdige Schritte, dann hörte er jemanden stöhnen.

*Pffftt.* Da war es wieder! Diesmal klang es allerdings weniger wie ein Luftgewehr, dazu hallte es zu sehr.

Als es ihm zu dämmern begann, gerann ihm das Blut in den Adern. Das konnte doch einfach nicht wahr sein! Hörte dieser Alptraum denn nie auf?

Das Geräusch näher kommender Schritte bestätigte Nathans schlimmste Befürchtungen. Wer immer dieser Typ auch war, betrunken war *der* diesmal nicht. Er war ein Killer mit einem Schalldämpfer an der Kanone, und er war so sehr darauf aus, ihn zu töten, daß er dafür bereit war, einen Bullen umzulegen.

„Naaathan!" ertönte es im Singsang vom Gang her.

Es war das Grauenhafteste, das Nathan jemals gehört hatte. Eine Waffe! Er brauchte unbedingt eine Waffe …

„Nathan Baileeeey! Ich komme jetzt und hole dich!" rief Pointer lachend.

Vielleicht kann ich das Bett anheben. Das Bett! Das herrlich kaputte Bett! Nathan stürmte mit zwei Schritten auf das Feldbett zu und packte das abgebrochene Bein. Das Holzding war zwar nicht besonders groß, aber schwer. Könnte klappen …

Ein Schlüssel wurde ins Schloß der Tür geschoben.

Lautlos schlich Nathan sich zu der Seite, an der sich die Türangeln befanden, um sich hinter der dicken Holztür versteckt zu halten. Als erstes sah er die Pistole. Sie wurde rasch in den Raum gestreckt und bog dann um die Ecke, so als wüßte der Eindringling genau, wo Nathan sich versteckt hielt. Nathan holte weit über den Kopf aus und hieb das Bettbein mit beiden Händen auf die Waffe. Mit so viel Kraft hatte er noch nie im Leben auf etwas eingedroschen!

Die Pistole fiel klappernd auf den Zementboden, ohne daß sich ein Schuß löste. Nachdem Nathan mit dem ersten Schlag so gut getroffen hatte, holte er gleich zum zweiten aus. Dann sah er, daß der Angreifer ein Polizist war. Er bremste den Schwung ab und keuchte laut auf.

„Wer sind Sie?“ rief er.

Pointer antwortete nicht, sondern griff nach der auf dem Boden liegenden Pistole. Mit der raschen Wendigkeit einer zubeißenden Klapperschlange packte er die Pistole, drehte sie in der Hand und schickte sich an, sie abzufeuern.

Nathan sah es voraus und schlug seinen Behelfsknüppel beidhändig auf Pointers Hinterkopf. Der Mann brach zusammen.

Nathan geriet in Panik. Es war wieder genau wie damals in der JSA. Warum versuchten so viele Bullen, ihn zu töten? Und warum brachten sie sich dabei auch noch gegenseitig um?

Er mußte raus hier. Wieder mal. Er mußte abhauen. Wieder mal.

Der Gang war menschenleer, die Türen standen offen. Die Sohlen seiner Turnschuhe quietschten auf dem Linoleumboden, als er den Gang hinauflief. Ohne den auf dem Boden liegenden, zusammengesackten Polizisten zu bemerken, durchquerte er rasch den Vorraum, stieß mit einem Schwung die Tür des Polizeireviers auf und lief hinaus in die wartende Nacht.

Auf seiner Flucht aus der JSA war er von Angst und Zweifel erfüllt gewesen. In dieser Nacht verspürte er nur den Drang zu laufen, schnell und weit zu laufen. Irgendwo dort draußen in der Dunkelheit lag seine Zukunft.

„SERGEANT! O mein Gott!“ Schmidt schluchzte fast.

Der Ausruf brachte Pointer wieder zu Bewußtsein. Innerhalb von Sekunden gewann er seine Orientierung zurück und faßte einen Plan. Er mußte den neuen Bullen in die Zelle kriegen, was problemlos zu bewerkstelligen war. Pointer stöhnte laut auf. Es fiel ihm nicht schwer, überzeugend zu klingen.

Schmidt legte die paar Meter zu der offenen Zelle in wenigen Sekunden zurück und ließ sich leicht geduckt und schießbereit in der Türöffnung blicken. In seinem Gesicht stand deutlich eine einzige Frage geschrieben: *Verdammt, wer bist du denn?*

Pointer saß auf dem Boden, den Rücken an die der Tür gegenüberliegende Wand gelehnt; der Kopf hing ihm auf die Brust hinunter. Er stöhnte noch einmal, um die Wirkung zu verstärken. Schmidt ließ den Blick nervös durch den Raum schweifen auf der Suche nach demjenigen, der seinen beiden Kollegen das angetan hatte. Wenn er auch nur den leisesten Verdacht gegen den Fremden auf dem Boden hegte, so verriet sein Blick nicht das geringste davon. Im Gegenteil, die Anspannung ließ sichtbar nach; seine Schultern lockerten sich, als er auf seinen Polizistenkollegen zuging.

In dem Augenblick, als Schmidt seine Pistole in das Halfter zurücksteckte, zog Pointer seine Waffe und feuerte einen einzigen Schuß ab.

Schmidt fiel nach hinten und blieb ausgestreckt im Gang liegen. Pointer hielt die Pistole noch immer auf den Polizisten gerichtet, um sicherzugehen, daß der sich auch bestimmt nicht mehr bewegte, dann steckte er seine Waffe wieder ein.

Er war erstaunt, wieviel Mühe es ihn kostete, auf die Füße zu kommen. Mr. Slater würde alles andere als erfreut sein. Tote Bullen zogen immer sehr viel mehr Nachforschungen nach sich, als sie verdient hatten.

Während er noch auf die uniformierte Leiche im Gang starrte, kam ihm langsam eine Idee. Die meisten Leute glaubten ja, Nathan hätte schon einen Bullen umgebracht. Wenn sie die Spuren hier im Knast sahen, würden sie denselben Schluß vielleicht auch ein zweites Mal ziehen. „Du warst unartig, Nathan“, murmelte er spöttisch vor sich hin, während er in den Vorraum schlenderte.

Beim Schreibtisch im Vorraum mußte er sich schwerfällig über Watts' Leiche beugen, um an die Videorecorder heranzukommen, die an die Sicherheitskameras angeschlossen waren. Er drückte die AUSWURF-Tasten der drei Recorder, woraufhin diese drei Videokassetten ausspuckten, die er sich unter den Arm schob. Als er einen Blick auf die Uhr warf, sah er erstaunt, daß es schon kurz vor fünf war, und machte sich hastig durch den Ausgang davon.

## DREIZEHN

EINE ganze Stunde verging, bevor Nathan die erste Polizeisirene hörte; aber als sie kamen, kamen sie zu Dutzenden. Von seinem Versteck aus – dem Treppenabgang eines Mietshauses – sah er hin und wieder die rotierenden Warnleuchten der Polizeifahrzeuge, die die Wände über ihm in rotes und blaues Licht tauchten.

Im Rückblick wurde ihm klar, daß seine Fluchtstrategie einen Riesenfehler hatte. Beim Verlassen des Polizeireviers hatte er nämlich nicht einkalkuliert, daß ihm noch so viel Zeit bleiben würde. Hätte er es bedacht, dann wäre er viel, viel weiter gelaufen, ehe er sich ein Versteck gesucht hätte. So aber war er höchstens zwei Kilometer von dem Revier entfernt.

Im Gegensatz zur JSA, die man abgeschieden und kaum auffindbar mitten auf dem Land errichtet hatte, schloß das Gefängnis dieser Stadt direkt an das Gericht an – das auffälligste Gebäude inmitten eines belebten Geschäftsviertels. Er war an einem hohen, bleistiftförmigen Monument vorbeigelaufen, das in der Mitte des Hauptplatzes stand, aber die wenigen Bäume und Sträucher, die es umgaben, boten keinen Schutz. So war er weiter durch die Stadt gerannt. Alle Fenster waren dunkel, kein Mensch, kein Gefährt bewegte sich, wodurch es ihm vorkam, als wäre er noch auffälliger und könne noch eher bemerkt werden.

Aus Angst, entdeckt zu werden, hatte er sich schließlich in einem mit Graffiti besprühten Treppenabgang versteckt. Da dieser etwas unterhalb des Straßenniveaus lag und hinter fünf metallenen Mülltonnen verborgen war, konnte man ihn von der Straße aus nicht sehen; aber bald würde es hell werden, er würde sein Versteck verlassen müssen und dort draußen völlig ungeschützt sein.

Er wußte nicht, was er tun sollte. Zu Fuß weiterzulaufen oder gar ein Auto zu klauen konnte er vergessen. Aber da, wo er jetzt war, konnte er erst recht nicht bleiben. Während er sich den Kopf über einen neuen Plan zerbrach, erschien ihm die Lösung plötzlich in Form einer Frage: Wohin führt diese Treppe hier eigentlich?

Im Dunkel der Nacht war der Treppenschacht nur ein schwarzes, von hellem Beton gesäumtes Loch gewesen. Jetzt aber, da die Dunkelheit sich langsam in verschiedene Grautöne verwandelte, sah er links von sich eine Tür, die offenbar in einen Keller führte.

In dem Augenblick, als er die Tür sah, wußte er, daß er damit die einzige ihm verbliebene Möglichkeit gefunden hatte. Trotzdem ging er nicht gleich los, sondern zögerte noch. In Kellern waren Ratten und Kakerlaken, es war dort immer dunkel und feucht. Die Vorstellung von grauenhaften Bestien – wirklichen und eingebildeten –, die es dort möglicherweise gab, jagte ihm kalte Schauer über den Rücken. Aber als im ersten Tageslicht eine weitere Polizeisirene ertönte, nahm Nathan allen Mut zusammen und betrat durch die glücklicherweise unverschlossene Tür den dunklen Keller.

DAS TELEFON klingelte sechsmal, bevor Warren Michaels davon aufwachte. Zunächst arbeitete er das Läuten in seinen Traum ein, beim dritten Klingeln war ihm bewußt, daß es sich um etwas aus der realen Welt handelte, aber es mußte noch zweimal läuten, damit ihm klar wurde, daß die reale Welt für ihn im Augenblick ein dunkles Zimmer im Spear-and-Musket-Motel darstellte, in das er sich vergangene Nacht einquartiert hatte.

Er hob den Hörer an den Mund und brummte: „Michaels."

„Hallo, Warren, hier ist Jed", begrüßte ihn Hackners vertraute, hellwach klingende Stimme. „Paß auf, gestern nacht wurde Nathan Bailey im Bezirk Pitcairn County in New York von mehreren Polizisten gefaßt." Hackner berichtete alles, was er über die Verfolgungsjagd und die Festnahme wußte, und endete mit den Morden. „Die Polizei dort sagt, der kleine Bailey hätte sich von einem der Polizisten eine Pistole geschnappt und sich den Weg aus dem Knast freigeschossen."

Michaels stöhnte auf. „Sind beide Polizisten tot?"

„Sie hatten nicht die geringste Chance."

Michaels schwieg lange. „Ich hätte mir so sehr gewünscht, daß dieser Fall anders ausgeht." Er seufzte. „Ich habe dem Jungen seine Geschichte wirklich abgenommen."

Hackner konnte es ihm nachempfinden. „Da warst du nicht der einzige, Warren."

Michaels schwang die Füße zum Boden und sah auf seine Armbanduhr. „Jetzt bin ich schon so weit gefahren, Jed, jetzt mache ich mich auch noch auf nach Pitcairn County und schaue mal, wie wir bei der Festnahme des Jungen helfen können."

Nachdem er aufgelegt hatte, blieb er eine Weile sitzen und versuchte Ordnung in den Wirrwarr seiner Gefühle zu bringen. Er wußte, daß er in bezug auf diesen Fall nicht mehr objektiv war. Irgendwie hatte er die Probleme des kleinen Bailey in Zusammenhang mit Brians Tod gebracht. Es kostete ihn große Überwindung einzusehen, daß der Junge ein zweites Mal getötet hatte. Brian hätte niemals einen Menschen umbringen können.

Wie aber hatte Nathan Bailey es dann fertiggebracht? Die Antwort, das wußte er genau, war ganz einfach: Die beiden Kinder waren eben unterschiedlich. Nathan Bailey war ein Mörder, ein gefährlicher Täter auf der Flucht. Und Michaels' Aufgabe bestand darin, das Kind zu fassen, bevor es noch jemandem Schaden zufügen konnte. Dann würde das Gericht über sein weiteres Schicksal entscheiden. Und wie immer das Ergebnis aussah, Warren Michaels würde damit leben können.

Er war schließlich nicht der Vater des Jungen. Und Nathan war nicht sein Sohn.

In dem Augenblick, als die Worte des Nachrichtensprechers sich in ihrem schlaftrunkenen Kopf zu einer Bedeutung formten, richtete Denise sich ruckartig im Bett auf und rief stöhnend: „Nein!"

Doch die Stimme, die aus ihrem Radiowecker tönte, ließ keinen Zweifel zu. „Die Polizei hat Berichte offiziell bestätigt, wonach Amerikas sogenannter beliebtester Verbrecher aus einer Arrestzelle in diesem ruhigen Städtchen im Bundesstaat New York entflohen ist. Zuvor hat er zwei der Polizisten, von denen er verhaftet worden war, auf brutalste Weise geradezu hingerichtet."

Denise hatte das Gefühl, einen Faustschlag in den Magen bekommen zu haben. Wie hatte er das nur tun können? Sie wußte, daß er verzweifelt war, aber wer hätte an so etwas gedacht? Gesprächsfetzen aus ihrer ersten Unterhaltung mit Nathan schossen ihr durch den Kopf: „Dorthin gehe ich nie wieder zurück."

Hatte er damit wirklich gemeint, er würde auch töten, wenn es darum ging, in Freiheit zu bleiben? Sie erinnerte sich, wie lebhaft seine Beschreibung von Ricky Harris' Tod gewesen war, in der er sich selbst als das eigentliche Opfer dargestellt hatte. Sollte das wirklich alles erlogen gewesen sein?

Denise schüttelte den Kopf. Nichts von alldem ergab einen Sinn. Ob man es nun als weibliche Intuition bezeichnen wollte oder einfach nur als ein Gefühl – irgend etwas an der Sache stimmte nicht.

Denise versuchte sich vorzustellen, wie Nathan, der in ihrer Phantasie viel kleiner als ein Zwölfjähriger war, zwei stämmigen Polizisten befahl, sich mit erhobenen Händen an eine Wand zu stellen, um sie dann in aller Seelenruhe abzuknallen wie zwei tollwütige Hunde. Diese Vorstellung war so absurd, daß man schon wieder darüber lachen mußte.

J. Daniel Petrelli erfuhr die Neuigkeit noch vor den meisten anderen; sie wurde ihm von einem Reporter der *Washington Post* mitgeteilt, der sich ein deftiges Zitat eines schlaftrunkenen Staatsanwalts besorgen wollte. Jetzt, im Hubschrauber der Landespolizei unterwegs nach Norden, machte er kein Hehl mehr aus seiner Freude über die neuesten Entwicklungen. Die Medien, die ihn in den vergangenen Tagen als Idioten hingestellt hatten, würden nun endlich sehen, wie klug alles gewesen war, was er bisher gesagt hatte. Der Junge, der es beinahe geschafft hatte, seinen, Petrellis, Senatorenwahlkampf zunichte zu machen, hatte mit einem einzigen unglaublich brutalen Akt praktisch dafür gesorgt, daß Petrelli wie der weise Philosoph dastand, der er ja auch tatsächlich war. Genau das brauchte er, um sein Image wieder aufzupolieren.

SAMMY BELL schloß die Tür von Mr. Slaters Büro. Dann blieb er schweigend stehen und wartete darauf, wahrgenommen zu werden.

Mr. Slater leitete in seinem Abschnitt von Washington, D. C., seit über vier Jahrzehnten den Drogenhandel, das Schutzgeldgeschäft, den Geldverleih sowie die Prostitution. In diesen Jahren hatte sich der Alte in allen Dingen auf Sammy verlassen. Tanzte einer aus der Reihe, rückte Sammy ihm den Kopf zurecht.

Jetzt hob Mr. Slater den Kopf und bedeutete Sammy mit einer Handbewegung, er solle in einem der gutgepolsterten Gästesessel vor dem Schreibtisch Platz nehmen. „Ich nehme an, du wolltest mit mir wieder mal über Lyle sprechen."

Sammy räusperte sich. „Ja, richtig. Wir müssen ihn stoppen, Mr. Slater. Er hat inzwischen bereits zwei Bullen getötet. Der Gefängnisaufseher war schon schlimm genug, aber jetzt handelt es sich um *Polizisten.* Wenn das rauskommt, fliegt uns alles, was wir aufgebaut haben, um die Ohren! Das ist die Sache nicht wert, Sir. Pointer muß geopfert werden."

„Und was ist mit dem Geld? Sollen wir das einfach vergessen?"

„Ja", sagte Sammy, „ja, wir vergessen das Geld einfach, genau so, wie Sie es gestern Pointer gesagt haben. Wir sorgen dafür, daß Mark Bailey abzieht, und schreiben die fünfhundert Riesen als geschäftliche Schlappe ab."

„Fünfhunderttausend Dollar sind eine Menge Geld, Sammy."

„Ja, ich weiß. Aber erinnern Sie sich bitte mal daran, wer die Idee zu diesem verrückten Plan hatte!"

„Ah ja. Das war wieder einmal Lyle."

„Und diese Sache, ein Kind für Geld zu töten –"

Mr. Slater unterbrach ihn mit einer wegwerfenden Handbewegung. „Ich habe schon verstanden, Sammy. Wir müssen tun, was getan werden muß. Er wird heute morgen anrufen. Wenn es soweit ist, möchte ich mit ihm sprechen."

„Gut, Sir."

Billy Alexander war das einzige Kind in Mrs. Lippincotts vierter Klasse, das die Sommerferien haßte. In der Schule bekam man mittags immer etwas Gutes zu essen, man konnte mit Freunden spielen, und es gab eine Klimaanlage. Billys Wohnung war dagegen die reinste Sauna. Wenn seine Mom mal daheim war – sie arbeitete eigentlich *immer* –, kaufte sie Lebensmittel und kochte sogar ein richtiges Essen. Aber meistens blieb ihm nur das, was er an Resten in den Küchenschränken fand.

Das Allerschlimmste aber war die Einsamkeit. Mit seinen zehn Jahren war Billy das jüngste Kind im Haus; das nächstältere war ungefähr sechzehn. Und er war der einzige, der nicht kiffte und kein Crack rauchte.

In den zwei Jahren, die sie jetzt in den Vista Plains Apartments wohnten, war Billy schon zweimal um ein Haar angeschossen und fünfmal verprügelt worden. Er ging davon aus, daß er früher oder später ein Verlierer werden würde wie alle anderen auch, aber bis es soweit war, stellte er sich ab und zu gern vor, daß es für ihn vielleicht doch mal besser werden würde. Immerhin hatte er seine Bücher, und er hatte seinen Fernseher, und verhungern oder so würde er auch nicht gerade.

Im Augenblick erledigte Billy die Hausarbeit, die er am allermeisten haßte: Er brachte den Mülleimer runter. Der Keller des Mietshauses war ein dunkles, feuchtes, stinkendes Loch, in dem Obdachlose übernachteten und sich einen Schuß setzten, und manchmal starb da unten auch einer.

Billy machte sich sofort an die Arbeit. Er hob den Deckel der Mülltonne und schleuderte die drei Plastikmülltüten hinein. Er hatte sich gerade umgedreht, um die Treppe wieder raufzugehen, da hörte er es. Irgendwelche Kisten in der Ecke bewegten sich.

„W-wer ist da?" rief Billy den Schatten entgegen. „W-wer Sie auch sind, kommen Sie lieber raus!"

Zunächst waren es nur einzelne, doch dann fielen gleichzeitig zwei oder drei Kisten und Mülltüten in dem Haufen in der Ecke zu Boden, und dahinter kam ein verängstigter weißer Junge zum Vorschein, der sich langsam aufrichtete.

Billy hatte am Morgen die Fernsehnachrichten gesehen. Es dauerte keine fünf Sekunden, dann war ihm alles klar.

„Du bist Nathan, stimmt's?" fragte er den Jungen.

Nathan nickte und schluckte schwer.

„Und was tust du dann hier?“

Wieder schluckte Nathan. „Die Bullen. D-die s-suchen mich.“

Billy betrachtete den anderen Jungen. „Hab’s gehört.“

„Woher kennst du mich?“ fragte Nathan.

„Alle kennen dich. Bis heute früh dachte ich, du wärst ganz schön cool. Aber diese Bullen gestern nacht umzunieten, das war dämlich. Jetzt kriegen sie dich bestimmt.“

„Ich habe niemanden getötet!“ beteuerte Nathan. Daß Billy von mehreren Polizisten gesprochen hatte, war ihm gar nicht aufgefallen. „Diesen Bullen hat ein anderer Bulle umgelegt. Und dann wollte er mich töten.“

„Und wer hat dann den zweiten Bullen umgelegt?“ fragte Billy.

Nathan sah ihn erstaunt an. „Welchen zweiten Bullen?“

Billy erklärte es ihm.

Nathan stöhnte auf. „Die denken also, das hätte alles ich getan?“

Billy nickte. „Was wirst du jetzt tun?“

„Ich weiß es nicht. Was wirst *du* jetzt tun?“

„Also, die Bullen rufe ich bestimmt nicht, wenn du das meinst.“

Über seine nächste Frage dachte Nathan lange nach. „Kann ich mich einen Tag lang in deiner Wohnung verstecken?“

Billy antwortete wie aus der Pistole geschossen. „Klar, warum nicht? Hab zwar nicht viel zu mampfen, aber einen Fernseher haben wir, und paar Spiele und so.“

„Wieviel Uhr ist es jetzt?“ fragte Nathan.

Billy zuckte mit den Schultern. „Als ich runterging, war es ungefähr Viertel nach acht. Warum willst du das überhaupt wissen? Hast du ’ne Verabredung oder was?“

„Um zehn Uhr muß ich jemanden anrufen.“

ALS WARREN MICHAELS das Amtsgebäude des Sheriffs von Pitcairn County erreichte, fand er dort einen gigantischen Medienzirkus vor. Die letzten vierhundert Meter der Hauptstraße standen die Fernsehübertragungswagen Stoßstange an Stoßstange. Doch seine Polizeimarke verschaffte ihm ungehinderten Zutritt in das Gebäude. Er bahnte sich einen Weg durch die dichte Menge von Reportern und Schaulustigen.

Der erste, den er sah, war Petrelli, der in der Eingangshalle bereits hofhielt. Da Michaels zuwenig geschlafen und viel zuviel Koffein intus hatte und ihm durchaus klar war, daß er in dieser Situation Petrelli besser nicht zur Rede stellte, versuchte er möglichst ungesehen durch die Menschenansammlung zu kommen. Aber es klappte nicht.

„Lieutenant Michaels!“ rief Petrelli betont dienstlich. „Könnten Sie bitte mal kurz herkommen?“

Michaels blieb seufzend stehen, zwängte sich durch die dichtgedrängten Polizisten und stellte sich neben Petrelli.

„Das hier ist Lieutenant Warren Michaels“, verkündete Petrelli den Umstehenden. „Der Lieutenant hat zwar leichte Schwierigkeiten, diesen Fall in den Griff zu bekommen, ist aber dennoch einer der besten Polizeibeamten von Braddock County. Ich habe ihn gebeten, hierherzukommen und uns bei unseren Bemühungen um die Festnahme Nathan Baileys behilflich zu sein.“

Michaels warf Petrelli einen vernichtenden Blick zu. Kein Mensch hatte ihn um irgend etwas gebeten. Er war aus eigenem Entschluß hier in Pitcairn County und wußte nicht einmal genau, wie sein Chef reagieren würde, wenn er es erfuhr. „Tut mir leid, daß wir das Ding vergeigt haben, Petrelli“, murmelte Michaels gerade laut genug, daß Petrelli es hören konnte. „Wir können eben nicht alle so erfolgreich sein wie Sie in den letzten Tagen.“

Petrelli, der das selektive Wahrnehmen professionell beherrschte, ignorierte den Kommentar. „Wir alle wissen, was hier auf dem Spiel steht“, schloß er. „Lassen Sie uns deshalb zusammenarbeiten, damit dieses Tier nicht noch jemanden anfällt.“

„Haben wir grünes Licht, ihn zu erledigen, falls es sein muß?“ fragte einer der Polizisten. Er wirkte nicht älter als zwanzig. „Immerhin ist er noch ein Kind. Ich habe echt keine Lust, den Rest meines Berufslebens vor Gericht zu verbringen, wenn wir uns zufällig gegenüberstehen sollten und ich als erster ziehe.“

Das aus der Gruppe aufsteigende Gemurmel zeigte, daß die meisten so dachten.

Petrelli war auch auf diese Frage vorbereitet. „Ich habe von Anfang an gesagt, daß dieses Ungeheuer meiner Meinung nach wie ein Erwachsener behandelt werden muß. Aber ich habe da im Grunde nichts zu bestimmen. Diese Entscheidung muß Sheriff Murphy treffen.“

Alle Blicke richteten sich auf einen glatzköpfigen, massigen Mann, der, von Michaels aus betrachtet, an Petrellis anderer Seite stand. Jetzt, da sich die Aufmerksamkeit aller auf ihn richtete, reckte Murphy kampflustig den Unterkiefer vor und sah seine Männer an.

„Zwei wunderbare Familien haben heute morgen einen Ehemann und Vater verloren“, sagte er leise. „Diese Männer waren meine Freunde, waren eure Kollegen. Um Ihre Frage zu beantworten: Ja, Sie haben grünes Licht. Wenn Sie sich bedroht fühlen, erledigen Sie ihn!“

„Los jetzt, Männer!“ fügte Petrelli noch hinzu. „Ihr habt eure Befehle erhalten. Geht raus und bringt uns das Schwein!“

Michaels war entsetzt. Während die Polizistenversammlung sich auflöste und alle hinauseilten, um die erhaltenen Anordnungen zu befolgen, wandte er sich mit offenem Mund Murphy und Petrelli zu. „Petrelli, Sie haben da eben praktisch einen Hinrichtungsbefehl gegen den Jungen erteilt! Was, zum Teufel, gibt Ihnen das Recht, die Leute hier zur Lynchjustiz aufzurufen? Sie sind Justizbeamter! Sie können doch keine Hinrichtung anordnen!“

Petrellis Augen funkelten vor selbstgerechtem Zorn. „Wir versuchen hier nur, das zu Ende zu bringen, was Sie vermurkst haben, Lieutenant. Wenn der Junge getötet wird, dann hat er es wahrscheinlich verdient. Er muß eben bei seiner Verhaftung sehr vorsichtig sein, das ist alles.“

Michaels wußte, daß es keinen Sinn hatte, mit Petrelli zu reden. Er wandte sich an Murphy. „Sheriff“, sagte er, „diese Männer glauben, Sie hätten sie gerade ermächtigt, einen zwölfjährigen Jungen zu töten!“

„Hören Sie, Lieutenant“, sagte Murphy mit sanfter Stimme. „Meine Männer wissen, wie sie ihre Arbeit zu verrichten haben. Wenn der Junge lebend gefaßt werden kann, werden sie ihn lebend fassen. Wenn er aber jemanden bedroht, kann er sich verabschieden. So einfach ist das.“

„So einfach ist das eben nicht!“

„Genau so einfach ist das!“ Murphy schäumte plötzlich vor Wut. „Sie brauchen mir nicht zu sagen, wie ich meine Dienststelle führen soll, Michaels! Dieses Ungeheuer hat zwei meiner Polizisten ermordet. Da sind die Fotos.“ Er warf Warren eine Handvoll Polaroidbilder zu. „Hättet ihr da unten nicht derartigen Mist gebaut, dann hätte ich heute früh nicht zwei Witwen diese schlimme Nachricht überbringen müssen. Jetzt ist das *mein* Fall, und ich werde ihn auf *meine* Art lösen.“

Ohne ein weiteres Wort drehte der Sheriff sich um und ging zu seinem Büro. Petrelli folgte ihm.

Mr. Slater anzurufen war nun wirklich das allerletzte, wozu Pointer Lust hatte. Trotzdem, Pointer war Profi, und zu den Pflichten eines Profis gehörte es nun mal, zu den eigenen Fehlern zu stehen. Man stellte ihn gleich zu Mr. Slater durch.

„Stimmt das, was man in den Nachrichten hört, Lyle?" fragte der alte Mann mit seiner krächzenden Stimme. „Stimmt es, daß dir der kleine Bailey schon wieder entwischt ist?"

„Es tut mir leid, Mr. Slater." Als Pointer zu einer Erklärung ansetzte, war er überrascht, wie zittrig seine Stimme klang. „Aber es war folgendermaßen –"

„Sei still, Lyle!" befahl Mr. Slater. „Ich will deine Entschuldigungen nicht mehr hören. Ich will jetzt, daß du den Jungen in Ruhe läßt und sofort heimkommst. Wir haben einiges miteinander zu bereden."

Pointer merkte, daß er in hastigen Stößen atmete, aber er konnte nicht anders. „Und was ist mit Mark Bailey? Soll ich den –?"

„Um den kümmern wir uns. Ich möchte, daß du nach Hause kommst. Um fünf Uhr heute nachmittag will ich dich hier in meinem Büro sehen. Hast du mich verstanden, Lyle?"

„Ja, Sir." Pointers Stimme klang gepreßt.

Warren Michaels hatte sein Lager in dem leeren Dienstzimmer aufgeschlagen und ging nun schon zum sechstenmal die Polaroidfotos durch. Drei Schüsse waren abgefeuert worden, und jeder davon war tödlich gewesen. Die Treffsicherheit des Schützen war bewundernswert. *Wo lernt ein Kind, so zu schießen?* kritzelte er auf einen Notizblock.

Die Indizienbeweise waren schlagend, und doch paßten sie für Warren immer noch nicht zusammen. Wie konnte ein zwölfjähriges Kind, das den größten Teil seiner prägenden Jahre in den „besseren" Vorstädten verbracht hatte, so geschickt töten lernen? Dann versuchte er, den zeitlichen Ablauf zu rekonstruieren. Schmidt mußte als erster getötet worden sein. Woher hätte Nathan sonst die Waffe haben sollen?

Michaels schrieb auf das Notizblatt: *Waffe eingeschmuggelt?* Nein, der Revolver, den Nathan aus dem Haus der Grimes' mitgenommen hatte, war in dem Honda gefunden worden, und zwar unbenutzt. Es war natürlich denkbar, daß er noch eine zweite Waffe hatte, aber wo hätte er sie verstecken sollen? Im Bericht stand, Nathan sei gründlich gefilzt worden, bevor man ihn in Gewahrsam genommen habe.

Irgendwie hatte Nathan Schmidt jedenfalls umgelegt. Da die Tür danach offengestanden hatte, hatte er ungehindert in den Vorraum gelangen können. Aber warum hatte Watts nicht reagiert? Wenn man im Gang Schüsse hört, bleibt man doch nicht sitzen! Man reagiert. Zumindest zu diesem Zeitpunkt hätte es im Gang zu einer Schießerei kommen müssen, aber Watts war im Sitzen erschossen worden.

Michaels ging hinaus in den Vorraum, um sich über einige Dinge klarer zu werden. Der junge Polizist, der dort für Sicherheit sorgen sollte, trat zur Seite, damit er vorbeigehen konnte. Michaels ging hinter den Tisch des Wachpostens, um sich die Ereignisse zu vergegenwärtigen. „Okay“, sagte er laut, „ich sitze hier und erledige Schreibkram, plötzlich höre ich vom Gang her einen Schuß. Was mache ich?“

„Sie gehen hin und sehen nach“, antwortete der junge Polizist.

„Genau. Ja, genau das würde man tun“, sagte Michaels. „Man reagiert also auf das Geräusch und läuft in den Gang, so, mit gezogener Waffe, oder? Da ist man doch auf einen Kampf gefaßt, oder?“

„Das können Sie laut sagen“, stimmte der Polizist zu.

Michaels nickte. Langsam fügte es sich zusammen. „Ja, verdammt, ja! Genau, wie Sie sagen!“ Hastig ging er die Polaroidfotos durch. „Aber Watts' Waffe blieb die ganze Zeit im Halfter. Warum hat er sie nicht gezogen?“

Der Polizist zuckte mit den Schultern. „Keine Ahnung.“

„Nehmen wir mal an, er hat seine Waffe nicht als erster gezogen.“

Der Polizist schnaubte verächtlich auf. „Das ist doch völliger Schwachsinn.“

Michaels nickte nachdenklich. „Allerdings. Wenn ein Polizist Schüsse hört, zieht er instinktiv seine Waffe. Es sei denn ...“

Was, wenn irgendwer zuerst Watts erschossen hatte? Erst ein Brustschuß, dann, als er bereits am Boden lag, der Kopfschuß. Das konnte hinkommen. Und Schmidt? Der war dann als zweiter erschossen worden. Es mußte nicht unbedingt so gewesen sein, aber es paßte auf jeden Fall zusammen.

Dann hatte Michaels es plötzlich. Mit einem Schlag wurde ihm bewußt, daß er sämtliche Indizienbeweise im Zusammenhang mit Nathans Flucht aus einem völlig falschen Blickwinkel betrachtet hatte. Die beiden Polizisten waren nie das Ziel desjenigen gewesen, der sie erschossen hatte. Sie hatten nur im Weg gestanden.

Als er das erkannte, zuckte Michaels sichtbar zusammen. Nathan befand sich in weit größerer Gefahr, als ihm bisher klar gewesen war.

„Holen Sie mir sofort Sheriff Murphy her!“ befahl Michaels. „Und sagen Sie mir, wo ich hier telefonieren kann!“

JED HACKNER ließ fast den Hörer fallen, als er Michaels' Theorie hörte. „Er soll gekillt werden? Warren, bist du sicher?“

„Denk doch mal nach, Jed“, sagte Michaels ungeduldig. „Wenn wir annehmen, daß jemand auf Nathan angesetzt ist, paßt alles zusammen. Dieser Junge ist kein Mörder. Er wehrt sich nur.“

„Bei allem Respekt, Warren, findest du nicht, daß du mit deinen Annahmen ein bißchen zu weit gehst?“

„Ich weiß, was du denkst, aber überleg doch mal! Es geht um mehr als nur um diese Morde. Wie erklärst du beispielsweise, daß die Videoüberwachung in der JSA nicht funktionierte – und zwar nicht etwa die ganze Videoüberwachung, sondern nur die Teile, die gezeigt hätten, wo Ricky sich jeweils aufhielt?“

„Und das Flugticket.“ Jetzt kapierte Hackner.

„Welches Flugticket?“

Hackner erzählte ihm von seinem Gespräch mit Mitsy.

Michaels' Stimme konnte seine Aufgeregtheit nicht verbergen. „Das ist der berühmte letzte Mosaikstein, glaube ich. Warum hätte Harris sonst so viele Vorkehrungen getroffen, nur um ein Kind umzubringen? Man versaut sich doch nicht das ganze Leben, bloß weil man einen JSA-Insassen nicht ausstehen kann. Mann, der Typ konnte doch keinen einzigen JSA-Gefangenen leiden. Irgend jemand muß ihm Geld gegeben haben.“

„Aber wer vergibt denn schon den Auftrag, ein Kind zu killen?“ fragte Hackner.

„Ich habe keinen blassen Schimmer“, gestand Michaels. „Aber genau das will ich jetzt rausfinden. Du hast gesagt, du wolltest ein bißchen in Ricky Harris' Leben herumschnüffeln. Versuch's doch mal mit seinen Kontounterlagen. Vielleicht kriegst du ja raus, wer ihn bezahlt hat.“

Hackner runzelte die Stirn. „Wir haben schon damit angefangen, aber noch nicht viel gefunden. Warte mal!“ Im Eingangskasten lag ein hellbrauner Umschlag, der bei Hackners letztem Aufenthalt in seinem Büro noch nicht da gewesen war und das Emblem der *Brad-*

*dock Bank and Trust* trug. „Alles klar – wir haben seine Kontoauszüge. Sind offenbar gerade reingekommen."

„Sehr gut. Fang damit an. Ich möchte einen soliden Unterbau für die Behauptung, daß Nathan ein guter Junge ist und Ricky der Böse war."

„Wird gemacht, Chef."

„Und – Jed?"

„Ja?"

„Sorge dafür, daß Harry Thompkins an den Ermittlungen beteiligt wird. Nach der Woche, die der hinter sich hat, kann er ein Erfolgserlebnis gebrauchen."

Hackner grinste. „Also, zu uns war nie jemand so nett!"

Michaels lachte. „Ja, ich weiß. Aber wenn ich in dieser Sache doch falsch liegen sollte, könnt ihr dafür alle ein paar Stufen auf der Karriereleiter hochklettern."

## VIERZEHN

ÜBER eine Stunde lang wählte Nathan ununterbrochen, bis er endlich das Freizeichen hörte. Nach dreißig Klingelzeichen meldete sich eine vertraute Stimme.

„Hallo, ich bin's", sagte Nathan trocken. „Ich muß mit Denise reden."

Enrique erkannte die Stimme. „Warte kurz, Nathan, sie nimmt dich bestimmt gleich dran. Die Anrufer sind heute nicht gerade gut auf dich zu sprechen."

„Kann ich mir denken", erwiderte Nathan niedergeschlagen, „aber ich habe diese Bullen nicht umgebracht, wenn Sie das meinen."

„Freut mich, das zu hören", sagte Enrique. „Ich stelle dich jetzt durch, okay?"

Es knackte in Nathans Hörer.

„Nathan Bailey, bist du dran?" fragte Denise.

„Ich habe es nicht getan!" erklärte Nathan sofort.

Denise hörte die Panik in seiner Stimme und unterdrückte ihre aufsteigenden Tränen. „Okay, Junge, ich glaube dir", sagte sie in beruhigendem Ton. „Erzähl uns, was passiert ist!"

Er erzählte.

Harry Thompkins konnte nicht glauben, was er soeben gehört hatte. „Er hat mich wirklich namentlich genannt?" Michaels hätte ihn feuern können, ohne daß irgendwer auch nur ein einziges Wort dagegen gesagt hätte – und nun das. „Ich finde, ich bin ihm etwas schuldig."

Hackner gab dem Jüngeren einen Klaps auf die Schulter. „Kommen wir zur Sache. Der Lieutenant verlangt von uns Beweise, daß jemand mit der Ermordung des kleinen Bailey beauftragt worden ist und daß Ricky Harris das für ihn erledigen sollte. Wir haben Bankunterlagen von Ricky, denen zufolge jemand ihm vor drei Wochen zwanzigtausend Dollar aufs Konto überwiesen hat, die am Morgen seines Todestages abgehoben wurden. Wenn wir damit durch sind, sollen wir beweisen, daß die Polizisten nicht von Nathan, sondern von einem Killer getötet wurden. Wir sind beide davon überzeugt, daß Nathan das eigentliche Ziel darstellte."

„Genau das ist es!" platzte Thompkins heraus.

„Was ist was?"

Thompkins antwortete nicht, sondern nahm den Hörer von Hackners Telefon und wählte die Auskunft.

„Die Nummer des Braddock-Krankenhauses, bitte", sagte er nach einer kurzen Pause. „Notaufnahme."

Dr. Baker hatte seit seinem letzten Gespräch mit Harry Thompkins kaum mehr an die Bailey-Sache gedacht. Als man ihm mitteilte, der Polizist sei am Telefon, brauchte er eine Weile, bis er sich die letzte Unterhaltung mit ihm in Erinnerung gerufen hatte.

„Hallo, Thompkins", sagte er fröhlich.

Thompkins klang sehr geschäftsmäßig. „Dr. Tad, Sie erinnern sich doch an unser kleines Gespräch neulich, oder? Nichts sagen bedeutet Zustimmung, und ..."

„Ja, ja, ich erinnere mich", unterbrach ihn Dr. Baker.

„Gut, also: Ich hätte da noch eine Theorie für Sie. Sind Sie bereit?"

Baker sah sich um. Niemand war in Hörweite. „Ja, ja."

Thompkins holte tief Luft. „Okay, jetzt passen Sie mal auf! Ich glaube, daß Mark Baileys Finger absichtlich gebrochen wurden, also von jemandem, der ihn verletzen wollte."

Es folgte eine Pause. Baker sagte nichts.

„Ein Killer beispielsweise", sagte Thompkins.

Baker sagte kein Wort.

„Tausend Dank, Dr. Tad."

„Schon gut. Aber das machen wir nie wieder, verstanden?"

Die Leitung war tot, und Thompkins legte den Hörer auf die Gabel.

„Was sollte das Ganze?" fragte Hackner.

„Kommen Sie!" sagte Thompkins und eilte schon zur Tür. „Ich erkläre es Ihnen im Wagen."

Hackner folgte ihm. „Glauben Sie, daß der Onkel des Jungen das alles getan hat?"

„Nein. Aber ich wette hundert Dollar, daß er weiß, wer es war."

LYLE POINTER wußte im Grunde, daß er schon so gut wie tot war. Aber wenn Mr. Slater glaubte, er werde blindlings in eine Falle tappen – wenn er glaubte, er würde den kleinen Bailey einfach abschreiben und dann einen Selbstmordtrip mitten in die aufgerissenen Mäuler von Slaters Kampfhunden machen –, dann hatte er sich gründlich geirrt. Lyle Pointer hatte einen Auftrag zu erfüllen, und zwar genau hier, in Pitcairn County.

Nathan Bailey hatte ihm seine Ehre geraubt. Ein kleiner Rotzlöffel hatte ihn zur Zielscheibe des Spotts gemacht. Eines war mal klar: Der Kleine würde keine Gelegenheit haben, in das allgemeine Gelächter einzustimmen! Bisher war Töten für ihn immer reine Geschäftssache gewesen. Jetzt plötzlich war es etwas Persönliches. Und Pointer würde jede einzelne Sekunde auskosten.

Wohin geht ein Kind, wenn die Bullen es zum Untertauchen zwingen? überlegte er. In den ersten beiden Nächten hatte die Rotznase genug Zeit gehabt, sich geeignete Verstecke auszugucken. Aber heute morgen war es anders gewesen, oder? Er hatte rasch handeln müssen. Bestimmt war er so schnell wie möglich aus dem Geschäftsviertel verschwunden und in irgendeinen abseits gelegenen Stadtteil gelaufen. Ob er wohl wieder einen Wagen geknackt hatte? Möglich, aber bis jetzt hatte er dafür immer die Schlüssel gehabt. Kurzschließen war viel schwieriger, als es den Leuten im Fernsehen immer vorgemacht wurde. Pointer ging jede Wette ein, daß der Junge es nicht konnte. Er war also zu Fuß geflohen. Wie weit konnte er gekommen sein? Pointer war stolz auf sein Gespür für solche Dinge; er war sicher, daß der Junge sich in der Nähe aufhielt. Wenn er nur gewußt hätte, wo genau!

Das Telefon. Das Radio. Es mußte eine Verbindung geben. Er hatte da doch irgendwas in der Zeitung gelesen. Irgendwas über diesen Zeugen aus Pennsylvania, der das Kind gesehen hatte. Richtig – arbeitete der nicht bei der Telefongesellschaft? Ja, genau! Und der arme Idiot hatte zudem gesagt, es sei ihm sehr „peinlich", nicht früher erkannt zu haben, daß der Junge, den er gesehen hatte, Nathan gewesen war.

Nach und nach entwickelte Pointer einen Plan. Der Zeuge – Todd Briscow, da, in der Zeitung stand es ja – würde wahrscheinlich fast alles tun, um sein schlechtes Gewissen zu besänftigen, oder? Pointer ging davon aus, daß er, um die gesuchte Nummer zu bekommen, fünf Anrufe würde tätigen müssen. Tatsächlich waren es dann nur drei.

Todd Briscow hatte zu seiner beträchtlichen Erleichterung festgestellt, daß seine Freunde und Kollegen die Sache weit weniger schlimm fanden als er selbst. Anstatt ihn zu tadeln, weil er nicht früher geschaltet hatte, waren sie voll des Lobs über seine Reaktion. Gegen Mittag schätzte er das, was er getan hatte, endlich angemessen ein: Er war für die Aufklärung des Falls Nathan Bailey ausschlaggebend gewesen.

Als seine Sekretärin ihm mitteilte, jemand von der Bezirksstaatsanwaltschaft von Braddock County, Virginia, sei am Telefon, stürzte er sofort in sein Büro, schloß die Tür und hob den Hörer ab.

„Hier spricht Todd Briscow, was kann ich für Sie tun?" fragte er in möglichst geschäftsmäßigem Ton.

In Pointers Ohren klang der Mann wie ein hechelnder Hund. „Mr. Briscow, hier spricht Larry Vincent von der Bezirksstaatsanwaltschaft Braddock County. Ich bin ein Mitarbeiter von Mr. Petrelli", log Pointer. „Ich soll Ihnen in seinem Namen sagen, wie dankbar wir Ihnen sind, daß Sie uns bei der Lösung unseres Problems mit Nathan Bailey so geholfen haben."

„Ach, das war doch nicht der Rede wert!" rief Todd überschwenglich.

„Ganz im Gegenteil!" gab Pointer ebenso überschwenglich zurück. „Wenn es Leute wie Sie nicht gäbe, würden wir die Kriminalität in unseren Gemeinden doch überhaupt nicht mehr in den Griff bekommen." Volle zwei Minuten lang pries Pointer Briscows Verantwortungsbewußtsein. Je dicker er auftrug, um so bereitwilliger sog Todd es auf.

Allmählich wurde es dann aber doch etwas peinlich. „Nun, ich bin Ihnen für Ihren Anruf wirklich sehr dankbar", sagte Briscow daher, um das Gespräch zu beenden.

„Mr. Briscow, da wäre noch etwas. Könnten Sie mir vielleicht einen Gefallen tun? Wir bräuchten noch einmal Ihre Hilfe."

„Sagen Sie mir, um was es geht, und es wird gemacht."

Pointer sagte es ihm.

Briscow wußte nicht, was er darauf erwidern sollte. „Mr. Vincent, es tut mir sehr leid, aber das ist nicht möglich. Sie bitten mich, das Gesetz zu brechen! Sie wissen doch selbst –"

„Nein, nein, Mr. Briscow, ich glaube, Sie haben die Situation noch nicht richtig erfaßt", erklärte Pointer aalglatt. „Wir müssen Nathan Bailey wieder in Gewahrsam nehmen, und Sie allein können es uns ermöglichen, ihn aufzutreiben."

Briscow erkannte, daß er keine Wahl hatte.

Pointer deutete Briscows Schweigen richtig – nämlich als Einverständniserklärung. „Ausgezeichnet", sagte er. „Sie haben dreißig Minuten, um die Information, die ich brauche, heranzuschaffen. Nach Ablauf dieser Zeit rufe ich Sie wieder an. Und noch etwas, Mr. Briscow!"

„Was?"

„Diese Angelegenheit ist wirklich sehr eilig."

MARK BAILEY wollte nur, daß der Schmerz endlich aufhörte, nicht nur der körperliche, auch der seelische Schmerz. Nathans Stimme wieder im Radio zu hören hatte ihn fast um den Verstand gebracht. Als er die Fernsehnachrichten sah, wußte er sofort, was passiert war. Er gönnte sich zwar ein kurzes Triumphgefühl, weil der Job, für den er Ricky schon vor so langer Zeit – waren es wirklich erst drei Wochen? – bezahlt hatte, von einem Profikiller verbockt worden war. Doch zugleich wußte er, worauf die Ereignisse der letzten Nacht hinausliefen. Pointer war nicht der Typ, der alle Schuld auf sich nehmen würde. Nein, er würde den Ruhm mit einem Freund teilen wollen.

Nachdem er auch die allerletzten Tropfen einer zweiten Flasche Bourbon getrunken hatte, beschloß Bailey, so nüchtern zu werden, daß er einen Plan ausarbeiten konnte. Langjährigen eigenen Erfahrungen zufolge würde er in ein paar Stunden wieder auf dem Damm sein. Seit 33 Jahren mußte Bailey sich ganz allein durchs Leben schlagen, seit 33 Jahren stand er im Schatten seines ach-so-perfekten Bruders Steve. Grinsend dachte er daran, was in diesem Streberrechtsanwalt/Geschäftsmann/Jahrgangsbesten damals, vor einem Jahr, wohl vorgegangen wäre, wenn er miterlebt hätte, daß er, Mark Bailey, Steves

Sprößling angezeigt hatte und daß dieser nun mit genau demselben „Respekt“ behandelt wurde, an den Mark Bailey sich schon lange hatte gewöhnen müssen. Der Blick des kleinen Burschen, als er aus dem Gerichtssaal ins Gefängnis gebracht wurde, hatte Bände gesprochen. Warum ich? hatten Nathans Augen flehend gefragt. Weil ich es so wollte, hatte Marks Grinsen geantwortet. Rache war süß wie Himbeersaft.

Damals hatte alles so einfach ausgesehen. Wer hätte denn vorausahnen können, daß es plötzlich so kompliziert würde? Er selbst trug an alldem natürlich keine Schuld. Wenn der gute alte Dad ihn genauso respektvoll behandelt hätte wie Steve, dann wäre Mark nicht gezwungen gewesen, das schnelle Geld zu suchen. Als sein Alter ihm gesagt hatte, sein Erbe sei an den Schulabschluß gebunden, hatte Mark keine Sekunde lang geglaubt, er könnte das ernst meinen. Aber es war ernst gemeint gewesen. Ernst wie ein Herzinfarkt.

Nach dem Tod des Alten war sein Testament nicht mehr zu ändern gewesen. Steve bekam alles. Mark bekam nichts. Sogar Nathan kriegte einen dicken Batzen, nur Mark nicht.

Anstatt ihm etwas abzugeben, investierte Steve alles in Immobilien und in seine Kanzlei. Aber zwei Monate später, als gerade der Immobilienmarkt zusammengebrochen war, wurde der liebe Steve an einem Eisenbahnübergang in Brei verwandelt.

Als Überlebenskünstler entwickelt man eine gewisse Geschicklichkeit im Aufspüren guter Gelegenheiten, vor allem, wenn sie nach außen hin mit einem Unglück einhergehen. Plötzlich war da ein frischgebackenes Waisenkind auf der Welt, und Bailey hatte sich sofort überlegt, daß es auch Geld zur Unterstützung dieses Kindes geben würde – Geld, das obendrein noch vom lieben alten Daddy stammte. Diese Ironie war einfach köstlich.

Aber es gab kein Geld. Steves Vermögen hatte sich durch den Zusammenbruch des Immobilienmarktes in Luft aufgelöst, und Nathans Erbe bestand in einem Fonds, zu dem nicht mal Nathan selbst vor seinem achtzehnten Geburtstag Zugriff hatte. Das Kind schoß wie Unkraut in die Höhe und fraß ununterbrochen. Das kostete Geld, viel Geld. Gut, es gab die eine Versicherungspolice über eine Viertelmillion, aber dieses Geld war bald weg.

Die wahre Knete, fand er schließlich heraus, war im Importgeschäft zu machen. Über Freunde lernte er Leute kennen, die wiederum andere Leute kannten. Wenn er nur fünfhunderttausend

Dollar lockermachte und nach Kolumbien flog, so versicherten sie ihm, könnten aus diesen fünfhunderttausend fünf Millionen werden, und er wäre ein gemachter Mann. Hier kamen Pointer und Mr. Slater ins Spiel. Bailey hatte durch Mundpropaganda von ihrer „Bank" gehört. Seine ganze Geschäftstüchtigkeit mußte er aufbieten, um an die Kohle ranzukommen – einen Kredit mit dreißig Tagen Laufzeit und zwanzig Prozent Zinsen. Aber was waren schon hundert Mille, wenn am Ende des Tunnels fünf Millionen warteten?

Am 27. Mai flog der von ihm angeheuerte Pilot in einem gemieteten Flugzeug los, um das zu kaufen, was aus Bailey einen reichen Mann machen sollte. Als das Flugzeug dann nicht zurückkam, war Bailey in ernsten Schwierigkeiten. Einige spekulierten, der Pilot sei in einem plötzlich aufkommenden Gewitter über dem Golf abgestürzt, aber Bailey wußte es besser. Er wußte, daß irgendwo auf dieser Welt jemand seine fünf Millionen Dollar verpraßte, für die dieser Jemand nie auch nur einen Cent eigenes Geld hatte investieren müssen.

Auf die Stunde genau dreißig Tage nachdem er sich das Geld geliehen hatte, tauchte Pointer bei ihm auf und forderte es zurück. Bailey machte Ausflüchte, um Zeit zu gewinnen. Es gebe Probleme mit dem Strecken des Zeugs, erklärte er aalglatt, und Pointer schenkte ihm einen Tag extra.

Aber die Zeiger der Uhr rückten voran. Sein Plan sah vor, das letzte noch vorhandene Versicherungsgeld – zwanzigtausend Dollar – abzuheben und am nächsten Tag als Anzahlung anzubieten.

Doch am einunddreißigsten Tag hatte Pointer die Lüge aufgedeckt, und als Bailey ihm die zwanzig Mille anbot, lachte Pointer nur. Nein, zwanzigtausend reichten nicht, sagte er. Der Killer interessierte sich plötzlich nicht mehr im geringsten dafür, warum Bailey seine Schulden nicht zurückzahlen konnte, sondern führte statt dessen einen wohldurchdachten Plan aus, der darauf abzielte, Bailey in eine ihm bis dahin völlig unbekannte Dimension des Schmerzes einzuführen. Die Prügelei dauerte, mit kurzen Unterbrechungen, fast eine halbe Stunde. Erst dann gab der Killer zum erstenmal etwas Verständliches von sich.

„Weißt du, Mark", sagte er, lehnte sich lässig auf Baileys Sofa zurück und packte langsam einen Streifen Kaugummi aus, „ich habe mal ein bißchen über dich nachgeforscht, alter Freund. Du kommst aus einem guten Stall. Deine Familie hortet Millionen, während du von Mr. Slater erwartest, daß er dir glaubt, du könntest schlappe sechshundert Mille nicht zurückzahlen. Also, hast du Lust, mir zu sagen, warum du uns die Wahrheit verschweigst, bevor ich dir gleich die Luftröhre rauszieh?“

Obwohl die Sache schon einen ganzen Monat zurücklag, erinnerte Bailey sich auch jetzt noch lebhaft an die Schmerzen. Er wußte noch genau, mit welch übertriebener Geduld der Killer sich die ganze Geschichte von Marks Verstoßung aus der Familie angehört hatte. Als er fertig war, wirkte Pointer ehrlich enttäuscht darüber, daß ihm nun tatsächlich nichts übrigblieb, als Mark Bailey die Kehle durchzuschneiden.

Der Anblick der Rasierklinge brachte Bailey dazu, das Undenkbare zu denken. Es gebe da eine Möglichkeit, brachte er keuchend hervor. Bailey war nämlich eine Klausel im Testament seines Vaters eingefallen. Der liebe alte Dad hatte treuhänderisch verwaltetes Geld für seine Enkelkinder hinterlassen, und Enkelkinder hatte er nur eines, nämlich Nathan.

Die Summe, um die es sich dabei handelte, betrug etwas mehr als drei Millionen Dollar und sollte den Enkeln die Ausbildung und den Start ins Berufsleben finanzieren. Doch es gab ein Hintertürchen, eine Klausel, an die Bailey sich nun fast wörtlich erinnern konnte:

> Für den Fall, daß eines der Enkelkinder vor seinem dreißigsten Geburtstag und vor dem Abschluß eines wie in Paragraph 8 definierten Studiums stirbt, soll die hinterlassene Geldsumme dem Vater des Kindes ausgezahlt werden. Ist eine solche Auszahlung, aus welchen Gründen auch immer, nicht möglich, so soll besagte Summe unter meinen dann noch lebenden Nachkommen *per stirpes* verteilt werden.

Es stellte sich heraus, daß auch Lyle Pointer ein Überlebenskünstler war und ein ausgeprägtes Gespür für seinen eigenen Geldbeutel besaß. Nachdem er von der Hintertürchenklausel erfahren hatte, verging keine Minute, und schon hatte er einen Plan entwickelt. Man würde es Bailey gestatten, noch ein bißchen länger zu leben, allerdings nur, damit er seinen Neffen töten und die Erbschaft antreten konnte. In der Zwischenzeit würde Pointer Bailey für eine Gebühr in Höhe von zweihunderttausend Dollar vor Mr. Slaters Zorn schützen.

Die Details überließ er Bailey, betonte jedoch, daß die Sache problemlos über die Bühne zu gehen habe. Da er wußte, daß auch Kleinigkeiten teuer werden konnten, gab er ihm sogar noch die zwanzigtausend Dollar Anzahlung zurück.

Der Rest war geradezu schockierend einfach gewesen. Bailey war den Aufsehern, die nach Schichtende die JSA verließen und im „Woodbine Inn" noch ein paar Gläser miteinander tranken, gefolgt. Die Jungs waren nicht gerade glücklich mit ihrem Job, hatten an allem und jedem etwas auszusetzen. Ein junger, hagerer Aufseher namens Ricky Harris riß das Maul am weitesten auf.

Bailey lud Ricky im Lauf des Abends auf viele Drinks ein. Erst kurz vor Mitternacht erklärte er ihm, was Sache sei. Ricky müsse nur den Jungen töten, erklärte er, und dann das Land verlassen. In manchen Teilen der Welt würde man mit zwanzigtausend Dollar ganz schön weit kommen. Wie der Zufall spielte, waren zwanzigtausend mehr Geld, als Ricky Harris je in seinem Leben auf einem Haufen gesehen hatte, und als er erfuhr, daß sein Opfer Nathan Bailey sein sollte, geriet er geradezu in Begeisterung.

So hatte alles seinen Lauf genommen.

Jetzt saß Mark Bailey allein in dem stickigheißen Haus, das ihm, wenn alles glattgegangen wäre, bald wieder gehört hätte, und dachte darüber nach, was alles schiefgelaufen war. Aus diesen Gedanken wurde er jäh gerissen, als jemand an die Tür klopfte.

Mark Bailey torkelte auf die Tür zu und öffnete sie. Vor dem grellweißen Hintergrund sah er die Silhouette eines großen Mannes, der vielleicht einen Meter achtzig maß.

„Was wollen Sie?" fragte er.

Der Mann trat ins Haus, ohne hereingebeten worden zu sein. „Ich möchte mit dir reden, Mark", sagte er. „Einen schönen Gruß von Mr. Slater soll ich dir ausrichten."

## FÜNFZEHN

DAS ERSTE, was Hackner auffiel, als er mit Harry Thompkins an Mark Baileys schäbigem kleinem Haus ankam, waren die herabgelassenen Jalousien, die das Gebäude öde, ja geradezu gespenstisch wirken ließen.

„Bin gespannt, ob er da ist", dachte er laut.

Irgendwas stimmte nicht. In der Auffahrt stand ein Ford Bronco, dessen Lack in der vom Asphalt aufsteigenden Hitze funkelte. Obwohl es noch nicht Mittag war, betrug die Temperatur bereits 37 Grad Celsius.

„Das da ist sein Wagen“, erklärte Thompkins. „Steht noch am gleichen Fleck wie gestern.“

„Das Haus kommt mir irgendwie merkwürdig vor“, sagte Hackner grüblerisch. „Sieht aus, als ob kein Mensch da wäre. Alle Jalousien sind unten.“

„Aber sein Wagen steht doch in der Auffahrt“, erinnerte Thompkins ihn. „Ich glaube, er versucht einfach, die Bude kühl zu halten.“

Jed Hackner öffnete die Wagentür und ging schweigend den leicht ansteigenden Vorgarten zur Veranda hinauf. Thompkins folgte ihm. Als Hackner seine große 9-mm-Glock aus dem Halfter unter dem Sportsakko zog, reagierte der jüngere Mann verblüfft.

„Was ist denn?“ fragte er, während er seine eigene Waffe zog.

„Weiß nicht“, antwortete Hackner im Flüsterton. „Habe einfach ein komisches Gefühl.“

Hackner stellte sich rechts neben die Tür, und zwar an eine Stelle, an der ihm nichts passieren konnte, falls Kugeln geflogen kamen. Er klopfte laut. Niemand öffnete. Thompkins stellte sich, Jed gegenüber, an die linke Seite der Tür, an der sich der Knauf befand.

„Mark Bailey!“ rief Hackner. „Hier ist die Polizei. Öffnen Sie die Tür!“ Trotz der Lautstärke rührte sich nichts in Mark Baileys Haus.

Hackner warf einen Blick auf den Türknauf und nickte Thompkins zu, der ihn ergriff und zu drehen versuchte. Als er sich nicht bewegte, verließ Hackner seine sichere Position und ging in Schießhaltung. Mit beiden Händen peilte er ein imaginäres Ziel in der Tür an, während Thompkins der Tür dicht oberhalb des Knaufs einen einzigen kräftigen Fußtritt versetzte. Als wäre sie mit Dynamit gesprengt worden, schwang die Stahltür ins Hausinnere und knallte zurück, gerade als Thompkins zur Seite trat, um sie mit der Schulter aufzuhalten. Von seiner ungünstigen Position links neben der Tür konnte Thompkins nur den rechten Teil des Vorraums überblicken. Mit drei hastigen Schritten ging Hackner in Position, um den linken Teil unter Kontrolle zu bekommen.

„Mark Bailey!“ brüllte er noch einmal. „Hier ist die Polizei!“

Thompkins blieb geduckt und schießbereit. Immer noch bewegte sich nichts.

„Suchen Sie das Erdgeschoß ab!“ befahl Hackner. „Ich sehe mich oben um.“

Sie trennten sich. Hackner hatte gerade den Treppenabsatz im ersten Stock erreicht, als Thompkins im Wohnzimmer aufschrie.

„Sergeant, ich habe ihn gefunden. Er liegt im Wohnzimmer. Er ist tot!"

Hackner lief die Treppe hinunter. Harry Thompkins beendete hastig die Durchsuchung des Erdgeschosses, während Hackner das Wohnzimmer betrat. „Na, ist der böse Junge schon weg?" fragte er den jungen Polizisten.

Thompkins nickte. „Ja, hier ist sonst niemand."

Mark Baileys Leiche war fest an einen Eßzimmerstuhl gefesselt; der Kopf hing nach hinten über die Rückenlehne. Sein Mund stand weit offen, eine klaffende, dunkelrot verschmierte Höhle.

Hackner ging zu dem Telefon auf dem Couchtisch neben dem Sofa, um die Spurensicherung und den Leichenbeschauer zu rufen. Während er darauf wartete, daß sich am anderen Ende der Leitung jemand meldete, ließ er den Blick über das Innere des winzigen Häuschens schweifen. Besonders interessant fand er den kaputten Fernseher. Neben dem Sofa stapelten sich die Zeitungen der vergangenen drei Tage; bei jeder war der Bericht über Nathan aufgeschlagen. Dann fiel sein Blick auf einen Haufen Papiere, juristische Dokumente, wie er anhand der numerierten Zeilen und der auffällig vielen Absätze erkannte. Und da, auf der Titelseite, stand es ja auch: Letzter Wille und Testament irgendeines Menschen namens William Steven Bailey. Da er gerade nichts anderes zu tun hatte, schaute er die Papiere oberflächlich durch, während er weiter darauf wartete, daß im Büro des Leichenbeschauers endlich jemand abnahm.

Auf Seite vierzehn des Testaments fiel ihm eine unterstrichene Passage auf. Als er mit dem zweiten Absatz zur Hälfte fertig war, richtete er sich unwillkürlich kerzengerade auf und rückte an die äußerste Kante des Sofas.

„Was haben Sie denn gefunden?" fragte Thompkins, froh über die Gelegenheit, endlich etwas anderes tun zu können, als die Leiche zu begutachten.

„Unser Motiv", sagte Hackner spitz.

„Hier ist das Büro des Leichenbeschauers", ertönte eine weibliche Stimme an Hackners Ohr.

Er bat sie, einen Augenblick zu warten.

„ALSO, jetzt noch mal ganz langsam", sagte Sheriff Murphy, nachdem er sich Warren Michaels' Vorschlag angehört hatte. „Sie wollen, daß ich alle bisher vorhandenen Beweise ignorieren und unsere Bemühungen darauf konzentrieren soll, einen Phantomkiller zu finden."

Michaels betrachtete das Gesicht des Sheriffs und das von Petrelli, der mit arrogant gerecktem Hals wie ein Papagei neben seinem Gesinnungsgenossen saß. Nur sein fester, unerschütterlicher Glaube an das Rechtssystem ließ Michaels davor zurückschrecken, die beiden einfach abzuknallen. Das Ganze war völlig sinnlos, das wußte er genau. Die beiden sahen die Arbeit der Polizei ausschließlich im Zusammenhang mit Wählerstimmen; ansonsten interessierte sie das alles nicht.

Als Michaels nichts erwiderte, brach Petrelli das Schweigen. „Ich mache mir Sorgen um Sie, Michaels", sagte er kopfschüttelnd. Seine Stimme troff vor Gönnerhaftigkeit. „Wir wissen alle, wie schwer Sie der Verlust Ihres Sohnes im letzten Jahr getroffen hat. Vielleicht haben Sie bei diesem Fall einfach die richtige Perspektive verloren. Vielleicht wäre es besser, wenn Sie ihn freiwillig abgäben. Dann müßte ich nämlich Chief Sherwood nicht darum bitten, Sie als Ermittler abzuberufen."

Petrellis Worte trafen Michaels wie ein Hammerschlag. Peng! Und das Schlimmste daran war, daß Petrelli recht hatte. Warren Michaels hatte bei diesem Fall nichts mehr verloren. Das war ihm schon klar gewesen, als er das Standbild der JSA-Videoaufzeichnungen gesehen hatte. Bei diesem Fall war sein Herz ebensosehr beteiligt wie sein Verstand, und trotzdem hatte er geglaubt, er könne, wenn es darauf ankam, professionell und objektiv vorgehen.

Aber um Objektivität ging es hier nicht. Indem Petrelli Michaels, den die Ermittlungen leitenden Beamten, in Mißkredit brachte, konnte er wenigstens einen Teil des politischen Schadens wiedergutmachen, der durch Nathans Beliebtheit angerichtet worden war.

„Nun, was meinen Sie, Michaels?" drängte Petrelli. „Treten Sie doch einfach von diesem Fall zurück!"

Michaels lächelte ihn höflich an. „Sie können mich mal, Petrelli!" Er wußte, daß er verloren hatte. Und er wußte, daß Chief Sherwood, sein Chef, der einzige Mensch auf der Welt war, der Petrelli noch mehr haßte als er selbst. Petrellis Drohungen waren genauso leer wie sein Kopf.

„Jetzt reicht's!“ schaltete Sheriff Murphy sich ein. „Lieutenant Michaels, die Besprechung ist hiermit zu Ende.“

Michaels wandte den Blick von Petrelli ab und sah Murphy an. „Hören Sie, Sheriff, ich bitte Sie doch nur darum, Ihren Männern zu sagen, sie sollen Ruhe bewahren. Sie suchen einen Mörder namens Nathan, nicht ein Opfer namens Nathan, und das ist im Hinblick auf die Festnahme ein entscheidender Unterschied! Sie haben Ihren Leuten grünes Licht zum Schußwaffengebrauch gegeben, verdammt noch mal!“

„Soll ich jemanden kommen lassen, der Sie hinausbegleitet, Lieutenant?“ fragte Murphy. Das Telefon klingelte. „Ich kann das gern veranlassen, wenn Sie es wünschen.“

Michaels konnte nichts mehr tun. Als er sich zum Gehen wandte, hörte er, daß Murphy sich am Telefon meldete und den Hörer dann an Petrelli weitergab.

„Was reden Sie denn da?“ brüllte Petrelli plötzlich. „Das habe ich nie getan!“

Michaels blieb kurz vor der Tür stehen, um mitzuhören. Der Staatsanwalt wirkte jetzt aber nicht nur wütend, sondern auch verblüfft.

„Hören Sie, Miß Buckman“, sagte er, nachdem er lange schweigend zugehört hatte, „ich sagte Ihnen doch, ich habe den Mann nicht angerufen. Halten Sie mich für einen Masochisten, oder was? Richter Verone würde mich noch vor Einbruch der Dunkelheit in den Knast stecken!“

Michaels erfaßte es sofort. Miß Buckman – das war die junge Frau, die am Vortag Petrellis lächerliche Dringlichkeitsklage vor Richter Verone zu vertreten gehabt hatte. Plötzlich war ihm alles klar, und sein Herz begann zu rasen: Irgend jemand versuchte Nathans Anruf zurückzuverfolgen.

So gern er Petrelli mieser Machenschaften verdächtigt hätte, so genau wußte er doch, daß der Widerling eher seine eigene Mutter hätte lynchen lassen, als sich einer gerichtlichen Verfügung zu widersetzen. Nathans Killer holte zum nächsten Schlag aus.

Michaels kehrte um, ging eilig an den Schreibtisch zurück und riß Petrelli den Hörer aus der Hand. „Miß Buckman, hier spricht Warren Michaels“, sagte er hastig. „Irgend jemand hat also versucht, Nathan Baileys Telefonanruf zurückzuverfolgen, ja?“

„Ja, ge-genau“, stotterte Miß Buckman.

„Und? Hat er die Nummer bekommen?“

„Ja. A-aber warum fragen Sie?“

„Wie lange ist das her?“ Michaels schrie jetzt.

„Ich – ich weiß es nicht genau. Zwanzig Minuten vielleicht.“

„Wie lautet die Nummer?“

„Was ist denn, Lieutenant?“

„Hören Sie, Miß Buckman, ich brauche diese Nummer! Der Typ, der sie wissen wollte, ist unser Killer. Bitte, sagen Sie mir jetzt die Nummer!“

„Wenn Sie diese Information verwenden, wirft das ein entsprechendes Licht auf alle anderen Beweise und Spuren.“

„Das ist mir egal“, versicherte Michaels. „Ich brauche die Nummer!“

Trotz ihrer immer noch großen Bedenken nannte Miß Buckman ihm die Nummer. Kaum hatte sie die letzte Ziffer ausgesprochen, hängte Michaels ein.

Dann verließ er wortlos Murphys Büro und begann schon im Gehen auf seinem Handy zu wählen.

Es ERSTAUNTE Denise, daß die große Mehrheit der Nachmittagsanrufer zu Nathan hielt. Nachdem er anfangs so entsetzlich aufgewühlt gewesen war, hatte er sich im Lauf des Gesprächs offenbar wieder einigermaßen beruhigt. Einzelheiten im Zusammenhang mit seiner Verhaftung und neuerlichen Flucht bekam sie so gut wie überhaupt nicht zu hören. Als Denise ihn darauf hinwies, daß Beamte von Polizei und Justiz in Nathans Anwesenheit auf geradezu unheimliche Weise zum Sterben neigten, hatte er keine vorgefertigte Antwort parat, sondern wiederholte nur immer wieder, er sei auch nur ein Opfer, so wie alle anderen, oder doch zumindest ein potentielles Opfer. Und wenn es Polizisten auf einen abgesehen hätten, wo könnten sie es besser erledigen als im Gefängnis?

„Entschuldigen Sie“, meldete sich jetzt eine Frauenstimme zu Wort, „hier ist die Telefonvermittlung mit einem dringenden Anruf. Sie können jetzt sprechen, Sir.“

Man hörte es klicken, und dann ertönte Michaels’ Stimme. „Nathan, hier spricht Lieutenant Michaels von der Bezirkspolizei Braddock.“

„Augenblick mal, Lieutenant“, warf Denise ein, „falls Sie es noch nicht wissen – wir haben gestern vor Gericht gewonnen!“

„Ja, Ma'am, völlig richtig", bestätigte der Lieutenant. „Ich bin gern bereit, Ihnen später alle Einzelheiten zu erklären, aber im Augenblick befindet Nathan sich in großer Gefahr. Junge, du mußt sofort von dort, wo du jetzt bist, weglaufen. Sofort! Der Mann, der dich gestern nacht töten wollte, ist unterwegs zu dir, um es noch mal zu versuchen."

Nathan wurde blaß. „W-woher soll ich wissen, daß Sie mich nicht austricksen wollen?" fragte er leicht benommen.

„Das kannst du nicht mit Sicherheit wissen", antwortete Michaels trocken. „Du mußt mir einfach vertrauen. Ob du mir nun glaubst oder nicht, Junge, ich bin einer von den Guten. Und jetzt lauf!"

„Wohin denn?" fragte Nathan, dem vor Verzweiflung schon ganz schlecht war.

So weit hatte Michaels nicht geplant. Ihm fiel nur ein einziger möglicher Treffpunkt ein, und der befand sich mitten in der Stadt: der Obelisk auf dem größten Platz der Stadt.

„Können Sie uns bitte kurz aus der Sendung nehmen?" fragte Michaels Denise höflich.

Denise spürte, daß es ihm ernst war und daß er Angst um Nathan hatte. „In Ordnung", sagte sie. „Aber ich hänge im Gespräch mit drin."

„Muß das sein?" fragte Michaels.

„Ja – es sei denn, Sie wollen viele schöne Ruftöne zu hören bekommen."

„Dann setzen Sie doch einfach mal kurz den Kopfhörer ab, ja?"

Denise seufzte laut ins Mikrofon. „Na schön. Wir blenden uns für dreißig Sekunden aus dem Gespräch aus, Sir."

Enrique sah sie an, als sei sie völlig verrückt geworden, tat aber, was sie befahl, und setzte den Kopfhörer ab. In all den Jahren, die er nun schon beim Rundfunk arbeitete, war dies seine erste halbe Minute mit nackten Ohren. Sie fühlten sich merkwürdig kalt an.

„Los, Jungs", sagte Denise. „Eure Zeit läuft. In der Zwischenzeit bringen wir Werbung, Enrique!"

Während Nathan zuhörte, hatte er das Gefühl, als schrumpfe die ganze Welt plötzlich auf ihn und diesen Bullen namens Michaels zusammen. Zuerst erfuhr Nathan, daß es tatsächlich einen Plan gab, ihn zu töten, daß die Polizei damit jedoch nichts zu tun hatte. Dann wurde ihm erklärt, daß die meisten Polizisten, die derzeit unterwegs waren, glaubten, er habe in der vergangenen Nacht die beiden Bullen im Gefängnis getötet, und daß sie Erlaubnis hatten, auf ihn zu schießen, falls er sich seiner Verhaftung widersetzte. Schließlich versicherte ihm dieser Lieutenant Michaels, er sei der einzige Mensch auf der ganzen Welt, dem er wirklich vertrauen könne, und das Wichtigste überhaupt sei, daß Nathan sich von ihm in Gewahrsam nehmen lasse.

„Deine Flucht ist zu Ende, Nathan", sagte Michaels zum Schluß. „Du mußt jetzt jemandem vertrauen, und einen anderen als mich hast du dazu nicht. Kennst du das Lewis-und-Clark-Denkmal auf dem großen Platz?"

„Meinen Sie dieses hohe, spitze Ding?" fragte Nathan. „Ja."

„Genau dorthin gehst du, wir treffen uns da. Ich trage einen braunen Anzug mit einem blauen Hemd und einer gestreiften Krawatte. Du wirst mich schon erkennen. Ich sehe aus wie ein Bulle."

Nathan grinste. „Wie ich aussehe, wissen Sie ja wohl", sagte er.

„Die ganze Welt weiß, wie du aussiehst, Kumpel. Jetzt aber los!"

Nathan legte den Hörer auf und sah Billy Alexander an.

„Und, glaubst du ihm?" fragte Billy.

Nathan dachte kurz nach. „Ja."

Billys Wegbeschreibung zum Obelisken war kurz und bündig und entsprach Nathans allmählich verblassenden Erinnerungen an die Flucht nachts zuvor.

Hastig schnürte Nathan sich die Schuhe zu und ging zur Wohnungstür. „Danke, Billy", sagte er. „Du hättest mir nicht helfen müssen. Ich bin dir sehr dankbar."

Billy griff in die Hosentasche und drückte dem älteren Jungen eine zehn Zentimeter große X-Men-Spielfigur in die Hand. „Da", sagte er. „Der soll dir Glück bringen."

Nathan war gerührt. Er steckte die Spielfigur in die Vordertasche seiner zerrissenen kurzen Jeans. „Danke." Plötzlich hörten sie näher kommende Polizeisirenen. „Ich muß los", sagte Nathan und verließ die Wohnung.

Er war erst drei Schritte den Gang hinuntergelaufen, da hörte er, daß jemand hinter ihm herrannte.

„He, Nathan!" rief eine Stimme.

Nathan reagierte auf die Stimme, noch ehe sein Gehirn erkannt hatte, daß mit ihr Gefahr verbunden war. Er warf sich mit dem Gesicht nach unten auf den schmutzigen Teppichboden des Korridors. In diesem Augenblick hörte er das wohlbekannte *Pfftt*, und von der Wand spritzte der Verputz. Während er sich über die Schulter nach links abrollte, schlug eine zweite Kugel an der Stelle in den Teppichboden ein, wo er gerade noch gelegen hatte.

Hastig krabbelte er auf allen vieren zu einer nach rechts verlaufenden Biegung des Gangs und überwand die letzten vier Meter bis zur schützenden Ecke in einer Art Hechtsprung. Der Verputzstaub brannte ihm in den Augen, als eine seinem Kopf geltende Kugel die äußere Mauerkante durchschlug. Kurz bevor der letzte Schuß abgefeuert wurde, sah Nathan den Angreifer. Er trug eine Polizeiuniform.

Nathan zögerte keine Sekunde. Er vollführte noch eine Schulterrolle, kam auf die Füße und rannte den Gang entlang. Nur noch fünfzehn Meter, dann hatte er die Tür zum Treppenabgang erreicht! Jetzt waren es noch fünf Meter. Seine Schritte wurden von den dröhnenden Schritten des Bullen begleitet.

Als Nathan hörte, daß der Mann plötzlich stehenblieb, wußte er, daß es gefährlich wurde. Im selben Moment, als sich eine unsichtbare Faust rechts in die Rippen bohrte und in der Eisentür zehn Zentimeter vor ihm ein perfektes rundes Loch erschien, hörte er den gedämpften Schuß. Nathan stürmte durch die Tür und flog die Treppe hinunter, schwang sich, auf das Metallgeländer gestützt, von einem Absatz zum nächsten. Als er im Kellergeschoß ankam, riskierte er einen kurzen Blick nach oben. Pointer lag zwei Stockwerke zurück, holte aber rasch auf.

Nathan raste aus dem Treppenhaus und rannte durch den Keller, immer in Richtung Sonnenlicht. Von Angst getrieben, lief er auf die nach draußen führende Tür zu, als existiere sie gar nicht. Dreizehn Schritte später sprintete er über die Straße auf einen Schulhof zu. Die Sirenen waren jetzt ganz nah.

Als Pointer draußen vor dem Haus angelangt war, sah man ein Stück die Straße hinunter schon den ersten Streifenwagen. Mit einer geschmeidigen, routinierten Bewegung entfernte er den Schalldämpfer von seiner Waffe und steckte die Magnum unauffällig in das Halfter zurück. Dann bedachte er den ersten eintreffenden Streifenwagen mit einem höflichen Nicken und schlenderte lässig über die Straße, auf die Schule zu.

## SECHZEHN

PETRELLI rief Miß Buckman zurück, und innerhalb weniger Minuten hatten sie die Telefonnummer einer Adresse zugeordnet. Und da sie die Nummer über eine dritte Person erfahren hatten, befand Petrelli sich in völliger Übereinstimmung mit Richter Verones gerichtlicher Verfügung. Die Festnahme würde hieb- und stichfest sein.

Sheriff Murphy hatte sämtliche verfügbaren Streifenwagen – es waren dreizehn – zu den Vista Plains Apartments beordert, wo Nathan Bailey verhaftet werden sollte. Wie Motten, die vom Licht angezogen werden, folgten Kamerateams der Nachrichtensendungen den Polizeisirenen. Wer den Polizeifunk abgehört hatte, wußte, daß man jetzt zum letzten Schlag gegen den kleinen Bailey ausholte. Wer sich die Sendung von Denise Carpenter angehört hatte, wußte, daß der Junge längst weg sein würde, wenn die Streifenwagen ihr Ziel erreicht hätten. Das einzige, was niemand genau wußte, war, was er dann tun würde.

Die Besatzungen der ersten Streifenwagen, die vor dem Mietshaus vorfuhren, sperrten alle Ausgänge ab. Danach konnten sie ruhig auf die Ankunft des Sondereinsatzkommandos warten, dessen Angehörige einzeln, jeder in einem eigenen Wagen, eintrafen. Steadman, der nicht nur stellvertretender Sheriff, sondern zugleich auch der Scharfschütze des Teams war, langte als einer der letzten am Tatort an.

Der Leiter des Sondereinsatzkommandos entschied, daß seine Männer sich rasch und gewaltsam Zutritt verschaffen, die Tür eintreten und das Kind ohne jede Diskussion mitnehmen sollten. Er erinnerte seine Leute daran, daß das gesuchte Objekt bereits Polizisten getötet habe, und warnte sie davor, unnötige Risiken einzugehen. Falls der Junge aggressiv würde, sollten sie ihn unschädlich machen.

Ein Siebenmannteam stürmte die Haustreppe hinauf. Oben im fünften Stock liefen sie rasch zum Apartment 512. Tommy Coyle trat die Tür ein und sprang geduckt nach links, während Gale Purvis in aufrechter Körperhaltung nach rechts ging. Sie zählten bis drei, dann betrat der Rest des Teams die Wohnung, die Waffen schußbereit.

Im Wohnzimmer, direkt vor ihnen, lag ein kleiner, vielleicht zehnjähriger schwarzer Junge auf einem Sofa. Er richtete sich auf und lächelte sie an – erstaunlicherweise ohne auch nur im geringsten über die vielen Waffen verwundert zu sein.

„Hallo, Leute!“ rief Billy fröhlich. „Ihr seid im Fernsehen!“

IMMER wenn gerade niemand zu sehen war, rannte Nathan los, so schnell seine Beine konnten; wenn er aber glaubte, gesehen zu werden, verlangsamte er seine Schritte zu einem schnellen Gehen, mit dem er, wie er hoffte, nicht auffallen würde. Zweimal hatte er deutlich gespürt, daß man ihn erkannt hatte. Man merkte es den Blicken an. Immer wieder schaute er hastig über die Schulter, sah Pointer jedoch nie. Er versuchte sich einzureden, daß er den Kerl wohl abgehängt hatte, doch insgeheim wußte er, daß es nicht so war.

Alles war anders geworden. Er gab es auf, sich seiner Festnahme zu entziehen. Der Grund, warum Ricky getan hatte, was er getan hatte, interessierte ihn nicht mehr. Das war jetzt alles unwichtig. Wichtig war nur, daß die Polizei ihn töten wollte. Sie wußten, daß er Ricky getötet hatte, sie glaubten, er hätte die beiden Bullen ermordet, und jetzt wollten sie ihn töten.

Der Grund, weshalb Nathan davonlief, war jetzt ein anderer. In Freiheit zu bleiben trat plötzlich hinter dem Motiv zurück, am Leben zu bleiben. Da suchte er nun einen Bullen, der behauptet hatte, man könnte ihm vertrauen, nur damit der ihn wieder in die JSA brachte, wo alles angefangen hatte.

Nathan lief weiter, wich Passanten aus, verbarg sich hinter Ecken und sprang in Toreinfahrten. Der Schweiß troff ihm vom Körper und verstärkte den Schmerz in seinen Rippen. Sobald er die Lage als sicher genug einschätzte, um eine kurze Pause zu machen, versteckte er sich hinter einem Müllcontainer und setzte sich auf eine alte Obstkiste. Während er stoßweise durch den Mund atmete, wagte er einen ersten Blick auf die rechte Seite, wo das Blut auf dem T-Shirt bereits Flecke hinterlassen hatte. Vorsichtig zog er sich das Hemd über den Kopf und betrachtete seine Verletzung.

Es sah grauenhaft aus. Eine geschwollene violette Masse umgab, etwa acht Zentimeter unterhalb der Achselhöhle, eine klaffende Wunde vom Durchmesser eines dicken Filzstifts und ungefähr so lang wie eine Kerze für Geburtstagstorten.

„O Gott, ich bin getroffen worden“, sagte er laut. Es tat nicht mehr weh als ein schlimmer Kratzer, aber er brachte es trotzdem nicht über sich, die Wunde anzufassen.

Angeschossen zu werden hatte er sich wesentlich schockierender vorgestellt. Heute empfand er es nur als einen weiteren Schmerz, der aus einem weiteren Angriff durch einen weiteren Erwachsenen herrührte.

Er mußte weiter. Er stand auf und zog sich das T-Shirt wieder über den Kopf. Es war schmutzig und schweißverschmiert und hatte mindestens zehn Risse, die Schußlöcher nicht mitgezählt.

„He, du da!“ rief ein Mann von der Hintertür eines Restaurants. Nathan reagierte auf der Stelle und stürzte aus der Hofeinfahrt, ohne auch nur einen einzigen Blick auf den Rufer zu werfen.

„He, du bist Nathan Bailey! Haltet ihn!“ brüllte dieser. „Haltet den Jungen! Das ist Nathan Bailey, der Kerl, der die Polizisten umgebracht hat!“

Einen halben Häuserblock weiter hörte Pointer diese Rufe. Er war ganz nah dran, das wußte er genau; aber erst als er den Mann wie verrückt die Straße hinunterdeuten sah, wußte er, wie nah er wirklich war.

ETWA zur selben Zeit, als Sheriff Murphy vom Leiter des Sondereinsatzkommandos erfuhr, daß der Junge die Vista Plains Apartments bereits verlassen hatte, riefen im Sondereinsatzzentrum von Pitcairn County viele Leute an. Sheriff Murphys Aufgabe bestand darin, die jeweiligen Punkte, wo man den Jungen gesehen hatte, im Kommandowagen auf einer Karte zu markieren und zu überlegen, wie man sich ihm in den Weg stellen konnte. Zuerst fand er es unvorstellbar, daß der Junge ausgerechnet in die Stadtmitte zurückging, dorthin also, wo er seine Verbrechen begangen hatte. Aber es war so, daran gab es keinen Zweifel.

ÜBERTRAGUNGSWAGEN schlossen sich der Polizeiwagenkolonne an, um sich an den flüchtigen Jungen heranzuarbeiten. Hubschrauber von Fernsehsendern aus Buffalo und Syracuse verfolgten das Geschehen von der Luft aus.

In Washington, D. C., hatte man Denise Carpenter einen winzigen Fernseher ins „NewsTalk-990“-Studio gestellt, damit sie die Entwicklung mitverfolgen und ihren Zuhörern das, was sich in Pitcairn County abspielte, „live“ schildern konnte.

SEINER Beute wieder auf der Spur, bahnte Pointer sich einen Weg durch die Passanten wie ein auf sein Ziel zurasender Torpedo. Er ging schnell, ohne jedoch zu rennen, und verringerte auf diese Weise kontinuierlich die Distanz zwischen sich und Nathan. Jetzt waren sie noch ungefähr fünfzig Meter voneinander entfernt; es trennten sie gerade so viele Leute, daß er keinen Treffer landen konnte.

Der Junge ging scheinbar ruhig dahin und hatte sichtlich keine Ahnung, daß Pointer ihm schon so nahe war. Der Killer hatte beschlossen, das Ganze als Festnahme zu gestalten. Er würde ihn mit Handschellen fesseln und in „Gewahrsam" nehmen. Wenn sie dann allein wären, würde er ihn erledigen, irgendwo, wo es keine Zeugen gab.

Der Junge war allerdings schnell. Pointer würde warten müssen, bis er ihn fast eingeholt hatte, und dann erst zuschlagen können. Er rechnete sich aus, daß dieser Augenblick in ungefähr drei Minuten gekommen sein würde.

Doch dann nahmen die Ereignisse wieder einmal eine unerwartete Wendung.

NATHAN hatte es schon fast geschafft. Vor sich sah er jetzt den Obelisken. Der Typ aus dem Restaurant vorhin hatte ihn völlig fertiggemacht mit seinem Gebrüll. Wenn der Killer-Bulle weniger als hundert Meter hinter ihm gewesen war, hatte er bestimmt gehört, wie dieser Vollidiot seinen Namen gerufen hatte. Warum mußten sich die Leute immer in alles einmischen?

Jemand packte Nathan von hinten, drückte ihm die Arme an die Seite und hob ihn hoch. „Jetzt ist alles vorbei, Junge! Ich hab dich!" Nathan sah nur zwei kräftige Unterarme, die sich über seiner Brust kreuzten.

„Lassen Sie mich los!" rief er. Er trat heftig mit den Füßen und wand sich hin und her. Als der Mann den Griff lockerte, schlüpfte Nathan ihm sofort durch die Arme. Dann stieß er ihm seinen Hinterkopf gegen die Nase. Der Mann ließ los und torkelte rückwärts von ihm weg. Nathan kam wieder auf die Füße zu stehen und duckte sich sofort, um einen möglichen nächsten Angreifer abzuwehren.

Der stämmige Mann auf dem Boden stöhnte laut auf. „Haltet ihn fest!" rief er.

„Bleiben Sie stehen, Mr. Bailey!" sagte jemand hinter ihm.

Als Nathan Pointers Stimme hörte, zuckte er zusammen, als hätte er einen Stromschlag abbekommen. Er drehte sich abrupt um. Da stand der Killer in seiner Polizistenuniform, die Pistole direkt auf Nathans Brust gerichtet. Beiden war klar, daß er sein Ziel aus dieser Entfernung nicht verfehlen konnte.

DIE BESATZUNG eines Streifenwagens erkannte Michaels, der am Fuß des Denkmals stand.

Sheriff Murphys Plan war ganz einfach. Es galt, Warren Michaels zu finden und zu überwachen, dann würden sie früher oder später Nathan Bailey haben. Aus dem Verhalten des Lieutenants war eindeutig hervorgegangen, daß er ein Treffen arrangiert hatte. Und nachdem Petrelli die Sache mit Michaels' Sohn erzählt hatte, war auch der extreme Beschützerinstinkt des Lieutenants verständlich geworden. Der Mann war nicht mehr objektiv.

So jedenfalls lautete die Mitteilung an Steadman. Er trug jetzt den Codenamen Scharfschütze eins und hatte den Befehl erhalten, das Eckbüro eines Buchhalters im zweiten Stock des Bürohauses gegenüber dem Lewis-und-Clark-Denkmal zu requirieren, von wo aus er einen guten Blick auf die unmittelbare Umgebung des Obelisken hatte. Seit zehn Minuten hatte Steadman auf seinem Wachposten nur gesehen, daß Michaels ständig auf und ab ging und immer wieder auf die Uhr sah. Auf Scharfschütze eins, der ihn durch sein Fernglas beobachtete, wirkte Michaels sehr aufgewühlt. Steadman interpretierte das als Beweis dafür, daß sein „Rendezvous"-Partner sich verspätet hatte.

Nach den drei Jahren, die Steadman als Scharfschütze des Sondereinsatzkommandos fungierte, wußte er, daß er mit allem, was passieren konnte, fertig werden würde. Die Aussicht, den Tod seiner Kollegen zu rächen, machte die Sache sehr viel leichter. Steadman hatte die Pistole auf dem Wagensitz gesehen und die klaffenden Löcher in den Köpfen der beiden Polizisten.

Von Nathans Alter ließ er sich nicht täuschen. Er wußte, wozu ein Mensch mit solcher kriminellen Energie fähig war. Die Festnahme würde jeden Augenblick erfolgen, und wenn der Dreckskerl auch nur im entferntesten daran dachte, Gewalt zu gebrauchen, würde er ihn ins Jenseits befördern.

„DER WAR'S, nicht ich!" rief Nathan, während er rückwärts auf die ihn umstehenden Passanten zuging. „Der hat die Polizisten getötet!"

Pointer spürte, daß er rot anlief. „Leg dich auf den Boden, Junge!" befahl er und deutete mit dem Pistolenlauf nach unten.

Nathan versuchte sich rückwärts durch die Menschenmenge aus dem Staub zu machen. Aber die Leute ließen ihn nicht vorbei.

„Ich habe es nicht getan!“ schrie er und sandte flehentliche Blicke aus. „Bitte, er darf mich nicht mitnehmen!“ Immer noch zeigte sich niemand bereit, ihm beizustehen. „Sie müssen mir glauben!“

Da trat ein großer, mit einem Anzug bekleideter Mann aus der Menschenmenge nach vorn und stellte sich vor den Polizisten und den Jungen. Nathan sah, daß sein Blick freundlich war.

„Ich heiße Albert Kassabian“, sagte der Mann. „Ich bin Anwalt. Ich glaube, ich weiß, wie sich das Problem lösen läßt.“

„Ich auch!“ fauchte Pointer. „Und zwar lautet meine Lösung: Sie halten sich hier raus und lassen mich meine Arbeit tun, verdammt noch mal!“ Er ließ Nathan keine Sekunde lang aus den Augen.

„Ich kenne Ihre Uniform nicht, Officer“, erwiderte Kassabian ganz ruhig. „Woher kommen Sie denn?“

Pointer spürte, daß er wütend wurde. Er beschloß, die Maskerade noch weiterzutreiben.

„Ich bin aus Braddock County, Virginia“, erklärte er, „wo dieser junge Mann hier wegen Mordes gesucht wird.“

„Ich schlage Ihnen folgendes vor“, sagte Kassabian freundlich. „Wir halten den jungen Mann hier so lange fest, bis einer unserer eigenen Beamten kommt und die Verhaftung durchführt.“

Nathan wußte, daß dies der letzte geeignete Moment zum Abhauen war. Er duckte sich leicht, drehte sich nach links und stürzte sich in die Menschenmenge.

Pointer sah den Jungen vor seinen Augen verschwinden und feuerte hastig eine Kugel ab, die die Kniescheibe der Frau zertrümmerte, die hinter Nathan gestanden hatte. Dann wandte sich der Killer Kassabian zu und jagte ihm eine Kugel in die Eingeweide. Der Anwalt fiel vornüber.

Pointer hob noch einmal die Waffe. Sofort teilte sich die Menge, und die Leute ließen sich zu Boden fallen, als hätte man auch auf sie geschossen. In weniger als zehn Sekunden hatte Nathan gut fünfzig Meter gewonnen. Pointer rannte hinter ihm her.

Die Jagd ging weiter.

„O Gott!“ stöhnte Denise ins Mikrofon. „Der Polizist hat gerade zwei Menschen niedergeschossen! Nathan läuft die Straße hinunter, er versucht zu fliehen. Der arme Junge hat *doch* die Wahrheit gesagt!“ Jetzt weinte sie; das hatte sie im Radio noch nie getan.

„Lauf, Kleiner!“ flehte sie. „Wo ist denn eigentlich die *richtige* Polizei, verdammt noch mal?“

IM KOMMANDOBUS stand Petrelli hinter Murphy und blickte ihm über die Schulter. Sie sahen das Drama live im Fernsehen. Zuerst war der Sheriff sehr erfreut über die Meldung, Nathan sei verhaftet worden. Aber dann sah er die merkwürdige Uniform, erlebte mit, wie zwei seiner potentiellen Wähler zu Boden fielen, und wußte sofort, daß Michaels mit allem recht gehabt hatte – und daß alle seine Beamten falsche Order hatten, nämlich die, den kleinen Bailey am Lewis-und-Clark-Denkmal in die Falle zu locken. Er wies die Leitstelle an, sämtliche Streifenwagen zum Tatort zu schicken, widerrief seinen Befehl jedoch wenig später, als er sah, daß Nathan zu dem großen Platz rannte.

MICHAELS überlegte, ob der erste Schuß sich nicht vielleicht aus Versehen gelöst hatte. Beim zweiten Knall wußte er es besser. Er zog seine kurzläufige Smith & Wesson, blieb noch kurz stehen, um sich sein goldenes Dienstabzeichen gut sichtbar an die Jackentasche zu hängen, und lief zum Tatort.

VON SEINER Stellung aus hatte Steadman nicht erkennen können, wo die Schüsse gefallen waren, deshalb verfolgte er Michaels mit seinem Zielfernrohr. Er mußte vom Vorderfenster zum Seitenfenster gehen, um ihn nicht aus den Augen zu verlieren. Als ein schmutziger, zerlumpter Junge in sein Blickfeld stürmte, auf den Nathan Baileys Beschreibung zutraf, blieb Steadman fast das Herz stehen. Ein uniformierter Polizist, den er nicht kannte, lief nur wenige Schritte hinter dem Kleinen her. Steadman legte das Gewehr an und stellte das Zielfernrohr hastig auf die neue Entfernung ein.

NATHAN versuchte, schneller zu laufen, aber in seinen Beinen war keine Kraft mehr. Die dröhnenden Schritte hinter ihm kamen ständig näher. Alle Leute sprangen ihm jetzt aus dem Weg. Er hatte nicht mehr genug Luft in der Lunge, um jemanden um Hilfe zu bitten.

„Der Junge da ist ein entlaufener Häftling!“ brüllte Pointer hinter ihm. „Haltet ihn!“

Genau das tat dann ein stämmiger Schüler, der eine Footballjacke trug. Er trat Nathan entgegen und hielt ihn abrupt mit seinem linken Arm auf.

Nathan hatte dem Footballspieler keine Kraft mehr entgegenzusetzen. Als er spürte, wie der Killer ihn am T-Shirt-Kragen nach hinten riß, wußte er, daß er so gut wie tot war. Nathan hieb wie verrückt mit den Fäusten auf ihn ein, hörte aber sofort auf, als ihn ein harter Schlag mit dem Handrücken direkt ins Gesicht traf.

ALS WARREN MICHAELS Nathan durch die Passanten auf sich zustürmen sah, verlangsamte er seinen Schritt. Er war erleichtert, daß der Junge noch lebte, obwohl ihm das Entsetzen in Nathans Blick zeigte, daß die Gefahr noch immer ganz nah war. Der Junge mit der Footballjacke trat urplötzlich auf die Bildfläche und vermasselte alles. Noch ehe Michaels reagieren konnte, hatte Pointer Nathan den Unterarm über die Kehle gelegt und zog ihn mit sich fort.

Michaels sprintete zehn Meter weiter, um besser sehen zu können, und rief dem falschen Polizisten zu: „Keine Bewegung, Officer!"

Pointer reagierte sofort, indem er Nathan am Kinn hochhob und den sich windenden Jungen als Schutzschild benützte. „Zurück, du Schwein, oder ich knalle ihn sofort ab!" brüllte Pointer und setzte dem Jungen die Magnum an die Schläfe.

„Ich bleibe, wo ich bin!" erklärte Michaels. „Lassen Sie den Jungen los, dann werden Sie überleben. Wenn irgend etwas anderes passiert, sind Sie tot!" Er versuchte mit seiner beidhändig gehaltenen Pistole möglichst bedrohlich zu wirken, aber er wußte genau, daß er den Mann unmöglich erschießen konnte, ohne Nathan zu treffen.

Solange der Killer den Jungen als Schutzschild hatte, würde keiner schießen; Nathan war sein einziger Trumpf.

IM KOMMANDOBUS schlug Murphy mit der Faust auf die Konsole. „Ich fasse es nicht. Ich habe einen Mörder, der von einem als Polizist verkleideten Kidnapper als Geisel gehalten wird!"

Er riß dem Einsatzleiter das Mikrofon aus der Hand. „Kommandozentrale an Scharfschütze eins, wie ist Ihre Schußposition?"

Die Entfernung hatte sich auf hundert Meter vergrößert; durch das Zielfernrohr sah Steadman teils den Polizisten, teils den Jungen, die heftig miteinander rangen.

„Miserabel", antwortete er. „Auf wen soll ich überhaupt schießen? Auf den Polizisten oder auf den Jungen?"

Nach einer kurzen Pause erwiderte Murphy: „Der Bulle ist Ihr Ziel, solange der Junge niemanden bedroht."

NATHAN bekam keine Luft mehr. Seine Füße baumelten kurz über dem Boden, und seine Arme waren kraftlos. Er hatte das Gefühl, sein Kopf würde gleich explodieren.

Vor sich sah er, durch den Schmerz verschwommen, einen Mann mit einer Pistole, der einen braunen Anzug, ein blaues Hemd und eine gestreifte Krawatte trug. Er schrie etwas, das Nathan nicht verstand. Er hatte sanfte Augen und einen traurigen Blick. Er sah aus wie einer von den Guten.

„SCHARFSCHÜTZE EINS an Kommandozentrale, habe ich grünes Licht, wenn ich in eine günstige Schußposition komme?"

„Hier ist die Bestätigung, Scharfschütze eins."

Steadman grinste. Endlich war sein großer Augenblick da, aber selbst der beste Schuß, den er abgeben konnte, war unweigerlich eine furchtbare Sache. Auf diese Entfernung konnte bereits eine leichte Brise oder eine plötzliche Bewegung des Zielobjekts aus einem sicheren Todesschuß eine Tragödie machen. Er ließ eine Patrone in den Gewehrlauf gleiten und wartete auf seine Chance.

Dann geschah es. Pointer sah ihn direkt an.

Scharfschütze eins hatte keine Sekunde Zeit, seinen Schuß vorzubereiten. Er brachte das Fadenkreuz genau über die rechte Augenbraue des Zielobjekts - die Stelle, wo ein Schuß mit Sicherheit tödlich ist - und drückte ab.

Es war ein perfekter Schuß. Millionen von Menschen auf der ganzen Welt sahen live im Fernsehen, wie Lyle Pointer zu Boden sackte.

NATHAN spürte einen entsetzlichen Schlag. Schreiend warf er sich hin. Als hätte jemand in seinem Kopf einen Schalter betätigt, nahm er plötzlich eine ganze Armee von Männern in Polizeiuniform wahr, die auf ihn zuliefen.

Nicht schon wieder! dachte er. Noch mal mache ich das alles nicht mit!

Er schnappte sich die Magnum des Killers, die auf dem Gehsteig gelandet war, nahm sie in beide Hände und schwang sie hin und her.

„Kommt mir nicht zu nahe!" rief er. „Wer mir zu nahe kommt, wird erschossen!"

Die blau uniformierten Männer blieben sofort stehen, und mit lautem Waffengeklirr ließen sich fünfzehn Polizisten in Schußposition zu Boden fallen.

AUF DER anderen Seite der Straße brachte Steadman das Fadenkreuz des Zielfernrohrs über Nathans Kopf. „Scharfschütze eins an Kommandozentrale, zweites Zielobjekt ist erfaßt. Erwarte Anweisungen", sagte er in sein Funkgerät.

„Halten Sie sich in Bereitschaft", lautete die heisere Antwort.

LIEUTENANT MICHAELS lief vor die anderen Polizisten, schob seine Waffe demonstrativ in das Halfter und hielt die Hände hoch, so daß Nathan sie sehen konnte.

„Ich bin's, Nathan, Junge! Ich weiß, was passiert ist. Ich weiß, daß du nie jemandem etwas tun wolltest. Du hast nichts mehr zu befürchten, mein Sohn. Leg die Pistole hin, dann reden wir über alles."

Das hatte Nathan schon einmal gehört. Er hatte an die Guten geglaubt, hatte Vertrauen gehabt und Hoffnung, aber jedesmal war es doch nur wieder eine Lüge gewesen.

„Nein, das ist ein Trick", sagte er. „Sie wollen mich töten."

Er spannte den Hahn der Magnum.

„Hör mir zu, Nathan!" sagte Michaels sanft und blickte dem Jungen an der Pistolenmündung vorbei in die Augen. „Schau mich an! Ich würde dir nie etwas tun, mein Sohn!" Er machte einen Schritt nach vorn. „Irgendwem mußt du doch vertrauen, Nathan. Probier's einfach mal mit mir."

Vertrau mir! Wie oft hatte er das schon gehört! Vertrau Onkel Mark. Vertrau dem Richter. Vertrau dem Betreuer. Und jetzt, vertrau dem Bullen.

Aber dieser Bulle hatte freundliche Augen. Und er lächelte. Nathan erkannte sein Gesicht vom Fernsehen wieder. Es war der mit dem Tennishemd.

„Wir sind Freunde, okay?" sagte Michaels und kam noch ein Stück näher.

Dieser Satz entschied alles. Nathans Lippen begannen zu zittern, er ließ die Pistole sinken und auf den Gehsteig fallen.

„Ich habe keine Freunde", sagte er und sank auf die Knie. Seine

Schultern fielen vornüber, in seinen Augen schwammen Tränen. „Ich kann nicht mehr.“ Sein Gesicht verzog sich zu dem eines traurigen kleinen Jungen, der sich nur nach einem sehnt – in den Arm genommen zu werden.

Schluchzend kniete er auf dem Gehsteig. Warren Michaels sah eine Weile verlegen zu. Dann ging er langsam, mit der Ruhe eines Menschen, der dies schon oft getan hatte, auf den Jungen zu und setzte sich neben ihn aufs Pflaster. Zuerst ein bißchen peinlich berührt, dann mit der Wärme und Zärtlichkeit eines guten Vaters, zog er Nathan an sich und vergrub seine Hand in den schmutzigen, zerzausten Haaren des Jungen.

Nathan roch plötzlich Schweiß und After-shave, den Geruch eines starken Mannes. Er schloß die Augen und ließ seine Gedanken in schönere Zeiten zurückwandern.

„Jetzt ist alles vorbei, mein Sohn“, sagte Michaels mit gepreßter Stimme. „Jetzt kann dir keiner mehr weh tun.“ Er drückte Nathan noch fester an sich und wiegte ihn sanft in den Armen. „Jetzt ist alles gut.“

Lange saßen sie so zusammen auf dem Gehsteig und weinten wie kleine Kinder. Die ganze Nation schaute ihnen vor den Fernsehgeräten dabei zu.

DENISE saß allein in ihrem totenstillen Studio und verfolgte schweigend das Geschehen, die Finger fest gegen die Lippen gepreßt. Ihre Wimperntusche war völlig verschmiert. Enrique sagte ihr in den Kopfhörer, sie solle jetzt sprechen, aber sie brachte kein Wort heraus. Als die Fernsehkameras auf Nathan und den Polizisten in Zivil zoomten, verzog sie ihren Mund hinter der Hand zu einem wehmütigen Lächeln. Es war endlich vorbei.

„Gut gemacht, Nathan!“ sagte sie ins Mikrofon und prostete dem Fernseher mit ihrer „Cola light“ zu. „Auf dich! Darauf, daß du wieder ein Kind sein darfst!“

## JOHN GILSTRAP

Foto: Jerry Bauer

# „Die Arbeit mit schwererziehbaren Jugendlichen hat mich vieles gelehrt."

Die Idee zu *Nathans Flucht* kam John Gilstrap auf einer Geschäftsreise. „Ich war mit einem Mietwagen in Montana unterwegs", erzählt der Autor. „Das Radio funktionierte nicht, und um mir die Zeit zu vertreiben, ließ ich meine Gedanken zurückschweifen zu einer Geschichte, die ich während meiner Studienzeit geschrieben hatte. Als die siebenstündige Fahrt vorbei war, hatte ich die komplette Handlung für *Nathans Flucht* bereits im Kopf." Zum Schreiben brauchte er dann doch noch etwas länger – vier Monate dauerte es insgesamt, bis er den Roman fertig hatte.

Es scheint erstaunlich, daß ein Autor mit seinem Erstlingswerk bereits einen so gekonnt geschriebenen Spannungsroman vorlegt. Tatsächlich jedoch begann John Gilstrap seine schriftstellerischen Fähigkeiten bereits zu erproben, als er noch aufs Gymnasium ging. Im Laufe der Zeit verfaßte er drei Romane, die allesamt in der Schublade liegenblieben, ehe er sich mit *Nathans Flucht* einen Namen machte.

Mit seiner Frau Joy und dem neunjährigen Sohn Chris lebt John Gilstrap in Woodbridge, einer Kleinstadt in Virginia, die in vielem an das fiktive Brookfield erinnert. „Über meinen Sohn habe ich vieles gelernt, was im Innern von Nathan Bailey vor sich geht", erklärt Gilstrap. Aber auch aus seiner ehrenamtlichen Arbeit mit schwererziehbaren Jugendlichen hat er viele Erfahrungen in seinen Roman eingebracht.

Zur Zeit arbeitet Gilstrap, der eine Beratungsfirma für Sicherheits- und Umweltfragen besitzt, bereits an einem neuen Roman. Wenn ihm daneben noch Freizeit bleibt, verschlingt er alles, was ihm an Gedrucktem unter die Finger kommt. „Ich lese einfach *alles,* selbst die Beschriftung von Zahnpastatuben", gesteht er lachend. Nun, da *Nathans Flucht* bereits in über einem Dutzend Ländern erschienen ist, sind Menschen in aller Welt damit beschäftigt, *ihn* zu lesen.

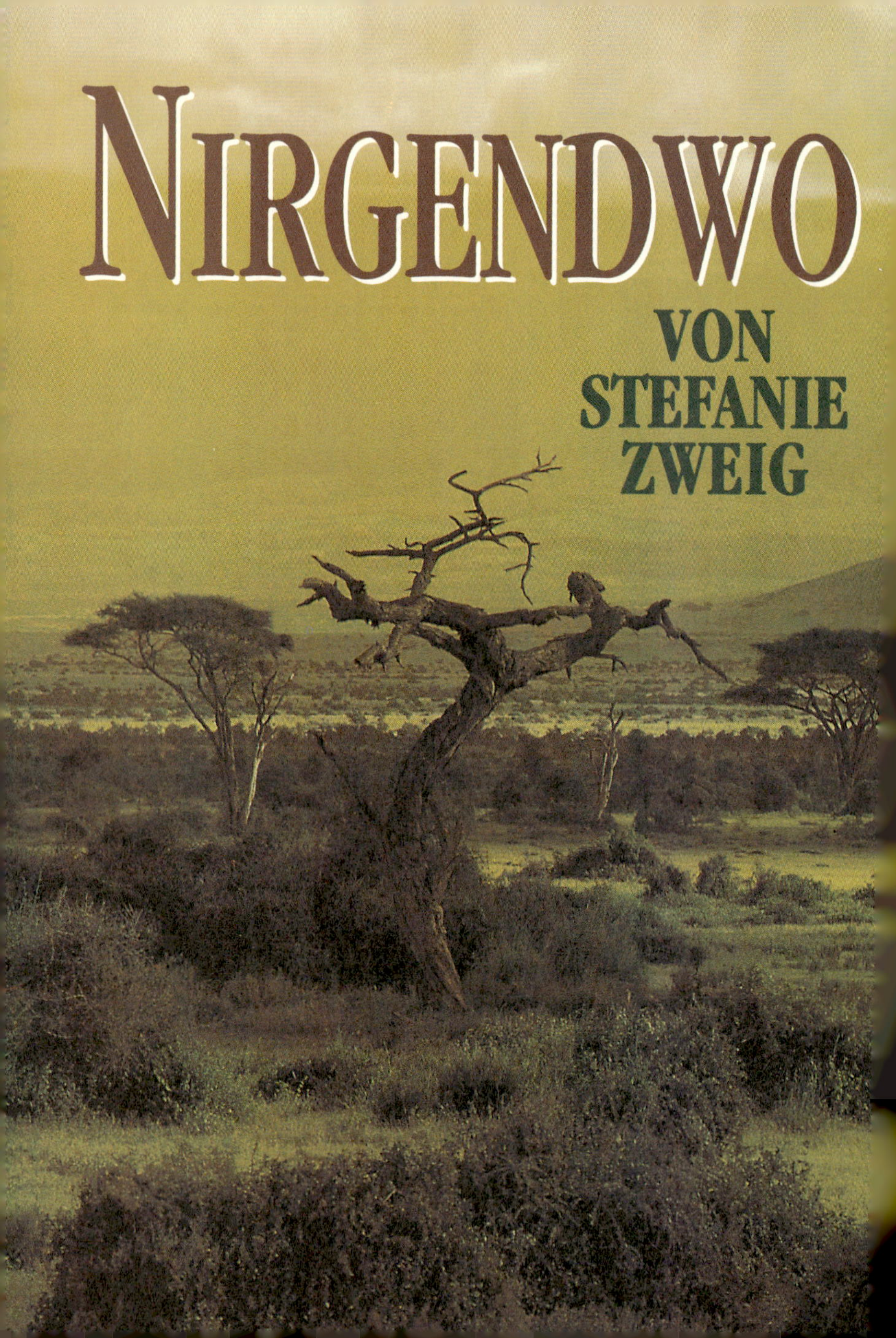
NIRGENDWO
VON
STEFANIE
ZWEIG

# IN AFRIKA

Regina ist hellauf begeistert über die Begrüssung bei ihrer Ankunft in Afrika. Die freundliche Art des Hausboys Owuor nimmt ihr jegliche Angst vor dem Leben auf der Farm. Schon bald verbindet sie eine innige Freundschaft mit Owuor, der in ihr die Liebe zu Tieren weckt, die sie als Stadtkind vorher kaum kannte, und sie in die Geheimnisse des Landes und der Leute einweiht. Beste Voraussetzungen für eine unbeschwerte Kindheit, wären da nicht die traurigen Briefe aus der Heimat, die schlimmen Träume nachts und die unstillbare Sehnsucht der Eltern nach Deutschland ...

# 1

Rongai, den 4. Februar 1938

Meine liebe Jettel!
Hol Dir erst mal ein Taschentuch, und setz Dich ganz ruhig hin, Du brauchst jetzt gute Nerven. So Gott will, werden wir uns sehr bald wiedersehen. Jedenfalls früher, als wir zu hoffen wagten. Seit meinem letzten Brief aus Mombasa, den ich Dir am Tag meiner Ankunft schrieb, ist so viel passiert, daß ich immer noch ganz wirr im Kopf bin. Ich war nur eine Woche in Nairobi und war schon sehr niedergeschlagen, weil mir jeder sagte, daß ich mich hier ohne Englischkenntnisse gar nicht erst nach einer Arbeit umzusehen brauchte. Ich sah aber auch keine Möglichkeit, auf einer Farm unterzukommen, wie das hier fast jeder tut, um erst einmal ein Dach über dem Kopf zu haben. Dann wurde ich vor einer Woche zusammen mit Walter Süßkind (er stammt aus Pommern) zu einer reichen jüdischen Familie eingeladen.

Ich habe mir zunächst nicht viel dabei gedacht und nahm an, die würden es hier nicht anders als meine Mutter in Sohrau halten, die ja immer irgendwelche armen Schlucker mit an ihrem Tisch sitzen hatte. Inzwischen weiß ich jedoch, was ein Wunder ist. Die Familie Rubens lebt schon seit fünfzig Jahren in Kenia. Der alte Rubens ist Vorsitzender der Jüdischen Gemeinde Nairobi, und die wiederum kümmert sich um die *Refugees* (das sind wir), wenn sie frisch ins Land kommen.

Bei Rubens (fünf erwachsene Söhne) war man außer sich, als herauskam, daß Du mit Regina noch in Deutschland bist. Hier sieht man die Dinge ganz anders als ich zu Hause. Du und Vater hattet also ganz recht, als Ihr nicht wolltet, daß ich allein auswandere, und ich schäme mich, daß ich nicht auf Euch gehört habe. Wie ich später erfuhr, hat mich Rubens schrecklich beschimpft, aber ich konnte ihn ja nicht verstehen. Es hat lange gedauert, ehe ich kapierte, daß die Gemeinde für Dich und Regina die hundert Pfund für die Einwanderungsbehörden vorstrecken will. Mich hat man sofort auf eine Farm verfrachtet, damit wir alle drei erst mal eine Unterkunft haben und ich wenigstens etwas verdienen kann.

Das heißt, Ihr müßt so schnell wie möglich abfahren. Jeder Tag, den Du mit dem Kind länger in Breslau bleibst, ist verloren. Geh also sofort zu Karl Silbermann. Er hat die größte Erfahrung mit Auswanderungsproblemen und wird Dich zu dem Mann vom Deutschen Reisebüro bringen, der schon so anständig zu mir war. Er wird Dir sagen, wie Du am schnellsten an Schiffskarten kommst. Wenn möglich, nimm eine Dreibettkabine. Ich weiß, das ist nicht angenehm, aber viel billiger als die zweite Klasse, und wir brauchen jeden Pfennig. Hauptsache, Ihr seid erst mal an Bord und auf See.

Du mußt Dich auch sofort mit der Firma Danziger wegen unserer Kisten in Verbindung setzen. Du weißt, wir haben noch eine leer gelassen für Dinge, die uns einfallen. Sehr wichtig ist ein Kühlschrank für die Tropen. Wir brauchen auch unbedingt eine Petromaxlampe. Sieh zu, daß sie Dir zusätzlich ein paar Strümpfe mitgeben. Sonst haben wir die Lampe und sitzen trotzdem im Dunkeln. Auf der Farm, auf der ich gelandet bin, gibt es kein elektrisches Licht. Kaufe auch drei Moskitonetze. Rongai ist zwar keine ausgesprochene Malariagegend, aber man weiß ja nicht, wo wir noch landen werden. Wenn der Platz für den Kühlschrank nicht ausreicht, dann laß das Rosenthalgeschirr wieder auspacken. Wir werden es wohl in diesem Leben nicht mehr benötigen.

Regina braucht Gummistiefel und Manchesterhosen (Du übrigens auch). Wenn jemand ihr was zum Abschied schenken möchte, bitte um Schuhe, die ihr auch noch in zwei Jahren passen. Ich kann mir, jedenfalls heute, nicht vorstellen, daß wir einmal reich genug sein werden, um Schuhe zu kaufen.

Mach erst die Liste für das Auswanderungsgut, wenn Du alles beisammen hast. Es ist wichtig, daß jedes Stück aufgezählt wird, das mitgehen soll. Sonst gibt es schrecklichen Ärger. Und laß Dich bloß von keinem überreden, irgend jemandem etwas mitzunehmen. Am besten sprichst Du so wenig wie möglich über Deine Pläne. Man weiß nicht mehr, was aus einem Gespräch werden kann und was aus Menschen geworden ist, die man ein Leben lang gekannt hat.

Von mir will ich heute nur kurz berichten. Rongai liegt ungefähr tausend Meter hoch, ist aber sehr heiß. Die Abende sind sehr kalt (nimm also Wollsachen mit). Auf der Farm wächst hauptsächlich Mais. Außerdem haben wir fünfhundert Kühe und jede Menge Hühner. Für Milch, Butter und Eier ist also gesorgt.

Das, was der Boy bäckt, sieht aus wie Matze und schmeckt noch schlechter. Setzei kann er wunderbar, Rührei gar nicht. Und wenn er weiche Eier kocht, singt er ein ganz bestimmtes Lied. Leider ist es zu lang, und die Eier werden immer hart.

Wie du siehst, habe ich schon einen eigenen Boy. Er ist groß, natürlich schwarz (bitte mach Regina klar, daß nicht alle Menschen weiß sind) und heißt Owuor. Er lacht sehr viel, was mir bei meiner gegenwärtigen Unruhe guttut. Boys sind hier die Diener. Auf einer Farm hat man so viel Personal, wie man will. Du kannst also Deine Sorgen um ein Dienstmädchen sofort einstellen.

Im nächsten Brief erzähle ich Dir mehr von Süßkind. Er ist ein Engel, fährt heute nach Nairobi und will die Post mitnehmen. Schreib, so bald Du kannst, an Vater und Liesel, und nimm ihnen die Angst um uns alle.

Mein Herz zerspringt bei dem Gedanken, daß ich vielleicht schon sehr bald Dich und das Kind in die Arme schließen kann. Und es wird schwer, wenn ich daran denke, daß dieser Brief Deiner Mutter sehr weh tun wird. Nun bleibt ihr von ihren beiden Mädels nur noch eins, und wer weiß, wie lange. Aber Deine Mutter ist immer eine großartige Frau gewesen, und ich weiß, daß sie Dich und ihr Enkelkind lieber in Afrika weiß als in Breslau. Gib Regina einen dicken Kuß von mir.

Ich kann mir denken, in welche Aufregung Dich dieser Brief stürzen wird, aber du mußt jetzt stark sein. Es umarmt Dich voller Sehnsucht

Dein Walter

Rongai, den 15. Februar 1938

Mein lieber Vater!

Ich hoffe, Du hast inzwischen von Jettel Nachricht bekommen und somit erfahren, daß Dein Sohn Farmer geworden ist. Mutter hätte bestimmt gesagt „schön, aber schwer“, doch Besseres kann sich ein gelöschter Rechtsanwalt und Notar nicht wünschen. Heute früh habe ich bereits ein neugeborenes Kalb aus dem Bauch einer Kuh gezogen und es Sohrau getauft.

Denk bloß nicht, daß es ein Fehler war, mich studieren zu lassen. Das scheint nur so im Augenblick. Mein Chef, der in Nairobi lebt, hat eine Menge Bücher im Schrank. Darunter die Encyclopaedia Britannica und ein lateinisches Wörterbuch. Ich könnte also hier in der Wildnis gar nicht Englisch lernen, wenn ich nicht Latein gelernt hätte.

So aber kann ich mich bereits über Tische, Flüsse, Legionen und Kriege unterhalten und sogar sagen: „Ich bin ein Mann ohne Heimat." Leider klappt das nur in der Theorie, denn hier auf der Farm sind nur Schwarze, und die sprechen Suaheli.

Um Euch beide mache ich mir große Sorgen. Was ist, wenn die Deutschen in Polen einmarschieren? Die wird es nicht interessieren, daß Du und Liesel Deutsche geblieben seid und nicht für Polen optiert habt. Für die seid Ihr Juden, und glaub bloß nicht, daß Dir Deine Auszeichnungen aus dem Krieg etwas nutzen. Das haben wir ja nach 1933 erlebt. Andererseits dürftet Ihr, gerade weil Ihr nicht für Polen optiert habt, nicht unter die polnische Quote fallen, die ja überall die Auswanderung erschwert. Wenn Du das Hotel verkaufen würdest, könntest auch Du an Auswanderung denken. Vor allem für Liesel solltest Du es tun. Sie ist doch erst zweiunddreißig und hat bisher noch nichts vom Leben gehabt.

Ich habe einem ehemaligen Bankier aus Berlin (er zählt jetzt Säcke auf einer Kaffeefarm) von Liesel erzählt und daß sie noch in Sohrau ist. Der meinte, ledige Frauen seien bei den hiesigen Einwanderungsbehörden gar nicht ungern gesehen. Sie kommen gut als Kindermädchen bei den reichen englischen Farmersfamilien unter. Hätte ich die hundert Pfund, um für Euch beide zu bürgen, würde ich Dich noch ganz anders zur Auswanderung drängen. Es ist aber schon mehr als eine Gnade, daß ich Jettel und das Kind nachholen kann.

Vielleicht könntest Du Dich mal mit Rechtsanwalt Kammer in Leobschütz in Verbindung setzen. Der war bis zum Schluß hochanständig zu mir. Als ich gelöscht wurde, sagte er mir zu, die Mandantengelder, die noch eingehen müßten, für mich in Verwahrung zu nehmen. Der würde Dir bestimmt helfen, wenn Du ihm erklärst, daß Du zwar immer noch ein Hotel, aber kein Geld hast. In Leobschütz weiß man ja, wie es den Deutschen in Polen all die Jahre ergangen ist.

Erst hier, wo ich so allein mit meinen Gedanken bin, kommt mir so richtig zu Bewußtsein, daß ich mich viel zuwenig um Liesel gekümmert habe. Sie hätte mit ihrer Herzensgüte und Opferbereitschaft nach Mutters Tod einen besseren Bruder verdient. Und Du einen Sohn, der Dir beizeiten gedankt hätte für alles, was Du für ihn getan hast.

Du brauchst mir wirklich nichts hierherzuschicken. Mit den freien Lebensmitteln von der Farm habe ich alles, was ich zum Leben brauche, und hoffe, daß ich eines Tages eine Stellung bekomme, bei der ich genug verdiene, um Regina zur Schule zu schicken (kostet hier enormes Geld, und Schulpflicht haben sie auch nicht). Über Rosensamen würde ich mich allerdings sehr freuen. Dann würden auf diesem gottverdammten Fleck Erde die gleichen Blumen blühen wie vor meinem Vaterhaus. Vielleicht kann mir Liesel auch ein Rezept für Sauerkraut schicken. Ich habe gehört, daß Kraut hier gedeihen soll.

Es umarmt Euch beide in Liebe
Euer Walter

Rongai, den 27. Februar 1938

Meine liebe Jettel!
Heute kam Dein Brief vom 17. Januar an. Er mußte mir erst aus Nairobi nachgeschickt werden. Daß das überhaupt klappt, ist ein Wunder. Du kannst Dir gar nicht vorstellen, was Entfernungen in diesem Land bedeuten. Von mir zur Nachbarfarm sind es fünfundfünfzig Kilometer, und Walter Süßkind ist auf den schlechten, teilweise verschlammten Straßen drei Stunden unterwegs zu mir. Trotzdem war er bisher jede Woche da, um mit mir Schabbes zu feiern. Er stammt aus einem frommen Haus. Er hat das Glück, daß ihm sein Chef ein Auto zur Verfügung gestellt hat. Meiner, Mr. Morrison, glaubt leider, daß seit der Wüstenwanderung alle Kinder Israels gut zu Fuß sind. Ich bin nicht mehr von der Farm weggekommen, seit mich Süßkind hierher gebracht hat.

Wenn Du herkommst, wirst Du Dich daran gewöhnen müssen, daß es ins Schlafzimmer regnet. Man stellt einfach einen Eimer auf und freut sich über das Wasser. Das ist nämlich kostbar. Vorige Woche hat es überall gebrannt. Zum Glück war Süßkind gerade zu Besuch und hat mich über Buschfeuer aufgeklärt. Die gibt es hier immerzu.

Inzwischen wirst Du erfahren haben, daß Deine Tage in Breslau gezählt sind. Bei dem Gedanken, Euch beide hierzuhaben, schlägt mein Herz wie einst im Mai, als wir uns eine große Zukunft ausmalten. Heute wissen wir beide, daß nur eines wichtig ist – das Davonkommen.

Unbedingt weitermachen solltest Du mit Deinen Englischstunden. Mit Spanisch kannst Du sofort aufhören. Das war nur für den Fall gedacht, daß wir Visa für Montevideo bekommen hätten. Um mit den

Menschen auf der Farm zu reden, muß man Suaheli lernen. Es ist aber eine sehr einfache Sprache. Ich bin jetzt schon soweit, daß ich mich leidlich mit Owuor verständigen kann. Er findet es wunderbar, wenn ich auf Gegenstände zeige und er mir dann die Dinge beim Namen nennen darf. Mich nennt er *Bwana*. So redet man hier die weißen Männer an. Du wirst die *Memsahib* sein (der Begriff wird nur für weiße Frauen gebraucht) und Regina das *Toto*. Das heißt Kind.

Vielleicht kann ich bis zu meinem nächsten Brief schon genug Suaheli, um Owuor klarzumachen, daß ich die Suppe nicht gern nach dem Pudding esse. Pudding kann er übrigens wunderbar kochen.

Wenn ich bloß schon Nachricht von Dir hätte und ob Ihr Schiffskarten habt. Wer hätte je gedacht, daß es so wichtig werden könnte, aus der Heimat herauszukommen. Schreib bitte sofort, wenn Du meine Briefe bekommst. Und versuche, Dich so wenig wie möglich aufzuregen. Du kannst sicher sein, daß meine Gedanken Tag und Nacht bei Euch sind.

Einen dicken Kuß für Euch beide, Deine Mutter und Deine Schwester

Dein Walter

Rongai, den 15. März 1938

Meine liebe Jettel!

Heute kam Dein Brief vom 31. Januar. Er hat mich sehr traurig gemacht, weil ich Dir gar nicht helfen kann in Deiner Angst, aber das Schicksal hat ja nicht nur uns getroffen. Hier sind viele Männer, die erst versuchen wollen, eine Existenz zu schaffen, ehe sie die Familie nachholen, und die sind nun in der gleichen Lage wie ich – nur ohne das Glück, daß ein rettender Engel wie Rubens eingegriffen hat. Du mußt fest daran glauben, daß wir uns bald wiedersehen. Es hat auch keinen Zweck, darüber zu grübeln, ob wir besser nach Holland oder nach Frankreich gegangen wären. Wir hatten ja gar keine Wahl mehr, und wer weiß, wozu es gut ist.

Es ist nicht mehr wichtig, daß sie Regina nicht in dem Kindergarten nehmen wollen. Und es spielt auch keine Rolle für unser ferneres Glück, daß Dich Leute nicht mehr grüßen, die Du seit Jahren kennst. Unser Leben nimmt keine Rücksicht mehr darauf, daß Du als verwöhnte höhere Tochter aufgewachsen bist. In der Emigration zählt nicht das, was man war, sondern nur, daß Mann und Frau am selben

Strang ziehen. Ich bin sicher, daß wir es schaffen. Wenn Du nur schon hier wärst und wir damit beginnen könnten.

Einen ganz dicken Kuß für Euch beide

Dein Walter

Rongai, den 4. April 1938

Meine geliebte Jettel!

Heute kam Dein Brief mit der so sehnsuchtsvoll erwarteten guten Nachricht. Süßkind hat ihn vom Bahnhof mitgebracht und ist natürlich schrecklich erschrocken, als ich in Tränen ausbrach. Stell Dir vor, dann hat der lange Lulatsch von einem Mann mitgeweint. Das ist das Gute, wenn man ein Refugee und kein deutscher Mann mehr ist. Man braucht sich seiner Tränen nicht zu schämen.

Wie lang wird mir die Zeit bis Juni werden, bis Ihr an Bord geht. Wenn ich mich richtig erinnere, ist die *Adolf Woermann* ein Luxusschiff und fährt rund um Afrika. Versuche, die Zeit so gut wie möglich zu genießen.

Schade, daß Du meinem Rat mit der Dreibettkabine nicht gefolgt bist. Das hätte uns viel Geld gespart, das uns nun hier fehlen wird. Ich will jedoch nicht mit Dir in einem Moment rechten, in dem ich so dankbar und glücklich bin. Es ist jetzt wichtig, daß Du Deine Sinne beisammen hast und zusiehst, daß die Kisten mit Euch reisen können. Ich fürchte, Du hast nicht verstanden, wie wichtig ein Kühlschrank in den Tropen ist. Du solltest Dich doch noch mal bemühen, einen aufzutreiben. Gratuliere zur Petromaxlampe. Da müssen wir nicht mit Mr. Morrisons kostbaren Hühnern zu Bett gehen. Das Abendkleid hättest Du nicht kaufen sollen. Hier wirst Du keine Gelegenheit haben, es zu tragen. Du bist nämlich gewaltig im Irrtum, wenn Du glaubst, Leute wie Rubens würden Dich zu ihren Gesellschaften einladen. Erstens besteht eine gewaltige Kluft zwischen den alteingesessenen, reichen Juden und uns mittellosen Refugees, und zweitens lebt die Familie Rubens in Nairobi, und das ist weiter entfernt von Rongai als Breslau von Sohrau.

Ich darf Dir Deine falschen Vorstellungen von Afrika jedoch nicht verübeln. Ich hatte ja auch keine Ahnung, was uns erwartet, und staune immer noch über Dinge, die Süßkind nach zwei Jahren selbstverständlich findet. Suaheli kann ich schon recht gut und merke immer mehr, wie rührend sich Owuor um mich sorgt.

Ich war nämlich krank. An einem Tag hatte ich hohes Fieber, und da hat Owuor darauf gedrungen, daß ich nach Süßkind schickte. Der kam noch spät in der Nacht hier an und erkannte sofort, was mit mir los war. Malaria. Zum Glück hatte er Chinin dabei, und es ging mir schnell wieder besser. Ich habe sehr abgenommen und bin ziemlich gelb im Gesicht.

Durch meine Krankheit ist mir klargeworden, wie wichtig Medikamente sind in einem Land, in dem man nicht nach dem Arzt telefonieren kann und ihn auch gar nicht bezahlen könnte. Vor allem brauchen wir Jod und Chinin. Deine Mutter wird bestimmt einen Arzt kennen, der es noch gut mit Menschen wie uns meint und der Dir die Sachen verschafft. In diesem Land muß man lernen, sich selbst zu helfen. Ohne Süßkind wäre es übel um mich bestellt gewesen. Und natürlich ohne Owuor, der mich gefüttert hat wie ein Kind. Er will übrigens nicht glauben, daß ich nur ein Kind habe. Er hat sieben, aber, wenn ich ihn richtig verstanden habe, auch drei Frauen. Ich beneide ihn, weil er nicht lesen kann und nicht mitbekommt, was in der Welt geschieht.

Ob Regina ihren Papa noch erkennt? Was mag das Kind von den Dingen mitbekommen? Am besten, Du sprichst erst auf dem Schiff mit ihr. Mach nicht zu viele Abschiedsbesuche. Sie brechen nur das Herz. Mein Vater wird Verständnis dafür haben, wenn Ihr nicht noch einmal nach Sohrau fahrt. Und gib Deiner Mutter und Käte einen Kuß von mir. Es wird schlimm für die beiden sein, wenn der Tag der Trennung kommt.

Seid beide innigst umarmt
Dein Walter

Rongai, den 1. Mai 1938

Mein lieber Vater, meine liebe Liesel!
Gestern kam Euer Brief mit Rosensamen, Sauerkrautrezept und den neuesten Sohrauer Nachrichten hier an. Wenn ich doch nur in Worte fassen könnte, was so ein Brief bedeutet. Ich komme mir wie der kleine Junge vor, dem Du, lieber Vater, von der Front geschrieben hast. In jedem Deiner Briefe kamen Mut und Vaterlandstreue vor. Nur kam damals keiner von uns auf den Gedanken, daß man den meisten Mut braucht, wenn man kein Vaterland mehr hat.

Ich mache mir noch größere Sorgen um Euch als zuvor, seit die

Österreicher heim ins Reich geholt worden sind. Wer weiß, ob die Deutschen nicht ein ähnliches Glück für die Tschechen vorgesehen haben. Und was wird aus Polen?

Ich habe mir immer vorgestellt, ich könnte etwas für Euch tun, wenn ich erst in Afrika bin. Aber ich habe nicht geahnt, daß man im zwanzigsten Jahrhundert Menschen nur auf Kost und Logis anstellt. Es wird schwer sein, eine Stellung zu finden, bei der es zu Eiern, Butter und Milch zusätzlich noch ein Gehalt gibt.

Setzt Euch wenigstens mit einer jüdischen Stelle in Verbindung, die Auswanderer berät. Vor allem, lieber Vater, mach Dir keine Illusionen mehr. Unser Deutschland ist tot. Es hat unsere Liebe mit Füßen getreten. Ich reiße es mir jeden Tag aufs neue aus dem Herzen. Nur unser Schlesierland will nicht weichen.

Ihr fragt Euch vielleicht, weshalb ich hier draußen so gut über die Welt Bescheid weiß. Das Radio, das mir Stattlers zum Abschied geschenkt haben, ist ein wahres Wunder. Ich bekomme Deutschland so klar wie zu Hause. Außer meinem Freund Süßkind (er lebt auf der Nachbarfarm) ist das Radio der einzige Mensch, der mit mir deutsch spricht.

Tagsüber rede ich mit den Schwarzen, was immer besser klappt, und erzähle den Kühen von meinen Prozessen. Erst heute morgen sagte mir ein Ochse, daß ich recht hatte, mich nicht von meinem BGB zu trennen. Trotzdem kann ich mich des Gefühls nicht erwehren, daß es einem Farmer weniger nutzt als einem Rechtsanwalt.

Süßkind behauptet immer, ich hätte genau den Humor, um in diesem Land zu bestehen. Übrigens würde Wilhelm Kulas hier große Karriere machen. Mechaniker nennen sich Ingenieure und finden schnell Arbeit. Wenn ich jedoch behaupten würde, ich sei zu Hause Justizminister gewesen, würde mich das auch keinen Schritt weiterbringen. Dafür habe ich meinem Boy beigebracht, „Ich hab mein Herz in Heidelberg verloren" zu singen. Wenn einer so viel Mühe mit jedem Wort hat wie er, dauert das Lied genau viereinhalb Minuten und eignet sich wunderbar als Eieruhr. Meine weichen Eier schmecken jetzt wie zu Hause.

Voller Hoffnung, daß sich bei Euch doch etwas tun wird, umarmt Euch mit sehr viel Sehnsucht

Euer Walter

Rongai, den 25. Mai 1938

Meine liebe Ina, meine liebe Käte!
Wenn Euch dieser Brief erreicht, sind Jettel und Regina, so Gott will, schon unterwegs. Ich kann nicht in Worte fassen, was mich bewegt, wenn ich an Euch und Breslau denke. Ihr habt Jettel geholfen, die Zeit unserer Trennung zu ertragen, und wie ich meine verwöhnte Jettel kenne, hat sie es Euch sicher nicht leichtgemacht.

Sorgt Euch nicht um Jettel. Sie wird sich hier einleben. Bestimmt hat sie durch die Erfahrungen der letzten Monate begriffen, daß nur eines zählt, nämlich, daß wir zusammen und in Sicherheit sind. Ich weiß, liebe Ina, daß Du Dir oft Sorgen machst, weil ich ein Hitzkopf bin und Jettel ein störrisches Kind ist, das schnell die Fassung verliert, wenn es nicht nach seinem Willen geht, aber mit unserer Ehe hat das nichts zu tun. Jettel war die große Liebe meines Lebens und wird es auch immer bleiben. So schwer sie es mir auch manchmal macht.

Du siehst, die afrikanische Sonne öffnet Herz und Mund, aber ich finde, manche Dinge muß man beizeiten aussprechen. Und da ich gerade dabei bin: eine bessere Schwiegermutter als Dich, meine geliebte Ina, gibt es nicht noch einmal. Ich spreche hier nicht von Deinen Bratkartoffeln, sondern von meiner ganzen Studentenzeit. Ich war neunzehn Jahre alt, als ich in Dein Haus kam und Du mir das Gefühl gabst, ich sei Dein Sohn. Wie lange scheint das her, und wie wenig habe ich Dir Deine Güte entgelten können. Ich setze große Hoffnung auf Euren Briefwechsel mit Amerika. Nutzt jede Möglichkeit.

Jettel und Regina werden hier wie Fürsten empfangen werden. Für Regina habe ich ein wunderbares Bett aus Zedernholz mit einer Krone am Kopfende bauen lassen. (Ich habe hier zwar nichts zum Leben, darf aber so viele Bäume fällen, wie ich will.) Die Krone habe ich auf Papier gezeichnet, und Owuor, mein treuer Boy und Kamerad, hat einen fast nackten Riesen mit einem Messer angeschleppt, der unsere Krone schnitzte. So ein schönes Stück gibt es bestimmt in ganz Breslau nicht. Für Jettel haben wir den Pfad zwischen dem Wohngebäude und dem Plumpsklo mit Brettern gepflastert, damit sie nicht im Lehm versinkt, wenn sie in der Regenzeit muß. Grüßt mir das Rathaus und alle, die den Meinen beigestanden haben. Und gebt gut auf Euch acht. Wie dumm komme ich mir vor, so etwas zu schreiben, aber wie soll man ausdrücken, was man empfindet?

In großer Liebe

Euer Walter

Rongai, den 20. Juli 1938

Meine geliebte Jettel!

Heute erhielt ich Deinen Brief aus Southampton. Kann ein einzelner Mensch so dankbar, glücklich und erleichtert sein? Endlich können wir uns wieder ohne Angst schreiben. In Tanger wird Regina die ersten schwarzen Menschen sehen. Hoffentlich erschrickt unser kleiner Angsthase nicht zu sehr.

Laß Dir keine grauen Haare wachsen, weil Du nun doch nicht den Kühlschrank gekauft hast. Wir legen Fleisch und Butter einfach in Dein neues Abendkleid und hängen das Ganze in der prallen Sonne in den Wind. So kühlt man hier wirklich Lebensmittel. Dann hast Du das Gefühl, daß so ein Abendkleid wenigstens zu etwas nutze ist.

Ich glaube, Owuor freut sich, daß Ihr kommt. Mit mir war er drei Tage lang böse. Als ich nämlich endlich genug Suaheli gelernt hatte, um ganze Sätze zu bilden, habe ich ihm verraten, daß ich nicht jeden Tag den gleichen Pudding will. Das hat ihn aus der Fassung gebracht. Ich wußte natürlich nicht, was Abwechslung auf suaheli heißt.

Es dauert lange, ehe man die Mentalität der Menschen hier versteht, aber sie sind sehr liebenswert und bestimmt auch klug. Ihnen ist es egal, ob wir Juden oder Refugees oder beides sind.

Vor einer Woche stand plötzlich Heini Weyl vor mir. Genau der mit dem großen Wäschegeschäft am Tauentzienplatz, den ich damals auf Vaters Rat hin aufsuchte, als ich gelöscht wurde und nicht wußte, wohin wir auswandern sollten. Heini hat mir ja damals zu Kenia geraten, weil man nur fünfzig Pfund pro Kopf brauchte.

Er ist schon seit elf Monaten im Land und hat versucht, in einem Hotel unterzukommen, was jedoch nicht geklappt hat. Kellner zu sein gilt als nicht standesgemäß für Weiße, und für die besseren Positionen muß man Englisch können. Nun hat er eine Stellung als Manager (ist hier jeder, selbst ich) auf einer Goldmine in Kisumu gefunden. Weil Rongai auf dem Weg von Nairobi nach Kisumu ist, hat Heini in einem Wagen, den er für sein letztes Geld gekauft hat, mit seiner Frau Ruth bei mir Station gemacht. Wir haben die ganze Nacht gequatscht und uns von Breslau erzählt.

Owuor vergaß seinen Puddingärger und kam mit einem Huhn an, obwohl die nur für Mr. Morrison geschlachtet werden dürfen. Er behauptete, das Huhn sei ihm direkt vor die Füße gelaufen und tot umgefallen.

Du kannst Dir gar nicht vorstellen, was Besuch auf der Farm bedeutet. Leider haben die Weyls erzählt, daß Fritz Feuerstein und die beiden Brüder Hirsch verhaftet worden sind. Wie ich aus einem Brief von Schlesingers aus Leobschütz weiß, haben sie auch Hans Wohlgemut und seinen Schwager Siegfried geholt. Ich weiß das schon lange, aber ich hatte Angst, Dir von Verhaftungen zu schreiben, solange Du noch in Breslau warst. So habe ich Dir auch nie berichtet, daß unser guter, treuer Greschek, der es sich ja bis zum Schluß nicht nehmen ließ, zu einem jüdischen Anwalt zu gehen, mich im Zug bis nach Genua begleitet hat. Und einen Brief hierher hat er mir auch geschrieben. Hoffentlich versteht er, daß ich ihm um seinetwillen nicht geantwortet habe.

Es spielt keine Rolle, daß Du Dir auf der *Adolf Woermann* anhören mußt, wie die Nazis an Deinem Tisch das Hitlerbild anschwärmen. Du mußt lernen, Kränkungen nicht mehr wichtig zu nehmen. In einem Monat wirst Du die Leute, deren Anblick Dir auf den Magen schlägt, nicht mehr sehen.

Süßkind ist bester Hoffnung, daß sein Chef ihm erlauben wird, mit dem Wagen nach Mombasa zu fahren. Dann können wir Euch beide abholen und direkt hierherbringen. Direkt bedeutet übrigens eine Reise von mindestens zwei Tagen auf ungeteerten Straßen, aber wir können eine Nacht in Nairobi bei einer Familie Gordon unterkommen. Gordons leben schon vier Jahre dort und sind immer bereit, Neuankömmlingen zu helfen. Sollte Süßkinds Chef nicht einsehen, daß ein Refugee nach Monaten der Todesangst das Bedürfnis hat, seine Frau und sein Kind in die Arme zu schließen, dann sei nicht traurig. Einer von der Jüdischen Gemeinde wird Euch in Mombasa in den Zug nach Nairobi setzen und dann für die Weiterfahrt sorgen.

Ich zähle die Tage und Stunden, bis wir uns wiedersehen.

Sei innigst umarmt von

Deinem Walter

# 2

„TOTO“, sagte Owuor lachend, als er Regina aus dem Auto hob. Er warf sie ein kleines Stück dem Himmel entgegen, fing sie wieder auf und drückte sie an sich. Seine Arme waren weich und warm, die Zähne sehr weiß. Er trug eine hohe, dunkelrote Kappe, von der eine schwarze Bommel mit feinen Fransen schaukelte; sehr kleine schwarze Locken krochen unter dem Rand hervor. Über seiner Hose trug Owuor ein langes weißes Hemd. Owuor hatte eine flache Nase, dicke Lippen und einen Kopf, der wie ein schwarzer Mond aussah.

Der Duft, der Owuors Haut entströmte, roch wie Honig, verjagte Angst und ließ ein kleines Mädchen zu einem großen Menschen werden. „Toto“, wiederholte Regina das schöne, fremde Wort.

Sanft stellte sie der Riese mit den mächtigen Händen und der glatten Haut auf die Erde. Er ließ ein Lachen aus der Kehle. „Toto“, sagte Owuor wieder lachend. Seine Stimme war laut und gut, ganz anders als die der weinenden und flüsternden Menschen in der großen grauen Stadt, von der Regina nachts träumte.

„Toto“, jubelte Regina zurück.

Papa hatte seine Hand auf Mamas Schulter gelegt. Das Wissen, wieder Papa und Mama zu haben, erinnerte Regina an Schokolade. Die gab es nicht für arme Kinder, und Regina wußte, daß sie arm war, weil ihr Vater nicht mehr Rechtsanwalt sein durfte. Mama hatte ihr das auf dem Schiff erzählt und sie sehr gelobt, weil sie alles so gut verstanden hatte.

„Komm, Kind“, hörte Regina ihre Mutter sagen, „wir müssen sehen, daß du sofort aus der Sonne kommst“, und sie merkte, daß ihr Vater nach ihrer Hand griff.

Die großen schwarzen Vögel, die auf dem kleinen Baum vor dem Haus gehockt hatten, flogen kreischend zu den Wolken, und dann eilte Owuor mit nackten Füßen über die rote Erde davon. Owuor weglaufen zu sehen war schlimm. Aber Regina erinnerte sich rechtzeitig, daß ihre Mutter gesagt hatte, sie dürfe in ihrem neuen Leben nicht mehr weinen. So kniff sie die Augen zu.

Als sie wieder sehen konnte, kam Owuor durch das hohe gelbe Gras. In seinen Armen lag ein kleines Reh. „Das ist Suara. Suara ist ein Toto wie du“, sagte er, und obwohl Regina ihn nicht verstand, breitete sie die Arme aus.

Owuor gab ihr das zitternde Tier. Es lag auf dem Rücken, hatte dünne Beine und so kleine Ohren wie die Puppe Anni, die nicht mit auf die Reise hatte kommen dürfen, weil kein Platz mehr in den Kisten gewesen war. Noch nie hatte Regina ein Tier angefaßt. Aber sie spürte keine Angst. Sie berührte seinen Kopf mit ihren Lippen.

„Es hat Hunger", flüsterte sie. „Ich auch."

„Großer Gott, das hast du in deinem ganzen Leben nicht gesagt."

„Mein Reh hat das gesagt. Nicht ich."

„Du bringst es hier noch weit, scheue Prinzessin. Du redest jetzt schon wie ein Neger", sagte Süßkind.

Regina drückte das Reh an sich und hörte die regelmäßigen Schläge, die aus seinem warmen Körper kamen. Ihr Vater nahm das Tier aus ihren Armen und gab es Owuor. Dann hob er Regina hoch und trug sie ins Haus.

„Fein", jubelte Regina, „wir haben Löcher im Dach. So etwas habe ich noch nie gesehen."

„Ich auch nicht, bis ich herkam. In unserem zweiten Leben ist alles anders."

DAS REH Suara lebte in einem großen Stall hinter dem kleinen Haus, leckte mit warmer Zunge Reginas Finger ab, trank Milch aus einer kleinen Blechschüssel und konnte schon nach einigen Tagen an zarten Maiskolben kauen. Jeden Morgen machte Regina die Stalltür auf. Dann sprang Suara durch das hohe Gras und rieb bei der Heimkehr den Kopf an Reginas braunen Hosen. Wenn abends die Sonne vom Himmel fiel und die Farm in einen schwarzen Mantel hüllte, ließ sich Regina von ihrer Mutter die Geschichte von Brüderchen und Schwesterchen erzählen. Sie wußte, daß sich auch ihr Reh in einen Jungen verwandeln würde.

Als Suaras Beine länger waren als das Gras hinter den Bäumen mit den Dornen und Regina schon die Namen von so vielen Kühen kannte, daß sie ihrem Vater beim Melken sagen mußte, wie sie hießen, brachte Owuor den Hund mit weißem Fell und schwarzen Flecken. Seine Augen hatten die Farbe heller Sterne. Die Schnauze war lang und feucht. Regina schlang ihre Arme um den Hals, der so rund und warm war wie Owuors Arme. Mama rannte aus dem Haus und rief: „Du hast doch Angst vor Hunden."

„Hier nicht."

„Den nennen wir Rummler", erklärte Papa.

„Rummler", erwiderte Regina kichernd, „ist ein schönes Wort. Genau wie Suara."

„Rummler ist aber Deutsch. Dir gefällt doch nur noch Suaheli."

„Rummler gefällt mir auch."

„Wie kommst du auf Rummler?" fragte Mama. „Das war doch der Kreisleiter in Leobschütz."

„Ach, Jettel, wir brauchen unsere Spielchen. Jetzt können wir den ganzen Tag ‚Rummler, du Mistkerl!' rufen und uns freuen, daß uns keiner verhaften kommt."

Regina streichelte den Hund und flüsterte ihm die Geschichte vom verwandelten Reh zu, und er schaute in die Richtung von Suaras Stall und begriff sofort, wie sehr sich Regina einen Bruder wünschte.

REGINA liebte auch *Aja*, die kurz nach Rummler auf die Farm gekommen war. Sie stand eines Morgens vor dem Haus. Aja war das Wort für Kinderfrau. Aja war, genau wie Suara und Rummler, ein Geschenk von Owuor. Alle reichen Familien auf den großen Farmen hatten eine Aja.

„Ein Haus ohne Aja ist nicht gut", hatte Owuor an dem Tag gesagt, als er die junge Frau von den Hütten am Ufer des Flusses anbrachte. Die neue Memsahib, der er beigebracht hatte, *„senta sana"* zu sagen, wenn sie danken wollte, hatte ihn mit ihren Augen gelobt.

Ajas Augen waren so sanft, kaffeebraun und groß wie die von Suara. Ihre Hände waren zierlich und an den Innenflächen weißer als Rummlers Fell. Sie hatte eine hellere Haut als Owuor, obgleich beide zum Stamm der Jaluo gehörten. Aja wurde nie böse oder ungeduldig. Sie sprach wenig, aber die kurzen Laute, die sie aus ihrer Kehle ließ, klangen wie Lieder.

Lernte Regina von Owuor das Sprechen so gut und schnell, daß sie sehr bald von den Menschen besser verstanden wurde als ihre Eltern, so brachte Aja das Schweigen in ihr neues Leben. Jeden Tag nach dem Mittagessen saßen die beiden im runden Schattenfleck vom Dornenbaum, der zwischen dem Haus und dem Küchengebäude stand, und Aja flocht aus langen Gräsern kleine Körbe. Sie machte beim Arbeiten kleine, schnalzende Laute mit der Zunge.

Die Nacht hatte auch ihre immer wiederkehrenden Geräusche. Sobald es dunkel wurde, heulten die Hyänen, und von den Hütten drangen Gesangsfetzen herüber. Selbst im Bett fanden Reginas Ohren noch Nahrung. Weil die Wände im Haus so niedrig waren, daß sie nicht bis zum Dach reichten, hörte sie jedes Wort, das ihre Eltern im Schlafzimmer sprachen. In guten Nächten klangen sie schläfrig wie das Summen der Bienen und Rummlers Schnarchen. Es gab aber auch lange und böse Nächte mit Worten, die Regina angst machten.

Nach solchen Nächten war Walter morgens früher in den Ställen als die Hirten, die die Kühe melkten, und Jettel stand mit roten Augen in der Küche und rührte ihren Zorn in den Milchtopf auf dem rauchenden Ofen. Nach den Qualen der Nacht fand keiner von beiden mehr den Weg zum anderen, ehe die kühle Abendluft von Rongai die Glut des Tages löschte und sich der verwirrten Köpfe erbarmte.

In solchen Momenten einer Versöhnung voller Scham blieb Walter und Jettel nur das seltsame Wunder, das die Farm an Regina hatte geschehen lassen. Das verschüchterte Kind, das zu Hause die Arme hinter dem Rücken verschränkt und den Kopf gesenkt hatte, wenn es von Fremden auch nur angelächelt wurde, war am Gleichmaß der Tage von Rongai gesundet. Regina weinte selten und lachte, sobald Owuor in ihrer Nähe war.

„Kinder finden sich schnell ab", sagte Jettel an dem Tag, als Regina erzählte, sie habe Jaluo gelernt, um mit Owuor und Aja in ihrer Sprache reden zu können.

„Dann gibt's ja noch Hoffnung für dich."

„Das finde ich nicht komisch."

„Ich auch nicht."

Walter bereute seinen kleinen Ausbruch sofort. Er vermißte sein früheres Talent zu harmlosen Scherzen. Seitdem seine Ironie bissig geworden war und Jettels Unzufriedenheit sie unberechenbar machte, hielten beider Nerven nicht mehr die kleinen Sticheleien aus, die ihnen in besseren Zeiten selbstverständlich gewesen waren.

Zu kurz hatten Walter und Jettel das Glück des Wiederfindens erleben dürfen, ehe die Niedergeschlagenheit zurückkehrte, die sie peinigte. Beide litten an der erzwungenen Gemeinsamkeit, die die Einsamkeit auf der Farm ihnen abforderte. Sie mußten jede Stunde des Tages ohne die Anregungen und Abwechslungen der Welt außerhalb ihrer Gemeinschaft miteinander verbringen. Der kleinstädtische Klatsch, den sie in den ersten Jahren ihrer Ehe belächelt hatten, erschien ihnen im Rückblick heiter und spannend. Es gab keine kurzen Trennungen mehr und so auch nicht die Wiedersehensfreude, die den Streitereien den Stachel genommen hatten und die ihnen in der Erinnerung wie harmlose Plänkeleien erschienen.

Walter und Jettel hatten sich seit dem Tag gestritten, an dem sie sich kennengelernt hatten. Sein aufbrausendes Temperament duldete keinen Widerspruch; sie hatte die Selbstsicherheit einer Frau, die ein auffallend schönes Kind gewesen und von ihrer früh verwitweten Mutter vergöttert worden war. In der langen Verlobungszeit hatten sie die Auseinandersetzungen über Banalitäten und ihrer beider Unfähigkeit zum Einlenken noch beschwert, ohne daß sie einen Ausweg gefunden hatten. Erst in der Ehe lernten sie das vertraute Wechselspiel zwischen kleinen Kämpfen und belebenden Versöhnungen als Teil ihrer Liebe zu akzeptieren.

Als Regina geboren wurde und sechs Monate später Hitler an die Macht kam, fanden Walter und Jettel mehr Halt aneinander als zuvor, ohne sich bewußt zu werden, daß sie bereits Außenseiter im vermeintlichen Paradies waren. Im Westen Deutschlands wurden schon am 1. April 1933 mit dem Boykott der jüdischen Geschäfte die Weichen für die Zukunft ohne Hoffnung gestellt. Jüdische Richter wurden aus dem Amt, Professoren von den Universitäten gejagt, Anwälte und Ärzte verloren ihre Existenz, Kaufleute ihre Geschäfte und alle Juden die anfängliche Zuversicht, der Schrecken würde nur von kurzer Dauer sein. Die Juden in Oberschlesien blieben jedoch dank des Genfer Minderheitenschutzabkommens zunächst von einem Schicksal verschont, das sie nicht fassen konnten.

Walter begriff nicht, daß er dem Schicksal der Verfemten nicht entkommen konnte, als er seine Praxis in Leobschütz aufzubauen begann und sogar Notar wurde. So waren in seinen Erinnerungen die Leobschützer – mit einigen Ausnahmen – freundliche und tolerante Menschen. Trotz der auch in Oberschlesien beginnenden Hetze gegen die Juden hatten es sich einige nicht nehmen lassen, zu einem jüdischen Anwalt zu gehen.

Am Tag, als das Genfer Minderheitenschutzabkommen auslief, erhielt Walter seine Löschung als Anwalt. Das war seine erste persönliche Konfrontation mit dem Deutschland, das er nicht hatte wahrhaben wollen. Der Schlag war vernichtend. Daß sein Instinkt ebenso versagt hatte wie sein Verantwortungsbewußtsein für die Familie, empfand er als sein nie wiedergutzumachendes Versagen.

Jettel hatte mit ihrer Lust am Leben noch weniger Sinn für die Bedrohung gehabt. Ihr hatte es genügt, umschwärmter Mittelpunkt eines kleinen Kreises von Freunden und Bekannten zu sein. Als Kind hatte sie, eher zufällig als beabsichtigt, nur jüdische Freundinnen gehabt, nach der Schule bei einem jüdischen Anwalt eine Lehre gemacht und durch Walters Studentenverbindung, den KC, wiederum nur mit Juden Kontakt gepflegt. Ihr machte es nichts aus, daß sie nach 1933 nur mit den Leobschützer Juden verkehren konnte. Die meisten waren im Alter ihrer Mutter und empfanden Jettels Jugend und ihren Charme als belebend. Zudem war Jettel schwanger und rührend in ihrer Kindlichkeit. Bald wurde sie von den Leobschützern ebenso verwöhnt wie von ihrer Mutter. Und sobald sie sich langweilte, fuhr sie nach Breslau.

Sonntags ging es oft nach Troppau. Es war nur ein kurzer Spaziergang zur tschechischen Grenze. Dort gab es zum schmackhaften Schnitzel und der großen Tortenauswahl wenigstens für Jettel immer zusätzlich die Illusion, daß auch die Auswanderung, von der man schon deshalb gelegentlich sprechen mußte, weil so viele Bekannte es taten, nicht sehr viel anders sein würde als die heiteren Ausflüge in das gastliche Nachbarland.

Nie wäre Jettel auf die Idee gekommen, daß Bedürfnisse wie der tägliche Einkauf, Einladungen zu Freunden, die Reisen nach Breslau, Kinobesuche und ein teilnahmsvoller Hausarzt am Bett, sobald die Patientin nur erhöhte Temperatur hatte, einmal nicht gestillt werden könnten. Erst der Umzug nach Breslau als Vorstufe zur Auswanderung, die verzweifelte Suche nach einem Land, das zur Aufnahme von Juden bereit war, die Trennung von Walter und schließlich die Angst, ihn nie mehr wiederzusehen und mit Regina allein in Deutschland zurückbleiben zu müssen, rüttelten Jettel wach. Und so schämte sich Jettel, die sich für lebensklug gehalten und geglaubt hatte, einen sicheren Instinkt für Menschen zu haben, im nachhinein ihrer Sorglosigkeit und Gutgläubigkeit. In Rongai wucherten ihre Selbstvorwürfe und Unzufriedenheit wie das wilde Gras. In den drei Monaten, die sie auf der Farm war, hatte Jettel nichts anderes gesehen als Haus, Kuhstall und den Wald. Sie hatte einen ebenso großen Widerwillen gegen die Trockenheit, die bei ihrer Ankunft den Körper kraftlos und den Kopf willenlos gemacht hatte, wie gegen den bald darauf einsetzenden großen Regen. Er reduzierte das Leben auf den aussichtslosen Kampf gegen den Lehm und das fruchtlose Bemühen, das Holz für den Ofen in der Küche trockenzubekommen.

Immer war die Furcht vor Malaria da und daß Regina todkrank werden könnte. Vor allem lebte Jettel in der ständigen Panik, Walter könnte seine Stellung verlieren und sie müßten von Rongai fort und hätten keine Unterkunft. Mit ihrem geschärften Sinn für die Realität erkannte Jettel, daß Mr. Morrison, der bei seinen Besuchen selbst zu Regina unfreundlich war, ihren Mann für die Geschehnisse auf der Farm verantwortlich machte.

Für den Mais war es erst zu trocken und dann zu naß. Vom Weizen war die Saat nicht aufgegangen. Die Hühner hatten eine Augenkrankheit; mindestens fünf Stück verendeten täglich. Die Kühe gaben nicht genug Milch. Die letzten vier neugeborenen Kälber waren keine zwei Wochen alt geworden. Der Brunnen, den Walter auf Mr. Morrisons Wunsch hatte bohren lassen, gab kein Wasser. Größer wurden nur die Löcher im Dach.

DER TAG, als das erste Buschfeuer nach dem großen Regen den Menengai zur roten Wand machte, war besonders heiß. Der Himmel war grau vom schweren Rauch, der in dichten Wolken über die Farm rollte. Die Luft war stechend. Sie machte das Sprechen schwer, aber plötzlich sagte Jettel laut: „Ich kann nicht mehr."

„Du brauchst keine Angst haben. Das erste Mal habe ich auch gedacht, das Haus brennt ab, und wollte die Feuerwehr holen."

„Ich rede nicht vom Feuer. Ich halte es hier nicht mehr aus."

„Du mußt, Jettel. Wir werden nicht mehr gefragt."

„Aber was soll hier aus uns werden? Du verdienst keinen Cent, und unser letztes Geld ist bald weg. Wie sollen wir Regina in die Schule schicken? Das ist doch kein Leben für ein Kind, immer nur mit Aja unter dem Baum zu hocken."

„Glaubst du, ich weiß das nicht? Die Kinder müssen bei den großen Entfernungen hier ins Internat. Das nächste ist in Nakuru und kostet fünf Pfund im Monat. Süßkind hat sich erkundigt. Wenn kein Wunder geschieht, können wir uns das auch in einigen Jahren nicht leisten. Aber wir leben, und das ist die Hauptsache."

„Ich kann das nicht mehr hören. Ich komme mir vor wie tot."

Walter stand auf und zog Jettel von ihrem Stuhl hoch. Er sah, daß sie weinte, und zog sie an sich. „Jettel", sagte er leise, „gestern haben in Deutschland die Synagogen gebrannt. Sie haben die Scheiben jüdischer Geschäfte eingeschlagen und Menschen aus ihren Wohnungen geholt und halb totgeprügelt."

„Woher weißt du das? Woher willst du das auf dieser verdammten Farm erfahren haben?"

„Ich habe heute früh um fünf den Schweizer Sender reinbekommen."

„Sie können doch nicht einfach Synagogen anzünden."

„Doch, sie können. Die brennenden Synagogen sind nur der Anfang. Die Nazis sind nicht mehr zu bremsen. Siehst du jetzt ein, daß es keine Rolle spielt, wann und ob Regina lesen lernt?"

Walter scheute sich, Jettel anzuschauen, doch als er es schließlich wagte, merkte er, daß sie nicht begriffen hatte, was er ihr hatte sagen wollen. Für ihre Mutter und Käte, für seinen Vater und Liesel gab es keine Hoffnung mehr, der Hölle zu entkommen. Erst als es Walter gelang, seine Augen von Jettels bebendem Körper wegzuzwingen, empfingen seine Ohren wieder Geräusche. Er hörte den Hund bellen, die Geier schreien, Stimmen von den Hütten und den dumpfen Klang der Trommeln aus dem Wald.

Owuor rannte durch das verdorrte Gras auf das Haus zu. „Bwana", keuchte er, „*Sigi na kuja.*" Er holte eine Heuschrecke aus seiner Hosentasche. „Das ist", erklärte er, „eine Sigi. Sie war die erste. Ich habe sie für dich gefangen. Wenn die anderen da sind, fressen sie alles auf."

„Was sollen wir machen?"

„Man kann die Sigi vertreiben", erklärte Owuor. „Wir brauchen Töpfe und Löffel und müssen sie schlagen. Wie Trommeln."

Als am Tag nach den Heuschrecken die Sonne aufging, wußten alle, daß Owuor mehr war als nur ein Hausboy, der in den Töpfen rührte. Im Kampf gegen die Sigi war er schneller gewesen als die Pfeile der Massai. Owuor hatte die Männer und Frauen und auch alle Kinder, die schon laufen konnten, zu Kriegern gemacht. Ihre Schreie und der gewaltige Lärm von Töpfen, der Schall schwerer Eisenstangen, die aufeinandergeschlagen wurden, hatten die Heuschrecken vertrieben, ehe sie auf die Schambas mit Mais und Weizen niederkamen. Sie waren weitergeflogen.

Am Tag nach dieser langen Nacht kehrte der Bwana zurück vom Melken. Er rief Owuor ins Haus, als er gerade das Lied für die Eier beginnen wollte. Die Memsahib saß auf dem Stuhl mit der roten Decke und lächelte. Regina hockte auf dem Boden mit Rummlers Kopf zwischen den Knien.

Der Bwana hatte einen dicken, schwarzen Ball in der Hand. Er faltete ihn auseinander, machte aus ihm einen Mantel und zog Owuors

Hand zu sich, damit sie den Stoff fühlen konnte. An den beiden Seiten und am Kragen glänzte ein Stoff, der noch weicher war als der am Rücken. Der Bwana legte Owuor den Mantel um die Schultern und sagte: „Der ist für dich."

„Du schenkst mir deinen Mantel, Bwana?"

„Das ist kein Mantel, das ist eine Robe. Ein Mann wie du muß eine Robe tragen."

Owuor probierte das fremde Wort sofort aus. Es machte ihm große Schwierigkeiten. Die Memsahib und das Kind lachten.

Sieben Nächte lang zog Owuor, wenn er nach der Arbeit zu den Männern in den Hütten ging, hinter einem Busch den schwarzen Mantel an, der sich im Wind so gewaltig aufblähte, daß Kinder, Hunde und auch die alten Männer, die nicht mehr gut sehen konnten, wie verängstigte Vögel kreischten. Für Owuor waren Mantel und Wort ein Zauber, von dem er wußte, daß er mit seinem Kampf gegen die Heuschrecken zu tun hatte. Als die Sonne zum achten Mal aufging, wurde das Wort endlich weich in seinem Mund. Er gab nun dem Drang nach, mehr über den Mantel zu erfahren, und ging den Bwana suchen.

Walter stand am Blechtank und klopfte die Rillen ab, um zu hören, wie lange das Trinkwasser noch reichen würde, als Owuor fragte: „Wann hast du die Robe getragen?"

„Das war meine Robe, als ich noch kein Bwana war. Ich trug sie zur Arbeit."

„Kann ein Mann in der Robe arbeiten?"

„Ja, Owuor, ja. Aber in Rongai kann ich nicht in meiner Robe arbeiten."

„Hast du mit deinen Armen gearbeitet, als du noch kein Bwana warst?"

„Nein, mit dem Mund. Für eine Robe muß man klug sein. In Rongai bist du klug. Nicht ich."

ES DAUERTE acht Tage, bis die Kunde von den besiegten Heuschrecken in Sabbatia ankam und Süßkind nach Rongai trieb. „Mensch", rief er noch aus dem Auto heraus, „aus dir wird noch ein Farmer! Wie hast du das bloß fertiggebracht? Mir ist das mein Lebtag nicht gelungen. Nach der letzten Regenzeit haben die Biester die halbe Farm leer gefressen."

Es wurde ein Abend voller Harmonie und Heiterkeit. Jettel trennte sich von den letzten Kartoffeln, die sie für eine besondere Gelegenheit aufbewahrt hatte, und brachte Owuor bei, schlesisches Himmelreich zu kochen. Sie zog den weißen Rock mit der rot-blau gestreiften Bluse an, die sie seit Breslau nicht mehr herausgeholt hatte, und durfte sich bald an Süßkinds Bewunderung berauschen.

„Ohne dich", sagte er, „wüßte ich gar nicht mehr, wie schön eine Frau sein kann. Hinter dir müssen ja alle Männer von Breslau hergewesen sein."

„So war es", bestätigte Walter.

Walter erzählte Süßkind von seinem ersten Prozeß in Leobschütz und wie er anschließend den unerwarteten Erfolg mit Greschek bei einem Schlachtfest in Hennerwitz begossen hatte. Süßkind versuchte, sich an Pommern zu erinnern, aber er verwechselte bereits die Jahre, Orte und Menschen.

„Wartet ab", sagte er, „das wird euch bald auch so gehen. Das große Vergessen ist das Beste an Afrika."

Am Tag danach kam Mr. Morrison auf die Farm. Es gab keinen Zweifel, daß die Rettung der Ernte auch in Nairobi bekannt war, denn er reichte Walter die Hand, was er noch nie getan hatte. Im Gegensatz zu seinen früheren Besuchen trank er auch den Tee, den Jettel für ihn gemacht hatte.

Als Mr. Morrison von den Kühen und Hühnern zurück ins Haus kam, nahm er den Hut ab. Sein Gesicht wirkte jünger; er hatte hellblondes Haar und buschige Augenbrauen. Er bat um eine dritte Tasse Tee. Dann stand er auf und holte aus seiner Hose sechs Geldscheine heraus, die er einzeln auf den Tisch legte.

„*Every month*", sagte Mr. Morrison und ging zu seinem Wagen. Erst heulte der Anlasser, dann Rummler, und schon kam die Staubwolke, in der das Auto verschwand.

„Jettel, hast du ihn verstanden?"

„Ja. Also fast. *Month* heißt Monat. Das weiß ich genau. Wir haben das Wort im Kurs gehabt."

„Und was heißt das andere Wort?"

„Das haben wir auch gehabt, aber ich kann mich nicht erinnern."

„Du mußt. Das hier sind sechs Pfund. Das hat doch was zu bedeuten."

„*Month* heißt Monat", wiederholte Jettel. „Ich hab's. *Every* heißt jeder, jeden, jedes. Du, Walter, *every month* muß jeden Monat heißen. Soll das etwa bedeuten, daß er uns jeden Monat sechs Pfund geben will?"

„Ich weiß es nicht. Wir müssen warten, ob sich das Wunder wiederholt."

Das Wunder wurde Wirklichkeit. Am Anfang eines jeden Monats kam Mr. Morrison auf die Farm, trank erst zwei Tassen Tee, besuchte seine Hühner und Kühe, ging zu den Maisfeldern, kam zurück für die dritte Tasse Tee und legte schweigend sechs einzelne Pfundnoten auf den Tisch.

Jettel konnte ihren Stolz aufblähen wie Owuor, wenn vom Schicksalstag die Rede war, der das Leben in Rongai verändert hatte. „Siehst du", sagte sie dann, „was nützt dir deine ganze schöne Bildung, wenn du noch nicht einmal Englisch gelernt hast?"

„Nichts, Jettel, nichts, sowenig wie meine Robe." Abends schlug Walter vor: „Wir schicken Regina zur Schule. Wenn Süßkind das nächste Mal in Nakuru ist, soll er sich erkundigen, wie man das macht."

„Nein", wehrte Jettel ab, „noch nicht. Regina kann auch noch lesen lernen, wenn sie sieben ist. Jetzt brauchen wir das Geld für Mutter und Käte."

„Wie stellst du dir das vor?"

„Wir haben hier genug zum Sattwerden. Ich hab's genau ausgerechnet. Wenn wir das Geld nicht anrühren, haben wir in siebzehn Monaten die hundert Pfund zusammen, um Mutter und Käte herauszuholen. Und noch zwei Pfund übrig. Du wirst sehen, wir schaffen das."

„Wenn nichts geschieht."

„Was soll denn geschehen? Hier geschieht doch nie etwas."

„Aber in der restlichen Welt, Jettel. Es sieht schlimm aus zu Hause."

JETTELS Bereitschaft zum Verzicht, der Jubel, mit dem sie jeden Monat die sechs Pfund in ein Kästchen legte, die Zuversicht, ihr würde es gelingen, die rettende Summe rechtzeitig zusammenzubekommen, waren für Walter schwerer zu ertragen als die Nachrichten, die er am Tag jede Stunde und oft auch in der Nacht hörte.

Die Abstände zwischen den Briefen aus Breslau und Sohrau wurden länger, die Briefe selbst, bei allem Bemühen, Angst zu verschweigen, so besorgniserregend, daß Walter sich oft fragte, ob seine Frau wirklich nicht merkte, daß Hoffnung Frevel war. Der Vater hatte von vergeblichen Versuchen, das Hotel zu verkaufen, geschrieben, daß er kaum noch ausgehe und daß nur noch drei jüdische Familien in Sohrau lebten, es ihm aber den Umständen nach gutgehe und er nicht klagen wolle. Einen Tag nach dem Brand der Synagogen schrieb er: „Liesel kann vielleicht nach Palästina auswandern. Wenn ich sie nur überreden könnte, sich von mir altem Esel zu trennen.“ Seit dem 9. November 1938 hatte der Vater in seinen Briefen auch die zuversichtlichen Beschwörungen „Bis wir uns wiedersehen“ gestrichen.

Den Briefen aus Breslau war in jeder Zeile die Angst vor Zensur anzumerken. Käte sprach von Einschränkungen, die „uns sehr zu schaffen machen“, und erwähnte jedesmal gemeinsame Freunde, die „plötzlich verreisen mußten und nichts mehr von sich hören lassen“. Ina berichtete, daß sie keine Zimmer mehr vermieten konnte, und schrieb: „Ich gehe nur noch zu bestimmten Zeiten aus dem Haus.“ Das Geschenk zu Reginas Geburtstag im September war im Februar aufgegeben worden. Walter begriff die verschlüsselte Botschaft mit Schaudern. Seine Schwiegermutter und Schwägerin wagten nicht mehr, in größeren Zeiträumen zu rechnen, und hatten die Hoffnung aufgegeben, noch aus Deutschland herauszukommen.

Walter litt an seiner Pflicht, Jettel mit der Wahrheit zu konfrontieren, und wußte, daß es Sünde war, es nicht zu tun. Wenn sie aber ihr Geld zählte und dabei wie ein Kind aussah, das die Erfüllung seiner Wünsche genau berechnet hat, ließ er jede Gelegenheit zur Aussprache ungenutzt.

Mitte August brachte Süßkinds Boy einen Brief mit der Mitteilung: „Jetzt haben wir endgültig das verfluchte Ostküstenfieber in Sabbatia. Vorerst ist es nichts mehr mit Schabbes. Ich muß versuchen, ob ich hier noch etwas retten kann. Falls bei Dir die Kühe im Kreis herumlaufen sollten, ist es zu spät. Dann ist die Seuche schon in Rongai.“

„Warum“, fragte Jettel, als Walter ihr den Brief zeigte, „kann er denn nicht kommen? Er ist doch nicht krank.“

„Er muß wenigstens auf der Farm sein, wenn seine Kühe krepieren. Auch Süßkind hat Angst um seine Stellung. Es kommen immer mehr Refugees ins Land und wollen auf den Farmen unterkommen. Das macht jeden von uns noch leichter ersetzbar.“

Süßkinds Besuche am Freitag waren der Höhepunkt der Woche gewesen, die Erinnerung an ein Leben mit Gesprächen, Abwechslung, ein Funken Normalität. Süßkind wußte stets, wer neu ins Land gekommen und wo er untergekommen war. Jettel vermißte seine gute Laune, die Scherze und Komplimente, seinen Optimismus.

Walter litt noch mehr. Er brauchte das selbstbewußte Naturell des Freundes, um nicht seinen depressiven Zuständen und der Sehnsucht nach Deutschland nachzugeben. Süßkind war für ihn der Beweis, daß sich ein Mann mit dem Schicksal der Heimatlosigkeit abfinden konnte.

„Auch unser Radio vermißt Süßkind", sagte Walter am Abend des 1. September. „Die Batterie ist futsch, und ohne daß er sein Auto laufen läßt, können wir sie nicht aufladen."

„Hörst du jetzt keine Nachrichten mehr? Ist das Radio tot?" fragte Regina.

„Mausetot. Jetzt können nur noch deine Ohren wissen, was es Neues gibt. Also leg dich auf die Erde und erzähl mir was Schönes."

Freude und Stolz machten Regina schwindlig. Owuor hatte ihr beigebracht, sich flach hinzulegen, um der Erde ihre Geräusche zu entlocken. Seitdem hatte sie oft Süßkinds Wagen gehört, ehe er zu sehen war, doch ihr Vater hatte ihr nie geglaubt, immer nur „Quatsch" gesagt und sich noch nicht einmal geschämt, wenn Süßkind tatsächlich gekommen war, nachdem sie ihn angekündigt hatte. Nun, da er keine Stimmen mehr aus einem toten Radio hörte, hatte er endlich begriffen, daß er ohne Reginas Ohren so taub wie der alte Cheroni war, der die Kühe zum Melken trieb. Am Abend nach dem Tod des Radios legte sich Regina auf den steinigen Pfad, der zum Haus führte, aber die Erde gab kein Geräusch frei außer dem Reden der Bäume im Wind. Auch am nächsten Morgen empfing sie nur Stille, aber um die Mittagszeit wurden ihre Ohren wach.

Ein Klopfen in der Erde sprang sie heftig an. Sie hielt die Hände vor den Mund und brüllte: „Schnell, Papa, Besuch kommt! Aber es ist nicht Süßkinds Auto!"

Der Lastwagen, der den steilen Hang zur Farm heraufkeuchte, war größer als alle anderen, die je nach Rongai gekommen waren. Die Kinder liefen von den Hütten zum Haus. Ihnen folgten die Frauen mit den Säuglingen auf dem Rücken, die jungen Mädchen mit Kalebassen voll Wasser und die von bellenden Hunden getriebenen Ziegen. Die Schambaboys warfen ihre Hacken hin und verließen die Felder, die Hirten ihre Kühe.

Erst sahen alle nur eine feine Wolke von roter Erde. Dann kam der Lastwagen zum Stehen. Er war grün, und hinten auf der Ladefläche für Vieh hockten keine Ochsen und Kühe, sondern Männer mit weißer Haut und großen Hüten.

Neben der Aja und Owuor standen Walter, Jettel und Regina regungslos am Wassertank vor dem Haus und sahen, wie der Mann neben dem Fahrer die Tür des Lastwagens aufstieß und langsam herunterkletterte.

Er hatte eine kurze Khakihose an, sehr rote Beine und schwarzglänzende Stiefel. In der einen Hand hielt er einen Bogen Papier, mit der anderen berührte er seine Mütze, die wie ein flacher, dunkelgrüner Teller auf seinem Kopf lag. „Mr. Redlich“, befahl er, *„come along! I have to arrest you! We are at war.* – Kommen Sie mit. Ich muß Sie festnehmen. Wir befinden uns im Krieg.“

Niemand bewegte sich. Dann klang ein vertrauter Laut vom Lastwagen herunter; es war Süßkind, der rief: „Mensch, Walter, sag nur, du weißt es nicht? Der Krieg ist ausgebrochen. Wir werden alle interniert. Komm, steig auf! Und mach dir keine Sorgen um Jettel und Regina. Die Frauen und Kinder werden noch heute abgeholt und nach Nairobi gebracht.“

## 3

DIE JUNGEN Männer mit den noch frischen Erinnerungen an englische Schulen und fröhliche Nächte in Oxford empfanden den Kriegsausbruch, so sehr sie ihn auch für das bedrohte Mutterland bedauerten, als eine nicht unwillkommene Abwechslung. Ebenso erging es den Veteranen mit den verwelkten Illusionen, die bei der Polizei in Nairobi und den Streitkräften im übrigen Land ihren Pflichten mit einer gewissen Verdrossenheit an der monotonen Routine des kolonialen Lebens nachkamen. Für sie ging es mit einem Mal nicht mehr nur um Viehdiebstähle, gelegentlich ausbrechende Stammeskämpfe der Eingeborenen und Eifersuchtsdramen in der guten englischen Gesellschaft, sondern um die Kronkolonie selbst.

Die hatte in den letzten fünf Jahren immer mehr Menschen vom Kontinent aufgenommen, und gerade die konfrontierten nun die Behörden mit Neuland. In Friedenszeiten waren die mittellosen Flüchtlinge schon deshalb ein Ärgernis, weil sich ihre Namen gleich schwer aussprechen wie schreiben ließen und sie einen scheußlichen Akzent besaßen. Hinzu kam noch, daß ihr Ehrgeiz von den Briten mit ihrer Neigung zum Maßhalten als unsportlich empfunden wurde. Indes galten die Flüchtlinge allgemein als diszipliniert und leicht lenkbar. Es war lange Zeit ein Hauptanliegen der Behörden gewesen, Nairobi von den Emigranten zu verschonen und sie auf Farmen unterzubringen. Dies war dank der Jüdischen Gemeinde immer rasch und zur großen Zufriedenheit der Farmer geschehen.

Der Krieg stellte andere Forderungen. Wichtig war nur noch, das Land vor Menschen zu schützen, die durch Geburt, Sprache, Erziehung, Tradition und Loyalität dem Feind verbundener sein könnten als dem Gastland. Innerhalb von drei Tagen waren deshalb alle feindlichen Ausländer aus den Städten und auch von den Farmen dem Militär in Nairobi übergeben und informiert worden, daß sie fortan nicht mehr den Status von „Refugees" hatten, sondern „Enemy Aliens" waren. Interniert wurden alle Männer ab dem sechzehnten Lebensjahr; Kranke und Pflegebedürftige wurden auf Krankenhäuser mit entsprechenden Möglichkeiten zur Bewachung verteilt. Sofort geräumt wurden die Baracken des Zweiten Regiments der King's African Rifles im Ngong, dreißig Kilometer von Nairobi entfernt.

Die Soldaten, die den Auftrag hatten, die Männer von den Farmen abzuholen, waren rasch und gründlich vorgegangen. „Ein wenig zu gründlich", wie Colonel Whidett, dem die Aktion „Enemy Aliens" unterstand, befand. Die jungen Soldaten hatten den *„bloody refugees"* bei der überstürzten Verhaftung nicht einmal Zeit gelassen, einen Koffer zu packen, und damit ihren Vorgesetzten Schwierigkeiten bereitet. Die Männer, die nur mit Hose, Hemd, Hut oder manchmal gar im Schlafanzug im Ngong abgeliefert wurden, mußten erst einmal eingekleidet werden. Im Mutterland wäre ein solches Problem mit Häftlingskleidung zu lösen gewesen. In Kenia war es aber so sittenwidrig wie geschmacklos, Weiße in die gleiche Kleidung zu stecken wie schwarze Gefangene. Die Internierten trugen daher ebenso Khakiuniformen wie ihre Bewacher.

Auch bei strengster Auslegung des Sicherheitsrisikos hätten Frauen und Kinder nicht sofort interniert werden müssen. Das Militär empfand es als ausreichend, nur Radios und Kameras zu konfiszieren, um zu verhindern, daß sie zur eventuellen Kontaktaufnahme mit dem Feind auf den europäischen Schlachtfeldern mißbraucht wurden.

Das traditionsreiche „Norfolk Hotel" und das luxuriöse „New Stanley" wurden als Quartier für die Familien der Enemy Aliens requiriert. Die internierten Frauen waren verblüfft, als sie nach den langen und beschwerlichen Fahrten von den Farmen in Nairobi ankamen. Sie wurden jubelnd vom Hotelpersonal empfangen, das bis dahin immer dazu angehalten worden war, Gäste freudig zu begrüßen, und das nicht mehr rechtzeitig auf die Veränderungen umgeschult werden konnte, die der Krieg mit sich brachte. Auch Ärzte, Krankenschwestern, Kindergärtnerinnen und Lehrer waren in die beiden Hotels befohlen worden.

Der Transport von Nakuru, Gilgil, Sabbatia und Rongai traf als letzter im Norfolk Hotel ein. Jettel hatte schon auf der Fahrt, getröstet und beruhigt von der Schicksalsgemeinschaft, ihre Angst vor der ungewissen Zukunft und den Schock der plötzlichen Trennung von Walter überwunden und empfand die Erlösung von der Einsamkeit der Farm als Wohltat. Sie war fasziniert von der Eleganz und der animierten Stimmung des Hotels.

Auch Regina war geblendet. In Rongai hatte sie sich geweigert, auf den Lastwagen zu steigen, und mußte mit Gewalt hinaufgezerrt werden. Auf der Fahrt hatte sie nur geweint und nach Owuor, Aja, Suara, Rummler und ihrem Vater gerufen, doch der Glanz der vielen Lichter, die Gardinen aus blauem Samt an den hohen Fenstern, die Bilder in Goldrahmen und die roten Rosen in silbernen Kelchen, dazu die vielen Menschen und Düfte lenkten sie sofort von ihrem Kummer ab.

AUCH ein geräumiges Hotel wie das Norfolk hatte nicht genug Platz für einen solchen Ansturm von Gästen. So mußten sich zwei Frauen mit ihren Kindern ein Zimmer teilen. Regina teilte mit einem Mädchen, das einige Monate älter war als sie, eine Couch. Inge Sadler war ein kräftiges Kind, das Dirndl trug und in Nachthemden aus blau-weiß kariertem Flanell schlief. Sie war sehr selbständig, liebenswürdig und beglückt von der Aussicht auf eine Freundin. Ihren bayerischen Dialekt hielt Regina in den ersten Tagen für Englisch, aber sie gewöhnte sich schnell an die Aussprache der neuen Freundin und bewunderte sie, weil sie lesen und schreiben konnte. Inge war noch ein Jahr in Deutschland zur Schule gegangen und bereit, ihre Kenntnisse an Regina weiterzugeben. Wenn Inge nachts aufwachte, weinte sie angstvoll und mußte von der Mutter beruhigt werden.

Die Sadlers stammten aus Weiden in der Oberpfalz und waren erst ein halbes Jahr vor Kriegsausbruch nach Kenia gekommen. Zwei Brüder hatten ein Bekleidungsgeschäft gehabt, der dritte war Landwirt. Ihre drei Frauen waren zu resolut, um dem Glanz der Vergangenheit nachzutrauern. Sie strickten Pullover und nähten Blusen für ein renommiertes Geschäft in Nairobi.

Inge hatte in Weiden das Pogrom vom 9. November erlebt und zusehen müssen, wie die Schaufenster des elterlichen Geschäfts zertrümmert und die Wohnung geplündert worden waren. Ihr Vater und die beiden Onkel waren aus dem Haus gezerrt, geschlagen und nach Dachau verschleppt worden. Als sie nach vier Monaten wiederkamen, hatte Inge keinen der drei erkannt. In der zweiten Woche im Norfolk erzählte sie Regina von den Erlebnissen, über die sie nie mit ihren Eltern sprach.

„Meinen Papa", sagte Regina, „hat keiner gehauen."

„Dann ist er kein Jude. In Deutschland werden alle Juden verprügelt. Das weiß ich genau. Ich hasse die Deutschen."

„Ich auch", versprach Regina, „ich hasse die Deutschen."

Sie nahm sich vor, sobald wie möglich ihrem Vater von ihrem neuen Haß, von Inge und von Dachau zu erzählen.

Erst nach diesem Gespräch fiel Regina auf, daß alle Frauen vom Krieg sprachen. Sie waren schon lange nicht mehr so fröhlich wie in der ersten Zeit der Internierung. Der Hotelmanager, ein hagerer und unliebenswürdiger Mann, hieß Applewaithe und gab sich schon längst keine Mühe mehr, seinen Ekel vor Menschen zu verbergen, die seinen Namen nicht aussprechen konnten. Er verabscheute Kinder und verbot den jungen Müttern, die Milch für die Babys in der Küche aufzuwärmen, Windeln auf den Balkon zu hängen und Kinderwagen unter die Bäume zu stellen.

Nach der ersten verwirrenden Euphorie, die das Glück der Gemeinschaft bei den Frauen ausgelöst hatte, kehrten sie konsterniert in die Realität zurück. Jettel litt sehr an ihrem Bedürfnis nach Schutz und Trost. Sie sehnte sich nach dem Leben in Rongai mit Owuors guter Laune und dem vertrauten Rhythmus der Tage. Sie vermißte selbst den Streit mit Walter, der im Rückblick zu einer Kette von zärtlichen Neckereien wurde. Meistens verzogen sich die Frauen in ihre Zimmer, wenn Jettel sich ihrer Verzweiflung hingab, aber eines Abends, als ihr Schmerz noch lauter war als sonst, schnauzte Elsa Conrad: „Hör endlich auf mit dem Geplärre und tu was! Glaubst du, wenn man meinen Mann fortgebracht hätte, würde ich hier herumsitzen und heulen?"

Jettel war so verblüfft, daß sie zu schluchzen aufhörte. „Was kann ich denn tun?" fragte sie.

Seit dem ersten Tag im Norfolk war Elsa Conrad eine von allen respektierte Autorität. Sie war die einzige Berlinerin in der Gruppe und als einzige nicht jüdisch. Schon ihre äußere Erscheinung war imponierend. Elsa, so dick wie unbeweglich, hüllte bei Tag ihre Körperfülle in lange, geblümte Gewänder und abends in tief ausgeschnittene Festkleider und trug feuerrote Turbane.

Sie stand morgens nie vor zehn Uhr auf und hatte bei Mr. Applewaithe durchgesetzt, daß ihr Frühstück im Zimmer serviert wurde. Gefürchtet wurde sie nur in den ersten Tagen. Ihr Humor versöhnte mit ihrem Temperament. Als sie ihre Geschichte erzählte, wurde sie zur Heldin.

Elsa hatte in Berlin eine Bar gehabt. Wenige Tage nach den Synagogenbränden war eine Frau mit zwei Begleitern in Elsas Bar gekommen und hatte Hetzreden gegen die Juden gehalten. Elsa hatte sie am Kragen gepackt, sie vor die Tür gesetzt und geschrien: „Wo glaubst du, kommt dein teurer Pelz her? Von den Juden gestohlen hast du ihn, du Hure!"

Das hatte ihr sechs Monate Zuchthaus und anschließend die sofortige Ausweisung aus Deutschland eingebracht. Elsa war mittellos in Kenia angekommen und schon in der ersten Woche von einem schottischen Ehepaar in Nanyuki als Kindermädchen engagiert worden. Mit den Kindern hatte sie sich nicht gut verstanden, mit den Eltern trotz der nur wenigen Brocken Englisch, die sie auf dem Schiff aufgeschnappt hatte, um so besser. Sie brachte ihnen Skat bei und dem Koch, Soleier einzulegen und Buletten zu braten. Bei Kriegsausbruch hatten sich die Schotten schweren Herzens von Elsa getrennt und nicht geduldet, daß sie auf den Lastwagen stieg. Sie hatten sie mit ihrem Wagen ins Norfolk gefahren und sie zum Abschied mit Flüchen auf die Engländer und Chamberlain umarmt.

„Was soll ich denn tun?" ahmte Elsa Jettels Stimme nach. „Könnt ihr nicht einmal vergessen, daß man euch auf Händen getragen hat? Setzt euch auf eure verwöhnten Hintern und schreibt an die Behörden. Es kann doch nicht so schwer sein, denen klarzumachen, daß die Juden nicht für Hitler sind."

Elsa befahl vier Frauen mit ausreichenden Englischkenntnissen und Jettel wegen ihrer schönen Schrift, Briefe zu formulieren, in denen sie ihr Schicksal dokumentierten und ihre Standpunkte erklärten. Mr. Applewaithe ließ sich überzeugen, daß es seine Pflicht war, die Post von Menschen weiterzuleiten, die das Hotelgelände nicht verlassen durften.

Mit einem so schnellen Erfolg der Aktion hatte selbst Elsa nicht gerechnet. Der Militärbehörde kamen Bedenken. Nach den ersten Reaktionen aus London zweifelte man in Nairobi daran, ob tatsächlich alle Refugees hätten interniert werden müssen oder ob es nicht rationeller gewesen wäre, zuvor ihre politische Einstellung zu überprüfen.

Hinzu kam, daß viele Farmer mit der Einberufung zum Militär rechneten und ihre Farmen von den billigen und angenehm verantwortungsbewußten Refugees versorgt wissen wollten. Zehn Tage nachdem Mr. Applewaithe die Briefe bei der Militärbehörde abgegeben hatte, fuhren wieder die Lastwagen der Army vor. Sie hatten Auftrag, Mütter und Kinder ins Männerlager im Ngong zu bringen.

DEN MÄNNERN war es wie ihren Frauen ergangen. Die Internierung hatte sie aus Einsamkeit und Sprachlosigkeit zurück ins Leben geholt. Alte Bekannte und Freunde, die sich zum letzten Mal in Deutschland gesehen hatten, trafen sich wieder.

In den ersten Tagen im Camp war es Walter, als sei er nach langer Reise auf entfernte Verwandte gestoßen, denen er sich sofort verbunden fühlte. Der ehemalige Frankfurter Rechtsanwalt Oscar Hahn, seit sechs Jahren Farmer in Gilgil, Kurt Piakowsky, ein Arzt aus Berlin und nunmehr Leiter der Wäscherei im Krankenhaus von Nairobi, und der Erfurter Zahnarzt Leo Hirsch, der als Manager auf einer Goldmine in Kisumu untergekommen war, waren Bundesbrüder von Walter und tauschten mit ihm Erinnerungen an die gemeinsamen Freunde und Freuden der Studentenzeit aus.

Heini Weyl, der Freund aus Breslau, hatte sich trotz Gelbfieber und Amöbenruhr in Kisumu weder Lebensmut noch Humor nehmen lassen. Max Bilawasky, der sich innerhalb eines Jahres mit einer eigenen Farm in Eldoret ruiniert hatte, stammte aus Kattowitz und kannte Leobschütz. Jakob Oschinsky hatte in Ratibor ein Schuhgeschäft gehabt, war auf einer Kaffeefarm in Thika untergekrochen und hatte auf einer Reise mal in Redlichs Hotel in Sohrau übernachtet. Er konnte sich gut an Walters Vater erinnern und schwärmte von Liesels Schönheit und ihrem Krautkuchen.

Dennoch hielt die gute Stimmung bei den Männern nicht so lange an wie bei den Frauen. Zu schnell wurde ihnen bewußt, daß Muttersprache und Erinnerungen kein ausreichender Ersatz waren für die Heimat, die gestohlene Habe, für den Verlust von Stolz und Ehre und für zerstörtes Selbstbewußtsein. Bei jedem starb die lange Zeit wider alle Vernunft gehegte Illusion, den Zurückgebliebenen in Deutschland doch noch helfen und sie nach Kenia nachholen zu können. Obwohl er sich zu wehren versuchte, gab Walter seinen Vater und seine Schwester ebenso verloren wie schon die Schwiegermutter und Schwägerin.

„Von den Polen haben sie keine Hilfe zu erwarten", erzählte er Oscar Hahn, „und für die Deutschen sind sie polnische Juden. Jetzt hat mir das Schicksal ein für allemal bestätigt, daß ich versagt habe."

„Versagt haben wir alle, aber nicht jetzt, sondern 1933. Wir haben zu lange an Deutschland geglaubt und die Augen zugemacht. Verzagen dürfen wir nicht. Du bist nicht nur Sohn. Du bist auch Vater."

„Ein schöner Vater, der noch nicht einmal das Geld für den Strick verdient, an dem er sich aufhängen kann."

„So etwas darfst du noch nicht einmal denken", sagte Hahn wütend. „Davonkommen ist nicht nur Glück, sondern Verpflichtung. Reiß dir endlich Deutschland aus dem Herzen. Dann wirst du wieder leben."

„Ich hab's versucht. Aber was wird aus mir und meiner Familie, wenn King George nicht mehr für uns sorgt?"

„Noch hast du deine Stellung in Rongai."

„Das ‚noch' hast du besonders hübsch gesagt."

„Wie wär's, wenn du mich Oha nennst?" lächelte Hahn. „Den Namen hat meine Frau für die Emigration erfunden. Sie fand ihn nicht so deutsch wie Oscar. Ist eine patente Frau, meine Lilly. Ohne sie hätte ich nie gewagt, die Farm in Gilgil zu kaufen."

„Versteht sie denn so viel von der Landwirtschaft?"

„Sie war Konzertsängerin. Vom Leben versteht sie viel. Die Boys liegen ihr zu Füßen, wenn sie Schubert singt. Und die Kühe geben gleich mehr Milch. Du wirst sie ja hoffentlich bald kennenlernen."

„Du glaubst also an Süßkinds Theorie?"

„Ja."

„Leute wie Rubens", pflegte Süßkind bei den Diskussionen um die Zukunft und die Haltung der Militärbehörde zu dozieren, „können es sich gar nicht leisten, daß man alle Juden zu Enemy Aliens stempelt. Ich wette, der alte Rubens und seine Söhne sind schon dabei, den Engländern klarzumachen, daß wir lange vor ihnen gegen Hitler waren."

Colonel Whidett mußte sich tatsächlich mit Problemen beschäftigen, für die er unzureichend präpariert war. Er fragte sich fast jeden Tag, ob selbst schwerwiegende Differenzen mit dem Kriegsministerium in London unangenehmer hätten sein können als die regelmäßigen Besuche der fünf Brüder Rubens in seinem Büro, ganz zu schweigen von dem temperamentvollen Vater. Der Colonel gestand sich ein, daß ihn bis Kriegsausbruch die Ereignisse in Europa nicht viel mehr interessiert hatten als die Stammeskämpfe zwischen den Lauo und Lumbwa rund um Eldoret. Es irritierte ihn jedoch, daß die Familie Rubens so genau über wirklich schockierende Details im Bilde war. Ob Whidett wollte oder nicht, die Familie Rubens, die ältere Bindungen an Kenia hatte als er selbst und ein so gepflegtes Englisch sprach wie die Old Boys in Oxford, machte ihn nachdenklich. Widerstrebend begann er, sich mit dem Schicksal von Menschen zu beschäftigen, denen „man offenbar Unrecht getan" hatte.

So sagte Whidett zu, den Vorschlag zu überprüfen, ob nicht wenigstens jene Leute aus dem Camp entlassen werden konnten, die auf den Farmen arbeiteten und wohl keine Möglichkeiten hatten, Kontakt mit dem Feind aufzunehmen. Zu seiner Überraschung wurde der Entschluß in Militärkreisen als weitsichtig begrüßt. Er erwies sich auch sehr bald als nötig. Wegen der Lage in Abessinien kündigte London die Entsendung eines Infanterieregiments aus Wales an, für das der Colonel die Baracken im Ngong brauchte.

Die Lastwagen vom Norfolk und New Stanley fuhren an einem Sonntag nach dem Mittagessen im Camp vor. Die Kinder winkten, als die Männer in ihren Khakiuniformen am Stacheldrahtzaun erschienen. Die meisten Frauen hatten sich angezogen, als seien sie zu einem Gartenfest der besten Gesellschaft geladen. Walter sah Jettel in ihrer roten Bluse und mit weißen Handschuhen. Regina erschien ihm in den vier Wochen der Trennung gewachsen zu sein.

„Papa, Papa", schrie Regina in Walters Ohr, „ich hab eine richtige Freundin! Sie heißt Inge. Sie kann auch lesen. Und Mama hat einen Brief geschrieben. Damit wir dich besuchen dürfen."

„Ja", sagte Jettel, als sie Regina weit genug abgedrängt hatte, um Platz an Walters Brust zu finden, „ich habe eine Eingabe gemacht, damit du entlassen wirst."

„Seit wann weiß meine Jettel, was eine Eingabe ist?"

„Ich mußte doch etwas für dich tun. Vielleicht können wir bald zurück in unser Rongai."

„Jettel, Jettel, was haben sie bloß aus dir gemacht? Du warst doch todunglücklich in Rongai."

„Die Frauen wollen alle wieder auf die Farmen zurück."

„Ich hasse die Deutschen, Papa. Ich hasse die Deutschen."

„Von wem hast du denn das gelernt?"

„Von Inge. Sie haben ihren Vater verhauen und die Fenster in Dachau kaputtgeschmissen. Inge weint in der Nacht, weil sie die Deutschen haßt."

„Nicht die Deutschen, Regina, die Nazis."

„Gibt es auch Nazis?"

„Ja."

„Das muß ich Inge erzählen. Sind denn die Nazis so böse wie die Deutschen?"

„Nur die Nazis sind böse. Sie haben uns aus Deutschland vertrieben."

„Das hat Inge nicht gesagt."

„Dann geh sie mal suchen und erzähl ihr, was dein Vater gesagt hat."

„Du machst das Kind noch ganz verrückt", schimpfte Jettel, als Regina fort war. „Weißt du", flüsterte sie, „daß es keine Hoffnung mehr für Mutter und Käte gibt, seit wir Krieg haben?"

Walter seufzte. „Ja, ich weiß. Auch Vater und Liesel sitzen jetzt in der Falle. Jettel, wir werden nicht mehr nach Rongai zurückkehren. Ich habe heute morgen Post von Morrison bekommen. Er hat mir gekündigt."

„Wo sollen wir denn hin, wenn du hier rauskommst? Was sollen wir Regina sagen? Sie fragt jeden Tag nach Owuor und Aja."

„Ich werde Owuor auch vermissen", sagte Walter müde. „Unser Leben besteht nur noch aus Abschied."

„Haben die anderen auch solche Briefe bekommen?"

„Ein paar von uns. Die meisten nicht. Komm, weine nicht. Da kommt mein Freund Oha. Der hat das Glück gehabt, daß die Nazis ihn schon 1933 gelöscht haben. Jetzt hat er eine eigene Farm in Gilgil. Du mußt ihn kennenlernen und brauchst dich nicht zu genieren. Er weiß Bescheid. Er hat versprochen, uns zu helfen."

## 4

Am 15. Oktober 1939 hingen am Schwarzen Brett im Camp Ngong zwei Veröffentlichungen, die bei den Refugees ein sehr unterschiedliches Echo hatten. Die Nachricht von der Versenkung des britischen Schlachtschiffs *Royal Oak* durch ein deutsches U-Boot war in militärisch knappem Englisch gehalten und sorgte schon deshalb für mehr Verwirrung als Anteilnahme, weil zunächst den wenigsten klar wurde, wer in der Bucht von Scapa Flow angegriffen und wer gesiegt hatte. Große Erregung löste indes die in fehlerfreiem Deutsch gehaltene Ankündigung aus, Enemy Aliens mit einer festen Anstellung auf einer Farm könnten mit ihrer Entlassung rechnen.

„Jetzt nehme ich mir einen Manager für meine Farm", erklärte Oha, als er nach langem Suchen Walter hinter der Latrinenbaracke aufstöberte. „Du wirst meine Farm leiten, bis du eine Stellung gefunden hast. Es ist bestimmt nicht verboten, daß ein Enemy Alien einen anderen anstellt. Süßkind ist schon dabei, den Anstellungsvertrag zu übersetzen, den ich dir ausgestellt habe."

Obwohl Süßkinds Umgang mit juristischen Formulierungen unbeholfen war, stellte er Colonel Whidett zufrieden. Er verfügte nicht nur, daß Oscar Hahn und Walter zu den ersten gehörten, die das Camp verlassen durften, sondern sorgte auch dafür, daß Lilly vom New Stanley und Jettel mit Regina aus dem Norfolk abgeholt und mit den beiden Männern nach Gilgil gebracht wurden.

Die Farm von Hahns mit Kühen und Schafen auf sanften grünen Hügeln und Hühnern, die neben dem großen Gemüsegarten in einer Sandfläche scharrten, mit Maisfeldern und dem Haus aus weißem Stein vor dem kurzgeschorenen Rasen, um den Rosen, Nelken und Hibiskus wuchsen, hieß Arkadia und erinnerte an einen deutschen Gutshof. Die Wege um das Haus waren mit Steinen belegt, die Außenwände vom Küchengebäude in blau-weißem Rautenmuster gestrichen, das Toilettenhaus grün und die hellen Holztüren vom Wohnhaus mit einer Lackfarbe überzogen.

Unter einer hohen Zeder stand eine mit lila Bougainvilleen bewachsene Laube mit weißen Stühlen vor einem runden Tisch. Manjala, der Hausboy, hatte um sein weißes Kanzu, in dem er die Mahlzeiten servierte, einen silbernen Gürtel, den Lilly auf dem letzten Faschingsball ihres Lebens getragen hatte. Der Pudel mit den schwarzen Locken hieß Bajazzo.

Es war nicht nur die Herzlichkeit und Gelassenheit ihrer Gastgeber, die Walter und Jettel neue Kraft gab, sondern die Geborgenheit in dem Haus selbst. Die runden, mit grünem Leder überzogenen Tische, der wuchtige Frankfurter Schrank vor eierschalfarbenen Stores, mit grauem Samt bezogene Stühle, Ohrensessel mit Bezügen aus geblümtem englischem Leinen und eine Mahagonikommode mit goldenen

Beschlägen stammten von Ohas Eltern, das schwere Tafelsilber, die Kristallgläser und das Porzellan aus Lillys Aussteuer. Es gab gefüllte Bücherschränke und im Wohnzimmer das Bild einer Kaiserkrönung im Frankfurter Römer, vor dem Regina jeden Abend saß und sich von Oha Geschichten erzählen ließ. Vor dem Kamin stand ein Flügel.

Nach Sonnenuntergang trug Manjala Getränke in bunten Gläsern herein und bald darauf so vertraute Gerichte, als könne Lilly täglich bei deutschen Metzgern, Bäckern und Kolonialwarenhändlern einkaufen. Abends sang Lilly das Repertoire ihrer Vergangenheit. Bei den nächtlichen Konzerten vergaßen Walter und Jettel alle Bedrückung.

Oha hatte ebenso große Freude an seinen Gästen wie sie an seiner Gastfreundschaft, denn weder er noch die Menschen auf der Farm konnten lange genug Lillys Bedürfnis nach neuen Zuhörern stillen, doch er wußte, daß der Zustand von beglückendem Geben und dankbarem Nehmen nicht von Dauer sein durfte.

„Ein Mann muß seine Familie ernähren können", sagte er zu Lilly. „Deshalb habe ich an Gibson geschrieben."

„Du hast einen englischen Brief geschrieben?"

„Englisch wird er erst, wenn du ihn übersetzt hast. Ich könnte mir vorstellen, daß Gibson Walter gebrauchen kann."

Oha kannte Gibson, von dem er einige Mal Pyrethrum bezogen hatte, nur flüchtig. Er wußte aber, daß er schon seit langem nach einem Mann suchte, der für sechs Pfund bereit war, auf seiner Farm in Ol' Joro Orok zu arbeiten. Geoffry Gibson hatte eine Essigfabrik in Nairobi und nicht die Absicht, mehr als viermal im Jahr nach seiner Farm zu sehen, auf der er ausschließlich Pyrethrum und Flachs anbaute. Er reagierte schnell.

„Genau das richtige für dich", freute sich Oha, als Gibsons Zusage eintraf, „du bringst dort weder Kühe noch Hühner um, und von ihm selbst hast du auch nichts zu befürchten. Du mußt dir nur ein Haus bauen."

ZEHN Tage nachdem ein kleiner Lastwagen auf der schlammigen Straße in die Berge von Ol' Joro Orok gekeucht war, bekam das kleine Haus zwischen den Zedern sein Dach. Der indische Schreiner Daji Jiwan hatte mit dreißig Arbeitern von den Schambas das Haus für den neuen Bwana aus groben grauen Steinen gebaut. Das Dach wurde mit Gras, Lehm und Dung beworfen.

„Vielleicht haben wir hier mehr Glück", sagte Jettel.

„Ach, eine Farm ist wie die andere, Hauptsache, wir sind zusammen. Schade um Owuor“, seufzte Walter, „er war ein Freund.“

„Irgendwie habe ich das Gefühl, hier ist's noch einsamer als in Rongai.“

„Ich fürchte fast, ja. Ohne Süßkind.“

„Dafür“, tröstete Jettel, „ist es nicht so weit nach Gilgil zu Oha und Lilly.“

„Nur drei Stunden, wenn man ein Auto hat. Ohne ist Gilgil auch nicht besser erreichbar als Leobschütz.“

„Lilly hat fest versprochen, uns hier zu besuchen.“

„Hoffentlich erfährt sie nicht vorher, was sich die Leute hier erzählen.“

„Was denn?“

„Daß selbst die Hyänen es nicht länger als ein Jahr in Ol' Joro Orok aushalten.“

Ol' Joro Orok bestand nur aus ein paar Leuten, die Regina liebte, und aus dem *Duka,* einem winzigen Laden in einem Bau aus Wellblech. Der Inder Patel, dem das Geschäft gehörte, war ebenso wohlhabend wie gefürchtet. Er verkaufte Mehl, Reis, Zucker und Salz, Fett in Dosen, Puddingpulver, Marmelade und Gewürze. Waren Händler aus Nakuru bei ihm gewesen, bot er Mangos, Papayas, Kohlköpfe und Lauch an. Es gab Benzin in Kanistern, Paraffin in Flaschen für die Lampen, Alkohol für die Farmer der Umgebung und dünne Wolldecken, kurze Khakihosen und grobe Hemden für die Schwarzen.

Nicht nur wegen seines Warenangebots mußte der unfreundliche Patel bei Laune gehalten werden, sondern weil dreimal in der Woche ein Wagen vom Bahnhof in Thompson's Falls abgeschickt wurde, der bei ihm die Post ablieferte. Wer Patels Mißfallen erregte, was schon geschah, wenn man sich beim Kaufen zuviel Bedenkzeit gönnte, wurde durch Postentzug bestraft und war von der Welt abgeschnitten.

In seiner verdrossenen Art empfand Patel sogar ein wenig Sympathie für die Refugees. Sie gingen zwar für seinen Geschmack übertrieben sorgsam mit ihrem Geld um, aber sie waren zu Enemy Aliens erklärt worden, und das war immerhin ein deutliches Zeichen, daß die Engländer sie nicht mochten. Patel verabscheute die Engländer, die ihn fühlen ließen, daß er für sie auf der gleich niedrigen Stufe stand wie die Schwarzen.

Gibsons Farm war zehn Kilometer von Patels Duka entfernt, lag dreitausend Meter hoch am Äquator und war größer als jede andere Farm in der Umgebung. Selbst Kimani, der schon dort gelebt hatte, ehe das erste Flachsfeld angelegt worden war, mußte lange überlegen, welchen Weg er zu gehen hatte, wollte er ein bestimmtes Ziel erreichen. Kimani, ein Kikuju von ungefähr fünfundvierzig Jahren, war klein, klug und für seine schnelle Zunge bekannt. Sobald am späten Nachmittag der Schatten die vierte Rille des Wassertanks erreichte, schlug Kimani mit einem langen Stock gegen das dünne Blech und gab so das Zeichen für das Ende der Tagesarbeit. Als Herr der Zeit und auch, weil er die tägliche Ration Mais für den abendlichen Poschobrei verteilte, wurde Kimani von allen auf der Farm respektiert – selbst von den Nandis, die jenseits des Flusses lebten und eigene Herden hatten.

Kimani gefielen der neue Bwana mit den toten Augen und die Memsahib mit dem zu flachen Bauch, der aussah, als würde aus ihm kein Kind mehr geholt werden. Er führte Walter zu den Feldern am Rande des Waldes und bis zu dem Fluß, der nur in der Regenzeit Wasser hatte. Er nahm die kräftigen Blüten vom Pyrethrum und die leuchtend blauen vom Flachs in die Hand und machte auf den Abstand aufmerksam, den die Pflanzen voneinander brauchten, um zu gedeihen. Kimani war schnell aufgegangen, daß der neue Bwana eine lange Safari hinter sich hatte und nichts von den Dingen wußte, die ein Mann zu wissen hatte.

Als das Haus fertig war, baute Daji Jiwan ein Küchengebäude in der runden Form der Eingeborenenhütten und danach, sehr widerwillig, über eine tiefe Grube einen Bretterverschlag mit einer Bank, in die er drei Löcher von verschiedener Größe hineinschneiden ließ. Die Toilette war Walters Entwurf, und er war so stolz auf sie wie Kimani auf seine Felder. In die Holztür ließ er ein Herz schnitzen.

Als die Küche fertig war, brachte Kimani einen Mann an, den er als seinen Bruder vorstellte, der Kania hieß und die Zimmer fegen sollte. Um die Betten zu machen, holte er Kinanjui von den Feldern. Kamau kam, um das Geschirr zu spülen. Schließlich stand noch Jogona vor der Tür. Er war fast noch ein Kind und hatte Beine, die so dünn waren wie die Äste eines jungen Baums.

„Besser als eine Aja", sagte Kimani zu Regina.

„War der mal ein Reh?" fragte sie.

„Ja."

„Was soll er machen?"

„Für den Hund kochen."

„Aber wir haben doch keinen Hund."

„Heute haben wir keinen Hund", sagte Kimani, „aber *Kessu.*"

*Kessu* war ein gutes Wort. Es hieß morgen, bald, irgendwann, vielleicht. *Kessu* sagten die Menschen, wenn sie Ruhe für Kopf, Ohr und Mund brauchten. Nur der Bwana wußte nicht, wie Ungeduld zu heilen war. Jeden Tag fragte er Kimani nach einem Boy, der der Memsahib in der Küche helfen sollte. Jettel konnte den Brotteig nicht allein kneten, die schweren Behälter mit Trinkwasser nur mühsam heben und schon gar nicht Kamau, den Geschirrspüler, dazu bewegen, den rauchigen Ofen in der Küche zu versorgen oder das Essen von dort ins Haus zu tragen.

„Das ist nicht meine Arbeit", sagte Kamau, sobald er um Hilfe gebeten wurde.

Der tägliche Streit machte Jettel mißmutig und Walter nervös. Er wußte, daß er sich ohne ausreichendes Hauspersonal bei den Leuten auf der Farm lächerlich machte. Auf seinen Rundgängen mit Kimani fragte er Männer, die ihm besonders freundlich „*Jambo!*" zuriefen, ob sie nicht der Memsahib beim Kochen helfen wollten. Tag für Tag geschah das gleiche. Die Arbeiter drehten verlegen den Kopf zur Seite und liefen eilig davon.

„Was kann denn um Himmels willen so schwer daran sein, einen Boy für die Küche zu finden?"

„Jettel, wenn ich das wüßte, hätten wir einen."

„Warum kommandierst du nicht einfach einen ab?"

„Als Kommandant habe ich zuwenig Erfahrung."

„Ach, du mit deiner Vornehmheit."

„Warum haben wir keinen Hund?" fragte Regina.

„Weil dein Vater zu blöd ist, auch nur einen Küchenboy zu finden."

Walter spürte nur noch den Drang, nichts mehr zu hören und nichts mehr zu sagen. Auf dem Fensterbrett standen die drei Lampen für die Nacht. Er nahm sich eine und zündete sie an. Die Nacht war kalt und sehr dunkel. Nur die Feuerstellen vor den Hütten der Schambaboys leuchteten als winzige hellrote Punkte. Am Waldrand heulte ein Schakal. Walter war es, als verspotte er ihn, und er drückte seine Hände fest gegen die Ohren, aber das Geräusch verstummte nicht. Es narrte ihn so quälend, daß er in Abständen glaubte, ein Hund habe gebellt. Walter wurde gewahr, daß die Rebellion seines Kopfes den Magen zu attackieren begann, und er hetzte weg vom Haus, um sich nicht vor der Tür übergeben zu müssen. Das Würgen brachte ihm keine Erleichterung. Der Schweiß auf der Stirn, das taube Gefühl in seinen klammen Händen und der feine Schleier vor den Augen erinnerten ihn an seine Malaria und den Umstand, daß er in Ol' Joro Orok keinen Nachbarn hatte, zu dem er um Hilfe schicken konnte.

Er spürte Feuchtigkeit auf dem Gesicht und danach einen so beängstigenden Druck in seiner Brust, daß er zu stürzen glaubte. Als das Bellen immer lauter in seinem rechten Ohr dröhnte, warf Walter die Lampe ins Gras. Er spürte eine rauhe Zunge, die sein Gesicht ableckte. „Rummler", flüsterte Walter, „Rummler, du verdammtes Mistvieh. Wo kommst du her? Wie hast du mich gefunden?" Er hielt den kräftigen Nacken des Hundes mit beiden Händen, roch sein dampfendes Fell und merkte, daß seine Kräfte zurückkamen und er wieder deutlich sehen konnte.

Während Walter das aufgeregt hechelnde Tier an sich drückte und es staunend streichelte, blickte er sich um. Da sah er eine Gestalt auf sich zukommen. Schwerfällig holte Walter die Lampe aus dem Gras, drehte den Docht hoch und sah die Konturen eines kräftigen Mannes, der immer schneller lief. Walter glaubte auch, die Umrisse eines Mantels auszumachen, der bei jedem der großen Schritte flatterte.

„Ich hab mein Herz in Heidelberg verloren", sagte Owuor und stellte sich in den gelben Schein der Lampe. Ein Fleck von seinem weißen Hemd leuchtete unter seiner schwarzen Robe.

Walter schloß die Augen und wartete erschöpft auf das Erwachen aus dem Traum, doch seine Hände fühlten den Rücken des Hundes, und Owuors Stimme blieb. „Owuor, wo kommst du her?"

„Aus Rongai", antwortete Owuor lachend, grub unter der Robe in seiner Hosentasche und holte ein sorgsam gefaltetes Stück Papier heraus. „Ich habe den Blumensamen mitgebracht", sagte er, „deine Blumen kannst du jetzt auch hier pflanzen."

„Du hast mich gesucht, Owuor?"

„Die Memsahib hat in Ol' Joro Orok keinen Koch."

„Nein. Kimani hat keinen für sie gefunden."

„Rummler hat eine gute Nase. Er hat den Weg gefunden."

„Ich war noch einmal in Rongai, Owuor, um meine Sachen zu holen, aber du warst nicht da."

„Ein Mann, der fort muß aus seinem Haus, hat keine guten Augen. Ich wollte deine Augen nicht sehen. Da ist die *Memsahib kidogo*", jubelte Owuor plötzlich.

Regina stand vor der Tür. Sie schrie Owuors Namen, sprang an ihm hoch, während Rummler ihre nackten Beine ableckte, und schnalzte mit der Zunge. Auch als Owuor sie zurück auf die weiche Erde stellte, hörte sie nicht auf zu reden.

„Regina, was laberst du da dauernd? Ich versteh kein Wort."

„Jaluo, Papa. Ich rede Jaluo. Wie in Rongai."

„Owuor, hast du gewußt, daß sie Jaluo kann?"

„Ja, Bwana. Jaluo ist doch meine Sprache. Hier in Ol' Joro Orok gibt es nur Kikujus und Nandis, aber die Memsahib kidogo hat eine Zunge wie ich. Deshalb konnte ich zu dir kommen. Ein Mann kann nicht dort sein, wo er nicht verstanden wird."

## 5

DIE NAKURU SCHOOL auf dem steilen Berg über einem der berühmtesten Seen der Kolonie war beliebt bei jenen Farmern, die sich keine Privatschule leisten konnten und die dennoch Wert auf die Tradition und den guten Ruf einer Schule legten. Bei den renommierten Familien in Kenia galt die Schule in Nakuru, weil sie staatlich war und sich ihre Schüler nicht aussuchen konnte, zwar als „etwas gewöhnlich", aber Eltern, die sich aus finanziellen Gründen mit ihr abfinden mußten, pflegten diese Peinlichkeit mit einem Hinweis auf die außergewöhnliche Persönlichkeit des Direktors zu negieren. Er war ein Oxford-Mann mit den noch gesunden Ansichten aus der Zeit Königin Viktorias und hatte keine neumodischen pädagogischen Ideen; Verständnis für die Psyche der Kinder in seiner Obhut aufzubringen gehörte nicht zu seinen Prinzipien.

Arthur Brindley, in seiner Jugend in der Rudermannschaft von Oxford und im Ersten Weltkrieg mit dem Victoria Cross ausgezeichnet, entsprach genau dem Ideal der Erziehung im Mutterland. Er langweilte die Eltern nie mit pädagogischen Thesen. Ihm reichte der Hinweis auf das Motto der Schule. QUISQUE PRO OMNIBUS stand in goldfarbenen Lettern auf der Mittelwand der Aula und war auf dem Wappen eingestickt, das auf die Jacken, Krawatten und Hutbänder der Schuluniform genäht wurde.

Mr. Brindley war zufrieden und an guten Tagen sogar ein wenig stolz, wenn er aus dem Fenster seines Arbeitszimmers in dem imposanten Hauptgebäude aus weißem Stein und mit wuchtigen Rundsäulen am

Haupteingang schaute. Die vielen kleinen Gebäude aus hellem Holz und mit Wellblechdächern, die als Schlafsäle dienten, erinnerten ihn an seine Kindheit in einem Dorf in der Grafschaft Wiltshire. Die akkurat angelegten Rosenbeete hinter den dichten Hecken um die Häuser für die Lehrer und der dichte Rasen zwischen den Hockeyfeldern und den Wohnungen für die Lehrerinnen ließen den Direktor an gutgeführte englische Landsitze denken. Der See war nah genug, um ein an englischer Sanftheit geschultes Auge zu entzücken, doch wiederum so weit entfernt, um bei Kindern kein unnötiges Verlangen nach Natur oder gar nach einer Welt jenseits der Schulgrenzen aufkommen zu lassen.

Allerdings irritierten den Direktor die niedrigen Bäume mit den dünnen Stämmen, um die sich wuchernde Pfefferbüsche rankten, seit er täglich erleben mußte, daß sich neuerdings einige Kinder in ihrer Freizeit dorthin zurückzogen. Mr. Brindley hatte diese Flucht ins Private nie ausdrücklich verboten, allerdings auch keinen Grund für ein solches Verbot gehabt. Um so mehr verdroß ihn der Beweis, daß es gewissen Schülern schwerfiel, sich einem Leben zu stellen, das Individualismus und Außenseiter mißbilligte.

Für Arthur Brindley waren solche Abweichungen von der harmonischen Norm unstreitig eine Folge des Kriegs. Der Direktor mußte immer mehr Kinder in seine Schule aufnehmen, die zuwenig Sinn für die gute alte englische Tugend hatten, die Gemeinschaft vor die eigene Person zu stellen. Ein Jahr nach Kriegsausbruch hatten die Behörden in Kenia die allgemeine Schulpflicht für weiße Kinder eingeführt. Die Nakuru School mußte sogar Kinder von Buren aufnehmen und hatte sich noch glücklich zu schätzen, daß es nicht allzu viele waren. Die meisten wurden auf die Afrikaans-Schule in Eldoret geschickt. Diejenigen, die in Nakuru landeten, waren störrisch und machten trotz ihrer mangelhaften Sprachkenntnisse keinen Hehl aus ihrem Haß auf England. Weder versuchten sie, mit ihren Mitschülern auszukommen, noch ihr Heimweh zu verbergen.

Ein viel größeres Problem waren für den Direktor die Kinder der sogenannten Refugees. Wurden sie in der Schule von Eltern abgeliefert, die einen peinlichen Hang zu typisch kontinentalen Abschiedsszenen mit Händeschütteln, Umarmungen und Küssen hatten, wirkten sie wie die kleinen, jämmerlichen Gestalten aus den Romanen von Dickens. Ihre Schuluniformen waren aus billigem Stoff von indischen Schneidern genäht worden. Kaum ein Kind trug das Wappen der

Schule. Dies widersprach der gesunden Tradition der Gleichmachung durch die Schuluniform.

Arthur Brindley war gewiß nicht intolerant gegen Menschen, von denen er gehört hatte, ihnen wäre Unrecht geschehen und sie hätten nicht dort bleiben können, wohin sie gehörten. Seinem Sinn für Fairneß widerstrebte es jedoch, daß jüdische Kinder durch die fehlenden Wappen irgendwie gezeichnet schienen. Für die Mädchen galt dies auch am Sonntag, denn ihnen fehlten die vorgeschriebenen weißen Kleider für den Kirchgang. Er war sicher, daß sie deswegen solche Schwierigkeiten machten, wenn ihnen befohlen wurde, zur Kirche zu gehen.

„Die verdammten kleinen Refugees", wie Mr. Brindley sie im Kollegenkreis nannte, machten dem Direktor noch auf andere Art zu schaffen. Sie lachten kaum, sahen älter aus, als sie tatsächlich waren, und hatten für englische Maßstäbe einen absurden Ehrgeiz. Kaum beherrschten diese ernsten, frühreifen Geschöpfe die Sprache – und das war erstaunlich schnell der Fall –, machten sie sich durch ihre Wißbegier zu Außenseitern in einer Gemeinschaft, in der nur sportliche Erfolge zählten. Mr. Brindley, der Literatur und Geschichte studiert hatte, hegte selbst allerdings nicht solche Vorurteile gegen geistige Leistungen. Er grübelte oft, ob der übertriebene Lerneifer seinen Ursprung in der jüdischen Lehre haben könnte. Juden hatten wohl von klein auf ein traditionsgebundenes Verhältnis zu Geld und wollten vielleicht nur das meiste aus den Schulgebühren herausholen.

Typisch erschien dem Direktor der Fall des Mädchens mit dem unaussprechlichen Vornamen und den drei aufgeregten Männern, die es vor sechs Monaten zum ersten Mal in der Nakuru School abgeliefert hatten. Inge Sadler hatte damals kein Wort Englisch gesprochen, obgleich sie lesen und schreiben konnte. In der ersten Zeit hatte das verschüchterte Kind nur geschwiegen.

Als Inge zu reden anfing, sprach sie fast fließend Englisch, sah man von einem störenden Rollen aller R-Laute ab. Danach waren ihre Fortschritte ebenso enorm wie irritierend. Miß Scriver mußte vorschlagen, Inge gleich zwei Klassen höher einzustufen. Eine solche Versetzung mitten im Schuljahr wurde ungern gesehen, weil weniger begabte Kinder eine Bevorzugung hätten wittern können.

Auch das Mädchen aus Ol' Joro Orok mit einem ebenso unaussprechlichen Vornamen wie die kleine Streberin aus Londiani hatte es Mr. Brindley unmöglich gemacht, sein bewährtes Prinzip beizubehalten, keine Präzedenzfälle zu schaffen. Genau wie Inge hatte Regina in den ersten Wochen in der Nakuru School alle Vorgänge stumm verfolgt und ängstlich genickt, wenn sie angesprochen wurde. Dann ließ sie plötzlich ihre Lehrer merken, daß sie nicht nur Englisch gelernt hatte, sondern auch lesen und schreiben konnte. Auch Regina war soeben zwei Klassen höher eingestuft worden. Also saßen die zwei kleinen Refugees, die ohnehin unzertrennlich waren, wieder zusammen und würden gewiß sehr bald mit ihrem aufdringlichen Ehrgeiz für Unruhe sorgen.

Mr. Brindley seufzte und schaute zu den Pfefferbüschen hin. Sein Ärger über Begabungen, die aus dem Rahmen fielen, erschien ihm kleinlich. Er fand es aber bezeichnend, daß ausgerechnet die beiden Mädchen, die ihn dazu gebracht hatten, seinen Prinzipien von gleicher Behandlung für alle untreu zu werden, sich immer wieder von der Gemeinschaft ausschlossen. Wie erwartet, sah er die kleinen schwarzhaarigen Fremdlinge im Gebüsch sitzen. Der Gedanke verdroß ihn, daß sie wahrscheinlich noch in der Freistunde lernten und am Ende miteinander deutsch sprachen, obwohl außerhalb des Unterrichts Unterhaltungen in fremden Sprachen streng untersagt waren.

DER DIREKTOR täuschte sich. Inge hatte immer nur dann deutsch mit Regina gesprochen, wenn sie sich nicht mehr weiterzuhelfen wußte. Das unverhoffte Wiedersehen mit der Freundin aus dem Norfolk war ihr zunächst Glück genug, und sie hatte den Instinkt einer Außenseiterin, nicht mehr als nötig aufzufallen.

„Jetzt", sagte sie, als Regina erstmals neben ihr sitzen durfte, „kannst du Englisch. Wir müssen nie mehr flüstern."

„Nein", erkannte Regina, „jetzt kann uns jeder verstehen." Es war eine Schicksalsgemeinschaft zwischen zwei Gleichaltrigen von sehr verschiedenem Naturell. Inge empfand Regina als die gute Fee, die sie von der Qual der Einsamkeit befreit hatte. Regina bemühte sich nicht einmal um Kontakt zu ihren Mitschülerinnen.

Die heiter-robusten Kinder der Kolonie genossen trotz der unerbittlichen Schulordnung das Leben miteinander. Sie verachteten das Heimweh neuer Schülerinnen, verspotteten alles, was ihnen fremd war, und verabscheuten im gleichen Maße körperliche Schwäche wie gute Leistungen im Unterricht. Weder das kalte Bad morgens um sechs und der Dauerlauf vor dem Frühstück noch die angebrannten Süßkartoffeln mit fettem Hammelfleisch zum Mittagessen, noch die Strafarbeiten und Prügel vermochten die Gelassenheit von Kindern zu erschüttern, die auch von ihren Eltern zur Härte erzogen wurden.

Sonntags machten sie sich nur widerwillig an die vorgeschriebenen Briefe nach Hause, während Inge und Regina die Stunde zum Schreiben als Höhepunkt der Woche empfanden. Sie wußten, daß ihre Eltern die englisch geschriebenen Briefe nicht lesen konnten, aber es fehlte ihnen der Mut, sich einem Lehrer anzuvertrauen. Inge half sich mit kleinen Bildern, die sie an den Rand malte, Regina mit Suaheli. Beide Kinder haßten die Schule, fürchteten die Mitschülerinnen und mißtrauten den Lehrkräften. Als schwerste Bürde empfanden sie die Hoffnungen, die ihre Eltern in sie setzten.

„Vati sagt, ich darf ihm keine Schande machen und muß die Beste in der Klasse sein", erzählte Inge.

„Das sagt Papa auch", erklärte Regina. „Ich wünsche mir oft", fügte sie am vorletzten Sonntag vor den Ferien hinzu, „einen Daddy und keinen Papa. Mit einem Daddy wäre ich Janet. Ich hätte lange blonde Zöpfe und eine Schuluniform aus ganz dickem Stoff, der nicht drückt. Wenn ich Janet wäre, könnte ich gut Hockey spielen, und keiner würde mich anstarren, weil ich besser lesen kann als die anderen."

„Du könntest gar nicht lesen", wandte Inge ein. „Janet kann ja auch nicht lesen. Sie ist schon drei Jahre hier und noch immer in der ersten Klasse."

„Ihrem Daddy ist das bestimmt egal", beharrte Regina, „alle haben Janet gern."

„Vielleicht, weil Mr. Brindley in den Ferien mit ihrem Vater auf die Jagd geht."

„Mit meinem Vater wird er nie auf die Jagd gehen."

„Geht denn dein Vater auf die Jagd?" fragte Inge verblüfft.

„Nein. Er hat kein Gewehr."

„Meiner auch nicht", erwiderte Inge beruhigt. „Aber wenn er ein Gewehr hätte, würde er alle Deutschen totschießen. Er haßt die Deutschen."

„Nazis", verbesserte Regina, „ich darf zu Hause die Deutschen nicht hassen. Nur die Nazis. Aber ich hasse den Krieg. Er ist an allem schuld. Vor dem Krieg mußten wir nicht zur Schule."

„In zwei Wochen und zwei Tagen", rechnete Inge aus, „ist alles vorbei. Dann dürfen wir nach Hause."

AUCH Mr. Brindley sehnte sich nach den Ferien. Je älter er wurde, desto länger erschienen ihm die drei Monate Schulzeit. Die Zeit vor den Ferien, wenn er die Examensarbeiten des Semesters lesen und die Zeugnisse ausstellen mußte, zehrte so an seiner Kraft, daß er selbst sonntags arbeitete.

Obwohl er erschöpft war, fiel Mr. Brindley sofort auf, daß die kleinen Refugees wieder einmal besonders gut bei den Prüfungen abgeschnitten hatten. Erstaunt merkte er, daß das gewohnte Unbehagen sich nicht einstellte.

„Die Kleine aus Ol' Joro Orok", sagte er laut, als er Reginas Zeugnis sah, „ist wirklich eine erstaunliche Schülerin." Unmittelbar darauf erwischte er sich bei dem Gedanken, daß er den Namen Regina gar nicht so unaussprechlich fand, wie er immer gedacht hatte. Schließlich hatte er lange Jahre Latein gelernt und das mit einiger Freude. So grübelte er nur, wie wohl die Deutschen auf die Idee kamen, ihre Kinder mit so anspruchsvollen Namen zu belasten. Dies hatte wahrscheinlich mit ihrem Ehrgeiz zu tun, auch in kleinen Dingen aufzufallen.

Er suchte Reginas Aufsatz aus einem Stapel Hefte auf dem Fensterbrett heraus und begann zu lesen. Schon die ersten Sätze verblüfften ihn. Er hatte eine solche Ausdrucksweise noch nie bei einem achtjährigen Kind erlebt. Regina schrieb nicht nur fehlerfreies Englisch. Sie hatte auch einen gewaltigen Wortschatz und eine ungewöhnliche Phantasie. Miß Blandford, die Klassenlehrerin, hatte an den Schluß des Aufsatzes *„Well done!* – Gut gemacht!" geschrieben. Einem Impuls folgend, nahm er Reginas Zeugnis und wiederholte das Lob in seiner steilen Schrift.

Es war nie Mr. Brindleys Art gewesen, sich mehr als nötig mit einem einzelnen Kind zu befassen, aber weder Regina noch ihr Aufsatz gönnten ihm Ruhe. Lustlos begann er die übrigen Arbeiten zu lesen, doch es fiel ihm schwer, sich zu konzentrieren. Am nächsten Tag ließ er Regina rufen.

Sie stand in seinem Zimmer, sah blaß, dünn und schüchtern aus. Verärgert fiel Mr. Brindley ein, daß die meisten Kinder vom Kontinent nicht kräftig genug wirkten und zudem während der Schulzeit immer an Gewicht verloren. Wahrscheinlich, überlegte er, waren sie anderes Essen gewöhnt. Bestimmt wurden sie zu Hause verzärtelt.

„Bist du so verdammt klug, oder kannst du es einfach nicht aushalten, wenn du nicht die Erste in deiner Klasse bist?" fragte er. Sein Ton mißfiel ihm sofort.

Regina hatte Mr. Brindleys Frage nicht begriffen. Die einzelnen Worte waren ihr klar, aber sie ergaben keinen Sinn.

„Ich habe dich gefragt, warum du so gut lernst."

„Weil wir kein Geld haben, Sir. Mein Vater verdient nur sechs Pfund im Monat, und die Schule hier kostet fünf. Vor dem Krieg konnte er mich nicht zur Schule schicken. Das hat ihn sehr traurig gemacht. Meine Mutter auch."

Mr. Brindley war noch nie in der peinlichen Lage gewesen, die Höhe der Schulgebühren zu erörtern. „Was hat der Krieg damit zu tun?" fragte er.

„Als der Krieg kam", berichtete Regina, „hatten wir genug Geld für die Schule. Wir brauchten es ja jetzt nicht mehr für meine Großmutter und meine Tante."

„Warum?"

„Die können nicht mehr aus Deutschland nach Ol' Joro Orok kommen."

„Was machen die denn in Deutschland?"

Regina spürte, daß ihr Gesicht brannte. Sie überlegte, ob sie nun erzählen mußte, daß ihre Mutter immer weinte, wenn jemand von Deutschland sprach. Bestimmt würden weinende Mütter Mr. Brindley stören. Er mochte ja noch nicht einmal weinende Kinder.

„Vor dem Krieg", erklärte sie schluckend, „haben meine Großmutter und meine Tante Briefe geschrieben."

„Little Nell", sagte Mr. Brindley leise. Regina hatte ihn schon an Little Nell erinnert, als sie in sein Zimmer gekommen war. Merkwürdig, daß er nach all den Jahren ausgerechnet an diesen Roman von Dickens denken mußte. Er hatte ihn immer als einen seiner schlechtesten empfunden, zu sentimental, melodramatisch und ganz und gar unenglisch, nun erschien er ihm jedoch warmherzig und irgendwie auch schön. Es war kurios, wie sich die Dinge im Alter veränderten.

„Little Nell", wiederholte er, „lernst du nur deshalb so gut, weil diese Schule so viel kostet?"

„Ja, Sir", nickte Regina. „Mein Vater hat gesagt: Du darfst unser Geld nicht zum Fenster hinauswerfen. Wenn man arm ist, muß man immer besser sein als die anderen."

„Dein Vater, ich meine, was hat er in Deutschland gemacht?"

Hilflosigkeit machte Regina wieder stumm. Wie sollte sie in Englisch sagen, daß Papa ein gewesener Rechtsanwalt war? „Er hat", fiel ihr ein, „einen schwarzen Mantel angehabt, wenn er arbeitete, aber auf der Farm braucht er ihn nicht mehr. Er hat ihn Owuor geschenkt. Am Tag, als die Heuschrecken kamen."

„Wer ist Owuor?"

„Unser Koch. Owuor ist von Rongai nach Ol' Joro Orok gelaufen. Mit unserem Hund. Er konnte nur kommen, weil ich Jaluo kann."

„Jaluo? Was zum Teufel ist denn das?"

„Owuors Sprache", erwiderte Regina überrascht. „Owuor hat nur mich auf der Farm. Alle anderen sind Kikujus. Außer Daji Jiwan. Der ist Inder. Und wir natürlich. Wir sind Deutsche, aber", sagte sie hastig, „keine Nazis. Mein Vater sagt immer: Menschen brauchen ihre eigene Sprache. Und Owuor sagt das auch."

„Du liebst deinen Vater sehr, nicht wahr?"

„Ja, Sir. Und meine Mutter auch."

„Deine Eltern werden sich freuen, wenn sie dein Zeugnis sehen und deinen guten Aufsatz lesen."

„Das können sie nicht, Sir. Aber ich werde ihnen alles vorlesen. In ihrer Sprache. Die kann ich auch."

„Du kannst jetzt wieder gehen", sagte Mr. Brindley. Als Regina fast schon an der Tür war, fügte er hinzu: „Ich glaube nicht, daß es deine Mitschülerinnen interessieren wird, was wir hier gesprochen haben. Du brauchst es ihnen nicht zu erzählen."

„Nein, Sir. Das wird Little Nell nicht tun."

## 6

DER BWANA war nun seit drei kleinen und zwei großen Regenzeiten auf der Farm. Kimani wußte mittlerweile, daß der Bwana Zeitungen brauchte. Auf dem Weg vom Haus zu den Flachsfeldern und zu den blühenden Pyrethrumplantagen erzählte der Bwana vom Krieg. Es waren aufregende Geschichten von weißen Männern, die einander töteten, wie es in alten Zeiten die Massai mit ihren friedlichen Nachbarn getan hatten, deren Vieh und Frauen sie begehrten. Doch mehr noch als nach den Zeitungen mit den Bildern von den zerstörten Häusern und toten Männern verlangte es den Bwana nach Briefen. Über Briefe wußte Kimani genau Bescheid. Als der Bwana auf die Farm gekommen war, hatte Kimani noch geglaubt, ein Brief sei wie der andere. So dumm war er nicht mehr. Es kam auf die Briefmarke an. Ohne sie war ein Brief nur ein Stück Papier und konnte nicht auf die kleinste Safari gehen. Eine einzige Marke mit dem Bild eines Mannes, der helles Haar und das Gesicht einer Frau hatte, erzählte von einer Reise, die ein Mann mit seinen Füßen schaffen konnte. Solche Briefe holte Kimani oft aus Patels Duka. Sie kamen aus Gilgil und waren von dem Bwana, der beim Lachen seinen dicken Bauch tanzen ließ und eine Memsahib hatte, die schöner als ein Vogel singen konnte.

Die beiden kamen oft von Gilgil auf die Farm, und wenn der große Regen die Straße zu Lehm machte und die Freunde vom Bwana nicht nach Ol' Joro Orok kommen konnten, schickten sie Briefe. Aus Nakuru kamen die Briefe von der Memsahib kidogo, die in der Schule schreiben lernte.

Weit gereist waren Briefe mit vielen Marken. Und es gab eine Briefmarke, die mehr Kraft hatte als alle anderen zusammen, um den Bwana in Brand zu setzen. Auch sie zeigte einen Mann ohne Arme und Beine, aber er war nicht blond. Das Haar, das von seinem Kopf stürzte, war schwarz. Die Augen klein, und zwischen seiner Nase und dem Mund wuchs ein sehr niedriger Busch aus dichtem schwarzem Haar. Ehe der Bwana so einen Brief aufriß, rief er immer: „Jettel!", und seine Stimme wurde dünn.

Schon lange war kein solcher Brief mehr gekommen. Als aber Kimani am Tag vor der großen Flachsernte bei Patel nach Post fragte, griff der Inder in das Holzregal an der Wand und holte einen Brief heraus, der anders war als jeder, den er bis dahin nach Hause getragen hatte.

Das Papier war dünn, das Kuvert kleiner als die Umschläge sonst. Die bunte Marke fehlte. Kimani sah statt dessen einen schwarzen Kreis mit dünnen kleinen Linien in der Mitte. Ein rotes Kreuz leuchtete auf der rechten Ecke des Umschlags.

Die Nacht war noch nicht zur Farm gekommen. Vor dem Haus putzte Kamau die Gläser. Owuor saß auf einer Holzkiste vor der Küche und machte seine Nägel mit einer Gabel sauber. Die kleine Memsahib lief mit dem Hund zu dem Haus mit dem Herz in der Tür. Kania schnitt mit seinem Besen runde Löcher in die Luft. Der Bwana stand wie immer, wenn er auf Post lauerte, bewegungslos vor dem Haus. Die Memsahib war an seiner Seite.

„Sie haben durch das Rote Kreuz geschrieben", flüsterte Walter. „Ich wußte gar nicht, daß das geht."

„Wer? Wie lange willst du den Brief noch in der Hand halten? Mach ihn auf. Ich habe schreckliche Angst."

„Ich auch, Jettel." Walter holte das dünne Blatt Papier aus dem Umschlag.

„Vater und Liesel?" fragte Jettel leise.

„Nein. Mutter und Käte. ‚Meine Lieben'", las Walter vor, „‚wir sind sehr aufgeregt. Morgen müssen wir nach Polen zur Arbeit. Vergeßt uns nicht. Mutter und Käte.'"

„Ist das alles? Das kann doch nicht alles sein?"

„Doch, Jettel. Sie durften nur zwanzig Wörter schreiben. Eins haben sie verschenkt."

„Warum Polen? Dein Vater hat doch immer gesagt, die Polen seien noch schlimmer als die Deutschen. Wie konnten sie das nur tun? In Polen ist doch Krieg. Dort sind sie noch schlechter dran als in Breslau. Oder glaubst du, sie wollen versuchen, noch über Polen auszuwandern? Sag doch endlich was!"

„Jettel", sagte Walter und gab es auf, nach Worten zu suchen, um die Wahrheit erträglich zu machen, „du mußt es wissen. Deine Mutter wollte es so. Sonst hätte sie diesen Brief nicht mehr geschrieben. Wir dürfen nicht mehr hoffen. Polen bedeutet den Tod."

Regina lief mit Rummler von der Toilette zum Haus. Walter sah, daß sie lachte, doch gleichzeitig hörte er, daß sie „Mama!" schrie, als sei sie in Todesnot. Als die Schreie jedoch lauter wurden, erkannte er, daß es nicht Regina war, die nach ihrer Mutter rief, sondern Jettel.

Walter streckte seiner Frau beide Arme entgegen, ohne daß er sie erreichte, und es gelang ihm schließlich, einige Male ihren Namen zu rufen. Mitleid lähmte seine Glieder. Und die Erkenntnis demütigte ihn, daß er seiner Frau die furchtbare Gewißheit neidete, die das Schicksal ihm für seinen Vater und seine Schwester versagte.

Nach einer Zeit, die ihm sehr lang erschien, wurde ihm bewußt, daß Jettel aufgehört hatte zu schreien. Sie stand vor ihm mit hängenden Armen und bebenden Schultern. Da endlich fand Walter die Kraft, nach ihrer Hand zu greifen. Schweigend führte er seine Frau ins Haus.

Owuor, der sonst nie die Küche verließ, ehe er den Tee zum Abendessen aufgebrüht hatte, stand vor dem brennenden Kamin. Auch Regina war schon da. Sie hatte ihre Gummistiefel ausgezogen und saß mit Rummler unter dem Fenster, blickte zu Boden und drückte sich immer wieder an den massigen Körper des Tieres. Da wußte Walter, daß seine Tochter weinte. Er würde ihr nichts mehr erklären müssen.

„Mama hat mir versprochen", schluchzte Jettel, „dazusein, wenn ich wieder ein Kind bekomme. Sie hat es mir ganz fest versprochen, als Regina geboren wurde. Und sie hat immer ihre Versprechen gehalten."

„Du darfst nicht weinen, Jettel. Tränen sind nicht mehr für unsereinen. Das ist der Preis, den wir zahlen müssen, daß wir davongekommen sind. Das wird nie mehr anders. Und mach dir keine Sorgen, Jettel. Kinder werden wir keine mehr haben, bis die Zeit es wieder gut mit uns meint. Owuor, du holst der Memsahib jetzt ein Glas Milch."

„Ich werde", sagte Owuor mit einer Zunge, die lange brauchte, ehe sie ihm gehorchte, „die Milch warm machen, Bwana. Wenn die Memsahib zuviel weint, bekommst du wieder keinen Sohn." Ohne sich umzudrehen, ging er zur Tür.

„Owuor", rief Jettel, „woher weißt du?"

„Alle auf der Farm wissen, daß Mama ein Baby kriegt", sagte Regina und zog Rummlers Kopf auf ihren Schoß, „alle außer Papa."

DR. JAMES CHARTERS' linke Augenbraue zuckte ärgerlich, als die beiden ihm unbekannten Frauen ihm die Hand entgegenstreckten. Das war Beweis genug, daß die Leute vom Kontinent stammten. Ein Blick auf die kleine gelbe Karte neben dem Tintenfaß bekräftigte den Verdacht. Unter dem fremdartigen Namen fand Charters den Vermerk, daß das „Stag's Head" die Patientin zur Konsultation angemeldet hatte.

Seit Kriegsausbruch war kein Verlaß mehr auf Hotelrezeptionen. Offenbar hatten sie Schwierigkeiten, Gäste einzuschätzen, die das ganze Lebensgefüge der Kolonie verändert hatten. Charters betrachtete die beiden Frauen, die sich unaufgefordert auf die frisch bezogenen Stühle vor seinem Schreibtisch gesetzt hatten. Zweifellos war die jüngere die Patientin und eine Peinlichkeit, die ausschließlich auf die Unachtsamkeit von Miß Colins ging, die erst seit vier Wochen für Charters arbeitete und noch nicht die Intuition für Dinge hatte, die ihm wichtig waren.

Die Ältere der beiden, fand Charters mit einem Hauch von Interesse, hätte man, bis sie den Mund aufmachte, durchaus für eine Lady aus der englischen Provinz halten können. Sie war schlank, gepflegt, wirkte selbstsicher und hatte jenes schöne blonde Haar, das er bei Frauen schätzte. Sah irgendwie norwegisch aus, die grazile Person, und auf alle Fälle so, als sei sie es gewohnt, sich Arztbesuche etwas kosten zu lassen.

Die Patientin war mindestens im sechsten Monat und, wie Charters erkannte, nicht in jenem gesundheitlichen Zustand, den er bei

Schwangeren schätzte, wenn es keine leidigen Komplikationen geben sollte. Sie trug ein geblümtes Kleid, das ihm typisch für die Mode der dreißiger Jahre auf dem Kontinent erschien. Das Kleid betonte bereits die Brust und machte aus dem Bauch eine Kugel, wie Charters sie nur unmittelbar vor dem Geburtstermin gelten ließ. Bestimmt hatte die Frau schon im ersten Monat ihrer Schwangerschaft für zwei gegessen. Die fremden Völker waren durch nichts von ihren abwegigen Gewohnheiten abzubringen. Die Frau war blaß und sah angestrengt aus. Bestimmt war sie wehleidig.

In den ersten Kriegsmonaten hatte Charters die Frau eines jüdischen Fabrikbesitzers aus Manchester von Zwillingen entbunden. Dem Paar war es durch die plötzliche Verknappung der Schiffspassagen nicht mehr gelungen, rechtzeitig nach England zurückzukehren. Die Leute hatten, ohne zu murren, das stark überhöhte Honorar gezahlt, das Charters im Kollegenkreis als Schmerzensgeld für den Arzt bezeichnete. Trotzdem war ihm der Fall in schlechter Erinnerung geblieben. Er hatte ihn gelehrt, daß die jüdische Rasse im allgemeinen wohl nicht genug Disziplin aufbrachte, um in entscheidenden Momenten die Zähne zusammenzubeißen.

Damals hatte sich Dr. James Charters vorgenommen, nie mehr Patientinnen zu behandeln, die nicht seiner Denkart entsprachen, und er hatte auch jetzt nicht vor, eine Ausnahme zu machen. Schon gar nicht im Fall einer Frau, die sich noch nicht einmal ein vernünftiges Umstandskleid leisten konnte.

Charters merkte, daß die blonde Frau sprach. Der Akzent war ausgesprochen unangenehm und auf keinen Fall charmant norwegisch. Sie hatte gerade gesagt: „Mein Name ist Hahn, und das hier ist Mrs. Redlich. Es geht ihr nicht gut. Schon seit dem vierten Monat. Machen Sie sich bitte keine Gedanken über das Honorar. Das ist alles geregelt. Mrs. Williamson hat uns geraten, Sie darauf aufmerksam zu machen."

Angestrengt überlegte Charters, ob und wann er den Namen schon einmal gehört hatte. Ihm fiel ein, daß ein Zahnarzt, der so hieß, sich vor zwei Jahren in Nakuru niedergelassen hatte. Der unglückselige Mr. Williamson hatte in den Poloklub eintreten wollen, der jedoch nun mal keine Juden aufnahm. Eine recht peinliche Sache war das damals gewesen. Mindestens so provozierend wie die Erörterung von finanziellen Angelegenheiten, ehe der Arzt überhaupt Gelegenheit zu seiner ersten Untersuchung fand.

Charters fühlte sich brüskiert. „Wie kommt es, daß sie im Stag's Head wohnt?“ unterbrach er Lillys Bericht.

„Die Schwangerschaft war von Anfang an schwierig. Wir glauben nicht, daß meine Freundin das Kind allein auf der Farm bekommen sollte.“

„Sie kann wohl kein Englisch?“

„Nicht viel. Also fast gar nicht. Deshalb bin ich ja mitgekommen. Ich lebe in Gilgil. Mrs. Williamson hat Sie uns als den Arzt empfohlen, der uns helfen kann.“

„Mrs. Williamson“, entgegnete Charters, „lebt noch nicht lange hier. Sonst hätte sie bestimmt Dr. Arnold erwähnt. Sie ist genau die Richtige für Sie. Eine ungewöhnliche Ärztin.“

Froh, daß er eine so elegante Lösung gefunden hatte, kostete es Charters Überwindung, sich seine Zufriedenheit nicht anmerken zu lassen. Janet Arnold war wahrhaftig seine Rettung. Manchmal vergaß er, daß sie jetzt in Nakuru lebte. Jahrelang war sie mit ihrem klapprigen Ford in die entlegensten Gebiete kutschiert, um die Eingeborenen auf den Farmen und in den Reservaten zu behandeln. Sie war eine Mischung aus Florence Nightingale und irischem Dickschädel und scherte sich keinen Deut um Geschmack, Konvention und Tradition. In Nakuru behandelte sie Massen von Indern und Goanesen und natürlich auch viele Schwarze, von denen sie wohl kaum je einen Cent bekam, und bestimmt auch die Habenichtse vom Kontinent, für die schon ein gebrochener Arm eine finanzielle Katastrophe war.

„Mrs. Arnold“, lächelte Charters, „wird Ihnen gefallen. Sie spricht mehrere Sprachen. Vielleicht auch die Ihres Volkes. Ich gebe Ihnen gern eine Empfehlung an sie mit.“

„Danke“, wehrte sich Lilly. Sie wartete, bis die Rage in ihr nur noch aus kleinen wütenden Stößen bestand, und sagte dann in der gleichen ruhigen Tonlage wie der Arzt, aber auf deutsch: „Du arrogantes Schwein, du verdammtes Mistvieh von Arzt. Das haben wir alles schon gehabt, daß einer keine Juden behandelt.“

„Pardon?“ fragte Charters, doch Lilly war aufgestanden und zog Jettel, die schwer atmete, vom Stuhl hoch. Schweigend verließen die beiden den Raum.

LILLY hatte vorgehabt, wenigstens die ersten zwei Wochen von Jettels Wartezeit in Nakuru zu bleiben, doch schon am nächsten Tag erhielt sie einen Brief von ihrem Mann und mußte zurück nach Gilgil.

„Ich komme zurück, sobald mich Oha entbehren kann", tröstete sie, „und das nächste Mal bringen wir Walter mit. Es ist jetzt wichtig, daß du nicht mehr als nötig allein bist und ins Grübeln kommst."

„Mach dir keine Sorgen, mir geht's gut", sagte Jettel, „Hauptsache, ich muß Charters nie wiedersehen."

Am ersten Tag ohne Lillys Fürsorge und ansteckenden Optimismus bestand Jettels Welt nur aus den schwarzen Löchern der Einsamkeit. Doch ihre Einstellung zu sich selbst hatte sich verändert. Ihr wurde bewußt, daß Charters' demütigende Behandlung sie gar nicht so sehr verletzt, sondern ihr paradoxerweise sogar Mut zu einem lange verdrängten Eingeständnis gegeben hatte.

Weder sie noch Walter hatten ein zweites Kind gewollt, aber keiner von beiden hatte gewagt, das auszusprechen. Jetzt, da Jettel allein mit ihren Gedanken war, brauchte sie keine Freude mehr zu heucheln. Sie machte sich klar, daß sie nicht stark genug war, allein auf der Farm mit einem Baby und der ständigen Angst zu leben, im entscheidenden Augenblick ohne ärztliche Hilfe zu sein, doch sie schämte sich nicht mehr ihrer Schwäche. Leichter zu ertragen erschien ihr auch die Scham, daß Hahns und die kleine Jüdische Gemeinde in Nakuru für sie das Hotelzimmer im Stag's Head bezahlen mußten.

Jettel lernte, den kleinen Raum mit seiner kargen Einrichtung als Schutz vor einer Welt zu empfinden, die ihr verschlossen war. Sie konnte sich mit keinem der Gäste unterhalten, kein Buch aus der Bücherei lesen und gab es nach einem einzigen Versuch auf, an den Radiosendungen teilzunehmen, die nach dem Dinner für die Gäste in Abendkleid und Smoking im Salon ausgestrahlt wurden. Nur zwei von ihren Kleidern paßten noch; ihre Haut wurde trocken und grau; sie hatte Mühe, ihre Haare in der kleinen Schüssel zu waschen, und ständig das Gefühl, sie müßte den übrigen Gästen ihren Anblick ersparen. So verließ sie ihr Zimmer nur zu den Mahlzeiten und zum täglichen Rundgang im Garten, den die Ärztin ihr bei jedem Besuch verordnete.

Dr. Arnold kam jeden Mittwoch ins Stag's Head, brachte vier Briefmarken mit und legte ein englisch-italienisches Wörterbuch und die letzte Ausgabe der *Sunday Post* auf den wackeligen Tisch, obwohl sie schon bei der ersten Konsultation erkannt hatte, daß beide nutzlos waren.

Janet Arnold war eine warmherzige Frau, die schwach nach Whisky und intensiv nach Pferden roch und Zuversicht und gute Laune ausstrahlte. Sie umarmte Jettel zur Begrüßung, lachte bei der Untersuchung und streichelte ihr beim Weggehen den Bauch.

Jettel drängte es, der kleinen, rundlichen Frau in der abgetragenen Männerkleidung ihre Sorgen anzuvertrauen, aber die Sprachbarriere war nicht zu überwinden.

Für Jettel war die Erfahrung neu, mit niemandem Trauer und Verzweiflung teilen zu können, und doch vermißte sie die Ansprache, nach der sie auf der Farm gedürstet hatte, nicht mehr. Oft wunderte sie sich, daß ihr auch Walter so wenig fehlte. Sie spürte, daß seine Hilflosigkeit die ihrige nur vergrößert hätte. Um so mehr freute sie sich an seinen Briefen. Sie waren voller Zärtlichkeit.

Jettel glaubte nicht an ein gutes Ende ihrer Schwangerschaft. Noch immer lähmte sie der Schock, den sie im ersten Monat erlitten hatte, als der Brief aus Breslau ihr alle Hoffnung für ihre Mutter und Schwester genommen hatte. Sie nahm den Kampf gegen die Vorahnung gar nicht erst auf, der Brief wäre ein Hinweis auf das Unheil, das ihr selbst drohte. Drohten Angst und Phantasie sie zu erdrücken, verlangte es Jettel nur nach Regina, die sie so nah und doch unerreichbar wußte. Die Nakuru School und das Stag's Head waren nur sechs Kilometer voneinander entfernt, aber die Schulordnung gestattete nicht, daß Regina ihre Mutter besuchte. Ebensowenig hätte sie Jettel erlaubt, ihre Tochter zu sehen.

Auch Regina, die sich nie über die lange Trennung von den Eltern beklagt hatte, quälte sich. Fast täglich trafen im Hotel kurze, in unbeholfenem Deutsch geschriebene Briefe ein. Die Fehler und die ihr unverständlichen englischen Ausdrücke bewegten Jettel noch mehr als die in Blockschrift gemalten Bitten um Briefmarken. „Du must take care von dir", stand am Anfang von jedem Brief, „that du nicht grang wirst." Fast immer schrieb Regina: „Ich will dir besooken, aber ich erlaube es nicht. Wir sind hier soldiers." Der Satz: „Ich froie mir auf das baby" war stets mit roter Tinte unterstrichen, und oft hieß es: „Du must nicht have anst."

Jettel erwartete die Briefe mit soviel Ungeduld, weil sie ihr tatsächlich Mut machten. Jeder Brief machte ihr stärker bewußt, daß Regina mit ihren fast zehn Jahren kein Kind mehr war. Nie stellte sie Fragen und begriff doch alles, was ihre Eltern bewegte. Sie kannte sich mit Geburt und Tod aus und lief zu den Hütten, wenn eine Frau in den Wehen lag, aber Jettel hatte nie den Mut gehabt, mit ihrer Tochter über die Dinge zu sprechen, die sie dort erlebte. Überhaupt hatte sie nur selten mit ihr ohne Befangenheit reden können, aber jetzt wurde es ihr ein Bedürfnis, Regina ihre Sorgen anzuvertrauen.

Ende Juli setzte der große Regen in Gilgil ein und ertränkte Jettels letzten Funken Hoffnung, Hahns könnten mit Walter bei ihr im Hotel auftauchen. In Nakuru kochten die Tage und auch die Nächte. Der Rasen im Hotelgarten verglühte in der verdursteten Erde, und die Vögel verstummten schon morgens. Die Luft vom salzigen See hatte eine so beißende Schärfe, daß ein zu tiefer Atemzug unvermittelt in Brechreiz überging. Schon um die Mittagszeit erstarb alles Leben. Kaum war die Sonne am Himmel, wurde die feuchte Hitze so drückend, daß Jettel sich nur darauf konzentrierte, jede unnötige Bewegung zu vermeiden.

In dem Schwebezustand zwischen verdrossener Wachheit und unruhigem Dämmern war Jettel besonders empfänglich für Geräusche. Sie hörte die Hausboys den Ofen in der Küche anmachen, die Kellner im Speisesaal mit dem Besteck klappern. Obwohl sie selten die Gäste sah, die mit ihr auf dem Flur wohnten, konnte sie deren Schritte, Stimmen und Husten unterscheiden. Nur als Regina kam, hörte sie nichts.

Es war der letzte Julisonntag, als Regina dreimal klopfte und dann sehr langsam die Tür aufmachte und Jettel ihre Tochter anstarrte, als hätte sie sie nie zuvor gesehen. Betäubt von der Unfähigkeit zu begreifen, überlegte Jettel, in welcher Sprache sie reden sollte. Schließlich erkannte sie das weiße Kleid und erinnerte sich, daß die Nakuru School weiße Kleider für den wöchentlichen Kirchgang verlangte.

„Mummy!“ rief Regina mit hoher, fremder Stimme. „Mama“, flüsterte sie in vertrauter Tonlage. Schweiß lief ihr von der Stirn.

„Regina, du mußt ja gerannt sein wie der Teufel. Wo kommst du bloß her? Wer hat dich hergebracht?“

„Ich hab mich hergebracht“, sagte Regina. „Ich bin auf dem Weg zur Church weggelaufen. Und das mache ich jetzt jeden Sonntag.“

Regina setzte sich zu ihrer Mutter aufs Bett, beide schwiegen und hielten sich aneinander fest. Schließlich ließ Jettel sich erzählen, mit welcher Beharrlichkeit und Sehnsucht Regina den Ausbruch geplant und wie sie sich von der Gruppe der übrigen Mädchen getrennt hatte und auf das Hotel zugelaufen war. Es war eine lange, verwirrende Geschichte. Jettel merkte, daß ihr Schweigen Regina zu enttäuschen begann, und war erschrocken, als sie sich fragen hörte: „Warum freust du dich so auf das Baby?"

„Ich brauche es. Dann bin ich nicht allein, wenn du und Papa tot sind."

„Aber, Regina, warum sollten wir sterben? Wer hat dir bloß so einen Unsinn eingeredet?"

„Deine Mutter stirbt doch auch", erwiderte Regina. „Und Papa hat mir gesagt, daß sein Vater auch stirbt. Und Tante Liesel. Aber er hat gesagt, ich darf dir das nicht sagen. *I'm so sorry.*"

„Deine Großeltern und deine Tante", schluckte Jettel, „sind nicht mehr aus Deutschland herausgekommen. Das haben wir dir doch erklärt. Aber uns kann nichts passieren. Wir sind doch hier. Alle drei."

„Vier", verbesserte Regina zufrieden. „Bald sind wir vier."

„Ach, Regina, du weißt ja gar nicht, wie schwer es ist, ein Kind zu bekommen."

„Ich weiß", nickte Regina. „Ich war bei Warimu dabei, Warimu ist fast gestorben. Das Baby kam mit den Füßen aus ihrem Bauch."

„Ich habe nicht gewußt, daß dir ein Baby so wichtig ist. Ich glaube nicht, daß sich andere Kinder so auf Geschwister freuen wie du." Jettel umarmte Regina. „Was ist, wenn die merken, daß du weggelaufen bist? Bekommst du keine Strafe?"

„Doch, aber es macht mir nichts aus. Weißt du, wenn wir eine Strafe haben, müssen wir Gedichte lernen. Ich liebe Gedichte. Ich brauche sie."

„Wozu?"

„Vielleicht", erklärte Regina, „muß ich mal ins Gefängnis. Dann werden sie mir alles fortnehmen. Meine Kleider, mein Essen und meine Haare sind dann weg. Sie werden mir auch keine Bücher geben, aber die Gedichte werden sie nicht bekommen. Die sind in meinem Kopf. Wenn ich sehr traurig bin, werde ich mir meine Gedichte sagen."

Obwohl sie schneidende Schmerzen im Rücken und auch beim Atmen hatte, hielt Jettel ihre Tränen in sich, bis Regina gegangen war. Staunend und auch mit einer Demut, die sie zuvor nie empfunden hatte, wurde ihr aber bewußt, daß der Wille zu ihr gekommen war, sich dem Leben zu stellen. Für Regina, die ihr den Weg gezeigt hatte, war Jettel entschlossen zu kämpfen. Es war nur noch der körperliche Schmerz, der sie in den Schlaf begleitete.

In der Nacht setzten, vier Wochen zu früh, die Wehen ein, und am nächsten Morgen sagte ihr Janet Arnold, daß das Kind tot war.

# 7

Am letzten Tag ohne die Memsahib ließ Owuor schon kurz nach Sonnenaufgang Kania die Bretter zwischen Ofen, Schrank und dem neu geschichteten Holzstapel mit kochendem Wasser schrubben. Kamau mußte alle Töpfe, Gläser und Teller und auch den von der Memsahib geliebten kleinen roten Wagen mit den winzigen Rädern in heiße Seifenlauge tauchen. Jogona badete den Hund so lange, bis er wie ein kleines, weißes Schwein aussah.

Es war nicht mehr so leicht wie in den Tagen von Rongai, für den Bwana zu arbeiten. Wenn er allein auf der Farm war, ließ er die Suppe kalt und den Pudding grau werden. Ohne die Memsahib und seine Tochter machte der Bwana seine Ohren nur für das Radio frei. In den Wochen, da er dem Bwana hatte helfen wollen zu leben und nicht gewußt hatte, wie, war Owuor müde geworden. So genoß er nun den Tag, an dem er sich nur um die kleine Memsahib zu kümmern hatte.

Regina saß am Rande des Flachsfeldes und rührte mit den Füßen im zähen roten Schlamm. Er machte den Körper warm und trieb jene angenehme Schläfrigkeit in den Kopf, die sie sich nur dann im gleißenden Tageslicht erlauben durfte, wenn sie allein mit Owuor war.

Regina hatte die Trauer um das verlorene Baby so wütend vertrieben wie ein Hund die Ratte, die sich an seinem vergrabenen Knochen festgebissen hat. Ratten ließen sich jedoch nie lange vertreiben. Sie kamen immer wieder. Die Traurigkeit kam sofort zurück, als Regina an ihre Eltern dachte. „Du wirst sehen“, sagte sie zu Rummler, „die machen kein neues Baby.“

Die Schatten waren kurz, als Regina am nächsten Tag die Lockrufe eines schwer atmenden Motors hörte. Sie hatte viele Stunden am Waldrand gesessen, dem Trommeln gelauscht und die Dik-Diks beobachtet. Als sie aber den ersten, noch sehr fernen Ton einfing, schaffte sie die Strecke bis zum aufgeweichten Weg doch noch rechtzeitig genug, um für das letzte Stück der Fahrt auf dem Trittbrett mitfahren zu können.

Oha saß am Steuer und roch nach seinem selbstangebauten Tabak, neben ihm Jettel mit dem Duft von scharfer Krankenhausseife. Hinten saßen Lilly, Walter und Manjala, von dem sich Hahns in der Regenzeit nie trennten, weil er besser als jeder andere mit Autos umgehen konnte, die im Schlamm steckten. Der kleine weiße Pudel heulte, obwohl es nicht Abend war und Lilly noch kein Lied sang.

Jettel erschien Regina anders als vor den Tagen, ehe die große Traurigkeit auf die Farm gekommen war. Sie wirkte wie die schlanken, englischen Mütter, die kaum redeten und ihr Lächeln zwischen den Lippen behielten, wenn sie zu Beginn der Ferien ihre Kinder in der Schule abholten. Ihr Gesicht war rundlicher, die Augen waren ruhig geworden. Die Haut hatte wieder den schimmernden Hauch von einer Farbe, die Regina in keiner der Sprachen beschreiben konnte, die sie kannte.

„Du bist schön", wunderte sich Regina, als der Wagen anhielt. Sie küßte ihre Mutter und zeichnete mit den Fingern die Wellen in ihrem Haar nach. Jettel lächelte verlegen. Sie sah scheu das Haus an und fragte schließlich: „Bist du sehr traurig?"

„Aber nein. Weißt du, wir können ja mal ein neues Baby machen. Irgendwann. Wir sind ja alle noch so jung."

„Regina, so etwas darfst du Mama jetzt nicht sagen. Wir müssen beide dafür sorgen, daß sie sich erst mal erholt. Sie war sehr krank. Ich hab's dir doch erklärt."

„Laß sie nur", widersprach Jettel, „ich weiß schon, wie sie's meint. Eines Tages machen wir ein neues Baby, Regina. Du brauchst ja ein Baby."

„Und Gedichte", flüsterte Regina.

„Und Gedichte", bestätigte Jettel ernst, „du siehst, ich habe nichts vergessen."

Das Feuer am Abend roch nach dem großen Regen. Owuor hielt ein Tablett in einer Hand und streichelte mit der anderen Rummler und den kleinen Pudel. Später brachte er den Kaffee in der großen Kanne, die er nur an guten Tagen füllen durfte, und servierte die winzigen Brötchen, für die ihn sein erster Bwana schon gelobt hatte.

„Wie machen so große Hände so kleine Brote?" rief Walter. „Owuor, du bist der beste Koch in Ol' Joro Orok. Und heute abend", fuhr er fort, „trinken wir eine Flasche Wein. Mein Vater hat mir zum Abschied zwei Flaschen Wein mitgegeben. Die sollten für einen besonderen Anlaß sein. Wer weiß, ob wir je dazu kommen, die zweite aufzumachen. Die erste trinken wir heute, weil der liebe Gott uns Jettel gelassen hat. Manchmal hat er halt auch Zeit für *bloody refugees.*"

Sie tranken den Wein aus farbigen Likörgläsern. Owuor bekam

einen kleinen blauen Kelch, Regina einen roten. Zwischen den winzigen Schlucken, die sie in die Kehle gleiten ließ, hielt sie das Glas gegen das zitternde Licht der Petromaxlampe und verwandelte es in den funkelnden Palast der Feenkönigin, doch sie war fast sicher, daß es in Deutschland keine Feen gab. Bestimmt wohnten keine in Sohrau, Leobschütz oder Breslau. Ihre Eltern hätten das sonst wenigstens in den Tagen erwähnt, als sie noch wirklich an Feen glaubte.

Walter und Jettel stritten mit neuer Freude, ob die Gläser ein Verlobungsgeschenk von Tante Emmy oder Tante Cora waren. Sie konnten sich nicht einigen und danach auch wieder einmal nicht klären, ob es am letzten Abend in Leobschütz bei Guttfreunds Karpfen mit Meerrettich oder mit polnischer Soße gegeben hatte.

„Wahrscheinlich weißt du auch nicht", fragte Jettel triumphierend, „wo diese grüne Tischdecke herkommt? Da machst du mir nichts vor. Von Bilschofski."

„Nein. Vom Wäschehaus Weyl."

„Mutter hat immer nur bei Bilschofski gekauft. Und die Decke stammt aus meiner Aussteuer."

„Quatsch. Die lag bei uns im Hotel. Auf dem Spieltisch, wenn er nicht benutzt wurde. Und Liesel hat immer bei Weyl gekauft, wenn sie in Breslau war. Komm, Jettel, laß gut sein", schlug Walter plötzlich vor und griff nach seinem Glas. Seine Hand zitterte.

Er hatte Angst, Jettel anzuschauen. Er wußte nicht mehr, ob sie je vom Tod Siegfried Weyls erfahren hatte. Der alte Mann, der sich geweigert hatte, auch nur an Auswanderung zu denken, war drei Wochen nach seiner Verhaftung im Gefängnis gestorben.

Walter hatte seit seiner Ankunft in Kenia keinen Alkohol mehr getrunken. Er merkte, daß selbst die winzige Menge Wein ihn benommen machte, und massierte seine pochenden Schläfen.

Auch Lilly war bei ihrer Aussteuer. „Wir haben sie in Wiesbaden gekauft. Erinnerst du dich an das schöne Geschäft in der Luisenstraße?" fragte sie ihren Mann.

„Nein", sagte Oha. „Ich wäre noch nicht mal drauf gekommen, daß es in Wiesbaden eine Luisenstraße gegeben hat. Wenn ihr so weitermacht, können wir gleich ‚Du schöner deutscher Rhein' singen. Oder möchten sich die Damen vielleicht lieber in den Salon zurückziehen und diskutieren, was sie zur nächsten Theaterpremiere anziehen?"

„Genau richtig! Oha und ich können dann in Ruhe unsere wichtigsten juristischen Fälle rekapitulieren."

Oha nahm die Pfeife aus dem Mund. „Das ist ja", meinte er mit einer Heftigkeit, die ihn selbst erschreckte, „noch schlimmer als Karpfen mit polnischer Soße. Ich kann mich an keinen einzigen meiner Prozesse erinnern. Dabei soll ich ein ganz guter Anwalt gewesen sein. Hat man gesagt."

„Mein erster Fall", erzählte Walter, „war Greschek gegen Krause. Es ging um fünfzig Mark, aber das war Greschek egal. Er war ein richtiger Prozeßhansel. Wenn der nicht gewesen wäre, hätte ich schon 1933 meine Praxis zumachen können. Kannst du dir vorstellen, daß Greschek mich bis Genua begleitet hat? Wir haben uns den Friedhof dort angeguckt. Es war genau das richtige für mich."

„Hör auf! Bist du denn total verrückt? Noch keine Vierzig und lebt nur in der Vergangenheit. *Carpe diem!* Hast du das nicht in der Schule gelernt?"

„Das war einmal. Hitler hat es nicht erlaubt."

„Du läßt es zu, daß er dich umbringt, hier, mitten in Kenia. Bist du dafür davongekommen? Mensch, Walter, werd endlich heimisch in diesem Land! Vergiß deine Tischwäsche, deine blöden Karpfen, die Juristerei und wer du warst. Vergiß endlich dein Deutschland. Nimm dir ein Beispiel an deiner Tochter."

„Sie hat auch nicht vergessen", widersprach Walter. „Regina", rief er, „kannst du dich noch an Deutschland erinnern?"

„Ja", sagte Regina schnell. „Ich weiß noch, wie die Fenster kaputtgegangen sind und wie sie alle Stoffe auf die Straße gewerft haben. Und wie die Leute gespuckt haben. Und ein Feuer gab es auch. Ein ganz großes."

„Aber, Regina! Das hast du doch gar nicht erlebt. Das war Inge. Wir waren doch damals gar nicht mehr zu Hause."

„Laß mal", sagte Oha. Er zog Regina zu sich heran. „Hast ganz recht, mein Mädchen. Von Deutschland brauchst du dir wirklich nicht mehr zu merken als einen Haufen Scherben und Flammen. Und Haß."

„Deutsche darfst du nicht hassen", sagte Regina und setzte sich auf Ohas Knie, „nur Nazis. Weißt du, wenn Hitler den Krieg verloren hat, fahren wir alle nach Leobschütz."

DIE TAGE, die kein Ende nahmen, häuften sich. Walter vermißte Süßkind, den optimistischen Herold seiner ersten Emigrationszeit. Sie selbst erschien ihm bereits als Idylle. Im Rückblick kam ihm Rongai wie ein Paradies vor. Dort hatte Süßkind ihn und Jettel vor der Verlassenheit bewahrt, die sie in Ol' Joro Orok so niederdrückte, daß beide noch nicht einmal von ihr zu reden wagten.

Die Behörden hatten das Benzin rationiert und verhielten sich immer abweisender mit den Genehmigungen, die die Enemy Aliens brauchten, um die Farm zu verlassen. Süßkinds belebende Besuche waren selten geworden. Tauchte er einmal doch aus seiner gesunden Welt auf und überbrachte Neues aus Nakuru und den durch keine Logik zu erschütternden Glauben, daß der Krieg nicht mehr länger als ein paar Monate dauern könnte, verschwand für eine kurze Gnadenfrist das Gitter vor dem Gefängnis der schwarzen Löcher. Nur Süßkind konnte Jettel in die Frau zurückverwandeln, die Walter aus guten Zeiten in Erinnerung hatte.

Zwischen dem Haus und dem Küchengebäude bemerkte Walter vier Räder und darüber einen offenen Kasten. Irritiert kniff er die Augen zu, um sie vor dem Mittagslicht zu schützen. Außer Hahns Wagen hatte er so lange kein Auto mehr gesehen, daß er sich nicht entschließen konnte, ob es sich um ein Militärfahrzeug handelte oder um eine jener Täuschungen, die ihn in letzter Zeit immer wieder narrten. Doch er wurde mit jedem Blick sicherer, daß tatsächlich ein Jeep zwischen der Zeder mit dem dicken Stamm und dem Wassertank stand.

Er hörte Jettels aufgeregte Stimme. Jettel schrie abwechselnd: „Martin, Martin!" und „Nein, nein, nein!" Rummler bellte in jenen hohen, winselnden Tönen, die er nur für unbekannte Besucher hatte.

Noch während er rannte, versuchte Walter dahinterzukommen, wann er den Namen zum letzten Mal gehört hatte. Ihm fiel nur der Briefträger aus Leobschütz ein, der bis zuletzt, wenn er die Post gebracht hatte, freundlich geblieben war.

Der Mann war im Juni 1936 trotz der ständig massiver werdenden Drohungen gegen Juden mit einer komplizierten Erbschaftssache zu Walter ins Büro gekommen. Bei der Begrüßung hatte er immer „Heil Hitler" gesagt und zum Abschied verschämt „Auf Wiedersehen". Walter sah ihn mit einem Mal sehr deutlich. Karl Martin hieß er, hatte einen Schnurrbart und stammte aus Hochkretscham. Er hatte einige Morgen mehr als erwartet von dem Hof seines Onkels bekommen und war Weihnachten mit einer Gans im Asternweg erschienen. Natürlich erst, als er sicher gewesen war, daß ihn keiner sehen konnte. Anständigkeit brauchte die Dunkelheit zum Überleben.

Owuor lehnte sich aus dem winzigen Fenster des Küchengebäudes und klatschte in die Hände. „Bwana", rief er, „komm schnell! Die Memsahib weint, und der Askari weint noch viel mehr."

Die Tür zum Küchengebäude stand offen, aber ohne die Lampe, die wegen des teuren Paraffins erst bei Sonnenuntergang angezündet wurde, war der Raum bei Tag fast so dunkel wie nachts. Es dauerte lange, bis Walters Augen die ersten Umrisse ausmachten. Dann sah er, daß Jettel und der Mann, der tatsächlich die Mütze vom Briefträger aus Leobschütz trug, eng umschlungen durch den Raum tanzten. Sie ließen einander nur los, um in die Luft zu springen und sich sofort wieder in die Arme zu fallen und sich zu küssen.

„Da ist Walter!" schrie Jettel. „Martin, schau, Walter ist da. Laß mich los! Du drückst mich ja tot. Er denkt bestimmt auch, daß du ein Gespenst bist."

Walter fiel endlich auf, daß der Mann eine Khakiuniform und eine englische Militärmütze trug. Noch vor dem Gesicht erkannte er die Stimme. Erst brüllte sie: „Walter!" Und dann flüsterte sie: „Ich glaub, ich werd verrückt. Daß ich das noch erlebe!"

Benommen von einem Glück, das ihn mehr aufwühlte, als es die Angst je getan hatte, legte Walter seinen Kopf auf Martin Batschinskys Schulter. Er konnte es nicht fassen, daß der Freund in den sechs langen Jahren, die seit ihrem letzten Beisammensein vergangen waren, so gewachsen war.

Owuor befahl Kamau, den Tisch und die Stühle unter den Baum mit dem dicken Stamm zu stellen. Obwohl das Geschirr nicht schmutzig war, mußte Kania alle Teller, Messer und Gabeln in der großen Wanne baden. Owuor selbst trug das Kanzu, das er nur anzog, wenn ihm Gäste gefielen. Um das lange weiße Hemd, das über seine Füße reichte, band er die rote Schärpe. Genau auf Owuors Bauch standen die Worte, die der Bwana geschrieben und denen die Memsahib aus Gilgil mit einer dicken Nadel und einem goldenen Faden die Farbe der Sonne gegeben hatte.

Als der *Bwana Askari* Owuor mit dem dunkelroten Fes, von dem die schwarze Bommel schaukelte, und der gestickten Schärpe sah, wurden seine Augen groß, und er lachte so laut, daß seine Stimme dreimal von den Bergen zurückprallte.

„Mein Gott, Walter, du bist noch ganz der alte. Was hätte sich dein Vater gefreut, diesen Kaffer mit dem Deckel auf dem Kopf in einer Schärpe mit der Aufschrift REDLICHS HOTEL zu sehen. Ich weiß gar nicht mehr, wann ich das letzte Mal an Sohrau gedacht habe."

„Heute", sagte Jettel, „denken wir überhaupt nicht mehr. Wir schauen immer nur Martin an."

„Und zwicken uns, damit wir wissen, daß wir leben."

Sie hatten einander in Breslau kennengelernt. Walter war im ersten und Martin im dritten Semester gewesen und beide Jettels wegen bald aufeinander so eifersüchtig, daß es ohne den Silvesterball von 1924 um ein Haar zu einer lebenslangen Feindschaft statt zu ihrer außergewöhnlichen Freundschaft gekommen wäre. Das Band wurde erst mit Martins überstürzter Flucht nach Prag im Juni 1937 zerschnitten. Bei dem Ball, den später alle drei als schicksalhaft empfanden, hatte Jettel sich für einen gewissen Dr. Silbermann entschieden und ihren beiden jungen Kavalieren den Laufpaß gegeben.

Der Stachel saß bei beiden gleich tief. Bis Silbermann sechs Monate später die Tochter eines vermögenden Juweliers aus Amsterdam heiratete, hatten Martin und Walter den ersten Liebeskummer ihres Lebens einander so erträglich gemacht, daß von den Rivalitäten nur die auf Silbermann übriggeblieben war. Nach einem halben Jahr war es dann Walter gewesen, der Jettel tröstend in seine Arme schloß.

Martin war nicht der Mann, der eine Kränkung vergaß, aber die Freundschaft mit Walter war schon zu fest, um sie nicht auch auf Jettel zu übertragen. Er verlebte viele Semesterferien in Sohrau, denn eine Zeitlang sah es so aus, als würde er vielleicht Walters Schwager werden, aber Liesel ließ sich zuviel Zeit mit ihrer Entscheidung, und Martin hatte zuwenig Talent für Schwebezustände und gab seine Bemühungen auf. Statt dessen wurde er Jettels Trauzeuge. Nachdem er 1933 seine Anwaltspraxis in Breslau aufgeben mußte und Vertreter für eine Möbelfirma wurde, kam er sehr oft nach Leobschütz. Die meiste Zeit verwöhnte er Jettel mit Komplimenten, die Walters alte Eifersucht neu entflammten, und er war vernarrt in Regina.

„Ich glaub, sie hat Martin gesagt, ehe sie Papa sagte", erinnerte er sich.

„Schade, daß du Regina nicht kennenlernst. Sie würde dir gefallen."

„Warum soll ich sie nicht kennenlernen? Dazu bin ich doch hergekommen."

„Sie ist doch in der Schule."

„Wenn's sonst nichts ist. Da fällt mir bestimmt was ein."

Martins Vater, ein Viehhändler in einem kleinen Dorf bei Neiße, war ein kaisertreuer Patriot gewesen und hatte darauf bestanden, daß alle seine Söhne vor dem Studium, für das er sich alle eigenen Bedürfnisse versagte, ein Handwerk erlernten. Martin machte vor dem ersten juristischen Staatsexamen seine Gesellenprüfung als Schlosser.

Als jüngster der Brüder lernte er früh, sich zu behaupten. Sein Hang, sich nichts bieten zu lassen, hatte Walter und Jettel immer imponiert und wurde nun in Ol' Joro Orok für alle drei die Quelle fröhlichster Erinnerungen.

„Du kannst dir gar nicht vorstellen, wie oft wir von dir gesprochen haben."

„Doch", sagte Martin, „wenn ich mich hier umsehe, wird mir klar, daß ihr nur von der Vergangenheit sprecht."

„Wir haben oft Angst gehabt, daß du nicht mehr aus Prag herausgekommen bist."

„Ich war fort aus Prag, ehe es dort brenzlig wurde. Erst ging ich nach London. Als der Krieg ausbrach, haben die mich interniert. Die meisten von uns kamen auf die Insel Man, doch konnte man auch für Südafrika optieren. Falls man ein Handwerk erlernt hat. Mein seliger Vater hatte eben recht. Handwerk hat goldenen Boden."

„Und warum bist du zur Armee gegangen?"

Martin trommelte verlegen mit den Fingern auf den Tisch. „Ich wollte einfach was tun", sagte er leise. „Das ging los, als ich durch einen Zufall erfuhr, daß sie meinen Vater noch kurz vor seinem Tod ins Gefängnis geschleppt und ihm ein Verhältnis mit einer unserer Mägde angehängt hatten. Da spürte ich zum ersten Mal, daß ich nicht aus dem harten Holz war, das ich an mir so schätzte. Irgendwie war es mir, als hätte Vater mich gern als Soldat gesehen. Im Ersten Weltkrieg war ich zu jung, und den jetzigen hätte ich nicht erlebt, wenn mir das teure Vaterland nicht rechtzeitig einen Tritt gegeben hätte. Das neue denkt Gott sei Dank anders über Juden."

„Habe ich noch nicht bemerkt", sagte Walter. „Jedenfalls", schränkte er ein, „nicht hier in Kenia. Hier nehmen sie nur die Österreicher. Das sind inzwischen Friendly Aliens. Wo wirst du denn überhaupt eingesetzt?"

„Keine Ahnung. Auf alle Fälle habe ich ganz plötzlich drei Wochen Urlaub bekommen. Das deutet meistens auf Front hin. Mir ist es egal."

„Wie sprechen sie denn deinen Namen beim Militär aus?"

„Ganz einfach, Barret. Ich heiße nicht mehr Batschinsky. Ich hatte unwahrscheinliches Glück mit meiner Naturalisation. Das dauert sonst Jahre. War ein bißchen Beamtenbestechung dabei."

„WIE HAST du uns überhaupt gefunden?“ fragte Jettel beim Abendessen.

„Ich wußte schon 1938, daß ihr in Kenia gelandet seid. Liesel hat mir das nach London geschrieben“, sagte Martin. „Vielleicht hätte ich ihr helfen können. Die Engländer nahmen damals noch unverheiratete Frauen auf. Aber Liesel wollte den Vater nicht allein lassen. Habt ihr noch was von ihnen gehört?“

„Nein“, antworteten Walter und Jettel gleichzeitig.

„Tut mir leid. Aber mal mußte ich ja fragen.“

„Von meiner Mutter und Käte kam noch ein Brief. Sie sollten nach Osten gebracht werden.“

„Tut mir leid. Mein Gott, was man doch für einen Blödsinn redet!“ Martin schloß seine Augen, um die Bilder zu verdrängen, aber er mußte trotzdem zulassen, daß er die sechzehnjährige Jettel in ihrem ersten Ballkleid sah. „Komm“, sagte er sanft und gab Jettel einen Kuß, „jetzt erzählst du mir erst einmal alles von meiner besten Freundin. Ich wette, daß Regina eine prima Schülerin geworden ist. Und morgen fahren wir im Jeep durchs Land.“

„Enemy Aliens brauchen ein Permit, um die Farm zu verlassen.“

„Nicht, wenn ein Sergeant Seiner Königlichen Majestät am Steuer sitzt“, erklärte Martin lachend.

DIE ERSTE Fahrt mit Walter und Jettel neben Martin, Owuor und Rummler hinten, ging nur bis zu Patels Duka. Sie wurde dank Martins Talent, aus einem kleinen Kampf einen großen Krieg zu machen, die schöne Rache für all die kleinen Pfeile, die Patel im Laufe von vier Jahren auf Menschen abgeschossen hatte, die sich nicht gegen ihn zu wehren wußten.

Der Krieg und die damit verbundenen Schwierigkeiten, jedes Jahr einen anderen Sohn nach Kenia zu holen und an seiner Statt einen in die Heimat nach Indien zurückzuschicken, hatten Patel noch menschenverachtender gemacht, als er ohnehin war. Die Refugees von den Farmen, die alle viel besser Suaheli als Englisch und also schlecht mit ihm reden konnten, waren für Patel ein willkommenes Ventil, seinen Mißmut abzureagieren. Er hielt sie so knapp mit allem, was sie brauchten, daß er einen eigenen Schwarzmarkt entwickelte. Walter und mehrere Farmangestellte aus Ol' Kalou mußten den doppelten Preis für Mehl, Büchsenfleisch, Reis, Puddingpulver, Rosinen, Gewürze, Kleiderstoffe, Kurzwaren und vor allem Paraffin bezahlen.

Obwohl solche Preistreibereien offiziell verboten waren, konnte Patel im Fall der Refugees mit der Duldung der Behörden rechnen. Solche Schikanen entsprachen ganz ihren patriotischen Gefühlen und der Fremdenfeindlichkeit, die sich mit jedem Kriegsjahr verstärkte.

Martin erfuhr erst auf dem Weg zu Patel von den Entbehrungen und Demütigungen. Er hielt vor dem letzten dichten Maulbeerstrauch an, schickte Walter und Jettel allein in den Laden und blieb mit Owuor im Jeep.

Patel las erst einen Brief zu Ende, ehe er Walter und Jettel anschaute. Er fragte nicht nach ihren Wünschen, sondern legte ihnen schweigend Mehl mit Spuren von Mäusedreck, verbeulte Dosen von Büchsenfleisch und feucht gewordenen Reis vor. „*Take it or leave it* – Nehmt es oder laßt es bleiben“, höhnte er.

„*You bloody Indian*“, schrie Martin an der Tür, „*you damn'd son of a bitch!*“ Er machte einige Schritte durch den kleinen Raum und warf gleichzeitig das Dosenfleisch und den Sack mit dem Reis vom Tisch. Dann spuckte er alle Flüche aus, die er beim Militär gelernt hatte. Walter und Jettel verstanden ebensowenig wie Owuor, der im Eingang des Ladens stand, doch Patels Gesichtsausdruck reichte allen. Aus dem mürrischen, sadistischen Diktator wurde, wie Owuor noch am selben Abend und immer wieder in den Hütten berichtete, ein jaulender Hund.

Patel wußte zuwenig über das britische Militär Bescheid, um die Situation richtig einzuschätzen. Er hielt Martin mit den drei Streifen eines Sergeants für einen Offizier und war klug genug, keine Diskussion zu riskieren. Unaufgefordert holte er aus dem durch einen Vorhang abgetrennten Nebenraum einwandfreie Nahrungsmittel, drei große Eimer Paraffin und zwei Ballen Stoff, die erst am Vortag aus Nairobi eingetroffen waren. Stotternd legte er noch vier Ledergürtel auf den Stapel.

„Ins Auto damit!“ befahl Martin im gleichen Tonfall, in dem er als Sechsjähriger die polnischen Dienstmädchen herumkommandiert und dafür von seinem Vater Ohrfeigen bekommen hatte. Patel war so verängstigt, daß er die Waren selbst zum Jeep trug. Owuor spazierte vor ihm her mit dem Stock in der Hand, als sei Patel der verkommene Sohn einer Hündin.

„Der Stoff ist für Jettel, und die Gürtel sind alle für dich. Ich bekomme meine von King George.“

„Aber was soll ich mit vier Gürteln? Ich habe nur drei Hosen, und davon ist eine schon hin."

„Dann bekommt Owuor einen, damit er immer an mich denkt."

Owuor lächelte, als der Bwana Askari ihm den Gürtel überreichte. Er salutierte mit zwei Fingern am Kopf.

So endete der erste Tag der insgesamt siebzehnmal vierundzwanzig Stunden von Glück und Fülle.

AM NÄCHSTEN Morgen ging es nach Naivasha.

„Naivasha", hatte Walter Zweifel angemeldet, „ist nur für feine Leute. Sie haben zwar keine Schilder ‚Juden verboten' aufgestellt, würden es aber gerne tun. Süßkind hat's mir erzählt. Er mußte mal seinen Chef begleiten und im Wagen sitzen bleiben, als der ins Hotel zum Mittagbrot ging."

„Das wollen wir mal sehen", erwiderte Martin.

Naivasha war nur eine Ansammlung kleiner, aber gut gebauter Häuser. Der See mit seinen Pflanzen und Vögeln war die Sehenswürdigkeit der Kolonie und umsäumt von einigen Hotels, die alle wie englische Privatklubs aussahen. Das „Lake Naivasha Hotel" war das älteste und vornehmste. Dort saßen sie zum Mittagessen auf einer mit Bougainvilleen bewachsenen Terrasse, aßen Roastbeef und tranken das erste Bier seit Breslau. Jettel und Walter wagten nur zu flüstern. Sie genierten sich, daß sie es in Deutsch taten, und empfanden Martins Uniform wie die Schürze einer Mutter, hinter der sich Kinder vor jeder Gefahr sicher fühlen.

Später fuhren sie im Boot über den See. Die Hotelleitung ließ sich von Martins drohendem Ton beeindrucken und stellte ein Extraboot für Owuor und Rummler zur Verfügung. Der indische Portier betonte, daß er offizielle Anweisung habe, die Wünsche von Militärpersonen besonders zu berücksichtigen.

Eine Woche später, bei der Fahrt nach Naro Moru, von wo aus man den schönsten Blick auf den Mount Kenya hatte, bestand Walter darauf, nicht nur Owuor, sondern auch Kimani mitzunehmen. „Weißt du, wir starren den Berg jeden Tag an, wir beide. Kimani ist mein bester Freund. Owuor gehört ja zur Familie."

Martin lachte und schob Kimani zwischen Rummler und Owuor. „Dein Vater hat sich immer bei mir beklagt, daß du ihm das Personal verdorben hast."

„Kimani kann man nicht verderben. Er bewahrt mich davor, verrückt zu werden, wenn die Angst meine Seele auffrißt."

„Wovor hast du denn Angst?"

„Daß ich erst meine Stelle und dann meinen Verstand verliere."

„Ein Kämpfer warst du nie. Mich wundert's, daß du Jettel bekommen hast."

„Ich war die dritte Wahl. Als sie Silbermann nicht bekommen hat, wollte sie dich."

„Quatsch!"

„Du konntest nie gut lügen."

Das Hotel in Naro Moru hatte bessere Tage gesehen. Vor dem Krieg waren die Bergsteiger dort zu ihren Touren aufgebrochen. Es war seit der Mobilmachung nicht mehr für Gäste eingerichtet. Martin konnte aber immer noch so charmant wie querköpfig sein. Er sorgte dafür, daß der Koch geholt und Mittagessen im Garten serviert wurde. Owuor und Kimani wurden in den Quartieren vom Hotelpersonal versorgt, kamen jedoch nach der Mahlzeit sofort zurück, um den Berg zu sehen. Jettel schlief im Liegestuhl, und Rummler schnarchte zu ihren Füßen.

„Jettel sieht aus wie früher", sagte Martin. „Du auch", fügte er hastig hinzu.

„So ein Nebbich bin ich nicht, daß ich keinen Spiegel mehr habe. Weißt du, ich habe Jettel nicht sehr glücklich gemacht. Aber ich mache ihr keine Vorwürfe. Sie war nicht vorsichtig genug in der Auswahl ihres Ehemanns. Wir haben schwere Zeiten gehabt. Wir haben ein Kind verloren."

„Ihr habt euch verloren", sagte Martin.

„JETZT fehlt mir nur noch Regina", erklärte Martin am Abend nach der Rückkehr aus Naro Moru. „Eher ziehe ich nicht in den Krieg. Ich habe mich so auf sie gefreut."

„Sie hat erst in einer Woche Ferien."

„Genau dann muß ich weg. Wie holt ihr sie eigentlich von der Schule ab?"

„Das Problem haben wir alle drei Monate. Wenn wir artig sind, bringt sie der Bure von der Nachbarfarm mit."

„Ich hole sie. Ganz allein. Am besten am Donnerstag. Wir schicken ihr morgen ein Telegramm."

„Die Schule gibt die Kinder keinen Tag vor den Ferien heraus. Die haben Regina noch nicht mal erlaubt, Jettel im Krankenhaus zu besuchen, obwohl Jettels Ärztin extra angerufen hat. Die Schule ist ein

Gefängnis. Regina redet nicht darüber, aber wir wissen es schon lange."

„Da warten wir erst mal ab, ob die sich trauen, ihren tapferen Soldaten etwas abzuschlagen."

# 8

Mr. Brindley raschelte mit dem Papier in seiner Hand und fragte: „Wer ist Sergeant Martin Barret?"

Regina zwang ihr Gedächtnis, sämtliche Bücher durchzugehen, die ihr Mr. Brindley in den letzten Wochen zum Lesen gegeben hatte, aber der eben genannte Name weckte keine Erinnerungen.

Regina kam sich vor, als hätte sie durch eine Unachtsamkeit den schönsten Zauber ihres Lebens zerstört. Erschrocken streckte sie die Hand aus, um die einzige Macht festzuhalten, die aus der Schule, die sie haßte, eine winzige Insel machen konnte, in der nur Charles Dickens, Mr. Brindley und sie selbst wohnen durften.

Eine Fee hatte nämlich Mr. Brindley in zwei Hälften geteilt. Der gefürchtete Teil von ihm, den alle kannten, mochte keine Kinder und bestand nur aus Schulordnung, Strenge, Strafe und Rohrstock. Mr. Brindleys verzauberte Hälfte war sanft. Dieser andere Arthur Brindley liebte David Copperfield und Nicholas Nickleby, Oliver Twist, den armen Bob Cratchit und seinen winzigen Tim. Besonders liebte Mr. Brindley natürlich Little Nell. Regina hatte ihn sogar im Verdacht, daß er auch die *bloody refugee* aus Ol' Joro Orok ganz gern hatte.

Der Direktor ließ Regina oft in der einzigen freien Stunde des Tages, zwischen Hausaufgaben und Abendessen, zu sich kommen. Im ersten furchtbaren Moment machte Mr. Brindley den Eindruck, als hätte er sie nur gerufen, um ihr eine Strafe zu erteilen. Nach einer Zeit aber, die Regina immer sehr lang vorkam, stand er auf, lächelte und holte ein Buch aus dem Schrank mit dem goldenen Schlüssel. Das Buch war immer von Dickens und hatte einen weichen Einband von dunkelrotem Leder; stets sagte der zweigeteilte Direktor, während Regina es beklommen entgegennahm: „In drei Wochen bringst du es zurück und erzählst mir, was du gelesen hast."

In den letzten vier Wochen vor den Ferien hatten die beiden oft so lange über die wunderschönen Geschichten gesprochen, die Dickens nur ihnen beiden erzählte, daß Regina zu spät zum Abendessen gekommen war, aber die Strafen von der Lehrerin, die Aufsicht im Speisesaal führte, wogen leicht im Verhältnis zu der Freude an dem Zauber.

„Ich habe", wiederholte der Direktor ungeduldig, „dich gefragt, wer Sergeant Martin Barret ist."

„Ich weiß nicht, Sir. In keinem Buch, das Sie mir gegeben haben, gibt es einen Sergeant."

„Verdammt, Little Nell, ich rede nicht von Dickens. Ich rede von Mr. Barret. Er schickt dir ein Telegramm. Hier", sagte der Direktor und hielt das Papier hoch, „lies es vor."

„Hole dich Donnerstag ab. Informiere Direktor", las Regina. „Muß in einer Woche an die Front."

„Hast du vielleicht einen Onkel, der so heißt?"

„Nein, Sir. Ich habe nur zwei Tanten."

„Du mußt doch Mr. Barret kennen, wenn er dir ein Telegramm schickt", bohrte Mr. Brindley weiter. „Auf alle Fälle soll er sich nicht einbilden, daß du fünf Tage vor den Ferien nach Hause kannst. Du weißt, daß das gegen die Schulregeln ist."

„Oh, Sir, das will ich gar nicht. Für mich ist es schon genug, daß ich ein Telegramm bekomme. Es ist genau wie bei Dickens, Sir. Da haben auch die armen Leute eines Tages plötzlich Glück. Wenigstens manchmal."

„Du kannst gehen", sagte Mr. Brindley.

„Darf ich das Telegramm behalten, Sir?" fragte Regina schüchtern.

„Warum nicht?"

Arthur Brindley seufzte, als Regina die Tür zuzog. Er kam sich wie ein sentimentaler und seniler Dummkopf vor. Es war nicht gut, sich mehr mit einem Kind zu beschäftigen als nötig, und er hatte es nie zuvor getan, aber Reginas Talent, ihr Lesehunger und seine in den monotonen Berufsjahren zu kurz gekommene Liebe zur Literatur waren eine Verbindung eingegangen, die ihn zum Gefangenen einer geradezu grotesken Leidenschaft gemacht hatte.

Regina faltete das Telegramm klein und steckte es in die Tasche ihrer Schuluniform. Sie gab sich große Mühe, wenigstens nicht bei Tag daran zu denken, aber das gelang ihr nicht. Das Telegramm erschien ihr wie eine Botschaft von einem unbekannten König.

Sie hoffte und fürchtete zugleich, daß der Direktor sie noch einmal auf den Sergeant ansprechen würde, aber obwohl sie den ganzen

Mittwoch in jeder freien Minute auf dem Korridor herumstand, der zu Mr. Brindleys Zimmer führte, sah sie ihn nicht. Donnerstag war Reginas Lieblingstag, denn da gab es Post aus Ol' Joro Orok, und ihre Eltern gehörten zu den wenigen, die auch noch in der letzten Woche vor den Ferien schrieben. Die Briefe wurden nach dem Mittagessen verteilt. Regina wurde auch aufgerufen, aber statt ihr ein Kuvert auszuhändigen, befahl ihr die Lehrerin, die Mittagsaufsicht hatte: „Du sollst sofort zu Mr. Brindley kommen."

Im Zimmer des Direktors stand der König, der Telegramme an unbekannte Prinzessinnen verschickte. Er war sehr groß, trug eine zerknitterte Khakiuniform, hatte Haare wie Weizen und Augen, die in kräftigem Blau leuchteten.

Reginas Augen wanderten von den glänzenden schwarzen Stiefeln zu der Mütze, die etwas schief auf dem Kopf saß, und sie fand, daß sie noch nie einen schöneren Mann gesehen hatte. Er sah Mr. Brindley furchtlos an, als sei der Direktor ein Mann wie jeder andere.

„Das ist Sergeant Barret", sagte Mr. Brindley, „und wie ich höre, ist er ein sehr alter Freund von deinem Vater. Sergeant Barret kommt aus Südafrika und wird in zwei Wochen an der Front sein. Er möchte noch einmal deine Eltern sehen und dich heute schon für die Ferien mit nach Hause nehmen. Das bringt mich in eine ungewohnte Lage. In dieser Schule sind noch nie Ausnahmen gemacht worden, und wir werden es auch künftig so halten, doch schließlich sind wir im Krieg und müssen alle lernen, unser ganz persönliches Opfer zu bringen."

Es war leicht, bei diesem Satz Mr. Brindley tapfer anzuschauen. Wann immer von Opfern die Rede war, hatten sich die Kinder so zu verhalten, um patriotische Begeisterung zu zeigen. Trotzdem war Regina verwirrt. Erstens hatte sie Mr. Brindley noch nie so lange reden hören, und zweitens waren die Opfer, die der Krieg verlangte, meistens die Erklärung, weshalb es keine Hefte, Bleistifte, Marmelade zum Frühstück oder keinen Pudding zum Abendessen gab, sobald die traurige Nachricht kam, daß ein englisches Schiff untergegangen war. Regina überlegte, weshalb ein Soldat aus Südafrika, der sie vier Tage vor Schulschluß schon für die Ferien abholen wollte, ein Opfer war.

„Ich werde", beschloß Mr. Brindley, „einem unserer Soldaten den Wunsch nicht abschlagen, dich heute schon nach Ol' Joro Orok mitzunehmen."

„Regina, willst du dich denn nicht bei deinem Direktor bedanken?"

„Ich danke, Sir, ich danke sehr, Sir."

„Geh und sage Miß Chart, sie soll dir beim Packen helfen, Little Nell. Wir dürfen Sergeant Barret nicht zu lange warten lassen. Zeit ist kostbar im Krieg."

„WARUM nennt dich der alte Vogel Little Nell?" fragte Martin, als er den Jeep aus Nakuru heraus und die staubige Straße hinauf nach Gilgil lenkte.

Regina lachte, als sie den König deutsch und im gleichen Tonfall wie ihren Vater sprechen hörte. „Das ist", sagte sie, „eine lange Geschichte. Verstehst du etwas von Feen?"

„Klar. Bei deiner Geburt stand eine an deiner Wiege."

„Was ist eine Wiege?"

„Paß auf, du erzählst mir alles, was du von Feen weißt. Und ich erkläre dir, was eine Wiege ist."

„Und sagst du mir auch, warum du gelogen hast, daß du ein Freund von Papa bist?"

„Ich hab nicht geschwindelt. Dein Papa und ich sind ganz alte Freunde. Wir waren zusammen jung. Und deine Mutter war nicht viel älter als du, als ich sie zum ersten Mal sah. Aber etwas geschwindelt habe ich doch bei deinem Direktor. Ich komme nämlich von der Farm. Wir haben wunderschöne Tage verbracht, deine Eltern, ich, Kimani und Owuor. Und natürlich Rummler. Und da wollte ich nicht weg, ohne dich zu sehen."

„Warum?"

„Ich muß wirklich in drei Tagen fort. In den Krieg. Weißt du, ich habe dich gekannt, als du noch ganz klein warst."

„Daran kann ich mich nicht erinnern."

„Leider kann ich mich erinnern."

„Du redest wie Papa."

Martin war erstaunt, wie leicht es war, sich mit Regina zu unterhalten. Sie erzählte von der Schule auf eine Art, die ihn faszinierte, weil er Walters Humor der Jugendzeit wiedererkannte und zugleich mit einem Sinn für Ironie konfrontiert wurde, der ihn bei einer Elfjährigen verblüffte. Bald fand er sich auch in ihrem schnellen Wechsel von Phantasie zur Wirklichkeit zurecht.

„Du liebst die Farm, nicht wahr?"

„Ja, aber meine Eltern dürfen das nicht wissen. Die lieben Deutschland."

„Versprichst du mir etwas? Wenn du mal fort von der Farm mußt, daß du nicht traurig bist."

„Warum soll ich fortmüssen?"

„Vielleicht wird dein Vater auch mal Soldat."

„Das wird schön", malte sich Regina aus, „wenn er auch so eine Uniform hat wie du. Und Mr. Brindley sagt: ‚Soldaten darf man nicht warten lassen.' Dann beneiden mich die anderen. So wie heute."

„Du hast dein Versprechen vergessen", erklärte Martin lächelnd, „daß du nie traurig sein wirst."

„Warum willst du denn, daß ich nicht traurig bin?"

„Weil ich nach dem Krieg zu dir zurückkomme. Dann bist du eine Frau. Aber vorher muß ich an die Front. Und da ist die Welt nicht so schön wie hier. Da möchte ich mir wenigstens vorstellen, daß du so glücklich bist wie jetzt. Wäre das sehr schwer?"

„Nein", sagte Regina, „ich stelle mir dann einfach vor, daß du doch ein König bist. Meiner. Das macht dir doch nichts aus?"

„Überhaupt nicht", antwortete Martin lachend, „an diesem gottverlassenen Flecken lernt man zu träumen."

ANFANG Dezember 1943 erhielt Colonel Whidett einen Befehl, der ihm gründlich die Vorfreude auf seinen sorgsam geplanten Weihnachtsurlaub im exklusiven Haus des Mount Kenya Safari Club verdarb und der sich zudem als die bis dahin heikelste Herausforderung seiner gesamten militärischen Laufbahn erwies. Das Kriegsministerium in London übertrug ihm die Verantwortung für das Unternehmen „J", das in seiner Folge die Umstrukturierung der in Kenia stationierten Streitkräfte bedeuten sollte.

Die Kolonie sollte, und dies umgehend, dem Beispiel des Mutterlands und der anderen Länder des Commonwealth folgen und auch solche Freiwillige in die Armee Seiner Majestät aufnehmen, die nicht im Besitz der britischen Staatsangehörigkeit waren, „sofern sie der alliierten Sache freundlich gesonnen waren und keine Gefahr für die innere Sicherheit" darstellten. Die Formulierung „bei dem Kreis der in Frage kommenden Refugees muß zuvor eine antideutsche Haltung einwandfrei attestiert werden" erhärtete bei Colonel Whidett die in zwei Weltkriegen gemachte Erfahrung, daß gesunder britischer Menschenverstand nicht Grundvoraussetzung für eine Anstellung im englischen Kriegsministerium war.

In einem Nachsatz wurde darauf hingewiesen, daß auch der Kreis der Emigranten aus Deutschland unbedingt berücksichtigt werden sollte. Der Colonel empfand gerade diesen Teil der Order als verwirrend und überflüssig. Zu genau waren ihm noch die bei Kriegsausbruch geltenden Richtlinien gegenwärtig. Nur die Flüchtlinge aus dem von Deutschland annektierten Österreich, aus der brutal überfallenen Tschechoslowakei und aus dem bejammernswerten Polen hatten doch damals als *friendly* gegolten, die aus Deutschland unterschiedslos als Enemy Aliens. Seitdem war, zumindest nach Meinung der leitenden Militärs in Kenia, nichts geschehen, das ein Rütteln an bewährten Prinzipien gebot.

Colonel Whidett schickte zunächst seine Familie in die Ferien nach Malindi, sagte enttäuscht seinen eigenen Urlaub ab und machte sich mit einiger Verbitterung, aber doch mit jener Disziplin, die er trotz aller naheliegenden Versuchungen nie dem lässigen Kolonialstil geopfert hatte, zu dem von ihm geforderten Prozeß des Umdenkens bereit. Klarsichtig erkannte er, daß der ihm nach wie vor suspekte Kreis der Refugees für Probleme sorgte, denen nicht mit gewohnter militärischer Routine beizukommen war.

Whidett empfand den Befehl aus London als eine unzumutbare Veränderung einer bis dahin allgemein befriedigenden Situation. Ihr verdankte die Kolonie immerhin, daß die Leute vom Kontinent gut auf den Farmen des Hochlands aufgehoben waren. Dort stellten sie kein Sicherheitsrisiko dar und waren eine wirkliche Hilfe für jene britischen Farmer, die bei der Armee dienten.

Den nun in Frage kommenden Personenkreis in einem so weitläufigen und verkehrsmäßig für Kriegszeiten nicht gut genug erschlossenen Land wie Kenia in den Dienst Seiner Majestät zu berufen, war für die Betroffenen weitaus umständlicher als vom grünen Tisch des Mutterlands gedacht. Whidett wußte nicht, wie er die *„Jerries“* erreichen konnte, und hatte nicht den Hauch einer Ahnung, wie er ihre Gesinnung erforschen sollte.

„1939“, sagte er im Offizierskasino, „wurden einem die Burschen noch auf Lastwagen angeliefert, und wir konnten sie ins Camp stecken. Jetzt erwartet Mr. Churchill offenbar, daß wir zu ihnen auf die Farmen fahren und persönlich nachsehen, ob sie noch Sauerkraut fressen und ‚Heil Hitler‘ sagen.“

Merkwürdigerweise waren es dann ausgerechnet die nostalgischen Erinnerungen an den Kriegsanfang, die den Colonel auf den rettenden Ausweg brachten. Er erinnerte sich an die Familie Rubens, die bemerkenswerten Leute, die sich 1939 so wortgewaltig für die Freilassung der internierten Refugees eingesetzt hatten. Beim Studium der Unterlagen stieß der Colonel auch auf die wieder benötigten Namen.

In einem Brief nahm Whidett Kontakt mit dem Haus Rubens auf; bereits zwei Wochen später fand eine Unterredung in seinem Dienstzimmer statt. Verblüfft erfuhr der Colonel, daß vier der Söhne der Familie Rubens beim Militär waren. Einer davon war in Burma, was ja wahrlich nicht als das Paradies der Drückeberger galt, und einer bei der Airforce in England. Archie und Benjamin waren vorerst in Nairobi stationiert. David lebte zu Hause beim Vater, was für Whidett zwei zusätzliche Berater bedeutete.

„Ich glaube", sagte Whidett zu den vier Männern, „daß man die Dinge in London nicht bis ins letzte durchdacht hat. Weshalb soll hier einer freiwillig in die Army gehen, wenn er nicht muß? Der Krieg ist doch weit."

„Nicht für die Menschen, die unter den Deutschen gelitten haben."

„Haben sie das?" fragte Whidett interessiert. „Soweit ich mich erinnere, waren die meisten doch schon hier, als der Krieg ausbrach."

„In Deutschland brauchte man nicht erst den Krieg abzuwarten, um unter den Deutschen zu leiden", erklärte der alte Rubens. „Warum glauben Sie, Sir, sind meine Söhne beim Militär?"

„Ich zerbreche mir selten den Kopf, weshalb einer beim Militär ist."

„Sollten Sie aber, Colonel. Wir tun es. Für Juden ist der Kampf gegen Hitler kein gewöhnlicher Krieg. Die wenigsten von uns haben die Wahl gehabt, ob sie kämpfen wollen oder nicht. Die meisten werden hingeschlachtet, ohne daß sie sich wehren können."

Colonel Whidett seufzte. „Wie", fragte er, „soll ich denn in diesem verfluchten Land Ihre Leute überhaupt erreichen und sie wissen lassen, daß die Army sich plötzlich für sie interessiert?"

„Lassen Sie das unsere Sorge sein", antworteten Archie und Benjamin. Sie lachten, als sie merkten, daß sie gleichzeitig gesprochen hatten, und schlugen dann auch gemeinsam vor: „Wenn es Ihnen recht ist, fahren wir zu den Farmen hin und informieren die Männer, die in Frage kommen."

Colonel Whidett unternahm keine Anstrengung, seine Erleichterung zu verbergen. Binnen eines Monats erhielt er von London die offizielle Erlaubnis, Archie und Benjamin von ihren regulären Dienstverpflichtungen freizustellen und mit den nötigen Sonderaufträgen zu betrauen. Dem Vater schrieb er einen freundlichen Brief und bat um seine weitere Unterstützung.

Der alte Rubens hielt am darauffolgenden Freitag abend nach dem Gottesdienst eine kleine Ansprache, in der er von der Pflicht der jungen jüdischen Männer sprach, ihren Dank an das Gastland abzustatten, und im übrigen sorgte er ohne Zeitverlust für die notwendige Organisation. David übernahm es, Kontakt mit den Refugees herzustellen, die zwischen Eldoret und Kisumu lebten, Benjamin sollte die Küste abfahren und Archie das Hochland bearbeiten.

„Ich fang bei dem Mann in Sabbatia an. Ohne Dolmetscher mache ich mich nicht auf die Reise", entschied er.

„Willst du sagen, unsere Glaubensgenossen können immer noch kein Englisch?" fragte sein Bruder.

„Man erlebt da abenteuerliche Geschichten. Wir haben seit zwei Jahren einen Polen im Regiment, der kaum ein Wort herausbringt", erzählte Archie.

„Meinen klugen Söhnen wäre so etwas natürlich nicht passiert, wenn sie in die Emigration gemußt hätten. Die hätten alle auf den Farmen von den Kikujus bestes Oxford-Englisch gelernt", sagte sein Vater.

WEIL die kleine Regenzeit in Ol' Joro Orok noch nicht eingesetzt hatte, war die Gibson-Farm eine der ersten auf Archies Tour. Wieder war es Süßkind, der Walter im März 1944 die entscheidende Wende in seinem Leben verkündete.

Am späten Nachmittag traf er mit Archie – in der Uniform eines Sergeantmajors – auf der Farm ein und rief, kaum daß er aus dem Jeep ausgestiegen war: „Es ist soweit! Du kannst ab sofort deine Tage hier zählen. Die wollen uns endlich haben." Dann rannte er Jettel entgegen, wirbelte sie herum und erklärte lachend: „Und du wirst die schönste Kriegsbraut von Nairobi."

„Was soll das nun wieder heißen?" fragte Jettel.

„Dreimal darfst du raten", antwortete Walter.

Die Farm war gerade dabei, sich vom Tag zu verabschieden. Kimani schlug wegen des kräftigen Windes lauter als sonst mit seiner Eisenstange gegen den Wassertank. Rummler kletterte schwerfällig schnaufend in Archies Jeep und machte sich hechelnd daran, sein feuchtes Fell an den Sitzen zu wärmen. Kamau trug das Holz für den Ofen in die Küche. Deutlich erklang vom Wald das dumpfe Schlagen der Abendtrommeln. Die Luft war noch warm und weich von der eben untergegangenen Sonne. Vor den Hütten wurde Feuer angezündet.

Walter merkte, daß seine Finger klamm und die Kehle trocken waren. Das Rasen seines Herzens machte ihn unsicher. Er spürte den verhaßten, schneidenden, nicht zu erklärenden Schmerz des Abschieds, der auf ihn zukommen könnte.

„Willst du", fragte Archie Süßkind, „es ihnen nicht endlich erklären?"

„Nicht nötig", beruhigte Süßkind, „sie wissen schon Bescheid. Wir hier draußen haben seit Monaten über nichts anderes nachgedacht."

„Habt ihr es so eilig, von den Farmen wegzukommen? Oder habt ihr Angst, daß der Krieg zu Ende ist, ehe ihr den Helden spielen dürft?"

„Wir haben Familie in Deutschland."

„Sorry", stammelte Archie, als er Süßkind ins Haus folgte. Er hatte das gleiche unangenehme Gefühl in den Knien wie als Junge, wenn ihn sein Vater wegen einer frechen Bemerkung getadelt hatte. Er sah sich um und betrachtete eine Zeichnung vom Breslauer Rathaus. Das Bild erschien ihm Teil einer Welt zu sein, von deren Existenz er nicht mehr wußte als die Hausboys seines Vaters von den jüdischen Feiertagen.

Jettel bat Owuor, Kaffee zu kochen; Archie war erstaunt, ihr fließendes Suaheli zu hören. Als er sie anlächelte, ging ihm auf, daß sie schön war und ganz anders als die Frauen, die er aus Nairobi kannte. Genau wie das Bild in dem schwarzen Rahmen schien sie aus einer fremden Welt zu stammen. Dorothy, seine eigene Frau, hätte bestimmt kein Kleid auf einer Farm getragen, sondern Hosen. Er merkte, daß er im Begriff war, einen seiner Anfälle von Kopfschmerzen zu bekommen, und fragte, ob er einen Whisky haben könnte.

„Für so etwas gibt es hier kein Geld", sagte Süßkind.

„Was hat er gesagt?" wollte Walter wissen.

„Ihm gefällt euer Bild", erklärte Süßkind.

„Das Breslauer Rathaus", sagte Jettel. Ihr fiel auf, daß Archie „*sorry*" sagte.

ZUM ABENDESSEN gab es Reis mit scharf gebratenen Zwiebeln und getrockneten Bananen. „Bitte erkläre doch unserem Gast", entschuldigte sich Jettel, „daß wir nicht auf Besuch vorbereitet waren."

„Außerdem leben wir immer fleischlos, seitdem Regina so rücksichtslos war, aus ihren Schuhen herauszuwachsen", sagte Walter.

„Das ist ein altes deutsches Nationalgericht", übersetzte Süßkind.

Archie nahm sich vor, den Reis und vor allem die salzigen Bananen unzerkaut hinunterzuschlucken, um weniger von ihnen schmecken zu müssen. Das wurde ihm leichter, als mit der Scham fertig zu werden, die sich ihm aufdrängte. Die Erkenntnis wurde ihm zur Last, daß seine Familie und die übrigen alteingesessenen Juden von Nairobi den Emigranten immer sehr bereitwillig mit Geld und guten Ratschlägen geholfen, sich jedoch nie Gedanken über deren Vergangenheit, Leben, Sorgen und Empfindungen gemacht hatten.

Hinzu kam, daß es Archie immer peinlicher wurde, jedes Wort an seine Gastgeber erst an Süßkind zur Übersetzung richten zu müssen. Endlich gab er den Kampf um seine Selbstbeherrschung verloren und sagte, er sei müde. Erleichtert nahm er den Vorschlag an, sich in Reginas Zimmer zurückzuziehen.

Süßkind starrte ins Feuer, Jettel kratzte die letzte Spur vom Reis aus der Schüssel und schob Rummler einen Bissen in die Schnauze, Walter ließ ein Messer um die eigene Achse kreisen. Es war, als warteten alle drei nur auf ein Zeichen, um sich in die heitere Unbefangenheit von Süßkinds üblichen Besuchen zu stürzen, aber das Schweigen war zu groß; die Erlösung kam nicht. Schon die Möglichkeit, daß das Leben in neuen Bahnen verlaufen könnte, machte ihnen angst. Es war leichter geworden, Fesseln zu ertragen, als sie zu zerschneiden. Jettel brach in Tränen aus.

„Wie kannst du uns das antun?" schrie sie. „Einfach im Krieg zu fallen, nach allem, was wir durchgemacht haben? Was soll aus mir und Regina werden?"

„Jettel, mach bloß keine deiner Szenen! Die Army hat mich noch nicht einmal genommen."

„Aber sie wird."

„Ich bin vierzig", sagte Walter. „Ich kann mir nicht vorstellen, daß die Engländer nur auf mich gewartet haben, um endlich den Krieg zu gewinnen."

„Um Regina brauchst du dir keine Sorgen zu machen", weinte Jettel, „sie betet jeden Abend, daß du zur Armee kannst."

„Seit wann?"

„Seit Martin hier war."

„Das habe ich nicht gewußt."

„Und daß sie in ihn verliebt ist, weißt du wohl auch nicht."

„Quatsch."

„Hier ist jedenfalls etwas Gutes geschehen", sagte Süßkind, „Archie hat mir erzählt, wie die Dinge laufen werden. Du wirst vor eine Kommission gerufen und mußt sagen, warum du zur Army willst. Und sei bloß kein Narr. Daß ihr beide auf der Farm verreckt, wollen die Engländer bestimmt nicht hören."

„Natürlich will ich von der Farm weg", sagte Walter, „aber das ist es nicht allein. Zum ersten Mal seit Jahren habe ich das Gefühl, daß ich gefragt werde, ob ich etwas tun will oder nicht, und daß ich etwas für meine Überzeugung tun kann. Mein Vater hätte gewollt, daß ich zur Army gehe. Er hat ja auch seine Pflicht als Soldat getan."

„Ich denke, du magst die Engländer nicht", hielt ihm Jettel vor. „Warum willst du dann für sie fallen?"

„Herrgott, Jettel, ich bin noch nicht tot! Außerdem sind es die Engländer, die mich nicht mögen. Aber wenn sie mich haben wollen, will ich dabeisein. Vielleicht kann ich dann eines Tages wieder in den Spiegel sehen, ohne mir wie der letzte Nebbich vorzukommen. Wenn du es genau wissen willst, habe ich mir immer gewünscht, Soldat zu sein. Owuor, was machst du da, warum schmeißt du so ein großes Stück Holz ins Feuer? Wir gehen doch bald ins Bett."

Owuor hatte seine Anwaltsrobe angezogen und legte leise pfeifend noch einige Äste in den Kamin. „Bwana", sagte er, „wenn du von der Farm gehst, komme ich mit. Ich will dich nicht wieder suchen wie an dem Tag, als du in Rongai auf Safari gegangen bist. Die Memsahib braucht ihren Koch, wenn du zu den Askaris gehst."

„Was sagst du da? Woher weißt du?"

„Bwana, ich kann Worte riechen. Und die Tage, die noch nicht gekommen sind. Hast du das vergessen?"

# 9

AM MORGEN des 6. Juni 1944 saß Walter zwei Stunden vor dem Weckruf in der leeren Mannschaftsmesse. Die belebende Kühle der mondgelben Nacht kroch durch die schmalen, offenen Fenster. Für Walter war die Zeit zwischen Dunkelheit und Dämmerung ideal, um Gedanken zu entwirren, Briefe zu schreiben und ungestört von den argwöhnischen Blicken jener Soldaten, die das Glück des richtigen Geburtslandes hatten, Nachrichten in deutscher Sprache zu suchen. Er stopfte das grobe Khakihemd, das weit besser für den Krieg im europäischen Winter als für die heißen Tage am Südrand des Sodasees von Nakuru geeignet war, in die Hose und genoß die Zufriedenheit als das erregendste Erlebnis der neuen Sicherheit.

Nach seinen ersten vier Wochen beim Militär hatte er sich noch immer nicht genug an das fließende Wasser, das elektrische Licht und die Erfülltheit der Tage gewöhnt, um sie nicht bewußt als lang entbehrte Wohltaten zu genießen. Es war ihm eine kindische Freude, in seiner Freizeit zur Schreibstube zu gehen und dort den Telefonapparat anzuschauen. Manchmal nahm er sogar den Hörer in die Hand, um sich am Ton des Freizeichens zu freuen.

Er genoß es jeden Tag aufs neue, Radio zu hören und sich keine Gedanken um die Batterie machen zu müssen. Als der Zahnarzt der Kompanie ihm grob und ungeschickt zwei Zähne zog, die ihn seit den ersten Tagen in Ol' Joro Orok geplagt hatten, empfand er selbst den Schmerz noch als Beweis, daß er es weit gebracht hatte – er brauchte sich nicht um die Rechnung zu sorgen. Wann immer seine körperliche Erschöpfung es zuließ und seit ein paar Tagen die heftigen Schweißausbrüche, gönnte er sich den Genuß, die Bilanz seines abermals abrupt veränderten Lebens zu ziehen.

Walter hatte in einem Monat mehr gehört, geredet und selbst gelacht als in den fünf Jahren auf den Farmen in Rongai und Ol' Joro Orok. Er aß vier Mahlzeiten am Tag, zwei davon mit Fleisch, die ihn nichts kosteten, hatte Wäsche, Schuhe und mehr Hosen, als er brauchte, konnte seine Zigaretten zum Billigtarif für Soldaten kaufen und hatte Anspruch auf eine Wochenration Alkohol, die ihm ein Schotte mit Schnurrbart schon zweimal gegen drei freundliche Schläge auf den Rücken abgehandelt hatte. Von seinem Sold als *Private* der British Army konnte er Reginas Schule bezahlen und Jettel noch ein Pfund nach Nairobi schicken. Außerdem bekam sie einen monatlichen Zuschuß von der Army. Vor allem lebte Walter ohne Furcht, daß jeder Brief die Kündigung seiner ungeliebten Stellung bedeuten und ihn vernichten könnte.

In einem Spind lagen Papier und Briefumschläge; zwischen leeren Flaschen und vollen Aschenbechern stand ein Tintenfaß, daneben lag ein Federhalter. An der Wand hing ein vergilbtes Foto von George VI. Walter lächelte dem ernst blickenden König zu und pfiff die Melodie von „*God Save the King*". Er schrieb:

Meine geliebte Jettel!
Du hast ganz recht, wir schreiben einander wieder Briefe wie damals, als Du in Breslau auf die Auswanderung gewartet hast. Nur daß wir jetzt alle drei in Sicherheit sind und in Ruhe abwarten können, was das Leben mit uns vorhat. Ich bin den ganzen Tag auf Trab. Die Engländer bilden uns so gründlich aus, als hätten sie nur auf die *bloody refugees* gewartet, um endlich losschlagen zu können. Abends komme ich mir vor, als hätte ich wieder Malaria, aber das wird hoffentlich bald besser werden. Jedenfalls robbe ich den ganzen Tag durch Matsch und Schlamm. Aber mach Dir keine Sorgen. Dein Alter hält gut durch, wenn auch mit Blasen an den Füßen.

Falls Du Dich über die Blasen wunderst, sie haben mir viel zu enge Stiefel verpaßt, und ich kann nicht genug Englisch, um ihnen das zu sagen. Ich habe mir jedoch vorgenommen, keinen der anderen Refugees in meiner Unit (heißt Einheit) um Dolmetscherdienste zu bitten. Vielleicht lerne ich so doch noch Englisch. Außerdem mögen es die Ausbilder nicht, wenn man deutsch spricht. Wenigstens haben sie von selbst gemerkt, daß die Mütze zu groß war und mir dauernd vom Kopf rutschte. Seit zwei Tagen kann ich also auch in Uniform wieder sehen.

Dabei fällt mir ein, daß wir Regina unbedingt auf die wichtigste Veränderung in ihrem Leben aufmerksam machen müssen. Sie braucht jetzt nicht mehr jeden Abend zu beten, daß ich meine Stellung nicht verliere, und kann sich ganz darauf konzentrieren, den lieben Gott um den Sieg der alliierten Sache zu bitten. Sie hat natürlich keine Ahnung, daß ich in [illegible]uru stationiert bin. Du wirst ja schon gemerkt haben, daß Militärpost [illegible]bsender verschickt wird.

Je[illegible]s bin ich sicher, daß wir richtig entschieden haben. Eines Tages [illegible]u mir recht geben. So wie Du ja inzwischen eingesehen hast, wie [illegible] war, daß wir nach Kenia und nicht nach Holland emigriert sind. [illegible]ns habe ich hier einen recht netten Kerl kennengelernt, der in G[illegible] ein Radiogeschäft hatte. Natürlich kann der einen Radioapparat ga[illegible]ders handhaben als ich und ist sehr gut informiert. Er hat mir erzählt, [illegible]auch für die holländischen Juden keine Hoffnung mehr besteht.

Ich hoffe, daß Du b[illegible]ine Unterkunft in Nairobi findest und vielleicht sogar eine Arbeit, die D[illegible]sagt und uns allen helfen würde. Wer weiß, ob wir nicht eines Tages etw[illegible]eld für die Zeit nach dem Krieg zurücklegen können. Wenn Du erst nic[illegible]ehr bei Gordons wohnen mußt und wieder so leben kannst, wie Du [illegible], wirst Du dich bestimmt mit Nairobi anfreunden.

Die Engländer in unserer U[illegible]d alle junge Kerle und eigentlich ganz nett. Sie begreifen zwar nicht, [illegible]b ein Mann mit der gleichen Hautfarbe wie sie nicht auch ihre [illegible] kann, aber einige klopfen mir freundlich auf den Rücken. Wahrscheinlich weil ich in ihren Augen steinalt bin. Für mich ist es jedenfalls das erste Mal seit dem Abschied von Leobschütz, daß ich mir nicht als Mensch zweiter Klasse vorkomme, obwohl ich Sergeant Pierce im Verdacht habe, daß er nicht gerade ein Philosemit ist. Manchmal ist es eben auch ganz gut, wenn man die Landessprache nicht kann.

Kimani fehlt mir sehr. Ich weiß, es klingt albern, aber ich komme einfach nicht darüber hinweg, daß ich ihn bei unserem Abschied von der Farm nicht mehr gefunden habe und ihm nicht mehr sagen konnte, welch guter Freund er mir war. Sei froh, daß du Owuor und Rummler bei Dir hast. Ich warte sehnsüchtig auf Deine Post.
Schreib bald an Deinen Walter.

Nur wenn Walter an Regina dachte, quälte ihn wieder die Angst, versagt zu haben. Er konnte sich seine Tochter, für die Ol' Joro Orok Heimat war, nicht in Nairobi vorstellen. Unerträglich war ihm das Wissen, daß er ihr die Wurzeln entrissen hatte. Er mußte ihr den Abschied von der Farm schriftlich mitteilen. Es war der erste Schmerz, den er Regina bewußt zufügte. In dem Brief, den er ihr in die Schule schrieb, hatte er versucht, ihr das Leben in Nairobi als eine Kette von heiteren, sorglosen Tagen voller Abwechslung und neuer Freunde auszumalen, doch er hatte dabei an nichts anderes denken können als an seinen Abschied aus Sohrau, Leobschütz und Breslau und nicht die richtigen Worte gefunden. Regina hatte sofort geantwortet, aber die Farm, die sie nie wieder sehen würde, überhaupt nicht erwähnt. „*England*", schrieb sie in rot unterstrichenen Blockbuchstaben, „*expects that every man will do his duty.* Admiral Nelson. – England erwartet von jedem, daß er seine Pflicht tut."

Es quälte Walter, daß er nicht wußte, ob Regina tatsächlich so erwachsen, patriotisch und vor allem schon so englisch war, daß sie ihre Gefühle nicht zeigte, oder doch nur ein verwundetes Kind, das dem Vater zürnte. Bei solchen Grübeleien wurde ihm stets nur eines klar: Er wußte zu wenig von seiner Tochter, um ihre Reaktion zu deuten. Zweifelte er auch nicht an ihrer Liebe, so machte er sich doch keine Illusionen. Er und sein Kind hatten keine gemeinsame Muttersprache mehr.

Walter drehte an den Knöpfen des Radios. Wortfetzen erreichten sein Ohr. Sie waren, obwohl das Radio nicht voll aufgedreht war, laut, aufgeregt und manchmal fast hysterisch. Die Stimme des Nachrichtensprechers klang anders als sonst.

Sergeant Pierce erschien. Er fuhr sich durch sein dichtes Haar, gähnte ein paarmal und machte sehr langsam seinen Gürtel zu.

Doch dann fuhr das Leben mit unvermuteter Plötzlichkeit in seine Glieder. Er rannte zum Radio, und sein Atem rasselte in heftigen Stößen, während er den Apparat zur vollen Lautstärke trieb. Eine für seinen blassen Teint ungewöhnliche Röte machte eine für ihn ebenso ungewöhnliche Verblüffung sichtbar. Sergeant Pierce richtete sich zu seiner vollen Größe auf, legte beide Hände an die Hosennaht und schrie gellend: „*They've landed!* – Sie sind gelandet!"

Walter spürte sofort, daß Außergewöhnliches geschehen sein mußte und daß der Sergeant von ihm eine Reaktion erwartete, aber er traute sich noch nicht einmal, ihn anzusehen.

„*They've landed*", schrie der Sergeant noch einmal, „*you bloody fool, they've landed!*" Er versetzte Walter einen Hieb auf die Schultern, zog ihn vom Stuhl hoch und stieß ihn vor die schlecht gedruckte Landkarte, die zwischen dem Bild des Königs und einer Aufforderung hing, nicht leichtfertig militärische Geheimnisse zu verraten. „*Here!*" brüllte er. Ratlos sah Walter den fleischigen Zeigefinger des Sergeants an, der über die Karte fuhr und schließlich in Norwegen haltmachte.

„*Norway*", las Walter vor.

„*Normandy, you damn'd fool*", verbesserte Pierce ihn gereizt. Er schob den Zeigefinger erst nach Osten bis Finnland und dann nach Süden auf Sizilien zu und trommelte danach mit der tätowierten Hand auf der Karte von Europa herum. Schließlich kam er auf die für einen Mann mit seiner Stimmkraft fernliegende Idee, den Federhalter zu holen. Mit ungelenken Bewegungen malte er das Wort *Normandy.* Er beobachtete Walter voller Anspannung und hielt ihm die Hand hin.

Walter ergriff sie schweigend und legte den Zeigefinger von Sergeant Pierce auf die Küste der Normandie. Er selbst erfuhr jedoch erst beim Frühstück und durch den Radiohändler aus Görlitz, daß die Alliierten dort gelandet waren.

ZUM ABENDESSEN wurden Hammelbraten und Minzsoße, grüne Bohnen und ein sehr fetter und fester Yorkshire Pudding serviert – ein Festmahl, das es seit der Landung der Alliierten in Sizilien nicht mehr gegeben hatte. In der mit kleinen Union Jacks üppig geschmückten Messe wurde vor dem Essen erst „*God Save the King*" und „*Rule Bri-*

*tannia*" gesungen, beim Obstsalat mit warmer Vanillesauce „*Keep the Homefires Burning*". Mit „*It's a Long Way to Tipperary*" erreichte die Begeisterung ihren ersten Höhepunkt.

Bereits in den ersten Brandy, der aus Wassergläsern getrunken wurde, flossen wehmütige Tränen. Sergeant Pierce war in Hochstimmung und genoß in den Gesangspausen die Bewunderung seiner fröhlichen Männer und das Lob, daß er als erster vom Kriegsglück erfahren hatte, doch sein Sinn für Fair play funktionierte ebensogut wie sein Gedächtnis. Er bestand noch während des Essens und vor der Zusammenfassung der Tagesnachrichten auf einem kleinen Applaus für Walter, weil er sofort gewußt hatte, wo „*bloody Normandy*" war. Pierce übernahm es persönlich, dafür zu sorgen, daß Walters Glas nicht leer wurde. Immer wieder schenkte er ihm abwechselnd Brandy und Whisky ein und wurde noch aufgekratzter, als er ohnehin schon war, als der seltsame, stumme Kerl aus Europa endlich gelernt hatte, „*Cheers*" zu sagen.

Walter empfand den Brandy als Wohltat für seinen schon seit Tagen rebellierenden Magen und den Whisky als ideales Getränk, um das kalte, übel schmeckende Hammelfett gleichmäßig im Mund zu verteilen. Er spürte zwar Benommenheit im Kopf, aber auch ein angenehmes Rauschen in den Ohren, das ihn an seine Studentenzeit erinnerte und das er so lange als Zufriedenheit deutete, bis er merkte, daß er zu frieren begann. Dann schwankten zuerst die Möbel vor seinen Augen und bald auch die Menschen.

Sobald der Gesang verstummte, ging Walter auf, daß er als einziger den Alkohol nicht vertrug. Das war ihm peinlich, und er versuchte, sich trotz seiner Schweißausbrüche so aufrecht wie möglich zu halten, indem er seinen Rücken gegen die Stuhllehne drückte und die Zähne aufeinanderbiß. Als er entdeckte, daß aus dem kalten Hammelfett heißes Blut in seinem Mund geworden war, wäre er gern aufgestanden, doch er sagte sich, gerade er als Refugee dürfe nicht unnötige Aufmerksamkeit auf sich lenken. So blieb er sitzen und grub seine Nägel in die Tischkante.

WALTER erwachte drei Tage später, nicht in der Militärbaracke, sondern im General Army Hospital in Nakuru. Als dies geschah, war Corporal Prudence Dickinson, von der Mehrzahl der Patienten kurz Prue genannt, zufällig zur Stelle. Sie war indes nicht zu Gesprächen mit einem Mann aufgelegt, der in seinen Anfällen des Fieberdeliriums zweifelsfrei deutsch gesprochen und so ihr patriotisches Ohr gekränkt hatte.

Dennoch wischte Prue dem Kranken den Schweiß von der Stirn, schob ihm das Thermometer zwischen die Zähne und sagte, ganz gegen ihre Gewohnheit bei Patienten, die ihr mißbehagten, einen vollständigen Satz. Sie hätte sich die Mühe sparen können. Walter war schon wieder eingeschlafen und hatte fürs erste die einzige Gelegenheit verpaßt zu erfahren, daß weder Whisky, Brandy noch Hammelbraten für seinen Zustand verantwortlich waren. Er hatte Schwarzwasserfieber.

Sein Leben verdankte er der Reaktionsschnelligkeit von Sergeant Pierce, der als Soldat zuviel Erfahrung mit Alkohol und als ein Kind der Londoner Slums zu viele Menschen im Fieberwahn erlebt hatte, um bei der großen Siegesfeier Walters Zustand zu mißdeuten. Als Pierce in der Messe Walter zusammenbrechen sah, ließ er sich keinen Moment von den Vorschlägen seiner jubelnden Kameraden beirren, die Walter in einen Bottich mit kaltem Wasser tauchen wollten. Pierce sorgte für Walters umgehenden Abtransport ins Krankenhaus.

Obwohl er Grund hatte, sich ausschließlich mit seiner eigenen Person zu beschäftigen, denn erste Gerüchte von seiner Beförderung zum Sergeantmajor waren zu ihm gedrungen, ließ er sich täglich über den Verlauf von Walters Krankheit unterrichten. Nach einer Woche besuchte er Walter im Krankenhaus und erschrak, als er ihn apathisch mit blauen Lippen und gelber Hautfarbe im Bett liegen sah. Walters Freude, ihn zu sehen, und daß er *„Cheers"* sagte, rührten Pierce. Die beiden Männer konnten sich nach dieser Begrüßung indes nur noch schweigend ansehen.

Bei seinem Besuch am Anfang der zweiten Woche brachte Pierce Kurt Katschinsky mit, den Radiohändler aus Görlitz, und begriff, zum ersten Mal in seinem Leben, wie wichtig es doch war, daß sich Menschen verständigen konnten.

Katschinsky, der eigentlich dabei war, seine Muttersprache zu verlernen, erklärte Walter die Sache mit dem Schwarzwasserfieber und erlöste ihn endlich von den selbstquälerischen Vorwürfen, die ihn hatten glauben lassen, er hätte sich wie ein Trottel benommen und mit Alkohol vergiftet. Seinem Sergeant, der bei schweren Krankheiten verpflichtet war, für den Besuch der Ehefrau im Krankenhaus zu sorgen, von Jettel jedoch keine Anschrift hatte, erzählte Katschinsky, daß Walter eine zwölfjährige Tochter in der nur einige Kilometer entfernten Schule habe. Bereits am nächsten Tag erschien Pierce mit Regina.

Als Walter seine Tochter auf Zehenspitzen in den Krankensaal hereinkommen sah, schloß er rasch die Augen, um das schöne Bild festzuhalten, ehe es sich als Trug dekuvrierte. In den ersten Tagen seiner Krankheit hatte er immer wieder erlebt, wie sein Vater und Liesel an seinem Bett saßen und zu körperlosen Wesen wurden, sobald er sie ansprach.

„Papa, Papa, erkennst du mich nicht?“ hörte er Regina sagen.

Ihre Stimme kam aus großer Ferne. Es gelang Walter, sich im Bett aufzurichten und beide Arme nach hinten zu schieben. Dann schlug ihm die Wärme ihres Körpers entgegen, und ihre Stimme war dicht an seinem Ohr.

„Endlich, Papa. Ich dachte, du wachst nicht mehr auf.“

Walter war so betäubt von der Wirklichkeit, daß er kein Wort zu sagen wagte. Er merkte auch nicht, daß Sergeant Pierce am Kopf des Bettes stand.

„Bist du gewundet worden?“ fragte Regina.

„Mein Gott, ich hatte schon vergessen, daß du nicht mehr richtig Deutsch kannst.“

„Bist du?“ bohrte Regina nach.

„Nein, dein Papa ist nur ein blöder Soldat, der sich Schwarzwasserfieber geholt hat.“

„Aber er ist Soldat“, beharrte Regina stolz.

*„Cheers“*, sagte Pierce.

*„Three cheers for my daddy!“* rief Regina laut.

Später schlug Walter seiner Tochter vor: „Sag ihm, er soll doch mal herauskriegen, weshalb der Drachen von Krankenschwester mich nicht riechen kann.“

Sergeant Pierce hörte aufmerksam zu, während Regina aufgeregt berichtete, was sie erfahren hatte, und er ließ Corporal Prudence Dickinson kommen. Erst stellte er einige höfliche Fragen, aber plötzlich stellte er sich hin, stemmte seine Arme in die Hüften und nannte zu Reginas Verblüffung Schwester Prue *„a nasty bitch“*, worauf sie wortlos und röter im Gesicht als ein Buschfeuer den Saal verließ.

„Sag deinem Vater, die Frau ist ein dummer Esel“, erklärte Pierce, „es hat sie geärgert, daß er im Fieber deutsch gesprochen hat. Aber ich denke, das solltest du ihm erst erzählen, wenn er wieder gesund ist.“

„Er möchte noch etwas wissen“, erklärte Regina leise.

„Frag nur."

„Er will wissen, ob er jetzt nicht mehr Soldat sein darf."

„Warum denn?"

„Weil er gleich so krank geworden ist."

Pierce mußte sich räuspern. Er lächelte. Irgendwie gefiel ihm die Kleine. Obwohl sie weder Zöpfe, rotes Haar noch Sommersprossen hatte, erinnerte sie ihn an eine seiner fünf Schwestern. Jedenfalls hatte das Kind mit dem hochmütigen Oxford-Akzent der reichen Leute Mut. Das gefiel ihm. „Erklär deinem Vater", sagte Pierce, „daß die Army ihn noch braucht."

„Du kannst deine Stellung behalten, hat er gesagt", flüsterte Regina. Sie küßte ihrem Vater schnell beide Augen, damit der Sergeant nicht merkte, daß er weinte.

DAS HOVE COURT HOTEL hatte fast das gleiche Alter wie die Stadt Nairobi selbst. Zu beiden Seiten des Eingangstors aus schwarzem Eisen standen verkrustete Palmen, im Garten gab es Zitronenbäume mit harten grünen und leuchtend gelben Früchten; wuchernde Maulbeersträucher, Riesenkakteen, Rosen und in tiefem Violett blühende Bougainvilleen wuchsen vor flachen weißen Häuschen, die um einen kurzgeschorenen Rasen angelegt waren. Als die weitläufige Anlage 1905 von einem Architekten aus Sussex gebaut wurde, diente sie neu eingewanderten Regierungsbeamten so lange als erstes Quartier, bis sie ihre Familien in die Kolonie nachkommen ließen und in eigene Häuser zogen.

Das großzügig vornehme Flair, das in der wilden Gründerzeit der jungen Stadt für eine sehr englische Enklave gesorgt hatte, gab es nicht mehr, seitdem Mr. Malan der Hotelbesitzer war. Er sorgte, als er neue Schilder bestellte und dabei auf das Wort Hotel verzichtete, rasch und gründlich dafür, daß das Hove Court nicht mehr die richtige Adresse für Leute war, die standesgemäß zu leben verstanden. Der erfahrene Kaufmann aus Bombay erkannte mit geübtem Blick die Erfordernisse einer neuen Zeit. Es waren nicht mehr Regierungsbeamte mit nostalgischen Träumen von der alten Heimat und auch nicht Safarigäste mit einem ausgeprägten Bedürfnis nach Eleganz und Komfort vor dem Aufbruch ins große Abenteuer, die untergebracht werden wollten, sondern Flüchtlinge aus Europa. Mit denen, fand Malan, war gut umgehen. Sie mußten neue Existenzen gründen und waren in ihrem Fleiß und Eifer so sparsam und anspruchslos wie seine eigenen Landsleute, die in Kenia einen neuen Anfang wagten. Schon Mitte der dreißiger Jahre ließ Malan die großen Zimmer in kleine „Flats“ verwandeln. Er baute die Gesellschaftsräume sowie die kleinen Küchen und Bäder zu Einzelzimmern mit Waschtischen hinter einem Vorhang um, installierte Gemeinschaftstoiletten und ließ in der freien Fläche hinter dem großen Garten nur die kleinen, schmuddeligen Hütten mit Wellblechdächern für das schwarze Personal im ursprünglichen Zustand.

Waren Malans Mieter auch von einer für Weiße unüblichen Armut und Bescheidenheit, so konnten sie sich dank seines psychologisch gut durchdachten Coups doch das für die weiße Oberschicht laut ungeschriebenem Gesetz obligatorische Personal leisten und damit die Illusion, sie hätten den gleichen Lebensstandard wie die reichen Engländer in den Häusern am Rande der Stadt. Manche Familien wohnten schon jahrelang dort.

Bei der Wahl seiner Mieter bevorzugte Mr. Malan die Refugees aus Deutschland. Sie waren viel kleinlauter als die selbstbewußten Österreicher, sauberer als die Polen, vor allem pünktliche Zahler und neigten wegen ihrer Sprachschwierigkeiten nicht zu Widerworten, die Malan verabscheute.

Malan ließ sich dreimal in der Woche im Hove Court sehen – hauptsächlich, um Menschen mit Klagen klarzumachen, daß sie nun in einem freien Land lebten und das Recht hätten, jederzeit bei ihm aus- und woanders hinzuziehen. Um die Hierarchie im Hove Court kümmerte er sich nicht. Im schönsten Flat mit einem verästelten Eukalyptusbaum vor dem Fenster und einem winzigen Garten wohnten die alte Mrs. Clavy und ihr betagter Hund Tiger, ein brauner Boxer mit einer Abneigung gegen zu harte deutsche Laute. Mrs. Clavy selbst, deren Bräutigam sechs Wochen nach seiner Ankunft in Nairobi und lange vor dem Ersten Weltkrieg an Malaria gestorben war, galt hingegen als freundlich. Sie maß Kinder nicht an ihrer Muttersprache und lächelte sie ohne Einschränkungen an.

Lydia Taylor, einst Kellnerin im Londoner Savoy, war die zweite Engländerin, die das Leben in der Gemeinschaft von fremdsprachigen Menschen mit Gelassenheit ertrug. Ihr dritter Mann war Captain und nicht gewillt, für sie und die drei Kinder, von denen nur eins das seine war, mehr als die monatliche Miete für zwei Zimmer im Hove Court aufzubringen. Ihre kostbaren Seidenkleider aus ihrer zweiten Ehe mit einem Textilkaufmann aus Manchester, ihre drei Hausboys und eine betagte Aja, die nach Sonnenaufgang den Kinderwagen laut singend durch den Garten schob, sorgten für Gesprächsstoff. Beneidet wurde Mrs. Taylor um ihre Terrasse. Dort stillte sie bei Tag ihr Baby und empfing nach Einbruch der Dunkelheit ihre vielen jungen Freunde in Uniform. Die sicherten ihr gesellschaftliches Prestige, seit ihr Mann zu ihrer Erleichterung nach Burma versetzt worden war.

Ebenfalls nicht schlecht untergebracht, fast immer auf der begehrten Schattenseite des Gartens, waren die Emigranten der ersten Stunde. Sie erregten den Neid der nach ihnen eingetroffenen Flüchtlinge. Zu dieser Einwandererelite gehörten die alten Schlachters aus Stuttgart, die nicht zu überreden waren, ihr Rezept für Maultaschen und Spätzle zu verraten, der unfreundliche Schreiner Kellner mit Frau und vorlautem, halbwüchsigem Sohn aus Erfurt, der es zum Manager einer Holzfabrik gebracht hatte, und Leo Slapak mit Frau, Schwiegermutter und drei Kindern aus Krakau. Slapak verdiente zwar gutes Geld mit seinem Secondhandshop, war aber nicht bereit, es für besseres Wohnen auszugeben.

Als langjährige Bewohnerin im Hove Court galt, wenn auch nicht zu Recht, Elsa Conrad, die durch ihren souveränen Umgang mit Mr. Malan rasch zu Ansehen gekommen war. Obwohl sie erst nach Kriegsausbruch zugezogen war, hatte sie zwei große Räume und eine fast so geräumige Terrasse wie Mrs. Taylor.

Der achtzig Jahre alte Professor Siegfried Gottschalk gehörte zu Mr. Malans frühen Mietern. Er pochte als einziger nicht auf den Status des weitsichtigen Früheinwanderers, der rechtzeitig die Zeichen drohenden Unheils erkannt hatte. Er hatte im Ersten Weltkrieg dem Kaiser die Beweglichkeit seines rechten Armes geopfert und danach der Vaterstadt als Professor der Philosophie gedient. An einem Frühlingstag des Jahres 1933 war er von johlenden Studenten der Frankfurter Universität auf die Straße getrieben worden. Jeden Morgen stand Gottschalk um sieben Uhr auf und ging bis zum kleinen Hügel hinter den Hütten der Hausboys, trug zum Tropenhelm den dunklen Anzug und die graue Krawatte, die noch aus seiner Heimatstadt stammten, und gestattete sich auch in der Mittagsglut keine leichte Kleidung und nicht die landesübliche Ruhezeit.

„Unser Professor", wie ihn auch diejenigen im Hove Court nannten, die ihn nur für skurril und zerstreut hielten, war der Vater von Lilly Hahn. Ihr wiederholtes Flehen, zu ihr und Oha auf die Farm in Gilgil zu ziehen, lehnte er stets mit der Begründung ab: „Ich brauche Menschen um mich und nicht Rindviecher.“ Dann aber kam ein Brief von seiner Tochter, der ihn zugleich belebte und aufregte. Lilly bat ihren Vater, Jettel bei der Familie Gordon aufzusuchen und ein gutes Wort bei Malan einzulegen, damit sie und ihre Tochter im Hove Court unterkamen.

Der alte Mann war glücklich über die Aussicht, einen Teil seiner Zeit in anderer Gesellschaft als der von Seneca, Descartes, Kant und Leibniz zu verbringen. Am Sonntag um acht Uhr morgens trat er beschwingt durch das eiserne Tor des Hove Court. Er traute sich nicht, den Bus zu benutzen, weil er dem Fahrer sein Ziel weder auf englisch noch suaheli nennen konnte, und ging die drei Kilometer zu Gordons zu Fuß.

Zu seiner Freude stammte das Ehepaar aus Königsberg, wo er als Junge oft die Ferien bei einem Onkel verbracht hatte. Von Jettels blassem Teint, dunklen Augen, dem kindlichen Ausdruck und ihren schwarzen Locken war er gerührt und genierte sich um so mehr seines Unvermögens, ihr zu helfen.

„Ich kann“, sagte er nach der dritten Tasse Kaffee, „Ihnen nur mit Geleit, doch nicht mit Fürsprache dienen. Englisch habe ich nicht mehr erlernt.“

„Ach, Herr Gottschalk, Lilly hat mir so viel Gutes von Ihnen erzählt. Wenn Sie nur mitkommen zu Malan, ist mir schon wohler. Ich kenne ihn ja gar nicht.“

„Er ist kein Philanthrop. Morgen zeige ich Ihnen erst einmal unser Hove Court, und vielleicht fällt uns dort ein, was wir tun können.“

Doch nicht er, sondern der Zufall und Elsa Conrad brachten die Dinge in Bewegung. Gottschalk war gerade dabei, Jettel auf die zarten Hibiskusblüten aufmerksam zu machen, die an einer Mauer emporwuchsen, als Elsa Conrad den Rest Wasser in ihrer Gießkanne auf den Boxer von Mrs. Clavy schüttete und ihn einen „Mistköter“ schimpfte. Jettel erkannte die temperamentvolle Weggenossin aus den ersten Kriegstagen sofort an dem langen, geblümten Morgenrock und dem roten Turban um den Kopf.

„Mein Gott, die Elsa aus dem Norfolk“, rief sie aufgeregt, „erinnerst du dich noch? Wir waren 1939 zusammen dort interniert!“

„Glaubst du“, fragte Elsa entrüstet, „daß man sein Leben in einer Bar zubringen kann, ohne sich Gesichter zu merken? Los, kommt rein. Ich kann mich noch genau erinnern. Dein Mann war Rechtsanwalt. Und du hast ein niedliches, verschüchtertes Kind. Ihr wart doch auf einer Farm. Was machst du in Nairobi? Bist du etwa deinem Mann weggelaufen?"

„Nein. Mein Mann ist bei der Army", erklärte Jettel stolz. „Und ich", fuhr sie fort, „weiß gar nicht, was ich machen soll. Ich habe keine Unterkunft, und Regina hat bald Ferien."

„Den hilflosen Ton kenne ich doch noch. Bist du immer noch die feine Anwaltsgattin? Erwachsener bist du jedenfalls nicht geworden. Macht nichts. Elsa hat immer geholfen, wenn sie konnte. Du brauchst jemanden, der mit dir zu Malan geht. Nichts für ungut, Professorchen. Sie sind da nicht der richtige Mann. Gleich morgen gehen wir hin. Und fang bloß nicht an zu heulen. Das indische Ekel läßt sich nicht durch Tränen beeindrucken."

MALAN unterdrückte Grimm und Seufzer, als Elsa Conrad sein Büro erstürmte und Jettel als tapfere Soldatenfrau vorstellte, die umgehend und natürlich zu einem Mietpreis, den ihm noch nicht einmal sein Lieblingsbruder zugemutet hätte, eine Unterkunft brauche. Er wußte aus Erfahrung, daß es sinnlos war, sich ihr zu widersetzen. Ihre Stimme war sehr viel durchdringender als seine, und die Weibsperson selbst neigte zu Argumenten, auf die er schon deshalb keine Antwort fand, weil die Tiraden in einer ihm unbekannten Sprache herausgeschleudert wurden. Hinzu kam, daß Malan Rücksicht auf seine umfangreiche Familie nehmen mußte und es sich mit Elsa nicht verderben durfte.

Dieser weibliche Riese mit dem aufreizenden Turban wußte nicht nur, daß er im Hove Court die meiste Zeit ein Zimmer für besondere Fälle frei hielt. Die Frau war ausgerechnet auch noch Managerin im „Horse Shoe". In der kleinen Bar, die wegen ihrer Intimität, dem Vanilleeis und den Currygerichten bei den Soldaten aus England beliebtester Treffpunkt Nairobis war, wurde ausschließlich indisches Personal in der Küche beschäftigt und fast immer solches aus Mr. Malans Verwandtschaft.

Jettel bekam das freie Zimmer und die Erlaubnis, ihren Hund und Hausboy mitzubringen. Der jüngste Bruder seiner Frau, dem zwei Finger an der rechten Hand fehlten und der deshalb besonders schwierig unterzubringen war, durfte dafür vorerst im Horse Shoe die Wartung der Herrentoilette übernehmen.

Im Hove Court wußten alle, daß die neue Mieterin unter dem Schutz von Elsa Conrad stand, und so blieben Jettel die vielen kleinen Schikanen erspart, mit denen sich Neulinge sonst abfinden mußten.

Jettels Klagen galten nur noch der Schwüle in Nairobi, den beengten Verhältnissen nach einem „Leben in herrlicher Freiheit auf unserer Farm" und daß Owuor das Essen auf einer winzigen elektrischen Kochplatte zubereiten mußte. Sie wurden von Elsa Conrad mit der Bemerkung erstickt: „Jeder Dackel war vor der Emigration ein Bernhardiner. Such dir lieber eine Arbeit."

Als Regina zu ihren ersten Ferien ins Hove Court kam, hatte sich Jettel so an das neue Leben und vor allem an die vielen Menschen gewöhnt, mit denen sie reden und jammern konnte, daß sie ihrer Tochter täglich versprach: „Hier wirst du die Farm schnell vergessen."

„Ich will die Farm nicht vergessen", erwiderte Regina. „Papa will ja sein Deutschland auch nicht vergessen."

„Du kannst hier jeden Tag mit dem Bus in die Bibliothek fahren und dir so viele Bücher ausleihen, wie du willst. Für Army-Angehörige ist das umsonst."

„Wem soll ich erzählen, was ich gelesen habe, wenn Papa nicht da ist?"

„Hier gibt es doch so viele Kinder."

„Soll ich Kindern von Büchern erzählen?"

„Dann deiner blöden Fee", antwortete Jettel ungeduldig.

Regina hatte schon am ersten Ferientag ihre Fee in einem Guavenbaum von betäubendem Duft einquartiert. Auch sie selbst konnte mühelos auf den Baum mit den grünen Früchten klettern. Das Blattwerk gab ihr die Möglichkeit, den Tag wie zu Hause in Ol' Joro Orok wegzuträumen. Es wurde ihr nicht leicht, sich an die neue Umgebung zu gewöhnen. Vor allem die Frauen ängstigten sie, wenn sie am späten Nachmittag mit grellgeschminkten Lippen und in langen Gewändern, die sie *housecoats* nannten, im Garten herumwandelten.

Gegenüber dem kleinen dunklen Zimmer, in dem zwei Betten, eine Waschschüssel, zwei Stühle und der Tisch mit der elektrischen Kochplatte standen und das sich Jettel, Regina und Rummler teilten, wohnte Mrs. Clavy. Sie gefiel Regina, weil sie ihr zulächelte, ohne ein Wort zu sagen, Rummler streichelte und ihn mit den Resten fütterte, die ihr Hund Tiger übrigließ. Diana Wilkins aber, die in einem Flat, das aus zwei großen Zimmern bestand, neben Jettel wohnte, riß die Mauern von Reginas einsamer Festung nieder.

Als Regina an einem heißen Tag nach dem Mittagessen zurück auf ihren Baum kam, hockte Diana auf einem Ast. Die grazile Frau mit den blauen Augen und langen blonden Haaren trug ein durchsichtiges weißes Spitzenkleid, das bis zu ihren nackten Füßen reichte. Ihre Lippen waren zartrosa geschminkt, und auf dem Kopf leuchtete eine goldene Krone mit kleinen bunten Steinen auf jeder Zacke.

Einen Moment lang staunte Regina, daß es ihr gelungen war, eine Fee zum Leben zu erwecken, an die sie schon lange nicht mehr glaubte. Sie wagte keinen Atemzug, doch als Diana sagte: „Wenn du nicht zu mir kommst, komme ich zu dir", schüttelte ein gewaltiges Lachen ihren Körper. Das Englisch, das die Refugees sprachen, war ein sanftes Säuseln im Vergleich zu Dianas harter Aussprache.

„Bist du eine Prinzessin?" fragte Regina.

„Ja. Aber die Leute hier glauben das nicht."

„Ich schon", entgegnete Regina.

„Die Bolschewiken haben mir meine Heimat gestohlen."

„Meinem Vater haben die Nazis auch die Heimat gestohlen."

Diana Wilkins stammte aus Lettland, war als junges Mädchen über Deutschland, Griechenland und Marokko geflüchtet und Anfang der dreißiger Jahre nur deshalb in Kenia hängengeblieben, weil ihr jemand erzählt hatte, in Nairobi sollte ein Theater eröffnet werden. Sie war Tänzerin gewesen und überzeugt, daß ihre guten Tage noch kämen. Ihren englischen Nachnamen und eine Witwenpension, die ihr beide noch mehr von den Bewohnern des Hove Court geneidet wurden als ihre Schönheit, verdankte sie einer kurzen Ehe mit einem jungen Offizier. Ein eifersüchtiger Rivale hatte ihn erschossen.

Als sie Regina das erste Mal ihre Wohnung zeigte, wies sie stolz auf die eingetrockneten Blutstropfen an der Wand hin. Die stammten zwar von erschlagenen Moskitos, aber Diana dürstete noch mehr nach Romantik als nach Whisky.

„Warst du denn dabei, als er erschossen wurde?" fragte Regina.

„Aber ja. Er hat noch zu mir gesagt ‚Deine Tränen sind wie Tau', ehe er starb."

„So was Schönes habe ich noch nie gehört."

„Wart nur ab. Eines Tages wirst du so etwas auch erleben. Hast du denn schon einen Freund?"

„Ja. Er heißt Martin und ist Soldat in Südafrika."

„Und es ist dein größter Wunsch, ihn zu heiraten?"

„Das habe ich mir noch nicht überlegt. Noch mehr wünsche ich mir einen Bruder."

Regina erschrak darüber, daß sie das ausgesprochen hatte. Seit dem Abschied von Martin auf der Farm hatte sie seinen Namen nur in ihrem Tagebuch erwähnt. Seit Regina mit Diana ihre beiden Geheimnisse geteilt hatte, rasten die Tage über sie hinweg. Ihre Ohren wurden taub gegen die Bitten der Mutter und erst recht gegen die Befehle von Elsa Conrad, sich nach einer gleichaltrigen Freundin umzusehen.

„Magst du Diana nicht?"

„Doch", sagte Jettel zögernd, „aber du weißt, daß Papa komisch ist. Er hat was gegen Frauen, die mit jedem Mann schlafen."

„DIANA", erklärte Regina am Tag darauf, „hat gesagt, sie schläft nicht mit allen Männern. Sie geht nur mit ihnen aufs Sofa."

„Mach das mal deinem Vater klar."

Die einzigen männlichen Wesen, die Diana wirklich liebte, waren ihr winziger Hund Reppi, den sie bei ihren Spaziergängen im Garten auf dem Arm trug und der, wie nur Regina wußte, in Wirklichkeit ein verzauberter Fürst aus Riga war, und ihr Hausboy. Chepoi war ein großgewachsener, grauhaariger Nandi mit Pockennarben im Gesicht und zierlichen Händen, in denen sehr viel Kraft und noch mehr Sanftheit steckten. Er sorgte mit der Miene eines bekümmerten Vaters für Diana, die er als verpflichtendes Erbe seines toten Bwanas empfand, der ihn vor einem verrückt gewordenen Wasserbüffel gerettet hatte. Trotz Jettels Bedenken und Owuors eifersüchtigem Gezeter nahm Chepoi Regina oft auf den Markt mit, auf dem er Fleisch kaufte und sich nach erbittertem Handel für riesige Krautköpfe entschied.

Für Regina tat sich auf dem Markt im Zentrum von Nairobi eine neue Welt auf. Orange leuchtende Mangos neben grünen Papayas, die Bananenstauden in Rot, Gelb und Grün, pralle Ananasfrüchte betörten ihre Augen, der Duft von Blumen, scharf gebranntem Kaffee und frisch gemischten Gewürzen und der Gestank von faulendem Fisch und bluttropfendem Fleisch betäubten ihre Nase; die Fülle von Schönheit, Ursprünglichkeit und Ekel ließ endlich die qualvolle Sehnsucht nach den Tagen verlöschen, die nicht mehr waren.

Auf dem Markt verliebte sich Regina in Nairobi und in Chepoi. Zunächst wurde sie seine Geschäftspartnerin und später seine Vertraute. Weil sie Kikuju sprach, konnte sie noch besser mit den Männern an den Marktständen handeln als er, der Nandi, der auf Suaheli angewiesen war. Von dem ersparten Geld kaufte ihr Chepoi oft eine Mango oder einen gerösteten Maiskolben, und am schönsten Tag ihrer Ferien, nach vorheriger Rücksprache mit seiner Memsahib, überreichte er ihr einen mit winzigen bunten Perlen bestickten Gürtel.

„In jedem kleinen Stein ist ein Zauber“, versprach er.

„Ich wünsch mir einen Bruder“, sagte Regina.

„Hast du denn einen Vater?“

„Ja. Er ist Askari in Nakuru.“

„Dann wünsch dir zuerst, daß er mal nach Nairobi kommt“, empfahl Chepoi.

Als sie ins Hove Court zurückkam, war die durstigste Stunde des Tages von sengender Kraft. Der alte Herr Schlachter schaute zum Fenster heraus und lutschte Eiswürfel. Er hatte ein schwaches Herz und durfte nicht viel trinken. Das wußten alle, und doch beneidete jeder die Schlachters um ihren Kühlschrank.

Mrs. Clavy stand in ihrem Garten und erzählte ihren roten Nelken, daß sie ihnen erst nach Sonnenuntergang Wasser bringen dürfe. Regina sah Owuor mit Rummler unter einem Zitronenbaum. Sie rief den Hund, der träge nur eins seiner Ohren bewegte, und erkannte mit Reue, daß sie sich den ganzen Tag nicht um ihn gekümmert hatte. Sie überlegte, wie sie Owuor den Gürtel zeigen konnte, ohne seine Eifersucht auf Chepoi zu entzünden. Da sah sie, daß Feuer in seinen Augen war. Sie rannte auf Owuor zu.

„Owuor, Owuor, ist er gekommen?“

„Ja, der Bwana Askari ist gekommen“, lachte Owuor. Er nahm Regina hoch und preßte sie an sich. Sie war seinem Gesicht so nah, daß sie das Salz sehen konnte, das an seinen Augenlidern klebte.

Sie schleuderte ihre Schuhe von den Füßen, um schneller über den Rasen fliegen zu können, rannte zum Flat und riß die Tür auf.

Ihre Eltern saßen dicht beieinander auf dem schmalen Bett. Es machte Regina unsicher, daß sie nichts sagten.

„Papa“, fragte sie, „haben sie dich rausgeschmissen?“

„Nein“, antwortete Walter und zog Regina auf sein Knie. „Nein, King George ist sehr zufrieden mit mir.“ Er klopfte auf den Ärmel seines steif gestärkten Khakihemdes. Dort leuchteten zwei Streifen aus weißem Leinen.

„Du bist Corporal geworden“, staunte Regina.

„*Corporal is bloody good for a refugee* – Corporal ist verdammt gut für einen Flüchtling“, sagte Walter.

„*You are speaking English, Daddy* – Du sprichst ja englisch, Papa“, bemerkte Regina kichernd.

„Du erinnerst dich noch an Sergeant Pierce? Rat mal, was ich ihm beigebracht habe! Er kann jetzt ‚Lili Marleen‘ auf deutsch singen.“

# 10

Dass der Rundfunk am 8. Mai 1945 alle Nachrichtensendungen des Tages mit dem Satz „Keine besonderen Vorkommnisse zu erwarten" begann, lag am Wetter, das von Mombasa bis zum Rudolfsee für die Jahreszeit ungewöhnlich stabil und trocken war. Aus Rücksicht auf die Farmer, denen man gerade in der ersten Erntezeit nach dem großen Regen nicht jede Stunde als erstes das ferne Weltgeschehen zumuten wollte, hatten beim Sender Nairobi seit jeher die meteorologischen Nachrichten Priorität gehabt.

Weder der Tod von George V., die Abdankung von Edward VIII., die Krönung von George VI. noch der Ausbruch des Zweiten Weltkriegs waren als ausreichender Grund gewertet worden, mit dieser Tradition zu brechen. So fand der zuständige Redakteur, daß auch die bedingungslose Kapitulation der Deutschen kein Anlaß für eine Ausnahme sei. Trotzdem verfiel die Kolonie in einen Siegestaumel, der dem Jubel im notleidenden Mutterland nicht nachstand. In Nakuru befahl Mr. Brindley die Beflaggung der gesamten Schule, obwohl es hier nur einen einzigen verblichenen Union Jack gab, der ohnehin täglich auf dem Hauptgebäude flatterte. Man half sich durch eilig zusammengeklebte und genähte Flaggen aus aussortierten Bettlaken.

Mr. Brindley befreite alle Kinder von Army-Angehörigen nicht nur von den Aufgaben für den nächsten Tag, sondern regte in ungewohnt freundlichem Befehlston an, sie sollten ihren Vätern in Uniform einen dem Ereignis würdigen Brief schreiben, um ihnen auf den fernen Kriegsschauplätzen zum Sieg zu gratulieren.

Regina grübelte erst, ob Ngong, das nur wenige Kilometer von Nairobi entfernt lag und wo ihr Vater seit drei Monaten stationiert war, in Mr. Brindleys Sinn als ferner Kriegsschauplatz gelten konnte. Sie begann ihren Brief mit den Worten „Mein Held, mein Vater" und schloß mit einer Zeile aus ihrem Lieblingsgedicht, obwohl sie vermutete, ihr Vater würde die sprachliche Schönheit nicht würdigen können. Um ihm in Englands großer Stunde dennoch eine Freude zu machen, beschenkte sie ihn mit seiner Sprache und fügte hinzu: „Balt faren wir nach Leobschutz", was Mr. Brindley großzügig übersah. Das berühmte Zitat las er mit Wohlwollen und bat Regina, den weniger ausdrucksstarken Mädchen bei deren Briefen zu helfen.

Auch in Nairobi wurde das Ende des Kriegs in Europa mit einer Begeisterung gefeiert, als hätte ausschließlich die Kolonie zum Sieg beigetragen. Die Delamare Avenue verwandelte sich in ein Meer von Blumen und Fahnen, und selbst in billigen Läden mit winzigen Schaufenstern, in denen Weiße so gut wie nie kauften, wurden eilig beschaffte Fotos von Montgomery, Eisenhower und Churchill neben das Bild von King George VI. gestellt. Fremde Menschen fielen sich jubelnd in die Arme und küßten Männer in Uniform, wobei es in der Euphorie vereinzelt vorkam, daß sogar besonders hellhäutige Inder gedrückt wurden. Die Rezeptionen im New Stanley Hotel, bei Thor's und im Norfolk konnten schon mittags keine Buchungen mehr für ihre festlichen Siegesdinners annehmen. Für den Abend wurde ein großes Feuerwerk und für die nächsten Tage die Siegesparade geplant.

Im Hove Court ließ Mr. Malan in einem Aufwallen von Patriotismus, der ihn selbst noch mehr verwirrte als seine Mieter, die erdverkrusteten Kakteen am Tor abspritzen, die Wege um das Rosenrondell harken und den Union Jack an dem alten Fahnenmast hochziehen.

Diana ließ sich trotz Chepois wütendem Protest nicht davon abhalten, barfuß, im durchsichtigen Nachthemd und mit einer halbvollen Whiskyflasche durch den Garten zu hetzen, wobei sie abwechselnd *„To hell with Stalin!"* und *„Damned Bolschewiks!"* rief. Sie wurde in scharfem Ton von einem Major, der Gast bei Mrs. Taylor war, darauf hingewiesen, daß die Russen erheblich zum Sieg beigetragen hatten. Als Diana aufging, daß noch nicht einmal ihr Hund glauben mochte, sie sei die jüngste Zarentochter, überkam sie ein solches Elend, daß sie sich weinend unter einen Zitronenbaum warf. Chepoi stürmte herbei, um sie zu beruhigen, und konnte sie endlich zurück in ihr Flat bringen.

Professor Gottschalk war in den letzten Monaten schmal und sehr schweigsam geworden. Er lief, als würde ihn jeder Schritt schmerzen, scherzte nicht mehr mit den Babys im Kinderwagen, und es kam auch kaum noch vor, daß er jungen Frauen Komplimente machte. Eingeweihte wollten wissen, sein Verfall hätte ausgerechnet zu der Zeit begonnen, als die Alliierten täglich ihre Bomben auf deutsche Städte abwarfen. Nun saß er mit bleichem Gesicht auf einem alten Küchenstuhl vor seinem Flat, starrte grübelnd in die Bäume und murmelte wiederholt „Mein schönes Frankfurt" vor sich hin.

So wie ihm wurde es vielen Refugees unerwartet schwer, ihre Erleichterung über das seit Tagen erwartete Kriegsende in passender

Form zu zeigen. Es gab einige, die schon lange nicht mehr deutsch sprechen mochten und die wirklich glaubten, sie hätten ihre Muttersprache vergessen. Ausgerechnet sie mußten in einem so glücklichen Moment feststellen, daß ihr Englisch nicht ausreichte, ihren befreiten Gefühlen Ausdruck zu geben. Sie beneideten die Menschen, die ungeniert weinten. Solche Tränen der Erlösung ließen indes bei ihren britischen Nachbarn die Vermutung aufkommen, die Refugees hätten insgeheim doch zu Deutschland gehalten und betrauerten nun den verdienten englischen Sieg.

Jettel empfand nur flüchtiges Bedauern, daß sie den außergewöhnlichen Abend nicht mit Walter verbringen konnte. Sie war jedoch so sehr an den zweiwöchentlichen Rhythmus seiner Besuche gewöhnt, daß sie selbst an diesem Tag keine Veränderung wünschte. Seit drei Monaten arbeitete sie im Horse Shoe und bekam nun allabendlich die lang vermißte Bestätigung, daß sie noch eine junge und begehrenswerte Frau war.

Der Horse Shoe war das einzige Lokal in Nairobi, in dem weiße Frauen hinter einem Tresen standen. Obwohl kein Alkohol serviert wurde, galt das freundliche Etablissement mit den roten Wänden und weißen Möbeln als Bar. Sie war bei den vorwiegend männlichen Gästen gerade deshalb so beliebt, weil Frauen und nicht einheimische Kellner bedienten. Die jungen Offiziere aus England, die im Horse Shoe verkehrten, hatten ständig Heimweh und einen unstillbaren Hunger nach Kontakt und Flirt. Sie störten sich weder am harten Englisch von Elsa Conrad noch an Jettels kümmerlichem Wortschatz. Wenn sich Jettel am späten Nachmittag schminkte oder neue Frisuren ausprobierte, verliebte sie sich immer wieder aufs neue in ihr Spiegelbild. Ihre helle Haut, die auf der Farm immer gelb oder grau gewesen war, bildete nun den gewohnten schönen Kontrast zum dunklen Haar, die Augen glänzten, und die sich abzeichnende Molligkeit verlieh ihr eine anziehende Weiblichkeit. Im Horse Shoe konnte Jettel für einige Stunden vergessen, daß sie und Walter noch immer Refugees mit knappem Einkommen und doch nur Ausgestoßene mit Angst vor der Zukunft waren. Sie kam sich vor wie der umschwärmte Backfisch, der bei keinem der Breslauer Studentenbälle auch nur einen Tanz auslassen durfte. Selbst wenn es nur Owuor war, der mit der Zunge schnalzte und sie seine „schöne Memsahib" nannte, war Jettel glücklich.

Jettel war klar, daß der Sieg auch im Horse Shoe stimmungsvoll gefeiert werden würde und daß es ihre patriotische Pflicht war, sich für die Kämpfer fern der Heimat zu rüsten. Sie hatte sich sofort in die Badeliste eingetragen und nach einem heftigen Streit mit Frau Keller, die ausgerechnet an diesem Tag ein Bad außerhalb der Reihe für ihren Mann durchsetzen wollte, sich schon mittags den Waschraum erkämpft. Nach langer Überlegung entschied sie sich für das immer noch ungetragene lange Abendkleid, das seit ihrer Ankunft in Rongai für den anhaltenden Streit mit Walter sorgte, weil er nicht bereit war, seinen Eisschrank zu vergessen.

Sie brauchte viel Zeit, um das Kleid aus schwerem blauem Taft mit einem gelb-weiß gestreiften Oberteil, Puffärmeln und winzigen Knöpfen am Rücken über Brust und Hüften zu schieben. „Ich habe immer gewußt, daß ich das Kleid brauche", sagte sie, aber plötzlich sah sie das Farmhaus in Rongai mit dem Dach, das weder vor Regen noch Hitze schützte, sah Walter enttäuscht über den Kisten aus Breslau stehen und hörte ihn schimpfen: „Das Ding da wirst du nie tragen."

Aus den breiten weißen und gelben Streifen, die um ihre Brust liefen, wurden Ringe aus Eisen. Mit peinigender Genauigkeit durchlebte sie noch einmal den Tag, als Walters Brief in Breslau mit der Nachricht angekommen war, daß für sie und Regina Bürgschaften zur Auswanderung bereitlagen. Im Rausch der Erlösung hatte sie mit ihrer Mutter das Abendkleid gekauft. Wie hatten beide bei der Vorstellung an Walters verblüfftes Gesicht gelacht, wenn er das Kleid anstelle des Eisschranks sehen würde.

Der Gedanke, daß die Mutter mit niemandem so viel und so herzlich lachte wie mit ihr, erwärmte Jettel nur kurz. Gnadenlos drängte sich ihr das letzte Bild auf. Eben noch hatte die Mutter gesagt: „Sei gut zu Walter, er liebt dich so", und schon stand sie weinend und winkend im Hamburger Hafen und wurde immer winziger. Jettel wußte, daß sie nicht an die Mutter, ihre Zärtlichkeit, Tapferkeit und Selbstlosigkeit und schon gar nicht an den furchtbaren letzten Brief denken durfte, wollte sie ihren Traum vom Glück retten.

Es war zu spät. Ihre Kehle wurde trocken, und sie kam nicht mehr dazu, das Kleid abzustreifen, ehe sie sich schluchzend auf ihr Bett warf.

Als Owuor mit Rummler von dem Trubel auf der Delamare Avenue zurückkam, lag seine Memsahib auf dem Bett. „Nicht weinen", sagte er leise.

Als er das Fenster öffnete, stöhnte Jettel. „Owuor. Ich wollte nie mehr weinen."

„Nur Tiere weinen nicht."

„Warum bin ich kein Tier?"

„Mungo fragt uns nicht, was wir sein wollen, Memsahib."

Owuors Stimme war ruhig und so voller Anteilnahme und Sicherheit, daß Jettel sich aufrichtete und das Glas Wasser austrank, das er ihr hinhielt. Er schob ein Kissen hinter ihren Rücken.

„Owuor", stieß sie hervor, „es ist das Kleid. Der Bwana hat recht gehabt. Es ist nicht gut."

Owuor machte das Fenster zu, zog den Vorhang davor und sagte: „Zieh das Kleid aus, Memsahib."

Jettel ließ es zu, daß Owuor die vielen kleinen Knöpfe im Rücken aufmachte. „Hast du gehört, Owuor?" fragte sie. „Der Krieg ist aus."

„In der Stadt sagen es alle. Aber es ist nicht unser Krieg, Memsahib."

„Nein, Owuor, es war mein Krieg. Wo willst du hin?"

„Zur *Memsahib monenu mingi*", antwortete Owuor kichernd, denn er wußte, daß Jettel immer lachte, wenn er Elsa Conrad so nannte, weil sie mehr redete, als das größte Ohr fassen konnte. „Ich gehe ihr sagen, du kommst heute nicht zur Arbeit."

„Aber das geht nicht. Ich muß arbeiten."

„Erst muß der Krieg in deinem Kopf zu Ende sein", erklärte Owuor, „der Bwana sagt auch immer: Erst muß der Krieg zu Ende sein. Kommt er heute noch zu uns?"

„Nein. Erst nächste Woche."

„Ich pass' auf dich auf, Memsahib, bis er kommt."

WALTERS Krieg im Kopf brach in der friedvollen Landschaft vom Ngong aus, als er am wenigsten mit einem Aufruhr rechnete. Um vier Uhr nachmittags stand er am Fenster seines Schlafraums und sah ohne Wehmut zu, wie der größte Teil der Tenth Unit des Royal East Africa Corps die Jeeps bestieg, um den Sieg im nahen Nairobi zu begießen. Er hatte sich freiwillig zum Nachtdienst gemeldet und war von den hochgestimmten Soldaten seiner Einheit und selbst von Lieutenant McCall, einem wortkargen Schotten, als *„a jolly good chap"* gefeiert worden.

Walter war nicht nach Feiern zumute. Die Nachricht von der Kapitulation hatte in ihm weder Jubel noch ein Gefühl der Befreiung erweckt. Ihn quälte die Widersprüchlichkeit seiner Gefühle. Das Bedürfnis, an dem Tag allein zu sein, der anderen so viel bedeutete und ihm nicht genug, war zu groß, um es gegen die Unannehmlichkeiten eines unangemeldeten Besuchs bei Jettel einzutauschen.

Kurz nachdem er in den Ngong versetzt worden war und sie begonnen hatte, im Horse Shoe zu arbeiten, war Walter klargeworden, daß sich in seiner Ehe Veränderungen abzeichneten. Jettel, die ihm noch liebevolle und manchmal auch sehnsüchtige Briefe nach Nakuru geschrieben hatte, lag in Nairobi nichts mehr an seinem unerwarteten Erscheinen. Er verstand sie. Ein Ehemann mit Corporalsstreifen am Ärmel, der mißmutig und stumm an der Theke saß, während seine Frau arbeitete, paßte nicht in das Leben einer Frau mit einem Schwarm von gutaufgelegten Kavalieren in Offiziersuniform. Wenn Walter im Horse Shoe warten mußte, bis Jettel mit der Arbeit fertig war, spürte er ihre Nervosität und witterte Ablehnung. Noch mehr verletzten ihn die hochmütigen und argwöhnischen Blicke von Mrs. Lyons, die private Besuche bei ihren Angestellten mißbilligte und jedes Eis mitzuzählen schien, das Jettel ihrem Mann hinstellte, um ihn bei Laune zu halten, bis sie beide nach Hause gehen konnten.

Wütend schlug Walter das kleine Fenster im Schlafraum zu und überlegte, wie er die Zeit und seinen Pessimismus totschlagen könnte. Ihm fiel ein, daß er seit Tagen keine deutschsprachigen Nachrichten gehört hatte und daß die Gelegenheit günstig für einen Versuch war. Die Mannschaftsmesse mit dem ausgezeichneten Radio würde leer sein. Es würde also keinen Sturm geben, wenn das Gerät feindliche Laute ausstieß und dazu noch am Abend des großen Siegs.

Auf dem Weg von seiner Baracke zur Messe im Haupthaus versuchte er, seiner Melancholie zu entrinnen. Er sagte sich immer wieder, daß es ein glücklicher Tag für die Menschheit war. Trotzdem spürte er nur Leere und Erschöpfung. Mit Wehmut dachte Walter an den Kriegsanfang und wie Süßkind ihm vom Lastwagen aus die Internierung und den Abschied von Rongai gemeldet hatte.

Die Erinnerung steigerte den Wunsch, endlich mal wieder mit Süßkind zu reden. Er hatte ihn lange nicht mehr gesehen, aber der Kontakt war nie abgerissen. Anders als Walter, der von der Army als zu alt für einen Fronteinsatz abgelehnt wurde, war Süßkind in den Fernen Osten geschickt und dort leicht verwundet worden. Nun war er in Eldoret stationiert. Sein letzter Brief war noch keine fünf Tage alt.

„Wahrscheinlich werden wir jetzt bald die herrliche Stellung bei King George verlieren“, hatte Süßkind geschrieben, „aber vielleicht verschafft er uns aus Dankbarkeit eine Arbeit, bei der wir wieder Nachbarn sind. Das ist ein großer König alten Kämpfern schuldig.“ Was Süßkind als Scherz gemeint hatte, erschien Walter an diesem einsamen Nachmittag des 8. Mai als bedeutungsschwerer Hinweis auf eine Zukunft, die er seit seinem ersten Tag in Uniform nicht mehr hatte wahrhaben wollen. Er merkte, daß seine Schritte schleppend wurden.

Es waren kaum zwei Stunden bis Sonnenuntergang. Erschöpft setzte sich Walter auf einen großen Stein mit polierter Platte unter einer alten Dornakazie. Die blau leuchtenden sanften Hügel vom Ngong erhoben sich aus dem dunklen Gras und streckten sich einem Band aus feinen Wolken entgegen. Kühe mit großen Köpfen und Buckeln bahnten sich durch rote Staubwolken den Weg zum schmalen Fluß. Deutlich waren die schrillen Rufe der Hirten zu hören. Es machte Walter unsicher, daß er mit einem Mal die Landschaft als Paradies sah, aus dem er vertrieben werden sollte. So hatte er nicht mehr seit dem Abschied von Sohrau empfunden.

Scharf schlug die Kühle der Nacht gegen seine Arme und peitschte seine Nerven. Die Dunkelheit, die wie ein Stein vom eben noch hellen Himmel fiel, verwehrte ihm einen neuen Blick auf die Hügelkette. Walter wollte sich abermals Sohrau vorstellen und diesmal genauer, aber er sah weder Marktplatz und Haus noch die Bäume davor, sondern nur seinen Vater und seine Schwester auf einer großen leeren Fläche. Walter war wieder sechzehn und Liesel vierzehn Jahre alt; der Vater kam zurück aus dem Krieg, zeigte seine Orden und wollte wissen, weshalb sein Sohn die Heimat im Stich gelassen hatte.

„Ich hab nicht überlebt, um Flachs zu pflanzen oder Kühen in den Arsch zu kriechen", sagte Walter. Seine Stimme war leise, doch der weiße Hund mit dem schwarzen Fleck über dem rechten Auge, der täglich zu den Baracken kam und dabei war, einen Eimer mit Abfall zu durchwühlen, hörte ihn doch, lief auf ihn zu und drückte sich gegen sein Knie.

„Du hast mich verstanden", meinte Walter, „ich seh's dir an. Ein Hund vergißt ja auch nicht und findet immer nach Hause."

Überrascht von der ungewohnten Zärtlichkeit, leckte das Tier Walters Hand.

„Mensch, ich hab soeben Zuhause gesagt. Ich werd's dir erklären, mein Freund. Heute ist nicht nur der Krieg zu Ende. Meine Heimat ist befreit worden. Ich kann wieder Heimat sagen. Es ist aus mit den Mördern, aber Deutschland gibt es noch."

Diese Erkenntnis belebte ihn. „Ich verrat's noch keinem außer dir", sagte er zu dem Hund, „aber ich gehe zurück. Ich kann nicht anders. Ich will nicht mehr ein Fremder unter Fremden sein. In meinem Alter muß ein Mann irgendwo hingehören. Und rat mal, wo ich hingehöre?“

Der Hund winselte.

„Komm mit, du *son of a bitch.* In der Küche kocht der Pole eine Krautsuppe. Weißt du, er hat auch Heimweh. Vielleicht hat er einen Knochen für dich.“

In der Messe drehte Walter an allen Knöpfen des Radios, aber er fand nur Musik. Später trank er mit dem Polen, der noch schlechter Englisch konnte als er, eine halbgefüllte Whiskyflasche leer. Der Magen brannte wie der Kopf. Der Pole schöpfte die dampfende Krautsuppe in zwei Teller und brach in Tränen aus, als Walter *„Dziekuje“* sagte. Walter beschloß, dem Hund, der seit dem frühen Abend nicht von seiner Seite gewichen war, Text und Melodie von „Ich weiß nicht, was soll es bedeuten“ beizubringen.

Sie schliefen alle drei, der Pole und Walter auf einer Bank, der Hund darunter. Um zehn Uhr abends wachte Walter auf. Das Radio war noch an. Es war der deutschsprachige Sender der BBC. Auf die Zusammenfassung der Nachrichten von der bedingungslosen Kapitulation des Dritten Deutschen Reichs folgte ein Sonderbericht von der Befreiung des Konzentrationslagers Bergen-Belsen.

## 11

REGINA bettete den Hut, der in den frühesten Tagen von Angst und Heimweh dunkelblau gewesen war, sorgsam auf die Kofferablage über den Sitzen. Das schmale blau-weiß gestreifte Hutband mit dem Wappen QUISQUE PRO OMNIBUS war fast neu. Die mit kräftigem Goldfaden gestickte Schrift leuchtete in dem kleinen Sonnenfleck, der in das Zugabteil gedrungen war.

Jahrelang hatte sie sich vergeblich das Hutband der Nakuru School gewünscht, um endlich nicht mehr Außenseiterin in einer Gemeinschaft zu sein, die Menschen an Uniformen und Kinder am Einkommen ihrer Eltern maß, und dann hatte sie das Band zu ihrem dreizehnten Geburtstag und fast zu spät bekommen. Sobald die Lokomotive in Nairobi einlief, würde Regina weder Hut noch Band mehr brauchen. Die Nakuru School, die das Gehalt ihres Vaters verschlungen hatte, war nur noch für wenige Stunden ihre Schule.

Nach den Ferien mußte Regina in die Kenya Girls' High School in

Nairobi, und sie wußte, daß sie die neue Schule ebenso hassen würde wie die alte. Die kleinen Quälereien, die sich am Abend jedes Tages zur großen Qual anhäuften, würden alle wieder von vorne anfangen – Lehrerinnen und Mitschülerinnen, die ihren Namen nicht aussprechen konnten und dabei das Gesicht verzogen; die vergeblichen Mühen, gut Hockey zu spielen, die Peinlichkeit, im Unterricht zu den Besten zu gehören; am bedrückendsten aber, Eltern zu haben und zu lieben, die einen Akzent hatten, der einem Kind keine Chance gab, ein unauffälliger, anerkannter Teil der Schulgemeinschaft zu werden.

Es war gut, grübelte Regina, daß auch Inge in die Schule nach Nairobi gehen würde, die einzige Freundin, die sie in den fünf Jahren in Nakuru gefunden hatte. Inge trug keine Dirndl mehr; sie behauptete, ohne rot zu werden, sie könne nur eine Sprache, und zwar Englisch, sprechen, und es genierte sie sehr, daß sie einen deutschen Namen hatte. Den selbstgemachten Kochkäse aber, den die Mutter ihr für die Teestunde schickte, aß Inge noch immer lieber als die scharfen Ingwerkekse, für die die englischen Kinder schwärmten, und sie küßte immer noch ihre Eltern, wenn sie sie lange nicht gesehen hatte, statt mit einem leichten Winken anzudeuten, daß sie ihre Gefühle zu beherrschen gelernt hatte. Vor allem stellte Inge nie dumme Fragen, weshalb Regina außer Vater und Mutter keine Familie hatte und weshalb sie beim Abendgebet in der Aula die Augen nie zu- und den Mund nicht aufmachte.

Beim Gedanken an Inge seufzte Regina. Die übrigen Mädchen, die mit ihr in die Ferien nach Nairobi fuhren, waren mit ihrer Zukunft beschäftigt, ihre Erzählungen getränkt von jenem Selbstbewußtsein, das sie Elternhaus und Muttersprache verdankten. Regina beneidete ihre Mitschülerinnen nicht mehr. Sie würde sie ohnehin nicht mehr wiedersehen.

Sie merkte, daß der Zug bereits den Schatten des flachen Bahnhofsgebäudes verlassen hatte. Sie saß am Fenster und konnte noch einmal ihre alte Schule sehen. Die einzelnen weißen Bauten der Schule, die Regina als Siebenjährige so geängstigt hatten, wirkten in dem Dunst der beginnenden Tageshitze sehr hell auf dem rotsandigen Hügel. Die Häuschen mit den grauen Dächern aus Wellblech und selbst das Hauptgebäude mit seinen dicken Säulen erschienen Regina kleiner und in ihrer Vertrautheit bereits freundlicher als noch am Vortag.

Regina stellte sich vor, sie könnte das Fenster von Mr. Brindleys

Zimmer und ihn selbst eine Fahne aus weißen Taschentüchern schwenken sehen. Sie wußte schon seit Monaten, daß sie ihn vermissen würde. Der Direktor hatte sie am letzten Tag vor den Ferien noch einmal holen lassen. Er hatte nicht viel gesagt und Regina angeschaut, als suche er nach einem bestimmten Wort, das ihm abhanden gekommen war. Regina hatte gestottert: „Ich danke Ihnen, Sir, ich danke Ihnen für alles."

„Vergiß nichts", hatte Mr. Brindley gesagt und dabei ausgesehen, als müßte er und nicht sie auf die Safari ohne Wiederkehr gehen. Dann hatte er noch „Little Nell" gemurmelt. Und sie hatte schnell „Ich werde nichts vergessen, Sir" geantwortet und „No, Mr. Dickens" hinzugefügt. Sie hatten beide gelacht und sich auch zu gleicher Zeit räuspern müssen. Mr. Brindley, der immer noch keine weinenden Kinder mochte, hatte zum Glück nicht gemerkt, daß Regina Tränen in den Augen hatte. Die Gewißheit, daß es fortan weder Mr. Brindley noch überhaupt einen Menschen geben würde, der Nicholas Nickleby, die kleine Dorrit oder Bob Cratchit und ganz bestimmt nicht Little Nell kannte, kratzte in der Kehle.

DER ERSTE Waggon schnaufte in Naivasha ein. Der Dampf von der Lokomotive hüllte das kleine hellgelbe Haus vom *Stationmaster* in einen feuchten weißen Schleier. Selbst der Hibiskus an den Mauern verlor seine Farbe.

Alte Kikujufrauen mit schweren Bananenstauden auf dem gekrümmten Rücken klopften an die Fenster. Wollten die Frauen Geschäfte machen, mußten sie ihre Bananen verkaufen, ehe der Zug weiterfuhr. Regina machte eine weit ausholende Bewegung mit der rechten Hand, um anzudeuten, daß sie kein Geld hatte, aber die Frauen verstanden sie nicht. Da zog sie das Fenster herunter und rief ihnen laut auf kikuju zu: „Ich bin so arm wie ein Affe."

Die Frauen lachten. Die älteste, eine kleine, vom Klima und Leben gebeutelte Gestalt mit einem leuchtend blauen Kopftuch und ohne einen einzigen Zahn, löste die Lederriemen an ihren Schultern, stellte die schwere Staude auf die Erde, riß eine große grüne Banane heraus und hielt sie Regina hin.

„Für den Affen", sagte sie, und alle, die es hörten, lachten.

Die hohen Berge um Nyeri wirkten in der gelben Nachmittagssonne, die lange Schatten warf, wie Riesen auf der Rast. Gazellenherden sprangen zu den hellgrau schimmernden Wasserlöchern. Paviane kletterten um die erdbraunen Felsen herum. Regina begann, wie immer beim Anblick der ersten Berge von Ngong, sich Gedanken zu machen, ob ihre Mutter wohl Zeit haben würde, sie vom Bahnhof abzuholen, oder ob sie zur Arbeit in den Horse Shoe und deshalb Owuor schicken mußte. Es war ein besonderes Geschenk, wenn die Mutter Zeit hatte, aber Regina liebte es auch, nach der dreimonatigen Trennung mit Owuor jene Blicke, Scherze und Wortspiele auszutauschen, auf die nur er und sie sich verstanden.

Regina wußte, daß ihre Mutter sie mit Königsberger Klopsen verwöhnen und dabei sagen würde: „In diesem Affenland gibt es keine Kapern." Das Lieblingsessen kam nie ohne diesen klagenden Satz auf den Tisch, und Regina vergaß auch nie zu fragen: „Was sind Kapern?" Sie empfand solche Gewohnheiten als festen Bestandteil ihres Zuhauses. Der Gedanke an ihre Eltern, die immer bemüht waren, die Heimkehr zu einem besonderen Tag zu machen, erregte sie noch mehr als sonst. Ihr fiel ein, daß die Mutter im letzten Brief geschrieben hatte: „Du wirst staunen, wir haben eine große Überraschung für Dich."

Auf dem letzten Teil der Strecke fuhr der Zug schneller als in der ganzen Zeit zuvor und lief unerwartet plötzlich in Nairobi ein. Regina hatte keine Zeit mehr, sich, wie sonst, ans Fenster zu stellen. Sie kam als letzte an ihren Koffer und mußte warten, bis die Mädchen in ihrem Abteil ausgestiegen waren, ehe sie überhaupt Ausschau halten konnte, wer sie nun abholte. Einen kurzen Augenblick, der ihr unendlich erschien, stand sie unentschlossen vor dem Zug und spürte die alte Unsicherheit, ihre Mutter könnte den Tag ihrer Ferien vergessen haben, oder Owuor wäre zu spät losgegangen, um rechtzeitig zum Bahnhof zu kommen. Doch in dem Moment entdeckte sie Owuor. Er stand ruhig am anderen Ende des Bahnsteigs – groß, vertraut, lachend in der schwarzen Anwaltsrobe. Obwohl Regina wußte, daß Owuor ihr entgegenkommen würde, hetzte sie auf ihn zu.

Sie hatte ihn fast erreicht, als sie merkte, daß er nicht allein war. Walter und Jettel, die sich hinter einem Stapel Bretter versteckt hatten, richteten sich langsam auf und winkten. Regina stürzte fast über den Koffer, stellte ihn hin, rannte weiter, breitete die Arme aus, überlegte beim Laufen, wen sie nun zuerst umarmen sollte, und beschloß, Jettel und Walter so heftig aneinanderzuschieben, bis sie alle drei eine Einheit bildeten. Nur wenige Meter trennten sie noch von diesem alten, schon vor langem verlorengegangenen Traum. Doch dann blieb sie staunend stehen. Ihr Vater war Sergeant und die Mutter schwanger.

Die Größe des Glücks lähmte Reginas Beine nur kurz. Sie lief auf Owuor zu, drückte ihren Kopf an den rauh gewordenen Stoff der zerschlissenen Robe und brach in Tränen aus.

„Das werde ich dir nie vergessen“, sagte sie zu ihrer Mutter.

„Ich hab's dir doch versprochen“, entgegnete Jettel lachend. Sie trug dasselbe Kleid, in dem sie in Nakuru das Baby erwartet hatte, das nicht hatte leben dürfen.

„Aber ich habe gedacht, du hast es vergessen“, gestand Regina.

„Wie konnte ich? Du hast mich ja nicht gelassen.“

„Einen Teil habe ich auch beigetragen“, sagte Walter.

„Das weiß ich, Sergeant Redlich“, erklärte Regina kichernd. Sie streckte drei Finger ihrer rechten Hand in die Luft und salutierte mit dem Pfadfindergruß.

„Wann ist das alles passiert?“

„Vor drei Wochen ist dein Vater Sergeant geworden. Deine Mutter ist im vierten Monat.“

„Und ihr habt mir nichts geschrieben!“

„Es sollte eine Überraschung sein“, erklärte Jettel.

Alle vier sahen sich stumm an, und jeder wußte, woran die anderen dachten. Dann hielten sich Walter, Jettel und Regina umarmt in Dankbarkeit und Liebe. Es war also doch kein Kindertraum.

DIE PALMEN am eisernen Tor vom Hove Court waren noch gefüllt mit dem Saft vom letzten großen Regen. Owuor zog ein rotes Tuch aus der Hose und verband Regina die Augen. Sie mußte sich auf seinen Rücken setzen und ihre Arme um seinen Hals legen. Owuor sagte leise „Memsahib kidogo“ und trug sie wie einen schweren Sack durch den Garten.

Regina konnte hinter dem Tuch den Baum mit den duftenden Guaven riechen; sie hörte ihre Fee leise das Kinderlied von dem Stern spielen, der in der Nacht wie ein Diamant strahlte. „Ich danke dir“, rief Regina ihr im Vorbeireiten zu, aber sie sprach Jaluo, und nur Owuor lachte.

Als er Regina endlich von seinem Rücken schüttelte und ihr das Tuch von der Stirn riß, stand sie vor einem kleinen Ofen in einer fremden Küche, die nach frischer Farbe und feuchtem Holz roch. Regina erkannte nur den Topf aus blauem Email, in dem Königsberger Klopse, runder und größer als je zuvor, in einer dicken weißen Soße schwammen. Rummler kam jaulend aus einem Nebenraum und sprang hechelnd an ihr hoch.

„Das ist jetzt unser Flat. Zwei Zimmer mit Küche und eigenem Waschbecken“, sagten Walter und Jettel zugleich.

„Wie seid ihr dazu gekommen?“ fragte Regina.

„Frei werdende Flats müssen zuerst an Soldaten vergeben werden“, erklärte Walter. Er sprach den Satz, der in der Zeitung gestanden und den er auswendig gelernt hatte, in seinem harten Englisch so schnell, daß sich seine Zunge überschlug, aber Regina fiel rechtzeitig ein, daß sie nicht lachen durfte.

„Hurra“, rief sie, „jetzt sind wir keine Refugees mehr!“

„Doch“, schränkte Walter ein. „Refugees bleiben wir. Aber nicht so bloody wie bisher.“

„Unser Baby wird doch kein Refugee sein, Papa.“

„Wir alle werden eines Tages keine Refugees sein. Das verspreche ich dir.“

„Jetzt nicht“, sagte Jettel unwillig. „Heute wirklich nicht.“

„Mußt du heute nicht in den Horse Shoe?“

„Ich arbeite nicht mehr. Der Arzt hat's verboten.“

„Ist es diesmal ein guter Doktor? Behandelt er auch Juden?“

„Aber ja“, beruhigte Jettel Regina.

„Er ist jüdisch“, erklärte Walter.

OWUOR servierte das Abendessen im langen weißen Kanzu mit der roten Schärpe und der goldenen Stickerei. Er sagte kein Wort, wie er es bei seinem ersten Bwana in Kisumu gelernt hatte, doch seine Augen waren so groß wie an dem Abend, als er die Heuschrecken vertrieben hatte.

„Es gibt keine Kapern in diesem Affenland“, klagte Jettel.

„Was sind Kapern?“ Regina kaute zufrieden und genoß den Zauber gestillter Sehnsucht, doch zum ersten Mal gönnte sie sich nicht genug Zeit, um die Antwort an ihr Herz weiterzuleiten. „Wie wird unser Baby heißen?“ fragte sie.

„Wir haben an das Rote Kreuz geschrieben.“

„Was soll das heißen?“

„Wir versuchen“, erklärte Walter, „etwas über deine Großeltern zu erfahren, Regina. Solange wir nicht wissen, was aus ihnen geworden ist, können wir das Baby nicht in Andenken an sie Max oder Ina nennen. Du weißt ja, daß bei uns die Kinder nicht den Namen von lebenden Verwandten bekommen."

Regina sah, wie der Ernst im Gesicht ihres Vaters zu einem Ausdruck dunkel brennender Qual wurde. Die Augen ihrer Mutter waren feucht. Angst und Zorn kämpften in ihr, und sie beneidete Inge, die zu Hause „Ich hasse die Deutschen" sagen durfte.

NACH dem Krieg galten auch in den konservativen Kreisen der Kolonie Toleranz und Weltoffenheit als wohl unvermeidlich gewordene Bekenntnisse zu der neuen Zeit, für die das Empire so viele Opfer hatte bringen müssen. Allerdings waren sich Menschen mit Traditionsbewußtsein einig, daß da allein der gesunde britische Sinn für Proportionen vor Übertreibungen schützte. So wies Janet Scott, die Direktorin der Kenya Girls' High School in Nairobi, in den Gesprächen mit besorgten Eltern nicht eigens auf die Tatsache hin, daß das Internat ihrer Schule einen auffallend kleinen Anteil von Refugee-Kindern aufnehme. Der hohe und den alten Idealen verpflichtete Standard des Internats sprach sich schnell von selbst herum.

Mrs. Scott hatte das diffizile Problem auf elegante Art gelöst. Schülerinnen, die weniger als fünfzig Kilometer von der Schule entfernt wohnten, konnten nur auf Antrag und unter Berücksichtigung besonderer Umstände das renommierte Internat besuchen. Die übrigen Mädchen wurden nur als *Day-Scholars* (Tagesschüler) aufgenommen und weder vom Lehrerkollegium noch den Mitschülerinnen wie vollwertige Mitglieder der Schulgemeinschaft behandelt. Ausnahmen für die Aufnahme ins Internat wurden nur gemacht, wenn die Mütter bereits dort Schülerinnen gewesen oder die Väter als großzügige Sponsoren in Erscheinung getreten waren.

Regina hatte in den zwei Monaten als Day-Scholar ohne jenes Sozialprestige, das im Schulleben der Kolonie noch schwerer wog als anderswo, Janet Scott nur einmal und aus der Ferne gesehen. Das war bei der Feier in der Aula, als für die Kapitulation Japans gedankt wurde. Bei unauffälliger Führung, die von Tagesschülern erwartet wurde, bestand auch kaum eine Notwendigkeit, die Direktorin näher kennenzulernen.

Die erzwungene Distanz minderte indes keineswegs Reginas Wertschätzung für Mrs. Scott. Im Gegenteil. Sie war der Schulleiterin dankbar für ein Reglement, das sie vor einer weiteren Verurteilung zum verhaßten Internatsleben bewahrte.

Auch Owuor verdankte der unbekannten Mrs. Scott eine permanente Hochstimmung. Er genoß es jeden Tag aufs neue, mit zwei Kikapus statt mit einer winzigen Tasche zum Markt zu ziehen und sich nicht mehr vor den Boys reicher Memsahibs schämen zu müssen, wieder in großen Töpfen zu kochen und vor allem seine Ohren wie in den besten Zeiten auf der Farm für die Erlebnisse von drei Menschen offenzuhalten. Abends, ehe er das Essen aus der winzigen Küche in den Raum mit dem runden Tisch und der Hängematte trug, in der die kleine Memsahib schlief, sagte er mit dem satten Behagen eines erfolgreichen Jägers: „Wir sind nicht mehr müde Menschen auf Safari."

Und Regina machte Owuor immer wieder die Freude, diesen schönen Satz in den genau richtigen Schwingungen einer zufriedenen Stimme zu wiederholen. Nachts in ihrer engen Bettschaukel baute sie an sechs Tagen in der Woche den Zauber zu einem wortreichen Dank an den großzügigen Gott Mungo aus, der nach all den Jahren von Sehnsucht und Verzweiflung endlich ihre Gebete erhört hatte. Die zweistündige Busfahrt vor und nach dem Unterricht erschien ihr ein federleichter Preis für die Gewißheit, daß sie sich nie mehr drei lange Monate von ihren Eltern trennen mußte.

Noch vor Sonnenaufgang stieg sie zusammen mit ihrem Vater in den überfüllten Bus zur Delamare Avenue und dort in den noch volleren, der aus der Stadt fuhr und nur von Eingeborenen benutzt wurde. Walter hatte nach vielen schriftlichen Eingaben an Captain McDowell, der in Brighton vier Kinder, wehmütige Erinnerungen an ein Familienleben und in den Baracken im Ngong nie genug Platz für seine Leute hatte, im sechsten Monat von Jettels Schwangerschaft die Erlaubnis erhalten, zu Hause zu wohnen.

Er fuhr täglich zum Dienst in die Post- und Informationsabteilung seiner Unit und kam erst spätabends ins Hove Court zurück, nur freitags meistens rechtzeitig genug, um mit Regina in die Synagoge zu gehen. Als er die Tradition seiner Kindheit wiederaufnahm, dachte Regina zunächst, es wäre ihrem Vater nur wichtig, an der richtigen Stelle für das Wohlergehen des Babys zu beten.

„Es geht um dich", hatte er ihr jedoch gesagt, „du sollst wissen, wohin du gehörst. Es ist höchste Zeit."

Sie hatte sich nicht getraut, um eine Erklärung zu bitten, aber freitags ihre nächtlichen Gespräche mit Mungo eingestellt.

An einem Freitag im Dezember hörte Regina ihren Vater schon aufgeregt reden, ehe sie noch die Zitronenbäume hinter den Palmen erreicht hatte. Eine so frühe Heimkehr ihres Vaters war ungewöhnlich, und sie rannte schneller als sonst durch den Garten. Die Tür zur Küche war offen. Sie traf ihre Eltern in einem Zustand an, den sie zwar nicht selbst erlebt hatte, aber von dem sie alles wußte. Obwohl der Nachmittag noch von der Hitze des Tages kochte und ihrer Mutter in der feuchten Luft jede Bewegung noch schwerer fiel als sonst, kam es Regina vor, als hätten die Eltern gerade getanzt. Auf dem runden Tisch sah Regina ein schmales gelbes Kuvert mit vielen Stempeln liegen.

„Der erste Brief aus Deutschland ist da!" rief Walter. Sein Gesicht war rot, doch ohne Angst, die Augen klar.

Der Brief war als Militärpost der Besatzungsbehörden der britischen Zone befördert worden, adressiert an „Walter Redlich, *Farmer in the Surrounding of Nairobi*", und kam von Greschek.

„Der Josef, er hat's geschafft", jubelte Walter, und Regina merkte erst da, daß seine Tränen schon bis zum Kinn getropft waren, „er ist davongekommen. Er hat mich nicht vergessen. Weißt du überhaupt, wer Greschek ist?"

„Greschek", sagte Regina, „ist mit dir bis Rom gefahren, als du aus der Heimat gemußt hast."

„Bis Genua, Rom hat gar keinen Hafen. Lernt ihr denn gar nichts in der Schule?"

Walter hielt Regina den Brief hin. Sie sah, daß seine Hand zitterte. Als sie aber die dünnen Buchstaben mit den Bögen und Spitzen sah, gelang es ihr nicht, ihr Lachen rechtzeitig zu verschlucken. „Hast du auch so geschrieben, als du Deutscher warst?" kicherte sie.

„Ich bin Deutscher."

„Wie soll sie denn Sütterlin lesen können?" schimpfte Jettel. „Mein Gott, wer hätte gedacht, daß mich mal ein Brief von Greschek so aufregen würde. Er war einer der ganz wenigen Anständigen in Leobschütz. Seine Grete hat er uns geschickt, um mir beim Packen zu helfen, als ich nicht mehr wußte, wo mir der Kopf stand. Das habe ich ihm nie vergessen."

Eingetaucht in die Vergangenheit, die mit einem einzigen Brief wieder Gegenwart war, zogen sich Walter und Jettel in eine Welt zurück, in der nur Platz für sie beide war. Sie saßen eng beisammen auf dem Sofa und fingen an zu streiten, ob Greschek seinen Laden in der

Jägerndorfer Straße gehabt und in der Troppauer Straße gewohnt hatte oder umgekehrt, doch ihre Stimmen blieben sanft und fröhlich.

Owuor wurde in die Küche geschickt, um Kaffee zu kochen. Er brachte ihn in der schlanken weißen Kanne mit den rosa Rosen auf dem Deckel und kniff dabei das linke Auge zu, was bei ihm immer bedeutete, daß er auch über jene Dinge Bescheid wußte, von denen er nicht reden konnte. Schon als der Bwana und die Memsahib sich beim Anblick des Briefs wie Kinder gefreut hatten, hatte Owuor die Hefe für die kleinen Brötchen angesetzt.

Die Memsahib vergaß nicht zu staunen, als er den Teller mit den heißen winzigen Broten hereintrug, und der Bwana sagte: „Komm, Owuor, wir lesen jetzt der Memsahib kidogo den Brief vor." Owuor setzte sich in die Hängematte und sagte singend „Greschek".

Walter las vor:

„Lieber Herr Doktor,
ich weiß gar nicht, ob Sie noch leben. In Leobschütz haben sie erzählt, daß ein Löwe Sie gefressen hat. Das habe ich nie richtig geglaubt. Gott rettet doch nicht einen Mann wie Sie, damit ein Löwe zu fressen hat. Ich habe den Krieg überlebt. Grete auch. Aber aus Leobschütz mußten wir fortmachen. Die Polen haben uns nur einen Tag Zeit gelassen. Sie waren noch schlimmer wie die Russen. Jetzt wohnen wir in Marke. Das ist ein häßliches Dorf im Harz. Sie nennen uns hier Polacken und Ostpack und denken, nur wir haben den Krieg verloren. Wir haben nicht satt zu essen, aber doch mehr als andere, weil wir auch mehr arbeiten. Wir haben doch alles verloren und wollen es wieder zu was bringen. Das ärgert die hier besonders. Grete sammelt Schrott, und ich verkaufe ihn. Wissen Sie noch, wie Sie immer gesagt haben: Greschek, es ist nicht anständig, was Sie mit Grete machen. Da habe ich sie auf der Flucht geheiratet, und jetzt bin ich doch ganz froh darüber.

Bis zu dem verfluchten Krieg bin ich oft nach Sohrau rübergemacht und habe in der Nacht Ihrem Herrn Vater und dem Fräulein Schwester Lebensmittel gebracht. Es ging ihnen sehr schlecht. Grete hat jeden Sonntag in der Kirche für sie gebetet. Ich konnte nicht. Wenn Gott das alles gesehen hat und hat nichts getan, dann hat er ja auch keine Gebete mehr gehört.

Hoffentlich kommt dieser Brief in Afrika an. Ich habe einem englischen Soldaten einen Stahlhelm verschafft. Die sind alle ganz wild auf die Dinger. Der Mann konnte ein bißchen Deutsch und hat mir versprochen, diesen Brief an Sie abzuschicken. Wer weiß, ob so einer Wort hält. Wir dürfen ja noch keine Post abschicken.

Kommen Sie jetzt nach Deutschland zurück? Leute, die keine Nazis

waren, bekommen jetzt gute Stellungen und schneller Wohnungen als andere. Wenn Sie kommen, wird Grete der Frau Doktor wieder helfen beim Umzug. Wenn Sie Zeit haben, schreiben Sie mir bitte. Und grüßen Sie die Frau Doktor und das Kind.
Hochachtungsvoll Ihr alter Freund Josef Greschek"

Nachdem Walter den Brief fertig gelesen hatte, kratzten nur Rummlers gleichmäßige, schnarchende Laute an einer Stille, die dick wie Nebel in regenschweren Wäldern war. Owuor stand langsam auf, um das Abendessen vorzubereiten.

Später sagte Walter: „Jetzt ist der Bann gebrochen. Vielleicht hören wir bald mehr von zu Hause", doch seine Stimme war müde, als er hinzufügte: „Unser Leobschütz werden wir nicht mehr wiedersehen."

SCHON am darauffolgenden Tag wurde die außergewöhnliche Schwüle von Nairobi in den Nachrichten an erster Stelle erwähnt. Die Hitze versengte Gras, Blumen und auch Kakteen, machte Bäume kraftlos, Vögel stumm, Hunde bissig und Menschen mutlos. Sie hielten es selbst in den geräumigen Flats mit teuren Vorhängen nicht aus, drängten sich zusammen im Schatten unter den großen Bäumen. Der letzte Tag im Jahr 1945 war so heiß, daß viele Hotels zunächst auf die Anzahl der Ventilatoren im Speisesaal und erst danach auf die Gänge des Festmenüs hinwiesen. Im Ngong loderten die größten Buschfeuer seit Jahren, im Hove Court wurde das Wasser rationiert, und die Blumen wurden nicht mehr gegossen. Es gab keinen Zweifel daran, daß die kleine Regenzeit ausgeblieben und vor Juli keine Linderung zu erwarten war.

Jettel war zu erschöpft, um zu klagen. Ab dem achten Monat ihrer Schwangerschaft verurteilte sie sich zum vollkommenen Rückzug aus dem Leben und wurde taub für jeden Trost und alle guten Ratschläge. Sie flüchtete schon morgens um acht unter Reginas Guavenbaum. Obwohl Dr. Gregory ihr nach jeder Untersuchung sagte, sie habe zuviel zugenommen und brauche Bewegung, rührte sie sich stundenlang nicht von dem Stuhl, den Owuor ihr in den Garten trug.

Erst wenn Regina von der Schule kam und sich zu ihr unter den Baum setzte, tauchte Jettel aus dem Zustand zwischen halbwacher Verzweiflung und tiefem Schlaf auf. Reginas Begeisterung, wenn sie sich das Leben mit dem neuen Baby ausmalte, erlöste Jettel vom Unbehagen an ihrem schwerfälligen Körper und sorgte erneut für eine starke Verbundenheit mit der Tochter.

Es war der letzte Sonntag im Februar, der Jettel mit Gewalt in die

Wirklichkeit zurücktrieb. Nach dem Frühstück ließ sie sich ächzend unter dem Baum nieder, und Walter blieb im Flat, um Radio zu hören. Mittags reagierte Owuor, der sich sonst nie weit von der Memsahib entfernte, auf keinen ihrer Rufe. Jettel schickte verärgert Regina in die Küche, damit sie ihr ein Glas Wasser holte, aber Regina kam nicht zurück. Der Durst ging in ein so heftiges Brennen über, daß Jettel schließlich doch aufstand.

Als sie die Tür aufdrückte, sah sie Owuor. Er stand mit dem Kopf tief nach unten gebeugt in der Küche, schien Jettel überhaupt nicht zu bemerken und sagte nur einige Male leise „Bwana". Im Zimmer waren die Vorhänge zugezogen, Walter und Regina, beide auffallend blaß und mit roten Augen, saßen auf dem Sofa und hielten sich umschlungen.

Jettel war so erschrocken, daß sie keinen von beiden anzusprechen wagte.

„Papa hat's die ganze Zeit gewußt", schluchzte Regina.

„Halt den Mund! Du hast versprochen, nichts zu sagen. Wir dürfen Mama nicht aufregen. Das hat alles Zeit, bis das Baby da ist."

„Was ist los?" fragte Jettel. Ihre Stimme war fest, und sie fühlte sich kräftiger als seit Wochen. Sie sah, daß Walter hastig einen Bogen Papier in seine Hosentasche zu stecken versuchte. „Gretscheks Brief?" fragte sie.

„Ja", log Walter.

„Nein!" schrie Regina.

Es war Owuor, der seine Zunge zur Wahrheit zwang. Er lehnte an der Wand und sagte: „Der Vater vom Bwana ist tot. Seine Schwester auch."

„Seit wann weißt du es?"

„Der Brief kam ein paar Tage nach dem von Greschek. Man hat ihn mir im Camp ausgehändigt. Ich war so froh, daß er durch die Militärzensur mußte, weil er aus Rußland kommt, und ich euch nichts davon zu erzählen brauchte. Ich habe nicht geweint. Bis heute nicht. Und ausgerechnet da muß mich Regina erwischen. Ich habe ihn ihr vorgelesen. Ich wollte nicht, aber sie hat mir keine Ruhe gelassen."

„Gib her", sagte Jettel leise, „ich muß es doch wissen."

Sie ging zum Fenster und faltete das Papier auseinander.

Sehr geehrter Herr Doktor Redlich,
ich war vor dem Krieg in Tarnopol Lehrer für die deutsche Sprache und habe heute die traurige Pflicht, Sie vom Tod Ihres Vaters und Ihrer Schwester in Kenntnis zu setzen. Ich habe Herrn Max Redlich gut gekannt. Er

hatte Vertrauen zu mir, weil er mit mir deutsch sprechen konnte. Ich habe versucht, ihm zu helfen, soweit es in meiner Macht stand. Eine Woche vor seinem Tod gab er mir Ihre Adresse. Da wußte ich, daß er wollte, daß ich Ihnen schreibe, falls ihm etwas passieren sollte.

Ihr Vater und Ihre Schwester haben sich nach vielen Gefahren und furchtbaren Entbehrungen nach Tarnopol durchgeschlagen. In der ersten Zeit der deutschen Besetzung gab es für ihn und Frau Liesel noch Hoffnung. Sie konnten sich hier in einem Kellerraum des Schulhauses versteckt halten und wollten bei der ersten Gelegenheit weiter in die Sowjetunion. Dann haben zwei SS-Leute am 17. November 1942 Ihren Vater auf der Straße erschlagen. Er war sofort tot und hat nicht mehr zu leiden brauchen.

Frau Liesel wurde einen Monat später aus dem Schulhaus verschleppt und nach Belsec gebracht. Wir haben nichts mehr von ihr gehört. Es war der dritte Transport nach Belsec. Von dem ist keiner zurückgekommen. Ich weiß nicht, ob Sie wissen, daß Frau Liesel auf der Flucht einen Tschechen geheiratet hat. Herr Erwin Schweiger war Lastwagenfahrer und wurde von der russischen Armee zum Militär gezwungen. So mußte er Ihren Vater und Frau Liesel im Stich lassen.

Ihr Vater war sehr stolz auf Sie und hat viel von Ihnen gesprochen. Den letzten Brief, den Sie ihm geschrieben haben, hatte er immer in seiner Brusttasche. Wie oft haben wir ihn gelesen und uns vorgestellt, wie gut und sicher Sie und Ihre Familie es auf der Farm haben. Herr Redlich war ein tapferer Mann und hat bis zum Schluß Gott vertraut, daß er Sie wiedersehen wird. Gott sei seiner Seele gnädig. Ich schäme mich für alle Menschen, daß ich so einen Brief schreiben muß, aber ich weiß, daß in Ihrer Religion der Sohn für den Vater am Todestag ein Gebet spricht. Wenn ich nur wüßte, ob es ein Trost für Sie sein wird, daß Sie es können, wäre mir meine Pflicht leichter.

Schreiben Sie mir nicht zurück nach Tarnopol. Briefe aus dem Ausland führen hier zu Schwierigkeiten. Ich schließe Sie und Ihre Familie in meine Gebete ein.

Jettel faltete den Brief zusammen, aber ihre Augen blieben trocken. Es verwirrte sie, daß sie nicht schreien und noch nicht einmal sprechen konnte. Sie setzte sich zwischen Walter und Regina und zog ihren verschwitzten Kittel glatt. Jettel fragte sich, ob es nicht Sünde wäre, einem Kind, das in ein paar Jahren nach seinen Großeltern fragen würde, Leben zu schenken. Als sie Walter ansah, wußte sie, daß er ihr Aufbegehren spürte, denn er schüttelte den Kopf. Sein hilfloser Trotz war ihr dennoch Trost, denn sie sagte, ohne daß ihre Stimme sich von der Verzweiflung schwach machen ließ: „Es muß ein Junge werden, jetzt haben wir doch einen Namen für ihn."

# 12

In der langen Nacht zum 6. März 1946 fanden viele erschöpfte Menschen im Hove Court nicht die Ruhe, die sie in der Zeit außergewöhnlicher Hitzeplagen mit größerer Leidenschaft verteidigten als ihre persönliche Habe. In der Mehrzahl der Zimmer und Flats brannten Lampen dem Sonnenaufgang entgegen. Hausboys setzten vor dem ersten Zwitschern der Vögel das Wasser für den Morgentee auf; Hunde bellten Mond, Schatten, verdorrte Bäume und Menschen an.

Owuor, der allein mit der Memsahib kidogo war, ging weder zum Essen noch zu der jungen Frau, die er vor einer Woche aus Kisumu hatte kommen lassen, in sein Quartier. In der dritten Stunde nach Sonnenuntergang klopfte er alle Decken und Matratzen aus, bürstete die Holzfußböden und den Hund ab und pflegte schließlich seine Fingernägel mit der Feile von der Memsahib, was diese ihm niemals erlaubt hätte, wäre sie zu Hause gewesen.

Regina lag in ihrer weißen Schulbluse und dem empfindlichen grauen Rock auf dem Bett ihrer Eltern. Sie hatte sich vorgenommen, „David Copperfield" zu lesen, aber schon in den ersten beiden Absätzen des Buches verkeilten sich die Buchstaben ineinander. Die Hände waren feucht, die Zunge scheute die Mühe, den einzigen Wunsch, den Regina je wieder vom Schicksal erbitten wollte, richtig zu formulieren, um den Gott Mungo zu überzeugen, daß er diesmal auf ihrer Seite und nicht auf der des Todes zu stehen hatte.

Seit Walter und Jettel mitten im Abendessen mit einem kleinen Koffer in Mr. Slapaks Auto weggefahren waren, kämpfte Regina gegen die Angst. Immer wieder rannte sie zu Owuor und fragte: „Glaubst du, dieser Tag wird gut?"

Dann riß Owuor sofort die Augen auf und sagte: „Ich weiß, der Tag wird gut."

Um drei Uhr morgens goß Elsa Conrad die Kamelien vor ihrem Fenster. Professor Gottschalk spazierte im Hut und mit der winzigen Porzellanschüssel, aus der er morgens seinen Haferbrei aß, durch den dunklen Garten. Beide riefen sich zu: „Es ist soweit!"

Diana stand am Fenster und trug die goldfarbene Krone mit den bunten Steinen, die ihr bei ihrem einzigen Moskauer Auftritt die

Verheißung einer Zukunft vorgegaukelt hatte, die nie Wirklichkeit geworden war. Endlich gab sie den Bemühungen von Chepoi nach, sie zu beruhigen, ließ sich nach einem kurzen Kampf die Whiskyflasche entwinden und mit seinem Versprechen ins Bett bringen, sie sofort bei eventuellen Neuigkeiten zu wecken.

Eine Minute nach fünf wurde Max Ronald Paul Redlich im acht Kilometer entfernten „Eskotene Nursing Home" geboren. Sein erster Schrei und ein plötzliches dumpfes Grollen vom Himmel setzten zu gleicher Zeit ein. Als Schwester Amy das Kind auf die Waage legte und dessen Gewicht von fünf Pfund und vier Unzen sowie den langen, schwer zu buchstabierenden Namen auf einem Zettel notierte, belebten sich ihre trüben Augen, und sie sprach von einem Wunder.

Das übertriebene Lächeln der von ihrer dritten schlaflosen Nacht zermürbten Hebamme galt nicht dem Kind und nicht der erleichterten Mutter, deren Akzent Schwester Amy bei der schwierigen Geburt als hinderlich empfunden hatte. Amy Patricks spontane Begeisterung war lediglich Ausdruck des Erstaunens, daß der kleine Regen doch noch Nairobi vom Trauma einer noch nie dagewesenen Hitze erlöst hatte. Die Hebamme fühlte sich derart befreit, daß sie ihren britischen Humor laut werden ließ. Als sie dem Neugeborenen die Nabelbinde umlegte, sagte sie: „Meine Güte, der Kerl schreit ja wie ein kleiner Engländer."

Der Himmelssegen war für eine verspätete Regenzeit ungewöhnlich dürftig. Er reichte allenfalls aus, um das Gefieder der kleinsten Vögel, die Wellblechdächer und die oberen Äste der Dornakazien vom Staub zu befreien. Daß aber überhaupt Regen eingesetzt hatte, bestärkte alle wohlwollenden Menschen, die ihre Nachtruhe geopfert hatten, in der Zuversicht, die Geburt von Max Redlich wäre ein außergewöhnliches Ereignis, und das Kind könne gar ein Hoffnungsträger für die zweite Generation der Refugees sein.

REGINA und Owuor merkten zunächst nichts von Walters Heimkehr. Sie hörten weder den kräftigen Stoß, den er der klemmenden Eingangstür versetzte, noch den Fluch, als er über den schnarchenden Hund stolperte. Sie schreckten erst aus ihrem Dämmerzustand hoch, als Würgelaute aus der Küche kamen. Owuors Bwana kniete stöhnend vor einem verrosteten Eimer, den er mit beiden Händen umklammerte.

Regina rannte auf ihren Vater zu und versuchte, ihn wenigstens von hinten zu umarmen, ehe Enttäuschung und Entsetzen sie lahmlegen würden. Als Walter ihre Arme an seiner Brust spürte, richtete er sich auf. „Max ist da", keuchte er. „Diesmal hat es der liebe Gott gut mit uns gemeint."

Die Stille hielt an, bis Walters graue Haut sich zurück in jenes leichte Braun gefärbt hatte, das zu seiner Uniform paßte. Es dauerte eine schwere halbe Minute, ehe Regina den belebenden Strom ihrer Tränen spürte.

Als sie die Augen endlich öffnen konnte, sah sie, daß auch ihr Vater weinte; sie drückte lange ihr Gesicht an das seine.

„Max", sagte Owuor. Seine Zähne leuchteten wie Kerzen im dunklen Raum. „Jetzt", erklärte er lachend, „jetzt haben wir einen Bwana kidogo."

Niemand sagte ein Wort. Doch dann wiederholte Owuor noch einmal deutlich den Namen, als hätte er ihn immer schon gekannt, und da schlug ihm der Bwana auf die Schulter. Er lachte und nannte ihn seinen *Rafiki*.

Das sanfte Wort für Freund trieb Owuor Wärme in die Brust und löschte die Angst der langen Nacht. „Hast du das Kind schon gesehen?" fragte er. „Hat es zwei gesunde Augen und zehn Finger? Ein Kind muß aussehen wie ein kleiner Affe."

„Mein Sohn ist schöner als ein Affe. Ich hab ihn schon in meinen Händen gehalten. Heute nachmittag sieht ihn die Memsahib kidogo. Owuor, ich hab gefragt, ob ich dich mitbringen kann. Ich wollte, daß du dabei bist. Aber im Krankenhaus haben die Schwestern und der Arzt nein gesagt."

„Ich kann warten, Bwana. Ich habe vier Regenzeiten gewartet."

„Du weißt so genau, wann das andere Kind gestorben ist?"

„Du weißt es doch auch, Bwana."

„MANCHMAL habe ich das Gefühl, daß Owuor mein einziger Freund in dieser Stadt ist", sagte Walter auf dem Weg zum Krankenhaus.

„Ein Freund reicht für ein ganzes Leben."

„Wo hast du das schon wieder aufgeschnappt? Bei deiner dämlichen englischen Fee?"

„Bei meinem dämlichen englischen Dickens, aber ein bißchen Freund ist Mr. Slapak auch. Er hat dir doch sein Auto geborgt. Sonst müßten wir jetzt mit dem Bus fahren." Regina wurde bewußt, daß sie ihren Vater nie zuvor am Steuer eines Wagens gesehen und nicht gewußt hatte, daß er Auto fahren konnte.

Der klappernde Ford stöhnte die Hügel hinauf und ließ dichte Wolken von feinem rotem Sand hinter sich. Der Wagen hatte auf der linken Seite und vorne kein Glas und große Löcher im verrosteten Dach, durch die die Sonne brannte. Die Hitze und der schwüle Fahrtwind kratzten die Haut rot.

Das Eskotene Nursing Home, ein solide gebautes weißes Gebäude mit Fenstern aus hellblauem Glas und schlanken Portalsäulen, um die sich Rosen rankten, lag in einem Park mit einem Teich und einem kurzgeschorenen Teppich aus dichtem grünem Gras. Die hohen Zedern dampften noch nach dem Regen vom Morgen. Vor dem Tor stand ein Askari in marineblauer Uniform und mit einem dicken Holzknüppel. Ein kaffeefarbener irischer Wolfshund schlief zu seinen Füßen.

Die teure Privatklinik verhalf nur widerwillig Babys von Refugees zum Start ins Leben, aber Dr. Gregory hatte in dieser Beziehung nicht mit sich reden lassen. Er behandelte grundsätzlich keine Patientinnen im Government Hospital, in dem die Ärzte durch die Korridore mit den Krankenabteilungen für Schwarze mußten, ehe sie zu der Station für Europäer gelangten. Sein Honorar hatte bereits während der Schwangerschaft sämtliche Rücklagen aus Jettels Arbeit im Horse Shoe verschlungen, und die Rechnung für die Geburt und den Aufenthalt im Eskotene würde bestimmt auch den zusätzlichen Sold aufbrauchen, der einem Sergeant bei der Geburt eines Kindes zustand.

Trotzdem war Dr. Gregory auch bei Patientinnen, die sich ihn nicht leisten konnten, ein Arzt voller Anteilnahme und Gewissenhaftigkeit. Er ließ Jettel nicht fühlen, daß er für den gewaltigen Restteil des Geldes, das ihm zustand, sehr diskret und mit Hinweis auf Jettels Alter und die zu erwartenden Komplikationen während der Schwangerschaft und bei der Geburt die Jüdische Gemeinde Nairobi eingeschaltet hatte. Er saß seit zwei Jahren zusammen mit dem alten Rubens im Vorstand und hatte nie gezögert, sich weiter öffentlich zum Judentum zu bekennen, auch nicht, als er seinen ursprünglich polnischen Namen gegen die englische Version eintauschte.

Dr. Gregory war gerade bei Jettel, als Walter mit Regina erschien. Die beiden blieben unschlüssig an der Tür stehen, als sie ihn sahen. Ihre Unbeholfenheit, die Verlegenheit des Vaters und die Tochter mit dem

Körper eines Kindes und einem Gesicht, das durch zu frühe Erfahrungen mit dem Leben geprägt schien, rührten den Arzt.

„*Come on!*" rief er, klopfte Walter auf den Rücken, streichelte Reginas Kopf und verließ eilig den Raum.

Erst als der Arzt die Tür hinter sich zuzog, sah Regina in Jettels Armbeuge den winzigen Kopf mit einer Krone aus schwarzem Flaum. Sie hörte ein leises Wimmern des Neugeborenen und wie Jettel mit lockenden Lauten das Kind beruhigte.

„Komm", sagte Jettel, „wir beide haben schon auf dich gewartet."

„Halt ihn fest, einen neuen können wir uns nicht mehr leisten", mahnte Walter und legte Regina das Kind in die Arme. „Das ist dein Bruder Max", erklärte er mit feierlicher Stimme, „ich habe ihn schon heute früh schreien hören. Der weiß ganz genau, was er will. Wenn er groß ist, wird er gut für dich sorgen. Anders als ich für meine Schwester."

Max hatte die Augen geöffnet. Sie leuchteten blau aus einem Gesicht, das die Farbe der jungen Maiskolben von Rongai hatte, und die Haut roch nach der Süße von frisch gekochtem Poscho. Regina berührte die Stirn ihres Bruders mit ihrer Nase, um den Duft in Besitz zu nehmen. Sie war ganz sicher, daß sie sich nie wieder im Leben so am Glück würde betäuben können. In diesem Augenblick sagte sie ihrer Fee, die sie nun nie mehr würde bemühen müssen, ein letztes Lebewohl.

„Willst du ihm nichts sagen?"

„Ich weiß nicht, in welcher Sprache ich mit ihm reden soll."

„Er ist noch kein rechter Refugee und geniert sich nicht, wenn er seine Muttersprache hört."

„*Jambo*", flüsterte Regina, „*jambo, bwana kidogo.* Gehört er", fragte sie befangen, „wirklich mir?"

„Uns allen."

„Und Owuor auch", meinte Regina.

„Natürlich, solange Owuor bei uns bleiben kann."

„Heute nicht", sagte Jettel unwillig, „heute einmal nicht."

OWUOR saß bis nach Sonnenuntergang mit dem Kopf zwischen den Knien und Schlaf unter den Augenlidern vor der Küche, ehe er den Wagen kommen hörte. Da der Bwana erst Slapak das Auto zurückgeben mußte, würde es noch eine Zeit dauern, bis Owuors Warten ein Ende hatte, aber Owuor hatte nie die Stunden gezählt, nur die guten Tage. Er döste friedlich weiter.

Auch Slapak liebte den Geschmack von Freude. Gerade weil er nach dem vierten Kind, das eben zu krabbeln begann, in seiner eigenen Familie selbst die Geburt eines Sohnes mit gleicher Nüchternheit betrachtete wie das Warenlager in seinem florierenden Secondhandshop, verlangte es ihn nach fremdem Glück. Er zog Walter und Regina in seine beengte, nach feuchten Windeln und Krautsuppe riechende Wohnstube, als die beiden ihm die Autoschlüssel zurückbrachten.

Sahen die meisten Menschen im Hove Court in Leo Slapak nur den gerissenen Geschäftsmann, der seine eigene Mutter zu Geld machen würde, wenn es für ihn von Vorteil wäre, so war er doch im Herzen ein frommer Mann, dem die Gnade, die anderen widerfuhr, als Bestätigung galt, daß Gott es gut mit guten Menschen meinte. Und dieser Soldat in der fremden Uniform, dessen Augen zeigten, daß er sich seine Verwundungen nicht auf dem Schlachtfeld geholt hatte, sondern im Kampf mit dem Leben, hatte ihm in seiner Bescheidenheit und Freundlichkeit immer gefallen. Slapak grüßte Walter, wenn er ihn sah, und er freute sich stets an der Dankbarkeit, mit der sein Gruß erwidert wurde.

So goß der von seinen Nachbarn verachtete Slapak ein Glas voller Wodka ein, drückte es Walter in die Hand, nahm selbst einen Schluck aus der Flasche und sagte eine ganze Reihe von Worten, von denen Walter so gut wie kein einziges verstand. Es war die übliche Mischung der Refugees aus dem Osten; sie bestand aus polnischen, jiddischen und englischen Ausdrücken, die Walter, je mehr er von Slapak mit heißem Herzen und kühlem Alkohol bedacht wurde, schon deshalb an Sohrau erinnerten, weil Slapak bald die Mühe mit dem Englischen und auch das Jiddische aufgab und nur noch polnisch sprach. Seinerseits freute sich Slapak an den wenigen Brocken Polnisch, die Walter aus seiner Kindheit kannte.

Es wurde ein Abend des Einverständnisses zwischen zwei Männern, die aus zwei sehr verschiedenen Welten stammten und die doch die gemeinsame Wurzel des Schmerzes hatten. Zwei Väter dachten nicht an ihre Kinder, sondern an die Pflicht der Söhne, die sie nicht hatten erfüllen dürfen. Slapak schenkte Walter einen Kinderwagen, den er selbst frühestens in einem Jahr wieder brauchen würde, ein Paket zerfetzter Windeln und ein Kleid aus rotem Samt für Regina, für das ihr mindestens fünfzehn Pfund fehlten.

„Ich habe die Geburt meines Sohnes mit einem Mann gefeiert, mit dem ich nicht reden kann“, seufzte Walter auf dem kurzen Weg zum

Flat. Er gab dem Kinderwagen einen Stoß. Die Räder mit ihrem brüchig gewordenen Gummi knirschten auf den Steinen. „Vielleicht kann ich eines Tages darüber lachen."

„Ich bin gar nicht traurig, wenn du jetzt Max lieber hast als mich. Ich bin ja kein Kind mehr", sagte Regina.

„Wie kommst du auf so einen Quatsch? Ohne dich hätte ich die ganzen Jahre nicht durchgehalten. Glaubst du, ich kann das vergessen? Schöner Vater bin ich. Mehr als Liebe konnte ich dir nie geben."

„Es war *enough.*" Zu spät merkte Regina, daß sie das deutsche Wort nicht rechtzeitig gefunden hatte. Sie umarmte ihren Vater. „Ich liebe dich mehr als alle anderen Menschen auf der Welt", erklärte sie.

„Ich dich auch. Aber das erzählen wir keinem."

OWUOR stand vor der Tür. „Bwana", sagte er stolz, „ich habe schon eine Aja gefunden."

„Eine Aja? Was sollen wir mit einer Aja? In Nairobi ist das nicht wie in Rongai. In Rongai hat der Bwana Morrison die Aja bezahlt. Sie hat auf seiner Farm gewohnt. In Nairobi muß ich eine Aja bezahlen. Das kann ich nicht."

„Unser Kind", erwiderte Owuor zornig, „ist so gut wie andere Kinder. Kein Kind kann ohne Aja sein. Die Memsahib kann mit so einem alten Wagen nicht im Garten fahren. Und ich kann nicht bei einem Mann arbeiten, der keine Aja für sein Kind hat. Das ist Chebeti, Bwana", erklärte er. „Du mußt ihr nicht viel Geld geben."

„Aber ich kenne sie doch nicht."

„Ich kenne sie, Bwana. Das ist gut."

Chebeti, die vor der Küchentür gesessen hatte, stand auf. Sie war groß und schlank, trug ein weites blaues Kleid, das ihre nackten Füße bedeckte und als lose gebundener Umhang um ihre Schultern hing. Um den Kopf war ein weißes Tuch zum Turban geschlungen. Sie hatte die langsamen, graziösen Bewegungen der jungen Frauen aus dem Stamm der Jaluo und deren selbstsichere Haltung. Als sie Walter die Hand hinhielt, öffnete sie den Mund, doch sie sprach nicht.

Regina merkte sofort, daß Chebetis Haut und die von Owuor den gleichen Geruch hatten. „Chebeti wird eine gute Aja, Papa", sagte sie.

CAPTAIN BRUCE CARRUTHERS stand energisch auf, zerquetschte an der Fensterscheibe eine Mücke, die er für einen Moskito hielt, und setzte sich lustlos wieder hin. Es steigerte seinen Verdruß, daß er vor dem

Gespräch mit dem ihm trotz einiger Vorbehalte eigentlich nicht unsympathischen Sergeant, der Englisch wie ein lausiger Inder sprach, einen bestimmten Brief aus dem Papierhaufen auf seinem Schreibtisch herauswühlen mußte. Carruthers hatte einen schon krankhaften Ekel vor dieser Unordnung, die er selbst verschuldet hatte. Er grübelte über den Umstand nach, daß ausgerechnet ihm, der Diskussionen verabscheute, immer die Aufgabe zufiel, seinen Leuten Dinge zu sagen, die sie nicht hören wollten.

Nur ihm, der nichts anderes wollte als endlich an einem nebligen Herbstmorgen die Princes Street entlangzuspazieren, hatte niemand mitgeteilt, daß sein Gesuch zur Entlassung aus der Army „bis auf weiteres zurückgestellt“ worden war. Diese Enttäuschung hatte er sich zwei Tage zuvor selbst aus der Post herausfischen müssen. Seitdem war sich der Captain noch mehr im klaren als zuvor, daß Afrika nicht gut für einen Mann war, der vor fünf viel zu langen Jahren außer seinem Herzen eine sehr junge Frau in Edinburgh zurückgelassen hatte, die immer länger brauchte, um seine Briefe zu beantworten, und schon lange nicht mehr zufriedenstellend erklären konnte, weshalb das so war.

Captain Carruthers empfand es als doppelte Ironie des Schicksals, daß er nun diesem komischen Sergeant mit den Augen eines ergebenen Collies beibringen mußte, daß die Army Seiner Majestät kein Interesse an der Verlängerung seiner Dienstzeit habe. „Weshalb in aller Welt will der Kerl überhaupt nach Deutschland?“ brummte er.

„Ich bin dort zu Hause, Sir.“

Der Captain schaute Walter erstaunt an. Er hatte sein Klopfen an der Tür nicht gehört. „Sie wollen zur britischen Besatzungsarmy?“

„Ja, Sir“, sagte Walter.

„Gar keine schlechte Idee. Ich vermute, Sie können Deutsch sprechen. Da wären Sie doch genau der Mann, um bei den Jerries aufzuräumen.“

„Ich denke ja, Sir.“

„Die in London denken anders“, sagte Carruthers. Schweigend hielt er Walter den Brief hin und beobachtete einige Zeit, wie Walter sich mit den umständlichen Formulierungen der Londoner Bürokraten abquälte. „Die zu Hause wollen“, sagte er, „keine Soldaten bei der Besatzungstruppe, die keinen englischen Paß haben. Was wollen Sie eigentlich in Deutschland?“

„Ich wollte in Deutschland bleiben, wenn ich aus der Army entlassen werde.“

„Warum?"

„Deutschland ist meine Heimat, Sir", stotterte Walter, „sorry, Sir, daß ich das sage."

„Macht nichts", erwiderte der Captain zerstreut. Ihm war klar, daß er sich auf kein Gespräch einzulassen brauchte. Er war nur verpflichtet, seine Leute von Vorgängen in Kenntnis zu setzen, die sie betrafen, und sich zu vergewissern, daß sie die Entscheidungen auch begriffen hatten. Doch der Mann vor ihm hatte von Heimat gesprochen, und genau dieses törichte, sentimentale Wort durchbohrte seit Monaten die Ruhe von Bruce Carruthers. „Meine Heimat ist Schottland", sagte er, „aber irgendein Narr in London hat sich in seinen Querschädel gesetzt, daß ich hier im dämlichen Ngong verrotten soll. Kennen Sie Schottland?"

„Nein, Sir."

„Ein wunderschönes Land. Mit anständigem Wetter, anständigem Whisky und anständigen Menschen, auf die man sich noch verlassen kann. Die Engländer haben nicht die leiseste Ahnung, was sie uns angetan haben, als sie sich unseren König geholt und unsere Selbständigkeit gestohlen haben." Carruthers wurde bewußt, daß es lächerlich war, mit einem Mann, der offenbar nicht viel mehr als ja und nein sagen konnte, über Schottland und das Jahr 1603 zu diskutieren. „Was machen Sie im Zivilleben?" fragte er deshalb.

„In Deutschland war ich Rechtsanwalt, Sir."

„Ich bin auch Anwalt", sagte der Captain. „Wie um Himmels willen sind Sie bloß in dieses Affenland gelangt? Ein Anwalt braucht doch seine Muttersprache. Warum sind Sie nicht in Deutschland geblieben?"

„Hitler wollte mich nicht. Ich bin Jude, Sir."

„Stimmt. Steht ja hier. Und da wollen Sie nach Deutschland zurück?"

„Hitlers kommen und gehen, aber das deutsche Volk bleibt bestehen."

„Mann, Sie können ja plötzlich Englisch. Wie Sie das gesagt haben!"

„Das hat Stalin gesagt, Sir."

„Sie wollen bestimmt, daß die Army Ihre Überfahrt bezahlt."

„Ja, Sir. Das ist meine einzige Chance."

„Die Army ist verpflichtet, jeden Soldaten mit seiner Familie in sein Heimatland zu entlassen", erklärte der Captain.

„Pardon, Sir, ich habe Sie nicht verstanden."

„Die Army muß Sie nach Deutschland bringen, wenn Sie dort zu Hause sind."

„Wer sagt das?"

„Die Bestimmungen." Der Captain zog ein vergilbtes, eng beschriebenes Blatt aus der Schublade. Er erwartete nicht, daß Walter den Text würde lesen können, hielt ihm jedoch trotzdem die Verordnung hin und merkte verblüfft, daß Walter offenbar den komplizierten Sachverhalt wenigstens so weit zu verstehen schien, wie er ihn selbst betraf.

„Morgen werden wir den Antrag für Sie auf Entlassung nach Deutschland stellen. Haben Sie mich zufällig einmal verstanden?"

„O ja, Sir."

„Haben Sie Familie?"

„Eine Frau und zwei Kinder. Meine Tochter wird vierzehn, und mein Sohn ist heute acht Wochen alt. Ich danke Ihnen so sehr, Sir. Sie wissen nicht, was Sie für mich tun."

„Ich glaube doch", erwiderte Carruthers nachdenklich. „Aber machen Sie sich keine allzu großen Hoffnungen. In der Army geht alles sehr langsam. Wie sagen die verdammten Nigger hier?"

*„Pole pole"*, sagte Walter. Als er sah, daß Carruthers nickte, beeilte er sich, den Raum zu verlassen.

ALS WALTER ins Hove Court zurückkehrte, war er noch immer benommen von einer beunruhigenden Mischung aus Euphorie und Unsicherheit. Doch dann sah er Chebeti mit dem Baby unter demselben Baum sitzen, der Jettel in der Schwangerschaft Trost, Schutz und Schatten gegeben hatte.

Sein Sohn lag geborgen in dem Faltenberg von Chebetis hellblauem Kleid. Nur die winzige weiße Leinenmütze des Kindes war zu sehen. Sie berührte das Kinn der Frau und wirkte im sanften Wind wie ein Schiff auf ruhigem Ozean. Regina, einen Kranz aus Blättern vom Zitronenbaum im Haar, hockte mit gekreuzten Beinen auf dem Gras. Da sie nicht singen konnte, las sie der Aja und ihrem Bruder ein Kinderlied mit vielen sich wiederholenden Lauten vor.

Walter begriff, daß seine Tochter beim Rezitieren den englischen Text sofort in die Jaluo-Sprache übersetzte. Sobald Chebeti den ersten vertrauten Laut auffing, klatschte sie. Owuor saß unter einer Zeder mit dunklen Blättern und beobachtete die kleinste Bewegung des Babys mit angespannter Aufmerksamkeit. Neben ihm lag der Stock mit einem geschnitzten Löwenkopf auf dem Knauf, den er sich an Chebetis erstem Arbeitstag zugelegt hatte. Er kraulte Rummler, der selbst beim Dösen laut genug atmete, um die Fliegen zu vertreiben, ehe sie ihm lästig werden konnten.

Die Szene erinnerte Walter in ihrer Harmonie an Bilder in den Büchern seiner Kindheit. Er lächelte ein wenig, als er sich klarmachte, daß die Menschen im europäischen Hochsommer nicht schwarz waren und nicht unter Zedern und Zitronenbäumen saßen. Als Regina ihn bemerkte, winkte sie ihm zu, und er winkte zurück.

„Papa, der Max hat schon einen richtigen Namen. Owuor nennt ihn *askari ja ossjeku.* Du weißt doch, was *askari ja ossjeku* heißt? Nachtsoldat."

„Du meinst Nachtwächter."

„Ja", sagte Regina, „weil er den ganzen Tag schläft und nachts immer wach ist."

„Nicht nur er. Wo ist eigentlich deine Mutter?"

„Drin."

„Was macht sie denn um diese Zeit im heißen Flat?"

„Sie regt sich auf", erklärte Regina kichernd. Zu spät wurde ihr klar, daß ihr Vater weder Stimmlagen noch Blicke deuten konnte und daß sie dabei war, ihm seine Ruhe zu stehlen. „Max", sagte sie schnell und voller Reue, „steht in der Zeitung. Ich hab's schon gelesen."

Walter rannte so schnell zum Flat, daß Owuor beunruhigt aufstand. Auch Rummler wurde wach und lief, so schnell, wie es seine schwerfälligen Beine noch zuließen, mit heraushängender Zunge hinter Walter her.

„Zeig mal, Jettel!" rief Walter noch im Laufen. „Ich hab nicht gedacht, daß das so schnell geht."

„Hier. Warum hast du mir nichts davon gesagt?"

„Es sollte eine Überraschung sein. Als Regina geboren wurde, habe ich dir noch den Ring schenken können. Bei Max langt's nur zu einer Anzeige."

„Aber was für eine. Ich hab mich schrecklich gefreut, als der alte Gottschalk vorhin mit der Zeitung ankam. Er war ganz beeindruckt. Stell dir vor, wer das alles lesen wird."

„Hoffentlich, das war ja der Sinn der Sache."

Die Zeitung lag aufgeschlagen auf einem kleinen Hocker neben dem Fenster. *Der Aufbau* war keine Zeitung wie jede andere. Schon vor dem Krieg und erst recht danach war das deutschsprachige Blatt aus

Amerika mehr als nur das Sprachrohr für Emigranten in aller Welt. Jede Ausgabe, ob die Betroffenen es wollten oder nicht, nährte die Wurzeln der Vergangenheit. Schon ein paar Zeilen vermochten Schicksal zu werden. Nicht die Berichte und Leitartikel wurden zuerst gelesen. Es waren immer und bei allen die Such- und Familienanzeigen.

Durch sie fanden sich Menschen wieder, die seit der Auswanderung nichts mehr voneinander gehört hatten. Die Hinweise auf die alte Heimat konnten Totgesagte zum Leben erwecken und gaben lange vor den offiziellen humanitären Organisationen Auskunft, wer der Hölle entkommen und wer in ihr umgekommen war. Noch elf Monate nach Kriegsende in Europa war *Der Aufbau* sehr oft die einzige Möglichkeit für die Überlebenden, die Wahrheit zu erfahren.

„Mensch, die Anzeige ist ja riesengroß", staunte Walter. „Mein Brief muß jemand in die Hände geraten sein, der uns von früher kennt und uns einen Gefallen tun wollte. Stell dir vor, da sitzt einer in New York, und auf einmal liest er unseren Namen und daß wir aus Leobschütz sind. Und kriegt mit, daß ich doch nicht von einem Löwen gefressen worden bin." Obwohl ihm klar war, daß Jettel den Text bereits auswendig kannte, las er die wenigen Zeilen laut vor: „Dr. Walter Redlich und Frau Henriette geb. Perls (früher Leobschütz) zeigen die Geburt ihres Sohnes Max Ronald Paul an. P. O. B. 1312 Nairobi, Kenya Colony. 6. März 1946. Was sagst du dazu, Jettel? Dein Alter ist wieder der Herr Doktor. Das erste Mal seit acht Jahren."

Noch während er sprach, ging Walter auf, daß der Zufall ihm das Stichwort gegeben hatte, Jettel von dem Gespräch mit dem Captain und der großen Chance zu erzählen, auf Kosten der Army nach Deutschland zu gelangen. Er mußte nur den Mut finden, ihr so schonend wie möglich beizubringen, daß er sich endgültig entschieden hatte.

Walter wußte seit dem Tag, an dem er zum ersten Mal die Rückkehr nach Deutschland erwähnt hatte, daß er nicht mit Jettels Verständnis rechnen durfte. Seitdem wurden immer häufiger aus belanglosen Diskussionen Kämpfe ohne Vernunft und Logik und voller Bitterkeit. Oft hatte er selbst an seiner Kraft gezweifelt, das Leid zu überwinden, das für immer unvernarbte Wunden hinterlassen würde, aber bei jeder Prüfung seiner Beweggründe hatte er nie einen anderen Weg gefunden als den, zu dem ihn das Verlangen nach seiner Sprache, seinen Wurzeln und seinem Beruf verurteilten. Er brauchte sich nur das Leben auf einer Farm vorzustellen, und schon wußte er, daß er nach Deutschland zurückwollte und -mußte.

Jettel dachte anders. Sie war zufrieden unter Menschen, denen der Haß auf Deutschland reichte, um die Gegenwart als das einzige Glück zu empfinden, das den Davongekommenen zustand. Sie hatte sich immer gegen Veränderungen gesträubt. Wie hatte sie sich in einer Zeit, da jeder Tag des Zögerns tödliche Bedrohung war, gegen die Auswanderung nach Afrika gewehrt. Walter hörte Jettel „Lieber tot als weg von meiner Mutter!" schreien; er sah ihr kindlich-trotziges Gesicht hinter dem Vorhang der Tränen so deutlich, als würde er immer noch auf dem Plüschsofa seiner Schwiegermutter sitzen, und begriff, daß sich seitdem in seiner Ehe nichts geändert hatte.

Walters Herz raste, als er sich räusperte, um seiner Stimme eine Festigkeit zu geben, die er nicht mehr in sich fühlte. Zu machtlos war er gegen seine zaudernde Scheu, von Heimkehr und Heimat zu sprechen. Aber noch wollte er sich nicht geschlagen geben. Nur kam es ihm sinnvoller und auf alle Fälle diplomatisch vor, den englischen Begriff zu gebrauchen, den er selbst vor ein paar Stunden zum ersten Mal gehört hatte. „Repatriierung", sagte er.

„Was heißt das?" fragte Jettel.

„Ach nichts. Mir ging nur etwas durch den Kopf, was der Captain heute gesagt hat. Ich mußte ihm stundenlang eine Verordnung suchen, die der alte Esel die ganze Zeit auf seinem Schreibtisch liegen hatte."

„Ach, du warst bei ihm? Hoffentlich hast du wenigstens die Gelegenheit genutzt, ihm klarzumachen, daß er dich mal befördern könnte. Elsa sagt auch, daß du in solchen Sachen nicht energisch genug bist."

„Jettel, finde dich endlich damit ab, daß es Refugees bei der Army nicht weiter als bis zum Sergeant bringen."

DIE CHANCE, mit Jettel in Ruhe über Deutschland zu sprechen, kam nicht mehr wieder. *Der Aufbau* ließ es nicht zu. Sechs Wochen nach dem Erscheinen der Anzeige traf der erste von vielen Briefen ein, die so viel Vergangenheit beschworen, daß Walter nicht den Mut fand, Jettel eine Zukunft auszumalen, die er sich, selbst in optimistischer Stimmung, nur sehr vage vorstellen konnte.

Der erste Brief kam von einer alten Frau aus Schanghai.

Mich hat es aus dem schönen Mainz hierher verschlagen, und ich habe eine ganz kleine Hoffnung, daß es mir gelingen könnte, durch Sie, sehr geehrter Herr Doktor, etwas über das Schicksal meines einzigen Bruders zu erfahren. Ich habe das letzte Mal im Januar 1939 von ihm ein Lebenszeichen erhalten. Damals schrieb er mir aus Paris, daß er versuchen wollte, zu seinem Sohn nach Südafrika auszuwandern. Leider habe ich keine Adresse von meinem Neffen in Südafrika, und der weiß ja auch nicht, daß ich noch mit dem letzten Transport nach Schanghai gelangt bin. Nun sind Sie der einzige Mensch, den ich in Afrika kenne. Natürlich wäre es ein Zufall, wenn Sie meinem Bruder begegnet wären. Ich wünsche Ihnen alles Glück für Ihren Sohn. Möge er in einer besseren Welt aufwachsen, als sie uns vergönnt ist.

Es folgten viele Briefe von unbekannten Absendern, die sich nur deshalb an den Funken Hoffnung klammerten, Nachricht von vermißten Familienangehörigen zu bekommen, weil diese entweder aus Oberschlesien stammten oder zuletzt von dort geschrieben hatten.

Die Fülle von fremdem Leid und sinnloser Hoffnung, die in Nairobi angeschwemmt wurde, ließ die eigenen Wunden bluten. „Du hast was Schönes angerichtet", sagte Walter zu seinem Sohn.

AN EINEM Freitag im Mai nahm Regina die Post aus Owuors Korb. „Ein Brief aus Amerika", meldete sie, „jemand, der Ilse heißt."

Sie sprach den Namen englisch aus, und Jettel mußte lachen. „So heißt kein Mensch in Deutschland. Gib mal her."

Regina sah, wie ihre Mutter blaß wurde und daß ihre Hände zitterten.

„Regina", schluchzte Jettel, „der Brief ist von meiner Jugendfreundin Ilse Schottländer. Mein Gott, daß die noch lebt!"

Sie setzten sich nebeneinander ans Fenster, und Jettel begann, den Brief vorzulesen. Als sie ihn das vierte Mal vorgelesen hatte, waren sie und Regina so erschöpft, daß beide nichts mehr sagten. Erst nach dem Mittagessen waren sie imstande, wieder zu sprechen. Sie überlegten, wie sie Walter von dem Brief erzählen sollten, und beschlossen, ihn gar nicht zu erwähnen und ihn wie die gewöhnliche Post auf den runden Tisch zu legen. Am frühen Nachmittag aber trieben Erregung und Ungeduld Jettel aus dem Haus. Sie lief trotz der Hitze und des schattenlosen Weges mit Regina, Max im Kinderwagen, der Aja und dem Hund zur Bushaltestelle.

Der Bus rollte noch, als Walter vom Trittbrett sprang. „Ist was mit Owuor?" fragte er erschrocken.

„Der bäckt die kleinsten Brötchen seines Lebens", flüsterte Jettel.
Walter begriff sofort. Erst küßte er Jettel und dann Regina, streichelte seinen Sohn und pfiff die Melodie von *„Don't fence me in"*, die Chebeti so liebte. Dann erst fragte er: „Wer hat geschrieben?"
„Ilse Schottländer. Aus New York. Ich meine aus Breslau."
„Die reichen Schottländers? Die vom Tauentzienplatz?"
„Ja, Ilse war doch in meiner Klasse."
„Mein Gott, an die habe ich seit Jahren nicht mehr gedacht."
„Ich auch nicht", sagte Jettel, „aber sie hat mich nicht vergessen."
Sie bestand darauf, daß Walter den Brief noch an der Bushaltestelle las. Am Rande der Straße standen zwei kümmerliche Dornakazien. Chebeti holte eine Decke aus dem Kinderwagen und breitete sie unter dem größeren der beiden Bäume aus.
„Laut, Papa, lies laut", forderte Regina.
„Hat Mama dir denn den Brief nicht schon zigmal vorgelesen?"
„Doch, aber sie hat so viel dabei geweint, daß ich ihn immer noch nicht verstanden habe."
Also las Walter vor:

„Meine liebe, liebe Jettel,
als Muttchen gestern mit dem *Aufbau* nach Hause kam, bin ich fast verrückt geworden. Ich gratuliere Euch beiden aus vollem Herzen zu Euerm Sohn. Möge er nie erleben, was wir erlebt haben. Ich weiß noch genau, wie Du uns in Breslau mit Deiner Tochter besucht hast. Sie war damals drei und ein sehr scheues Kind. Wahrscheinlich ist sie jetzt eine junge Dame und spricht nicht mehr Deutsch.

Ich wußte zwar, daß Ihr nach Afrika ausgewandert seid, aber von da ab verlor sich Eure Spur. Unsere Geschichte ist schnell erzählt. Am 9. November 1938 haben die Bestien unsere Wohnung zertrümmert und meinen Vater, der mit einer Lungenentzündung im Bett lag, fortgeschleppt. Es war das letzte Mal, daß wir ihn sahen. Er starb vier Wochen später im Gefängnis. Damals wollte ich nicht mehr weiterleben, aber Mutter hat es nicht zugelassen.

Diese kleine, zarte Frau, der Vater ein Leben lang jeden Wunsch von den Augen abgelesen hat und die nie auch die kleinste Entscheidung zu treffen brauchte, hat alles, was uns geblieben war, zu Geld gemacht. In Amerika hat sie einen entfernten Vetter aufgetan, der so anständig war, für Affidavits zu sorgen. Ich weiß bis heute nicht, wer in Breslau seine schützende Hand über uns hielt und wie wir an Schiffspassagen gekommen sind. Wir sind mit dem letzten Schiff in Amerika angekommen und hatten buchstäblich nichts außer ein paar wertlosen Erinnerungen. Die eine, das

Kochbuch unserer alten Perle Anna, die sich auch nach der Kristallnacht nicht von ihren heimlichen Besuchen abhalten ließ, erwies sich als ungeahnter Schatz.

In einem Zimmer mit zwei Kochplatten begannen Mutter und ich, die wir unser ganzes Leben von Köchinnen und Dienstmädchen umsorgt worden waren, mit einem Mittagstisch für Refugees. Als wir anfingen, wußten wir nicht, wie lange ein weiches Ei im Wasser zu liegen hatte, und doch kochten wir irgendwie all die Gerichte nach, die in besseren Tagen bei den Schottländers auf den fein gedeckten Tisch gekommen waren. Noch heute verkaufen wir selbstgemachte Marmeladen, Kuchen, Senfgurken und eingelegte Heringe, obwohl ich es inzwischen weit gebracht habe. Ich bin Verkäuferin in einer Buchhandlung. Daß ich einmal Schriftstellerin werden wollte und schon die ersten bescheidenen Erfolge hatte, habe ich längst vergessen. Mir fällt mein Jugendtraum nur heute ein, weil ich Dir schreibe und Dir immer mit Deinen Aufsätzen helfen mußte.

Jettel, ich kann mir Dich in Afrika gar nicht vorstellen. Du hattest doch immer so Angst vor allem. Sogar vor Spinnen und Bienen. Und wenn ich mich recht erinnere, war Dir jede Beschäftigung verhaßt, zu der man nicht die feinsten Kleider tragen konnte. An Deinen gutaussehenden Mann kann ich mich genau erinnern. Ich muß gestehen, ich habe Dich immer um ihn beneidet. Wie ich Dich auch immer um Deine Schönheit beneidet habe. Und Deinen Erfolg bei Männern. Ich bin, wie Du es mir in einem Streit schon als Zwölfjährige prophezeit hast, wirklich eine alte Jungfer geworden. Nach allem, was Muttchen für mich getan hat, hätte ich sie niemals allein lassen können.

Etwas muß ich Dir doch noch erzählen. Erinnerst Du Dich an unseren alten Schulpedell Barnowsky? Er ging im Frühjahr gelegentlich unserem Gärtner und an den Waschtagen unserer Gretel zur Hand. Vater hat für seinen ältesten Sohn, der sehr begabt war, das Schulgeld bezahlt und gedacht, wir wüßten es nicht. Ich weiß nicht, wie der gute Barnowsky von unserer Auswanderung erfahren hat, aber am letzten Abend in unserer Wohnung stand er plötzlich vor der Tür und brachte uns Wellwürste als Reiseproviant. Er hatte Tränen in den Augen und hat für alle Zeiten dafür gesorgt, daß ich nun nicht mehr alle Deutschen hassen kann.

Jetzt muß ich aber wirklich Schluß machen. Ich weiß, daß Du nie gern geschrieben hast, und doch hoffe ich sehr, daß Du diesen Brief beantworten wirst. Es gibt so vieles, das ich wissen möchte. Und Mutter kann es gar nicht abwarten zu erfahren, ob noch jemand aus Breslau in Kenia ist. Mich machen die alten Geschichten nur traurig. Als Vater starb, ist ein Teil von mir mitgestorben.
Schreib bald an Deine alte Freundin Ilse."

Die Schatten waren lang und schwarz, als Walter den Brief in seine Hemdtasche steckte. Er stand auf und zog Jettel vom Boden hoch. Auf dem kurzen Weg zwischen der Bushaltestelle und dem Hove Court war nur Chebeti zu hören. Sie beruhigte mit einer sanften Melodie das Baby und lachte fröhlich, als sie merkte, daß ihr Gesang auch gut genug war, um die Augen von der Memsahib und dem Bwana zu trocknen. „Morgen", sagte sie, „kommt wieder ein Brief. Morgen ist ein guter Tag."

## 13

ALS MAX auf den Tag genau sechs Monate alt war, machte er mit einem unerwarteten Entschluß dem Gerücht ein Ende, Chebetis Sanftheit hätte ihn verweichlicht und träge gemacht. Chebetis kleiner Askari setzte sich über den Pessimismus erfahrener deutscher Mütter hinweg und aus eigenen Kräften in seinem Kinderwagen auf. Es war Sonntagvormittag, als dies geschah.

Hätte Owuor, wie sonst immer, in regelmäßigen Abständen zum Fenster herausgeschaut, hätte er seinen Stolz, den er trotz der ruhiger werdenden Nächte hartnäckig „Askari" nannte, in seinem Kinderwagen aufrecht sitzen sehen. So aber tobte Owuor im entscheidenden Augenblick in der Küche wie ein junger Massai auf seiner ersten Jagd, hatten doch die Kartoffeln vor der Ernte zuviel Regen abbekommen und zerfielen im Wasser.

Chebeti bügelte die Windeln, was Owuor als Attacke auf seine Männlichkeit empfand: nur das Waschen der Wäsche und nicht der Umgang mit dem schweren Holzkohleneisen, das nur ihm gehorchte, gehörte zu den Aufgaben einer Aja. Jettel und Walter hatten ihren Streit vom Abend zuvor mit jener Erschöpfung vertagt, die alle Gespräche seit jenem Tag vorzeitig beendete, als Jettel die Bedeutung des Wortes Repatriierung begriffen hatte.

Sie und Walter besuchten Professor Gottschalk. Er hatte sich den Fuß verstaucht und war seit drei Wochen darauf angewiesen, daß seine Freunde ihn mit Nahrung und den Neuigkeiten aus der Welt versorgten, zu der er weder durch Radio noch Zeitungen und nur im persönlichen Gespräch Kontakt halten konnte.

So war nur Regina zur Stelle, als ihr Bruder mit einem kräftigen Schwung und lautem Krähen sich eine neue Position im Leben verschaffte. Der Kinderwagen stand im Schatten des Guavenbaums, in dem früher die englische Fee logiert hatte. Seit sie nicht mehr für die Wünsche und den Kummer eines einsamen Refugeekindes zuständig war, suchte Regina nur dann noch die Schutzzone ihrer Phantasie auf, wenn die Sonne sie in den Schatten jagte.

Als Max mit einem Staunen, das seine Augen rund wie den Mond machte, die Geborgenheit seiner Kissen verließ, lachte Regina. Immer noch genoß sie mit der gleichen Freude, daß sie mit ihrem Lächeln Freude auf das Gesicht ihres Bruders zaubern konnte. Max gurgelte zufrieden und reihte Laute zusammen, die Regina als „Aja" deutete.

„Laß das bloß Papa nicht hören", meinte sie und kicherte, „der wird verrückt, wenn das erste Wort von seinem Sohn in Suaheli ist. Der will mit dir in seiner Sprache und von seiner Heimat reden. Sag doch mal Leobschütz. Oder wenigstens Sohrau."

Regina erkannte zu spät, daß sie sich von ihrer Phantasie in eine Schlucht hatte treiben lassen, aus der sie nicht ohne Wunden herausklettern konnte. Sie wußte seit langem, wie sehr das Wort Deutschland, sobald ihr Vater nur die erste der beiden Silben formte, für Kummer und Verdruß stand. Seit einiger Zeit aber war Deutschland eine Bedrohung, wenn es ihr nicht gelang, sich rechtzeitig dem Krieg ihrer Eltern zu verschließen. Es waren nicht nur die Bosheiten, mit denen ihre Eltern einander quälten, die Regina angst machten, sondern noch mehr das Gefühl, daß von ihr die furchtbare Entscheidung verlangt wurde, ob sie ihrem Kopf oder ihrem Herzen recht geben sollte. Ihr Kopf stand auf seiten ihrer Mutter, ihr Herz schlug für den Vater.

„Weißt du, Askari", sagte Regina, „das wird dir genauso gehen. Wir sind nicht wie andere Kinder. Anderen Kindern erzählt man nichts, uns sagen sie alles. Wir beide haben Eltern, die ihren Mund nicht halten können."

Sie stand auf, lief schnell zu dem blühenden Hibiskus und pflückte eine lila Blume. Mit der Blüte streichelte sie so lange das Baby, bis aus seiner Kehle wieder die einsilbigen Laute kamen, die wie eine Mischung aus Jaluo und Suaheli klangen.

„Wenn du es keinem sagst", flüsterte sie und setzte Max auf ihren Schoß, „erklär ich's dir. Gestern schrie Mama ‚Ins Land der Mörder bringt mich keiner!', und ich mußte einfach mit ihr weinen. Ich wußte, daß sie an ihre Mutter und ihre Schwester dachte. Aber dann hat Papa zurückgeschrien: ‚Nicht jeder war ein Mörder!', und er war so blaß und hat so gezittert, daß er mir schrecklich leid tat. Und dann habe ich für ihn geweint. So geht das immer. Ich weiß nicht, für wen ich bin. Verstehst du, daß ich am liebsten mit dir rede? Du weißt ja noch nicht einmal, daß es Deutschland gibt."

„Na, Regina, stopfst du deinen Bruder voll mit deinen englischen Gedichten, oder kriegt er mal einen anderen Unsinn eingetrichtert?" rief Walter von weitem und kam hinter dem Maulbeergebüsch hervor.

Regina hob ihren Bruder hoch und verbarg ihr Gesicht hinter seinem Körper. Sie hatte ihren Vater nicht kommen sehen. „Ich dachte, du bist beim alten Gottschalk", stotterte sie.

„Da waren wir. Er läßt dich grüßen und sagt, du sollst dich mal wieder sehen lassen. Das mußt du tun, Regina. Der alte Mann wird immer einsamer. Mama ist schon vorgegangen zum Flat. Und ich habe gedacht, meine Kinder würden sich mit mir freuen. Doch meine Tochter sieht aus wie ein Eierdieb, der auf frischer Tat ertappt worden ist."

Regina stand auf, legte Max zurück in seine Kissen, ging auf ihren Vater zu und umarmte ihn heftig. Sie suchte nach Worten, um ihm ihr Mitleid zu verbergen, doch er kam ihr zuvor.

„Du warst nicht sehr vorsichtig in der Auswahl deiner Eltern", sagte Walter und setzte sich unter den Baum. „Jetzt wollen sie schon das zweite Mal mit dir in ein fremdes Land ziehen."

„Du willst, Mama nicht."

„Ja, Regina, ich will und muß. Und du mußt mir helfen."

„Warum müssen wir nach Deutschland? Andere müssen doch auch nicht. Inge sagt, ihr Vater wird nächstes Jahr Engländer. Das kannst du doch auch werden. Du bist doch bei der Army und er nicht."

„Versuch doch, mich zu verstehen. Inges Vater bekommt vielleicht einen englischen Paß, aber Engländer wird er deshalb nicht. Sag mal selbst, kannst du dir vorstellen, daß er in englische Familien eingeladen wird? Sagen wir mal, bei deiner werten Frau Direktorin?"

„Bei der nie!"

„Und auch sonst bei keinem. Siehst du. Ich will nicht ein Mann mit einem Namen sein, der nicht zu mir gehört. Ich muß endlich wieder wissen, wohin ich gehöre. Ich kann nicht länger ein bloody Refugee sein, der von den meisten verachtet wird. Hier werde ich immer nur geduldet werden und immer nur der Außenseiter sein. Kannst du dir überhaupt vorstellen, was das bedeutet?"

Regina biß sich auf die Unterlippe. „Ja", sagte sie, „das kann ich." Sie fragte sich, ob ihr Vater ahnte, was sie in den Jahren auf der Schule erlebt hatte, erst in Nakuru und nun auch in Nairobi. „Hier", erklärte sie ihm, „ist es noch schlimmer. In Nakuru war ich nur deutsch und jüdisch, jetzt bin ich deutsch, jüdisch und ein bloody Day-Scholar. Das ist schlimmer als nur bloody Refugee."

„Du hast uns nie etwas davon gesagt."

„Ich wollte dich nicht traurig machen. Und außerdem macht's mir nichts aus. Nicht mehr."

„Max wird es genauso gehen, wenn er in die Schule kommt. Hoffentlich hat er ein so großes Herz wie du und nimmt seinem Vater nicht übel, daß er ein Versager ist."

Regina schwieg. Ihr Vater war nicht dumm, verträumt und schwach, wie ihre Mutter dachte. Er war kein Feigling und rannte nicht vor Schwierigkeiten davon, wie sie in jedem Streit behauptete. Er war ein Kämpfer voller Kraft und so klug, wie nur ein Mann sein konnte, der seinen Mund nicht aufmachte, wenn die Zeit dafür noch nicht gekommen war. „Du kämpfst mit Worten", erkannte sie.

„Das ist das einzige, was ich je gelernt habe. Das will ich wieder tun. Für euch alle. Du mußt mir helfen. Ich habe nur dich. Versprich mir, daß du nicht traurig bist, wenn wir nach Hause fahren. Versprich mir, daß du mir vertrauen wirst."

Noch während ihr Vater sprach, schlugen die Erinnerungen scharf auf Regina ein. „Das hat Martin auch gesagt. Damals, als er noch ein König war und mich von der Schule abholte. Du darfst nicht traurig sein, wenn du mal von der Farm wegmußt, hat er gesagt. Ich mußte es ihm versprechen."

„Eines Tages wirst du die Farm vergessen. Das verspreche ich dir. Und vergiß Martin. Wer weiß, ob wir je wieder was von ihm hören. Er wird in Südafrika bleiben."

„Wenn wir nach Deutschland müssen", fragte Regina auf dem Weg zurück zum Flat, „was wird aus Owuor? Kann er mit uns gehen?"

„Diesmal nicht. Es wird uns ein Stück aus dem Herz brechen, und die Wunde wird nie mehr heilen. Es tut mir leid, Regina."

Es war leicht, beim Mittagessen die Tränen als einen Schmerz des Körpers zu tarnen. Owuor hatte aus den zerfallenen Kartoffeln einen festen Brei mit viel Pfeffer gemacht.

AM DONNERSTAG besuchte Regina endlich Professor Gottschalk. Er saß, zum ersten Mal seit seinem Sturz, wieder in der dicken schwarzen Samtjacke auf dem wackeligen Klappstuhl vor seiner Tür. Auf der

Decke über seinen Knien lag auch das vertraute Buch, doch der rote Ledereinband mit der goldenen Schrift war verstaubt.

Sie erkannte beklommen, daß der alte Mann gar nicht mehr lesen wollte. Seit ihrem letzten Besuch war der schwarze Hut größer und das Gesicht darunter kleiner geworden, doch die Stimme war kräftig, als der Professor sagte: „Es ist nett, daß du noch kommst, die Zeit wird knapp."

„Aber nein", widersprach Regina schnell. „Ich hab Ferien."

„Zu Hause hatte ich Ferien. Hier ist ein Tag wie der andere. Jahrein, jahraus. Entschuldige, Lilly, daß ich so undankbar bin und so dumm daherrede."

Regina wurde klar, daß der Professor sie mit seiner Tochter verwechselt hatte.

„Das Herz deines Vaters ist bereit zum Abschied und zum Neubeginn", sagte der Professor. „Er ist ein kluger Mann. Er hat wieder Hoffnung. Freust du dich auf Deutschland?"

„Ja", sagte Regina und kreuzte rasch ihre Finger, wie sie es als Kind von Owuor gelernt hatte, um den Körper vor dem Gift einer Lüge zu schützen.

„Wie gern möchte ich mit dir tauschen. Stell dir vor, du bist daheim, gehst auf die Straße, und alle Menschen sprechen deutsch. Frankfurt war so schön. Erinnerst du dich? Wie kann nur ein Mensch net von Frankfurt sei! Das hast du schon als ganz kleines Mädchen aufsagen können. Grüß die Heimat von mir, wenn du sie siehst. Sag ihr, ich konnte sie nicht vergessen. Ich hab's ja immer wieder versucht."

„Das werde ich tun", sagte Regina. Sie war nun ganz sicher, daß der Professor nicht mit ihr sprach.

„Und danke, daß du es noch rechtzeitig geschafft hast. Sag Mutter, sie soll nicht schimpfen, wenn du zu spät zum Gesangsunterricht kommst."

Regina schloß die Augen, während sie darauf wartete, daß das Salz unter den Lidern zu kleinen trockenen Körnern wurde. Als sie wieder klar sehen konnte, merkte sie, daß der Professor eingeschlafen war.

Regina lief ohne Schuhe. Da sie wußte, daß der Professor sie nicht hören würde, gab sie dem plötzlichen Drängen nach, statt auf Wiedersehen *„Kwaheri"* zu sagen.

Es wurde Abend, ehe sich die Bewohner vom Hove Court zu wundern begannen, daß Professor Gottschalk, der eine Abneigung gegen die unvermittelt aufkommende Kühle der afrikanischen Nächte hatte, noch immer ruhig auf seinem Stuhl saß. Dann aber sprach es sich so schnell herum, als hätten es Trommeln aus den Wäldern gemeldet, daß er tot war.

Das Begräbnis fand bereits am nächsten Tag statt. Weil es ein Freitag war und der Tote vor Beginn des Sabbats beigesetzt werden mußte, weigerte sich der Rabbiner trotz aller Hinweise auf die Wut der Regenzeit in Gilgil, die Beerdigung länger als bis zum Mittag hinauszuzögern. Er verschloß sich jedem Argument, daß der Professor Anspruch hatte, auf seinem letzten Weg von Tochter und Schwiegersohn begleitet zu werden.

„Wenn der Radio hören statt beten würde, wüßte er, daß die Straße von Gilgil nach Nairobi nur noch Matsch ist", sagte Elsa Conrad erbittert. „Einen Mann wie den Professor verscharrt man nicht ohne seine Angehörigen."

„Ohne solche frommen Männer wie den Rabbiner hier gäbe es überhaupt keine Juden mehr", versuchte Walter zu vermitteln, „der Professor hätte das verstanden."

Lilly und Oscar Hahn erreichten den Friedhof, als die Sonne kaum noch einen Schatten warf und der kleine Kreis der Ratlosen bekümmert am Grab stand. Nach den Gebeten hatte der Rabbiner eine kurze englische Ansprache voll Weisheit gehalten, doch die Empörung und vor allem die mangelnden Sprachkenntnisse der meisten Anwesenden hatten die Unruhe nur noch gesteigert.

Oscar, in einer Khakihose und einer zu engen, dunklen Jacke, war ohne Krawatte, hatte Spuren von eingetrocknetem Lehm auf Hose und Stirn und atmete schwer. Er brachte kein Wort heraus und lächelte befangen, als er ans Grab trat. Lilly hatte die Hose an, in der sie abends die Hühner fütterte, und einen roten Turban um den Kopf. Sie war so nervös, daß sie vergaß, am Friedhofstor die Wagentür zuzuschlagen. Ihr Pudel, der genau wie Oscar in den letzten beiden Jahren älter, grauer und dicker geworden war, hetzte hechelnd hinter ihr her.

Regina gab sich Mühe, ihr Gesicht beim Anblick von Lilly und Oha von Freude freizuhalten. Sie stand zwischen Walter und Jettel unter einer Zeder. Als sie sah, wie Lilly rannte, fiel ihr ein, daß sich der Professor gesorgt hatte, seine Tochter könnte zu spät zum Gesangsunterricht kommen.

Oha sagte leise das Kaddisch für den Toten, doch seine Eltern waren vor so langer Zeit gestorben, daß er sich nicht schnell genug an den Text des Gebets erinnern konnte. Alle merkten, wie peinlich es ihm war, daß er die Hilfe eines eifrigen, kleinwüchsigen Mannes annehmen mußte, den niemand kannte und der im richtigen Augenblick hinter einem Grabstein aufgetaucht war.

Der Fremde mit Bart und hohem schwarzem Hut erschien schon deshalb zu jeder Beerdigung in Kreisen der Refugees, weil er auf die Erfahrung bauen konnte, daß die wenigsten von ihnen orthodox genug waren, um das Totengebet fließend zu sprechen, und daß sie sich immer erkenntlich für seine Hilfe zeigten.

Nachdem Oha endlich das letzte Wort des Totengebets gestottert hatte, wurde das Grab zugeschaufelt. Der Rabbiner schien in Eile. Er hatte sich schon einige Schritte entfernt, als Lilly leise sagte: „Ich weiß, das Lied paßt nicht zu einer Beerdigung, aber mein Vater hat es geliebt. Ich möchte es hier ein letztes Mal für ihn singen."

Lillys Gesicht war bleich, ihre Stimme aber klar und kräftig, als sie „Ich weiß nicht, was soll es bedeuten" sang. Manche summten die Melodie mit, und die Stille nach dem letzten Ton war von einer Feierlichkeit, die selbst den Pudel zu ergreifen schien, denn er brach – zum ersten Mal seit Jahren – mit der Gewohnheit, Lillys Gesang jaulend zu begleiten.

JETTEL lud Lilly und Oha zum Abendessen ein. Owuor zeigte ihnen voller Stolz den kleinen Max und erklärte ihnen ausführlich, weshalb er ihn Askari nannte. Er war noch stolzer auf den Umstand, daß er sich erinnerte, wie die schöne Memsahib aus Gilgil ihre Spiegeleier haben wollte: hart mit brauner Kruste, nicht weich mit einer Haut aus Glas wie der Bwana. Owuor war es auch, der Lilly erzählte, daß ihr Vater kurz vor seinem Tod mit Regina gesprochen hatte.

„Ich freue mich, daß du bei ihm warst", sagte Lilly. Später schlug sie vor: „Vielleicht möchtest du mir erzählen, was ihr gesprochen habt."

Als Jettel Max zu Bett brachte und die beiden Männer einen Spaziergang durch den Garten machten, holte Regina die Worte zurück, die sie seit dem Tod des Professors in ihrem Kopf verschlossen hatte. Sogar den Satz „Wie kann nur ein Mensch nicht aus Frankfurt sein".

Zuerst hatte Regina Hemmungen, von der Verwechslung zu berichten, doch Lilly schien die Geschichte zu trösten; sie lachte zum ersten Mal, seit sie auf dem Friedhof aus dem Auto gestürzt war.

„Typisch", erinnerte sie sich, „mein Vater hatte immer Angst, daß ich zu spät komme."

# 14

Hessisches Staatsministerium
Der Minister der Justiz
Wiesbaden
Bahnhofstraße 18

Herrn
Dr. Walter Redlich
Hove Court
POB 1312
Nairobi
Kenia

Wiesbaden, den 23. Oktober 1946

Betr.: Ihr Gesuch auf Verwendung im Justizdienst des Landes Hessen vom 9. Mai 1946

Sehr geehrter Herr Dr. Redlich!
Es ist uns eine große Freude, Ihnen mitzuteilen, daß Ihr Gesuch vom 9. 5. d. J. auf Verwendung im hessischen Justizdienst mit Beschluß vom 14. d. M. zustimmend beantwortet worden ist. Sie werden zunächst als Richter am Amtsgericht der Stadt Frankfurt Verwendung finden und wollen sich bitte dort nach Ihrer Rückkehr so bald als möglich bei Herrn Amtsgerichtspräsident Dr. Karl Maaß melden, der bereits von uns diesbezüglich unterrichtet worden ist. Bitte setzen Sie ihn in Kenntnis, wann ein Termin für Ihre Übersiedlung nach Frankfurt besteht. Bei der Bemessung Ihrer Bezüge haben die Jahre ab Ihrer 1937 erfolgten Löschung als Rechtsanwalt in Leobschütz (Oberschlesien) als Dienstjahre Berücksichtigung gefunden.

Der Unterzeichnete ist beauftragt worden, Ihnen mitzuteilen, daß Sie im Hessischen Justizministerium persönlich bekannt sind. Ihr Wunsch, am Wiederaufbau einer freien Justiz mitzuwirken, wurde hier als ein besonderes Hoffnungszeichen für die junge Demokratie in unserem Land empfunden.

Indem wir Ihnen und Ihrer Familie schon heute unsere besten Wünsche für die Zukunft aussprechen, verbleiben wir

mit dem Ausdruck vorzüglicher Hochachtung!
gez. Dr. Erwin Pollitzer
im Auftrag des Ministers der Justiz im Hessischen Staatsministerium

OWUOR hatte die Bedeutung der Stunde mit Augen, Nase, Ohr und dem Kopf eines Mannes eingefangen, den Erfahrung klug gemacht und Instinkt geschmeidig wie einen jungen Krieger gehalten haben. An diesem Tag, der begonnen hatte wie alle anderen Tage auch, hatte er den Brief überbracht, der wichtiger war als jeder Brief zuvor.

Schon die zitternden Hände vom Bwana und die Plötzlichkeit, mit der seine Haut die Farbe wechselte, als er das dicke gelbe Kuvert aufriß, hätten Owuor gereicht. Noch verräterischer waren der Geruch von Furcht, der zwei Körpern entströmte, und die Ungeduld, die vier Augen flackern ließ.

Owuor beobachtete den Bwana und die Memsahib beim Lesen. Die beiden saßen auf dem Sofa; aus zwei Köpfen wurde ein einziger und schließlich aus den beiden Körpern ein erstarrter Berg.

Owuor wußte, daß ein zu langes Schweigen für Menschen bedrohlich sein konnte. Aber der Bwana hatte seine Stimme doch nicht für alle Zeiten verloren.

„Mein Gott, Jettel, daß ich das noch erlebe! Ich weiß gar nicht, was ich sagen soll. Sag mir, daß ich nicht träume. Egal, was du sagst, mach wenigstens den Mund auf."

„Meine Eltern haben ihre Hochzeitsreise nach Wiesbaden gemacht", flüsterte Jettel zurück. „Mutter hat oft vom Schwarzen Bock erzählt, und daß mein Vater so schrecklich besoffen war. Er hat den Wein nicht vertragen, und sie hat sich furchtbar geärgert."

„Jettel, reiß dich zusammen! Hast du überhaupt kapiert, was passiert ist? Weißt du, was dieser Brief für uns alle bedeutet?"

„Nicht so ganz. Wir kennen doch keinen in Wiesbaden."

„Begreif doch endlich! Sie wollen uns haben. Wir können zurück, ohne Sorgen. Es ist aus mit dem Mr. Nebbich."

„Walter, ich hab Angst, so schreckliche Angst."

„Aber lies doch, Frau Doktor. Sie haben mich zum Richter gemacht. Mich, den gelöschten Rechtsanwalt und Notar aus Leobschütz. Ein Beamter in Deutschland hat ausgesorgt. Und ein Richter erst recht. Dem kündigt keiner. Und wenn er krank ist, bleibt er im Bett und bekommt weiter sein Gehalt. Einen Richter grüßt man auf der Straße. Auch wenn man ihn nicht persönlich kennt. Guten Tag, Herr Rat. Auf Wiedersehen, Herr Rat, eine Empfehlung an die Frau Gattin. Das kannst du doch nicht alles vergessen haben."

„Du hast nie etwas von einem Richter gesagt. Ich habe immer gedacht, du willst wieder Anwalt werden."

„Das kann ich später immer noch. Wenn ich erst Richter bin, haben wir einen ganz anderen Start. Deutschland hat immer für seine Beamten gesorgt. Die bekommen vom Staat auch Wohnungen."

„Ich dachte, die deutschen Städte sind alle kaputtgebombt. Wo nehmen die dann die Wohnungen für ihre Richter her?" Jettel lächelte ein wenig. Mit einem einzigen Satz hatte sie ihrem Mann klargemacht, daß er ein Träumer war. „Ach, Walter. Du mit deinen Träumen von zu Hause. Wir waren doch so glücklich hier. Wir haben doch alles, was wir brauchen."

„Ohne die jüdische Gemeinde hätten wir weder den Arzt noch das Krankenhaus bezahlen können, als Max geboren wurde. Hoffentlich ist Mr. Rubens genauso spendabel, wenn einer von uns mal krank wird."

„Hier haben wir wenigstens Leute, die uns helfen. In Frankfurt kennen wir keinen Menschen."

„Wen hast du denn gekannt, als wir nach Afrika mußten? Und wann waren wir hier glücklich? Genau zweimal. Mit meinem ersten Geld von der Army. Und als Max geboren wurde."

„Ich bin nicht mehr jung genug, neu anzufangen."

„Genau das hast du gesagt, als wir auswandern mußten. Da warst du dreißig, und wenn ich damals auf dich gehört hätte, wären wir heute alle tot. Wenn ich dir jetzt nachgebe, bleiben wir immer ungeliebte Habenichtse im fremden Land. Und ewig behält mich King George nicht als Trottel der Kompanie."

„Du sagst das alles nur, weil du zurück in dein verfluchtes Deutschland willst. Hast du vergessen, was mit deinem Vater passiert ist? Ich nicht. Ich bin es meiner Mutter schuldig, daß ich den Boden nicht betrete, der mit ihrem Blut getränkt ist."

„Laß das, Jettel. Das ist Sünde. Der liebe Gott verzeiht es nicht, wenn wir die Toten mißbrauchen. Du mußt mir vertrauen. Wir werden es schaffen. Das versprech ich dir. Hör auf zu weinen. Eines Tages gibst du mir recht."

„Wie können wir unter Mördern leben?" schluchzte Jettel. „Alle hier sagen, daß man nicht vergessen darf."

Das Bedürfnis, seine Frau in die Arme zu nehmen und ihr die Angst zu nehmen wie einem Kind, verwirrte Walter. Noch mehr quälte ihn das Wissen, daß Jettel und ihn die gleichen Wunden schmerzten. „Vergessen werden wir nie", sagte er. „Wenn du es genau wissen willst, Jettel, es ist unser Schicksal geworden, überall ein bißchen unglücklich zu sein. Hitler hat für alle Zeiten dafür gesorgt. Wir, die wir überlebt haben, werden nie mehr normal leben können. Aber ich bin lieber unglücklich, wo man mich achtet. Deutschland war nicht Hitler. Auch du wirst das eines Tages begreifen."

Obwohl sie sich dagegen sträubte, ließ sich Jettel von Walters leiser Stimme rühren. Sie suchte nach Worten. „Wie soll ich mit einem kleinen Kind ohne Personal auskommen? Regina hat in ihrem ganzen Leben keinen Besen in der Hand gehabt."

„Gott sei Dank, das ist meine Jettel, wie sie leibt und lebt. Wann immer wir uns in unserem Leben entscheiden mußten, hast du Angst gehabt, daß du kein Dienstmädchen findest. Diesmal brauchst du dir keine Sorgen zu machen, Frau Doktor. Ganz Deutschland ist voll von Leuten, die froh sind, wenn sie Arbeit finden. Ich kann dir heute nicht sagen, wie unser Leben wird, aber bei allem, was mir heilig ist, ein Dienstmädchen verspreche ich dir."

„Bwana", fragte Owuor, der die Wäsche bügelte, „soll ich die Koffer mit heißem Wasser auswaschen?"

„Warum fragst du?"

„Du brauchst deine Koffer für die Safari. Die Memsahib auch."

„Was weißt du, Owuor?"

„Alles, Bwana."

„Aber du verstehst uns doch gar nicht, wenn wir reden."

„Als du nach Rongai gekommen bist, Bwana, habe ich nur mit den Ohren gehört. Die Tage sind nicht mehr."

„Danke, mein Freund." Walter begriff, daß zu den alten Wunden soeben eine neue hinzugekommen war. Sein Deutschland war nicht mehr. Er würde die Heimat nicht als berauschter Heimkehrer betreten, sondern mit Wehmut und Trauer. Die Trennung von Owuor würde nicht weniger qualvoll sein als die Abschiede, die hinter ihm lagen. Der Drang, auf Owuor zuzugehen und ihn zu umarmen, war groß, doch als er sagte: „Es wird schon alles gut werden", war es Jettel, die er streichelte.

„Ach, Walter, wer sagt es Regina, daß es jetzt ernst wird? Sie ist doch noch ein Kind und hängt so an allem hier."

„Ich weiß es schon lange", sagte Regina.

„Wo kommst du denn her? Wie lange stehst du schon da?"

„Ich war mit Max im Garten, aber ich höre mit den Augen", erklärte Regina.

„Und deine Eltern", erwiderte Walter, „können noch nicht einmal ihren Augen trauen. Oder kannst du dir vorstellen, Jettel, wer im Hessischen Justizministerium mich persönlich kennen soll? Das geht mir nicht aus dem Kopf." Er grübelte über den unbegreiflichen Zufall nach, der dabei war, seinem Leben die Wende zu geben, aber so sehr er auch seine Vergangenheit durchforschte, der entscheidende Punkt ließ sich nicht erhellen.

ACHT Tage später sprach Walter bei Captain Carruthers vor. Den Brief vom Hessischen Justizministerium hatte er mühsam und mit Reginas Hilfe übersetzt.

Captain Carruthers sagte mit einer Spur von Irritation: „Sie sehen irgendwie anders aus als beim letzten Mal. Sind Sie überhaupt der richtige Mann? Der, der nichts kapiert?"

„Sergeant Redlich, Sir", bestätigte Walter.

„Wann habe ich Sie überhaupt das letzte Mal gesehen?"

„Vor fast sechs Monaten, Sir."

Der Captain sah älter und noch vergrämter aus als bei der ersten Unterredung. Von seiner Frau war der lang erwartete Brief eingetroffen, daß sie die Trennung nicht mehr ertragen konnte und sich scheiden lassen wollte; unmittelbar darauf war von der Army der Befehl gekommen, der ihn weiter im Ngong festhielt.

„Ich nehme an", sagte Carruthers, „Sie wollen immer noch nach Deutschland entlassen werden?"

„O ja, Sir", erwiderte Walter, „deshalb bin ich hier."

„Wissen Sie überhaupt schon, was Sie in Deutschland machen wollen?"

„Ich werde Richter, Sir", sagte Walter und hielt ihm die Übersetzung des Briefs entgegen.

Der Captain war verblüfft. „Nicht schlecht", sagte er, nachdem er den Brief gelesen hatte.

„Ja, Sir."

„Und jetzt erwarten Sie, daß sich die British Army mit dem Problem beschäftigt und dafür sorgt, daß die Jerries billig zu einem Richter kommen."

„Pardon, Sir, ich habe Sie nicht verstanden."

„Die Army soll doch Ihre Überfahrt bezahlen, oder nicht?"

„Das haben Sie gesagt, Sir."

„Habe ich? Interessant. Nun schauen Sie nicht gleich so ängstlich. Mögen Sie die Engländer?"

„Ja, Sir. Sie haben mir das Leben gerettet. Ich werde ihnen das nie vergessen."

„Warum wollen Sie dann weg?"

„Die Engländer mögen mich nicht."

„Mich auch nicht. Ich bin Schotte."

Sie schwiegen beide. Bruce Carruthers grübelte, weshalb es einem verdammten nichtbritischen Sergeant gelingen sollte, wieder in seinem alten Beruf zu arbeiten, und einem Captain aus Edinburgh mit einer Großmutter aus Glasgow nicht.

Walter fürchtete bereits, der Captain würde das Gespräch beenden, ohne überhaupt das Wort Repatriierung zu erwähnen, und stellte sich Jettel vor, wenn sie erfuhr, daß er nichts erreicht hatte. Der Captain nahm zum ersten Mal die Pfeife aus dem Mund und sagte: „Was halten Sie von der *Almanzora?*"

„Sir, ich verstehe nicht."

„Mann Gottes, die *Almanzora* ist ein Schiff. Fährt dauernd die Truppen heim. Ihr Burschen interessiert euch wohl nur für Saufen und Weiber?"

„Nein, Sir."

„Vor dem 9. März nächsten Jahres bekomme ich kein Kontingent auf der alten Dame. Aber wenn Sie wollen, versuche ich's für den März. Wie viele Frauen und Kinder haben Sie?"

„Eine Frau und zwei Kinder, Sir. Ich danke Ihnen so sehr, Sir. Sie wissen nicht, was Sie für mich tun."

„Ich glaube, das habe ich schon mal gehört", lächelte Carruthers. „Da ist noch was, was ich wissen muß. Weshalb können Sie auf einmal Englisch?"

„Ich weiß nicht. Sorry, Sir. Das habe ich noch gar nicht bemerkt."

IM BEWUSSTSEIN, daß der Zeitpunkt für einen kulturellen Neubeginn geboten war, entschlossen sich die Refugees im Hove Court zwei Tage vor Silvester in noch nie erlebter Einigkeit, das Jahr 1947 gemeinsam zu empfangen. Viele Emigranten hofften, sehr bald britische Staatsbürger zu werden; sie übten unverdrossen, die für sie schicksalsschweren Worte United Kingdom, Empire und Commonwealth wenigstens annähernd richtig auszusprechen. In den vergangenen beiden Monaten hatten es vier Ehepaare und zwei unverheiratete Männer geschafft, dank der Naturalisation zumindest offiziell den Status der *„bloody refugees"* ab- und sich Namen mit englischem Klang zuzulegen, die so sehr viel wichtiger für das Selbstbewußtsein waren als materielle Güter.

Wohlgemuths nannten sich jetzt Welles, und aus Leubuschers waren Laughtons geworden. Siegfried und Henny Schlachter hatten die Gelegenheit ergriffen, sich radikal von ihren Namenswurzeln zu trennen. Ironische Vorschläge ihrer Nachbarn, sich Butcher zu nennen, lehnten sie ab und wählten den Namen Baker. Es war sehr überraschend, daß ausgerechnet Schlachters unter den ersten der neuen British Subjects waren. Sie hatten besondere Mühe mit ihrer neuen Muttersprache und nicht mehr für das adoptierte Vaterland getan als die vielen anderen, deren Gesuch von den Behörden ohne Begründung abschlägig beschieden worden war.

Im Festkomitee hatten die „jungen Engländer", wie sie spöttisch genannt wurden, das Sagen. Die Verantwortlichen fühlten sich englischer Tradition verpflichtet und achteten penibel auf jene Details, die sie sich durch regelmäßige Kinobesuche erarbeitet hatten. Die Berichte von den Feiern im englischen Königshaus, gerade um diese Jahreszeit ausführlich in den Wochenschauen zu sehen, waren eine immense Stütze.

Die Damen erschienen bei Sonnenuntergang in bodenlangen, tief ausgeschnittenen und auffallend altmodischen Abendkleidern; die meisten waren während der Emigration noch nicht getragen worden.

Zu ihrem Bedauern mußten die Herren durch ihren mangelnden Weitblick bei der Auswanderung auf den Smoking verzichten, der bei den alteingesessenen Farmern im Hochland als passender Dinner Dress galt. Die deutschen Gentlemen glichen den Mangel durch würdige Haltung in zu engen dunklen Anzügen aus.

Knallbonbons, die in der alten Heimat allenfalls Requisit für Kindergeburtstage gewesen waren, wurden mit preußischer Akkuratesse zwischen die widerspenstigen Stacheln der ausgetrockneten Kakteen gehängt, Schallplatten mit den gerade gängigen Schlagern wurden besorgt; auf keiner Neujahrsfeier in der ganzen Kolonie dürfte so oft *„Don't fence me in"* gespielt worden sein wie zwischen Sonnenuntergang und Mitternacht auf der gelblichen Rasenfläche des Hove Court. Mit dem echten schottischen Whisky, den der Festausschuß trotz des exorbitanten Preises als einziges passendes Getränk bestimmt hatte, gab es eine kleine Panne. Er wurde kaum getrunken und rief ungeachtet der euphorischen Stimmung auf peinliche Art wehmütige Erinnerungen an Punsch und Berliner Pfannkuchen hervor.

Das kleine Feuerwerk indes galt als Erfolg und noch mehr der Einfall, *„Auld Lang Syne"* unter dem Jacarandabaum zu singen. Das Lied klang seltsam hart aus deutschen Kehlen. Walter war der alten Weise oft in der Messe seiner Kompanie begegnet; er bemerkte den Graben zwischen Wollen und Können mit erheiterter Schadenfreude, aber er hielt sich um Jettels willen mit Spott zurück. Sein Lächeln wurde indes so mißbilligend registriert, als hätte er seine Kritik herausgeschrien.

Durch den Lärm vom Feuerwerk und auf dem Höhepunkt eines Streits, der wegen des genauen Textes zu „Kein schöner Land in dieser Zeit" ausgebrochen war, wachte Max auf. Er hieß das neue Jahr auf traditionelle Art der in der Kolonie geborenen Babys willkommen. Obwohl noch keine zehn Monate alt, sprach er sein erstes verständliches Wort. Allerdings sagte er weder Mama noch Papa, sondern „Aja". Chebeti, die in der Küche gesessen hatte und beim ersten Wimmern an sein Bett gestürzt war, sprach ihm das Wort immer wieder vor. Vollkommen wach geworden von ihrem kehligen Lachen und fasziniert von den kurzen melodischen Lauten, sagte Max tatsächlich zum zweiten Mal „Aja" und dann immer wieder.

Die Memsahib und der Bwana staunten mit offenem Mund, nahmen Chebeti das strampelnde Toto aus den Armen und sprachen ihm abwechselnd „Mama" und „Papa" vor, erst leise und lachend, aber bald laut und entschlossen.

Max ließ sich jedoch, bis er in einen erschöpften Schlaf fiel, keinen anderen Laut als „Aja" entlocken.

Von dem Tag an war die sprachliche Entwicklung des jungen Max Redlich nicht mehr aufzuhalten. Er sagte „kula", wenn er essen wollte, „lala", wenn er ins Bett gelegt wurde, ganz korrekt „Chai" zur Teekanne, „Menu" zu seinem ersten Zahn, „Toto" zu seinem Spiegelbild und „Bua" bei Regen. Sogar „Kessu", das Wort für Morgen, Zukunft und für jene unbestimmbare Zeiteinheit, die nur für Owuor ein überblickbarer Begriff war, schnappte er auf.

Walter lachte, wenn er seinen Sohn reden hörte, und doch verdarb ihm eine Empfindlichkeit, die er vor sich selbst mit seinen überreizten Nerven zu entschuldigen versuchte, die Freude an dem kindlichen Geplapper. Obwohl es ihm kindisch erschien, den Dingen ein solches Gewicht zu geben, bedrängte ihn die Vorstellung, Afrika hätte ihm bereits seinen Sohn entfremdet. Noch mehr quälte ihn der Verdacht, daß Regina ihrem Bruder die Wörter eigens beibrachte und daß sie die Aufregung genoß, für die jedes neue Wort sorgte.

Regina stritt mit einer Empörung, die sonst nur Owuor im richtigen Moment seinem Gesicht empfehlen konnte, ihre Beteiligung an dieser Entwicklung ab. Hinzu kam, daß im Hove Court ständig über den Suaheli-Sprachschatz des kleinen Max gespottet wurde. Er galt, selbst bei den wenigen verständnisvollen Nachbarn, als recht deutlicher Beweis, daß das Kind in seiner Unschuld zu erkennen gebe, daß es nicht nach Deutschland verschleppt werden dürfe.

Als Max schließlich einen dreisilbigen Laut formte, der mit viel Phantasie als Owuors Name gedeutet werden konnte, versagten Walters Nerven. Er schrie seine Tochter an: „Warum willst du mir weh tun? Merkst du nicht, wie alle hier über mich lachen, weil sich mein Sohn weigert, meine Sprache zu sprechen? Ich habe immer gedacht, wenigstens du hältst zu mir."

Regina empfand Reue und Scham. Erschrocken suchte sie nach einer Entschuldigung. Am nächsten Tag sagte Max „Papa".

ALS ER am Ende der Woche „Mama" sagte, waren indes die Ohren seiner Mutter nicht empfänglich für das ersehnte Glück, obwohl ihre Tränen gerade in diesem Moment bis zum Kinn tropften. Max krähte bereits zum zweiten Mal „Mama", und Chebeti klatschte in die Hände, als Walter in die Küche stürzte. „Wir haben", rief er und warf seine Mütze übermütig auf das Sofa, „Plätze auf der *Almanzora* bekommen! Am 9. März fährt das Schiff von Mombasa ab."

„Puttfarken ist durchgekommen", brachte Jettel unter Tränen hervor.

„Wie kommst du auf Puttfarken? Wer soll das sein?"

„Puttfarken, Schützenstraße", sagte Jettel. Sie stand auf, trocknete ihre Augen hastig am Ärmel ihrer Bluse und ging zum Fenster. Sie legte ihre Finger auf die Lippen und zog, obwohl es erst fünf Uhr nachmittags war, die Vorhänge zu.

Walter begriff sofort. Trotzdem fragte er ungläubig: „Du meinst doch nicht unseren Puttfarken aus Leobschütz?"

„Wen denn sonst, wenn ich mitten am Tag die Vorhänge zuziehe? Anna", ahmte Jettel die so lange vergessene, mit einem Mal wiedergefundene Stimme nach, „machen Sie erst den Vorhang zu. Es ist besser, wenn mich hier keiner sieht. Ich bin doch Beamter und muß vorsichtig sein. Walter, weißt du noch, wie sich unsere Anna geärgert hat? Sie hat ihn immer nur Feigling genannt."

„Er war keiner. Aber wie kommst du auf ihn?"

„Bwana, der Brief", sagte Owuor und deutete auf den Tisch.

„Aus Wiesbaden", sagte Jettel. „Er ist ein ganz hohes Tier geworden. Ministerialrat. Laß mich vorlesen.

Lieber Freund Redlich,
durch eine schwere Grippe (falls Sie in Ihrem Sonnenparadies noch wissen, was das ist) komme ich erst heute dazu, Ihnen zu schreiben. Der Brief vom Ministerium wird Sie schon erreicht haben. Es hätte andersherum sein sollen. Ich kann mir vorstellen, wie Sie ins Grübeln gekommen sind über den Zufall, daß Sie einer hier in Wiesbaden kennt. Wie soll ich Ihnen meine Fassungslosigkeit schildern, als das Gesuch von Herrn Dr. Walter Redlich zur Übernahme im Dienst des Hessischen Justizministeriums ausgerechnet auf meinem Schreibtisch landete. Wahrscheinlich bin ich seit Bismarcks Rücktritt der erste deutsche Beamte, der je im Dienst geweint hat. Ich las Ihr Gesuch immer und immer wieder und konnte doch nicht glauben, daß Sie noch am Leben sind. In Leobschütz hat man sich kurz nach Ihrer Auswanderung erzählt, daß Sie von einem Löwen angefallen worden seien und dabei den Tod gefunden hätten. Erst der Hinweis auf Ihre Studienzeit in Breslau und Ihre Anwaltstätigkeit in Leobschütz hat mir die Gewißheit gegeben, daß Sie tatsächlich der Freund guter, auf immer dahingegangener Tage sind.

Und dann konnte ich mir ja auch nicht vorstellen, daß irgendein Mensch, dem es gelungen ist, diesem Deutschland zu entrinnen, wieder zurückkommen will in diese Ruinen und zu den Menschen, die ihm das angetan haben, was Ihnen und Ihrem Volk zugefügt worden ist. Was müssen Sie erlebt haben, wie schlimm mag Ihr Leben sein, wenn Sie den Mut zu einem so schicksalhaften Entschluß fanden! Natürlich begrüße ich ihn sehr. Wir haben hier in Deutschland die politisch belasteten Richter entlassen, und es sind viel zuwenig unbelastete übriggeblieben, um die Justiz wiederaufzubauen. Machen Sie sich also darauf gefaßt, daß Sie nicht lange Amtsgerichtsrat sein werden, ehe man Sie befördert. Amtsgerichtspräsident Maaß wird Ihnen gefallen. Er ist ein hochanständiger Mann, der von den Nazis aus dem Justizdienst gejagt wurde und seine Familie in all den Jahren kümmerlich über Wasser halten mußte.

Da wären wir auch bei meinem Schicksal. Es hat mir nichts genützt, daß Ihre Anna (ob sie mir inzwischen verziehen hat, die treue Seele?) immer die Vorhänge zuziehen mußte, wenn ich Sie im Asternweg besuchte, damit niemand mitbekam, daß ich noch bei Juden verkehrte.

Kurz nachdem Sie Leobschütz verlassen hatten, wurde ich meiner jüdischen Frau wegen als Richter vom Dienst suspendiert, bekam dann aber durch die Fürsprache vom guten alten Tenscher wenigstens noch als Angestellter eine Art von Tätigkeit auf dem Grundbuchamt zugewiesen.

Nach ein paar Monaten wurde ich auf Betreiben von Kreisleiter Rummler auch von dort entfernt. Vorher hat man mich dreimal nach Breslau einbestellt und mir die sofortige Wiederverwendung im Staatsdienst für den Fall in Aussicht gestellt, daß ich mich von meiner jüdischen Frau scheiden ließe. Bis Kriegsausbruch habe ich dann meine Familie mehr schlecht als recht durch Gelegenheitsarbeiten bei Rechtsanwalt Pawlik ernähren können, von denen natürlich niemand etwas wissen durfte. Meine Dankesschuld an Pawlik habe ich nicht mehr abtragen können. Er fiel im ersten Kriegsmonat in Polen. Ich selbst galt ja als ‚wehrunwürdig' und wurde 1939 zur Zwangsarbeit verpflichtet.

Mit dem ersten Treck nach Kriegsende sind Käthe, mein Sohn Klaus, der ja im selben Jahr geboren wurde wie Ihre Tochter, und ich noch aus Oberschlesien herausgekommen. Wir sind schließlich hier in Wiesbaden gelandet, wo uns ein entfernter Verwandter aufnahm.

Käthe war in größter Aufregung, als ich ihr von Ihrem Gesuch erzählte. Mein Sohn kann es gar nicht abwarten, einen Mann kennenzulernen, der bis nach Afrika gekommen ist. Er ist ein verschlossener Junge, den die Erlebnisse der bösen Jahre geprägt haben und der die Angst seiner Eltern und die Zurücksetzungen und Quälereien, die er von Freunden und Lehrern erfuhr, nicht vergessen kann. Er durfte nicht aufs Gymnasium und tut sich heute schwer mit der Schule. Ich fürchte, ich bin zu ausführlich geworden, aber Ihnen zu schreiben hat mir gutgetan. Nach dem Schicksal Ihres Vaters und Ihrer Schwester, die ich einmal bei Ihnen kennenlernte, wage ich nicht zu fragen. Ebensowenig wage ich es, Ihnen Mut für Ihren Neuanfang zu machen. Die Deutschen haben nicht nur einen großen Teil ihres Landes und ihrer Städte eingebüßt. Sie haben auch ihre Seele und ihr Gewissen verloren. Das Land ist voll von Leuten, die nichts gesehen und nichts gewußt haben oder ‚immer dagegen' waren. Und schon werden die paar Juden, die es noch gibt und die der Hölle entronnen sind, wieder diffamiert. Sie bekommen zur kargen Lebensmittelration des Normalverbrauchers die Schwerarbeiterzulage. Das reicht den Tätern, um die Opfer aufs neue auszugrenzen.

Lassen Sie mich so früh wie möglich wissen, wann das Datum Ihrer Rückkunft feststeht. Was in meiner Macht steht, um Ihnen zu helfen, werde ich tun, doch versprechen Sie sich nicht zu viel von einem Ministerialrat, der den Makel hat, aus Leobschütz zu stammen. Wir gelten hier im Westen als ‚Ostpack'. Ich kann Sie eher zum Landgerichtspräsidenten befördern lassen als Ihnen eine Wohnung oder ein Pfund Butter verschaffen.

Lassen Sie sich von meinen Klagen trotzdem nicht Ihren Optimismus nehmen und auch nicht Ihren Humor, an den ich mich so gut und gern erinnere. Wenn es Ihnen möglich ist, bringen Sie Kaffee mit. Kaffee ist die neue deutsche Währung. Mit Kaffee kann man sich alles kaufen. Sogar eine weiße Weste. Man nennt sie inzwischen Persilschein.

Meine Frau und ich erwarten Sie und Ihre Familie mit Ungeduld und offenem Herzen. Bis dahin grüßt Sie in alter Verbundenheit

Ihr
Hans Puttfarken

PS: Fast hätte ich vergessen: Ihr alter Freund Greschek ist in einem Dorf im Harz gelandet. Ich bekam durch Zufall seine Adresse und habe ihm von Ihrer geplanten Rückkehr geschrieben."

Während Jettel den Brief zurück in das Kuvert legte, versuchte sie, sich Puttfarkens Gesicht vorzustellen, aber ihr fiel nur ein, daß er groß und blond gewesen war und sehr blaue Augen gehabt hatte. Owuor zog den Vorhang wieder auf. Der Hund wurde wach, hob träge den Kopf und stieß beim Gähnen die Zähne so laut aufeinander wie in den Tagen seiner Jugend, als er im Gras noch die Hasen riechen konnte.

„Rummler", sagte Owuor und lachte, „in dem Brief wurde Rummler gerufen."

„Nebbich", sagte Walter, „wenn der Puttfarken wüßte, was aus meinem Humor geworden ist. Ach Jettel, tut es dir nicht wenigstens ein bißchen gut, so einen Brief zu bekommen?"

„Ich weiß nicht, was ich sagen soll. Ich habe nicht alles verstanden."

„Glaubst du, ich? Ich weiß nur, daß da ein Mensch ist, der sich an mich erinnert, wie ich einmal war. Und der will uns helfen. Laß uns Zeit, Frau Doktor, uns daran zu gewöhnen, daß sich die Dinge geändert haben. Hör nicht auf das, was die Leute hier sagen. Wir werden es schaffen. Unser Sohn wird nicht mehr wissen, was es heißt, ein Ausgestoßener zu sein."

„Was hast du eigentlich gesagt, als du nach Hause gekommen bist? Ich weiß es schon nicht mehr."

„Doch, Jettel, du weißt es genau. Ich habe gesagt, daß wir am 9. März auf der *Almanzora* abfahren. Und diesmal fährt nicht jeder für sich. Wir sind zusammen. Ich bin froh, daß die Ungewißheit ein Ende hat. Ich glaube, ich hätte die Warterei nicht mehr lange ertragen können."

# 15

Morgens um vier wurde Walter durch ein Geräusch wach, das er nicht deuten konnte. Er lauerte auf das Zwitschern der Vögel in den Eukalyptusbäumen vor dem Fenster, die ihm sonst das Signal zum Aufstehen gaben. Obwohl der Tag noch nicht den Hauch vom ersten grauen Licht eingefangen hatte, glaubte Walter bereits, die Umrisse der vier großen, hellen Überseekisten zu erkennen.

Sie waren seit der Ankunft in Afrika als Schränke verwandt worden und standen nun, bemalt mit Jettels steiler, kindlicher Handschrift, an je einer Wand des Schlafraums. Owuor hatte sie am Abend zuvor fertiggepackt und mit so heftigen Schlägen zugenagelt, daß Kellers aus der Nachbarswohnung wütend zurückgeklopft hatten. Walter fühlte sich befreit bei dem Gedanken, daß endlich der größte Teil vom Leben der letzten neun Jahre verstaut war. Die zwei Wochen, die bis zur Abfahrt der *Almanzora* blieben, würden nun ohne die erschöpfenden Streitereien vergehen, die jede neue Entscheidung über Mitnehmenkönnen oder Zurücklassenmüssen auslöste.

Nur in den Nächten durfte Walter sich eingestehen, daß Enttäuschung ihn peinigte. Seit den Tagen, da mit dem Packen begonnen worden war, hatte er sich gegrämt, daß ihn die Kisten so heftig an den Aufbruch in die Emigration erinnerten. Sie symbolisierten nicht, wie er sich monatelang ausgemalt hatte, den so lange herbeigesehnten Aufbruch in das wiedergefundene Glück.

Walter hörte den Laut, der ihn aus dem Schlaf geholt hatte, zum zweiten Mal. Aus der Küche kam das leise Geräusch, das die langsamen Bewegungen nackter Füße auf dem rauhen Holzboden anzeigte, und von Zeit zu Zeit war es, als würde Rummler mit seinem Schwanz die verschlossene Tür streifen.

Bei der Vorstellung, der Hund würde auch nur ein Auge aufmachen, ehe Wasser in den Teekessel lief, lächelte Walter, aber die Neugierde drängte ihn doch nachzusehen. Er stand leise auf, um Jettel nicht zu wecken, und schlich auf Zehenspitzen in die Küche. Der Rest einer kleinen Kerze klebte auf einem Blechdeckel und tauchte mit einer langen Flamme den Raum in fahles gelbes Licht. In der Ecke, zwischen einigen Töpfen und der verrosteten Bratpfanne aus Leobschütz, saß Owuor mit geschlossenen Augen auf dem Boden und rieb seine Füße warm. Neben ihm lag Rummler. Der Hund war tatsächlich wach und hatte einen dicken Strick um den Hals.

Unter dem Küchentisch lag ein prall gefülltes, blau-weiß kariertes Handtuch, das um einen dicken Holzstab zu einem kleinen Bündel geknotet war. Aus einem der vielen Löcher baumelte ein Ärmel von dem weißen Kanzu, in dem Owuor seit den Tagen von Rongai das Essen aufgetragen hatte. Auf dem Fensterbrett lag, frisch gebügelt und sorgfältig zu einem schwarzen Rechteck gefaltet, Walters Anwaltsrobe.

„Owuor, was machst du hier?"

„Ich sitze und warte auf die Sonne", erklärte Owuor.

„Und warum hat Rummler den Strick um den Hals?"

„Ich und Rummler gehen auf eine lange Safari. Wer zuerst auf Safari geht, hat trockene Augen."

Walter setzte sich auf den Boden und strich Rummler über das kurze, harte Nackenfell. Der warme Körper des Hundes erinnerte ihn an die Nächte vor dem Kamin in Ol' Joro Orok.

„Kimani", sagte Owuor, „kennt dein Kopf noch Kimani?"

„Ja", erwiderte Walter. „Kimani war ein Freund wie du, Owuor. Ich habe oft an ihn gedacht. Er ist von der Farm gelaufen, ehe ich aus Ol' Joro Orok fort war. Ich habe ihm nicht *Kwaheri* gesagt."

„Er hat dich wegfahren sehen, Bwana. Er blieb zu lange vor dem Haus stehen. Das Auto wurde immer kleiner. Am nächsten Morgen war Kimani tot. Im Wald war nur noch ein Stück von Kimanis Hemd."

„Das hast du mir nie gesagt, Owuor. Warum? Was ist mit Kimani passiert?"

„Kimani wollte sterben."

„Aber warum? Er war nicht krank. Er war nicht alt."

„Kimani hat immer nur mit dir geredet, Bwana. Weißt du noch? Der Bwana und Kimani waren immer unter dem Baum. Du hast seinen Kopf voll mit den Bildern aus deinem Kopf gemacht. Kimani hat die Bilder mehr geliebt als seine Söhne und die Sonne. Er war klug, aber er war nicht klug genug. Kimani hat das Salz in seinen Körper hereingelassen und ist trocken geworden wie ein Baum ohne Wurzeln. Ein Mann muß auf Safari gehen, wenn seine Zeit da ist."

„Owuor, ich verstehe dich nicht."

„‚Owuor, ich verstehe dich nicht.' Das hast du immer gesagt, wenn deine Ohren nicht hören wollten."

Walter wehrte sich gegen das Begreifen. Dann kam die Pein und mit ihr die Gewißheit, daß dieser Abschied schonungsloser war als alle, die ihm vorangegangen waren.

„Owuor", sagte er, „was soll ich der Memsahib sagen, wenn du heute nicht zur Arbeit kommst? Soll ich sagen: Owuor will dir nicht mehr helfen? Soll ich sagen: Owuor will uns vergessen?"

„Chebeti wird meine Arbeit machen, Bwana."

„Chebeti ist nur eine Aja. Sie arbeitet nicht im Haus."

„Chebeti ist deine Aja, aber sie ist meine Frau. Sie macht, was ich sage. Sie wird mit dir und der Memsahib bis Mombasa fahren und den kleinen Askari halten."

„Du hast nie gesagt, daß Chebeti deine Frau ist", meinte Walter. „Warum habe ich das nicht gewußt?"

„Die Memsahib kidogo hat es gewußt. Sie weiß immer alles. Sie hat Augen wie wir. Du hast immer auf deinen Augen geschlafen, Bwana", erwiderte Owuor lachend. „Der Hund", fuhr er fort, „kann nicht auf ein Schiff. Er ist zu alt für ein neues Leben. Ich werde mit Rummler gehen. So wie ich aus Rongai fortgegangen bin und dann aus Ol' Joro Orok nach Nairobi."

„Owuor", bat Walter müde, „du mußt der Memsahib kidogo *Kwaheri* sagen. Soll ich meiner Tochter sagen: Owuor ist fort und will dich nicht mehr sehen? Soll ich ihr sagen: Rummler ist fort für immer? Der Hund ist ein Teil von meinem Kind. Das weißt du doch."

Der Hund bewegte ein Ohr und jaulte, als die Tür aufging.

„Owuor muß fort, Papa. Oder willst du, daß sein Herz eintrocknet?"

„Regina, du hast gelauscht. Hast du gewußt, daß Owuor von uns fortgeht? Wie ein Dieb in der Nacht."

„Ja", sagte Regina. „Aber nicht", erklärte sie, während Trauer ihre Stimme schwer machte, „wie ein Dieb. Owuor muß fort. Er will nicht sterben."

„Herrgott, Regina, hör auf mit dem Quatsch! An einem Abschied stirbt man nicht. Sonst wäre ich schon längst tot."

„Manche Leute sind tot und atmen weiter."

„Wer hat dir so was gesagt, Regina?"

„Owuor. Vor langer Zeit. Ich weiß nicht mehr, wann", log sie.

„Owuor, du bist klug."

Owuor schob seinen Körper schwerfällig zur Seite, und Regina setzte sich zwischen ihn und ihren Vater. Die Stille war gut und machte den Schmerz leicht. Sie schwiegen alle drei, bis das Tageslicht weiß und klar wurde und die Sonne die Blätter in das dunkle Grün einfärbte, das einen Tag mit Feuer in der Luft ankündigte.

„Owuor", sagte Walter, als er das Fenster aufmachte, „hier liegt mein alter schwarzer Mantel. Du hast ihn vergessen."

„Ich habe nichts vergessen, Bwana. Der Mantel gehört nicht mehr mir."

„Ich habe ihn dir in Rongai geschenkt."

„Du ziehst den Mantel wieder an."

„Woher weißt du das?"

„In Rongai hast du gesagt: ‚Ich brauche den Mantel nicht mehr. Der ist aus einem Leben, das ich verloren habe.' Jetzt", erklärte Owuor, „hast du dein Leben wiedergefunden. Das Leben mit dem Mantel."

„Du mußt ihn mitnehmen, Owuor. Ohne Mantel wirst du mich vergessen."

„Bwana, mein Kopf kann dich nicht vergessen."

Entschlossen griff Walter nach der Anwaltsrobe, schüttelte sie aus und legte sie um Owuors Schultern. „Geh jetzt, mein Freund", sagte er, „auch ich will kein Salz in den Augen."

„Nein!" schrie Regina und wehrte sich nicht länger gegen den Druck der Tränen. „Nein, Owuor, du mußt mich noch einmal hochheben."

Als Owuor sie in seine Arme nahm, hielt Regina die Luft an, bis der Schmerz ihre Brust in zwei Teile spaltete. Sie rieb ihre Stirn an Owuors Nacken und ließ die Nase den Duft seiner Haut einfangen. Da merkte sie, daß sie wieder zu atmen begonnen hatte. Die Hände griffen nach dem Haar, in das nun jeden Tag ein neuer kleiner Strahl vom grauen Blitz fuhr, aber Owuor hatte sich verwandelt. Er war nicht mehr alt und voller Trauer. Noch einmal war er der Riese, der sie in Rongai aus dem Auto gehoben und in die Luft geworfen und so unendlich sanft auf die rote Erde der Farm gesetzt hatte.

„Owuor, du kannst nicht weg", flüsterte sie. „Du willst nicht auf Safari. Nur deine Füße wollen fort."

Owuor stellte sie auf den Boden, und sie wußte, daß sie ihn nicht ansehen durfte. Sie lauschte der Melodie des Abschieds; sie hörte Rummler schnaufen, Owuors Schritte, dann das Quietschen der Tür, als sie energisch aufgestoßen wurde. Eine kurze Zeit roch die Küche noch nach Rummlers feuchtem Fell, später nur nach dem kalten Wachs der abgebrannten Kerze. „Owuor bleibt bei uns. Wir haben ihn nicht gehen sehen", sagte Regina. Zuerst wurde ihr klar, daß sie laut gesprochen hatte, und dann, daß sie weinte.

„Verzeih mir, Regina. Das wollte ich nicht. Du bist zu jung. In deinem Alter wußte ich nur, was Schmerz war, wenn ich vom Pferd fiel." Walter wollte Regina an sich ziehen, aber er ließ seine Arme sinken, kaum, daß er sie erhoben hatte. „Du wirst nicht mehr vergessen können, Regina."

„Ich will nicht vergessen."

„Das habe ich auch gesagt. Und was hat es mir gebracht? Ich tu dem Menschen weh, der mir am meisten auf der Welt bedeutet."

„Nein", wehrte Regina ab, „du kannst nicht anders, du mußt auf Safari."

„Wer hat das gesagt?"

„Owuor. Er hat noch was gesagt."

„Was denn?"

„Soll ich's dir wirklich sagen? Du wirst beleidigt sein."

„Nein, ich versprech dir, daß ich's nicht bin."

„Owuor", erinnerte sich Regina, „hat gesagt, ich muß dich beschützen. Du bist ein Kind. Das hat Owuor gesagt, Papa, nicht ich."

„Er hat recht, aber sag es keinem, Memsahib kidogo."

„*Hapana, Bwana.*"

Sie hielten sich aneinander fest und glaubten, sie hätten denselben Weg vor sich. Walter hatte zum ersten Mal das Land betreten, das ihm zu spät ein Stück Heimat geworden war. Regina aber genoß die Kostbarkeit des Augenblicks. Endlich hatte ihr Vater begriffen, daß nur der schwarze Gott Mungo die Menschen glücklich machte.

## STEFANIE ZWEIG

Foto: Marion Zweig

# „Die Erinnerungen an Afrika begleiten mich für immer."

Was Regina in *Nirgendwo in Afrika* widerfuhr, hat Stefanie Zweig selbst erlebt. Sie wählte für die Schilderung ihrer Zeit in Afrika die Romanform, weil sie findet, daß die Ich-Erzählung nicht genug Gestaltungsmöglichkeiten bietet. Wie Regina wurde Stefanie Zweig in Leobschütz in Oberschlesien geboren – am 19. September 1932 –, und 1938 wanderten ihre Eltern mit ihr nach Kenia aus, wo sie auf einer Farm ihre Kindheit verlebte. 1947 kehrte die Familie nach Deutschland zurück. Nach bestandenem Abitur wurde Stefanie Zweig Journalistin. Über dreißig Jahre lang leitete sie das Feuilleton einer Frankfurter Zeitung, bevor sie sich ausschließlich dem Bücherschreiben widmete. Sieben Jugendbücher hat sie bereits verfaßt. Der ebenfalls in Afrika spielende Roman *Ein Mundvoll Erde*, der auch in den Reader's Digest Auswahlbüchern erschien, wurde 1995 von der Royal Dutch Geographical Society mit dem Gläsernen Globus als bestes Jugendbuch ausgezeichnet. Was nach der Rückkehr von Walter, Jettel, Regina und Max nach Deutschland passierte, hat Stefanie Zweig in dem Roman *Irgendwo in Deutschland* festgehalten, der demnächst ebenfalls in den Auswahlbüchern erscheinen wird.

Die Autorin lebt in Frankfurt, im selben Haus wie ihr Bruder und dessen Frau. Ihre Wohnung teilt sie mit drei Katzen – „die Tierliebe ist mir aus Afrika geblieben". Obwohl sie ihre Kindheit in Kenia sehr genossen hat, war sie erst einmal wieder dort, hat aber nun vor, das Land erneut zu besuchen. Dafür läßt sich die Pause vom Schreiben, die sich Stefanie Zweig nun endlich einmal genehmigen möchte, gut nutzen.

DICK FRANCIS

# Lunte

*Lee Morris versteht nichts vom Pferderennsport. Er ist Architekt und macht Jagd auf baufällige Häuser, die er renovieren will. Die Rennbahn Stratton Park interessiert ihn nur, weil er ein paar Anteilscheine an dem Familienunternehmen besitzt.*

*Doch dem verfeindeten Familienclan paßt sein Interesse nicht. Statt Dividenden gibt es jede Menge Ärger. Denn als Lee Morris sich nicht vergraulen läßt, muß er feststellen, daß einige Familienmitglieder vor nichts zurückschrecken, nicht mal vor Mord.*

OKAY, hier bin ich also, Lee Morris, und ich öffne Türen und Fenster und lasse eine Brise Leben und einen Hauch von frühem Tod herein.

Dabei sahen sie ziemlich harmlos aus auf meiner Türschwelle: zwei höfliche Engländer mittleren Alters in Gutsherrntweed und mit Schirmmützen, fragend hochgezogenen Augenbrauen und nervös verlegener Miene.

„Lee Morris?“ sagte einer von ihnen knapp, ruhig, kultiviert. „Könnten wir Sie sprechen?“

„Wegen einer Versicherung?“ fragte ich trocken.

Sie wurden noch verlegener. „Nein, nein …“

Später Märznachmittag, eine gleißende, tiefstehende Sonne, die ihr goldenes Licht schräg auf die freundlichen Gesichter der beiden warf, so daß sie die Augen gegen die schmerzende Helligkeit zusammenkniffen. Sie standen ein, zwei Schritte von mir entfernt, sichtlich bemüht, mich nicht zu bedrängen. Ausgesucht gutes Benehmen.

Mir wurde klar, daß ich den einen vom Sehen kannte, und ich überlegte kurz, was in aller Welt ihn wohl an einem Sonntag zu mir führte, so weit weg von seiner gewohnten Umgebung.

Während ich noch darüber spekulierte, kamen drei kleine Jungen hinter mir durch den mit Fliesen ausgelegten Flur getappt, schoben sich zielstrebig an mir vorbei, um die zwei Draußenstehenden herum und kletterten lautlos wie Katzen in den knospenden Blätterflaum einer breitkronigen Eiche auf dem Rasen. Oben angekommen, drückten sie sich bäuchlings in das Astwerk und erstarrten zu drei reglosen Gestalten, getarnt, gespannt, vertieft in ein Agentenspiel.

Die Besucher schauten verwundert zu ihnen hinauf.

„Kommen Sie mal lieber rein“, sagte ich. „Die lauern auf Piraten.“

Der Mann, den ich erkannt hatte, lächelte und streckte die Hand aus. „Roger Gardner“, sagte er, „und das ist Oliver Wells. Wir kommen von der Rennbahn Stratton Park.“

„Angenehm“, sagte ich und winkte sie herein.

Ich führte sie durch die Diele in den höhlenartigen Raum der einst abbruchreifen Scheune, die ich in sechsmonatiger Arbeit zu einem gemütlichen Haus umgebaut hatte. Derartige Ruinen zu renovieren war meine eigentliche Existenzgrundlage, aber inzwischen war das Unvermeidliche eingetreten – meine Familie weigerte sich, auf die nächste Baustelle umzuziehen, und hatte mir erklärt, daß sie *hier*, in *diesem* Haus, wohnen bleiben wolle.

Die Sonne schien durch hohe, nach Westen blickende Fenster auf den blanken, einheitlich schiefergrauen Fliesenboden, auf dem hier und da kleine türkische Teppiche für farbliche Abwechslung sorgten. An drei Seiten der Scheune verlief jetzt eine durch zwei Treppen erreichbare Galerie mit nebeneinanderliegenden Schlafzimmern.

Unter der Galerie befand sich, zum Hauptraum hin offen, eine Reihe von Zimmern, die sich, wenn man ungestört sein wollte, durch Falttüren abteilen ließen. Ein mit Büchern gesäumter Fernsehraum war ebenso vorhanden wie ein Büro, ein Spielzimmer, ein Nähzimmer und ein langes, geräumiges Eßzimmer. Das Frühstückszimmer in der Südostecke führte zu einer großen Küche, hinter der sich noch eine Werkstatt verbarg. Die Trennwände zwischen den nach vorn offenen Zimmern sahen zwar aus wie bloße Raumteiler, waren in Wirklichkeit aber äußerst tragfähige Stützen für die Galerie.

Die Einrichtung des Hauptraums bestand vornehmlich aus locker um kleine Tische gruppierten Knautschsesseln. In einem offenen Kamin an der Westwand glühten Holzscheite.

Der angestrebte Effekt, eine Wohnung, die wie ein kleiner, überdachter Marktplatz aussah, war so schön gelungen, daß es meine Vorstellungen sogar noch übertraf, und insgeheim hatte ich von Anfang an vorgehabt, das Haus zu behalten.

Roger Gardner und Oliver Wells blieben wie die meisten Besucher stehen und blickten sich mit unverhohlenem Erstaunen um.

Ein nacktes Baby kam über die Fliesen gekrabbelt.

„Ist das Ihres?" fragte Roger zaghaft, den Blick auf das Baby gerichtet.

„Ich nehme es mal an", sagte ich.

Eine junge Frau in Jeans, Pullover und zweckmäßigen Turnschuhen kam mit wehender blonder Mähne aus dem hinteren Teil der Küche gelaufen. „Hast du Jamie gesehen?" fragte sie von weitem.

Ich zeigte hin.

Sie stürzte sich auf das Baby und sammelte es ohne viel Federlesens auf. „Wenn man den zwei Sekunden aus den Augen läßt . . .“ Sie streifte die Besucher im Vorbeigehen mit einem Blick und verschwand wieder aus unserem Gesichtsfeld.

„Nehmen Sie Platz“, bat ich. „Was kann ich für Sie tun?“

Sie setzten sich zögernd und suchten sichtlich einen Einstieg.

„Lord Stratton ist kürzlich verstorben“, erklärte Roger. „Vor einem Monat.“

„Ja. Das ist mir bekannt“, sagte ich.

„Sie haben Blumen zur Beerdigung geschickt.“

„Es schien mir angebracht“, bestätigte ich und nickte.

„Wir haben gehört, er sei Ihr Großvater gewesen.“

„Nein. Da sind Sie falsch unterrichtet“, erwiderte ich geduldig. „Meine Mutter war mal mit seinem Sohn verheiratet. Sie wurden geschieden. Meine Mutter hat dann noch mal geheiratet und mich bekommen. Ich bin nicht direkt verwandt mit den Strattons.“

Das paßte ihnen gar nicht, wie mir schien. Roger versuchte es noch einmal: „Aber Sie besitzen doch Anteile an der Rennbahn, nicht wahr?“

Aha, dachte ich. Die Fehde. Seit dem Tod des alten Herrn zankten und bekämpften sich seine Erben angeblich bis aufs Messer.

„Damit möchte ich nichts zu tun haben“, sagte ich.

„Hören Sie“, beschwor mich Roger mit wachsender Verzweiflung, „die Erben ruinieren die Rennbahn. Das riecht man eine Meile gegen den Wind. Diese Streitereien. Verdächtigungen. Gewalttätiger Haß. Die sind schon übereinander hergefallen, noch bevor der alte Herr kalt war.“

„Es herrscht Krieg“, sagte Oliver Wells unglücklich. „Anarchie. Roger ist der Verwalter der Rennbahn, und ich bin der Vereinssekretär. Wir bemühen uns, den Laden in Gang zu halten, aber lange schaffen wir das nicht mehr. Wir haben keinen Handlungsspielraum.“

Lord Stratton, mein Nichtgroßvater, hatte die Dreiviertelmehrheit an der Rennbahn besessen und diese als wohlmeinender Despot jahrelang selbst geleitet. Unter seiner Regie hatte Stratton Park den Ruf einer gut organisierten, gut besuchten Rennbahn erlangt, die auch bei einem großen Kreis von Trainern beliebt war. Neue Zuschauertribünen hätten ihr gutgetan, doch der alte Starrkopf Stratton hatte sich gegen Veränderungen gesträubt. Hin und wieder hatte ich aus

Neugier einen Nachmittag auf der Rennbahn verbracht, aber weder die Pferderennen noch die Familie meines Nichtgroßvaters hatten mich unwiderstehlich in ihren Bann gezogen.

Roger Gardner war jedoch nicht den ganzen Weg gereist, um jetzt ohne weiteres aufzugeben. „Ihre Schwester gehört aber doch zur Familie“, sagte er.

„Mr. Gardner“, erklärte ich, „vor vierzig Jahren hat meine Mutter ihre kleine Tochter im Stich gelassen und ist davongelaufen. Die Strattons haben hinter ihr dichtgemacht. Sie war für sie gestorben. Für die Tochter, meine Halbschwester, existiere ich gar nicht. Es tut mir leid, aber nichts, was ich vorbringen oder tun könnte, würde auch nur einen einzigen aus dem Stratton-Clan beeindrukken.“

„Der Vater Ihrer Halbschwester ...“

„Ihn“, sagte ich, „am allerwenigsten.“

In Rogers Gesicht mehrten sich die Fragen, die er noch immer nicht stellte. Als Reporter wäre Roger – Lieutenant Colonel R. B. Gardner laut den Rennprogrammen von Stratton Park – ein Totalausfall gewesen.

„Sie waren unsere letzte Hoffnung“, meinte Oliver Wells vorwurfsvoll.

„Was erwarten Sie denn von mir?“ fragte ich.

„Wir dachten ...“, begann Roger und brach ab. Dann versuchte er es beherzt noch einmal. „Na ja, wir hatten gehofft, Sie könnten denen vielleicht den Kopf zurechtsetzen.“

„Wie denn?“

„Nun, zunächst mal sind Sie kräftig.“

„Kräftig?“ Ich starrte ihn an. „Heißt das, ich soll ihnen buchstäblich die Köpfe zurechtsetzen?“ Ich bin in der Tat großgewachsen und körperlich stark. Und ich gebe ja auch zu, daß es mir gelegentlich geholfen hat, einen Standpunkt durchzusetzen. Aber manchmal ließ sich friedliche Übereinstimmung leichter erzielen, wenn man leise auftrat und die breiten Schultern ein wenig einzog, und von Natur aus neigte ich mehr zu dieser Einstellung. „Ich bin nicht Ihr Mann“, erklärte ich.

Roger klammerte sich an einen Strohhalm. „Aber Sie sind doch Anteilseigner. Können Sie damit nicht den Krieg beenden?“

„Zunächst einmal“, sagte ich, „gehören mir nur sehr wenige Anteile. Meine Mutter hat sie damals als Abfindung bei der Scheidung bekommen, und nach ihrem Tod habe ich sie geerbt. Sie werfen hin und wieder eine kleine Dividende ab, weiter nichts."

Rogers Gesichtsausdruck wechselte von Verwirrung zu Bestürzung. „Soll das heißen, Sie haben noch gar nicht gehört, um was die sich streiten?" fragte er.

„Wie ich schon sagte, ich stehe nicht mit ihnen in Verbindung." Ich wußte nur, was ich im Wirtschaftsteil der *Times* gelesen hatte.

„Ein Teil von ihnen", sagte Roger, „möchte das Gelände einem Bauunternehmen verkaufen. Wie Sie wissen, liegt es im Nordosten von Swindon, einer Stadt, die sich über Nacht zu einem Industriezentrum entwickelt hat. Ihre paar Anteile könnten schon jetzt ziemlich was wert sein und in Zukunft vielleicht noch mehr. Einige Strattons wollen also sofort verkaufen, andere wollen warten, und wieder andere wollen überhaupt nicht verkaufen. Ich hatte eigentlich gedacht, die Sofortverkäufer wären mittlerweile an Sie rangetreten. Jedenfalls werden sie sich wohl bald an Ihre Anteile erinnern und Sie in den Streit mit hineinziehen, ob es Ihnen paßt oder nicht."

„Ich weiß nicht, ob meine Anteile überhaupt stimmberechtigt sind, und es dürften zu wenige sein, um die Lage entscheidend zu beeinflussen. Woher wissen Sie überhaupt, daß ich welche habe?"

Roger blickte kurz auf seine Fingernägel und entschloß sich dann, offen zu sein.

„Die Rennbahn ist eine GmbH, wie Sie sicher wissen. Es gibt einen Vorstand und Vorstandssitzungen, und die Anteilseigner werden immer benachrichtigt, wann die Jahreshauptversammlung stattfindet."

Ich nickte. Die Einladung kam jedes Jahr, und jedes Jahr ließ ich sie unbeachtet.

„Voriges Jahr nun war die Sekretärin, die sonst das Rundschreiben versendet, krank, und Lord Stratton bat mich, die Sache zu übernehmen. Also habe ich die Einladungen verschickt und mir gleichzeitig die Liste mit den Namen und Adressen für die Zukunft kopiert."

„Und jetzt ist die Zukunft da." Ich überlegte. „Wer hat denn sonst noch Anteile? Haben Sie die Liste zufällig dabei?"

Nach einem ganz kurzen Zögern griff er in die Innentasche seines Tweedsakkos und zog ein gefaltetes Blatt Papier hervor. Ich las die kurze Liste:

William Darlington Stratton (3. Baron)
Die ehrenwerte Mrs. Marjorie Binsham
Mrs. Perdita Faulds
Lee Morris, Esq.

„Das sind alle?“ erkundigte ich mich verblüfft.

Roger nickte.

Marjorie Binsham, das wußte ich, war die Schwester des alten Lords. „Wer ist Mrs. Perdita Faulds?“ fragte ich.

„Ich weiß es nicht“, erwiderte Roger.

„Und wer“, fragte ich, „erbt die Anteile des alten Herrn?“

„Die Familie schweigt darüber. Müßte ich raten, würde ich sagen, Lord Stratton hat allen gleiche Anteile hinterlassen. Auf seine Art war er gerecht. Das hieße, daß die Entscheidungsgewalt nicht bei einem einzelnen liegt, und das ist der Kern des Problems.“

„Kennen Sie die Erben persönlich?“ fragte ich, und beide nickten düster. „So schlecht steht die Sache? Nun, tut mir leid, das werden die schon unter sich ausmachen müssen.“

Ein Junge mit braunen Haaren kam auf einem roten Fahrrad durch den Hausflur gefegt und drehte eine Runde durch den Raum, wobei er hinter mir ein wenig abbremste und sagte: „Jaja, ich weiß, ich soll das nicht“, bevor er wieder der Außenwelt zustrebte.

Ich bot den Besuchern etwas zu trinken an, doch sie waren nicht dazu aufgelegt und murmelten nur, sie müßten noch weit fahren. Ich begleitete sie zu ihrem Wagen hinaus in das verblassende Sonnenlicht und bat sie höflich um Entschuldigung dafür, daß sie umsonst gekommen waren. Sie nickten unglücklich.

Die drei Piratenjäger waren aus der Eiche verschwunden. Das rote Fahrrad blitzte in der Ferne auf. Meine Besucher blickten sich nach dem langgezogenen, dunklen Scheunenbau um, und schließlich wandte Roger sich mit einer Frage an mich. „Was für ein interessantes Haus“, sagte er. „Wie haben Sie das entdeckt?“

„Ich habe es gebaut. Die Innenräume, meine ich. Die Scheune selbst ist alt. Steht unter Denkmalschutz. Ich mußte verhandeln, um Fenster einbauen zu dürfen.“

Sie blickten auf die schmalen Scheiben, die unauffällig in das Fachwerk eingefügt waren, der einzige sichtbare Hinweis auf die Wohnung im Innern.

„Sie hatten einen guten Architekten“, bemerkte Roger. „Das ist übrigens ein weiterer Zankapfel zwischen den Strattons. Ein Teil von ihnen möchte die Tribünenbauten abreißen und neue hochziehen, und sie haben einen Architekten mit der Planung beauftragt." Seine Stimme triefte vor Abscheu.

„Neue Tribünen wären doch sicher gut?" entgegnete ich. „Mehr Komfort fürs Publikum und so?"

„Natürlich wären neue Tribünen gut! Jahrelang habe ich den alten Herrn beschworen, er solle umbauen. Immer hieß es, irgendwann, irgendwann, aber er wollte es von Anfang an nicht haben, nicht solange er lebte. Und sein Sohn Conrad, der neue Lord Stratton, hat jetzt einen unmöglichen Kerl gebeten, neue Tribünen zu entwerfen. Der hat im Leben noch keine Tribüne gebaut und weiß einen Dreck vom Rennsport."

„Falsche Tribünenanlagen könnten den Bankrott für alle bedeuten", meinte ich nachdenklich.

Roger nickte. „Das Wettvolk bleibt aus, wenn man die Bars und Biertheken falsch anlegt, und wenn die Besitzer und die Trainer nicht gehätschelt werden, lassen sie ihre Pferde woanders laufen." Er schwieg kurz. „Wer hat denn Ihr Haus entworfen? Vielleicht brauchen wir so jemanden."

„Der hat noch nie Tribünen geplant. Nur Wohnhäuser … und Kneipen. Was Sie brauchen, sind Großbauspezialisten. Ingenieure. Ein Team."

Roger zuckte niedergeschlagen die Achseln und glitt hinter das Steuer, kurbelte aber sein Fenster runter, um eine letzte Frage zu stellen: „Dürfte ich Sie vielleicht bitten, mir Bescheid zu geben, wenn die Familie Stratton sich mit Ihnen in Verbindung setzt? Wahrscheinlich sollte ich Sie damit nicht behelligen, aber die Rennbahn liegt mir am Herzen, verstehen Sie? Ich weiß, daß der alte Baron geglaubt hat, sie würde weiterbestehen, und daß er es so gewollt hat – und vielleicht kann ich etwas dazu tun."

Er griff in seine Jacke und zog eine Visitenkarte hervor. Ich nahm sie und nickte, ohne etwas zu versprechen. Oliver Wells saß regungslos neben ihm. Roger verabschiedete sich niedergeschlagen und fuhr los, und ich ging ins Haus zurück und hoffte, ich würde ihn nie wiedersehen.

„WER WAREN die Leute?" fragte Amanda. „Was haben sie gewollt?"

Die junge Blonde, meine Frau, lag auf der anderen Seite unseres quadratischen Zweimeterbetts und unterstrich damit wie gewohnt den Abstand zwischen uns.

„Sie wollten einen edlen Ritter, der Stratton Park rettet."

Sie reimte es sich zusammen. „Krisenhilfe? Du? Mit deinen alten Geschäftsanteilen? Du hast hoffentlich nein gesagt."

„Ja, das habe ich."

„Liegst du deshalb jetzt im Mondschein wach und starrst den Baldachin an?"

Der plissierte Seidenbaldachin wölbte sich über unserem großen Himmelbett wie ein mittelalterliches Schlafzelt. Freunde ließen sich von dem kuscheligen Lager täuschen; nur Amanda und ich wußten, warum es so groß war. Wir betrachteten es als das Ergebnis eines schwer erkämpften Kompromisses. Wir wohnten im selben Haus, schliefen im selben Bett, lebten aber trotzdem getrennt.

„Die Jungen bekommen diese Woche Ferien", meinte Amanda. „Du hast gesagt, du wolltest über Ostern mit ihnen irgendwo hinfahren."

Ich hatte es gesagt, um einen Streit zu entschärfen. Du sollst keine voreiligen Versprechungen machen, ermahnte ich mich, nicht zum erstenmal.

„Ich werde mir was einfallen lassen", sagte ich.

„Und was das Haus hier angeht ..."

„Wenn es dir gefällt, behalten wir's", sagte ich.

Das brachte sie vorerst zum Schweigen. Ich wußte, daß sie tausend Argumente dafür parat hatte, schon seit die Baupolizei zum Abschluß dagewesen war. Das Haus war jetzt verkaufsfertig, und wir brauchten das Geld. Die Hälfte meines Betriebskapitals war in die Scheunenwände einbetoniert.

„Die Jungen brauchen endlich feste Wurzeln", sagte Amanda, damit ihre Vernunftgründe nicht ganz vergeudet waren. „Sie haben Angst, daß sie hier wegmüssen."

„Beruhige sie."

„Ich fass' es nicht! Können wir uns das leisten? Was ist mit der Villa bei Oxford, die mit der Buche im Wohnzimmer?"

„Wenn ich Glück habe, kriege ich diese Woche die Baugenehmigung, aber du und die Jungs, ihr könnt hierbleiben. Ich werde pendeln."

„Versprichst du das? Kein Dreck mehr? Kein Durcheinander? Keine Planen mehr als Dach und kein Ziegelstaub in den Cornflakes?"

„Nein."

„Was hat dich dazu bewogen?“

Entscheidungsprozesse, dachte ich, sind etwas Rätselhaftes. Ich hätte sagen können, es sei der Kinder wegen wirklich Zeit, seßhaft zu werden. Ich hätte sagen können, daß die Welt hier an der Grenze zwischen Surrey und Sussex so friedlich und so heil sei wie sonst kaum irgendwo.

Insgeheim wußte ich aber, daß die alte Eiche den Ausschlag gegeben hatte. Sie hatte mich mit Macht angesprochen – den Jungen in mir, der im Londoner Großstadtgetriebe aufgewachsen war, umgeben von Landschaften aus Stein.

Ich hatte die Eiche vor einem Jahr zum erstenmal gesehen, und auch damals hatten sich die Blätter flaumartig angekündigt. Die starken, gleichmäßigen Äste luden zum Klettern ein, und da ich allein war, stieg ich ohne Hemmungen hinauf, machte es mir in der uralten Krone bequem und betrachtete den Schandfleck von einer Scheune, die der in Geldnot geratene Grundstückseigentümer nicht abreißen durfte. Eine historische Zehntscheune! Ein Denkmal! Teile des Daches fehlten. Berge von Schutt lagen herum, und dazwischen wuchsen Schößlinge, die sich durch Risse im Betonboden hochkämpften.

Ich hatte fast sofort erkannt, was sich daraus machen ließ. Es würde ein Haus für Kinder sein, für das Kind, das ich gewesen war. Ein Haus mit vielen Zimmern, mit Überraschungen, mit Verstekken.

Ich hatte die Eiche von einem Naturschützer begutachten lassen. „Ein Prachtexemplar“, hatte er gesagt. „Dreihundert Jahre alt.“ Sie würde uns alle überleben. Ihre zeitlose Stärke schien mir Frieden zu geben.

Amanda fragte noch einmal: „Was hat dich dazu bewogen?“

„Die Eiche“, antwortete ich.

„Was?“

„Der gesunde Menschenverstand“, sagte ich, und damit war sie zufrieden.

Am Mittwoch erhielt ich zwei weichenstellende Briefe. Der erste von der Kreisverwaltung Oxford teilte mir mit, daß mein Antrag für den Umbau der Villa mit der Buche im Wohnzimmer abgelehnt sei. Seufzend warf ich die Arbeit von drei Monaten in den Papierkorb. Wieder einmal hieß es zurück ans Zeichenbrett.

Der zweite Brief kam von einem Anwaltsbüro, das die Familie Stratton vertrat, und war die Einladung zu einer Gesellschafterversammlung in der kommenden Woche.

Ich rief die Anwälte an. „Wird erwartet, daß ich da teilnehme?“ fragte ich.

„Das weiß ich nicht, Mr. Morris. Da Sie aber Anteilseigner sind, war man verpflichtet, Sie auf die Versammlung hinzuweisen.“

Ich fragte, ob ich stimmberechtigte Anteile hätte.

„Ja, haben Sie. Jeder Anteilschein ist eine Stimme.“

AM FREITAG, ihrem letzten Schultag vor den Osterferien, holte ich die Jungen aus der Schule ab: Christopher, Toby, Edward, Alan und Neil.

Sie wollten wissen, was ich mir für ihre Ferien ausgedacht hatte.

„Morgen“, sagte ich ruhig, „gehen wir zum Rennen.“

„Autorennen?“ fragte Christopher hoffnungsvoll.

„Pferderennen.“

Sie machten würgende Geräusche.

„Und nächste Woche … auf Ruinensuche“, ergänzte ich.

Der ohrenbetäubende Protest dauerte bis nach Hause.

„Wenn ich nicht wieder ein schönes, baufälliges Stück finde, müssen wir das Haus hier doch verkaufen“, sagte ich, als ich anhielt. „Ihr habt die Wahl.“

Ernüchtert murrten sie: „Warum suchst du dir keine richtige Arbeit?“, was ich als resigniertes Einverständnis mit dem vorgegebenen Programm auffaßte.

Nach dem Aus für die Villa hatte ich die Zuschriften auf eine Annonce für unbewohnbare Altbauten noch einmal durchgesehen, die ich vor drei Monaten im *Spectator* aufgegeben hatte. Ich war mehreren interessanten Angeboten nachgegangen, um zu sehen, ob sie noch galten. Da sie wegen des jüngsten Einbruchs der Grundstückspreise offenbar alle noch zu haben waren, hatte ich eine Liste aufgestellt. Ich mochte mir kaum eingestehen, daß die unbewohnbaren Gebäude, die ich dabei ständig im Hinterkopf hatte, die Tribünenanlagen von Stratton Park waren.

Nur ich allein wußte, was ich dem dritten Baron schuldig war.

Es regnete während des Hindernisrennens in Stratton Park, doch meine fünf Großen – von Christopher, vierzehn, bis Neil, sieben – meckerten weniger über das Wetter als darüber, daß sie an einem Samstag in anständigen, nicht jugendlich-knalligen Klamotten herumlaufen mußten. Toby, zwölf, der Fahrer des roten Fahrrads, hatte sich um den Ausflug zu drücken versucht, doch Amanda hatte ihn unnachgiebig zu den anderen in den Kombi verfrachtet.

„Paßt auf, das sind die Spielregeln", sagte ich bei der Ankunft. „Erstens, ihr flitzt nicht blind herum und rempelt Leute an. Zweitens, Christopher paßt auf Alan auf, Toby auf Edward, und Neil geht mit mir. Drittens, wenn wir einen Treffpunkt ausgemacht haben, kommt ihr unmittelbar nach jedem Rennen dahin."

Sie nickten. Das familieneigene Kontrollsystem bei Massenansammlungen war längst Gewohnheit. Ich scheuchte sie alle an der Kasse vorbei und kaufte ihnen Karten für die Clubtribüne. Die weißen Pappausweise baumelten an den Reißverschlüssen von fünf blauen Anoraks. Die fünf jungen Gesichter sahen ernst und gutwillig aus, sogar das von Toby, und ich erlebte einen der seltenen Augenblicke von Vaterstolz und Zuneigung.

Als Treffpunkt vereinbarten wir eine trockene Ecke nicht weit vom Absattelring. Dann gingen wir alle zusammen durchs Eingangstor ins Clubhaus und weiter durch zur Tribünenvorderseite, und als ich sicher war, daß sich alle die Örtlichkeiten eingeprägt hatten, ließ ich die Älteren jeweils zu zweit losziehen. Neil legte ungefragt seine Hand in meine.

Neil war unkompliziert und hatte nichts dagegen, daß wir auf den Tribünen herumliefen, statt uns die Pferde anzusehen, die vor dem ersten Rennen regennaß durch den Führring stapften. („Was sind die Tribünen, Pa?" – „Die ganzen Gebäude hier.") Sein reger junger Verstand saugte Wörter und Eindrücke auf wie ein Schwamm, und ich hatte von ihm schon Bemerkungen gehört, die ich kaum einem Erwachsenen zugetraut hätte.

Wir schauten kurz in eine Bar, und Neil zog die Nase kraus. „Es riecht wie die Kneipe, in der wir gewohnt haben, bevor du sie aufgemöbelt hast."

Aufmerksam sah ich auf ihn hinunter. Ich hatte ein heruntergekommenes Lokal umgebaut und seine tröpfelnden Umsätze in eine Flut verwandelt. Viele Faktoren hatten dabei mitgespielt – ein neuer Grundriß, Farben, Licht, Parkplätze. Ich hatte bewußt Gerüche *mit einbezogen*, vor allem den von ofenfrischem Brot, aber ich wußte nicht, was ich verbannt hatte außer schalem Biergestank und abgestandenem Rauch.

„Wonach riecht es denn?“ fragte ich.

Neil bückte sich und hielt das Gesicht dicht über den Fußboden. „Nach dem fiesen Reinigungsmittel, mit dem der Wirt sein Linoleum geschrubbt hat, ehe du es rausgerissen hast.“ Er richtete sich auf.

„Widerlich“, sagte ich lächelnd.

Wir schauten dem ersten Rennen zu, und ich hob Neil hoch, damit er die tollen Sprünge an den Hürden sehen konnte. Unter den Jockeys, so entnahm ich dem Rennprogramm, war eine Rebecca Stratton, und nach dem Rennen (R. Stratton nicht plaziert) kamen wir zufällig an ihr vorbei, als sie gerade die Gurte um ihren Sattel schlang und mit den niedergeschlagenen Besitzern sprach, ehe sie zu den Umkleideräumen ging.

„Der ist gelaufen wie ein apathisches Trampeltier. Vielleicht versuchen Sie es mal mit Scheuklappen.“

Sie war hochgewachsen, ohne Rundungen, die Wangenknochen in dem hageren, ungeschminkten Gesicht scharf vorspringend, und nirgends auch nur ein Zugeständnis an Weiblichkeit. Sie ging katzenhaft federnd auf den Zehen.

„Was ist ein apathisches Trampeltier?“ fragte Neil, als sie fort war.

„Das bedeutet langsam und schwerfällig.“

„Ach so.“

Wir trafen uns mit den anderen am Sammelpunkt, und ich gab allen Geld für Popcorn. „Pferderennen sind langweilig“, stellte Toby fest.

„Wenn du auf einen Sieger tippst, bekommst du von mir die gleiche Quote wie am Wettschalter“, sagte ich.

Neil tippte ohne Zögern auf Nummer sieben, weil sein Kleiderkasten in der Schule die Nummer sieben hatte, wie er sagte. Christopher war für das formstärkste Pferd, den Favoriten. Alan hatte sich Jugaloo herausgesucht, weil ihm der Name gefiel. Edward setzte auf einen hoffnungslosen Fall, weil er Ansporn brauchte. Toby entschied sich für Tough Nut, weil der im Ring gebockt und sich gewehrt hatte.

Tough Nut, die harte Nuß, gewann nicht nur das Rennen, sondern hatte auch beim Absatteln noch genügend Pep, um einige Male boshaft auszuschlagen. Tobys Langeweile verwandelte sich in reges Interesse. Der Nachmittag fing erst richtig an.

Später ging ich mit ihnen die Rennstrecke entlang, um das vierte Rennen, eine 4,8-km-Steeplechase, vom vorletzten Hindernis, einem Graben, aus zu verfolgen. Eine Gruppe von etwa dreißig Zuschauern hatte die gleiche Idee gehabt wie wir. Der Graben war kein echter Graben, sondern ein knapp anderthalb Meter breiter Zwischenraum auf der Absprungseite des Hindernisses. Die Hecke aus dunklem Birkenreisig war ein Meter vierzig hoch bei mindestens siebzig, achtzig Zentimeter Tiefe: ein Standardsprung, der für erfahrene Steepler kein Problem bedeutete.

Als das Zehnerfeld in der ersten der beiden Runden über das Hindernis ging, bebte die Erde unter den donnernden Hufen, das schwarze Reisig knackte, als die zehn Zentner schweren Steepler durch die Hecke brachen, die Jockeys in ihren kaleidoskopisch bunten Blousons fluchten . . ., und plötzlich waren sie fort, verschwunden, das Getümmel war nur noch Erinnerung.

„Mensch!" sagte Toby beeindruckt. „Daß das *so* ist, hast du nicht gesagt."

„So ist es nur, wenn man nah dran ist", sagte ich.

„Aber für die Jockeys muß es immer so sein", gab Edward zu bedenken. „Ich meine, die nehmen den Krach ja bis ins Ziel mit." Edward war zehn. Seine stille Art täuschte, denn immer war er derjenige, der sich Phantasiespiele für seine Brüder ausdachte.

Ein Rennbahnangestellter drückte mit einem kleinen Spaten das zerrupfte Reisig der Hecke zurecht. Die Jungen warteten ungeduldig, während das Feld in die zweite Runde ging und wieder auf den Graben zuhielt. Alle fünf hatten ihren Siegertip abgegeben, und als die Leute um uns herum anfingen, ihre Favoriten anzufeuern, brüllten auch sie.

Ich hatte mein Vertrauen in Rebecca Stratton gesetzt, die jetzt eine Schimmelstute namens Carnival Joy ritt, und als sie sich dem Sprung näherten, schien sie an zweiter Stelle zu liegen. Im letzten Moment wich das Pferd vor ihr von seiner geraden Linie ab, und flüchtig sah ich die Anspannung im Gesicht des Jockeys, als er einen Zügel aufnahm, um die Situation zu retten. Sein Pferd sprang einen Schritt zu früh ab und landete genau in der Lücke zwischen Absprungbalken und Hecke, wo es seinen Jockey absetzte und Carnival Joy in die Quere kam.

Bei fünfzig Stundenkilometern geht alles schnell. Carnival Joy sah, daß der Weg nach vorn verstellt war, und versuchte, Hecke und Pferd zugleich zu überfliegen, ein schier unmögliches Unterfangen. Die Hufe der Stute trafen das reiterlose Pferd, so daß sie mit dem Brustkorb voran voll in das Hindernis krachte. Ihre Reiterin wurde über die Hecke katapultiert und knallte mit rudernden Armen und Beinen auf den Turf. Carnival Joy schoß über die Hecke, traf mit dem Kopf auf, überschlug sich, blieb auf der Seite liegen und keilte bei dem Versuch, wieder hochzukommen, lebensgefährlich aus.

Die Nachfolgenden, ob sie nun abbremsten, von dem Gewirr noch gar nichts mitbekommen hatten oder es zu umgehen versuchten, machten das Debakel nur schlimmer, wie Autos bei einer Massenkarambolage im Nebel. Ein Pferd, das zu schnell war, versuchte durch den linksseitigen Fang direkt vom Geläuf herunterzuspringen.

Die Fänge auf der Absprungseite sollen gerade verhindern, daß Pferde im letzten Moment ausbrechen. Und zu diesem Zweck müssen sie so hoch sein, daß sie nicht übersprungen werden können. Jeder Versuch, sich durch einen Sprung über die Fänge in Sicherheit zu bringen, ist deshalb zum Scheitern verurteilt. In Stratton Park waren die Fänge der geltenden Norm entsprechend aus Plastik, das biegsam war und nachgab, ohne zu verletzen, doch das Pferd, das jetzt die Hindernisbegrenzung unversehrt durchbrach, kollidierte mit den dort stehenden Zuschauern, die zu spät auseinanderstoben.

Eben noch ein reibungsloses Rennen. Fünf Sekunden darauf ein Blutbad. Ich registrierte zwar am Rande, daß auf der Aufsprungseite drei weitere Pferde gestürzt waren, deren Reiter bewußtlos dalagen oder sich fluchend hochrappelten, aber ich hatte nur Augen für die Zuschauer am Unglücksort, vor allem für ein paar kleine Gestalten in blauen Anoraks, die ich voller Panik zählte. Mir wurde vor Erleichterung fast schlecht, als ich sie alle unversehrt dastehen sah. Um das Entsetzen in ihren Gesichtern konnte ich mich später kümmern.

Alan, neun und überschäumend und allem Anschein nach ohne ein Gefühl für Gefahr geboren, tauchte plötzlich unter den Rails durch und rannte auf die Bahn, entschlossen, den gestürzten Jockeys zu helfen.

Eingedenk der verschreckt umherstürmenden Pferde stieg ich selbst unter den Rails durch, um ihn rasch zurückzuholen. Neil, der kleine Neil, trippelte hinter mir her. Ich nahm ihn hoch und lief zu Alan, der sich, blind für die ausschlagenden Beine von Carnival Joy, alle Mühe gab, der benommenen Rebecca Stratton aufzuhelfen. Jetzt eilte auch Christopher ihr quer übers Geläuf zu Hilfe.

Rebecca Stratton kam wieder ganz zu sich, wedelte verärgert die kleinen Hände weg, die sich ihr hilfsbereit entgegenstreckten, und sagte in scharfem Ton: „Schafft mir bloß die Bälger weg! Ich habe schon genug Ärger!“

Wütend stand sie auf, stelzte zu dem Jockey hinüber, dessen Pferd die ganze Karambolage verursacht hatte, und sagte ihm ein paar wenig schmeichelhafte Dinge über seine Reitkunst. Ihre Hände ballten sich wiederholt zu Fäusten, als hätte sie ihn am liebsten geschlagen.

Klar, daß meine Bälger sie prompt nicht mehr ausstehen konnten. Ich scheuchte sie samt ihren verletzten Gefühlen vom Geläuf herunter, doch als wir an der Rennreiterin vorbeikamen, sagte Neil plötzlich: „Apathisches Trampeltier.“

„Was?“ Rebeccas Kopf fuhr herum, aber ich hatte mein Söhnchen schleunigst außer Reichweite geschoben.

Toby und Edward waren eher um die niedergemähten Zuschauer besorgt, von denen zwei aussahen, als seien sie schwer verletzt. Gemeinsam schauten wir den Sanitätern und dem Arzt zu, wie sie Tragbahren holten, sich berieten und nach Kräften versuchten, mit Knochenbrüchen und Blut fertig zu werden. Der Krankenwagen fuhr langsam mit zwei Rennplatzbesuchern fort. „Das Pferd ist dem Mann ins Gesicht gesprungen“, erklärte Toby mir sachlich. „Ich glaube, er ist tot.“

Eins von den Pferden war nicht zu retten. Man verbarg es hinter Stellwänden, was man bei dem Mann mit dem eingetretenen Gesicht nicht getan hatte.

Zwei Pkws kamen angerauscht, und heraus sprangen ein weiterer Arzt und der Vereinssekretär Oliver Wells, einer meiner Besucher vom Sonntag. Er eilte von Gruppe zu Gruppe, sprach mit Ärzten, Tierärzten und Sanitätern und hörte schließlich auch Rebecca Stratton an, die nach ihrer kurzzeitigen Benommenheit immer noch völlig überdreht war und einen Schwall wütender Anschuldigungen loswerden mußte.

„Hören Sie zu, Oliver!“ Sie hob gebieterisch die Stimme. „Der da hat alles ausgelöst. Ich werde ihn der Rennleitung melden. Fahrlässige Reitweise!“

Oliver Wells nickte nur und trat an einen der Ärzte heran, der daraufhin seinen bewußtlosen Patienten allein ließ und versuchte, den Puls der allzu wachen jungen Frau zu fühlen.

Sie zog ärgerlich die Hand weg. „Ich bin vollkommen in Ordnung, Sie alberner Wicht!“ fauchte sie.

Der Arzt sah sie aus zusammengekniffenen Augen an, und über das Gesicht von Oliver Wells huschte ein Ausdruck, den man nur als Schadenfreude bezeichnen konnte.

Er merkte, daß ich ihn beobachtete. „Lee Morris, nicht wahr?“ rief er aus. Er schaute auf die Kinder. „Was tun die denn alle hier?“

„Besuch auf der Rennbahn“, sagte ich trocken.

„Ich meine ...“ Er sah auf die Uhr. „Könnten Sie kurz bei mir im Büro vorbeischauen, bevor Sie nach Hause gehen? Es ist gleich neben dem Wiegeraum.“

„In Ordnung“, sagte ich bereitwillig. „Wenn Sie es wünschen.“

„Großartig.“ Er stürzte sich wieder in seine Aufgaben, und da sich die Lage auf dem Rasen langsam beruhigte, ließen sich die fünf Jungen allmählich loseisen und gingen mit mir zur Tribüne zurück.

„Der Mann war vorigen Sonntag bei uns daheim“, sagte Toby.

„Er ist der Mann, der den Betrieb hier an Renntagen organisiert. Nennt sich Vereinssekretär der Rennbahn.“

Als wir zur Tribüne kamen, lief bereits das fünfte Rennen, dessen Ausgang jedoch keinen meiner fünf Söhne sonderlich interessierte. Ich spendierte ihnen Tee und Kuchen in der Teestube; unverschämt teuer, aber ein notwendiges Mittel gegen den Schock.

Alles drängte heimwärts, zu den Ausgängen, als wir uns zum Büro des Vereinssekretärs durchkämpften. Die Jungen traten hinter mir ein, ungewöhnlich still. Oliver Wells, der an einem überladenen Schreibtisch saß, betrachtete zerstreut die Kinder und sprach ohne Unterbrechung in ein Walkie-talkie. Roger Gardner, der Verwalter, hockte halb auf einer Schreibtischecke und ließ den Fuß baumeln. Die Sorgen des Colonels hatten während der Woche womöglich noch zugenommen; jedenfalls waren die Falten auf seiner Stirn tiefer denn je. Bei unserem Eintreten stand er überrascht auf, so als hätte er zwar Lee Morris erwartet, nicht aber die fünf kleinen Ableger.

„Kommen Sie rein“, sagte Oliver. „Tja, was machen wir denn mit den Jungs?“ Eine offenbar rhetorische Frage, denn gleich griff er wieder zu seinem Walkie-talkie. „Jenkins? In mein Büro bitte!“

Ein Rennbahnangestellter klopfte kurz an eine Verbindungstür und kam herein.

„Jenkins", sagte Oliver, „gehen Sie mit den Jungs mal in die Jockeystube, da können sie sich Autogramme geben lassen." In aufgeräumter Stimmung folgten die fünf ihrem Betreuer.

„Da wir hier keine fünf Minuten Ruhe haben", sagte Oliver, „kommen wir am besten gleich zur Sache." Das Walkie-talkie knatterte. Oliver ergriff es und drückte auf eine Taste.

Eine Stimme sagte barsch: „Oliver, kommen Sie rauf, aber dalli! Die Sponsoren möchten mit Ihnen reden." Die herrische Stimme klickte sich aus.

Oliver stöhnte. „Mr. Morris, können Sie warten?" Er stand auf und ging, ob ich nun warten konnte oder nicht.

„Das", erklärte Roger sachlich, „war eine Vorladung von Conrad Darlington Stratton, dem vierten Baron. Die Lage hat sich verändert, seit wir am Sonntag bei Ihnen waren, zum Schlimmeren. Und jetzt sind Sie doch gekommen! Was hat Sie hergeführt?"

„Neugierde. Aber wenn man bedenkt, was meine Jungen heute an dem Hindernis erlebt haben, wären wir besser daheim geblieben."

„Furchtbarer Schlamassel." Er nickte düster. „Gar nicht gut für den Rennsport."

„Mein Sohn Toby hat das Gesicht des toten Mannes gesehen", sagte ich.

Roger sah mich an. „Sollte mich nicht wundern, wenn er davon Alpträume kriegt."

Toby war derjenige meiner Söhne, um den ich mir am meisten Sorgen machte, und jetzt auch noch dies. Er war von klein auf rebellisch, hatte schon als Knirps gern gezankt und ließ kaum jemand an sich heran. Ich fürchtete, daß er sich in ein paar Jahren zu einem störrischen Weltverächter entwickeln würde, kontaktarm und unglücklich. Ich spürte, daß es sich anbahnte, und hätte es zu gern verhindert.

Rebecca Stratton, dachte ich, könnte so gewesen sein. Gerade kam sie wie ein Sturmwind in Olivers Büro gefegt, wobei sie die Tür so schwungvoll aufstieß, daß sie an die Wand schlug. Ihre Augen funkelten, der Körper war wie erstarrt. „Wissen Sie, was sich dieser blöde Quacksalber erlaubt hat? Vier Tage Startverbot hat er mir gegeben. Ich bitte Sie! Vier Tage! Er sagt, ich hätte eine Gehirnerschütterung. Wo steckt Oliver? Er muß dem Gipskopf klarmachen, daß ich am Montag reiten werde. Wo steckt er?"

Rebecca drehte sich auf dem Absatz um und stürmte so energiegeladen hinaus, wie sie gekommen war.

Ich schloß die Tür hinter ihr und sagte: „Wenn Sie mich fragen, hat sie eine ganz gewaltige Gehirnerschütterung."

„Ja, aber ein bißchen ist sie immer so. Wäre ich der Arzt, würde ich sie lebenslang sperren."

„Demnach ist sie Ihnen wohl nicht die liebste Stratton." Ich hielt kurz inne. „Was hat sich denn nun seit vorigem Sonntag geändert?"

„Mrs. Binsham ist auf den Plan getreten."

„Die Schwester des alten Lords."

„Ich dachte, Sie seien über die Familie nicht informiert."

„Ich stehe nicht mit ihr in Verbindung. Aber meine Mutter hat von ihnen allen erzählt. Sie war, wie gesagt, mal mit dem Sohn des alten Herrn verheiratet."

„Meinen Sie mit Conrad? Mit Keith? Oder... mit Ivan?"

„Mit Keith", sagte ich. „Conrads Zwillingsbruder."

„Zweieiige Zwillinge", sagte Roger. „Der jüngere."

„Fünfundzwanzig Minuten jünger, und das hat er anscheinend nie verwunden."

„Das macht wohl auch wirklich ziemlich viel aus."

Den Unterschied nämlich, ob man die Baronswürde erbte oder nicht. Ob man den Stammsitz der Familie und ein Vermögen erbte oder nicht. Meiner Mutter zufolge war Keith' Eifersucht auf den fünfundzwanzig Minuten älteren Bruder einer der ständigen Eiterherde, die das Seelenleben ihres Exmannes vergifteten.

Ich hatte noch die Fotos meiner Mutter von der Stratton-Hochzeit. Der Bräutigam, blond, hochgewachsen, sah blendend aus und war so unverkennbar stolz auf sie, daß man meinen konnte, hier hätten sich zwei fürs Leben gefunden. Doch kein halbes Jahr darauf hatte er ihr bei einem Streit den Arm gebrochen und ihr zwei Zähne ausgeschlagen.

„Mrs. Binsham", sagte Roger Gardner, „hat für nächste Woche eine Gesellschafterversammlung anberaumt. Soll ein ziemlicher Drachen sein, Conrads Tante, und anscheinend ist sie das einzige lebende Wesen, vor dem er kuscht."

Vor vierzig Jahren hatte sie ihren Bruder, den dritten Baron, rigoros dazu gebracht, sich in der Öffentlichkeit von meiner Mutter zu distanzieren. Schon damals war sie der Dynamo der Familie gewesen, die Drahtzieherin.

Oliver kam zurück. „Die Sponsoren sind unglücklich über das tote Pferd, die Ärmsten. Schlechte Publicity. Für so etwas zahlen sie nicht. Sie wollen bis zum nächsten Jahr noch mal darüber nachdenken.“

Ich nuschelte etwas Mitfühlendes.

„Wenn es ein nächstes Jahr gibt“, sagte er. „Nächste Woche ist Gesellschafterversammlung . . . Sind Sie benachrichtigt worden?“

„Ja.“

„Sie soll hier auf der Rennbahn stattfinden, im privaten Speiseraum der Strattons. Werden Sie teilnehmen? Ich hoffe sehr auf Sie!“

„Ich habe mich noch nicht entschieden. Niemand wird mich da sehen wollen.“

„Ein Grund mehr, hinzugehen.“

Das schien mir fraglich, aber ich widersprach nicht. Zeit, die Jungen abzuholen, schlug ich vor, und als ich hinkam, „halfen“ sie gerade den Stallburschen, die Rennsättel und anderes Zeugs in große Waschkörbe zu verfrachten.

Sie hätten nicht gestört, sagte man mir, und ich hoffte, es stimmte auch. Ich dankte allen. Bedankte mich bei Roger.

„Üben Sie Ihr Stimmrecht aus!“ sagte er eindringlich.

WIESO bin ich hingefahren?

Ich weiß es nicht. Ich bezweifle, daß es so etwas wie eine völlig freie Entscheidung wirklich gibt, denn es liegt wohl in unserer Persönlichkeit begründet, welche Wahl wir treffen.

Ich entschloß mich aus recht tadelnswerten Gründen hinzufahren, nämlich wegen möglicher finanzieller Vorteile und in dem eitlen Glauben, ausgerechnet ich könnte womöglich die im Clinch liegenden Strattons friedlich zusammenführen. Habgier und Stolz, maskiert als kluge Finanzplanung und Nächstenliebe.

Also schlug ich die verzweifelte Warnung meiner Mutter in den Wind, brachte meine Kinder in höchste Gefahr und änderte durch meine Anwesenheit ein für allemal das Gleichgewicht der Kräfte bei den Strattons.

Nur, daß es mir an dem Tag der Hauptversammlung natürlich nicht so vorkam.

Sie fand am dritten Tag der Ruinensuche statt. Montag früh waren die fünf Jungen und ich mit dem großen, umgebauten Bus losgefahren, der uns schon öfter als Heim auf Rädern gedient hatte, wenn die gerade umzubauende Ruine noch absolut unbewohnbar war.

Der Bus hatte einiges für sich: Schlafplätze für acht Personen, eine intakte Dusche, Kochecke, Sofas und Fernseher. Viel Freiraum oder Privatsphäre ließ er einem allerdings nicht, und mit zunehmendem Alter hatten die Jungen ihn als Adresse immer peinlicher gefunden.

An diesem Montag bestiegen sie ihn aber ganz vergnügt, denn ich hatte ihnen versprochen, daß es nachmittags echte Ferien gäbe, wenn ich morgens immer ein verfallenes Haus ansehen könnte. Montag nachmittag fuhren wir Kanu auf der Themse, am Dienstag machten sie eine Kegelbahn unsicher, und am Mittwoch halfen sie Roger Gardners Frau, ihre Garage auszumisten, ein mit erstaunlicher Begeisterung eingelöstes Versprechen.

Ich ließ den Bus am Haus der Gardners stehen und ging mit Roger zu den Tribünen. Er führte mich eine Treppe hoch, durch eine Tür mit der Aufschrift KEIN ZUTRITT und deutete auf eine blankpolierte Flügeltür. Er klopfte mir ermutigend auf die Schulter und ließ mich allein wie ein väterlicher Oberst, der einen Rekruten in sein erstes Gefecht schickt. Obwohl ich mein Kommen schon bereute, öffnete ich einen der Türflügel und trat ein.

Ich war zu der genannten Zeit eingetroffen, doch wie es schien, hatten die Strattons bereits angefangen. Der ganze Clan saß um einen wirklich eindrucksvollen Eßtisch aus hochpoliertem Mahagoni herum. Die einzige, die ich vom Sehen kannte, war Rebecca, die Rennreiterin, jetzt in Hose, eleganter Jacke und schwerem Goldbehang. Der Mann am Kopf des Tisches, grauhaarig, korpulent, gebieterisch, sah mir nach Conrad aus, dem vierten und derzeitigen Baron.

„Ich glaube, Sie sind hier falsch", sagte Conrad ohne übertriebene Höflichkeit. „Dies ist eine nichtöffentliche Sitzung."

„Stratton-Gesellschafterversammlung?" fragte ich ruhig.

„Stimmt auffallend. Und Sie sind . . .?"

„Lee Morris."

Der Schock, der sie durchlief, war beinah komisch.

„Sie haben mir eine Mitteilung geschickt", sagte ich.

„Ja, aber –", sagte Conrad. „Es war doch nicht nötig . . ."

„Da ich schon mal hier bin", sagte ich liebenswürdig, „kann ich doch ebensogut auch bleiben. Darf ich hier Platz nehmen?" Ich wies auf einen freien Stuhl am Tischende. „Wir kennen uns zwar noch nicht, aber Sie müssen Conrad Lord Stratton sein."

Er sagte verkniffen: „Ja."

Einer der älteren Herren brauste auf: „Das ist doch unerhört! Sie haben hier nichts zu suchen. Gehen Sie!"

„Ich bin Anteilseigner", antwortete ich freundlich. „Es tut mir leid, wenn Ihnen das nicht paßt, aber ich bin teilnahmeberechtigt."

Ich setzte mich. Nackte Mißbilligung spiegelte sich auf sämtlichen Gesichtern; nur bei einem jüngeren Mann war der Anflug eines Lächelns zu erkennen.

„Conrad!" Der Mann, den mein Erscheinen am meisten störte, war aufgestanden, zitternd vor Wut. „Sieh zu, daß er verschwindet!"

Conrad Stratton schätzte nüchtern meine Statur ab und sagte resigniert: „Setz dich hin, Keith. Wer soll ihn denn wohl hinausbefördern?"

Keith, der erste Mann meiner Mutter, war seinerzeit vielleicht stark genug gewesen, eine unglückliche junge Frau zu verprügeln, aber gegen ihren fünfunddreißig Jahre alten Sohn hatte er nicht die geringste Chance. Er konnte nicht ertragen, daß es mich gab. Mich widerte an, was ich von ihm wußte. Unsere Abneigung war gegenseitig, intensiv und endgültig.

Die blonden Haare von den Hochzeitsfotos waren etwas grau geworden. Der hohe Wuchs verlieh ihm immer noch ein vornehmeres Aussehen als seinem Zwillingsbruder. Sein Spiegelbild sagte ihm wahrscheinlich heute noch, daß bei der Reihenfolge ihrer Geburt ein fürchterliches Mißgeschick passiert war. Mit langen Schritten ging er durch den Saal, warf ab und zu den Kopf in meine Richtung und funkelte mich an.

Neben Conrad saß kerzengerade eine alte Dame, die unschwer als seine Tante Marjorie Binsham auszumachen war. Sie war weit über achtzig und trug ein schwarz und rot gemustertes Kleid mit einem weißen Kragen wie ein Beffchen. Zu meiner Überraschung betrachtete sie mich eher interessiert als feindselig.

„Mrs. Binsham?" sagte ich vom anderen Tischende her.

„Ja." Das Wort kam knapp und trocken.

„Ich", sagte der jüngere Mann, der sein Lächeln jetzt füglich im Zaum hielt, „bin Darlington Stratton, kurz Dart genannt. Mein Vater sitzt am Kopf des Tisches. Zu Ihrer Rechten meine Schwester Rebecca."

„Das kannst du dir sparen!" fuhr ihn Keith von irgendwo hinter Conrad an. „Die Vorstellung ist überflüssig. Er geht."

Dart fragte mit unbewegtem Gesicht, den Schalk aber faustdick im Nacken: „Kennen Sie schon Hannah, Ihre Schwester?"

Die Frau zur Linken Conrads, gegenüber von Mrs. Binsham, bebte vor Abscheu. „Er ist nicht mein Bruder."

Zu meiner Erleichterung sah meine Halbschwester unserer gemeinsamen Mutter nicht ähnlich. Sie kam mehr auf Keith hinaus: groß, blond, feingliedrig und im Augenblick zutiefst empört.

„Wie können Sie nur!" Sie bebte. „Haben Sie kein Ehrgefühl?"

„Ich habe Anteile", hob ich hervor.

„Und wieso Sie die haben", sagte Keith scharf, „werde ich nie begreifen."

Ich sparte mir den Hinweis, daß er sich darüber völlig im klaren sein mußte. Nach dem Tod meiner Mutter hatte ich unter ihren Papieren alte Briefe ihres Schwiegervaters gefunden, in denen er sein Bedauern und seine Wertschätzung ausdrückte und seine Bereitschaft, dafür zu sorgen, daß sie nach den Mißhandlungen, die sie erduldet hatte, nicht auch noch finanziell zu leiden brauchte.

Sie hatte nicht nur die Anteile von ihm bekommen – „für eine gesicherte Zukunft" –, sondern außerdem eine Abfindung, von deren Zinsen sie gut leben konnte. Dafür hatte sie versprochen, über Keith' Verhalten niemals ein Wort zu verlieren und schon gar nicht den Namen der Familie in einen schmutzigen Scheidungskrieg hineinzuziehen.

Keith hatte sich dann später von meiner Mutter scheiden lassen – wegen Ehebruchs mit einem älteren Kinderbuchillustrator, Leyton Morris, meinem Vater. Die glückliche Ehe, die darauf folgte, hielt fünfzehn Jahre, und erst als meine Mutter unheilbar an Krebs erkrankt war, sprach sie von den Strattons, und ich erfuhr, daß meine Ausbildung, mein Architekturstudium, die Grundlagen meiner Existenz mit Lord Strattons Geld finanziert worden waren.

Nach ihrem Tod hatte ich ihm einen Dankesbrief geschrieben, und ich verwahrte noch immer seine Antwort.

> Mein lieber junger Mann,
> ich war Ihrer Mutter herzlich zugetan. Sie haben ihr hoffentlich die Freude geschenkt, die sie verdient hat. Ich bedanke mich für Ihren Brief, doch schreiben Sie mir bitte nicht mehr.
>
> Stratton

Ich schrieb ihm nicht mehr. Ich schickte Blumen zu seinem Begräbnis. Wäre er noch am Leben gewesen, hätte ich mich seiner Familie niemals aufgedrängt.

Jetzt blieben noch zwei namenlose Männer in der Runde übrig. Ein Endfünfziger, etwas bullig, saß zwischen Mrs. Binsham und dem von Keith verlassenen Platz, und ich konnte mir denken, wer er war.

„Verzeihen Sie", sagte ich und beugte mich vor. „Sind Sie . . . Ivan?"

Der jüngste der drei Söhne des alten Lords sah mich scharf an.

Dart sagte unbekümmert: „Mein Onkel Ivan, ganz recht. Und ihm gegenüber, das ist sein Sohn Forsyth, mein Cousin."

Ivans Sohn Forsyth war jung und schmächtig, hatte ein spitzes Kinn, dunkle, stechende Augen und wurde von den anderen praktisch übergangen. Während der ganzen Sitzung fragte ihn nie jemand nach seiner Meinung.

Conrad fügte sich mürrisch in das Unvermeidliche und sagte mit lauter Stimme: „Kommen wir zum Zweck der Versammlung. Ich habe sie einberufen . . ."

„Ich habe sie einberufen", korrigierte seine Tante mit Nachdruck. „Die Sache ist doch die, daß auf der Bahn hier seit fast neunzig Jahren Rennen veranstaltet werden und daß es so auch weitergeht, und damit hat es sich."

„Die Rennbahn geht vor die Hunde", widersprach Rebecca gereizt. „Die Bahn braucht neue Tribünen und ein ganz neues Gesicht, und was sie absolut nicht brauchen kann, ist einen tatterigen alten Colonel als Verwalter und einen rückständigen Vereinssekretär, der Manschetten vor dem Bahnarzt hat. Diese Bahn ist doch von gestern."

„Wir brauchen neue Tribünen", betonte Conrad. „Da sind wir uns wohl alle einig. Ich habe auch schon Entwürfe in Auftrag gegeben . . ."

„Dazu hattest du kein Recht", belehrte ihn Marjorie. „Die alten Tribünen erfüllten ihren Zweck vollkommen. Wir brauchen keine neuen Gebäude."

Keith sagte schadenfroh: „Ich bin auch gegen neue Tribünen. Wir sollten sofort verkaufen. Ich sage: Verkaufen!"

„Nein", lehnte Conrad rundheraus ab. „Wir verkaufen nicht."

Keith' Ärger wuchs. „Für dich ist das ja gut und schön. Du brauchst vielleicht kein Geld, aber wir werden alle nicht jünger, und ich bin dafür, uns die Moneten jetzt zu holen."

„Später", sagte Hannah eindringlich. „Verkaufen wir, wenn das Land knapper wird."

Conrad bemerkte mit schneidender Stimme: „Deine Tochter, Keith, befürchtet wohl, daß du dein Geld rausschmeißt, wenn du es dir jetzt holst, und daß sie dann nichts mehr erbt."

Man sah Hannah an, daß er ins Schwarze getroffen hatte.

„Und du, Ivan?" erkundigte sich seine Tante. „Immer noch zu allem unentschlossen?"

Ivan reagierte kaum auf den Kalauer. Er nickte betont bedächtig. „Abwarten und Tee trinken", sagte er. „Das ist das beste."

„Warten, bis es verdammt zu spät ist!" erwiderte Rebecca aufbrausend.

„Rebecca!" Die Zurechtweisung ihrer Großtante folgte prompt. „Also Schluß jetzt, alle miteinander. Keinem von euch scheint klar zu sein, daß in einer Firma Entscheidungen stets vom Vorstand, nicht von den Anteilseignern getroffen werden, und ich bin gegenwärtig das einzige amtierende Vorstandsmitglied." Die imposante alte Dame warf einen Blick auf ihre aufmerksamen Zuhörer. „Als einziges noch amtierendes Vorstandsmitglied stelle ich den Antrag, neue Mitglieder in den Vorstand zu wählen, und als Vorstandsmitglied unterstütze ich ebendiesen Antrag."

„Tante . . .", protestierte Conrad uncharakteristisch halbherzig.

„Da du, Conrad, jetzt das nominelle Oberhaupt der Familie bist, schlage ich vor, daß du ab sofort auch Vorstandsmitglied wirst. Ein Kandidat gilt als gewählt, wenn er mindestens fünfzig Prozent der bei einer Hauptversammlung abgegebenen Stimmen erhält. Bei uns hat jeder Anteilschein eine Stimme." Sie schwieg und blickte über den Tisch zu meinem Platz. „Mit Mr. Morris haben wir zwar nicht gerechnet, aber da er hier ist, kann er acht Stimmen abgeben."

„Das ist doch unerhört!" schrie Hannah und sprang unwillkürlich auf wie ihr noch immer hin und her wandelnder Vater. „Das lass' ich mir nicht bieten!"

„Laut unseren Anwälten", fuhr ihre Großtante fort, ohne den Ausbruch zu beachten, „hat, wenn er erst einmal gewählt ist, der Vorstand über die Zukunft der Rennbahn zu entscheiden."

„Wählt mich in den Vorstand", verlangte Rebecca.

„Du brauchst siebenundvierzig Stimmen", murmelte Dart, der ein wenig gerechnet hatte. „Jeder Kandidat braucht mindestens siebenundvierzig Stimmen."

„Ich schlage vor, daß wir als erstes Conrad wählen", hakte Marjorie nach. „Meine zehn Stimmen hat er." Sie schaute sich um, ob jemand wagte, ihr die Stirn zu bieten.

„Okay", sagte Ivan, „Conrad, du hast meine einundzwanzig Stimmen."

„Dazu kommen meine eigenen einundzwanzig", sagte Conrad. „Das macht zweiundfünfzig."

„Gewählt", erklärte Marjorie. „Von jetzt an kannst du die Versammlung leiten."

Conrad gewann sogleich wieder an Selbstvertrauen. „Dann sollten wir dafür stimmen, daß Marjorie im Vorstand bleibt. Das ist nur recht und billig."

Niemand erhob Einspruch. Die ehrenwerte Mrs. Binsham sah auch aus, als hätte sie jeden Abweichler zum Frühstück verspeist.

„Ich gehöre auch in den Vorstand", machte Keith geltend. „Ich habe ebenfalls einundzwanzig Stimmen. Die gebe ich mir."

Conrad räusperte sich. „Ich schlage Keith als Vorstandsmitglied vor. Die einundzwanzig von Keith also und die von mir. Zweiundvierzig. Tante?"

Marjorie schüttelte den Kopf. Keith machte drei rasche Schritte auf sie zu. Sie starrte ihn an und sagte kühl: „Das ist genau der Grund, weshalb ich nicht für dich stimme, Keith. Du konntest dich noch nie beherrschen."

Keith trat zu Ivan und stellte sich hinter ihn. „Bruder", sagte er im Befehlston, „ich brauche deine einundzwanzig Stimmen!"

„Aber hör mal", zauderte Ivan. „Du würdest dich ständig mit Conrad anlegen."

„Du lehnst mich ab?" Keith konnte es kaum glauben. „Das wirst du bereuen, damit du's weißt. Das wird dir leid tun."

Hannah sagte unbehaglich: „Pa, du kannst meine drei Stimmen haben."

„Das wären fünfundvierzig", sagte Conrad. „Du brauchst noch zwei, Keith."

Rebecca schüttelte den Kopf.

„Dart?" Keith bebte vor Zorn.

„Na schön", meinte Dart, als ob nichts dabei wäre. „Meine drei."

Ohne sonderliche Regung verkündete Conrad: „Keith ist gewählt."

„Und der Fairneß halber", sagte Dart, „schlage ich auch noch Ivan vor."

Conrad zuckte die Achseln. „Also gut, Ivan. Jemand dagegen?"

Alle schüttelten den Kopf, Marjorie eingeschlossen.

„Sonst noch Kandidaten?" fragte Conrad.

Rebecca schlug sich wieder selbst vor. Niemand, nicht einmal Dart, ging darauf ein. In einer Atmosphäre unterschwelliger Gehässigkeit und Bosheit wurden die drei Söhne des alten Lords und ihre langlebige Tante als neuer Vorstand eingesetzt.

Conrad nahm ostentativ die Zügel in die Hand und sagte: „So, da wir nun einen Vorstand haben, können wir ein paar klare Entscheidungen treffen. Das müssen wir sogar. Kommenden Montag findet hier wieder eine Rennveranstaltung statt."

„Als erstes gehören der Colonel und der idiotische Oliver an die Luft gesetzt", sagte Rebecca.

„Ich stelle den Antrag", sagte Ivan überraschend, „daß wir den Rennbetrieb weiterführen wie bisher, mit Roger und Oliver in unveränderter Funktion."

„Unterstützt", sagte Marjorie knapp.

Rebecca schmollte. Keith blickte finster. Ich wandte mich an Conrad: „Liegen schon Detailpläne für die neuen Tribünen vor?"

„Wir bauen keine neuen Tribünen!" Marjorie war eisern.

„Wir müssen", sagte Conrad.

„Wir verkaufen das Land", beharrte Keith.

Ivan zauderte.

„Neue Tribünen", sagte Rebecca. „Neue Geschäftsleitung. Alles neu. Oder verkaufen."

„Verkaufen, aber später", wiederholte Hannah starrsinnig.

„Genau", nickte Forsyth.

„Nicht solang ich lebe", sagte Marjorie.

ALS DIE Versammlung zu Ende war, wurde mir klar, weshalb sie in diesem unpersönlichen Rahmen auf der Rennbahn abgehalten worden war. Jeder von den Teilnehmern wohnte woanders. Sie gingen jeder für sich in einem Stacheldrahtverhau der Selbstgerechtigkeit hinaus. Nur Dart blickte sich in der Tür noch einmal um und sah, wie ich den Exodus beobachtete.

„Kommen Sie?" sagte er. „Der Spaß ist vorbei."

Lächelnd trat ich zu ihm, während er mich nachdenklich musterte.

„Lust auf ein Bier?" fragte er. „Direkt vor dem Haupteingang ist ein Pub, und ich bin offen gestanden neugierig."

„Die Neugier beruht auf Gegenseitigkeit."

Er nickte. „Also einverstanden." Er führte mich auf einem anderen Weg nach unten, und wir kamen auf einem Platz heraus, auf dem ein paar Wagen standen. In jedes Auto stieg ein einzelner Stratton.

Darts Wagen war eine staubige alte Karre. Er fuhr uns zum Haupteingang, wo ein paar verloren wirkende Gestalten mit Transparenten auf und ab gingen wie SCHLUSS MIT DEM HINDERNISSPORT und RENNEN SIND TIERQUÄLEREI

„Die versuchen uns die Leute zu vergraulen, seit das Pferd verunglückt ist", bemerkte Dart. „Öko-Wirrköpfe nenne ich die."

Eine durchaus treffende Bezeichnung, fand ich angesichts der handgeschriebenen, dilettantisch gemachten Transparente, aber ihr Engagement stand außer Zweifel.

„Sie verstehen nichts von Pferden", sagte Dart. „Pferde laufen und springen, weil sie es wollen. Sie setzen alles daran, an die Spitze der Herde zu gelangen. Es gäbe keine Pferderennen, wenn Pferde nicht von Natur aus ihr Letztes geben würden, um der Erste zu sein und zu siegen."

Dart umkurvte die Demonstranten und fuhr über die Straße zum „Mayflower Inn". Die Gaststube war einladend und warm. Dart holte uns zwei Halbe und stellte sie behutsam auf ein dunkles Eichentischchen, während wir uns in bequemen alten Lehnstühlen, ebenfalls aus Eiche, niederließen.

„Also, weshalb sind Sie gekommen?" fragte er.

„Acht Anteile an einer Rennbahn."

Dart neigte schon mit Anfang Dreißig zu einer Rundlichkeit, die ahnen ließ, daß er einmal so in die Breite gehen würde wie sein Vater. Außerdem begann er bereits, die Haare zu verlieren, eine Tatsache, die ihm, wie ich nach und nach herausfand, schwer zu schaffen machte.

„Ich hatte schon von Ihnen gehört", sagte Dart, „aber Sie wurden immer als Schurke hingestellt. So sehen Sie überhaupt nicht aus."

„Wer hat mich als Schurke hingestellt?"

„Vor allem Hannah, denke ich. Sie hat die Zurückweisung durch ihre Mutter nie verwunden. Und Ihre Mutter hat Hannah im Stich gelassen, aber *Sie* nicht. Ich an Ihrer Stelle würde mich vor Dolchstößen in acht nehmen."

„Was machen Sie eigentlich?" fragte ich sachlich. „Was tun Sie alle so?"

„Also, ich betreibe Landwirtschaft. Das heißt, ich kümmere mich um die Familiengüter. Wir haben einen Verwalter, der die Bewirtschaftung regelt, und einen Gutsinspektor, der sich der Pächter annimmt, aber ich treffe die Entscheidungen. Falls Vater nicht anders denkt. Und – das versteht sich – Großtante Marjories Vorstellungen sind die letzte Instanz." Er ließ den Satz wirken und fragte dann: „Was machen *Sie* denn?"

„Ich bin Bauunternehmer."

„So? Welche Sparte?"

„Häuser vor allem."

Es interessierte ihn nicht sonderlich. Er ging kurz auf das Tun und Treiben der anderen Strattons ein, soweit ich sie kennengelernt hatte.

„Rebecca ist Rennreiterin, wie Sie bestimmt schon geschnallt haben. Sie war von klein auf eine Pferdenärrin. Unser alter Herr besitzt ein paar Rennpferde und geht auf die Fuchsjagd. Er hat immer meinen Job gemacht, bis er fand, ich sei zu faul. Onkel Keith . . ., weiß der Himmel. Er ist irgendwie im Finanzgeschäft. Onkel Ivan hat auf dem großen Stück Land, das ihm mein Großvater vermacht hat, ein Gartenzentrum eröffnet." Er trank einen Schluck und musterte mich mit funkelnden Blicken über den Glasrand hinweg.

„Nur weiter", sagte ich.

„Hannah", nickte er. „Mein Großvater hat sie zum Ausgleich für die Zurückweisung durch ihre Mutter mit Geld überschüttet, aber es sah nicht so aus, als hätte er sie geliebt. Hannah ist nicht verheiratet, hat aber einen Sohn namens Jack, der einem den letzten Nerv raubt. Wen haben wir noch? Großtante Marjorie. Abgesehen vom Stratton-Geld hat sie einen Großkapitalisten geheiratet, der so anständig war, relativ früh zu sterben. Keine Kinder."

„Was ist mit Forsyth?" fragte ich.

Auf einen Schlag machte er dicht. „Großvater hat seine fünfundsiebzig Anteile an Stratton Park unter uns allen aufgeteilt", konstatierte er. „Einundzwanzig Anteile für jeden der drei Söhne und drei für jeden der vier Enkel. Forsyth bekommt seine drei Anteile wie wir anderen auch. Was er macht, geht mich nichts an." Er ließ unmißverständlich durchblicken, daß es auch mich nichts anging.

„Was wollen Sie nun alle mit der Rennbahn anfangen?" fragte ich.

„Es ist mir ehrlich gesagt egal. Großvater hat mir vor Jahren schon Millionen vermacht. Auch mein Vater hat mir bereits einen Teil seines Vermögens übertragen, und wenn er noch drei Jahre lebt, ist es steuerfrei." Er schaute mich stirnrunzelnd an. „Warum erzähle ich Ihnen das?" Er schwieg. „Es gibt ärgerliche Löcher in meinem Leben."

„Nämlich?"

„Zuviel Geld. Keine Motivation. Und mir gehen die Haare aus."

„Heiraten Sie", sagte ich.

„Davon kommen die Haare nicht wieder. Es ist so verdammt unfair. Die Ärzte sagen, es liege an meinen Erbanlagen, aber ich wüßte mal gern, wie es dazu gekommen ist. Vaters Haare sind okay, und Großvater hat noch mit seinen achtundachtzig eine dichte Matte gehabt." Er sah deprimiert auf meinen Kopf. „Sie haben volles Haar."

„Versuchen Sie's mit Schlangenöl", schlug ich vor.

„Das ist typisch. Leute wie Sie können sich nicht vorstellen, wie es ist, wenn man überall seine Haare findet. Im Waschbecken. Auf dem Kopfkissen. Haare, die verdammt noch mal aus meiner Platte sprießen sollten!"

Dart nahm einen tiefen Zug, als würde das Bier die müden Haarbälge beleben, und fragte mich, ob ich verheiratet sei. Ich bejahte.

„Kinder?"

„Sechs Söhne."

„Sechs!" Er schien entsetzt. „So alt sind Sie doch noch gar nicht."

„Wir haben mit neunzehn geheiratet, und meine Frau bekommt gern Kinder."

Er wußte nicht, was er dazu sagen sollte, und ich dachte wieder einmal zurück an unsere unbeschwerte Studentenzeit, als Amanda und ich uns Hals über Kopf verliebt und spontan geheiratet hatten.

„Aber ihr seid beide noch so jung", sagte meine Mutter. „Du wirst dich ändern mit der Zeit und sie genauso."

Ich hatte Amanda wegen ihrer langen Beine und ihrer blonden Haare geheiratet und wegen ihres Namens, den ich toll fand. Es dauerte zehn Jahre, bis ich in der Lage war, mir einzugestehen, daß meine Mutter recht gehabt hatte.

Weder Amanda noch ich hatten mit neunzehn gewußt, daß sie fast sofort einen Appetit aufs Kinderkriegen entwickeln würde. Christopher und Toby waren schon geboren, als ich noch für mein Abschlußexamen büffelte, und es schien mir geradezu unmöglich, uns vier zu versorgen und uns ein Zuhause zu schaffen. Damals fing es an: Eine Woche nach dem Examen war ich in ein jämmerliches Pub gegangen, um meine Sorgen zu ertränken, und der Wirt hatte mir vorgeweint, daß sein eigener Lebenstraum in Scherben gegangen sei. Man hatte sein Lokal für baufällig erklärt, er war total verschuldet, seine Frau hatte ihn verlassen, und am nächsten Tag lief seine Schanklizenz ab.

Wir handelten einen Freundschaftspreis aus. Ich bettelte, nahm Darlehen auf, verpfändete meine Seele, und Amanda, die beiden Jungen und ich zogen in unsere erste Ruine.

Ich hatte losen Schutt weggekarrt, hatte improvisiert, eimerweise mürben Mörtel abgekratzt, alten Steinen neuen Glanz verliehen. Das baufällige Haus wurde wieder bewohnbar, und ich reifte und änderte mich unwiderruflich.

Mit neunzehn hatte ich noch nicht gewußt, daß mir das Bauen mit den Händen mehr lag als die Arbeit am Zeichenbrett. Amanda hatte nicht geahnt, daß das Zusammenleben mit einem Architekten Schmutz, Strapazen und Monate ohne Einkommen bedeuten konnte. Wir hatten uns soweit zusammengerauft, daß sie ihre Babys haben konnte und ich meine Ruinen, und zugleich hatten wir uns auseinandergelebt.

Nach Neils Geburt hätten wir uns fast endgültig getrennt. Ich hatte mir angewöhnt, die Nächte allein unter den Planen zu verbringen, während die anderen draußen in unserem Bus schliefen. Ich arbeitete achtzehn Stunden am Tag. Nach vier unglücklichen Jahren überwanden wir uns, „noch einmal von vorn anzufangen." Jamie war das Ergebnis. Er hielt Amanda bei Laune, und obwohl der Neuanfang nach und nach im Sand verlaufen war, hatte er doch eine für beide Seiten vorteilhafte und akzeptable Waffenruhe ermöglicht.

Dart riß mich aus meinen Grübeleien. „Als Sie meinen Vater fragten, ob er schon Pläne von den neuen Tribünen habe, haben Sie das gefragt, weil es in Ihr Fach schlägt?" wollte er wissen.

„Ja", nickte ich.

„Wenn Sie die Pläne ansehen könnten . . . Aber außer mir wird das keinem recht sein. Und sie liegen in Vaters Haus, weggeschlossen in seinem Heiligtum."

„Weshalb hat er die Pläne unter Verschluß?"

Dart zuckte die Achseln. „Er ist einfach heimlichtuerisch veranlagt. Was für einen Kraftaufwand das kostet. Wär mir viel zu mühsam."

Ich sah auf die Uhr und fragte ihn, ob er mich zurückbringen könne. Er war einverstanden, und wir gingen zu seinem Wagen hinaus. Ich erkundigte mich, wo er wohne.

„In Stratton Hays, in Großvaters Haus“, antwortete er. „Der alte Knochen war einsam nach Großmamas Tod, darum bat er mich, eine Zeitlang zu ihm zu ziehen. Das war vor zehn Jahren. Keith hielt natürlich gar nichts davon. Er wollte selbst einziehen, aber Großvater wollte Keith nicht wieder im Haus haben. Ich weiß noch, was für eine Brüllerei das gab. Jedenfalls mochte ich Großvater, und wir kamen gut miteinander aus. Wir haben immer gemeinsam zu Abend gegessen, und ich habe ihn auf dem Gut oder auf der Rennbahn herumgefahren. Der alte Knabe fehlt mir gewaltig, wirklich wahr.“

Wir fuhren los. Die paradierenden Öko-Wirrköpfe kamen wieder in Sicht.

„Nach Stratton Hays geht's geradeaus am Tor vorbei. Es ist nicht weit. Möchten Sie es sehen? Dort hat ja auch Ihre Mutter mit Keith gewohnt.“

Ich blickte wieder auf die Uhr, doch die Neugier war stärker als das väterliche Verantwortungsgefühl. Ich sagte, es würde mich sehr interessieren, und wir fuhren hin.

Stratton Hays war ein altes, stilvolles Herrenhaus – ausgewogene Proportionen in Stein und Glas, mit leichter Hand gebaut. Es sah noch ziemlich genauso aus, wie es fast vier Jahrhunderte lang ausgesehen hatte, und ganz gewiß so wie vor vierzig Jahren, als meine Mutter dort als Braut eingezogen war. Da sie ihr ganzes Leid in seine Mauern projiziert und „das Stratton-Haus“ als einen seelenlosen Bunker bezeichnet hatte, war ich auf seine anmutige Pracht nicht vorbereitet. Auf mich wirkte es freundlich und einladend.

Wir betraten es durch einen Nebeneingang und gelangten in eine schwarzweiße, mit Marmor ausgelegte Halle. Viel Raum war zwischen den Möbeln, und wie meine Mutter gesagt hatte, lag der Atem vergangener Generationen in der Luft.

„Keith hat den Westkorridor oben bewohnt“, sagte Dart, während er eine breite Treppe hinaufstieg. „Nach der Scheidung von Ihrer Mutter bestand Großvater darauf, daß er sich mit seiner neuen Frau und Hannah eine andere Wohnung suchte.“ Dart bog um die Ecke auf einen langen Gang mit karminrotem Läufer. „Der Westkorridor. Alle Türen sind offen. Sie können sich gern umschauen.“

Ich sah mich mit einem gewissen Unbehagen um. Hier hatte meine Mutter Schläge über sich ergehen lassen und das, was man heute Vergewaltigung in der Ehe nennt. In ihrem Schlafzimmer war die Zeit stehengeblieben. Mich schauderte. Ein Ankleideraum, ein Damensalon, ein Arbeits- und ein Wohnzimmer lagen ebenfalls an diesem Gang. Von einem Kinderzimmer keine Spur.

„Wo wohnen Sie denn?“ fragte ich, während wir die Treppe hinunterstiegen.

„Ich habe das Erdgeschoß im Südflügel.“ Er wies auf einen breiten Gang, der von der Vorhalle abging. „Vater hat das Haus geerbt, aber er und Mutter wollen hier nicht wohnen. Es ist ihnen zu groß.“

„Der Unterhalt muß ein Vermögen kosten“, bemerkte ich.

„Der Nordflügel hat kein Dach“, sagte er. „Es ist absurd, aber wenn ein Teil des Hauses unbewohnbar ist, kostet es weniger Steuern.“

Ich würde bald wiederkommen, dachte ich, und mir, wenn ich durfte, den verfallenen Flügel einmal ansehen, doch im Augenblick ging es mir nur darum, die Gardners von ihrem ausgedehnten Babysitting zu erlösen.

Dart fuhr mich freundlicherweise die anderthalb Kilometer zurück zum Haupteingang der Rennbahn, wo uns ein massiger Mann mit Bart und Strickmütze die Zufahrt versperrte, indem er uns vor den Wagen lief. Dart fluchte und hielt mit einem Ruck an.

„Das haben die vorher schon mal gemacht“, sagte er. „Sie haben Tante Marjorie aufgehalten. Und Vater und Keith auch. Die waren vielleicht sauer.“

Da Roger Gardner mich über einen hinteren Eingang zu sich dirigiert hatte, war mir der Spießrutenlauf erspart geblieben. Der Bärtige trug ein Plakat mit der Aufschrift PFERDERECHTE GEHEN VOR. Er blieb stur vor dem Wagen stehen, während eine Frau mit energischem Gesicht auf Darts Seite ans Fenster klopfte und uns ihre Parole zuschrie, nämlich daß alle, die mit dem Rennsport zu tun hatten, Mörder seien.

Dart ließ sein Auto zentimeterweise vorwärts rollen. Der bärtige Bremsklotz stemmte sich gegen die Haube. Dart legte gereizt die Hand auf die Hupe, und der Bremser sprang wie elektrisiert zur Seite.

„Wie lästig“, sagte Dart und beschleunigte. „Wo steht Ihr Wagen?“

„Ich bin hinten reingekommen“, sagte ich. „Setzen Sie mich da irgendwo ab.“

Er zog die Brauen hoch, sagte aber nur „In Ordnung“ und bog, als wir an der Tribüne vorbei waren, auf den unauffälligen Privatweg zum Haus des Verwalters ein.

„Wo kommt denn der riesige Bus her?“ fragte er, ohne eine Antwort zu erwarten, als er unser Monstrum erblickte.

„Das ist meiner“, sagte ich, aber die Worte gingen in einem lauten

Ausruf Darts unter, der hinter dem Bus den schwarzen Daimler seiner Großtante gesichtet hatte.

„Tante Marjorie! Was zum Teufel tut die hier?"

Er stellte seine Rostlaube neben dem blitzenden Prachtstück ab und entschloß sich, der Sache nachzugehen. Der Anblick, der sich uns bot, als wir an dem modernen, gepflegten Verwalterhaus um die Ecke bogen, ließ mich in hilfloses Gelächter ausbrechen, auch wenn sonst niemand lachte.

Das Garagentor stand offen. Die Garage war ausgefegt und leer. Ihr einstiger Inhalt lag in unordentlichen Haufen auf der Zufahrt – Gartengeräte, Pappkartons, ein Vorrat an Dachziegeln und etliche Rollen Nylonnetz. Als Schrott beiseite gestellt waren ein ausgeschlachteter Kühlschrank, ein vergammelter Kinderwagen, ein von Mäusen zerfressenes Sofa und ein Wust von rostigem Draht.

Davor standen fünf junge Helfer in mehr oder weniger soldatischer Haltung, während Mrs. Gardner sie vergebens in Schutz zu nehmen suchte.

Marjories schneidende Stimme sagte soeben: „Jungs, so könnt ihr es nicht liegenlassen. Schafft sofort alles wieder rein!"

Die arme Mrs. Gardner sagte händeringend: „Aber Mrs. Binsham, ich wollte doch nur, daß sie die Garage ausräumen..."

„Dieses Durcheinander ist eine Zumutung. Tut, was ich sage, Jungs. Alles wieder zurück."

Christopher, der sich verzweifelt umblickte und mich mit Dart kommen sah, klammerte sich an uns, als seien wir rettende Engel.

„Papa!" stieß er hervor. „Wir haben die Garage leer geräumt."

„Ja, gut gemacht."

Marjorie fuhr auf dem Absatz herum und wandte sich an Dart: „Was tust du denn hier mit Mr. Morris?"

„Er wollte Stratton Hays sehen", erwiderte Dart feige.

„Was du nicht sagst. Stratton Hays geht ihn nichts an. Aber diese Rennbahn, die geht dich etwas an. Trotzdem muß ich hier die Runde machen und nach dem Rechten sehen." Sie fixierte mich mit einem scharfen Blick. „Mr. Morris, ich möchte mit Ihnen reden." Sie wies auf ihren Wagen. „Da drin."

Sie rauschte zu ihrem Wagen hinüber, ohne sich zu überzeugen, ob ich mitkam, aber ich folgte ihr.

„Mark", sagte sie zu ihrem Chauffeur, der hinter dem Steuer saß, „bitte machen Sie einen Spaziergang."

Er tippte an seine Uniformmütze und gehorchte ihr, und sie wartete an der hinteren Wagentür, bis ich sie ihr öffnete. „Gut“, sagte sie, „bitte setzen Sie sich zu mir.“

Ich nahm auf der geräumigen Rückbank Platz und zog die Tür zu.

„In Stratton Hays“, kam sie gleich zur Sache, „hat Ihre Mutter mit Keith gewohnt. Haben Sie um eine Besichtigung gebeten?“

„Dart hat es mir freundlicherweise angeboten, und ich war so frei.“

Sie musterte mich schweigend. „Nach ihrem Weggang habe ich Madeline nie wiedergesehen. Ich war mit ihrem Schritt nicht einverstanden. Hat sie Ihnen das erzählt?“

„Ja, aber nach all den Jahren war sie Ihnen nicht mehr böse.“

„Es hat lange gedauert“, sagte sie, „bis ich herausfand, was für ein Mensch Keith ist. Wußten Sie, daß seine zweite Frau sich umgebracht hat? Mein Bruder hat erzählt, Ihre Mutter habe die kleine Hannah wegen der Umstände ihrer Empfängnis nicht lieben und annehmen können. Ich möchte Sie hiermit um Entschuldigung dafür bitten, wie ich Ihre Mutter behandelt habe.“

Ich überlegte nur kurz. „Angenommen.“ Ich dachte, damit sei die Unterredung beendet, doch schien es nicht so.

„Keith’ dritte Frau ist ihm weggelaufen und hat sich wegen hoffnungsloser Zerrüttung der Ehe scheiden lassen. Jetzt hat er eine vierte Frau, Imogen, die ist die halbe Zeit betrunken und kann nach dem sechsten Glas Wodka den Mund nicht halten. Keith hat Schulden, hat sie mir erzählt. Deshalb drängt er auf den Verkauf der Rennbahn. Er braucht das Geld.“

Ich betrachtete das Bild, das Marjorie nach außen bot: die kleine alte Dame mit welligem weißem Haar, blaßrosa Haut und dunklen Falkenaugen. Der scharfe, energische Verstand und die bündige Sprache kamen vielleicht den Eigenschaften des Finanzgenies am nächsten, das den Erfolg der Familie Stratton begründet hatte.

„Ich war damals wütend auf meinen Bruder, weil er Madeline die Anteile gegeben hat“, sagte sie. „Jetzt, nach all den Jahren, bin ich froh, daß er es getan hat. Ich bin froh“, schloß sie langsam, „daß jemand außerhalb der Familie da ist, der ein wenig Objektivität in diesen Hexenkessel bringen kann.“

„Ob ich das kann, weiß ich nicht.“

„Entscheidend ist“, sagte sie, „ob Sie es wollen. Wenn Sie überhaupt kein Interesse hätten, wären Sie heute nicht aufgetaucht.“

„Das stimmt.“

„Sie können mir einen Gefallen tun“, fuhr sie fort. „Sie sollten herausfinden, wieviel Schulden Keith hat und bei wem. Und auch, in welcher Beziehung Conrad zu dem von ihm beauftragten Architekten steht, der laut Colonel Gardner nichts vom Rennsport versteht und im Begriff ist, ein Monstrum zu entwerfen. Ich möchte Sie als Verbündeten. Helfen Sie mir, die Rennbahn zum Erfolg zu führen.“

Ich bemühte mich, mir über meine gemischten Gefühle klarzuwerden, und noch aus dem Widerstreit heraus kam meine Antwort: „Na schön, ich will es versuchen.“

Sie streckte ihre kleine Hand aus, um die Übereinkunft zu besiegeln, und ich ergriff sie: eine bindende Verpflichtung.

DAS DURCHEINANDER vor der Garage war unverändert. Die Jungen, die Gardners und Dart saßen in der Gardnerschen Küche und stopften Kuchen in sich hinein, hellen Rosinenkuchen, warm und duftend, frisch aus dem Ofen.

„Colonel –“, setzte ich an.

„Nennen Sie mich Roger“, unterbrach er mich.

„Roger“, sagte ich, „kann der Architekt, der mein Haus entworfen hat, morgen mal herkommen und die Anlage besichtigen, um festzustellen, ob neue Tribünen nötig sind oder nicht?“

Roger Gardners Gesicht verlor etwas von seinem gewohnt düsteren Ausdruck. „Mit Vergnügen“, sagte er, „aber nicht morgen. Da ist das Rennbahnpersonal hier und bringt alles für die Veranstaltung am Montag in Schuß.“

„Am Freitag also?“

„Vielleicht möchte Ihr Fachmann aber am Karfreitag nicht arbeiten.“

„Der tut, was ich ihm sage“, erwiderte ich. „Ich bin es selbst.“

Roger und auch Dart waren überrascht.

„Ich bin ausgebildeter Architekt“, erklärte ich. „Ich habe fünf anstrengende Jahre an der Schule der Architectural Association studiert, einer der anspruchsvollsten überhaupt.“

„Sie sagten, Sie seien Bauunternehmer“, hielt Dart mir vor.

„Das bin ich auch.“

Dart sah die Kinder an. „Was macht euer Vater?“

„Er baut Häuser“, erläuterte Edward, „mit Spaten und Säge und so.“

„Alte Häuser“, setzte Christopher hinzu. „Wir sind über die Osterferien auf Ruinensuche.“

Gemeinsam schilderten sie unsere Lebensgewohnheiten. „Aber das letzte, das er ausgebaut hat, behalten wir“, erklärte Christopher. „Es ist genial.“

Roger nickte und stimmte zu. „Ganz genial. Nur höllisch schwer zu heizen, könnte ich mir vorstellen, bei soviel Raum.“

„Es hat ein Hypokaustum“, sagte Neil und leckte sich die Finger ab.

„Was“, fragte Dart verwundert nach, „ist ein Hypokaustum?“

„Eine von den Römern erfundene Zentralheizung“, sagte mein Siebenjähriger gelassen. „Man bläst Heißluft durch Hohlräume unter dem Steinboden, und der Boden bleibt immer warm. Paps glaubte, daß es funktionieren würde, und es klappt auch. Wir sind den ganzen Winter ohne Schuhe rumgelaufen.“

Roger drehte sich zu mir um.

„Gut, kommen Sie am Freitag“, sagte er.

ALS ICH zwei Tage später am sonnigen Morgen mit dem Bus wieder an gleicher Stelle erschien, war der Platz vor der Garage nicht mehr voller Sperrmüll, sondern voll von Pferden.

Meine Söhne starrten aus ihren Fenstern auf einen Trupp von sechs großen Vierbeinern und beschlossen, ihnen lieber nicht vor die Hufe zu laufen. Roger kam rasch vom Haus herüber und sagte, das seien Conrads Jagdpferde bei ihrer Morgenarbeit. „Wollen Ihre Jungs nicht aussteigen und ihnen zusehen?“

„Glaub ich nicht“, sagte ich. „Seit dem Gemetzel am Graben letzten Samstag haben sie ein bißchen Angst vor Pferden.“

„Sollen sie etwa im Bus bleiben, bis wir im Büro die alten Pläne durchgesehen haben?“

Ich schlug vor, den Bus möglichst nah am Büro zu parken. Die Jungen fragten, ob sie solange auf den Tribünen Versteck spielen dürften.

Roger willigte zögernd ein. „Hier ist schon gestern für Montag geputzt worden, also macht nichts dreckig.“

Sie versprachen es. Roger und ich ließen sie allein, als sie anfingen, die Spielregeln aufzustellen, und gingen zu einem niedrigen, weiß gestrichenen Gebäude gegenüber dem Führring.

„Gehen sie wieder auf Piratenfang?“ fragte Roger belustigt.

„Ich glaube, heut wird's der Sturm auf die Bastille.“

Roger schloß sein Büro auf. Ich trat ein und begann eine Reihe uralter Baupläne durchzuarbeiten, die so lange gerollt gewesen waren, daß jeder Versuch, sie zu glätten, dem aussichtslosen Kampf mit einem

Kraken glich. Dennoch konnte ich mir ein Bild vom derzeitigen Zustand machen und mir die Belastungszonen und Schwachstellen ausrechnen, auf die zu achten war.

Im wesentlichen bestand die Zuschauertribüne aus Stahlbeton und Stahlträgern. Als Abschluß der Stahl- und Betonkonstruktion dienten Backsteinmauern und Pfeiler als Träger für die Bars, Restaurants und die nichtöffentlichen Räume. Eine Treppe in der Mitte des Tribünengebäudes führte fünf Stockwerke hinauf. Ein einfaches, zweckmäßiges Konzept, wenn auch inzwischen überholt.

Die Tür des Büros flog plötzlich auf, und Neil stürzte herein.

„Papa", sagte er eindringlich, „Papa..."

„Ich hab zu tun, Neil."

„Aber es ist dringend. Wirklich ganz dringend."

Ich ließ aus Versehen eine Rolle Zeichnungen zusammenschnurren. „Wieso denn?" fragte ich.

„Ich habe so weiße Kabel gesehen, Papa, die durch die Wände laufen. Weißt du noch, wie sie den Fabrikschornstein hochgejagt haben?"

Mein Herz setzte einen Schlag aus. „Wo sind die Kabel?" Ich bemühte mich, Ruhe zu bewahren.

„In der Nähe der Bar, wo der Boden so riecht."

„Wo sind deine Brüder?" fragte ich knapp.

„Auf der Tribüne. Sie haben sich versteckt." Neils Augen waren angstgeweitet.

Ich wandte mich an Roger, versuchte meine Panik niederzukämpfen. „Könnten Sie die Lautsprecheranlage für die Tribüne einschalten? Neil sagt, er hat Sprengschnur und Sprengladungen gesehen."

Rogers Gesicht erstarrte. „Ist das Ihr Ernst?"

„Die Lautsprecher!" drängte ich Roger. „Ich muß die Kinder sofort da wegholen."

Er warf mir einen verdatterten Blick zu, setzte sich aber in Bewegung. Wir eilten durch den Führring zum Büro von Oliver Wells. Roger sperrte die Tür auf, ging zu einer Schaltanlage und drückte auf eine Taste. Dann schloß er ein altmodisches Mikrofon an und gab es mir.

Ich holte Luft und bemühte mich um einen eindringlichen, möglichst jedoch nicht beunruhigenden Ton. „Hier spricht euer Papa", sagte ich gedehnt. „Christopher, Toby, Edward, Alan, auf der Tribüne ist es gefährlich. Wo immer ihr euch versteckt haltet, kommt jetzt zu dem Tor an den Rails, dahin, wo wir vorigen Samstag die Bahn runtergegangen sind. Das Tor ist der Treffpunkt. Kommt *sofort.*“

Ich schaltete aus und fragte Neil: „Weißt du, wie man zu dem Tor kommt?“

Er nickte und beschrieb mir genau den Weg.

„Dann geh bitte auch hin, und erzähl den anderen, was du entdeckt hast.“

Ich sah die kleine Gestalt davonrennen. Dann wandte ich mich an Roger: „Würden Sie ihnen das Tor aufschließen?“

Roger griff sich den Schlüssel. Gemeinsam liefen wir zur Tribünenvorderseite, um festzustellen, ob die Jungs in Sicherheit waren.

Das Grüppchen am Tor wuchs auf vier an, als Neil dazustieß. Vier, nicht fünf.

Vier. Kein Toby.

Ich rannte in Olivers Büro zurück und ergriff das Mikrofon.

„Toby, das ist jetzt kein Spiel. Komm von der Tribüne runter. Es ist gefährlich auf der Tribüne, Toby, tu um Himmels willen, was ich sage. Das ist jetzt kein Spiel mehr.“

Ich hörte meine Stimme überall im Gebäude und auf den Sattelplätzen widerhallen. Erneut lief ich nach vorn, um zu sehen, ob Toby gehorcht hatte.

*Vier* Jungen. Vier Jungen entfernten sich mit Roger über die Bahn zur Ziellinie.

„Du kleiner Mistkerl, komm“, sagte ich leise. „Hör *einmal* in deinem Leben auf mich.“

Ich war kein Abbruchspezialist. In diesem Augenblick wäre ich froh gewesen, ich hätte mehr gewußt. Jedenfalls mußte ich die Haupttreppe hinaufgehen, denn den Plänen nach war sie die vertikale Schlagader zur Versorgung aller Etagen. Oben befand sich ein großer verglaster Raum, von dem aus die Richter den Rennen zuschauten. Eine moderne Erweiterung der Treppe führte noch ein Stockwerk höher zu einem Presseraum mit Fernsehanlage und den Räumlichkeiten der Bahnsprecher.

Ich trat von der offenen Seite mit den Zuschauertribünen her ein und rannte hinauf bis zum Stockwerk mit der miefigen Mitgliederbar. Die Tür war verschlossen, aber an der weißgestrichenen Flurwand lief knapp einen halben Meter über dem Boden eine unscheinbare weiße Schnur entlang, die aussah wie eine Wäscheleine. In Abständen war die Schnur in die Wand eingelassen.

Neil hatte sich nicht geirrt. Die weiße Pseudowäscheleine war tatsächlich eine Sprengschnur, die mit einer Geschwindigkeit von rund achtzehntausend Metern pro Sekunde detonieren und alles, was an ihrem Weg lag, in die Luft jagen konnte. Überall da, wo die Schnur in die Wand eingelassen war, befand sich wahrscheinlich eine Ladung Plastiksprengstoff. Die Sprengschnur lief mindestens vom Stockwerk unter mir bis zum nächsthöheren an den Wänden des Treppenhauses entlang.

Ich brüllte aus vollem Hals, so laut ich konnte: „Toby!" Nach oben und nach unten, doch ich bekam keinerlei Antwort.

Er muß woanders sein, dachte ich. Aber wo? Wo? Das ganze Gebäude konnte mit Sprengschnurgirlanden behangen sein.

„Toby!" schrie ich, aber die Antwort war Schweigen.

Es bestand keine Aussicht, daß ich diesen offenbar sorgfältig geplanten Anschlag vereiteln konnte. Ich wußte nicht einmal, wo ich hätte anfangen sollen. Das wichtigste für mich war auf alle Fälle die Sicherheit meines Sohnes, und so wandte ich mich wieder hinaus ins Freie, um den Riesenkomplex ein Stück hinunterzulaufen und es noch einmal zu versuchen.

Gerade wollte ich losrennen, da hörte ich einen winzigen Laut, und mir war, als käme er von weiter oben, von irgendwo über mir.

Ich stürzte zwei Etagen höher zum „Richternest" und rief noch einmal: „Toby, falls du das bist, komm bitte raus. Hier kann alles jeden Moment in die Luft fliegen. Bitte, Toby. Bitte!"

Ein zittriges Stimmchen antwortete: „Papa?"

Ich wirbelte herum. Toby quetschte sich mühsam aus einem maßgeschneiderten Versteck, einem spindelfüßigen kleinen Sideboard neben einer Reihe leerer Garderobenhaken, die für die Hüte und Mäntel der Rennleitung bestimmt waren.

„Gott sei Dank", sagte ich atemlos. „Komm schnell."

„Ich war der entflohene Sträfling", erklärte er und richtete sich auf. „Wenn sie mich entdeckt hätten, wäre ich wieder in die Bastille gekommen."

Ich nahm ihn bei der Hand und zog ihn mit zur Treppe, da machte es *Rrrums* unter uns, dann ein grelles Aufblitzen und ein fürchterliches Krachen, und alles um uns her geriet ins Wanken – ungefähr so, wie ich mir ein Erdbeben vorstellte.

In dem Sekundenbruchteil, der ein Denken noch zuließ, schrien Verstand und Instinkt mir zu, daß die Treppe, mit Sprengstoff behängt und umwickelt, eine Todesfalle war.

Ich schlang die Arme um Toby und warf mich mit aller Kraft zurück in Richtung seines Schrankverstecks neben dem Richternest. Das Herz der Rennbahn Stratton Park wurde eingedrückt und stürzte zusammen. Die Treppe barst und krachte, die Tür zum Richternest flog auf, die Aussichtsfenster zersprangen und schleuderten scharfe Speerspitzen. Die Tribünenbauten brachen mit einem knirschenden Geräusch auseinander. Beton gegen Stein gegen Stahl.

Ich fiel vornüber und begrub Toby unter mir. Der Turm für Presse und Fernsehen krachte durch die Decke und ging als scharfkantiger Schutt über meinem Rücken und meinen Beinen nieder. Mir war, als könnte ich nicht mehr atmen. Wellen stechenden Schmerzes nagelten mich am Boden fest. Schwarze Rauchschwaden, die von der Treppe heraufstiegen, füllten die Lungen und lösten Hustenkrämpfe aus. Das Getöse legte sich allmählich. Überall schwarzer Qualm, grauer Staub. In mir Schmerzen.

„Papa“, vernahm ich Tobys Stimme, „du erdrückst mich. Ich krieg keine Luft.“

Ich sah bestürzt unter mich. Sein brauner Haarschopf ging mir bis ans Kinn. Mit einiger Mühe stützte ich meine Ellbogen auf. „Rutsch raus“, sagte ich hustend. „Schieb dich nach oben raus, den Kopf voran.“

„Papa. . ., du bist zu schwer.“

„Nun komm, du kannst da nicht den ganzen Tag liegen.“ Ich wußte nicht, wie lange ich mich von ihm wegstemmen konnte, um ihn nicht zu erdrücken.

Toby zwängte sich in krampfhaften kleinen Rucken nach oben, bis sein Gesicht gleichauf mit meinem war. Seine braunen Augen waren angstgeweitet, und entgegen seiner Gewohnheit weinte er.

Ich gab ihm einen Kuß auf die Wange, was er normalerweise nicht mochte. „Ist schon gut“, sagte ich. „Es ist vorbei. Wir müssen nur sehen, daß wir hier rauskommen. Rutsch so weiter.“

Er schob sich mühsam hinaus. Ich hörte ihn noch schluchzen, aber er jammerte nicht. Schließlich kam er ein wenig keuchend auf die

Knie. „Gut gemacht", sagte ich und ließ meinen Brustkorb auf den Boden sinken.

„Papa, du blutest."

„Halb so schlimm."

Neuerliches Schluchzen.

„Wein doch nicht." Ich schob den rechten Unterarm in seine Richtung. „Nimm meine Hand."

Zögernd legte er die Finger in meine Handfläche. Er drückte mir heftig die Hand und ließ sie dann los. „Wir können hier nicht ewig herumhängen", sagte er.

Trotz unserer reichlich ungünstigen Lage mußte ich lächeln.

„Es ist anzunehmen", bemerkte ich, „daß Colonel Gardner die plötzliche Umgestaltung der Tribüne mitgekriegt hat. Also wird jemand kommen."

„Ich kann ja mal aus dem Fenster winken."

„Bleib, wo du bist", sagte ich streng. „Jedes Stück Boden kann einbrechen."

„Aber hier doch nicht, Papa, oder?" Er blickte entsetzt um sich. „Der Boden unter uns auch, Papa?"

„Der hält schon", sagte ich und hoffte nur, daß es auch stimmte. Der ganze Flur fiel jetzt schräg dahin ab, wo die Treppe gewesen war, und ich hätte nicht ausgelassen darauf herumturnen mögen.

Der Druck der Trümmer von Decke und Presseturm nagelte mich unvermindert fest. Aber ich konnte die Zehen in den Schuhen bewegen.

„Papa?"

„Hm?"

„Ich kann nichts dafür, daß die Tribüne explodiert ist."

„Natürlich nicht."

„Woher hast du gewußt, daß sie hochgeht? Ich dachte, du machst nur Spaß."

Ich erklärte ihm, daß Neil die Sprengschnur entdeckt hatte.

„Mir ist keine Schnur aufgefallen."

„Aber du weißt ja, wie Neil ist. Dem entgeht nichts."

In der Ferne hörten wir Sirenen. Erst eine, dann mehrere, dann ein ganzes Heulkonzert.

Toby wollte aufstehen, aber ich sagte ihm noch einmal, er solle sich nicht rühren, und bald darauf ertönten Stimmen unter uns, und mein Name wurde gerufen.

„Sag ihnen, daß wir hier sind", bat ich Toby, und er rief mit seiner hohen Stimme: „Hier sind wir! Wir sind hier oben!"

Es war kurz still, dann rief eine Männerstimme: „Wo?"

„Sag ihnen, neben dem Richternest", wies ich ihn an.

Toby gab die Information weiter.

„Ist dein Vater bei dir?"

„Ja." Toby sah mich an. „Er kann sich nicht bewegen. Die Decke ist eingestürzt."

„Wartet."

„Alles in Ordnung", meinte ich zu Toby. „Ich hab dir ja gesagt, daß sie kommen."

Wir hörten Geklirr und Geklapper und geschäftsmäßiges Rufen von draußen, weit weg. Toby zitterte vor Schreck.

Sie kamen von der Rennbahnseite herauf, wo die Sitzreihen aus Stahlbeton die Explosion nahezu unbeschädigt überstanden hatten. Ein Feuerwehrmann mit einem großen Helm tauchte plötzlich vor den zerbrochenen Fenstern des Richternests auf und spähte herein.

„Jemand zu Hause?" rief er aufgeräumt.

„Ja." Toby stand erleichtert auf, doch ich befahl ihm sofort, sich nicht zu rühren.

„Aber Papa –"

„*Rühr dich nicht!*"

„Bleib schön da, junger Mann. Wir holen dich im Nu raus", sagte der Feuerwehrmann und verschwand. Er kam mit einem Metallsteg wieder, über den Toby zum Fenster laufen konnte, und wie versprochen hatte er den Jungen fast im Handumdrehen in Sicherheit gebracht. Ich zitterte vor Erleichterung. Eine Menge Kraft schien mich auf einmal zu verlassen.

Sie kamen mit Klettergurten und Stützspindeln, mit Hebestangen und Schneidwerkzeug. Der ganze Bereich, in dem ich lag, erwies sich als äußerst unsicher, und dazuhin kam noch ein Stück vom Presseturm durch das Dach gedonnert, verfehlte meine Füße um Millimeter und plumpste in das Fünfetagenloch, in dem einmal die Treppe gewesen war.

Die Feuerwehrleute schwitzten und errichteten Stützen vom Boden bis zur Decke, ohne dabei auch nur den kleinsten unbedachten Schritt zu tun. Dann bekam ich mit, daß einer von ihnen wahrhaftig eine Videokamera bediente: das Objektiv war direkt auf mein Gesicht gerichtet.

Die Männer holten Gurtwerk herauf, zogen es mir unter der Brust durch und befestigten es an meinen Schultern. Stück für Stück stemmten sie die Brocken Mauerwerk und Putz über mir weg, bis sie mich ein, zwei Meter über den abschüssigen Boden heraufziehen konnten. Ich war ihnen keine große Hilfe. Meine Muskeln sprachen nicht auf Befehle an.

Ein Arzt in einer phosphorgrünen Jacke kam durch das Fenster, überquerte den Metallsteg und beugte sich zu meinem Kopf herunter.

„Können Sie mir die Hand drücken?" fragte er.

Ich drückte sie entgegenkommend und sagte ihm, ich sei nicht weiter verletzt.

„Gut."

Er ging wieder. Als er zurückkam, brachte er eine Bahre mit, die wie ein Schlitten aussah, mit Haltestangen an den Seiten. Die Feuerwehrmänner zogen an den Gurten, und so rutschte ich allmählich mit dem Gesicht nach unten auf das Transportmittel. Als mein Schwerpunkt mehr oder weniger sicher auf dem Steg ruhte, setzte ein unheilvolles Knarren im Gebäude ein.

Der Feuerwehrmann hinter meinen Füßen sagte „Verdammt!" und sprang auf den Steg. Sie packten meine Bahre und zogen sie, während ich mich wie eine Klette daran klammerte, schleunigst über den schmalen Steg zu den Fenstern.

Das Gebäude erschauerte und bebte. Der Rest des Presseturms krachte mit lebensgefährlicher Gewalt genau auf die Stelle nieder, wo ich gelegen hatte. Sand, Staub, Steine und Glassplitter erfüllten die Luft.

Ich umklammerte die Haltestangen der Bahre, und meine Finger verkrampften sich in der simplen Furcht zu fallen. Die Feuerwehrleute hoben die Bahre an, brachten sich und mich mit einem Ruck außer Gefahr, und plötzlich hatten wir alle wieder die Sonne im Gesicht, ein erschütterter Haufen, durchgeschüttelt, Staub hustend, aber lebendig.

Unten war der Asphalt mit Rettungswagen vollgestellt, und zu allem Überfluß stand dort auch der Ü-Wagen eines Fernsehsenders. Ich meinte, es sei doch viel einfacher, wenn ich auf eigenen Füßen hinunterklettern würde, aber ich wurde gegen meinen Willen auf der Bahre festgezurrt und behutsam Schritt für Schritt nach unten transportiert.

Ich bedankte mich bei den Feuerwehrleuten. Sie grinsten. Am Ende meiner Reise standen fünf Jungen nebeneinander, verängstigt und fürchterlich angespannt.

„Mir geht's prima, Jungs", sagte ich, aber sie wirkten nicht überzeugt.

Ich wandte mich an den Arzt: „Das sind meine Kinder. Sagen Sie ihnen, daß ich auf dem Damm bin."

Er sah in ihre unglücklichen jungen Gesichter und beruhigte sie: „Euer Vater ist groß und kräftig, und es geht ihm soweit gut. Er hat ein paar Platzwunden, die wir ihm im Krankenhaus verbinden müssen." Er deutete auf einen wartenden Krankenwagen. „Aber er ist bald wieder bei euch."

Roger erschien neben den Jungen und sagte, er würde sich um sie kümmern. Die Sanitäter schoben mich mit den Füßen voran in ihr Fahrzeug.

Ich fragte Christopher: „Möchtet ihr, daß eure Mutter kommt und euch nach Hause holt?"

Er schüttelte den Kopf. „Wir wollen im Bus bleiben."

Die anderen nickten stumm, auch Toby.

„Die sind bei mir gut aufgehoben", versicherte Roger nochmals. „Kein Problem."

„Ich rufe Sie an", sagte ich. „Vielen Dank auch."

Die eifrigen Sanitäter warfen hinter mir die Tür zu. Später erfuhr ich, daß Mrs. Gardner den Jungen Rosinenkuchen vorsetzte, bis sie kein Stück mehr hinunterbrachten.

Von meinen Verletzungen her rangierte ich auf der Prioritätenliste der Unfallstation ziemlich weit unten, doch die Lokalpresse schenkte mir mehr Beachtung, als mir lieb war. Ich bat ein paar Schwestern, das Telefon benutzen zu dürfen, und rief meine Frau an.

„Was um alles in der Welt ist jetzt wieder los?" wollte sie mit schriller Stimme wissen. „Gerade hat irgend so ein blöder Zeitungsfritze angerufen und gefragt, ob ich wüßte, daß mein Mann und meine Söhne in die Luft geflogen seien. Ist das zu glauben?"

„Amanda, hör mal. Irgend jemand hat auf der Stratton-Rennbahn Sprengstoff angebracht, und es ist wirklich ein Teil der Tribüne hochgegangen –"

Sie unterbrach mich: „Die Jungen! Ist ihnen etwas passiert?"

„Gar nichts. Sie sind völlig in Ordnung. Keiner von ihnen hat was abgekriegt."

Amanda zu besänftigen dauerte ein wenig. Es sei offensichtlich meine Schuld, fand sie, daß die Jungs in Gefahr geraten waren. Ich stritt es nicht ab.

„Gib doch besser auf sie acht, Lee!"

„Ja. Christopher wird dich anrufen."

Wir verabschiedeten uns höflich wie immer.

Meine diversen Schnitt- und Schürfwunden wurden schließlich freigelegt. Man wusch Sand und Dreck heraus, entfernte eindrucksvolle Splitter mit der Pinzette und setzte mir bei örtlicher Betäubung reihenweise Klammern.

„Wenn das abklingt, spüren Sie's", teilte mir der Klammerer fröhlich mit. „Einige von diesen Wunden sind tiefer, als es aussieht. Wollen Sie bestimmt nicht über Nacht hierbleiben? Wir finden auf jeden Fall ein Bett für Sie."

„Sehr freundlich", sagte ich, „aber nein, danke."

„Dann legen Sie sich ein paar Tage auf den Bauch. Kommen Sie in einer Woche wieder, und wir entfernen die Klammern. Bis dahin müßte alles verheilt sein."

Das Krankenhaus ließ mich zu Roger Gardner zurückbringen, und in einen blauen Krankenhaus-Morgenmantel gehüllt, bewältigte ich mit Hilfe eines geborgten Gehgestells den letzten Teil der Reise in der Vertikalen.

Der Bus war, wie ich dankbar feststellte, ans Haus gefahren und vor die entrümpelte Garage gestellt worden. Seine fünf jugendlichen Bewohner sahen im Wohnzimmer der Gardners fern.

„Papa!" riefen sie und sprangen auf, verstummten aber sichtlich irritiert beim Anblick der Gehhilfe für ältere Herrschaften.

„Ja", sagte ich, „über das Ding hier wollen wir mal nicht kichern, okay? Mir ist ein großes Stück Decke ins Kreuz und auf die Beine gefallen, und die Wunden, die es dabei gab, sind jetzt genäht worden. Eine geht quer über meinen Hintern, so daß ich mich nicht ohne weiteres hinsetzen kann, und auch darüber gibt es nichts zu lachen."

Sie lachten natürlich trotzdem, in erster Linie aus Erleichterung, und das war völlig in Ordnung.

Mrs. Gardner äußerte ihr Mitgefühl. „Was kann ich Ihnen bringen?" fragte sie. „Eine Tasse heißen Tee?"

„Einen dreifachen Scotch", verlangte ich.

Ihr liebenswertes Gesicht bekam Lachfältchen. Sie schenkte mir großzügig von dem scharfen Zeug ein und erzählte, Roger habe den restlichen Tag an der Tribüne festgehangen und sich vor der Polizei, der Reporterschar und den aufgebracht herbeigeeilten Strattons kaum zu retten gewußt.

Nach einer Weile bedeutete ich Mrs. Gardner und den Jungen, ich wolle mir etwas anziehen, und humpelte mit dem Gestell hinaus zum Bus, doch statt, wie vorgehabt, mich anzuziehen, legte ich mich schwach und zittrig auf die schmale Polsterbank und gestand mir endlich ein, daß ich wesentlich schwerer mitgenommen war, als ich hatte wahrhaben wollen.

Nach einiger Zeit öffnete sich die Tür, und Roger kam herein. Er setzte sich auf die Bank gegenüber und sah müde aus.

„Geht es Ihnen gut?“ fragte er. „Meine Frau sagte, Sie seien ganz grau im Gesicht.“

„Sie sehen auch nicht gerade blühend aus.“

Er lächelte kurz. „Die Polizei ist zum Krankenhaus gefahren, um Sie zu befragen. Da hätten Sie doch sicher ein Bett gekriegt, in Ihrem Zustand.“

„Ich wollte nicht bleiben.“

„Aber ich sagte Ihnen doch, daß wir uns um die Jungen kümmern. Es sind unkomplizierte Kinder.“

„Nur, weil sie bedrückt sind. Es war schon besser, daß ich wiedergekommen bin.“

Ich verlagerte unter ziemlichen Schmerzen mein Gewicht auf der Polsterbank, und Roger merkte es, aber er äußerte sich nicht dazu.

„Die Tribünengebäude sind gestern gereinigt worden?“ fragte ich.

Roger seufzte. „Sind sie. Und sie waren sauber. Kein Sprengstoff. Mit Sicherheit war keine Sprengschnur im Treppenhaus verlegt. Ich bin selbst überall herumgegangen. Ich gehe regelmäßig das Gelände ab.“

„Aber nicht am Karfreitagmorgen.“

„Gestern am späten Nachmittag. Um fünf.“

„Es war kein Anschlag auf eine Person“, überlegte ich laut.

„Nein“, stimmte er zu. „Die Haupttribüne sollte zerstört werden, und zwar an einem der wenigen Tage im Jahr, an denen nirgendwo in England Rennen stattfinden. Menschen sollten sicherlich nicht dabei umkommen.“

„Sie haben doch sicher einen Nachtwächter“, sagte ich.

„Ja, haben wir.“ Er schüttelte frustriert den Kopf. „Er dreht mit einem Hund die Runde. Die Polizei hat ihn befragt. Ich habe ihn befragt. Er sagt, er habe nichts gehört. Er ist nicht gerade der Hellste.

Er hat bloß dumm in die Gegend gestiert. Conrad wirft mir vor, daß ich einen Holzkopf eingestellt hätte."

„Jetzt regnet es Vorwürfe wie Konfetti", meinte ich.

Er nickte. „Ja, man prügelt auf uns ein. Marjorie Binsham wollte wissen, warum Sie die Sprengung nicht verhindert haben, nachdem Ihr Söhnchen schon auf die Gefahr hingewiesen hatte." Er schüttelte den Kopf. „Manchmal glaube ich, die ganze Familie ist geistesgestört."

„Würden Sie mir einen Gefallen tun?" bat ich ihn. „Sie wissen nicht genau, wo ich die Nacht verbringe, falls die Polizei oder die Strattons danach fragen."

„Irgendwo links vom Mond oder so?"

„Eines Tages", sagte ich, „revanchiere ich mich dafür."

AM NÄCHSTEN Morgen begleitete ich Roger – denkbar unbequem im Jeep – in sein Büro neben dem Führring, während sich die Fünferbande mit Eimern voll Waschmittel, mit Schrubbern, Lappen und einem Gartenschlauch den Bus vornahm.

Derlei Wasserschlachten endeten stets mit fünf klitschnassen, zufriedenen Kindern (sie mochten auch feuchtderbe Clownsnummern im Zirkus) und einem zumindest halbwegs sauberen Bus. Ich hatte Mrs. Gardner geraten, ins Haus zu gehen und Augen und Fenster zu schließen, und nachdem der erste Eimer Seifenlauge die Windschutzscheibe verfehlt hatte und auf Alan gelandet war, hatte sie mir einen entsetzten Blick zugeworfen und meinen Rat befolgt.

„Macht es Ihnen nichts, wenn sie naß werden?" fragte Roger, als wir die Stätte potentieller Verwüstung verließen.

„Sie müssen eine Menge angestauten Dampf ablassen", sagte ich.

Er lachte leise, hielt vor der Tür seines Büros an und reichte mir das Gehgestell, sobald ich ausgestiegen war.

Obwohl es erst halb neun war, kam auch schon die erste Wagenladung Ärger angebraust, noch ehe Roger seine Bürotür aufgeschlossen hatte.

„Der verfluchte Keith!" brummte er, als er das herannahende Fahrzeug erkannte.

Der verfluchte Keith war nicht allein gekommen. Vielmehr hatte er seine Tochter Hannah mitgebracht, und Hannah, wie sich herausstellte, ihren Sohn Jack. Alle drei stiegen jetzt aus Keith' Wagen und schritten zielstrebig auf Rogers Büro zu.

Roger drehte den Schlüssel, stieß die Tür auf und sagte abrupt zu mir: „Kommen Sie rein." Ich folgte ihm bereitwillig zu seinem Schreibtisch.

Keith, Hannah und Jack drängten zur Tür herein, alle mit aufgebrachter Miene. Jack, ein naßforscher Teenager, glich seinem Großvater nur zu sehr: gut aussehend und hinterhältig.

„Gardner, Sie sind gefeuert!" polterte Keith los. „Sie sind unfähig. Ich übernehme Ihren Posten, also können Sie verschwinden. Und was Sie betrifft . . .", wandte er sich mir zu, „wenn Sie meinen, Sie könnten uns verklagen, weil Sie so blöd waren, sich in die Luft jagen zu lassen, sind Sie schief gewickelt."

Daran hatte ich nun wirklich nicht gedacht. „Sie bringen mich auf einen Gedanken", sagte ich leichthin.

Rogers warnende Handbewegung kam zu spät. Bei der Hauptversammlung hatte ich ja selbst erlebt, wie schnell Keith zu Gewalt bereit war, und mir fiel ein, wie selbstzufrieden ich noch gedacht hatte, er habe keine Chance gegen Madelines fünfunddreißigjährigen Sohn.

Seitdem hatte sich die Lage ein wenig geändert. Ich brauchte jetzt ein Gehgestell, um aufrecht zu stehen. Außerdem waren sie zu dritt.

KEITH stieß die Bürotür mit dem Fuß zu und zögerte noch einen Augenblick, doch Hannah hatte keinerlei Bedenken oder Hemmungen. Sie kam mit dem gleichen raubkatzenhaften Gang, den ich bei Rebecca gesehen hatte, auf mich zu und setzte ihr ganzes Gewicht ein, als sie mich gegen die Wand drückte und zugleich die Finger mit den langen Nägeln spreizte, um sie mir ins Gesicht zu krallen.

Ich versuchte die Hände meiner vermaledeiten Halbschwester zu packen, wozu ich das Gehgestell loslassen mußte, und das gab Keith eine Gelegenheit, die er ohne Skrupel nutzte. Er riß das Gestell hoch, stieß Hannah aus dem Weg, und die stabilen Chromröhren trafen mich wie eine Keule. Alles in allem hatte es sich zu einem unschönen Samstagmorgen entwickelt.

Doch es sollte noch schlimmer kommen.

Keith schwang das Gestell zum zweitenmal, zielte jetzt auf meine Magengegend. Meine Beine wankten, wackelten, und ich sackte jämmerlich zu Boden.

Hannah versetzte mir einen Tritt. Ihr Sohn, der mich noch nicht mal kannte, wollte nicht untätig abseits stehen und trat mich zweimal genauso heftig. Ich packte seinen Fuß und riß daran, so daß er mit einem überraschten Aufschrei innerhalb meiner Reichweite niederstürzte. Sein Pech. Ich hielt ihn fest, schlug ihm die Faust ins Gesicht und knallte seinen Kopf auf den Boden.

Ich wußte, daß Roger irgendwo über mir versuchte, das Handgemenge zu beenden, aber dazu hätte er wohl eine Schußwaffe gebraucht.

Keith ging mit seinen schweren Füßen auf mich los, stampfend und tretend. Unter seinem Gewicht, seiner Brutalität liefen ganze Wellen von Schmerzen durch meinen Körper. Die Bürotür öffnete sich keinen Augenblick zu früh.

Marjories gebieterische Stimme drang durch den allgemeinen Kampfeslärm. „Keith! Hannah! Zum Donnerwetter, was fällt euch denn ein? Colonel, rufen Sie die Polizei. Holen Sie sofort die Polizei!"

Die Drohung wirkte augenblicklich. Hannah hörte auf zu treten, Keith ließ von mir ab, und Jack rutschte auf allen vieren von mir weg. Roger stellte die Gehhilfe vor mich hin und hievte mich hoch. Ich lehnte mich müde gegen die Wand und stellte fest, daß nicht nur Marjorie hinzugekommen war, sondern auch Conrad, Ivan und Dart.

„Eine Schande!" schimpfte Marjorie vorwurfsvoll. „Zu raufen wie die Tiere."

„Er hat hier nichts zu suchen", krächzte Keith heiser und fügte eine glatte Lüge hinzu: „Er hat mir einen Fausthieb verpaßt. Er hat angefangen."

„Mir hat er das Nasenbein gebrochen", beklagte sich Jack.

„Sagt bloß, er hat euch alle drei angegriffen", spöttelte Dart.

„Halt den Mund!" befahl Hannah ihm giftig.

Nun meldete sich Conrad zu Wort: „Irgend etwas muß er ja getan haben. Ich meine, das liegt doch auf der Hand."

Marjorie holte tief Luft: „Geht nach draußen, alle miteinander!" kommandierte sie. „Ich regle das mit Mr. Morris hier." Sie sah Roger an. „Sie auch, Colonel. Raus!"

„Das ist gefährlich", warnte Conrad.

„Unsinn!" versetzte Marjorie. „Ab mit euch."

Sie schlurften hinaus, und Marjorie musterte mich kritisch. „Gestern sind Sie in die Luft geflogen, und heute lassen Sie auf sich rumtrampeln. Sehr klug stellen Sie sich nicht an, was?"

„Nein."

„Und gehen Sie von der Wand weg. Sie machen alles blutig."

„Dann streiche ich sie wieder." Ich erzählte ihr von den Prellungen, Schnittwunden und Klammern. „Es fühlt sich an, als wäre einiges wieder aufgerissen."

„Verstehe." Sie wirkte einen Augenblick unschlüssig. Dann sagte sie: „Wenn Sie wollen, entbinde ich Sie von unserer Abmachung."

„Was?" Ich war überrascht und überlegte kurz. „Nein, die Abmachung steht. Wissen Sie, wer den Sprengstoff gelegt hat?"

„Nein."

„Wer von den Strattons besäße die nötigen Kenntnisse?"

„Keiner."

„Was ist mit Forsyth?"

„Forsyth mag sein, was er will", sagte sie, „aber ein erfahrener Pyrotechniker ist er nicht." Sie zögerte. „Werden Sie Keith wegen Körperverletzung anzeigen?"

Ich schüttelte den Kopf. „Eines Tages werde ich mit Keith abrechnen – aber das ist eine Sache, die wir unter uns abmachen müssen."

Sichtlich erleichtert und etwas förmlich sagte sie: „Ich wünsche Ihnen Glück."

Vor dem Fenster draußen heulte kurz eine Polizeisirene auf, mehr ein Signal der Ankunft als der Dringlichkeit.

Die Polizei war also doch gekommen. Marjorie Binsham war wenig begeistert, ich war erschöpft, und nun öffnete sich die Tür, und es strömten Leute herein in einer Zahl, für die der kleine Raum keineswegs gedacht war.

Keith versuchte erfolglos, den Gesetzeshütern einzureden, ich hätte mich der Körperverletzung an seinem Enkelsohn Jack schuldig gemacht.

„Jack", bemerkte Roger ruhig, „sollte Leute, die am Boden liegen, nicht mit den Füßen traktieren."

„Und Sie", entgegnete Keith ihm heftig, „Sie können einpacken! Hab ich ja schon gesagt. Sie sind entlassen."

„Mach dich nicht lächerlich", pfiff Marjorie ihn an. „Colonel, Sie sind nicht entlassen. Wir brauchen Sie. Bitte bleiben Sie bei uns."

„Warte nur, Marjorie", sagte Keith mit schwerer, vor Demütigung zitternder Stimme, „dich krieg ich auch noch."

„Also wirklich, Keith –", setzte Conrad an.

„Sei du bloß still!" sagte Keith haßerfüllt zu seinem Zwillingsbruder.

„Du oder dein Architekt, dieser Erpresser, ihr habt doch die Tribüne hochgehen lassen."

Das betretene Schweigen aller Strattons gab einem Polizisten Gelegenheit, in ein Notizbuch zu schauen und die Frage vorzubringen, wer von der Familie normalerweise einen dunkelgrünen, sechs Jahre alten Granada mit rostigen Kotflügeln fahre.

„Der gehört mir", erklärte Dart. „Wieso?"

„Und stimmt es, daß Sie gestern morgen um zwanzig nach acht damit durch den Haupteingang der Rennbahn gefahren sind und Mr. Harold Quest gezwungen haben, auf die Seite zu springen, um ernsthaften Verletzungen zu entgehen?"

„Nein, das stimmt nicht", antwortete Dart.

Die Polizei stellte höflich die unvermeidbare Frage.

„Ich war im Bad", sagte Dart und überließ die Eingrenzung seiner dortigen Tätigkeit der allgemeinen Phantasie.

Ich schaltete mich ein: „Ist Mr. Quest ein dicker Mann mit Bart, Strickmütze und einem Plakat, auf dem PFERDERECHTE GEHEN VOR steht?" wollte ich wissen.

Der Polizist nickte: „Die Beschreibung paßt auf ihn, Sir."

„Sind Sie sicher, daß Mr. Quest tatsächlich gestern morgen um zwanzig nach acht draußen vor dem Tor war?" hakte ich nach. „Am Karfreitag geht doch kein Mensch auf die Rennbahn."

„Er sagt, er sei hier gewesen", gab der Polizist zurück.

Ich ließ es auf sich beruhen. Mangelnde Energie. Dart war mit dem Auto so oft durch das Tor rein- und rausgefahren, daß wahrscheinlich jeder Demonstrant es beschreiben konnte. Er hatte den Rauschebart neulich, als ich dabei war, verärgert. Rauschebart Harold Quest war darauf aus, Unruhe zu stiften. Wo lag die Wahrheit?

Der Polizist wandte sich an mich. Seine Vorgesetzten wünschten mich wegen des Sprengstoffs zu befragen. Wo ich also zu erreichen sei?

„Hier, nehme ich an."

Conrad verkündete mit einem Blick auf die Uhr, er habe einen Abbruchexperten bestellt, um zu klären, wie man am besten die alte Tribüne abreißen und das Gelände für den Wiederaufbau räumen könne.

„Dazu hast du kein Recht!" brauste Keith auf. „Die Rennbahn gehört mir ebensogut wie dir, und ich will sie verkaufen. Wir bauen nicht wieder auf."

Die Polizisten, die dieser Streit herzlich wenig interessierte, zogen sich nach draußen in ihren Wagen zurück.

Zu guter Letzt verließ die Familie das Büro: ein zankender Haufen, den allein die Furcht davor zusammenhielt, was jeder von ihnen auf eigene Faust unternehmen könnte.

Roger beobachtete ihren Abgang. „Wie kann man *so* ein Unternehmen führen?" Er seufzte schwer.

„Sind die Tribünen ein Totalverlust?" fragte ich.

„Überzeugen Sie sich am besten selbst. Allerdings hat die Polizei das meiste abgesperrt . . . Ich nehme an, Sie wissen, daß Sie bluten."

„Mrs. Binsham hat mich schon darauf hingewiesen, daß ich die Wand versaue. Es hat jetzt, glaube ich, aufgehört, oder? Schon gut, ich geh noch mal zur Nachbehandlung ins Krankenhaus."

„Bei einem der Rennplatzärzte ginge es schneller", sagte Roger zögernd. „Wenn Sie wollen, frag ich ihn. Er ist sehr entgegenkommend."

„Ja, gerne", sagte ich knapp.

Roger griff zum Telefon und fragte den Arzt, ob er ihm einen Gefallen tun und einen Verletzten zusammennähen könne. Wann? Am besten gleich. Vielen Dank.

Der Arzt war derselbe, der die Gestürzten am Graben versorgt hatte, geschäftsmäßig und ruhig. Als er sah, was von ihm verlangt wurde, brummte er vor sich hin und flickte mich mit etwas zusammen, das wie Klebeband aussah. Roger dankte ihm für seine Dienste und ich ebenfalls.

Wir kehrten zur Haupttribüne zurück, wo ich, auf die Gehhilfe gestützt, zum erstenmal objektiv Bestandsaufnahme der Zerstörung vom Tag zuvor machte. Erster Gedanke: Unglaublich, daß Toby und ich lebend aus dem Chaos herausgekommen sind.

Das Gebäude war in der Mitte auseinandergebrochen, seine Innereien ergossen sich in einer riesigen Kaskade nach draußen. Der Waageraum, die Umkleideräume und Oliver Wells' Büro waren von der Masse der eingestürzten oberen Etagen plattgedrückt worden.

Roger ließ mir Zeit, es auf mich wirken zu lassen, dann fragte er: „Was halten Sie davon?"

„Vor allem", sagte ich, „wüßte ich mal gern, wie Sie hier übermorgen Rennen veranstalten wollen."

Er verdrehte genervt die Augen. „Das Osterwochenende. Da gibt es mehr Hochzeiten und Hundeschauen als an jedem anderen Wochenende im Jahr. Ich habe gestern den ganzen Nachmittag versucht, Festzelte anzumieten. Aber jedes Stückchen Plane ist bereits vergeben. Bis jetzt hat man mir nur ein paar Container als Umkleidekabinen zugesagt. Das Ostermontagsrennen ist für uns der Dukatenesel der Saison. Wir können es nicht abblasen."

Er wandte sich von der düsteren Betrachtung der Haupttribüne ab, und langsam machten wir uns auf den Weg zu seinem Büro. Es war voll von Strattons. Conrad saß in Rogers Sessel und trompetete in Rogers Telefon: „Hier spricht Lord Stratton persönlich, und ich ersuche Sie, uns ein geeignetes Zelt zu beschaffen. Mir ist egal, woher Sie's nehmen, aber bringen Sie eins her!"

Ich tippte Roger auf den Arm und bedeutete ihm, wieder mit hinauszugehen. Draußen, außerhalb der Hörweite der Strattons, bat ich ihn, mich zurück zum Bus zu fahren.

Roger kam der Bitte nach, und ich sagte ihm, wo das Handy und mein Adressenbuch lagen. Als er damit aus dem Bus geklettert kam, schlug ich eine Nummer nach und wählte.

„Henry? Lee Morris. Wie geht's?"

Henry, ein alter Freund, Altwarenhändler großen Stils, hatte von einem bankrotten Wanderzirkus ein Hauptzelt übernommen, das er mir hin und wieder vermietete, wenn ich eine Ruine vor der Witterung schützen wollte. Ich erklärte ihm, was benötigt wurde und weshalb, und ich erklärte Roger, wer sein Gesprächspartner war. Nachdem sie über Abmessungen, Kosten und Transport verhandelt hatten, raunte ich Roger noch zu: „Er soll sämtliche Flaggen mitliefern."

Roger gab die Bitte etwas befremdet weiter und fügte hinzu: „Ich rufe Sie zur Bestätigung noch mal an."

Wir kehrten zum Büro zurück. Dort brüllte Conrad zwar immer noch in den Hörer, doch nach der Ungeduld zu urteilen, die jetzt unter den übrigen Strattons herrschte, ohne Erfolg.

„Sie sind dran", flüsterte ich Roger zu. „Sagen Sie, Sie hätten das Zelt gefunden."

Es fiel ihm nicht leicht, sich mit fremden Federn zu schmücken, doch er hatte ein Einsehen. Die Strattons konnten aus Bosheit jeden Vorschlag, der von mir kam, ablehnen, auch wenn er zu ihrem Vorteil war.

Roger trat an seinen Schreibtisch, wo Conrad gerade den Hörer auf die Gabel knallte. „Ich habe ein Zelt aufgetrieben", sagte er abschließend.

„Na endlich!" meinte Conrad.

„Wo denn?" fragte Keith verärgert.

„Ein Mann in Hertfordshire hat eins. Er kann es morgen früh anliefern und schickt ein Team für die Montage mit. Das Zelt hat einen festen Boden, verstellbare Trennwände und ist offenbar viel stabiler als ein normales Festzelt."

„Zu teuer", wandte Keith ein.

Marjories Blick heftete sich auf mich. „Was halten Sie davon?" fragte sie.

Ich sagte gleichmütig: „Alle vier Vorstandsmitglieder sind hier. Lassen Sie doch den Vorstand entscheiden."

Ein rasch überspieltes Lächeln zuckte in Marjories Mundwinkeln. „Nennen Sie uns die Zahlen", verlangte sie von Roger, und er entnahm seinen Notizen die Maße und den Preis und setzte hinzu, daß die Versicherung die Kosten für den Ausfall der Tribüne decke.

„Sehr gut", meinte Marjorie. „Ich stelle den Antrag, daß der Colonel einen Mietvertrag für das Zelt abschließt. Und Ivan unterstützt den Antrag."

Ivan, überrumpelt, sagte geistesabwesend: „Ich? Ah ja, richtig."

„Conrad?" fragte Marjorie herausfordernd.

„Hm. . ., ich wohl auch."

„Angenommen", entschied Marjorie. „Colonel, bestellen Sie das Zelt."

Conrad sah ernüchtert aus, Ivan verwirrt und Keith mordlustig.

Das abrupt eingetretene Schweigen endete mit der Ankunft zweier Fahrzeuge: Eins war ein Polizeiauto, und dem anderen entstieg Conrads Abbruchspezialist. Die Strattons strömten geschlossen ins Freie.

Die Polizeibeamten kamen in Rogers Büro und stellten sich als ein Chefinspektor und dessen Assistent vor. Der Dritte im Bunde, ein ernster junger Mann, wurde ohne Namensnennung als Sprengstoffexperte vorgestellt – jemand, der Bomben entschärfte. Er stellte die meisten Fragen. Ich antwortete ihm sachlich und beschrieb, wo die Sprengschnur verlaufen war, wie sie ausgesehen hatte und in welchem Abstand die Ladungen angebracht gewesen waren.

Sie baten mich und Roger, mit ihnen bis zu der Absperrung zu kommen, damit wir dem Spezialisten erklären konnten, wo die Treppe vor der Explosion gewesen war. Der Sprengstoffexperte wollte dann mit Schutzanzug hineingehen und sich das Ganze von nahem besehen. „Solange ich nicht mitmuß ...“, bemerkte ich dazu.

Der Bombenentschärfer blickte auf meine Gehhilfe, setzte seinen Schutzhelm auf und lächelte. „Ich bin alt für meinen Beruf“, meinte er selbstironisch. „Achtundzwanzig.“

„Dann wünsche ich Ihnen viel Glück“, sagte ich.

„WISSEN Sie, was?“ wandte Roger sich an mich.

„Was denn?“

Wir standen ein wenig von den Polizisten entfernt auf dem Asphalt. „Ich glaube, unser Sprengmeister hat einen größeren Knall fabriziert, als er eigentlich wollte.“

„Wie meinen Sie das?“

„Es ist komisch mit hochexplosiven Stoffen“, sagte er. „Die sind oft unberechenbar. Sie waren zwar nicht mein Fachgebiet bei der Armee, aber natürlich machte man damit Bekanntschaft. Man neigt immer dazu, mehr Sprengstoff zu nehmen, als die Aufgabe erfordert, damit es auch ja hinhaut. Ich halte es für wahrscheinlich, daß der Täter nur die Treppe demolieren wollte. Wenn die ganze Tribüne hätte zerstört werden sollen, warum dann nicht mit einer einzigen großen Ladung? Verstehen Sie, was ich meine?“

„Ja.“

Plötzlich waren wir von Strattons umringt. Dart flüsterte mir ins Ohr: „Conrads Architekt ist da. Jetzt gibt es Zunder!“

Ich sah ihm seine koboldhafte Freude an.

„Welcher ist es?“

„Der Typ neben Conrad.“

„Und, ist er ein Erpresser?“

„Ich nehme an, Keith hat das erfunden“, sagte Dart. „Er lügt wie gedruckt.“

Marjorie verkündete gerade unheildrohend: „Wir brauchen keinen Architekten!“

„Finde dich mit den Tatsachen ab“, bat Conrad. „Sieh dir doch den Schaden an. Das ist ein Geschenk des Himmels, denn es gibt uns die Möglichkeit, etwas Sinnvolles zu bauen.“

Etwas Sinnvolles zu bauen. Die Wörter hallten mir im Gedächtnis wider. Etwas Sinnvolles bauen, das war die Devise, die ein Dozent an der Uni uns bis zum Überdruß vorgebetet hatte.

Ich blickte zu Conrads Architekt hinüber und stellte mein geistiges Auge sechzehn Jahre zurück. Conrads Architekt, so dämmerte mir langsam, war wie ich Student an der Bauakademie der Architectural Association gewesen: älterer Jahrgang, Eliteschüler. Ich erinnerte mich an sein Gesicht und an seine glänzenden Aussichten, doch ich hatte seinen Namen vergessen.

Roger ließ mich stehen, um sich in den Konflikt zwischen Marjorie und Conrad einzuschalten. Dart deutete zu den Trümmern hin und fragte mich: „Was sollten sie Ihrer Meinung nach tun?"

„Ich finde, sie sollten vor allem herausfinden, wer das in die Luft gejagt hat."

„Dafür ist doch die Polizei da."

„Soll das heißen, daß die Familie es nicht rausfinden will?"

„Marjorie tut alles, um die Familienangelegenheiten geheimzuhalten", sagte Dart. „Sie ist schlimmer als Großvater, und der hätte jeden Preis gezahlt, damit der Name Stratton sauber bleibt."

Keith mußte sie eine schöne Stange Geld gekostet haben seit den Zeiten meiner Mutter, dachte ich und überlegte wieder flüchtig, was Forsyth, den sie so ängstlich ausgrenzten, wohl angestellt haben mochte.

Ich fragte zögernd: „Waren Sie gestern morgen wirklich mit dem Wagen hier, wie Harold Quest behauptet?"

„Nein." Dart nahm die Frage nicht übel. „Ich war tatsächlich zu Hause im Bad beschäftigt, weil ich nämlich – und lachen Sie jetzt bloß nicht, ich erzähle das sonst keinem – einen neuen Kopfhautvibrator habe, der den Haarausfall bremsen soll."

„Schlangenöl", sagte ich.

„Ihre Mundwinkel zucken. Sie sollten doch nicht lachen!"

„Die Frage ist, ob sich jemand ohne Ihr Wissen Ihren Wagen ausgeliehen haben könnte. Ginge es vielleicht, daß Ihr Wagen mal von dem Sprengstoffexperten oder der Polizei auf Nitratspuren geprüft wird?"

Er sah entgeistert aus. „Das kann nicht Ihr Ernst sein!"

„Irgend jemand", erläuterte ich, „hat den Sprengstoff zur Tribüne geschafft."

Ich versuchte mir den unbekümmerten Dart mit seinem trägen Wesen als jemand vorzustellen, der sich dazu hinreißen ließ, eine

Tribüne in die Luft zu jagen. Unmöglich. Aber sein Auto ohne Aufhebens für einen nicht näher bezeichneten Zweck zu verleihen – das bestimmt. Es ganz bewußt für ein Verbrechen zu verleihen? Ich hoffte nicht.

Beiläufig fragte ich: „Wo ist denn Ihre Schwester Rebecca heute? Eigentlich hätte ich erwartet, daß sie hier ist und richtig schnurrt vor Zufriedenheit."

„Sie reitet in Towcester. Hab in der Zeitung nachgesehen. Es freut sie sicher riesig, daß die Tribüne hinüber ist, aber ich habe sie seit Mittwoch nicht gesprochen. Am Montag reitet sie hier, von daher würde sie den Renntag sicher nicht mit Dynamitzündeleien aufs Spiel gesetzt haben, falls Sie das annehmen. Pferde sind ihr ein und alles. Sie ist wie besessen davon."

Häuserbauen war mein ein und alles. Für mich war es erfüllend, Stein auf Stein zu setzen. Ich hatte Verständnis für ganz auf ein Ziel gerichtetes Streben. Ob zum Guten oder zum Schlechten, ohne diesen Tatendrang tut sich auf der Welt nicht viel.

Die anderen Strattons kamen gerade um die Tribüne herum und brachten Conrads Architekten mit. Roger gesellte sich zu uns und sagte, Mrs. Binsham wünsche mich in seinem Büro zu sprechen, und ging dann wieder.

Ich stakste steifbeinig los. Dart schloß sich mir an.

„Wissen Sie zufällig, wie dieser Architekt heißt?" fragte ich.

„Wilson Yarrow."

Ich blieb abrupt stehen. „Haben Sie jemand von der Familie gesagt, daß ich Architekt bin?"

Er war verblüfft. „Wieso? Spielt das eine Rolle?"

„Erzählen Sie es keinem", sagte ich. „Ich möchte nicht, daß Conrad es erfährt. Wilson Yarrow und ich haben an derselben Uni studiert. Irgendwas ist mit ihm . . ." Ich stockte und dachte angestrengt nach. „Ich komme jetzt nicht drauf, aber ich würde das lieber klären, ohne daß er davon erfährt."

„Kennt er Sie denn nicht auch?" fragte Dart.

„Nein. Ich war mindestens drei Jahrgänge unter ihm und nicht besonders auffällig. Er war ein richtiger Star. Ich glaube nicht, daß wir je miteinander gesprochen haben."

Wenn sich zwei Architekten kennenlernten, eröffneten sie das Gespräch in aller Regel mit der Frage: „Wo haben Sie studiert?" Und an der Antwort wurden vorgefaßte Meinungen festgemacht. Die Bauschule in Cambridge etwa stand am ehesten für behutsames Bewahren, die in Bath für Substanz vor Schönheit. Die Architectural Association brachte hauptsächlich Ultramodernisten hervor, die in die Zukunft blickten und raffinierte Wohnmaschinen aus Glas errichteten. Es regierte der Geist Le Corbusiers. Und selbstzufriedene Vorzeigestudenten neigten zu einer gewissen Arroganz.

MARJORIE saß kerzengerade im Büro und sah verärgert aus.
„Sie sind doch von Beruf Bauunternehmer", begann sie.
„Ja."
„Nun, nachdem Sie sich den Schaden an der Tribüne jetzt näher angeschaut haben – was sagt der Bauunternehmer dazu?"
„Zur Wiederherstellung in der alten Form? Ich hielte das offen gestanden für einen Fehler."
Sie blieb hartnäckig. „Aber es ließe sich machen?"
„Der ganze Bau könnte sich als unstabil erweisen", erwiderte ich. „Es tut mir wirklich leid, aber ich würde Ihnen raten, alles abzureißen und ganz neu zu bauen."
„Ließe es sich denn wieder so aufbauen, wie es war?"
„Natürlich." Ich hielt inne. „Aber es wäre eine verpaßte Gelegenheit."
„Sagen Sie bloß, Sie halten es mit Conrad?"
„Ich halte es mit niemandem. Ich sage Ihnen nur ehrlich, daß Sie die alte Tribüne enorm verbessern könnten, wenn Sie sie neu entwerfen ließen."
„Mir gefällt der Architekt nicht, den Conrad uns aufzwingen will. Ich verstehe ihn nur zur Hälfte, und Sie werden es nicht glauben, aber der Mann benimmt sich, als sei er was Besseres."
Und ob ich das glaubte. „Er wird schon noch einsehen, daß das ein Fehler ist", sagte ich lächelnd. „Falls Sie sich übrigens doch für einen Umbau der Tribüne entscheiden sollten, wäre es ratsam, in Architekturzeitschriften einen Wettbewerb auszuschreiben, so daß Sie unter den eingehenden Plänen eine Auswahl hätten. Man kauft ja nicht einmal einen Sessel, ohne sich probehalber in verschiedene reinzusetzen."
Sie nickte nachdenklich. „Sie wollten sich über diesen Architekten informieren. Haben Sie das getan?"
„Bin dabei."
„Und Keith' Schulden?"

„Ich arbeite dran."

Sie schnaubte ungläubig, nicht ganz zu Unrecht.

Unerwartet wurde die Bürotür aufgestoßen, und Keith und Hannah kamen herein. Ohne sich um meine Anwesenheit zu kümmern, beklagten sie sich lautstark bei Marjorie, daß Conrad mit seinem Architekten rede, als wären die neuen Pläne eine ausgemachte Sache.

„Er redet schon über genaue Termine", nörgelte Keith. „Du mußt es unterbinden."

„Tu das doch selbst", entgegnete seine Tante bissig. „Und da du und Hannah schon mal hier seid, könnt ihr euch ruhig bei Mr. Morris dafür entschuldigen, daß ihr ihn angegriffen habt."

Keith und Hannah warfen mir gleichermaßen böse Blicke zu. Für sie stellte es sich wohl so dar, daß sie ihr eigentliches Ziel nicht erreicht hatten, weil Marjorie dazwischengekommen war. Ich war immer noch da, immer noch auf den Beinen, ein ewiges Symbol der unerträglichen Zurückweisung, die sie erlebt hatten.

Marjorie wartete nur kurz auf die Entschuldigung, die niemals kommen würde, und ich für meinen Teil konnte auf Entschuldigungen gern verzichten, wenn sie nur einsahen, daß auch mit noch so viel Stratton-Geld eine Anklage wegen Mordes nicht niedergeschlagen werden könnte. Mord am Halbbruder. Mord am Sohn der Exfrau. Wie auch immer.

Die Tür ging auf, und es folgten Strattons auf Strattons, als wären sie Bestandteile eines Gruppenorganismus, und Conrad stieß mit Jack und Ivan zu uns, verstärkt durch Wilson Yarrow, Dart und Roger. Wieder war die Gesellschaft zu groß für den Raum.

Wilson Yarrow erkannte mich nicht. Ich selbst warf nur einen flüchtigen Blick auf ihn, er aber schien mir nicht mal so viel zu gönnen. Äußerlich war an ihm weniger sein Aussehen bemerkenswert als seine Haltung. Die lange, schmalschultrige Gestalt mit dem kantigen Kinn hinterließ keinen bleibenden Eindruck. Aber wie er den Kopf in den Nacken legte, um von oben herabschauen zu können, das prägte sich ein.

Conrad räusperte sich: „Wilson Yarrow ist der Ansicht, wir sollten sofort mit dem Wiederaufbau beginnen, und ich habe diesem Vorschlag zugestimmt", verkündete er.

„Mein lieber Conrad", entgegnete Marjorie mit ihrer Tiefkühlstimme, „so etwas zu entscheiden steht dir nicht zu. Die Rennbahn gehört uns allen, und bevor etwas unternommen wird, muß die Mehrheit unseres Vorstandes damit einverstanden sein."

Wilson Yarrow sah verärgert aus. Er hielt die alte Dame offenbar für eine unbedeutende Quertreiberin.

„Fest steht nur", fuhr Marjorie mit ihrer kristallklaren Aussprache fort, „daß wir eine neue Tribüne brauchen."

„Nein!" warf Keith ein. „Wir verkaufen!"

Marjorie beachtete ihn nicht. „Ich bin sicher, daß Mr. Yarrow ein sehr tüchtiger Architekt ist, aber bei etwas so Wichtigem wie neuen Zuschauerbauten wäre ich doch dafür, daß wir in einer Architekturzeitschrift einen Wettbewerb ausschreiben und von allen Interessenten Pläne kommen lassen, damit wir verschiedene Möglichkeiten prüfen und unsere Wahl treffen können."

„Aber Marjorie –", setzte Conrad an.

„Das wäre doch das normale Verfahren, nicht wahr?" fragte sie scheinheilig. „Ich meine, man würde doch nicht mal einen Sessel kaufen, ohne verschiedene Modelle zu vergleichen, oder?"

Sie streifte mich mit einem ausdruckslosen Blick. Zweimal bravo, dachte ich.

„Als Vorstandsmitglied", fuhr Marjorie fort, „stelle ich den Antrag, daß wir eine Auswahl von Vorschlägen für eine Tribüne einholen, und selbstverständlich ist uns auch Mr. Yarrows Vorschlag willkommen."

Totenstille.

„Möchtest du den Antrag unterstützen, Ivan?" regte Marjorie an.

„Ach so. Ja. Vernünftig. Sehr vernünftig."

„Conrad?"

Conrad wand sich. Yarrow funkelte ihn wütend an.

Keith sagte unerwartet: „Du hast meine Stimme, Marjorie."

Sie sah überrascht aus, und obwohl sie ahnen mochte, daß es Keith nur darum ging, den Wiederaufbau hinauszuzögern, kam sein Beistand ihr gerade recht. „Angenommen", sagte sie nüchtern. „Colonel, könnten Sie sich vielleicht um eine geeignete Zeitschrift für die Ausschreibung kümmern?"

Roger sagte, das könne er gern, er werde es erledigen.

„Ausgezeichnet." Marjorie richtete ihren klaren Blick auf den aus der Fassung gebrachten Architekten, der den Fehler begangen hatte, sich herablassend zu benehmen. „Wenn Sie Ihre Pläne fertig haben, Mr. Yarrow, werden wir sie uns gerne anschauen."

„Lord Stratton hat sie schon“, erwiderte Yarrow mit zusammengebissenen Zähnen.

„So? Conrad, ich glaube, die würden wir uns dann doch alle gern mal ansehen, hm?“

Stratton-Köpfe nickten mit unterschiedlichen Graden an Heftigkeit.

„Sie liegen bei mir zu Hause“, teilte Conrad ihr widerwillig mit. „Ich könnte sie dir mal vorbeibringen.“

Marjorie nickte. „Heute nachmittag, ja? Um vier.“ Sie stellte sich auf ihre kleinen Füße und trat mit einem gütigen Lächeln ab, ganz die große alte Dame. Schweigend folgten auch die anderen, und Roger und ich blieben als einzige auf dem still gewordenen Kampffeld zurück.

„So ein alter Drachen!“ sagte Roger bewundernd.

ROGER verbrachte den Nachmittag mit dem Elektriker der Rennbahn, dessen Leute unter Umgehung der Haupttribüne überall wieder Strom legten. Ein Hochleistungskabel wurde unterirdisch verlegt, um das angeforderte Zirkuszelt mit Strom vom Mitgliederparkplatz aus zu versorgen.

Die Zahl der Ermittler in den Trümmern war gestiegen. Außerdem wurde das Absperrband durch einen langen, mannshohen Zaun ersetzt. „Wir könnten die wertvollsten Indizien an Souvenirjäger verlieren“, erklärte man mir. „Wenn man dem Publikum am Montag keine Schranken setzt, haust es hier womöglich schlimmer als Piranhas.“

Ich versuchte übers Mobiltelefon, das noch in Rogers Jeep war, Freunde aus meiner Studienzeit aufzustöbern, um sie nach Yarrow zu fragen, erreichte aber fast niemand. Von einem, Carteret, erwischte ich die Ehefrau, die versprach, ihm meine Nummer zu geben, doch er habe gerade in St. Petersburg zu tun. Ich redete auch mit einer kleinen Tochter, die mir sagte, ihr Papa wohne nicht mehr bei ihnen.

Im Büro entwarfen Roger und ich Pläne für die Aufstellung des Zirkuszeltes und der beiden Container, die ihm zugesagt worden waren. Einer der Container sollte als Umkleideraum für die Jockeys dienen, der andere zur Unterbringung der Waage und der Funktionäre.

„Die weiblichen Jockeys!“ rief Roger aus. „Wo tun wir die hin?“

Ich rief Henry an, erreichte aber nur seinen Anrufbeantworter und bat auf Band um ein paar Zusatzzelte. „Schick doch auch noch was Hübsches mit“, ergänzte ich, „das Dornröschenschloß zum Beispiel. Wir müssen die Leute in Stimmung bringen.“

„Das ist eine Rennbahn, kein Rummelplatz“, meinte Roger.

„Es ist in Ordnung“, erinnerte ich ihn. „Tag des wiedererwachten Vertrauens, bombenfreier Tag, Tag der Sicherheit, Vergnügungstag. Die Leute, die am Montag herkommen, sollen vergessen, daß sich hinter dem neuen Zaun ein schreckliches Unglück ereignet hat.“

„Ihre Begeisterung steckt an, wissen Sie das?“ Er lächelte mir fast befreit zu und wollte gerade wieder zu seinen Elektrikern eilen, als das Telefon klingelte.

„Hallo?“ sagte Roger und „Ja, Mrs. Binsham“ und „Selbstverständlich, sofort“ und legte den Hörer auf. Er setzte mich ins Bild: „Conrad und Yarrow haben ihr die Pläne gezeigt, und sie möchte eine Kopie davon haben.“

„War Conrad damit einverstanden?“ fragte ich überrascht.

„Anscheinend ja. Sie hat ihn irgendwie im Zangengriff. Das ist mir schon öfters aufgefallen. Wenn sie Druck ausübt, gibt er nach.“

„Die erpressen sich alle gegenseitig!“

Er nickte. „Zu viele Geheimnisse, zuviel erkauftes Schweigen.“ Er wies auf den Kopierer. „Sie sind schon im Anmarsch.“

„In dem Fall verdufte ich lieber“, sagte ich. „Ich warte in Ihrem Jeep.“

„Und wenn sie weg sind – zurück zu Ihrem Bus?“

„Wenn's Ihnen nichts ausmacht.“

Er hielt mir die Tür auf, damit ich nach draußen tappen konnte. Ich legte mich im Jeep auf die Seite und sah zu, wie Conrad und Wilson Yarrow mit einer großen Mappe ankamen. Als sie fort waren, kam Roger mit den frischen Kopien zum Jeep, und wir schauten sie uns gemeinsam an.

Auf einem Blatt war der Grundriß angelegt. Eins zeigte alle vier Seiten im Aufriß. Das dritte war eine dreidimensionale Ansicht.

„Das ist doch eine einzige große Glasscheibe“, wandte Roger ein.

„So schlimm ist es auch nicht. Unvollständig, aber nicht schlecht.“

„Lee!“

„Entschuldigung“, sagte ich. „Natürlich nichts für Stratton Park. Der Kasten schreit nach Tropenwetter, umfassender Klimatisierung und millionenschweren Mitgliedern. Und selbst die hätten es nicht besonders bequem."

„Hört sich schon besser an", meinte er erleichtert.

Ich sah mir die linke obere Ecke der Kopien an, wo lediglich WILSON YARROW, FREIER ARCHITEKT stand. Ein Alleingang. Keine Partner, keine Firma.

„Warten Sie. Ich lege das nur gerade in den Safe," meinte Roger. Er kam gleich wieder und fuhr mich die paar hundert Meter zu seinem Haus, das verlassen war: keine Kinder, keine Frau.

Wir fanden sie alle im Bus. Die Jungen hatten Mrs. Gardner zum Tee eingeladen, und alle miteinander schauten gebannt die Fußballberichte im Fernsehen an.

Als die Gardners gegangen waren, erhob ich Anspruch auf mein Bett, vertrieb ein oder zwei Zuschauer und legte mich auf den Bauch, um mitzugucken. Als der letzte Beitrag gelaufen war, servierte Christopher als Abendbrot eine Runde Dosenspaghetti auf Toast. Dann einigten sich die Jungs auf ein Video. Als ich so dalag, fand ich, daß es ein ziemlich langer Tag gewesen war, und schlief irgendwann während des Films ein.

Gegen drei Uhr früh erwachte ich. Im Bus war es dunkel und still, die Jungen schliefen in ihren Kojen. Ich stellte fest, daß sie mir eine Wolldecke übergelegt hatten, und auf dem Tisch neben mir stand ein volles Glas Wasser.

Als ich am Abend zuvor ein Glas dahin gestellt hatte, hatte Toby gefragt, wozu das gut sei.

„Vom Krankenhaus", erklärte ich ihm, „habe ich Tabletten bekommen, die ich einnehmen soll, wenn ich nachts aufwache und Schmerzen kriege. Sie sind unter meinem Kopfkissen."

Sie hatten die Auskunft mit einem Nicken quittiert. Und heute nacht war das Glas Wasser wieder da, bereitgestellt von meinen Söhnen. Ich nahm die Tabletten, trank einen Schluck und lag da im Dunkeln, arg ramponiert und trotzdem bemerkenswert glücklich.

ES WAR ein schöner Morgen. Ich gab den Jungen die Ostergeschenke, die Amanda in einem Spind unter meinem Bett versteckt hatte. Jeder bekam ein Schokoladenosterei, ein Taschenbuch und ein kleines Computerspiel, und alle bedankten sich am Telefon bei ihrer Mutter. Sie waren mit den Augen ganz bei ihren flimmernden, piepsenden Spielen, als es an der Tür klopfte und Roger den Kopf hereinstreckte.

„Ihr Freund Henry ist mit einem Kran und dem Zirkuszelt angekommen, und er will mit Ihnen sprechen, bevor er etwas ablädt."

„Henrys Zelt!" rief Christopher aus. „Das große, das wir über dem Pub aufgeschlagen haben, ehe du unser Haus gebaut hast?"

„Genau."

Die Jungen sammelten sich sofort mit hoffnungsvoller Miene auf der Zufahrt. Roger winkte ergeben zum Jeep hin, und schon hingen sie alle auf der Rückbank und rauften um ihre Lieblingsplätze.

„Setzt euch hin oder steigt aus!" befahl Roger in seinem besten Kasernenhofton, und eingeschüchtert gaben sie Ruhe.

Er raste mit Karacho den Fahrweg entlang, hielt mit einer Vierrad-Schleuderbremsung vor dem Büro, und die Bande stürmte los, um Henry mit Kriegsgeschrei zu begrüßen.

Gegen Henry, den bärtigen Hünen, kam ich mir immer klein vor. Er hob Neil mühelos auf die Schultern und strahlte mich mitsamt meinem Gehgestell an. Mit einer Riesenpranke deutete er auf die schwerbeladenen Brummis, die den Parkplatz verstellten.

„Ich hab den ganzen Rummel mitgebracht", sagte er zufrieden.

„Ja, gut, aber hören Sie –", setzte Roger an.

Henry blickte freundlich auf ihn hinunter. „Vertrauen Sie unserem Lee", sagte er. „Lassen Sie uns das Parkett hier für morgen in Schuß bringen. Sie wollen doch ein volles Haus haben, oder nicht?"

„Äh . . ., ja."

„Na also."

Roger wandte sich verzweifelt an mich: „Marjorie . . ."

„Sie wird begeistert sein. Es geht ihr doch vor allem darum, daß die Rennbahn gut ankommt."

Den größten Teil des Tages ließ Roger seine Arbeiter mit Hand anlegen, wo sie nur konnten, während Henry und sein Team vier Masten aufstellten, die stabil genug waren für jedes Trapezprogramm; dann zogen sie mit schwerem elektrischem Hebewerk Tonnen von weißer Zeltleinwand hoch und breiteten sie aus. Die endgültige Höhe und die Bodenfläche entsprachen denen der alten Tribüne, und insgesamt übertraf das Zelt sie mühelos an Pracht.

Henry und ich erörterten Publikumsverkehr, Zuschauerverhalten, Wetterschutz. Das ganze Zelt erhielt einen festen Boden mit einem breiten Mittelgang und wurde durch stabile Trennwände in „Räume" unterteilt, jeder mit einem Zelthimmel aus pfirsichfarbener Kunstseide. „Den kaufe ich kilometerweise", versicherte Henry dem staunenden Roger. „Lee sagt, das richtige Licht ist wichtiger als das Essen. Er weiß, was die Leute schön finden."

„Was finden die Leute denn schön?" fragte Roger mich neugierig.

„Ich habe jahrelang Leute befragt, warum sie die alten Häuser, in denen sie wohnten, gekauft hatten. Was war für sie der entscheidende Grund, wie unvernünftig auch immer, gerade dieses und kein anderes Haus zu wählen? Manchmal nannten sie ein Stück Gitterwerk, manchmal eine verborgene Wendeltreppe, manchmal Kamine aus Cotswoldsteinen. Nach und nach habe ich dann eben gelernt, wie man halbverfallene Häuser so umbaut, daß die Leute darin leben möchten."

Für Henrys Leute, die größtenteils vom Zirkus kamen und gewohnt waren, über Nacht auf einer leeren Wiese ein Zauberreich entstehen zu lassen, waren vierundzwanzig Stunden bis zum Startschuß mehr als genug. Sie holten Seile ein, sie schwangen Holzhämmer, sie schufteten. Henry versorgte seine „braven Jungs" mit einem Faß Bier aus dem Mayflower.

Wie sich herausstellte, hatte Henry nicht nur das Paradezelt mitgebracht, sondern auch einen großen Teil der Planken und Gestelle, die als Sitzreihen um die Manege gedient hatten. „Ich dachte, das könntet ihr vielleicht brauchen", meinte er.

„Die Zuschauertribüne!" sagte ich leise. „Du Prachtkerl!"

Henry strahlte. Seine Zirkusleute bauten die Sitzreihen an den Rails entlang im Freien auf, mit Sicht auf die Rennbahn.

Irgendwann nahm Henry mich beiseite. „Was sind das für Armleuchter, die die Einfahrt blockieren? Um ein Haar hätten wir einen davon umgefahren, als wir mit dem Bier wiederkamen. Völlig durchgedreht."

Ich klärte ihn über Harold Quest und seine Anhänger auf.

Er strich sich den Bart. „Was tun wir also?"

„Wir finden uns mit ihnen ab."

„Alle Fanatiker spinnen, wenn du mich fragst", sagte Henry mit einem Kopfschütteln. „Möchtest du ein Bier?"

„Gern", erwiderte ich.

Aber das Bier mußte warten, denn es trafen zwei motorisierte Besucher ein, beide aufgebracht wegen einer Beinahekollision mit Harold Quest.

Hinter der Stoßstange des ersten Wagens klemmten die zerrissenen Überreste eines Plakats, auf dem stand: SCHLUSS MIT DER GRAUSAMKEIT.

Oliver Wells, der Fahrer, marschierte vor Wut zitternd auf die Bürotür zu. Der zweite Wagen, ein scharlachroter Ferrari, hielt mit qualmenden Reifen, und die finster blickende Rebecca schnellte daraus hervor. Auch sie, in gutsitzender rehbrauner Hose und knallrotem Pullover, bebte vor Empörung.

„Diesen Schwachkopf bring ich um!" posaunte sie hinaus. „Der legt es ja drauf an, daß man ihn überfährt, und ich werd's tun, das schwöre ich, wenn er mich noch mal ‚Herzchen' nennt."

Ich hatte Mühe, das unpassende Lachen hinunterzuschlucken. Henry jedoch lachte schallend heraus. Sie bedachte ihn mit einem giftigen Blick.

„Wo ist Oliver? Der Mann, der vor mir hier hereingekommen ist?"

„In dem Büro dort", sagte Henry, mit dem Finger zeigend; und ich schwöre, daß ihm das Wort Herzchen auf der Zunge lag.

Er schaute ihrem panthergleichen Gang nach, als sie sich von uns entfernte, und hob als Kommentar drollig die Augenbrauen. „Wer ist sie denn?"

„Die ehrenwerte Rebecca Stratton, Hindernisreiterin."

Wieder kam ein Auto, ein kleiner schwarzer Porsche diesmal, der wie ein Schatten den Fahrweg entlangglitt und unauffällig, halb verdeckt durch einen von Henrys Lkws, stehenblieb. Niemand stieg aus.

Henry sah stirnrunzelnd hinüber. „Wer versteckt sich denn da hinter meinen Lastern?"

„Ich weiß nicht", sagte ich. „Sieh mal nach."

Er tappte hinüber, peilte die Lage und kam zurück.

„Ein dünner Typ, jung, sieht genau aus wie Herzchen. Wollte nicht mit mir reden." Henry grinste anzüglich. „Er hat eine italienische Fernfahrergeste gemacht!"

„Das könnte vielleicht Forsyth Stratton sein. Herzchens Cousin."

Henrys Interesse verflog. „Na, dann los, genehmigen wir uns ein Bier."

„Nichts lieber als das."

Endlich hoben wir einen und beredeten dabei, was noch alles zu erledigen war. Henrys Leute würden bis Mitternacht arbeiten und dann in aller Frühe fertig aufbauen. Um halb zehn würden die Lkws mit Ausnahme von seinem alle fort sein.

„Ich bleibe zu den Rennen", sagte er. „Die kann ich mir doch nach all dem nicht entgehen lassen."

Roger stieß zu uns, er war sichtlich angespannt. „Oliver ist in der scheußlichsten Laune", berichtete er. „Und was Rebecca angeht..."

Rebecca folgte ihm fast auf dem Fuß, rauschte aber an unserer Gruppe vorbei und suchte einen Durchschlupf in dem Zaun, der die eingestürzte Tribüne verbarg. Da sie keinen fand, wandte sie sich an einen vorbeikommenden Arbeiter. „Holen Sie mir eine Trittleiter!" befahl sie ihm. Als er die Leiter brachte, schenkte sie ihm die Andeutung eines Nickens, stieg mit sicheren Bewegungen die Sprossen hinauf und betrachtete lange, was der Zaun verbarg.

Henry und Roger schlichen sich davon wie listige alte Krieger. Rebecca stieg wieder herunter, warf einen verächtlichen Blick auf mein Gehgestell und sagte, falls ich daran dächte, den Strattons wegen meiner Verletzungen eine Schadenersatzklage anzuhängen, würden die Strattons mich wegen Hausfriedensbruchs verklagen.

„Haben Sie mit Keith geredet?" fragte ich.

„Das geht Sie nichts an."

„Freut es Sie", setzte ich nach, „daß die Tribüne jetzt in Trümmern liegt?"

„Aber ja", erwiderte sie trotzig.

„Und was soll nun werden?"

„Ein neuer Tribünenbau natürlich. Modern. Mit Glasfront. Alles neu. Nichts wie raus mit dem Scheiß-Oliver und dem verkalkten Roger."

„Und den Laden selber schmeißen?" Ich meinte es nicht ganz ernst.

„Es spricht nichts dagegen! Großvater hat es ja auch gemacht. Die Rennbahn sollte von einem Stratton geleitet werden." Ihr Gesicht glühte vor Eifer. „Sonst kann keiner in der Familie Anker und Anschlag auseinanderhalten. Ich möchte wenigstens noch diese und die nächste Saison reiten. Es wird Zeit, daß mal eine Frau unter die ersten fünf auf der Jockeyliste kommt. Danach leite ich die Rennbahn."

„Der Vorstand müßte Sie einsetzen", sagte ich nüchtern.

Sie musterte mich abschätzend. „Müßte er wohl", sagte sie gedehnt. „Und ich habe zwei volle Jahre, um dafür zu sorgen, daß er es tut."

Unvermittelt kam sie zu dem Schluß, daß sie sich lange genug mit mir abgegeben hatte, und pirschte zu ihrem scharlachroten Wagen zurück, nicht ohne dabei hungrige Blicke nach links und rechts zu werfen auf das Reich, das sie zu regieren beabsichtigte.

# 9

Die Arbeit ging voran. Stromkabel ringelten sich überall. Mehr und mehr Lampen wurden angebracht und sahen aus, als gehörten sie seit jeher dorthin. Weiße Ventilatoren drehten sich lautlos unter Abzugsöffnungen im Dach, um Gerüche und verbrauchte Luft zu vertreiben. Rogers Leute legten eine Wasserleitung für den Servicebereich der Nebenzelte und noch eine Abzweigung in den Umkleideraum der weiblichen Jockeys. Außerdem bearbeitete Roger den guten Ivan, um eine Fuhre Grünpflanzen aus dem Gartencenter zu bekommen.

„Er beharrt darauf, daß die Rennbahn die Lieferung bezahlt“, bemerkte Roger, als er den Hörer auflegte.

„Reizend.“

Wir besprachen noch einige Vorkehrungen, ehe Roger enteilte und mich im Büro zurückließ. Ich hockte mich vorsichtig auf die Schreibtischkante, um Arme und Beine zu entlasten.

Abrupt wurde die Tür geöffnet, und Forsyth stürmte herein. Anscheinend war keiner der Strattons imstande, einen Raum langsam zu betreten.

„Was machen Sie hier?“ fragte er scharf. „Sie haben kein Recht, hier die Leitung zu übernehmen.“

„Der Colonel hat die Leitung“, erwiderte ich ruhig.

„Der Colonel fragt immer erst Sie.“ Seine dunklen Augen funkelten genauso wie Rebeccas. „Und der bärtige Riese, dessen Leute die Zelte aufstellen, läuft auch zuerst zu Ihnen. Was Sie sagen, wird gemacht. Ich habe draußen gesessen und mir das angesehen – und zwar mit wachsender Empörung. Wofür halten Sie sich eigentlich?“

„Für einen Bauunternehmer“, versetzte ich trocken.

„Ein hergelaufener Bauunternehmer hat nicht unsere Rennbahn zu schmeißen.“

„Ich bin auch Anteilseigner. Ein Gesellschafter.“

„Zum Teufel damit! Ich bin ein Stratton.“

„Pech“, meinte ich knapp.

Das war zuviel für ihn. Mit rachsüchtig verzogenem Mund schrie er: „Ihre Mutter hatte kein Recht auf diese Anteile! Keith hätte sie lieber mal ordentlich verdreschen sollen. Jack sagt, Sie hätten gestern selbst Prügel von Keith bezogen, bloß nicht genug. Und wenn Sie sich einbilden, Sie könnten uns Geld abpressen, dann können Sie es vergessen.“

Jetzt war das Maß voll. Ich hatte von den Strattons eine Kränkung zuviel abbekommen, und so ließ ich mich zu einer Gemeinheit hinreißen, die mir sonst fernlag. „Sie haben in Ihrer Familie doch überhaupt nichts zu melden“, sagte ich. „Für die sind Sie Luft. Die sehen Sie noch nicht mal an. Was haben Sie ausgefressen?“

Blitzartig hob er die Hände und ballte sie zu Fäusten. Wütend trat er auf mich zu. Ich richtete mich auf und warf ihm in meiner Erregung höhnisch an den Kopf: „Es hat sie wahrscheinlich ein Vermögen gekostet, daß Sie noch frei herumlaufen dürfen.“

„Halten Sie die Klappe! Seien Sie still!“ schrie er. „Ich werde mich bei Tante Marjorie beschweren!“

„Bitte sehr“, sagte ich. „Sie sind ein Dummkopf, Forsyth, und Marjorie verachtet Sie sowieso; der brauchen Sie nicht noch was vorzuheulen, damit sie Ihnen die verrotzte Nase putzt. Und wenn Sie sehen könnten, was für eine Fratze Sie haben, wenn Sie wütend sind, würden Sie davonlaufen und sich verkriechen.“

Die letzte, kindische Stichelei traf ihn schwer. Offenbar hielt er sich etwas auf sein Aussehen zugute. Die gehässig verzerrten Züge glätteten sich, die Fäuste öffneten sich. Er bebte vor Demütigung. Schon stand er nur noch als jämmerlicher Versager da, viel Lärm und Pose, nichts dahinter.

Plötzlich schämte ich mich. Na großartig, dachte ich, da schießt du aus allen Rohren auf den schwächsten Stratton. Wo waren deine mutigen Worte gestern, als Keith dir gegenüberstand?

„Ich tauge mehr zum Verbündeten als zum Feind“, sagte ich, nachdem ich mich wieder im Griff hatte. „Warum versuchen Sie es nicht mit mir?“

Er sah mürbe genug aus, um ein paar Fragen zu beantworten.

Ich nutzte die Chance: „Keith hat also behauptet, ich sei da, um Ihrer Familie Geld abzupressen. War das, bevor die Tribüne hochgegangen ist oder danach?“

Er starrte eine Weile mürrisch vor sich hin und sagte schließlich: „Danach, glaube ich. Man hatte Sie gerade ins Krankenhaus geschafft, und Keith meinte, jetzt würden Sie garantiert Ihre paar Schrammen über Gebühr hochspielen.“

„Und Sie haben ihm natürlich geglaubt?“

„Klar. Conrad sagte, wir sollten uns darauf gefaßt machen, daß wir

Ihnen Schmerzensgeld zahlen müßten, und Keith meinte, das könnten sie sich nicht mehr leisten, nachdem...“ Er brach plötzlich ab.

„Nachdem sie“, vermutete ich, „schon so tief in die Tasche greifen mußten, um Ihnen aus der Patsche zu helfen?“

„Ich will das nicht hören“, sagte er und hielt sich wie ein Kind die Ohren zu.

Er war um die Zwanzig, schätzte ich, nicht besonders schlau und anscheinend ungeliebt. Leute mit Geld abzufinden war bei den Strattons alter Brauch. Wenn man jedoch das Verhalten der anderen gegenüber Forsyth betrachtete, so hatte er sie wohl zuviel gekostet.

Es gab in der Familie ein System von Druckmitteln und Zwängen. Ich wußte, daß sie vorhanden waren, konnte aber nicht den Finger darauf legen. Forsyth' Vergehen an sich war für die anderen wahrscheinlich nicht von solcher Bedeutung wie einerseits die Kosten, um es aus der Welt zu schaffen, und andererseits die Macht, die sie dadurch über ihn gewonnen hatten.

Wenn Marjorie herausfand, wer die Tribüne in die Luft gejagt hatte, und wenn es ein Familienmitglied war, dann würde es wieder keinen Prozeß für den Täter geben. Der Stratton-Clan würde noch ein Geheimnis mehr in das große Sammelbecken aufnehmen und es zur innerfamiliären Erpressung benutzen.

Ich fragte Forsyth: „Waren Sie als Schüler in einem Kadettenkorps?“

Er starrte mich an. „Nein, natürlich nicht. Nur ein Trottel legt Wert darauf, in Uniform herumzustiefeln und sich anbrüllen zu lassen.“

Ich hatte genug von ihm. Es war unwahrscheinlich, daß er jemals mit Sprengschnur oder Sprengstoff hantiert hatte; bei einem Jungen aus einem Kadettenkorps hätte es vielleicht sein können.

Christopher, Toby und Edward kamen in das Büro. „Pa“, sagte Christopher, „der Colonel wollte, daß wir dich holen, damit du sagst, wo die Wasserhähne hinsollen.“

„Sehen Sie?“ sagte Forsyth bitter.

Ich ging, immer noch am Gehgestell, mit meinen Söhnen zur Tür hinaus, und obwohl ich hörte, daß Forsyth hinter mir herkam, erwartete ich keinen Ärger mehr von seiner Seite. Dafür kündigten sich jedoch neue Scherereien in Gestalt einer Abordnung von Strattons an, die aus dem Zirkuszelt traten wie ein Greiftrupp, der entschlossen war, mich abzufangen. Sie bildeten einen Halbkreis vor mir: Conrad zu meiner Linken, dann Dart, Ivan, Jack und Hannah. Keith, zu meiner

Rechten, stand ein wenig außerhalb meines Gesichtsfelds, was mir gar nicht lieb war.

Christopher, Toby und Edward zögerten. Ich spürte ihre Furcht und Bestürzung. Sie wichen zurück, dann drehten sie sich kurzerhand um, rannten los und verschwanden im Zirkuszelt. Mir war selbst zum Weglaufen zumute.

Ich warf einen Blick auf den Halbkreis von mißbilligenden Mienen und feindseligen Blicken und entschloß mich zum Angriff. Das war immer noch die beste Verteidigung, sagte ich mir.

„Wer von Ihnen", begann ich unverblümt, „hat die Tribüne in die Luft gejagt?"

„Machen Sie sich nicht lächerlich", sagte Conrad.

Wenn ich mit Conrad redete, hatte ich zwar Keith zu sehr im Rücken, und das verursachte mir eine Gänsehaut, aber andererseits war Conrad derjenige, der Keith am ehesten zurückhalten würde.

Ich wandte mich Conrad zu: „Die Sprengung der Tribüne war ein Werk der Strattons. Der wahre Grund, weshalb Sie mich loswerden wollen, ist der, daß Sie befürchten, ich könnte herausbekommen, wer es war. Und daß ich Ihnen, wenn ich es herausfinde, den Vorschlag mache, für Geld zu schweigen."

Keiner von ihnen sagte etwas.

„Und das könnten Sie sich nicht leisten", fuhr ich fort, „nach Forsyth' kostspieligem Abenteuer."

Sie sahen Forsyth wütend an.

„Ich habe ihm nichts erzählt", beteuerte dieser verzweifelt. „Ich habe kein Wort gesagt. Er hat's erraten."

„Halt's Maul, Forsyth!" sagte Hannah scharf.

„Wie gefällt Ihnen Ihre neue Ausstattung der Rennbahn mit Zelten?" fragte ich Conrad.

Einen Augenblick lang sah Conrad richtig zufrieden aus, doch Keith warf von rechts hinter mir heftig ein: „Das ändert nichts daran, daß wir das Gelände verkaufen." Er knurrte leise. Ich spürte, was in ihm vorging.

Grimmig wandte ich mich an Conrad: „Halten Sie mir Ihren Bruder vom Leib. Wenn mich jemand von Ihnen noch einmal anrührt, wird das Zelt weggeschafft."

Conrad riß die Augen auf. „Das können Sie nicht. Es steht nicht in Ihrer Macht."

„Wollen wir wetten? Henry hat Ihnen das Zelt geliefert, weil ich ihn darum gebeten habe. Er ist ein Freund von mir. Wenn man mir noch einmal droht oder an die Gurgel geht, fährt Henry mit dem ganzen Kram nach Hause."

Conrad erkannte die Wahrheit, wenn man sie ihm direkt ins Gesicht schleuderte. Er wandte sich ab, verließ den bedrohlichen Halbkreis und nahm auch Dart mit. Dart drehte sich um und grinste mir zu.

Ich wandte mich Keith zu. Forsyth, hinter mir, sagte boshaft: „Na los, Keith, worauf wartest du? Gib's ihm noch mal."

Die niederträchtige Aufforderung bewirkte das Gegenteil. Keith sagte fast automatisch: „Halt deine dumme Klappe, Forsyth", während der Augenblick der Gefahr sich wieder in einen Zustand allgemeiner Feindseligkeit auflöste.

Plötzlich erschien mein Sohn Alan neben mir und beobachtete Keith voller Angst, und einen Moment später trat Neil zu uns. Keith, obwohl ein Experte im Einschüchtern, schien etwas verunsichert, daß sich Kinder ihm entgegenstellten. Ich bewegte mich geradewegs auf Hannah und Jack zu, die mir direkt im Weg standen. Unsicher traten sie beiseite, um mich durchzulassen. Meine drei anderen Jungen kamen jetzt auch hinzu und drängten sich um mich, so daß ich wie von einer jungen menschlichen Hecke geschützt davonging.

Christopher sagte unglücklich: „Wir haben dich allein gelassen, Papa."

„Wir hatten Angst", fügte Toby hinzu. „Wir sind einfach . . . weggelaufen."

„Im wirklichen Leben", sagte ich beschwichtigend, „ist keiner tagaus, tagein ein Held. Das erwartet auch niemand. Es geht nicht."

Christopher glaubte mir, aber Toby schien sich nicht sicher zu sein.

Roger und Oliver Wells kamen aus dem Hauptzelt und unterhielten sich freundschaftlich. Sie gingen zu Rogers Jeep hinüber und brausten los. Sie hatten jedoch kaum zwanzig Meter zurückgelegt, als sie scharf bremsten, wendeten und neben mir und den Jungen anhielten.

Roger streckte mein Funktelefon aus dem Fenster.

„Das Ding hat geklingelt", sagte er. „Jemand namens Carteret will Sie sprechen. Sind Sie zu Hause?"

„Carteret! Phantastisch!"

Roger gab mir den Apparat und fuhr seines Wegs.

„Carteret?" fragte ich in den Hörer. „Bist du noch in Rußland?"

„Nein, verdammt", tönte eine altbekannte Stimme. „Ich bin in London. Meine Frau sagt, du hättest betont, es sei dringend. Da hört man jahrelang nichts voneinander, kriegt nicht mal eine Weihnachtskarte und dann ist es plötzlich dringend! Also, was gibt's?"

„Ich habe ein Problem, bei dem mir dein Langzeitgedächtnis helfen könnte, und ich habe mich gefragt . . ., entsinnst du dich zufällig noch an einen Studenten namens Wilson Yarrow?"

Nach einer Pause sagte Carteret unschlüssig: „War der so um die drei Jahre vor uns? Irgendwie war er nicht ganz lupenrein."

„Ja. Weißt du noch, was es war?"

„Puh, das ist doch viel zu lange her." Er hörte sich gestreßt an. „War es das? Also, Kumpel, es tut mir sehr leid, aber ich stecke bis über beide Ohren in Arbeit."

Ohne große Hoffnung fragte ich: „Hast du noch die Tagebücher, die du an der Uni geführt hast?"

„Na, ich denke schon – irgendwo."

„Könntest du die mal durchsehen, ob du was über Wilson Yarrow geschrieben hast?"

„Lee, hast du eine Ahnung, was du da verlangst?"

„Ich habe ihn wiedergesehen", sagte ich. „Es könnte wichtig sein. Ich wüßte gern, ob ich vielleicht ein paar Leute, die ich kenne . . ., warnen sollte."

Einige Sekunden war es still, dann: „Morgen fliege ich mit meiner Familie für sechs Tage nach Euro-Disney. Wenn du es eilig hast, dann wirf selbst einen Blick rein. Ginge das?"

Ich überlegte kurz. „Wie wär's, wenn ich mit der Bahn nach Paddington käme?"

„Klar. Wär schön, dich mal wiederzusehen nach all der Zeit." Jetzt klang er herzlicher, als wäre es ihm Ernst damit. Er erklärte mir, wie ich am besten zu ihm kam, und legte auf.

Ich rief den Bahnhof Swindon an und fragte nach einer Verbindung. Ja, möglich wäre es, sogar bei dem eingeschränkten Feiertagsfahrplan, und ich könnte sogar noch am Abend wieder in Swindon sein. Gerade noch. Mit ein wenig Glück.

Roger, der von seiner Tour zurückkam, bot sich an, auf die Jungs aufzupassen. Er lieh mir Krücken für die Zugfahrt und brachte mich zum Bahnhof, auch wenn er beim Losfahren sagte, daß er an meinem Verstand zweifle. Ich behauptete, es ginge mir schon viel besser, als ich in den Zug wankte. Von Paddington aus nahm ich ein Taxi und kam ohne Zwischenfall vor Carterets Haustür in der Nähe von Shepherd's Bush an.

Carteret öffnete mir selbst, und wir musterten uns. Er war immer noch klein, rundlich, mit Brille und schwarzem Haar. Wir hatten im ersten Jahr an der Akademie eine Bude geteilt und hatten uns während des ganzen Studiums, wann immer nötig, gegenseitig geholfen.

„Du hast dich nicht verändert", sagte ich.

„Du auch nicht." Er hob die Brauen wegen der Krücken, auf die ich mich stützte.

„Nichts Ernsteres", sagte ich. „Ich erzähle es dir gleich."

Ich lernte seine Frau kennen und seine beiden Kinder. In dem gemütlichen verwohnten Wohnzimmer erzählte ich ihm von Stratton Park. Ich ging recht ausführlich darauf ein. Dann sah ich mit Bestürzung, wie er seine Tagebücher anschleppte. Es waren ungefähr zwanzig dicke DIN-A4-Spiralhefte, gefüllt mit seiner sauberen kleinen Schrift.

„Wer denkt denn an so was", sagte ich schwach. „Mir war nicht klar. . ."

„Ich hab dir ja gesagt, daß du nicht weißt, was du da verlangst."

„Könntest du . . ., würdest du sie mir leihen? Du bekommst sie auch wieder."

„Ehrenwort?" sagte er unschlüssig.

„Bei meinem Diplom."

Sein Gesicht hellte sich auf. „Na schön." Er ging hinaus und kam mit einer Tragetasche wieder. „Du kannst sie da reintun."

„Ich bin dir wirklich dankbar."

Er nickte, von meiner Aufrichtigkeit überzeugt. „Lassen wir nicht wieder zehn Jahre vergehen", sagte er. „Okay?"

AUF DER ruckeligen Fahrt zurück nach Swindon versenkte ich mich in die Tagebücher und ertrank schließlich in wehmütiger Erinnerung. Wie jung wir gewesen waren! Wie unfertig und vertrauensvoll. Wie ernst und zuversichtlich.

Ich kam an eine Stelle, die mir einen bösen Stich versetzte.

Carteret hatte geschrieben:

> Lee und Amanda sind heute in der Kirche getraut worden, mit allem Brimborium, wie sie es wollte. Beide sind neunzehn. Ich glaube, er macht eine Dummheit, aber ich muß zugeben, daß sie beide sehr zufrieden ausgesehen haben. Lee sagt, sie werden von Luft und Liebe leben. Ich glaube, daß sie eher auf Wolken schwebten.

Meine Hochzeit hatte ich in jeder noch so kleinen Einzelheit in Erinnerung. Ich war sicher gewesen, wir würden für alle Zeit glücklich sein. Traurige Illusion.

So brüchig unsere Ehe auch war, ich wollte unbedingt, daß sie bestehenblieb. Ich sträubte mich mit aller Macht gegen den Gedanken einer endgültigen Trennung mit Güterteilung, Verlust der Söhne, Einsamkeit, Verbitterung. Diese Art von Leid würde mich zugrunde richten, wie kein körperlicher Schmerz es konnte.

Es war nach zehn, als ich das Taxi in Swindon anwies, durch den Nebeneingang auf die Rennbahn zu fahren und am Bus zu halten. Die Jungen waren alle da und schauten sich schläfrig ein Video an. Ich legte mich dankbar hin, mit dem starken Gefühl, hier zu Hause zu sein, in diesem Bus, mit diesen Kindern. Niemals den Tag der unklugen Heirat bedauern – dies war daraus entstanden. Jetzt kam es nur darauf an zusammenzuhalten.

Der Schlaf umfing uns alle friedlich, doch in der Nacht brannte es.

DIE JUNGEN und ich betrachteten die qualmenden Überreste der Hecke vor dem Graben. Zu Asche und schwarzen Stümpfen verkohlt, erstreckte sie sich über das Geläuf, zehn Meter lang, einen Meter tief.

Roger war ebenfalls zur Stelle, mit drei Rennbahnarbeitern, die bereitstanden, um die verkohlten Stümpfe zu entfernen, sobald sie abgekühlt waren.

„Dieser Tierschutzfanatiker Harold Quest?“ fragte ich Roger.

Er zuckte resigniert die Achseln. „Seine Kragenweite, nehme ich an.“

„Hat niemand den Brandstifter gesehen?“

„Leider nicht. Der Wachmann hat die Flammen bei Tagesanbruch entdeckt, aber es war keine Menschenseele mehr da. Gründliche Arbeit, wie man sieht. Die Hecke hat sofort auf der ganzen Länge gebrannt. Es muß Benzin gewesen sein.“

„Oder Kaminanzünder“, sagte Christopher.

Roger sah ihn interessiert an. „Stimmt, daran habe ich nicht gedacht.“

Toby schauderte: „Mir gefällt's hier nicht“, sagte er.

Roger und mir fiel gleichzeitig ein, daß Toby an dieser Stelle den

Rennbahnbesucher mit dem eingetretenen Gesicht gesehen hatte. Roger sagte munter: „In den Jeep mit euch, Jungs", und während sie losstürzten, setzte er zu mir gewandt hinzu: „Sie sind ja zu Fuß vom Bus hierhergekommen!"

„Es ist nicht weit", hob ich hervor, „und es geht von Mal zu Mal besser." Ich hatte nur einen Stock benutzt, fühlte mich noch steif und eingerostet, aber schon kräftiger.

„Gut", meinte Roger zufrieden. „Dann steigen Sie mal ein. Henry ist ein Genie!"

Er fuhr den Fahrweg entlang, hielt an seinem Büro und strahlte regelrecht über den Anblick vor uns. Der Himmel war ein verwaschenes Hellblau. Die Morgensonne schien auf Reihen bunter Fähnchen, die in einem einzigen Farbenregen von den Firsten des Zeltes bis herunter in Bodenhöhe flatterten und das ganze Zelt umsäumten wie ein Triumphbogen. Das Merry Old England mit seinen Festen, seinem Lachen, hier war es zu herzerfrischendem Leben erwacht.

„Donnerwetter!" stieß ich hervor, und Roger verkündete: „Da haben Sie Ihre Flaggen. Henry sagt, er habe seinen gesamten Vorrat mitgebracht."

Die zwei Wohncontainer standen jetzt dort, wo Henrys Lkws geparkt hatten. In den einen wurden Sättel und Packkörbe getragen, um den Umkleideraum für die männlichen Jockeys herzurichten. Die Lieferungen von einem Catering-Service waren vor den Nebenzelten abgestellt, und fleißige Helfer trugen Tische und Klappstühle in die Restaurants und Bars des Tages.

„Alles läuft wie am Schnürchen", sagte Roger bewundernd. „Man kann nur staunen."

Wir stiegen aus dem Jeep und gingen in das Hauptzelt. Jeder „Raum" hatte jetzt eine orientalisch anmutende Decke aus pfirsichfarbener „Seide" hoch über den scheinbar festen Wänden aus heller Zeltleinwand. Die Funktion jedes Raums war durch ein Schild am Eingang bezeichnet. Alles wirkte geräumig, bestens vorbereitet und ruhig.

Wir verließen das Hauptzelt und fanden einen Lieferwagen und einen Pkw am Eingang vor. Auf dem grünen Lieferwagen stand in weißer Schrift GARTENCENTER STRATTON. Der sich öffnenden Tür des Pkw entstieg Ivan. Mit zurückgelegtem Kopf stand er da und schaute auf die sonnenbeschienene Fähnchenpracht.

„Colonel“, sagte er, „wie fröhlich.“ Er lenkte den Blick erst auf meinen Gehstock, danach auf mein Gesicht und meinte dann etwas unbehaglich: „Dürfte ich mein Urteil vielleicht revidieren?“

„Inwiefern?“

„Wissen Sie, eigentlich glaube ich, daß sich Keith in Ihnen irrt.“ Er wandte sich verlegen ab und wies seinen Fahrer an, die Hecktüren des Transporters zu öffnen. „Wenn Sie die Familie erpressen wollten, warum sollten Sie uns dann helfen, indem Sie das Zelt besorgen? Sie scheinen mir auch kein so übler Kerl zu sein, und Hannah hat in bezug auf ihre Mutter – *Ihre* Mutter – schon immer eine Meise gehabt. Kurz und gut, ich denke, daß ich mich bei Ihnen entschuldigen sollte.“

„Vielen Dank“, sagte ich.

Sein Gesicht hellte sich auf; dieser Punkt war erledigt. Seine Leute öffneten die Hecktüren und gaben den Blick frei auf ein dichtes Farbgewirr. Ein ganzes Heer von blühenden Topfpflanzen.

„Herrlich“, sagte Roger aufrichtig begeistert.

„Blumen statt Grünzeug“, erklärte Ivan. „War doch das mindeste, was ich tun konnte.“

„Sie sind wunderschön“, versicherte ich ihm.

Er strahlte. Ein untersetzter Mann in den Fünfzigern, nicht klug, nicht charismatisch, mit einer gewissen Vornehmheit, im Grunde aber unkompliziert. Er war nicht direkt mein Feind gewesen und würde nicht direkt mein Freund sein, doch aus meiner Sicht konnte jeder unparteiische Stratton schon als Segen gelten.

Unter Ivans Anleitung schleppten meine Kinder eifrig die Blumen heran und stellten sie auf. Ivan gab jedem gut gelaunt ein Pfund für seine Mühe, bevor er mit seinem Transporter davonfuhr.

Roger fragte, ob wir bei der Instandsetzung der abgebrannten Hecke zusehen wollten, und wir drängten uns in den Jeep. Toby weigerte sich auszusteigen, als er sah, wo wir gelandet waren, doch die anderen und ich schauten uns die neuesten Fortschritte in der Fertigbauweise an.

„Früher hat es Tage gedauert, ein Hindernis neu aufzubauen“, sagte Roger. „Jetzt verwenden wir Teilhecken. So können wir ein Hindernis in kürzester Zeit auswechseln. Der Brand war heute im Morgengrauen, und startklar muß der Sprung hier frühestens heute nachmittag um halb drei sein. Ein Kinderspiel!“

Seine Leute hievten nun den ersten neuen Teilabschnitt an seinen Platz.

„Haben Ihre Leute in der Asche irgendwelche . . ., nun ja, Spuren gefunden?“ fragte ich.

Roger schüttelte den Kopf.

„Wer weiß, daß Sie ein Hindernis so schnell ersetzen können?“ fragte ich.

„Vielleicht die Jockeys. Sonst nicht viele Leute, außer denen, die hier arbeiten.“

Als wir wieder bei Rogers Büro anlangten, war auf dem Vorplatz ein Streit in vollem Gange. Die Demonstranten vom Haupteingang waren jetzt alle auf dem Gelände und hatten sich um Henry geschart, der Harold Quest fest umklammert hielt. Eine Fanatikerin schwang ein Plakat, auf dem SCHÜTZT DIE TIERE stand, und schlug damit auf Henry ein. Die übrigen schrien Beleidigungen.

Als Henry uns sah, brüllte er: „Der Kerl ist ein Betrüger! Ein vermaledeiter Betrüger. Wißt ihr, was der gemacht hat? Ich habe ihn dabei ertappt, wie er einen Hamburger aß!“

Meine Söhne starrten ihn verdutzt an. Der Verzehr von Hamburgern lag für sie durchaus im Rahmen normalen Verhaltens.

„Schützt die Tiere!“ rief Henry vergnügt. „Und wer schützt die Hamburger? Der Kerl hat ein Tier gegessen!“

Harold Quest wand sich.

„Und“, rief Henry, „als ich ihm vorgehalten hab, daß er ein Tier verspeist, hat er sich den Hamburger in die Tasche seiner *Leder*jacke gestopft!“

Henry warf das SCHÜTZT DIE TIERE-Plakat in hohem Bogen weg und langte Harold Quest in die Tasche. Zum Vorschein kamen zerknüllte Plastikfolie, ein halb verzehrtes Brötchen und ein Halbmond aus Hackfleisch mit den Gebißspuren des Mr. Quest. Unerwartet fiel aus der Tasche noch ein zweites Knäuel Plastikfolie, das jedoch nie eine Schnellküche gesehen hatte. Aus einem obskuren Ordnungsdrang hob Christopher es auf.

„Heraus mit der Sprache!“ brüllte Henry seinen glücklosen Gefangenen an. „Sie sind kein echter Demonstrant. Was wollen Sie hier?“

Harold Quest antwortete nicht.

„Colonel“, sagte Christopher, „sehen Sie sich das mal an. Riechen Sie mal.“

Roger nahm das Knäuel. Es waren zwei zusammengeknüllte, durchsichtige braune Plastikhüllen mit roter und gelber Schrift. Roger strich sie glatt und blickte zu Henry auf, der, keineswegs schwer von Begriff, gleich sah, daß mehr als nur ein Hamburger ans Licht gekommen war.

„Bringen Sie ihn ins Büro!“ wies Roger Henry an.

Henry führte Quest nach drinnen, während die lärmende Horde resigniert verstummte, den Bärtigen im Stich ließ und den Ausgängen zustrebte.

Roger wandte sich an Henry. „Können Sie auch seine übrigen Taschen durchsuchen?“ bat er.

„Klar. Runter mit der Jacke!“ befahl Henry, und Quest gehorchte. Henry durchsuchte die Taschen und breitete die Beute auf dem Schreibtisch aus. Abgesehen von einer mageren Brieftasche mit einem Rückfahrschein für den Bus nach London, fanden sich da ein Feuerzeug, eine Schachtel Streichhölzer und drei weitere dunkelbraune Plastikhüllen mit rotem und gelbem Aufdruck.

Roger strich eine davon glatt und las die Aufschrift vor. „‚Fix-Zünder‘“, verkündete er. „‚Sauber. Sicher. Ungiftig. Zwanzig Stück.‘“ Er rechnete kurz. „Wozu braucht einer denn hundert Feueranzünder auf einer Rennbahn?“

Harold Quest starrte finster vor sich hin.

Henrys laute Stimme drang auf ihn ein: „Leute, die Hindernisse abfackeln, können auch Tribünen sprengen. Wir übergeben Sie der Polizei.“

„Ich habe die Tribüne nicht gesprengt!“ fuhr Quest erregt auf.

„Ach nein? Sie waren Freitag morgen hier. Das haben Sie selbst zugegeben.“

„Sie haben der Polizei gesagt, Sie hätten Dart Strattons Auto zwischen acht und halb neun Uhr früh zum Tor hineinfahren sehen“, bestätigte ich.

Harold Quest sah überrumpelt aus. „Ich hab’s nicht getan.“

„Wer denn sonst?“ brüllte Henry. „Sie waren es! Sie haben nichts als Schwierigkeiten gemacht, Sie sind gar kein echter Demonstrant, Sie haben Rennbahneigentum zerstört, und der Knast wartet auf Sie. Colonel, holen Sie die Polizei. Sagen Sie, wir hätten den Bombenleger gefaßt.“

„Nein!“ schrie Quest winselnd. „Also gut. Also gut. Die Hecke habe ich angezündet, aber die Tribüne habe ich nicht angerührt.“

„Warum haben Sie die Hecke angesteckt?“ wollte Roger wissen.

Quest schwitzte. „Ich bin dafür bezahlt worden“, erklärte er.

Wir quittierten diese Eröffnung mit Schweigen.

„Ich bin Schauspieler“, bekannte er. „Sie wissen ja nicht, wie das ist, wenn man immerzu auf Engagements wartet und sich von Krümeln nährt, da nimmt man alles an ... Ich bekam einen Anruf von jemand, der mich als Jagdsaboteur in einem Fernsehfilm gesehen hatte ..., eine kleine Rolle bloß, kein Dialog, nur Parolen, aber mein Name kam im Nachspann. Also fragte dieser Anrufer, ob ich für Geld auch richtig demonstrieren würde.“

Er hielt inne und suchte in unseren Gesichtern nach Verständnis, erntete aber nicht viel.

„Tja“, sagte er schwach, „ich sollte wegen Mietrückstands aus meiner Wohnung fliegen, und ich hatte schon mal auf der Straße gesessen, und das ist das Schlimmste, was es gibt. Ich fragte, um was es ginge, und man sagte, ich solle hierherkommen und einfach ein bißchen Stunk machen ...“

„Man?“ fragte Roger.

„Also gut, er. Er sagte, ich solle sehen, ob ich ein paar echte Demonstranten zusammentrommeln könne, damit sie hier ein bißchen auf den Putz hauen, also bin ich zu einer Fuchsjagd und hab die Großmaul-Paula und ihre Freunde herbestellt.“

„Wer ist er?“ fragte Roger ohne Schärfe.

„Er hat mir seinen Namen nicht genannt.“

„Beschreiben Sie ihn“, sagte ich.

Quest, wieder vorsichtig, schüttelte den Kopf.

„Das genügt nicht“, sagte Roger entschieden. „Wenn Sie uns keine Hinweise auf Ihren Anwerber geben, holen wir sofort die Polizei.“

Quest gab mit gehetztem Blick klein bei. „Er hat von mir verlangt“, sagte er, „daß ich sämtliche Wagen anhalte und mich möglichst aufdringlich benehme, und er selbst werde auch mit dem Auto kommen und mir Geld zustecken, aber ich dürfe ihn nicht ansprechen.“

„Also gut“, sagte Roger. „Beschreiben Sie ihn.“

„Ein Jaguar XJ 6. Silberfarben.“

Roger, ziemlich entgeistert, sagte knapp zu mir: „Keith.“

„Und weiter“, meinte Henry, nur noch in mittlerer Lautstärke, „wann haben Sie denn die Anzünder bekommen?“

Nach kurzem Schweigen gestand Quest kleinlaut: „Die habe ich gekauft. Bei dem Geld lag ein Zettel. Darauf stand, ich solle die Hecke vor dem Graben anstecken, an der am Samstag ein Pferd umgekommen war. Und ich solle auch die Anweisung verbrennen.“

Er hätte auch noch die Verpackung verbrennen sollen, dachte ich, aber die Leute patzten nun einmal, insbesondere Schauspieler, die keine kriminelle Erfahrung hatten.

„Ich glaube“, sagte ich zu Roger, „wir sollten das wie die Strattons handhaben. Dürfte ich mal Ihre Schreibmaschine benutzen?“

„Natürlich“, erwiderte Roger.

Ich setzte mich an die Maschine und tippte eine kurze Erklärung:

Ich, Harold Quest, Schauspieler, habe am Haupteingang der Rennbahn Stratton Park Störaktionen in Form von Demonstrationen durchgeführt, wofür ich mehrmals Geld von einem Mann, der einen silberfarbenen Jaguar XJ 6 fuhr, erhielt. Außerdem habe ich, um den Anweisungen dieses Mannes nachzukommen, 100 Feueranzünder Marke „Fix-Zünder“ erstanden und damit am Ostermontag gegen sechs Uhr morgens die Hecke vor dem Graben auf der Geraden niedergebrannt.

Roger und Henry lasen den Text und legten ihn Harold Quest zur Unterschrift vor.

„Aber das ist doch ein Schuldbekenntnis“, protestierte er.

„Sicher“, sagte ich, „aber wenn Sie unterschreiben, können Sie jetzt sofort abhauen, und wenn Sie Glück haben, geben wir Ihr Geständnis nicht der Polizei.“

Quest unterschrieb.

„Lassen Sie ihn laufen“, wies Roger Henry an, und Henry stieß die Tür zur Freiheit auf. Quest sah zu, daß er hinauskam.

Roger hob das unterschriebene Geständnis auf: „Was machen wir jetzt damit? Geben wir es doch der Polizei?“

„Nein“, sagte ich, „wir geben es Marjorie Binsham.“

AN DIESEM Morgen befanden sich hinter dem Bretterzaun nur noch zwei Polizisten im Einsatz, und beide mehr, um zu verhindern, daß Unbefugte den Bau betraten, als um weiter nach Spuren zu suchen. Am vorangegangenen Nachmittag hatten die höheren Dienstgrade ihre Arbeit mit der Entdeckung eines zersprengten Zifferblatts – des Zünders – abgeschlossen und vage erklärt, die Ermittlungen würden „andernorts“ weitergeführt.

Vor dem tristen Trennzaun erhob sich jetzt ein aufblasbares, zum Hüpfen einladendes Dornröschenschloß mit Zuckerbäckertürmen. Ivan hatte in einer Anwandlung von Großzügigkeit noch eine Ladung (kostenloser) Pflanzen vorbeigebracht, diesmal buschige junge Bäume in Töpfen, die er zu beiden Seiten des Schlosses verteilte, so daß der Zaun zu einem Teil des Gesamtbildes wurde.

Gegen halb zwölf fuhr Roger mit uns nach Hause. Die Jungen zogen sich saubere Sachen an, ohne besonders zu maulen. Ich verwandelte mich vom Bauarbeiter in einen feinen Herrn und war dabei so ungeschickt, mit meinem Gehstock den Stapel Tagebücher von Carteret zu Boden zu werfen. Edward hob sie mir freundlicherweise auf, hielt aber eines so unglücklich aufgeklappt, daß die Seiten halb aus der Spiralbindung rissen.

„He, paß auf!" sagte ich und nahm es ihm ab. „Sonst werde ich erschossen."

Ich bemühte mich, das Heft so zu schließen, daß es nicht noch mehr Schaden litt, und da sprang mich von der aufgeschlagenen Seite der Name an, nach dem ich gefahndet hatte.

„Wilson Yarrow", hatte Carteret geschrieben, „dieses Vorbild, das man uns ständig um die Ohren schlägt, soll ein Betrüger sein. Man munkelt, daß Wilson Yarrow den Epsilon-Preis mit einem abgekupferten Plan gewonnen hat! Ziemlich peinlich für den Lehrkörper!"

Der Epsilon-Preis war jährlich für den innovativsten Gebäudeentwurf eines Diplomanden verliehen worden. Ich hatte ihn nicht gewonnen. Carteret auch nicht.

Roger klopfte an die Bustür und fragte: „Fertig?" Worauf Familie Morris in vollem Glanz zur Truppeninspektion nach draußen strömte.

„Sehr schön", meinte Roger beifällig. Er nahm Rennprogramme, Clubausweise und Essensmarken aus einem Aktenkoffer und verteilte sie an uns.

„Ich will nicht zum Pferderennen", sagte Toby plötzlich mit düsterem Gesicht. „Ich will hierbleiben und Fußball gucken."

„In Ordnung", sagte ich. „Hol dir was zum Mittagessen, und wenn du es dir anders überlegst, kannst du nachher zum Büro kommen."

„Danke, Pa", sagte er.

„Kommt er denn allein zurecht?" fragte Roger, als er mit uns anderen losfuhr, und Edward versicherte ihm: „Toby ist gern allein. Er versteckt sich oft vor uns."

„Oder geht auf Fahrradtour", ergänzte Christopher.

Rogers Gedanken wandten sich dem bevorstehenden Tag zu. „Wir haben alles getan, was in unserer Macht stand", meinte er unsicher.

„Machen Sie sich nicht soviel Sorgen“, empfahl ich ihm. „Kennen Sie den Unterschied zwischen Anker und Anschlag?“

„Wovon in aller Welt reden Sie?“

„Ich prüfe eine Theorie.“

Roger parkte. Die Jungs gingen zu zweien davon, Neil mit Christopher, Edward mit Alan, nachdem wir einen Treffpunkt in Büronähe vereinbart hatten.

Die Rennbahn belebte sich. Ein Bus mit Wettbüropersonal traf ein, das Einsatzkommando der Polizei für die Verkehrsregelung, die Buchmacher mit ihren Schiefertafeln, die Mitglieder der Rennleitung, die Trainer, die Strattons und schließlich die Rennbahnbesucher, die noch alle Wetten zu verlieren hatten. Ich entdeckte in beinah allen Gesichtern die Festtagsfreude, um die es uns gegangen war. Selbst das von Oliver bestellte Fernsehteam schien sichtlich beeindruckt.

Marjories Daimler fuhr bis ans Tor des Sattelplatzes, damit sie nicht zu gehen brauchte. Sie sah mich und winkte mich zu sich. Ich hinkte mit dem Stock an ihre Seite.

„Fähnchen“, meinte sie skeptisch.

„Schauen Sie sich doch die Gesichter an.“

Wie ich es mir gedacht hatte, war sie angetan von den lächelnden Leuten, dem Geplapper, der summenden Erregung ringsum. Ein Rummelplatz mochte es sein, aber es war auch etwas, worüber man reden konnte, und es gab dem Pferderennen in Stratton Park ein positiveres Gesicht als eine in die Luft gejagte Tribüne.

Sie sagte: „Der Colonel hat uns ein Mittagessen versprochen . . .“

Ich wies ihr den Weg zum privaten Speiseraum der Strattons, wo sie vom gleichen Butler wie an jedem Renntag begrüßt wurde. Sie betrachtete alles eingehend, vom Tisch, mit Weißzeug und Silber gedeckt, bis zu dem schimmernden Zeltdach mit seinem warmen indirekten Licht.

„Conrad hat mir davon erzählt“, sagte sie langsam. „Er sprach von einem Wunder. Allerdings hat er nicht gesagt, wie schön es ist.“ Sie hielt inne, schluckte, war außerstande weiterzusprechen.

„Es gibt, glaub ich, Champagner für Sie“, sagte ich, da brachte ihr der Butler bereits ein Glas auf einem Tablett und zog einen Stuhl für sie heran.

Sie saß steif da und trank in kleinen Schlucken. Nach einer Weile sagte sie: „Nehmen Sie Platz, Lee.“

Lee. Nicht mehr Mr. Morris. Ein Fortschritt.

„Mrs. Binsham . . .“

„Nennen Sie mich Marjorie . . ., wenn es Ihnen recht ist.“

Prächtiges altes Mädchen, dachte ich. „Ihr Angebot ehrt mich“, sagte ich.

Sie nickte, als fände sie das auch. „Vor zwei Tagen hat sich meine Familie schändlich gegen Sie benommen“, sagte sie. „Und dann tun Sie dies alles für uns.“ Ihre Geste umschloß den Raum. „Warum haben Sie das getan?“

Ich schwieg kurz, dann erwiderte ich: „Wahrscheinlich wissen Sie, warum. Sie sind vielleicht die einzige, die es weiß.“

Sie dachte nach. „Mein Bruder hat mir einmal einen Brief gezeigt, den Sie ihm geschrieben haben. Ihre Ausbildung sei durch sein Geld ermöglicht worden, schrieben Sie. Sie wollten sich bei ihm bedanken. Sie haben all das für ihn getan, nicht wahr?“

„Ich nehme es an.“

„Nun, er würde sich freuen. Fähnchen. Zufriedene Gesichter. Ein herrlich sonniger Frühlingstag. Es scheint sogar, daß die schrecklichen Leute vom Haupttor nach Hause gefahren sind.“

„Ach“, sagte ich, „ich muß Ihnen etwas zeigen.“

Ich zog Harold Quests Geständnis aus der Tasche, gab es ihr und erklärte die Sache mit Henry und dem befremdlichen Hamburger. Sie setzte die Brille auf, las den Text und legte dabei eine Hand auf ihr Herz, wie um es zu beruhigen.

„Keith“, sagte sie, als sie aufschaute. „Das ist Keith’ Wagen.“

„Ja.“ Ich hielt inne. „Ich glaube nicht, daß ich herausbekommen kann, wieviel Schulden Keith hat“, sagte ich schließlich, „aber ich habe mir überlegt, daß Sie damit vielleicht auch ein ganz gutes Druckmittel gegen ihn in der Hand haben.“

Sie unterzog mich einer langen Musterung. „Sie verstehen mich.“ Es klang weder erfreut noch verärgert, sondern überrascht und akzeptierend.

Eine Frau erschien am Eingang des Speiseraums, und hinter ihr, halb verdeckt, eine zweite, jüngere Frau.

„Entschuldigen Sie“, sagte die erste, „es hieß, hier könnte ich Lee Morris finden.“

Ich erhob mich auf meine unbeholfene Art. „Ich bin Lee Morris“, sagte ich.

Sie war korpulent, um die Sechzig, mit üppigem Busen, großen, freundlich blickenden Augen und kurzem, lockigem graublondem

Haar. Sie trug eine Kombination in Blau und Beige und hatte einen bunten Seidenschal lässig um den Hals geknotet. Sie wirkte, als ob sie sich in ihrer Haut wohl fühle.

Ihr Blick glitt flüchtig an mir vorbei und fiel auf Marjorie, und einen Moment lang war es ungewöhnlich still zwischen den beiden Frauen. Mir ging blitzartig auf, daß sie beide wußten, wer die andere war, auch wenn sie es nicht offen zu erkennen gaben.

„Ich möchte mit Ihnen reden“, sagte die Besucherin zu mir und wandte die Augen von Marjorie ab. „Nicht hier, wenn es Ihnen recht ist.“

Ich neigte mich zu Marjorie: „Würden Sie mich entschuldigen?“

Sie warf einen schwer zu deutenden Blick auf die Besucherin und antwortete mir entschieden: „Ja, unterhalten Sie sich nur.“

Die Besucherin trat hinaus in den Mittelgang, und ich folgte ihr. „Ich bin Perdita Faulds“, sagte sie. „Und das“, sie machte einen Schritt nach rechts, um den Blick auf ihre Begleiterin freizugeben, „ist meine Tochter Penelope.“

Mir war, als ob ich zwei kurz aufeinanderfolgende Hammerschläge erhalten hätte: keine Zeit, die erste Neuigkeit richtig aufzunehmen, bevor mich die zweite umwarf.

Penelope Faulds war blond, hochgewachsen und fast das Abbild von Amanda – der jungen Amanda, in die ich mich verliebt hatte, die wunderbare Neunzehnjährige mit den lächelnden grauen Augen.

Es verschlug mir den Atem. Ich sagte: „Schönen guten Tag“, aber es klang irgendwie lächerlich.

„Gibt es hier auch eine Bar?“ fragte Mrs. Faulds und schaute sich um.

„Äh . . . ja“, sagte ich. „Dort drüben.“

Ich führte sie in die Club-Bar, wo einige frühe Gäste an kleinen Tischen saßen.

Perdita Faulds übernahm mühelos das Ruder. „War das nicht Champagner, was Mrs. Binsham eben getrunken hat? Ich denke, das wäre auch was für uns. Geht auf mich“, sagte sie und holte Geld aus ihrer Handtasche. „Drei Gläser.“

Die Bedienung ließ den Korken knallen und kassierte. Mrs. Faulds schaute gut gelaunt zu, wie ich den Schampus eingoß.

„Wissen Sie, wer ich bin?“ fragte sie.

„Sie besitzen sieben Anteile an dieser Rennbahn.“

Sie nickte. „Und Sie acht. Von Ihrer Mutter. Ihre Mutter habe ich einmal recht gut gekannt."

„Und wie gut kennen Sie Marjorie Binsham?"

„Ich kenne sie kaum. Vor Jahren sind wir uns einmal begegnet. – Wir haben im Fernsehen einen Bericht über den Anschlag auf die Tribüne gesehen, nicht wahr Pen? Es hieß, Sie seien auf der Tribüne gewesen, als sie hochging, und Sie seien einer der Anteilseigner. Daraufhin habe ich hier im Sekretariat angerufen, man sagte mir, Sie seien heute hier, und da dachte ich, es wäre doch schön, Madelines Sohn mal kennenzulernen nach all den Jahren."

Ich dachte zerstreut, daß sie vieles weggelassen hatte, aber meine Aufmerksamkeit war weitgehend bei Penelope.

„Pen, Liebes", sagte ihre Mutter freundlich. „Das ist sicher ziemlich langweilig für dich, warum gehst du nicht schon mal raus und schaust dir die Pferde an?"

Penelope lächelte und verschwand, ohne zu murren.

„Sie ist ein Schatz", sagte ihre Mutter. „Mein ein und alles. Ich war zweiundvierzig, als ich sie bekam."

„Äh . . ., wie schön", murmelte ich.

Perdita Faulds lachte. „Bringe ich Sie in Verlegenheit? Pen sagt, ich würde wildfremden Leuten Sachen erzählen, die sie nichts angehen. Ehrlich gesagt, ich schockiere die Leute ganz gern ein bißchen. Es laufen zu viele zugeknöpfte Käuze herum. Aber Geheimnisse stehen auf einem anderen Blatt."

„Was für Geheimnisse?"

„Welches Geheimnis möchten Sie denn wissen?" fragte sie herausfordernd.

„Wie Sie an die sieben Anteile gekommen sind."

Sie betrachtete mich plötzlich mit einem klugen Gesichtsausdruck und sagte dann: „Ich bin hier aufgewachsen, wissen Sie, auf dem Gut."

„Aber die Strattons – mit Ausnahme Marjories – sagen, sie kennen Sie nicht."

„Tja, Sie Dummerchen, das stimmt auch. Vor Jahren war mein Vater Lord Strattons Friseur. Er hatte ein Cottage auf dem Gut gemietet", erklärte sie, „und er besaß Salons in Swindon und Oxford, aber Lord Strattons Haare schnitt er immer selbst. Wir zogen nach Oxford, bevor ich fünfzehn war, aber einmal im Monat fuhr mein Vater weiterhin nach Stratton Hays."

„Bitte erzählen Sie weiter."

„Mein Vater starb und hinterließ mir das Friseurgeschäft. Na ja, inzwischen hatte ich das ganze Kosmetikfach gelernt. Lord Stratton kam eines Tages einfach mal so in den Salon in Oxford, denn es interessierte ihn, wie ich ohne meinen Vater zurechtkam, und dann blieb er und ließ sich die Nägel maniküren." Sie lächelte und nahm einen Schluck Champagner. Ich fragte nicht weiter.

„Ihre Mutter kam immer in den Laden in Swindon", fuhr sie fort. „Ich hätte ihr klarmachen können, daß sie Keith, das fiese Schwein, nicht heiraten sollte, aber da war es schon passiert. Wie oft kam sie mit blauen Flecken im Gesicht und bat mich, ihr das Haar so zu frisieren, daß es nicht auffiel. Ich ging immer in eine getrennte Kabine mit ihr, und manchmal hat sie sich an mich geklammert und einfach losgeheult."

„Es freut mich, daß sie jemand hatte", sagte ich.

„Lord Stratton hat mir von Ihnen erzählt. Beim Maniküren."

„Wie lange haben Sie . . . seine Hände gepflegt?"

„Bis zu seinem Tod", sagte sie einfach. „William – Lord Stratton – gab mir die Anteile um die gleiche Zeit, als er sie Ihrer Mutter gab. Es war keine große Sache. Nur ein Geschenk. Eine Liebesgabe."

„Er war ein Glückspilz", sagte ich.

„Ach, wie *lieb*. Sie sind genauso nett wie Madeline."

„Weiß Penelope von Ihnen und Lord Stratton?" fragte ich.

„Pen ist doch noch ein Kind!" erwiderte sie. „Sie ist achtzehn. Natürlich weiß sie nichts davon. Ihr Vater auch nicht. Ich habe es nie jemand erzählt."

„Aber Marjorie ahnt es."

Sie nickte. „Sie weiß es all die Jahre schon. Sie hat mich in Oxford im Geschäft besucht. Wir haben uns einfach ein bißchen unterhalten, über dies und jenes. Nachher hat sie darüber nie was verlauten lassen. Sie hat William geliebt, wie ich auch. Sie hätte ihn nie verraten." Nach einer Pause fragte Perdita: „Was fangen wir jetzt also mit Williams Rennbahn an?"

„Wenn das Gelände zur Erschließung verkauft wird, bekommen Sie einen hübschen kleinen Kapitalgewinn", erklärte ich. „Siebzigtausend Pfund für jede Million, die der Verkauf bringt."

„Und Sie?" fragte sie freiheraus. „Würden Sie verkaufen?"

„Man kann nicht sagen, es wäre nicht verlockend. Keith drängt darauf."

„Das hält mich schon mal vom Verkaufen ab.“

Ich lächelte. „Mich auch.“

„William hat mir anvertraut, Keith sei die größte Enttäuschung seines Lebens.“

Ich sah sie an, und gut fünfzig Fragen schossen mir wie Lichtblitze durch den Kopf. Doch bevor ich etwas Konstruktives daraus machen konnte, kam ein Rennbahnfunktionär zu mir und sagte, Colonel Gardner wünsche mich dringend im Büro zu sprechen.

„Gehen Sie nicht weg, ohne mir zu sagen, wo ich Sie finde“, bat ich Perdita Faulds.

Sie gab mir eine Visitenkarte, und ich überließ sie ihrem Champagner, um zu erfahren, welche Krise über uns hereingebrochen war.

Es drehte sich im wesentlichen um Rebeccas nervlichen Zustand. Sie lief vor dem Büro auf und ab und starrte mich böse an, als ich an ihr vorbeiging. Noch nie war sie mir so labil vorgekommen.

Roger und Oliver waren drinnen, zähneknirschend und stocksauer. „Sie werden es nicht glauben“, sagte Roger gepreßt, als er mich erblickte. „Rebecca veranstaltet einen Riesenrabatz, weil im Umkleidezelt für die Rennreiterinnen keine Bügel hängen.“

„Bügel?“ sagte ich verständnislos.

„Bügel. Wir haben ihr einen Tisch, eine Bank, einen Spiegel und eine Waschgelegenheit besorgt, und sie plustert sich auf wegen Kleiderbügeln.“ Er gab mir einen Schlüsselbund. „Könnten Sie vielleicht mit dem Jeep zu mir nach Hause fahren und ein paar Bügel holen? Es ist verrückt, aber wenn Sie so nett wären - ginge das?“

„Klar“, sagte ich erleichtert. „Ich dachte, es wäre was Ernstes.“

Draußen war Dart vergeblich bemüht, seine Schwester zu beruhigen. Er gab es auf, als er mich sah, und kam mit mir zum Jeep. Als ich sagte, wohin ich wollte, bot er mir seine Hilfe an, und so nahm ich ihn mit auf die Beschaffungstour.

Wir erleichterten einen Stapel von Rogers Jacketts um ihre Bügel und hielten auf der Rückfahrt am Bus, wo ich den Kopf zur Tür hineinsteckte. Voll aufgedrehter Fußballärm schlug mir entgegen.

„Toby“, schrie ich, „alles in Ordnung?“

„Ja, Papa.“ Er stellte den Ton etwas leiser. „Papa, Stratton Park war im Fernsehen! Sie haben all die Flaggen gezeigt und die Hüpfburg. Nichts wie hin, meinten sie, das wäre ein super Ostermontagsausflug.“

„Toll“, sagte ich. „Willst du jetzt mit zum Sattelplatz?“

„Nein, danke.“

Ich erzählte Dart von der Fernsehberichterstattung. „Ich muß sagen, Sie haben hier fabelhafte Arbeit geleistet“, bemerkte er. „Vater ist der Ansicht, die Familie habe Ihnen Unrecht getan. Er meint, sie hätten nicht auf Keith hören sollen.“

„Gut.“

„Aber er macht sich Sorgen um Rebecca.“

Würde ich auch, dachte ich, wenn sie meine Tochter wäre. Dart gab die Bügel seiner Schwester, die wortlos mit ihnen davonstolzierte.

Wir lehnten vor dem ersten Rennen an der Umzäunung des Führrings, Dart und ich, und schauten zu, wie seine Eltern, Conrad und Victoria, mit ihrer als Jockey antretenden Tochter Rebecca sprachen. Ihr Vierbeiner stolzierte gelassen um sie herum.

„Das letzte Mal hat er gesiegt“, erläuterte Dart. „Rebecca kann schon gut reiten.“

„Das glaube ich wohl, sonst wäre sie nicht so weit oben auf der Liste.“

„Soweit ich zurückdenken kann, war sie in Pferde vernarrt. Mich hat mal eins getreten, und das hat mir gereicht, besten Dank, aber Rebecca, die hat sich die Knochen gebrochen, als wären es Fingernägel. Ich kann mir nicht vorstellen, jemals auf irgend etwas so versessen zu sein wie sie aufs Siegen.“

Das Signal zum Aufsitzen der Jockeys kam. Rebecca in den auffallenden, wenig harmonischen Stratton-Farben – grün-blau kariertes Blouson mit orange und roten Ärmeln und Jockeymütze – schwang ihre geschmeidige Gestalt in den Sattel und landete leicht wie eine Feder. Die übertriebene Anspannung, ausgelöst vom Nichtvorhandensein der Kleiderbügel, war von ihr abgefallen. Rebecca wirkte ruhig, konzentriert, ein Star auf ihrer Bühne.

Conrads Pferd, Tempestexi, trat das 3,2-km-Hürdenrennen als Favorit an.

„Wettet Conrad?“ fragte ich Dart.

„Nein. Mutter schon. Keith auch. Er wird alles gesetzt haben, was er kriegen konnte. Wenn Rebecca nicht gewinnt, bringt Keith sie um.“

„Das nützt doch aber nichts.“

Dart lachte. „Gerade Sie sollten wissen, daß der Instinkt bei Keith keiner Vernunft zugänglich ist.“

Die Pferde strömten auf die Bahn hinaus, und Dart und ich gingen uns das Rennen von der Behelfstribüne aus anschauen, die voll besetzt war. Die Leute waren im Laufe der letzten Stunde massenhaft zum Tor hereingeströmt und hatten sich zu Tausenden plappernd über den Asphalt und in die Buchmacherringe ergossen. In allen Bars herrschte Gedränge, an den Wettschaltern wuchsen die Schlangen.

„Sie sind gestartet!“ rief Dart. „Jetzt aber los, Rebecca!“

Von der Tribüne aus sah es nach einem ereignislosen Rennen aus. Die Pferde kamen mit Hufgeklapper sicher über die Hürden, fegten zum erstenmal am Zielpfosten vorbei und gingen in Runde zwei. Auf der Gegengeraden fielen die Schwächeren zurück, so daß Rebecca im Schlußbogen an dritter Stelle lag. Als sie vor der letzten Hürde in die zweite Position ging, hob Dart die Stimme und feuerte sie an.

Sie gewann. Sie siegte mit knapp einer Länge, ein schmaler, schneller werdender Pfeil von klarer und rhythmischer Kraft. Das Publikum jubelte ihr zu.

Alle strömten hinunter zum Platz, wo der Sieger abgesattelt wurde. Dart beteiligte sich an einer Kuß- und Glückwunschorgie mit seinen Eltern und Marjorie. Rebecca nahm den Sattel ab, beachtete den Überschwang nicht besonders und verschwand im provisorischen Wiegeraum, eingeschlossen in ihre eigene Welt des Risikos, der Leistung und – diesmal – des Erfolgs.

Ich ging zur Bürotür hinüber, wo sich vier Jungen brav zum Rapport eingefunden hatten. „Habt ihr was zu Mittag gegessen?“ fragte ich.

Sie nickten. „Gut, daß wir zeitig hingegangen sind. Etwas später war kein Tisch mehr frei.“

„Rebecca Stratton hat gerade gewonnen, habt ihr gesehen?“

Christopher sagte vorwurfsvoll: „Wir wollten mit dir auf sie wetten, obwohl sie uns Bälger genannt hat, aber wir konnten dich nicht finden.“

Ich überlegte. „Ihr bekommt von mir, was die Wettschalter für den Mindesteinsatz zahlen.“

Vier fröhliche Gesichter grinsten mich an. „Verspielt nicht alles“, ermahnte ich sie.

Perdita und Penelope Faulds, die vorbeikamen, blieben neben mir stehen, und ich stellte ihnen die Jungen vor. Sie starrten Penelope mit großen Augen an.

„Was ist los?“ fragte das Mädchen. „Habe ich Schmutz an der Nase?“

„Nein“, sagte Alan freiheraus, „du siehst aus wie Mami.“

„Wie eure Mutter?“

Sie nickten alle und entführten sie gleich, als wäre es ganz natürlich, um sich mit ihr vor dem nächsten Rennen die Pferde anzusehen, die herumgeführt wurden.

„Meine Pen gleicht Ihrer Frau?" hakte Perdita nach.

„Wie sie damals war", sagte ich. „Und auch wie sie jetzt ist." Ich riß meine Gedanken davon los und fragte Perdita: „Hat Ihnen Lord Stratton vielleicht erzählt, wie es Forsyth gelungen ist, die ganze Familie gegen sich aufzubringen?"

Ihre vollen Lippen formten ein O der belustigten Überraschung. „Sie fackeln nicht lange, was? Warum sollte ich Ihnen das sagen?"

„Weil wir, wenn wir die Rennbahn retten wollen, erkennen müssen, nach welchen Regeln die Familie funktioniert. Jeder weiß über jeden etwas, das er als Drohmittel einsetzt. Sie erpressen sich alle gegenseitig. Und sie zahlen Schweigegeld an Dritte, damit der Name Stratton sauber bleibt."

„Ja, auch das."

„Sie wissen also Bescheid!"

„William hat gern geredet", erwiderte sie. „Wenn Sie mich morgen früh in meiner Filiale in Swindon besuchen, erzähle ich Ihnen von Forsyth . . ., und falls Sie auf die entsprechenden Fragen kommen, auch von den anderen."

KEITH' Reaktion, als er erfuhr, daß die Starter im zweiten Rennen den Graben wie vorgesehen springen würden, grenzte an Raserei.

Henry und ich gingen gerade hinter den Servicezelten entlang, als es zu dem Ausbruch kam, und wir eilten zum Ort des Gebrülls und des zu Bruch gehenden Geschirrs – in den Speiseraum der Strattons.

Die Familie war nach ihrem Sieg zurückgekehrt, um ihr Mittagessen zu beenden und auf die Siegerin anzustoßen. Keith, mit fliegender Mähne, hatte die ganze Tafel umgeworfen und mit dem Arm die aufgereihten Flaschen und Gläser von der Anrichte gefegt. Tischtücher, Messer, Teller, Käse, Champagner, Kaffee, Sahnepuddings, alles lag durcheinander auf dem Boden. Wein ergoß sich aus offenen Flaschen.

„Keith!" schrie Conrad, seinerseits wütend. „Du Rüpel!"

An Victorias cremefarbenem Seidenkostüm liefen Kaffee und

Bordeaux hinunter. „Ich soll den Pokal überreichen", rief sie jammernd, „und jetzt seht mich an!"

Marjorie saß ruhig und unbekleckert da, in eisigem Zorn. Ivan sagte: „Also wirklich, Keith, wirklich ..." In der dünnen Frau, die hinter Ivan saß und ungerührt ihre Bekanntschaft mit einem großen Glas Brandy vertiefte, vermutete ich Imogen. Dart war nicht anwesend. Forsyth bahnte sich mürrisch einen Weg zum Ausgang auf die Hauptpassage.

Marjorie hielt den Auslöser des Spektakels – das Blatt mit Harold Quests Geständnis – offen vor sich. Keith riß es ihr plötzlich aus der Hand, nahm seiner Frau das Brandyglas weg, kippte den Alkohol über das Blatt, zog mit raschem Griff ein Feuerzeug aus der Tasche – und Harold Quests Geständnis flammte hell auf und ringelte sich zu Asche.

„Das war nur eine Kopie", sagte Marjorie schneidend, bewußt provozierend.

„Ich bringe dich um!" zischte Keith zwischen aufeinandergebissenen Zähnen ihr zu. Sein Blick ging über sie hinweg und heftete sich auf mich. Die Feindseligkeit nahm zu, ein realistischeres, ein bevorzugtes Ziel war gefunden. „Sie bringe ich um", knurrte er.

In der darauffolgenden kurzen Stille wandte ich mich einfach ab und ging mit Henry hinaus.

„Das war nicht besonders lustig", meinte Henry besorgt. „Paß bloß auf. Am Ende bringt er dich wirklich um."

Ich nickte. „Wie leicht", fragte ich, „brennt das Hauptzelt?"

„Du meinst doch nicht, daß er –?" Henry sah verärgert aus, schüttelte dann aber den Kopf. „Das Zelt fängt kein Feuer. Alles, was ich hier verwendet habe, ist feuerhemmend. Wir haben auch überall Feuerlöscher verteilt, und ich hab eine Wasserleitung ins Dach hochgezogen und eine Art primitive Sprinkleranlage installiert."

Wir gingen hinten um das Hauptzelt herum und sahen die Pferde für das zweite Rennen auf dem Weg zur Bahn vorbeikommen. Ich merkte, daß ich zunehmend Gefallen daran fand, ihnen zuzuschauen, nachdem ich in meinem bisherigen Leben kaum einen Gedanken an sie verschwendet hatte. Ich beobachtete, wie sich ihre Muskeln unter dem gestriegelten Fell bewegten. Kein Architekt hätte je etwas ebenso Funktionales, Effizientes, wunderbar Proportioniertes entwerfen können.

Henry und ich schauten uns das Rennen gemeinsam an. Das ganze Feld übersprang die wiederhergestellte Hecke vor dem Graben anstandslos. Henry stellte fest, Pferderennen fände er doch nicht so packend wie Rugby, und verschwand, um seine Sicherheitsvorkehrungen zu überprüfen.

Der Nachmittag verging. Roger war überall zur Stelle. Oliver gab im Büro Auskünfte und befaßte sich mit aufgebrachten Trainern. Ich verbrachte einen Teil der Zeit mit Perdita und Penelope und einen Teil mit meinen Söhnen.

Marjorie sprang bei der Preisverleihung für Victoria ein, ihre zierliche, aufrechte Gestalt vor der Menge geschützt durch die breiten, fürsorglichen Schultern Conrads und Ivans. Blitzlichter zuckten, die siegreichen Besitzer schwebten auf Wolken, der Jockey sah gefaßt aus (sein zehntes Paar Manschettenknöpfe), das Pferd aufgeregt.

„Lee", sagte Marjorie und hielt auf dem Weg zum Hauptzelt inne, als sie mich sah, „wieviel kostet denn das alles?"

„Was ist es Ihnen wert?"

„Sie wissen genau, daß es so gut wie jede Summe wert ist, die Ihr hünenhafter Freund verlangen kann. Wir sind den ganzen Nachmittag mit Komplimenten überschüttet worden. Wir schlagen heute vielleicht keinen Gewinn raus, aber wir haben unschätzbare Sympathien erworben. Für Mittwoch habe ich eine Familienversammlung einberufen. Können Sie und der Colonel mir vorher noch eine Kostenaufstellung machen?"

„Das müßte gehen."

„Ich bitte darum", sagte sie. „Sie haben uns heute bewiesen, daß wir die alte Tribüne nicht so, wie sie war, wiederherstellen sollten, sondern daß die Leute auf ein neues und ungewohntes Ambiente ansprechen. Wir müssen eine heiter-beschwingte Tribüne bauen."

Ich hörte beeindruckt zu. Vierundachtzig war sie? Fünfundachtzig? Eine zierliche, doch unbeugsame alte Dame vom Schlag eines Industriemagnaten.

AM ENDE des Tages wanderten die Zuschauer davon und hinterließen tonnenweise Abfall. Die Leute vom Catering-Service packten ihre Stühle und Tische zusammen. Henry, Oliver, Roger und ich saßen auf umgedrehten Getränkekisten in der Club-Bar und analysierten die Veranstaltung. Draußen luden Pferdetransporter die letzten Sieger und Besiegten ein. Die Anspannung, die Kämpfe, die Siegesfeiern waren vorbei. Ein unglaubliches Wochenende neigte sich dem Ende zu.

„Und für unsere nächste Darbietung...“, deklamierte ich wie ein Zirkusdirektor.

„... gehen wir heim ins Bett“, fiel Roger ein.

Er fuhr die Jungen und mich hilfsbereit zu unserem Bus, kehrte selbst aber zurück, um die Aufräumarbeiten zu überwachen.

Die Jungen aßen zu Abend, und ich las gähnend in Carterets Tagebüchern.

Wilson Yarrow darf sein Diplom fertigmachen! Angeblich ist der Entwurf von jemand anders *aus Versehen* unter Yarrows Namen in den Epsilon-Wettbewerb gelangt!! Und der alte Hammond meint, einem so hochbegabten Kopf dürfe man wegen eines kleinen Fehlgriffs nicht den Garaus machen! Sagt das nicht alles? Der Epsilon wird dieses Jahr nicht verliehen, heißt es. Gerade ein brandheißes Gerücht gehört: Der Entwurf war von Mies!!! Gezeichnet 1925, aber nie ausgeführt. Ein *peinliches* Versehen!!!

Ein lange zurückliegender, umstrittener Betrug mochte ganz interessant sein, doch selbst Marjorie würde Carterets alte Tagebücher nicht als hinreichendes Druckmittel ansehen. Wer Wilson Yarrow jetzt einen Betrüger nannte, konnte sich eine Verleumdungsklage einhandeln. Ich sah auch keine Möglichkeit, wie Yarrow einen uralten Skandal, wenn es denn einer war, als Zwangsmittel hätte benutzen können, damit Conrad ihm den Auftrag für die neue Tribüne gab.

Seufzend steckte ich die Tagebücher wieder weg und machte mich daran, meine Brut ins Bett zu bringen.

AM DIENSTAG morgen nahmen die Gardners die Jungen und mich mit nach Swindon und setzten uns vor dem Waschsalon ab, nachdem wir vereinbart hatten, uns bei einem Friseursalon namens Smith's wieder mit ihnen zu treffen.

Während fast unser ganzer Bestand an Kleidern gewaschen und getrocknet wurde, scheuchte ich die Jungen erbarmungslos zum Haareschneiden. Ihr geschlossener Widerstand gegen diesen Plan schmolz wie Schnee in der Sonne, sobald wir bei Smith's über die Schwelle traten, denn wer uns dort entgegenkam, war Penelope Faulds.

Smith's, das ich mir irgendwie ruhig und plüschig vorgestellt hatte, war mit gestylten Haartrocknern und Rapmusik auf trendbewußte Kundschaft abgestimmt. Alles blitzte von Chrom und Spiegeln. Ich kam mir alt vor, und meine Söhne fanden es „stark“.

Penelope schnitt ihnen selbst die Haare. Ich fragte sie, ob ihre Mutter da sei.

„Oben“, deutete sie mit dem Finger. „Gehen Sie rauf. Sie hat gesagt, sie erwartet Sie.“

Ich ging nach oben, um Perdita zu suchen, und hier, außer Sichtweite, herrschte noch die alte Ordnung: mit Lockenwicklern gespickte Damen, die unter Trockenhauben saßen und in einer Zeitschrift für die Hausfrau lasen.

Perdita, in schwarzer Hose und mit leuchtendrosa Bluse, führte mich an den großmütterlichen Kundinnen vorbei, die den Mann mit dem Spazierstock anschauten, als gehörte er zu einer anderen Spezies. „Lassen Sie sich nicht von meinen alten Schätzchen stören“, spöttelte Perdita und winkte mich in ein chintzbezogenes Privatgemach. „Tanqueray gefällig?“

„Gern“, sagte ich ein wenig schwach, und sie drückte mir ein großes Glas mit reichlich Gin, etwas Tonic und einer dicken Scheibe Zitrone in die Hand. Viertel nach elf an einem Dienstag morgen. Nun ja.

Sie schloß die Tür. „Setzen Sie sich, mein Lieber“, befahl sie und ließ sich in einen Sessel mit Rosenmuster sinken, dessen Gegenstück sie mir zuwies.

„Ich habe die ganze Nacht darüber nachgedacht“, begann sie, „ob ich Ihnen diese Dinge erzählen soll. Na ja, die halbe Nacht. Mehrere Stunden. William hat immer darauf vertraut, daß ich nicht weitergebe, was er mir erzählt, und ich habe es auch nie getan. Aber jetzt . . . Jetzt hat sich die Lage doch geändert, und wie Sie sagten, müssen Sie wissen, mit wem Sie es zu tun haben, und deshalb denke ich, er hätte nichts dagegen.“ Sie trank einen Schluck Gin. „Ich erzähle Ihnen erst von Forsyth, und dann schauen wir mal.“

„In Ordnung“, sagte ich.

Sie seufzte tief und legte los. „Forsyth hatte einen Versicherungsbetrug ausgeheckt, und die Familie mußte tief in die Tasche greifen, sonst hätte sie ihn hinter Gittern besuchen können.“

„Ich dachte mir, daß es so etwas sein müßte“, erklärte ich ruhig.

„William meinte . . .“ Sie unterbrach sich, noch immer ein wenig unsicher. „Nun, vor etwa einem Jahr hat Forsyth einen riesigen Bankkredit aufgenommen. Er hat auf keinen gehört, sondern im Alleingang ein großes Lagerhaus auf Hypothek gekauft und Tausende von ferngesteuerten Rasenmähern angeschafft, die angeblich das Gras schneiden konnten, während man sich zurücklehnte und zusah; aber sie gingen dauernd kaputt. Die Leute, die sie ihm angedreht hatten, haben sich wahrscheinlich krank gelacht, meinte William. Da sitzt Forsyth also auf seinem Berg von Rasenmähern, die keiner kaufen will, und hat eine gewaltige Hypothek auf dem Buckel, die er sich nicht leisten kann, so daß die Bank seine Schecks platzen läßt . . ., und was dann passiert ist, können Sie sich denken."

„Ein kleines Feuer?" vermutete ich und schwenkte die Eiswürfel in meinem Glas.

„Klein! Das war ein Inferno. Lagerhaus, Rasenmäher, Fernbedienungen – alles in Schutt und Asche. Jedermann ging davon aus, daß es Brandstiftung war. Es wimmelte von Polizisten. Forsyth brach zusammen und gab William gegenüber alles zu."

„Und was ist dann passiert?"

„Nichts."

„*Nichts?*"

„Nein. Es ist kein Verbrechen, den eigenen Besitz anzuzünden. William hat alles bezahlt: die Hypothek auf das Lagerhaus, den Vertragspreis für die Rasenmäher, das Bankdarlehen samt Zinsen. Das alles hat enorm viel gekostet. William ließ die Familie wissen, daß sie wegen Forsyths geschäftlichem Abenteuer alle ein wesentlich geringeres Erbe von ihm zu erwarten hätten. Danach hat keiner mehr mit Forsyth geredet. Er hat sich bei William darüber beklagt und gesagt, Keith habe ihm geraten, das Lagerhaus anzuzünden. Keith hat behauptet, das sei gelogen. Aber William hat mir anvertraut, daß Keith immer sagte, die Dinge ließen sich durch Feuer regeln."

So wie die Hecke vor dem Graben, dachte ich. Und die Tribüne durch Sprengladungen?

„Na bitte", meinte sie, „jetzt habe ich es Ihnen erzählt! Und es kommt mir nicht mal so vor, als ob William neben mir steht und sagt, ich soll still sein. Im Gegenteil . . . Ich glaube, er ist dafür, mein Lieber, wo immer er jetzt sein mag."

Es lag mir fern, diese Annahme anzuzweifeln. „Wenigstens war die Geschichte mit Forsyth ein einfacher Betrug", sagte ich. „Keine Vergewaltigung, keine Drogen dabei."

„Ja, Lee, so etwas ist viel schwerer zu vertuschen."

Ein Unterton in ihrer Stimme bewog mich zu fragen: „Aber nicht unmöglich?"

„Sie stiften mich an, gemein zu werden!" Aber nachdem sie einmal angefangen hatte, machte ihr das Erzählen auch Spaß. „Nun . . ., da war Hannah . . .“

„Was war mit ihr?“ hakte ich nach, als sie innehielt.

„Keith hat sie nie vergessen lassen, daß ihre Mutter sie im Stich gelassen hat. Er wollte, daß Hannah Madeline haßte, und sie hat sie gehaßt. William sagte, Madeline zuliebe habe er sich bemüht, gut zu Hannah zu sein, aber dagegen stand Keith mit seinen Einflüsterungen, und so war sie von klein auf störrisch und gehässig.“

„Arme Hannah.“

„Jedenfalls wurde sie sehr hübsch, aber William sagte, den jungen Männern sei bald die Lust vergangen, wenn sie sie näher kennenlernten, und sie fühlte sich immer ungeliebter. Dann verliebte sie sich in einen Zigeuner und schlief mit ihm.“ Perdita zuckte die Achseln und seufzte. „William sagte, er könne Hannah nicht verstehen, aber es war die mangelnde Selbstachtung, mein Lieber. Natürlich wurde sie schwanger. Und dieser Zigeuner kreuzte bei Keith auf und verlangte Geld; sonst würde er verbreiten, daß er Keith’ feine Tochter geschwängert habe, sagte er, und da hat Keith ihn zusammengeschlagen und getreten, so daß ihm eine Niere geplatzt ist.“

Du liebe Güte! Ich hatte ja noch Glück gehabt.

„Keith kam zu William. William hat dem Zigeuner Schweigegeld bezahlt, und zwar einen zehnmal höheren Betrag, als der Bursche ursprünglich von Keith verlangt hatte. So kam Jack auf die Welt, und auch er hatte nicht viel Aussicht, sich gesund zu entwickeln.“

„Trostlos“, sagte ich.

Sie seufzte tief. „Conrad“, erklärte sie überraschend, „war vor Jahren mal heroinsüchtig.“

„Das ist nicht wahr!“

Perdita nickte. „Als er jung war. Hielt es für ein großes Abenteuer, meinte William. Conrad war damals noch Student. Er und ein anderer junger Mann haben sich Heroin gespritzt, und der Freund starb an einer Überdosis. Es gab einen fürchterlichen Stunk, aber William hat die Sache vertuscht und Conrad in einer sehr teuren Privatklinik behandeln lassen.“

Aha, dachte ich, das also war Marjories Zangengriff.

„Ach, mein Lieber, das liegt alles schon vierzig Jahre zurück.“ Sie redete jetzt ganz zwanglos. „Ich mochte Madeline sehr. Sie ist ja auch da rausgekommen und hat noch mal geheiratet. William sagte, Keith habe ihr nie verziehen, daß sie sich von ihm abgewandt hat.“

Vielleicht weil es mir partout nicht aus dem Kopf ging, platzte ich heraus: „Keith hat gestern gedroht, er werde mich umbringen. Noch nach vierzig Jahren will er die Rechnung begleichen."

Sie machte große Augen. „Aber Lee, das müssen Sie ernst nehmen. Der Mann ist gewalttätig. Was wollen Sie dagegen tun?"

Ich hatte auch die halbe Nacht wach gelegen und darüber nachgedacht, aber ich konnte ihr nicht antworten, weil ich es noch nicht wußte. Keith' Haß auf mich war nur zu deutlich gewesen, und jetzt war ein Racheakt aus seiner Sicht gerechtfertigt, weil ich mich in die Sache mit Harold Quest eingemischt hatte. Ich hatte Keith an Marjorie ausgeliefert: Dafür wollte er mich umbringen. Tief im Innern war ich überzeugt, daß er es versuchen würde, und ich hatte Angst vor ihm, obwohl ich das nicht gern zugeben mochte.

Ich konnte wahrscheinlich dafür sorgen, daß den Jungen ihr Vater erhalten blieb, indem ich mich der Auseinandersetzung entzog. Ich konnte . . . weglaufen.

Das Dumme war nur, daß sich in mir alles gegen diesen Ausweg sträubte.

„Ich wünschte", sagte ich heftig, „ich könnte es so halten wie die Strattons und durch Erpressung dafür sorgen, daß Keith mich in Frieden läßt!"

Perdita legte den Kopf schräg und sah mir ins Gesicht. „Ich weiß nicht, ob es Ihnen viel nützt, mein Lieber", sagte sie langsam, „aber da könnte Conrad was haben."

„Inwiefern? Was meinen Sie?"

„Ich habe keine Ahnung, was genau es war", meinte sie, „aber William hatte etwas, womit er Keith in den letzten Jahren in Schach halten konnte. Nur hat er darüber ausnahmsweise nichts erzählt. Er sagte, es gebe Sachen, von denen er nicht wolle, daß sie jemals bekannt würden, auch nach seinem Tod nicht. Nur Conrad als seinem Erben wollte er ein versiegeltes Kuvert geben mit ganz genauen Anweisungen, ob und wann es zu öffnen sei, und er sagte, er habe immer versucht, das Beste für die Familie zu tun. Das Allerbeste." Gerührt hielt sie inne.

Die Geheimnisse waren heraus. Perdita weinte ein paar Tränen der Zuneigung und war offensichtlich mit sich im reinen. Ich stand auf, küßte sie auf die Wange und ging nach unten, um meine frisch geschorenen Kinder einzusammeln.

Sie sahen toll aus. Ich dankte Penelope und bezahlte für das Haareschneiden (obwohl sie protestierte). Die Gardners holten uns ab und brachten uns mitsamt den gereinigten Sachen zurück zur Rennbahn.

Ich verbrachte eine lange Nacht in unruhigen Gedanken an Keith und die Schurkereien, die er möglicherweise ausheckte. Wie konnte ich mich vor ihm schützen? Ich dachte über Angst und den nötigen Mut nach und fühlte mich überfordert, der Situation nicht gewachsen.

AM MITTWOCH morgen war Henry nach Hause gefahren, nachdem er versprochen hatte, den Zelten, die für den nächsten Einsatz stehenblieben, weitere Verbesserungen hinzuzufügen.

Die Flaggen über dem Zelt waren in Säcke verpackt worden. Ventilation und Beleuchtung waren abgeschaltet. Roger und ich gingen durch den Mittelgang und kontrollierten hier und da die großen leeren Räume. Tageslicht sickerte durch Zeltleinwand und pfirsichfarbene Deckenbespannung und wechselte von matt zu hell und wieder zu matt, wenn langsam ziehende Wolken sich vor die Sonne schoben.

„Die Strattons“, sagte ich, „wollten heute morgen eine Versammlung abhalten. Wissen Sie zufällig, wo?“

„Nicht hier, soweit ich informiert bin. Wenn sie sich treffen, werden sie Ihnen den Ort aber doch mitteilen.“

„Da bin ich mir nicht so sicher.“

Wir gingen langsam, ungewohnt untätig, wieder in Richtung Büro, als Dart mit seiner verbeulten Karre auf den Platz gefahren kam.

„Tag“, sagte er lässig beim Aussteigen, „bin ich der erste?“

Roger erklärte, daß er nicht im Bilde sei.

Dart zog die Brauen hoch. „Als Marjorie von Versammlung sprach, habe ich natürlich angenommen, sie meint hier.“

Alle drei gingen wir weiter zum Büro.

„Die Polizei hat mein Auto untersucht“, erzählte Dart. „Es ist ein Wunder, daß ich nicht im Kittchen bin. Sie sind nämlich zu dem Schluß gekommen, daß ich die Tribüne gesprengt habe.“

Roger hielt verblüfft einen Schritt inne. „Sie?“

„Irgendwie war die Kiste verseucht mit Haschisch, Rinderwahnsinn, Nageldreck und was sonst noch allem. Ihre Hunde und ihre Reagenzgläser haben verrückt gespielt. Es gab Großalarm.“

„Nitrate“, reimte ich mir zusammen.

„Genau. Der Sprengstoff für die Tribüne wurde in meinem Wagen zur Rennbahn gebracht. Zwischen acht und halb neun Uhr früh. Behaupten sie jedenfalls."

„Das kann nicht ihr Ernst sein", wandte Roger ein.

„Gestern nachmittag haben sie mir schwer die Hölle heiß gemacht." Seine fröhliche Miene konnte nicht darüber hinwegtäuschen, wie ihn das mitgenommen hatte. „Dauernd wollten sie wissen, wo ich das P. E. 4, oder wie es heißt, herhatte. Und wer meine Komplizen seien, fragten sie immer und immer wieder. Ich habe sie nur angeglotzt."

„Schließen Sie normalerweise Ihren Wagen ab?" wollte ich wissen.

„Meistens nicht, nein. Nicht, wenn er bei mir vor der Tür steht. Das habe ich auch der Polizei gesagt. Ich sagte, er stand wie immer da, und sehr wahrscheinlich steckte der Schlüssel. Jeder hätte damit wegfahren können."

Roger und ich hörten auf, Dart anzustarren, um nicht wie Ankläger zu wirken. Vor seiner Tür, das hieß am Hintereingang von Stratton Hays, das war nicht gerade im Blickfeld der herumstreunenden Autodiebe.

„Und wenn nun Keith Ihren Wagen genommen hat?" fragte ich. „Würden Sie aus Familientreue auch zu ihm halten?"

Dart erschrak. „Ich habe keine Ahnung, wovon Sie reden." Er grinste etwas unsicher. „Ich weiß nicht, wer meinen Wagen genommen hat."

Roger sagte mit unbeteiligter Stimme: „Keith hat Lee vorgestern geschworen, daß er ihn umbringt. Er hat das ohne Zweifel ernst gemeint. Da können Sie es Lee nicht verdenken, wenn er wissen will, ob Keith die Tribüne gesprengt hat."

Dart sah mich lange an. Ich lächelte.

„Ich glaube nicht, daß es Keith war", erklärte Dart schließlich.

„Ich schaue unter meinem Bus nach", sagte ich zu ihm. „Meine Kinder steigen mir da nicht ein, ehe ich hundertprozentig sicher bin, daß es ungefährlich ist."

„*Lee!*" Er klang völlig schockiert. „Nein, das würde er nicht machen. Nicht mal Keith. Ich schwör's Ihnen . . ." Er brach ab. Dennoch hatte er mir schon gesagt, was ich wissen wollte: ein Körnchen Wahrheit, wenn auch nicht die ganze Geschichte.

„Würden Sie mir", sagte ich, um einen lockeren Ton bemüht, „aus Rücksicht auf Ihre Familie vielleicht helfen, Keith davon abzuhalten, daß er seine Drohung wahr macht?"

„Aber natürlich. Ich weiß nur nicht, was ich dazu tun soll."

„Das sage ich Ihnen noch. Erst mal – wo ist Ihr Treffen?"

„Ach ja, richtig!"

Er ging zum Telefon und wählte eine Nummer. „Ivan? Wo ist dieses verfluchte Treffen? ... Bei dir? Und wer ist da? ... Gut, sag ihnen, daß ich noch komme." Er legte den Hörer auf und zeigte Roger und mir das alte, unbeschwerte Grinsen. „Meine Eltern sind da, und sie warten auf Tante Marjorie. Keith konnte ich schon schreien hören."

*Carpe diem*, heißt es. Pflücke den Tag. Ergreife den Augenblick. „Wie wäre es", sagte ich, „wenn Sie mich zum Haus Ihrer Eltern bringen und mich da warten ließen, während Sie an dem Treffen teilnehmen?"

„Aber wozu denn?" Er war verwirrt.

„Ich komme als Maskottchen mit."

„Lee ..."

„Also gut. Weil ich einen Blick auf die Tribünenpläne werfen möchte."

Roger wollte mich mit einer Geste daran erinnern, daß ich die Pläne doch schon gesehen hatte, ließ dann aber zu meiner Erleichterung die Hände wieder sinken.

Dart sagte stirnrunzelnd: „Ich verstehe nicht ganz ..."

Da ich nicht wollte, daß er verstand, sagte ich irreführend: „Es ist im Interesse Ihrer Familie. Vertrauen Sie mir."

Er vertraute mir mehr als jeder andere in der Familie, und sein unbekümmertes Wesen trug den Sieg davon. „Wenn Sie's denn möchten", willigte er ein. „Meinen Sie, jetzt gleich?"

„Unbedingt. Aber würden Sie vielleicht hinten rausfahren, damit ich den Jungen Bescheid sagen kann, daß ich eine Zeitlang nicht auf der Rennbahn bin?"

Dart begleitete mich hinaus zu seinem Wagen. Auf dem Beifahrersitz sah ich eine Illustrierte namens *American Hair Club* liegen, mit einem dichtbehaarten, breit lächelnden jungen Mann auf dem Titelbild.

Dart steckte sie in die Seitentasche seiner Tür und sagte, als müsse er sich verteidigen: „Es geht um ein Verfahren, bei dem man Haare mit Polymeren anschweißt. Machen Sie sich nicht darüber lustig!"

„Tu ich gar nicht."

Er warf mir einen mißtrauischen Blick zu, fuhr mich aber durchaus freundlich zum Bus, wo ich jedoch nur einiges Werkzeug einsteckte, denn meine Söhne waren nicht dort. Sie versuchten sich, mehlbestaubt bis zu den Ellbogen, in Mrs. Gardners Küche an deren fabelhaftem Rosinenkuchenrezept, wobei sie den meisten Teig roh aßen.

Mrs. Gardner begrüßte mich mit einem strahlenden Lächeln und einem Kuß und sagte: „Ich habe solchen Spaß hier! Lassen Sie sich Zeit mit dem Heimfahren!"

„Wie kriegt man eine Frau, die einem sechs Söhne schenkt?" fragte Dart trübsinnig, als wir wieder losfuhren. „Wer will denn einen pummeligen, halb kahlen Kerl Anfang Dreißig, der nichts kann?"

„Wer will einen gutmütigen, netten jungen Mann, der nicht von Dämonen besessen ist?"

„Meinen Sie mich?" Er war überrascht. „Mich wollen die Frauen im Grunde nicht. Sie haben nur Augen für das große alte Stratton Hays. Sie wollen ein Haus heiraten."

„Wenn ich wieder zu Hause bin", sagte ich, „können Sie uns besuchen, und ich werde zusehen, daß Sie Leute kennenlernen, die nie von Stratton Hays gehört haben und nichts vom Titel Ihres Vaters oder von Ihren eigenen Millionen wissen."

„Im Ernst?"

„Ja." Ich überlegte einen Augenblick und sagte dann: „Sie sollten heiraten. Sie werden einmal das Oberhaupt der Familie sein, und die anderen sollten Ihnen und Ihrer Frau mit Respekt begegnen."

„Sie verlangen ja gar nicht viel", wandte er ein.

„Sie sind der beste Stratton", sagte ich.

Er schluckte, wurde rot und schwieg. Wir fuhren durch ein offenes Tor auf eine kurze Einfahrt und hielten vor einem großen edwardianischen Haus aus grauen Ziegeln. Wir liefen um das Haus herum zur Rückseite.

Die Hintertür war unverschlossen. Wir gingen an halboffenen Türen vorbei durch eine schwarzweiß geflieste Halle, bis wir Conrads eichengetäfeltes Heiligtum vor uns hatten. Es war ein Raum mit dicht an dicht gehängten Pferdebildern, einem vollgepackten Schreibtisch und zahllosen glänzenden Nippsachen: silberne Miniaturpferde, antike Goldmünzen auf einem Tablett, eine winzige Jagdszene in Gold – jede freie Fläche überladen mit Schätzen.

Dart ging um den Schreibtisch herum und blieb vor der Täfelung stehen, die hier, wie er sagte, eine Schranktür verbarg. Ich trat zu ihm und bückte mich, um mir das Schloß anzusehen. Das Schlüsselloch sah so aus, als ob es leicht zu knacken wäre.

„Ihrem Vater würde nicht gefallen, was ich hier vorhabe", sagte ich.

„Das glaube ich auch. Ich gehe nicht zu der Konferenz. Vielleicht brauchen Sie mich hier."

„Ist gut“, sagte ich ziemlich erleichtert. „Dann setzen Sie sich raus in Ihren Wagen, und falls Ihre Eltern früher zurückkommen, hupen Sie fünf- oder sechsmal laut, um mich zu warnen. Sagen Sie, Sie hätten mir erlaubt zu telefonieren oder so was.“

„Ich tu's nur ungern“, meinte er stirnrunzelnd. „Machen Sie nicht zu lange.“ Zögernd drehte er sich um und ging wieder zur Hintertür. Ohne Zeit zu verlieren, machte ich mich daran, widerrechtlich ein fremdes Schloß zu knacken. Das kleine, flache Werkzeug, das ich mitgebracht hatte, glitt anstandslos an der Sperre vorbei und entriegelte das Schloß. Die holzverkleidete Tür ließ sich jetzt ohne Schwierigkeiten aufdrücken und gab einen großen, begehbaren Schrank frei. Ich legte den Gehstock auf den Schreibtisch, betrat hinkend den Innenraum und knipste einen Lichtschalter an.

Die Wände im Innern waren von Regalen gesäumt, auf denen unzählige Kartons standen, Kartons in allen Größen, die leider alle nicht beschriftet waren.

Die Entwürfe für die geplante Tribüne – Wilson Yarrows große Mappe – lehnten direkt vor mir an einem der Wandregale. Ich nahm die Zeichnungen und breitete sie draußen auf Conrads Schreibtisch aus, für den Fall, daß Dart nach mir sehen kam.

Mein Hauptziel war, an das Kuvert heranzukommen, das William hatte Conrad anvertrauen wollen; das Kuvert, das genügend Schmutz über Keith enthielt, um ihn im Zaum zu halten. Wenn ich es fand, dachte ich, könnte ich damit vielleicht mein Leben schützen.

Angesichts der Unzahl von nichtssagenden Schachteln mußte ich umdenken. Hier ein bestimmtes Kuvert herauszusuchen konnte Stunden statt Minuten dauern, zumal ich keine genaueren Hinweise auf die Beschaffenheit des fraglichen Kuverts bekommen hatte.

Ich hob den Deckel einer direkt vor mir stehenden kastanienbraunen Schachtel an. Sie enthielt Erinnerungen an Veranstaltungen der Jagdgesellschaft, deren Leitung Conrad angehörte. Einladungskarten mit Goldrand, Speisekarten, Rednerlisten. Eine längliche Schachtel daneben enthielt lauter lose Zeitungsausschnitte. Schachtel um Schachtel enthielt Dinge der gleichen Art. Conrad entpuppte sich als ein zwanghafter Sammler der kleinsten Einzelheiten seines Lebens.

Ich streifte hastig an den Kartons entlang, hob die Deckel an, blätterte Massen von Papier durch, fand nichts, was das Risiko wert war. In einem normalen Schuhkarton stieß ich endlich auf ein Juwel, wie ich es erhofft hatte, wenn auch nicht auf den Haupttreffer.

Was ich vor mir sah, war ein schwarzweißes Hochglanzfoto von Rebecca: ein Schnappschuß von ihr in Straßenkleidung, wie sie offenbar ein Bündel Banknoten von einem Mann entgegennahm, der einen Filzhut trug. Der etwas unscharfe Hintergrund war gerade noch als Rennbahn zu erkennen. In derselben Schachtel lag auch ein Tonband. Von diesen beiden Dingen abgesehen war die Schachtel leer. Ich nahm sie heraus, legte sie auf Conrads Schreibtisch und trat wieder in den Schrank, um weiter nach einem Kuvert zu suchen, das sich womöglich gar nicht dort befand.

Alte, überholte Jagdhundelisten. Jahrealte Vermögensaufstellungen. Darts Schulzeugnisse. Nach dem Arbeitsgrundsatz der Diebe, daß alle Welt das Wertvollste stets ganz unten in der Schublade versteckt, lüpfte ich jeweils den Inhalt, um zu sehen, was zuunterst lag, und so stieß ich schließlich auf einen gewöhnlichen braunen Umschlag, auf dem nur das Wort „Conrad" stand.

Ich zog ihn unter einem Packen längst abgelaufener Versicherungspolicen hervor. Entweder war es das, was ich suchte, oder nicht. Auf jeden Fall wollte ich es mitnehmen, und um meinen Diebstahl selbst vor Dart geheimzuhalten, steckte ich den Umschlag unter meine Kleidung; genauer gesagt, in meinen Slip, direkt am Unterleib.

Ich vergewisserte mich, daß die Schachteln alle geschlossen waren, dann ging ich hinaus zu Conrads Schreibtisch, um die Tribünenpläne wieder in die Mappe zu legen, die Schranktür abzuschließen und unentdeckt das Feld zu räumen.

Das Foto von Rebecca und das Tonband lagen auf den Plänen. Stirnrunzelnd öffnete ich noch einmal meinen Reißverschluß und steckte das Foto zu dem Kuvert.

In diesem Augenblick hörte ich Stimmen in der Eingangshalle.

„Aber Vater", drang Darts Stimme laut und verzweifelt zu mir herein, „ich möchte, daß wir uns den Zaun oben am Wald ansehen –"

„Jetzt nicht", sagte Conrads Stimme. „Warum warst du denn nicht auf der Versammlung?"

Großer Gott, dachte ich. Ich steckte das Tonband in die Hosentasche und beugte mich über die Tribünenpläne, als wären sie das einzige auf der Welt, was mich interessierte. Conrad stieß die Zimmertür auf, und auf sein Gesicht trat ein wütender Ausdruck, wie nicht anders zu erwarten, wenn jemand einen Unbefugten in seinem Allerheiligsten vorfindet.

Schlimmer noch: hinter ihm kam Keith herein.

Conrad warf einen Blick auf seinen offenen Schrank, in dem das Licht noch brannte, und auf mich, über seinen Schreibtisch gebeugt. „Was erlauben Sie sich?!“ herrschte er mich an.

„Es tut mir sehr leid“, sagte ich betreten. Ich legte die Pläne in die Mappe zurück und klappte sie zu. „Rechtfertigen kann ich mich nicht. Ich kann nur um Verzeihung bitten.“

„Das genügt mir nicht!“ Er war fast außer sich vor Ärger, was bei ihm noch schlimmer wirkte, da er gewöhnlich nicht aus der Haut fuhr. „Dieser Schrank war abgeschlossen. Ich schließe ihn immer ab. Wie haben Sie ihn aufbekommen?“

Ich antwortete ihm nicht. Der abgefeilte Schlüssel steckte noch im Schlüsselloch. Das Ganze war mir entsetzlich peinlich, was er mir bestimmt ansah.

In einer Anwandlung echten Zorns packte er meinen Stock, der auf dem Schreibtisch lag, und holte aus, als wolle er mich schlagen.

„Bitte, Conrad“, sagte ich. „Nicht. Das ist nicht Ihre Art.“

„Aber meine!“ sagte Keith laut. Er entriß seinem Zwillingsbruder unsanft den Stock und schlug heftig nach meinem Kopf.

Ich hob den Arm, fing den Hieb mit der Hand ab und zog den Stock mit aller Kraft zu mir her. Keith verlor das Gleichgewicht und ließ los, um sich mit beiden Händen auf der Schreibtischplatte abzustützen. Er sah verblüfft aus, ich jedoch hatte in der Tat wieder etwas von meiner alten Kraft in mir gespürt. Keith richtete sich auf, und sein Blick versprach mir den Tod.

„Ich wollte mir die Pläne ansehen“, wandte ich mich an Conrad.

„Er ist Architekt“, sagte Dart, um mich zu verteidigen.

„Bauunternehmer“, widersprach sein Vater.

„Beides“, sagte ich kurz. „Es tut mir sehr leid. Ich hätte Sie fragen sollen. Ich bin zutiefst beschämt.“

Conrad wandte sich Dart zu: „Der Schrank ist praktisch unsichtbar. Du hast ihm gesagt, wo er suchen muß. Du hast es ihm gezeigt!“

Dart sagte schwach: „Was ist schon dabei?“

Conrad starrte ihn mit offenem Mund an, dann polterte er los: „Schert euch raus, alle beide, ihr widert mich an!“

„Nein“, wandte Keith ein, „woher weißt du, ob er nicht was gestohlen hat? Du hast doch lauter Gold und Silber hier. Er ist ein Dieb!“

Dreimal verfluchter Keith, dachte ich mit unterdrücktem Schrecken.

Ich hatte etwas Besseres als Gold entwendet und gedachte es auch zu behalten. Ich zog meine Jacke aus und warf sie Conrad zu.

„Durchsuchen Sie sie", sagte ich.

Er fing das Stoffbündel auf. Keith riß die Jacke an sich und ging die Taschen durch. Kein Silber, kein Gold. Nichts Gestohlenes.

Ich knöpfte mein kariertes Flanellhemd auf und warf es Conrad zu. Nun stand ich mit bloßem Oberkörper da. Ich lächelte und begann meinen Gürtel aufzuschnallen.

„Jetzt die Hose?" fragte ich leichthin. „Schuhe? Socken?"

„Nein, nein", wehrte Conrad irritiert ab. „Ziehen Sie Ihr Hemd wieder an." Er warf es mir herüber. „Sie mögen nicht vertrauenswürdig sein – ich gebe zu, ich bin enttäuscht –, aber ein Langfinger sind Sie nicht." Er wandte sich an Keith. „Laß ihn gehen, Keith. Such woanders Streit. Nicht in diesem Zimmer."

„Entschuldige, Vater", sagte Dart geknickt.

Conrad winkte ab. Dart schob sich um den Schreibtisch herum und blickte argwöhnisch zu Keith. Ich folgte Dart, langsam hinkend, mit dem Gehstock gleichermaßen als Stütze und Schutz.

Conrad sagte scharf: „Ich möchte Sie nie wiedersehen, Mr. Morris."

Ich senkte den Kopf als Eingeständnis meines Fehlverhaltens.

Keith hielt meine Jacke fest.

Ich versuchte erst gar nicht, sie zurückzuverlangen. Geh nicht zu weit, sagte ich mir. Die kleinste Erschütterung konnte den Vulkan zum Ausbruch bringen. Ich war schon froh, unbehelligt an die Tür zu kommen, und schlich geduckt den Flur entlang, in Conrads Wertschätzung so tiefstehend wie eine Küchenschabe.

Ich wagte nicht zu atmen, bis wir aus dem Haus waren. Dart warf sich in seinen Wagen, ließ den Motor anspringen, und wir fuhren schnellstens auf die Straße.

„Sie sind ja ein schöner Wachposten", sagte ich bitter. „Wo blieb denn mein Warnsignal? Haben Sie geschlafen?"

„Nein . . ., nein, gelesen hab ich. Es tut mir leid."

Mir ging ein Licht auf. „Sie haben in der verfluchten Zeitschrift über Haarausfall gelesen."

„Na ja, ich . . ." Beschämt grinsend gab er es zu. „Sie haben so lange gebraucht", meckerte er. „Was hat Sie denn so aufgehalten?"

„Hab mich nur umgesehen."

„Wo wollen wir hin?" fragte Dart. Er war automatisch in Richtung Rennbahn abgebogen. „Zurück zu den Gardners?"

„Ich muß mit Marjorie sprechen“, sagte ich. „Und ich muß nach Stratton Hays.“

„Ich kann Ihnen nicht folgen.“

„Bringen Sie mich hin?“

Er lachte. „Bin ich jetzt Ihr Chauffeur? Na schön, ich fahre Sie. Das Leben wird nicht langweilig, wenn Sie dabei sind.“

„Also dann zuerst zu den Gardners.“

„Ja, Sir.“

Mrs. Gardner nahm meine allzu frühe Rückkehr mit freundlicher Bestürzung auf. Ich bot ihr den Service der fünf Köche für einige weitere Stunden an. „Einverstanden“, sagte sie.

Dankbar ließ ich Dart in der Küche zurück, ging zum Bus hinüber und legte dort im Fahrerhaus das Tonband in das Kassettenfach des Radios ein. Wie sich herausstellte, war es die Aufnahme eines Anrufs über Funktelefon: teuflisch einfach, so etwas abzuhören, wenn man mit einem Peilsender in der Nähe der Transmitterstation lauerte. Das Gespräch fand zwischen einer Stimme, die man Rebecca zuordnen konnte, und einem Mann mit südostenglischem Akzent statt.

„Was haben Sie für mich, Schätzchen?“ sagte eine Männerstimme.

„Wieviel ist es wert?“ fragte Rebecca leise zurück.

„Das Übliche.“

„Ich reite Soapstone im fünften, der hat keine Chance. Sichern Sie sich bei Catch-as-Catch gut ab, der wird hoch gesetzt werden.“

„Das war's?“

„Ja.“

„Danke, Schätzchen.“

Das Band klickte und lief stumm weiter. Grimmig drückte ich es heraus, steckte es wieder ein und kletterte nach hinten, in den Hauptteil des Busses. Ich öffnete den Reißverschluß meiner Hose und nahm das Hochglanzfoto und den Packen Papier heraus.

Ich schlitzte den braunen Umschlag mit einem Messer auf. Im Innern war ein weiterer Umschlag, weiß diesmal, und ein kurzer Brief von William Stratton, dem dritten Baron, an seinen Sohn Conrad, den vierten. Er lautete:

> Conrad,
> diese Angelegenheit bedrückt mich über die Maßen. Denke immer daran, daß Keith zu meinem Leidwesen ein Lügner ist. Ich habe die Wahrheit herausgefunden, und jetzt weiß ich nicht, wie ich sie gebrauchen soll. Du mußt entscheiden. Aber sei vorsichtig. Wissen ist gefährlich.

Besorgt schlitzte ich den weißen Umschlag auf und las den Inhalt. Danach zitterten meine Hände. Mein Nichtgroßvater hatte mir endgültig einen Weg gezeigt, um mit Keith fertig zu werden.

Den Kopf in die Hände gestützt, saß ich eine Zeitlang da und machte mir klar, daß Keith mich, wenn er wüßte, was ich gefunden hatte, auf der Stelle umbringen würde und daß ich vor einem ungeahnten Dilemma stand, wenn ich mich vor ihm schützen wollte.

Gefährliches Wissen. Mehr als gefährlich – tödlich!

Dart fuhr mich nach Stratton Hays. Von unterwegs rief ich über mein Funktelefon (hörte jemand mit?) bei Marjorie zu Hause an. Sie machte aus ihrem Unmut keinen Hehl. „Sie waren nicht auf der Versammlung!“ grollte sie.

„Nein. Tut mir sehr leid.“

„Es war ein Schlag ins Wasser“, sagte sie verärgert. „Zeitverschwendung. Keith hat fortwährend herumgebrüllt, und wir kamen zu nichts.“ Sie schwieg und sagte dann ohne Nachdruck: „Nehmen Sie seine Drohungen ernst?“

„Das muß ich.“

„Haben Sie an . . . Rückzug gedacht?“

„Ja, schon. Haben Sie Zeit? Ich muß Ihnen etwas erzählen.“

Sie sagte, wenn ich ihr eine Stunde gäbe, könne ich sie zu Hause besuchen. Dart und ich fuhren weiter nach Stratton Hays, wo er an der gleichen Stelle parkte wie bei meinem ersten Besuch und wie üblich den Schlüssel in der Zündung steckenließ.

Der große elegante Bau, erfüllt von vergessenem Leben und stummen Geistern, stand friedlich im schattengesprenkelten Sonnenlicht, ein Haus für Hunderte, bewohnt von einem.

„Und jetzt?“ fragte dieser eine, Darlington Stratton, fünfter Baron in spe.

„Wir haben fast eine Stunde. Können wir uns den Nordflügel ansehen?“

„Das ist doch eine Ruine. Ich sagte es Ihnen schon.“

„Ruinen sind mein Metier.“

„Hatte ich vergessen. Also gut.“ Er führte mich wieder durch die geräumige Eingangshalle und dann einen breiten, durch Fenster erhellten Flur entlang, an dessen Ende sich eine schwere Tür befand. Dart mühte sich mit den Riegeln ab, dann betraten wir die Art von verwahrlostem Terrain, auf die ich spezialisiert war: morsches Holz, Massen von Schutt, sprießende Schößlinge.

Ich kletterte mühevoll über verwitterte graue Balken und blickte auf eine weite, unwirtliche Fläche, flankiert von hohen, aber nicht mehr stabilen Wänden. Der Ort versetzte mich nicht in kreative Erregung. Das einzige, was er mit seinen majestätischen Proportionen zeigte, war ein sinnfälliges Bild der Vergänglichkeit und einen Eindruck von der Zuversicht und dem Fleiß, die hier vor vierhundert Jahren gewaltet hatten.

„Okay", sagte ich, drehte mich um und stieß wieder zu Dart. „Danke."

Er verriegelte die Tür wieder, und wir kehrten in die Halle zurück.

„Kann ich mir bei Ihnen mal die Hände waschen?" fragte ich.

„Klar."

Wir gingen in seine Wohnung im Erdgeschoß des Südflügels. Hier herrschten ungebrochener Lebensgeist und Gemütlichkeit, davon zeugten Teppiche, antike Möbel und der Geruch von frischer Politur. Dart führte mich zur Tür seines Badezimmers, eine Kombination von alt und modern, mit einer großen, freistehenden viktorianischen Badewanne und zwei neu aussehenden Waschbecken. Auf der Ablage standen Flaschen mit Shampoo und Haarkuren jeder Art – auch Schlangenöl!

Nach einem verständnisvollen Blick darauf trat ich ans Fenster und schaute hinaus. Drüben links stand Darts Wagen in der Auffahrt. Geradeaus Rasen und Bäume.

„Was ist?" fragte er, als ich stehenblieb. Nach einem Augenblick kam er her, um zu sehen, wo ich hinschaute. Er richtete den Blick suchend auf mein Gesicht und las meine Gedanken ohne Mühe. „Mist", sagte er. „Wie sind Sie darauf gekommen?"

„Ich hab's mir gedacht. Sie waren im Bad bei der Haarpflege. Und durch das Fenster haben Sie gesehen, wer an dem Morgen Ihren Wagen benutzt hat."

„Wissen Sie . . ., wer es war?"

Ich lächelte ein wenig. „Fahren wir zu Marjorie."

Dart fuhr uns zu Marjories Haus, einem georgianischen, so sauber und gepflegt wie sie selbst. Es befand sich auf einem säuberlich gejäteten Grundstück am Ortsausgang von Stratton und hatte eine kreisförmige Auffahrt hinter urnengeschmückten Torpfosten. Marjories Haustür wurde von einem Butler geöffnet, der uns in ihr Wohnzimmer führte. Wie erwartet, herrschte hier erlesener Geschmack – eine Palette zarter Farben und Aussicht auf einen sonnigen Frühlingsgarten.

Marjorie saß in einem breiten Sessel, der den Raum beherrschte. Sie trug ein dunkelblaues Kleid mit weißem Kragen, puppenhaft und vornehm anzusehen, eine geschickte Tarnung ihres unbeugsamen Wesens.

„Nehmt Platz!“ befahl sie, und Dart und ich setzten uns zu ihr, ich auf ein kleines Sofa, Dart auf einen spinnenbeinigen Stuhl.

„Es gäbe was zu erzählen“, begann sie. „Das sagten Sie doch, Lee.“

„Hm.“ Ich nickte. „Sie hatten mich ja gebeten, zwei Dinge herauszufinden.“

„Keith' Finanzen und womit dieser verflixte Architekt Conrad unter Druck setzt.“

„Tante Marjoric!“ Dart war perplex. „Du hast Lee für dich arbeiten lassen?“

„Was ist denn dabei? Es dient letztlich dem Wohl der Familie. Wo sollen wir anfangen, wenn wir nicht die Fakten kennen?“

Selbst führende Politiker könnten noch von ihr lernen, dachte ich.

Das Telefon auf dem Tischchen neben ihrem Sessel klingelte. Sie nahm den Hörer ab und lauschte.

„Ja . . . Wann? . . . Dart ist hier. Lee auch . . . Ja.“ Sie legte auf und sagte zu Dart: „Das war dein Vater. Er sagt, er ist auf dem Weg hierher. Er hört sich unglaublich wütend an. Was hast du angestellt?“

„Ist Keith bei ihm?“ Ich stieß die Frage hervor.

„Das hat Conrad nicht gesagt. Möchten Sie vielleicht lieber gehen?“

Ja und nein. Ich dachte an Mord und Totschlag in ihrem friedlichen Wohnzimmer und hoffte, sie würde das nicht zulassen.

„Ich habe ein Foto mitgebracht, das ich Ihnen zeigen wollte“, sagte ich.

Marjorie betrachtete es verständnislos. „Was hat das zu bedeuten?“

„Ich erkläre es Ihnen“, versprach ich, „aber wenn Conrad kommt, warte ich, bis er da ist.“

Conrad traf schon sehr bald ein, zu meiner Erleichterung ohne Keith. Allerdings kam er bewaffnet mit einer Schrotflinte, des Gutsherrn Freund. Er trug sie nicht aufgeklappt über dem Arm, wie man es sollte, sondern gespannt und schußbereit. Er setzte mit langen Schritten über den Chinateppich, blieb vor mir stehen und richtete den Doppellauf der Flinte auf mich.

Ich stand auf. Knapp zwei Schritte lagen zwischen uns. Er hielt die Waffe in Taillenhöhe, gut vertraut mit Schüssen aus der Hüfte. Auf diese Entfernung konnte er keine Stechmücke verfehlen.

„Sie sind ein Lügner und ein Dieb!" Er knurrte vor Zorn, die Finger beängstigend fahrig im Bereich des Abzugs.

Ich bestritt den Vorwurf nicht. Ich schaute an ihm und seiner Flinte vorbei auf das Foto in Marjories Hand, und er folgte meinem Blick. Er erkannte das Bild, und seine Augen nahmen einen mörderischen Ausdruck an, der dem von Keith in nichts nachstand.

„Conrad", sagte Marjorie scharf, „beruhige dich. Du wirst ihn nicht in meinem Haus erschießen."

Es war schon irgendwie grotesk, aber nicht einmal Dart lachte.

Ich wandte mich an Conrad: „Ich kann Ihnen den Erpresser vom Hals schaffen."

„Was?"

„Wovon reden Sie?" wollte Marjorie wissen.

„Ich rede davon, daß Wilson Yarrow Conrad erpreßt, um grünes Licht für den Tribünenneubau zu bekommen."

„Sie haben es also herausgefunden!" rief Marjorie aus.

„Könnten Sie die Waffe vielleicht woandershin halten?" bat ich Conrad.

Er stand stur, breitbeinig und wie festgemauert.

Ich riskierte die Flucht nach vorn. „Wilson Yarrow hat Ihnen gesagt, wenn er den Auftrag für die Tribüne nicht bekäme, würde er dafür sorgen, daß Rebecca die Lizenz als Jockey entzogen wird."

Dart glotzte mich an. „Das ist doch absurd", warf Marjorie ein.

„Nein, keineswegs. Das Foto ist eine Aufnahme von Rebecca, wie sie auf der Rennbahn von jemandem, der ein Buchmacher sein könnte, einen Batzen Geld entgegennimmt."

Ich bemühte mich, wieder Speichel in meinen Mund zu bekommen. Noch nie hatte jemand ein geladenes Gewehr auf mich gerichtet. Ich spürte den Schweiß auf meiner Stirn.

„Ich habe mir das Tonband angehört", sagte ich. „Es ist vernichtend."

„Und jetzt wollen Sie mich erpressen." Die Hand am Abzug straffte sich.

„Verdammt noch mal, Conrad“, sagte ich fast ärgerlich, „nehmen Sie Vernunft an! Ich will Sie nicht erpressen. Ich sorge dafür, daß Yarrow damit aufhört.“

„Was für ein Tonband?“ fragte Dart.

Ich griff in meine Hosentasche und holte die Kassette heraus.

„Dieses Tonband“, erklärte ich Marjorie, „ist die Aufnahme eines Telefongesprächs, bei dem Rebecca Informationen über Pferde, die sie reiten wird, verkauft. Das ist das schwerste Vergehen im Rennsport. Wenn diese Kassette und das Foto an die Rennsportbehörde geschickt würden, wäre dies das Ende ihrer Karriere. Der Name Stratton wäre hin.“

„So etwas würde sie doch nicht machen“, jammerte Dart.

Als ob ihm die Worte auf der Zunge schmerzten, sagte Conrad: „Sie hat es zugegeben. Ich habe ihr das Band vorgespielt. Wie versteinert hat sie es sich angehört. Sie sagte, ich würde nicht zulassen, daß Yarrow es benutzt.“ Conrad schluckte. „Und ... sie hatte recht.“

„Legen Sie die Waffe weg“, sagte ich.

Er tat es nicht.

Ich warf das Band Dart zu. „Geben Sie es Marjorie“, forderte ich ihn auf, und er gehorchte mit finsterer Miene.

„Conrad“, sagte Marjorie energisch, „du wirst nicht auf ihn schießen. Also leg die Flinte weg, damit nicht aus Versehen was passiert.“

Gesegnete Leibwächterin. Conrad sah sich in die Realität zurückgeholt wie durch eine kalte Dusche und schaute unschlüssig auf seine Hände. Just in diesem Moment kam Rebecca wie ein Wirbelwind hereingestürmt.

„Was geht hier vor?“ fragte sie scharf. „Ich habe ein Recht darauf, das zu erfahren.“

Marjorie fixierte sie mit dem gewohnten Mißvergnügen. „Bedenkt man, was du getan hast, dann hast du überhaupt kein Recht.“

Rebecca sah das Foto von sich, die Kassette in Marjories Hand und die Schrotflinte in der Hand ihres Vaters.

„Keith hat mir gesagt, daß dieser ... dieser ...“, sie zeigte auf mich, da ihr die angemessenen Schimpfwörter fehlten, „daß er was gestohlen hat, was für mich Rennbahnverbot bedeutet ...“

Ich sagte grimmig zu Conrad: „Das Band ist eine Fälschung.“

Rebecca reagierte darauf mit gesteigerter Wut. Während die übrige Familie noch zu verstehen versuchte, was ich gesagt hatte, entriß sie ihrem Vater die Flinte, hob sie in Schulterhöhe, zielte kurz auf mich und drückte ohne Zögern auf den Abzug.

Ich sah die Absicht in ihren Augen, warf mich seitwärts auf den Teppich, blieb auf dem Bauch liegen und entging so dem Schwall zischender Schrotkörner um Zentimeter, wobei ich wußte, es waren zwei Läufe, zwei Patronen. Der Raum war erfüllt von dem donnernden Krachen, von Feuer und Rauch. Allmächtiger Gott, dachte ich. Nicht Keith, sondern Rebecca!

Der zweite Schuß kam nicht. Ich krümmte mich am Boden. Der beißende Geruch, der Widerhall, aber sonst . . . Stille. Ich drehte den Kopf, ließ meinen Blick hinaufwandern.

Ihre Hände waren leer. Conrad selbst hatte die Flinte wieder.

Dart kniete sich neben meinem Kopf hin und sagte hilflos: „Lee."

„Sie hat mich verfehlt", brachte ich mühsam hervor. Außer Atem setzte ich mich auf; zum Aufstehen war ich zu mitgenommen.

Der Schuß hatte alle erschreckt. Marjorie, sehr aufrecht, den Mund starr geöffnet, sah kreidebleich aus. Conrad starrte mich finster an. Rebecca konnte ich noch nicht ins Gesicht sehen.

Ich atmete langsam durch und bemühte mich, meinen hämmernden Puls zu beruhigen. Noch einmal behauptete ich: „Das Band ist eine Fälschung." Und diesmal versuchte keiner, mich dafür umzubringen.

„Ich verstehe nicht", sagte Conrad.

„Sie kann es nicht gemacht haben", sagte ich und sah Rebecca nun doch an. Sie erwiderte den Blick mit hartem, ausdruckslosem Gesicht.

„Ich habe Sie reiten sehen", erklärte ich. „Es beflügelt Sie geradezu. Und neulich habe ich Sie sagen hören, Sie kämen dieses Jahr unter die ersten fünf der Jockeyliste. Sie haben das voll Leidenschaft gesagt. Niemals würden Sie billige Tips verkaufen, wenn Ihnen dafür ein solcher Ehrverlust droht."

„Aber sie hat doch zugegeben, daß es stimmt!" sagte Conrad wieder.

Ich sagte bedauernd: „Sie hat das Band selbst aufgenommen, um Sie unter Druck zu setzen, damit die Tribüne neu gebaut wird, und sie hat versucht mich zu erschießen, damit ich Ihnen nichts davon sage."

„Rebecca!" Conrad konnte es nicht glauben. „Sag mir, daß er lügt."

Rebecca schwieg.

„Wahrscheinlich hielten Sie es zuerst für eine gute Idee", wandte ich mich an sie, „Ihren Vater glauben zu machen, er würde erpreßt. Später haben Sie es wohl doch bereut. Trotzdem haben Sie Ihren zwanghaften Plan zur Modernisierung von Stratton Park weiter durchgezogen, und das hat seit Wochen an Ihren Nerven gezerrt und Sie aus dem Gleichgewicht gebracht."

„Die Kleiderbügel!" erinnerte sich Dart.

„Aber warum, Rebecca?" fragte Conrad flehend und zutiefst bestürzt. „Ich hätte doch alles für dich getan . . ."

„Sie wären vielleicht mit dem Bau einer neuen Tribüne nicht einverstanden gewesen", sagte ich, „schon gar nicht nach Entwürfen von Wilson Yarrow. Und er war es doch wohl, der zu Ihnen gekommen ist und gesagt hat: ‚Ihre Tochter hat Dreck am Stecken, und wenn Sie ihr gutes Ansehen erhalten wollen, brauchen Sie mir nur diesen Auftrag zu geben.'?"

Conrad knickte die Läufe seiner Flinte ab und nahm mit fahrigen Fingern beide Patronen heraus. Er lehnte das Gewehr an die Wand.

„Wie haben Sie das alles herausbekommen?" fragte er.

„Anhand von Kleinigkeiten. Ich habe zum Beispiel an derselben Akademie wie Wilson Yarrow Architektur studiert."

„Architektur?" rief Marjorie erstaunt aus.

„Ja. Als ich ihn sah, erinnerte ich mich dunkel, daß irgendwas mit ihm nicht stimmte. Yarrow hatte mit der Einreichung eines Bauplans, der gar nicht von ihm war, einen angesehenen Preis gewonnen. Die Hochschule vertuschte die Angelegenheit, aber das Stigma des Betrugs blieb trotzdem haften. So etwas spricht sich in Fachkreisen herum und bleibt in Erinnerung. Ich könnte mir vorstellen, daß er in dem Tribünenneubau für Stratton Park eine Möglichkeit sah, wieder Anerkennung zu finden. Ich nehme an, er wollte diesen Auftrag unbedingt bekommen."

Ich hielt inne. Niemand sagte etwas. Einiges mußte noch offengelegt werden. Ich wünschte, jemand anders – egal, wer – würde es für mich übernehmen.

„In der Familie Stratton, wie sie jetzt besteht", nahm ich den Faden von einer anderen Seite wieder auf, „herrscht eine Neigung zu Brutalität und Gewalt, die Sie alle schon ein Vermögen gekostet hat. Bei Rebecca äußert sich die Gewalttätigkeit als leidenschaftlicher Ehrgeiz im Wettkampfsport. Dazu kommt ein überstarker Drang, ihren Kopf durchzusetzen. Als Marjorie ihrem ursprünglichen Plan für den Bau neuer Tribünen einen Riegel vorschob, fand sie eine einfache Lösung: Die alten mußten weg."

Diesmal protestierte Conrad ungläubig und Marjorie ebenfalls, Rebecca und Dart jedoch schwiegen.

„Ich nehme an", sagte ich zu Rebecca, „Sie haben Wilson Yarrow gebeten, das zu erledigen, und ihn wissen lassen, daß es sonst um seinen Auftrag geschehen wäre."

Sie starrte mich ungerührt an, eine keinesfalls gezähmte Wildkatze.

„Wilson Yarrow hing ja durch den Erpressungsversuch schon mit drin", fuhr ich fort. „Er sah genau wie Sie, daß die Zerstörung eines Teils der Haupttribüne ihren Neubau unumgänglich machen würde. Als Architekt wußte er, daß die Treppe die Hauptschlagader des Gebäudes war. Brachte man dieses Kernstück zum Einsturz, würden auch die umliegenden Räume einstürzen."

„Ich hatte nichts damit zu tun!" schrie Rebecca plötzlich.

„Ich habe die Ladungen gesehen, bevor sie explodiert sind", hielt ich ihr entgegen. „Sehr gekonnt. Aber es ist schwer, die Menge des nötigen Sprengstoffs genau zu berechnen. Die von Yarrow verwendete Menge hat den halben Bau auseinanderfliegen lassen."

„Nein", sagte Rebecca.

„Doch. Sie haben sich darauf geeinigt, es am frühen Karfreitagmorgen zu machen, weil dann niemand dasein würde."

„Nein."

„Wilson Yarrow hat die Sprengsätze gelegt, und Sie haben Schmiere gestanden."

„Nein."

„Sie haben in Darts Auto Wache gehalten", sagte ich.

Rebecca riß die Augen auf. Das „Nein", das sie diesmal herausbrachte, klang weniger überzeugend als die vorigen.

„Sie dachten", fuhr ich fort, „wenn Sie mit Ihrem knallroten Ferrari hinfahren und ein zufällig anwesender Arbeiter den sieht, fällt ihm das später vielleicht wieder ein. Also sind Sie nach Stratton Hays gefahren und haben sich Darts Wagen ausgeliehen, in dem der Schlüssel immer steckt. Aber Sie hatten nicht mit Harold Quest, dem Schauspieler und Wichtigtuer gerechnet, und sicher waren Sie bestürzt, als er Darts Wagen der Polizei beschrieb."

„Ich glaub das alles nicht", sagte Conrad leise. Aber er glaubte es doch.

„Ich nehme an", sagte ich zu Rebecca, „Sie haben Yarrow irgendwo abgeholt und sind mit ihm und dem Sprengstoff zur Rennbahn gefahren, denn die Polizei hat den Wagen untersucht und Nitratspuren gefunden."

Rebecca blieb eine Antwort schuldig.

Ich machte weiter: „Dart hat von Anfang an gewußt, daß Sie es waren, die die Tribüne in die Luft gejagt hat."

„Du hast es ihm erzählt!" fuhr Rebecca ihren Bruder wütend an, der völlig verdattert und beleidigt aussah. „Du hast mich verraten an diesen . . ., diesen . . ."

„Hat er nicht", sagte ich grimmig. „Dart hat unbeirrbar zu Ihnen gehalten. Er ist gestern von der Polizei ziemlich in die Zange genommen worden und hat trotzdem kein Wort gesagt. Er ist nach wie vor der Hauptverdächtige. Er hält Sie zwar für übergeschnappt, aber er ist ein Stratton, und er verrät Sie nicht."

„Wie hast du es rausgekriegt?" fragte Rebecca ihren Bruder.

„Ich habe vom Bad aus deinen Ferrari an der Stelle gesehen, wo meine alte Karre hätte stehen müssen."

„Er stand nicht mal eine Stunde da", sagte sie wütend.

Conrad ließ die Schultern hängen.

„Ich wüßte gern", sagte Marjorie nach einer Pause zu mir, „wodurch Rebecca Ihren Verdacht erregt hat."

„Nun", sagte ich, „sie war völlig wild auf Veränderungen."

„Und?" half Marjorie nach, als ich schwieg.

„Sie sprach von einer neuen Tribüne ganz aus Glas, wie die auf Yarrows Plänen, welche Conrad jedoch unter Verschluß hielt. Und dann sagte sie, sie sei die einzige in der Familie, die Anschlag und Anker auseinanderhalten könne."

Alle außer Rebecca schauten verständnislos drein.

„Das ist kein Ausdruck aus dem Rennsport", erklärte ich. „Roger Gardner konnte nichts damit anfangen. Ein Architekt versteht es. Daß es einem Jockey klar ist, hätte ich eigentlich nicht erwartet. Also habe ich mich gefragt, ob sie vielleicht öfters mit einem Architekten zu tun hatte, und ob dieser Architekt nicht Yarrow sein könnte."

„Und was sind Anker und Anschlag?" fragte Dart.

„Anker sind eiserne Zugstangen zum Zusammenhalten von Bauteilen, zum Beispiel eines Balkens mit der Mauer."

„Und ein Anschlag?" fragte Marjorie.

„Das ist eine vorspringende Mauerzunge zur Aufnahme von Fenster- oder Türblendrahmen. Der Architekt nennt so auch das Führungsstück an der Reißschiene. Jedenfalls ist es kein rennbahnüblicher Ausdruck."

„Ich hätte Sie umbringen sollen, als ich die Gelegenheit dazu hatte", sagte Rebecca heftig zu mir.

„Ich dachte auch, Sie würden es tun", gab ich zu.

„Vater hat ihr die Flinte entrissen", erklärte Dart. „Wenn Sie ihn fragen, wird er wahrscheinlich sagen, daß ein Schuß in die Brust vielleicht noch als Unfall hätte hingestellt werden können, daß aber ein zweiter Schuß in Ihren Rücken ein ganz klarer Mord gewesen wäre."

„Dart!" wies ihn seine Tante streng zurecht. Aber er sah das sicher ganz richtig. Er war einer von ihnen. Er wußte Bescheid.

„Woher kennst du Yarrow überhaupt?" wollte Conrad von seiner Tochter wissen.

Sie zuckte die Achseln. „Von einer Party. Jemand sagte mir, er sei ein Ausnahmearchitekt, aber völlig pleite. Ich wollte eine neue Tribüne. Er suchte dringend Arbeit, und wie und woher war ihm ziemlich egal. Wir wurden uns einig."

„Also . . ., was nun?" fragte Conrad mich unglücklich. „Die Polizei?"

Ich blickte zu Marjorie. „Sie", sagte ich, „sind diejenige, die an den Schalthebeln der Familie sitzt. Sie lenken die anderen seit vierzig Jahren. Sie haben sogar Ihren Bruder ganz behutsam gelenkt." Marjorie beschwor mich mit weitgeöffneten Augen, aber mehr noch Perdita Faulds zuliebe behielt ich das Geheimnis für mich. „Es ist Marjories Entscheidung, ob die Polizei verständigt wird oder nicht. Ich bin übrigens sicher, daß die Polizei keine hinreichenden Beweise hat, um Dart strafrechtlich zu belangen."

„Aber was ist mit Yarrow?" fragte Dart.

„Das muß Marjorie entscheiden. Doch wenn Sie Yarrow verklagen, geben Sie auch Rebeccas Mitschuld und Ihre eigene Verwicklung preis."

„Und Keith?" sagte Marjorie. „Was ist mit ihm?"

*Keith*. Ich wandte mich an Conrad: „Hat Keith Sie hergeschickt?"

„Ja."

„Mit dem Gewehr?"

Er sah ein wenig beschämt aus. „Sie können es mir nicht verdenken. Nachdem Dart und Sie gegangen waren, sagte ich mir, daß Sie viel riskierten, bloß um einen Blick auf die Pläne zu werfen . . . Und obwohl ich nicht glauben konnte, daß Sie genug wußten, schaute ich in der Schachtel nach, in der ich das Foto und die Kassette verwahrte. Ich war so schockiert, daß Keith mich fragte, was los sei, und ich sagte es ihm. Er meinte – wir beide waren sicher –, Sie würden uns jetzt erpressen."

„Ach, natürlich. Weil bei Ihnen das jeder mit jedem macht, glauben Sie, daß keiner anders kann."

Conrad zuckte die Schultern. „Jedenfalls hat Keith dann die Herausgabe des Umschlags verlangt, den unser Vater mir kurz vor seinem Tod anvertraut hatte. Ich sagte, den dürfe ich nicht herausgeben. Keith fragte mich, ob ich wüßte, was drin sei, aber ich weiß es nicht, und das habe ich ihm auch gesagt. Es gab einen ziemlichen Streit. Er fing an, die Schachteln aufzumachen und alles rauszukippen. Dann kam er zu der Schachtel, in der das Kuvert hätte sein müssen, aber es war nicht drin."

Marjorie sah mir in die Augen. „Haben Sie den Umschlag mitgenommen?"

„Ja", erwiderte ich.

„Haben Sie ihn geöffnet? Haben Sie gesehen, was drin war?"

„Ja."

„Dann geben Sie ihn mir."

„Nein." Ich schüttelte den Kopf. „Diese Sache muß ich alleine erledigen."

Das Telefon schrillte neben Marjorie. Mit verkniffenem Mund, verärgert über die Unterbrechung, nahm sie den Hörer ab.

„Ja", sagte sie, und ihr Gesicht wurde ausdruckslos. „Ja, er ist hier." Sie hielt mir den Hörer hin. „Es ist Keith."

Er weiß, dachte ich, daß ich diesen Brief an mich genommen haben muß. Und er weiß, was darin steht. Mit böser Vorahnung sagte ich: „Ja?"

Er sprach nicht gleich, aber ich konnte ihn atmen hören. Lange Sekunden vergingen. Er sagte nur fünf Wörter, bevor die Verbindung abbrach. Die schlimmsten fünf Wörter, die möglich waren: „*Sagen Sie Ihren Kindern Lebewohl.*"

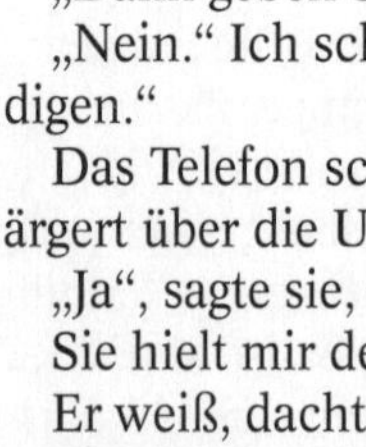


MEIN Verstand setzte aus. Die Angst schoß in mir hoch von den Zehenspitzen bis zum Kopf. Ich stand regungslos da und versuchte mich an die Telefonnummer der Gardners zu erinnern. Ich kniff die Augen zusammen; drückte die Tasten; schwitzte.

Rogers Frau meldete sich.

„Wo sind die Jungen?" fragte ich abrupt.

„Die müßten jeden Moment bei Ihnen sein“, sagte sie beruhigend. „Sie sind ungefähr. . ., na, sagen wir, vor einer Viertelstunde weg.“

„Wo bei mir?“

„Im Hauptzelt natürlich.“ Sie war verwirrt. „Nachdem Christopher Ihre Nachricht bekommen hat, sind sie sofort los.“

„Was war das für eine Nachricht?“ fragte ich.

„Es war ein Anruf für Christopher . . .“

Ich warf Marjorie den Hörer zu und rannte zu Darts Wagen hinaus. Auch wenn das Laufen ein Hinken war, noch nie hatte ich mich schneller bewegt. Auch wenn ich wußte, ich lief in einen Hinterhalt – mir blieb nichts übrig, als mich zu beeilen und zu hoffen, daß er sich mit mir zufriedengab und die Jungen am Leben ließ . . .

Ich jagte Darts Wagen wie ein Irrsinniger durch den Ort; durch das Tor auf die Rennbahn; um die Bahn zu dem Platz vor Rogers Büro. Keith’ silberner Jaguar stand da. Niemand zu sehen . . . Doch . . . Christopher . . . und Edward . . . und Alan. Allen stand das Entsetzen im Gesicht. Ich stürzte aus dem Wagen, von Dämonen gehetzt.

„Papa!“ Christophers Erleichterung war nicht beruhigend. „Papa, schnell!“

„Was ist los?“

„Der Mann da, im Hauptzelt . . . Er hat Feuer da drin gelegt, und Neil und Toby . . ., und Neil weint.“

„Geht zu Colonel Gardner!“ rief ich ihm im Laufen zu. „Er soll die Sprinkleranlage einschalten.“

„Aber wir wissen nicht, wo er ist.“

„Sucht ihn!“

Ich hörte Neil schreien. Laute, schrille Schreie. *Kreischen.*

Ich rannte in das Hauptzelt, zum Mittelgang und suchte nach dem Feuerlöscher, lief aber weiter, da ich ihn nicht fand, und sah plötzlich Alan neben mir herlaufen.

„Bleib zurück“, schrie ich ihn an, „lauf zurück, Alan!“

Rauch hing im Zelt, und am Boden waren kleine, helle Brandherde. Orange und goldene Flammen tanzten auf Rinnsalen und Pfützen. Und dahinter stand wie ein Koloß, den Mund zu einem schadenfrohen Grinsen verzogen – Keith. Er hatte Neil am Unterarm gepackt, die Finger wie ein Schraubstock um das dünne Handgelenk geschlossen, und zerrte ihn in die Höhe, daß der Kleine halb in der Luft hing. Mein Sohn zappelte und strampelte, um sich zu befreien.

„Holen Sie ihn sich, sonst zünde ich ihn an!“

Neben Keith stand in einem schmiedeeisernen Ständer eine langstielige, lodernd brennende Fackel. In seiner anderen Hand hielt er einen Plastikkanister.

„Das ist Benzin, Pa!“ rief Alan neben mir. „Er hat es auf den Boden geschüttet und angesteckt. Er darf Neil nicht verbrennen, Pa!“

„Geh raus!“ brüllte ich ihn verzweifelt an, und er stockte und blieb abrupt stehen. Tränen liefen ihm über die Wangen.

Ich rannte auf Keith zu, auf sein teuflisches Grinsen, auf meinen entsetzten Sohn. Ich lief auf das unvermeidliche Feuer zu, so schnell ich konnte.

*Wenn Keith etwas loswerden will, verbrennt er es . . .*

Ich würde ihn über den Haufen rennen, dachte ich. Ich würde mit ihm zu Boden gehen. Er würde mit mir gehen, ganz gleich, wohin.

Er hatte nicht mit einem Angriff gerechnet. Er trat einen Schritt zurück, leicht verunsichert.

Er würde den Benzinkanister auf mich schleudern und die Fackel hochreißen, und dafür mußte er Neil loslassen, der am Leben bleiben würde.

Sechs Schritte vor ihm gab ich alle Hoffnung auf, dem Feuer zu entgehen. Aber Keith würde auch verbrennen und sterben, dafür würde ich sorgen.

Eine kleine dunkle Gestalt warf sich auf den letzten Metern plötzlich zwischen uns, wie ein Kobold aus dem Nichts, nur Arme und Beine, linkisch, aber schnell. Der kleine Angreifer rannte in Keith hinein und brachte ihn aus der Balance, so daß er nach hinten taumelte.

Toby . . . Toby.

Keith ließ Neil los. Ich stieß meinen kleinen Sohn verzweifelt von ihm weg. Das Benzin schwappte aus dem Kanister und lief Keith in einem glitzernden Strom über die Beine. Schwankend versuchte er dem Brennstoff auszuweichen und stieß gegen den Ständer mit der Fackel. Der Ständer wackelte hin und her und kippte um. Die Flamme neigte sich in einem todbringenden Bogen abwärts.

Ich hechtete nach vorn, schnappte Toby mit rechts, Neil mit links und wandte mich in der gleichen Bewegung zur Flucht.

Ein gewaltiges Zischen und Fauchen ertönte hinter uns, ihm folgte ein Hitzeschwall, als wäre die ganze Luft entflammt. Über die Schulter warf ich einen schnellen Blick auf Keith. Er sah aus, als holte er Atem, um zu schreien, und das Feuer schoß wie von einem Blasebalg angesogen durch den geöffneten Mund in seine Lunge. Er brachte keinen Ton heraus, sondern griff sich an die Brust und fiel vornüber aufs Gesicht, ein immer heftiger brennender Feuerball.

Mein Hemdrücken war versengt vom Kragen bis zur Taille, und Tobys Haare standen ebenfalls in Flammen. Ich rannte mit den Jungen in den Armen den Gang entlang, stolperte und schlug hin, ließ Neil fallen, rollte mich auf den Rücken und rieb Tobys Haar mit den Händen.

Verzweifelte Sekunden. Neil roch nach Benzin, Toby auch, und wir mußten, um nach draußen zu kommen, durchs Feuer, durch ein Labyrinth von Flammen.

Ich schnappte keuchend nach Luft und legte den Arm um den weinenden Neil. In dem Moment kam von hoch oben ein wundervoller Sprühregen, fiel zischend auf all die kleinen Feuer um uns herum, löschte die Flammen und verwandelte die zusammengekrümmte Gestalt von Keith in einen rauchenden Leichnam.

Toby drückte sich an meine Brust und starrte mir ins Gesicht, als könnte er es nicht ertragen, woandershin zu sehen.

„Der wollte dich anzünden, nicht wahr, Papa?“

„Ja.“

„Das dachte ich mir.“

„Wo bist du hergekommen?“ fragte ich.

„Aus dem Speiseraum, ich hatte mich dort versteckt. Ich hatte Angst, Papa.“ Wasser lief ihm durch die versengten Haare und in die Augen.

„Hätte jeder gehabt.“ Ich strich ihm mit den Händen über den Rücken, dem Prachtkerl. „Du warst tapfer wie zehntausend Helden.“ Ich rang nach Worten. „Nicht jeder Junge kann von sich behaupten, seinem Vater das Leben gerettet zu haben.“

Sein angespanntes Gesicht erstrahlte von Ohr zu Ohr.

Ich setzte mich aufrecht, beide Jungen noch an mich gedrückt. Christopher kam angelaufen, dann auch die beiden anderen, und sie starrten an uns vorbei auf die kohlschwarze, unvorstellbare Schreckensvision.

„Geht da nicht hin“, sagte ich im Aufstehen. „Wo ist Colonel Gardner?“

„Wir konnten ihn nicht finden“, sagte Christopher.

„Aber . . . der Sprinkler?“

„Den hab ich angestellt“, sagte Christopher.

„Wirklich super“, sagte ich, aber Worte reichten nicht aus, um meine Dankbarkeit auszudrücken. „Laßt uns gehen. Raus aus dem Regen.“

Neil wollte getragen werden. Ich nahm ihn hoch, er schlang mir die

Arme um den Hals, schmiegte sich eng an mich, und alle sechs tappten wir klatschnaß hinaus auf den Asphalt.

Roger kam mit seinem Jeep angefahren, stieg aus und starrte uns an.

Ich sagte zu ihm: „Im Hauptzelt hat es gebrannt. Der Bodenbelag und die Dielen haben stellenweise Feuer gefangen, aber die Zeltleinwand nicht, da hatte Henry recht."

„*Gebrannt!*" Er wandte sich zum Eingang, um selbst nachzusehen.

„Erschrecken Sie nicht", sagte ich. „Da drin ist Keith. Er ist tot."

Roger ging hinein. Die Jungen und ich fingen an zu zittern.

„Setzt euch ins Auto", sagte ich und wies auf Darts zerbeulte Karre.

Sie drängelten sich gerade hinein, als Roger mit besorgter Miene wieder aus dem Zelt kam.

„Ich muß die Polizei rufen. Kommen Sie mit ins Büro?"

Ich schüttelte den Kopf. „Erst steck ich die Jungs mal in trockene Sachen. Dann komme ich wieder."

„Aber Lee –"

„Keith hat versucht, das Hauptzelt in Brand zu setzen", sagte ich. „Aber . . ."

„Aber", ergänzte Roger, „wer mit dem Feuer spielt, kann sich dabei verbrennen."

Ich lächelte schwach. „So ist es."

Ich fuhr die Jungen zum Bus, wo wir alle duschten und frische Sachen anzogen. Als die Jungen soweit waren, marschierte ich mit ihnen zu Mrs. Gardner und bat sie, ihnen etwas Warmes, Süßes zu trinken vorzusetzen.

„Ihr Lieben", sagte sie und schloß sie in die Arme. „Kommt nur rein."

„Laß uns nicht allein, Pa", sagte Edward.

„Ich muß mit dem Colonel reden, aber es dauert nicht lange."

„Kann ich mit dir fahren?" fragte Christopher.

Ich hörte plötzlich, wie tief seine Stimme schon war, und sah, wie groß er war, sah den werdenden Mann in dem Jungen und verstand seinen Wunsch, die Kindheit hinter sich zu lassen.

„Spring ins Auto", sagte ich, und so saß er auf der kurzen Fahrt hoch erfreut neben mir.

„Was hat Keith Stratton zu euch gesagt", fragte ich, „als ihr zum Hauptzelt kamt?"

„Dieser schreckliche Kerl!" Christopher erschauerte. „Erst schien alles in Ordnung zu sein. Er sagte, wir sollten ins Zelt gehen. Er sagte, du kämst auch."

„Und dann?“ half ich nach, da Christopher schwieg.

„Na, wir sind rein, und er kam hinter uns her. Dann wurde es unheimlich, Pa. Ich meine, er hat einen Kanister genommen und hat die Kappe abgedreht, und wir konnten riechen, daß es Benzin war. Dann hat er die Fackel genommen, da hat er sein Feuerzeug drangehalten, und das Ding fing an zu lodern wie die Fackeln in einem Ku-Klux-Klan-Film.“

„Genau.“

„Dann hat er Benzin auf den Boden geschüttet und die Fackel rangehalten, und da gab's natürlich Feuer. Er sagte, wir sollten weiter ins Zelt hineingehen, und er kam hinter uns her und legte noch ein Feuer und noch eins und immer mehr, daß es uns richtig mulmig wurde, aber er sagte nur, du kämst bald. Uns hat vor dem gegruselt, Pa. Er war nicht bei Verstand.“

„Nein.“

„Er hat uns bloß so angesehen und gelächelt, und das war furchtbar. Dann ist auf einmal Alan an ihm vorbeigeschossen, dann Edward und ich, und er wollte uns abfangen, aber wir sind im Bogen um ihn herum und rausgeflitzt, aber Toby kam uns nicht nach, und Neil fing an zu schreien . . ., und dann bist du gekommen.“

Ich hielt neben Rogers Jeep an. Hinter ihm stand der Jaguar von Keith, und dahinter ein Polizeiauto.

„Und sonst hat er nichts gesagt?“ fragte ich.

„Nein, nur daß er sich von dir nicht erpressen lassen würde. So ein Quatsch, du würdest doch niemand erpressen.“

„Nein“, sagte ich. „Behalt diesen Teil aber trotzdem für dich, okay?“

„Okay, Pa.“

Eigenartig benommen, wie auf Wolken, ging ich mit Christopher ins Büro und erklärte der Polizei auf deren Fragen, ich hätte keine Ahnung, warum Keith Stratton sich so vernunftwidrig verhalten habe, wie er es getan hatte.

ES WURDE Freitag, bis ich Stratton Park verließ. Den ganzen Mittwochnachmittag hindurch beantwortete ich reihenweise polizeiliche Fragen mit „Ich weiß nicht“, doch ich versprach, zur gerichtlichen Untersuchung des Todesfalles wiederzukommen. Ich sagte nicht, daß ich vorgehabt hatte, Keith über den Haufen zu rennen. Und ich erwähnte Neil nicht.

Christopher sagte den Ordnungshütern gegenüber aus, Keith sei ein

„Spinner“ gewesen. Sie hörten höflich zu und kamen zu dem Schluß, daß er zu jung sei, um als Zeuge geladen zu werden.

Die Presse kam, schoß Fotos, stellte Fragen, erhielt die gleichen Antworten.

Eine Polizistin fragte die jüngeren Söhne in meinem Beisein später bei den Gardners, was sie gesehen hatten, aber wie Kinder oft sind, wenn Fremde ihnen Fragen stellen, verfielen sie in rehäugiges Schweigen, sagten von sich aus nichts und antworteten meist nur durch Nicken.

Die Strattons, dachte ich zwischendurch ironisch, hatten der Familie Morris nichts voraus, wenn es galt, Stillschweigen zu bewahren.

Am Donnerstag wurden die Klammern aus meinen weitgehend abgeheilten Wunden entfernt, und Dart fuhr mich zu Marjorie. Sie saß wie zuvor in ihrem herrschaftlichen Sessel.

„Ich bin gekommen, um mich zu verabschieden“, sagte ich.

„Aber Sie besuchen Stratton Park doch sicher wieder.“

„Wahrscheinlich nicht.“

„Wir brauchen Sie!“

Ich schüttelte den Kopf. „Sie haben in Colonel Gardner einen ausgezeichneten Rennbahnverwalter. Sie werden eine erstklassige Tribüne in Auftrag geben. Und im übrigen haben Sie jetzt die besten Karten in der Hand, um Ihre Familie zusammenzuhalten. Keith fällt weg, und Rebecca haben Sie unter Kontrolle. Selbst wenn Sie einmal nicht mehr sind, können Conrad und Dart ihr Erpressung und versuchten Mord vorhalten, und das reicht, um sie auf Vorstandssitzungen abzuschmettern.“

Marjorie hörte zu und präsentierte dann ihre eigene Lösung. „Ich möchte Sie im Vorstand haben“, sagte sie. „Conrad, Ivan und ich sind alle dafür – also ein einstimmig gefaßter Vorstandsbeschluß.“

„Hört, hört“, sagte Dart erfreut.

Ich wollte mich von den Strattons lösen. Aus dem Jenseits hatte mich der Einfluß meines Nichtgroßvaters in ein Netz von Falschheiten verstrickt, und dreimal innerhalb von acht Tagen hatte seine Familie mich fast das Leben gekostet. Meine Dankesschuld, fand ich, war abgetragen. Jetzt brauchte ich meine Freiheit wieder.

Und doch . . .

„Ich lass’ es mir durch den Kopf gehen“, sagte ich. „Ich muß mit Conrad reden.“

Er war allein in seinem Allerheiligsten, hinter seinem Schreibtisch.

Ich hatte Dart draußen im Wagen gelassen, wo er sich wieder über Haarausfall informieren konnte.

„Nach dieser amerikanischen Methode“, hatte er, vertieft in Vorher-Nachher-Fotos, gemeint, „wäre ich alle Sorgen los. Man kann schwimmen, tauchen, das neue Haar ist wie angewachsen. Aber ich müßte alle sechs Wochen nach Amerika, um es nachsehen zu lassen. Meinen Sie, ich sollte es probieren?“

„Nichts wie hin!“ sagte ich. „Ich meine, Sie sollten gleich den ersten Flug buchen.“

„Ja. Ja. Also gut, ich mach's.“

Conrad stand auf, als ich hereinkam. Die Tür seines Wandschranks war geschlossen, aber auf dem Teppich standen überall Kartons mit durchforstetem Inhalt.

Er reichte mir nicht die Hand. Anscheinend war er ebenso verlegen wie ich.

„Marjorie hat angerufen“, sagte er. „Sie möchte Sie im Vorstand haben. Ich soll Sie dazu überreden.“

„Es kommt doch darauf an, was Sie selbst wollen.“

„Ich weiß nicht . . .“

„Nein. Aber um darüber zu sprechen, bin ich auch nicht hier. Ich wollte Ihnen zurückgeben, was ich Ihnen gestern gestohlen habe.“ Ich legte den braunen Umschlag mit der Aufschrift Conrad auf den Schreibtisch.

„Ich will das nicht aufmachen“, sagte Conrad.

„Ich kann Ihnen nicht raten, es zu tun. Keith hätte es verbrannt.“

„Verbrannt.“ Er schauderte. „Was für ein Tod!“

„Jedenfalls“, sagte ich, „gehören die Informationen hierher. Ihr Vater hat sie Ihnen zugedacht. Also, lesen Sie oder verbrennen Sie sie.“ Ich schwieg. „Ich bitte nochmals, meinen Einbruch zu entschuldigen. Ich verlasse Stratton Park morgen früh. Es tut mir leid, wie alles gekommen ist.“ Ich ging zur Tür.

„Warten Sie“, sagte Conrad. „Ich muß wissen, was Sie wissen. Ich weiß, daß er immer neidisch auf mich war. Ich weiß, er war gewalttätig, brutal und oft gefährlich. Ich weiß, er hat Ihre Mutter und alle seine Frauen geschlagen. Ich weiß all das und mehr, aber er war mein Bruder, mein Zwillingsbruder.“

„Ja.“

Conrad ergriff den Umschlag.

Er nahm den Brief heraus und las leise vor sich hin. Dann zog er die gefalteten Seiten aus dem weißen Kuvert.

„Arne Verity Laboratories", sagte er. „Was ist das denn?"

Er las den Brief, der an seinen Vater adressiert und mehrere Jahre früher datiert war. Im wesentlichen besagte er, daß das Labor die gewünschten Analysen durchgeführt habe. Die genauen Ergebnisse jeder einzelnen Analyse seien beigefügt, doch zusammengefaßt laute das Ergebnis wie folgt:

> Sie haben uns drei Haare, bezeichnet „A", „B" und „C", geschickt. Die Chromosomenanalyse ergab folgendes Resultat:
> „A" ist so gut wie sicher der Erzeuger von „B",
> und
> „A" und „B" sind die Eltern von „C".

Conrad blickte auf. „Was soll das bedeuten?"

„Das bedeutet, es gab keinen Zigeuner. Keith hat ihn erfunden."

„Aber . . ."

„Es bedeutet, Keith war der Vater von Jack."

CONRAD setzte sich und sah aus, als wäre er einer Ohnmacht nah.

„Ich glaub das nicht", stöhnte er leise. „Ich kann nicht. Das ist nicht wahr."

„Jack sieht nicht wie ein Zigeuner aus", sagte ich. „Er sieht aus wie Keith."

„Du guter Gott . . . Was werden Sie wegen Hannah unternehmen?"

„Nichts", sagte ich, erstaunt über seine Frage. „Hannah braucht nicht zu befürchten, daß ich jemals etwas durchsickern lasse."

„Aber sie hat Sie doch angegriffen!"

Ich seufzte. „Sie hat nie im Leben eine Chance gehabt, oder? Sie ist die Frucht einer Vergewaltigung, ihre Mutter hat sie im Stich gelassen, ihr Vater hat sie geschwängert. Aber was immer er sein mag, sie hat Jack, ihren Sohn. Genau wie Keith Ihr Zwillingsbruder war, so ist Hannah, ob es mir gefällt oder nicht, meine Halbschwester. Lassen wir sie in Frieden."

Conrad saß eine ganze Weile bewegungslos. Dann steckte er die Papiere in den braunen Umschlag und hielt mir den ganzen Packen hin.

„Nehmen Sie das", sagte er knapp, „und verbrennen Sie es."

„Ja, okay."

Ich ergriff den Umschlag und wandte mich noch einmal zur Tür.
„Kommen Sie in den Vorstand“, sagte Conrad. „Wie üblich hat Marjorie recht. Wir werden Sie brauchen.“

DIE JUNGEN und Mrs. Gardner verabschiedeten sich so ausgiebig voneinander wie Romeo und Julia und versicherten mehrmals, daß sie sich wiedersehen würden. Roger und ich freuten uns, wenn auch weniger überschwenglich, über die Aussicht auf künftige Zusammenarbeit. „Es gibt so viel zu erledigen“, sagte er.

Dart zückte seinen Terminkalender. Er werde mich nach seiner Amerikareise besuchen, sagte er. Er habe schon alles gebucht.

Die Jungen drängelten sich in den Bus und winkten wie verrückt, und ich fuhr mit uns allen davon, heim zur friedlichen Grenze zwischen Surrey und Sussex.

„Habt ihr euch gut amüsiert, meine Lieben?“ fragte Amanda, als sie die Kinder an sich drückte. „Wie habt ihr euch beschäftigt, während euer Vater dafür gesorgt hat, daß er in die Zeitung kommt?“

„Wir haben leckeren Rosinenkuchen gebacken“, erwiderte Neil ernst.

Amanda musterte mich. „Dir geht's doch wohl gut?“

„Ja“, sagte ich. „Bestens.“

„Fein.“

Sie sah noch immer reizend aus. Ich wünschte, die Dinge lägen anders.

Sie brachte die Kinder ins Haus. Ich blieb noch am Bus stehen, während der Motor abkühlte, und nach einiger Zeit kletterte ich auf die Eiche. Ich setzte mich in die Wiege der flaumigen Äste, spürte hier und da noch einen leisen Schmerz und bemühte mich, innerlich Ruhe zu finden.

Am Abend ging Amanda wie immer eine Stunde vor mir schlafen, aber als ich hochkam, war sie ausnahmsweise hellwach.

„Hast du eine Ruine gefunden?“ fragte sie, als ich mich auszog.

„Nein. Ich fahre noch mal los, wenn die Jungen wieder in der Schule sind. Dann bleibe ich eine Zeitlang weg.“

„Gut.“

Es war nicht gut. Es war furchtbar.

Anstatt wie sonst anderthalb Meter Abstand von ihr zu halten, ging ich um das riesige Bett herum auf ihre Seite und legte mich zu ihr; und ich schlief mit Amanda in einem Taumel von Lust, Entbehrung,

Hunger und Leidenschaft, den es so in unserer Ehe noch nicht gegeben hatte.

Nach nur kurzem Sträuben ging sie mit einem Teil ihres früheren Feuers darauf ein, und später, als wir wieder getrennt dalagen, war sie nicht voller Vorwürfe, sondern lächelte verstohlen.

Zwei Monate später sagte sie: „Ich bin schwanger. Hast du das gewußt?"

„Geahnt", sagte ich.

„Vielleicht wird es ja ein Mädchen. Du wolltest schon immer eine Tochter."

Zur gegebenen Zeit brachte sie in ekstatischer Verzückung ihr siebtes Kind zur Welt.

Einen Jungen.

Mir war es recht.

Foto: Adrian Houston/Idols

# In allen Sätteln gerecht

Seit langem wissen die Leser, daß die Romane von Dick Francis ein wiederkehrendes Thema haben: Ein gewöhnlicher Zeitgenosse sieht sich mit außergewöhnlichen Schwierigkeiten konfrontiert und findet die Kraft, sich trotz aller Mißlichkeiten zu behaupten. Der Grund dafür liegt darin, daß der Autor selbst ein Spezialist für besondere Herausforderungen ist. Im Alter von zwanzig Jahren, während des Zweiten Weltkriegs, mußte er seine Karriere als Jockey unterbrechen, um als Kampfpilot für die Royal Air Force zur Verfügung zu stehen. „In der Endphase des Luftkriegs wurde ich als Versuchskaninchen eingesetzt", berichtet Dick Francis heute. „Ich mußte vom Jagdflugzeug auf den Wellington-Bomber umsteigen, ohne spezielle Zusatzausbildung. Der Wechsel vom einmotorigen Jäger zum mehrmotorigen Bomber war ausgesprochen anstrengend. Es ist, als ob man von einem Sportwagen in einen Laster umsteigt."

Nach dem Krieg saß der leidenschaftliche Jockey wieder im Sattel. Warum begann er mit dem Schreiben? „Die Karriere eines Jockeys ist kurz. Mit Mitte Dreißig muß man aufhören, weil man nicht mehr so leicht und federnd im Sattel sitzt." Hat er je daran gedacht, über andere Themen als den Pferdesport zu schreiben? „Natürlich, und ich habe auch mit meinem Verlag in England darüber gesprochen. Meine Verlegerin meinte: ‚Sicher, Mr. Francis, wir veröffentlichen alles, was Sie schreiben. Aber Ihre Leserschaft wäre bestimmt enttäuscht, wenn sie in Ihren Büchern nichts über Rennplätze oder Pferde finden würde.'"

Und so hat der Autor, der mit seiner Frau abwechselnd in England und in Florida lebt, dem Wunsch seiner millionenfachen Fangemeinde entsprochen und einen sehr aktuellen Roman verfaßt, in dem Pferde nachts auf der Koppel grausamen Anschlägen zum Opfer fallen.

ELIZABETH
WEBSTER
WOLKEN, DIE

VORÜBERZIEHEN

Eine kleine, einsame Felseninsel vor der Küste Neufundlands, ringsum nur Meer und Himmel – dies scheint der ideale Zufluchtsort für einen Mann zu sein, der alles verloren hat, was ihm lieb und wertvoll war. Hier draußen will Tom Denholm die quälenden Stimmen seiner Vergangenheit zum Schweigen bringen und ein neues Leben beginnen.
Doch Tom kann sich der harten Wirklichkeit nicht für immer entziehen. Besonders dann nicht, wenn die, die er zurücklassen mußte, in Bedrängnis geraten.

# Teil eins DIE INSEL

WIEDER schwammen Eisberge in der Bucht. Langsam trieben sie mit der Frühjahrsflut auf die wärmeren Wasser des Golfstroms zu. Ein riesiger durchsichtiger Eisklotz blockierte fast vollständig den Zugang zu Toms kleiner Bucht. Doch ein kleines Boot schob sich vorsichtig an dem gefrorenen Berg vorbei in die ruhigen Gewässer seines versteckt gelegenen Zufluchtsortes.

Tom saß auf einem Felsen und beobachtete, wie es näher kam. Aber immer wieder schweifte sein Blick hinüber zu den irisierenden Blau- und Grüntönen, den Jade-, Azur-, Indigo-, Purpur- und Lapislazulifarben der schimmernden, treibenden Festung. Wie schön! dachte er. Ein Wunder an strahlendem Licht.

Er seufzte. Wie er sie liebte, seine kleine Insel, das Eis und den Schnee, die schneidenden arktischen Stürme, die winddurchtoste See und den unendlichen Himmel … und das zögernde Auftauen des Eises im Frühling.

Er fühlte sich nicht einsam. Denn selbst im Winter waren da die Vögel – abgemagert und zäh, das Gefieder gegen die Kälte aufgeplustert, doch sehr lebendig. Auch ein paar Fische tummelten sich in der kleinen Bucht, gejagt von Kormoranen, die immer wieder nach ihnen tauchten. Seehunde schwammen tief unter dem Eis. Und dann gab es auch noch Ollie.

Tom hatte das Seehundjunge an einem Sommerabend unten auf den Felsen gefunden – verlassen und jammernd wie ein kleines Kind. Er hatte keine Ahnung gehabt, was er mit ihm machen sollte, aber da es so verzweifelt schrie, hatte er es auf den Arm genommen und nach Hause getragen. Sehr schnell hatte sich jedoch das Problem der Fütterung gestellt. Glücklicherweise waren in jenem Sommer große Schwärme junger Lodden zum Laichen in der Bucht aufgetaucht. Er hatte die schlanken silbernen Fische eimerweise aus dem seichten Wasser geholt und den kleinen Heuler dazu gebracht, sie zu schlucken. So war er auch auf den Namen Ollie gekommen, denn wie Oliver Twist konnte das hungrige Seehundbaby einfach nicht genug bekommen. Aber Tom war geduldig, und mit der Zeit lernte Ollie, selbst zu fischen. Trotzdem blieb er in der Nähe, hoffte gefüttert zu werden und schien Gefallen an Toms Gesellschaft zu finden.

Hier draußen kämpfte jedes Lebewesen gegen die beißende Kälte an und rang darum, den Lebensfunken bis zum Frühjahr wach zu halten. Mit der tödlichen Erstarrung und dem unerbittlichen Eis als alltäglichen Feinden wurde das Leben sehr einfach. Es existierten keine Probleme, keine Schuldgefühle, kein Bedauern, keine bohrenden Fragen nach Recht oder Unrecht, keine Pflichten oder feiges Ausweichen – hier zählte nur eines: der schlichte Trieb zu überleben.

Bis der Frühling kam. Und der war nun endlich da. Das Eis schmolz. Die Küste war mit Schneematsch bedeckt, und blaßgrüne Wedel wuchsen zwischen den Flechten auf den Felsen.

Tom sah ein Boot herannahen, es war klein und unauffällig . . ., aber zugleich ein Bote der fernen Welt. Tom mochte die Welt nicht. Er hatte ihr den Rücken gekehrt. Hier, zwischen den schwarzen Felsen und schroffen Klippen seiner kleinen Insel, war er glücklich. Sie war so klein und karg, daß sie nicht einmal einen richtigen Namen hatte, sondern „Little Reward" genannt wurde, weil sie in der Nähe von Reward Cove lag und in den Augen der einheimischen Fischer außer Felsen und Wasser wenig zu bieten hatte. Auf ihr gab es nur einen alten, längst aufgegebenen Leuchtturm als Unterkunft, eine Trinkwasserquelle, einen ramponierten Steg und die hohen Felstürme, die im Sommer einer Unzahl von Vögeln Herberge boten.

Sie würden bald kommen, die Sturmtaucher und Tölpel, um sich auf den Felsen den Platz streitig zu machen, und sein stilles Refugium würde vom Klang ihrer Stimmen widerhallen. Er hatte nichts gegen sie – diese Vögel waren Gefährten, die mit sich selbst beschäftigt waren. Ihre Rufe zerrissen einem nicht das Herz wie jene anderen Stimmen.

Aber noch waren die Seevögel nicht hier. Statt dessen ertönte unten von den Felsen her eine andere Stimme. Er würde wohl nachsehen müssen, wer es war.

Tom stand auf: ein hochgewachsener, drahtiger Mann, trotz dicker Jacke und schwerer Seestiefel hager. Aus einem kantigen Gesicht blickten zwei sehr helle blaue Augen unter buschigen Brauen hervor, und ein Wust von Locken quoll unter seiner Schiebermütze hervor.

„Halloooo!“ rief der Ankömmling. „Tom Denholm, ich weiß, daß Sie da sind! Kommen Sie runter, Sie Halunke!“

Lachend begann Tom die Felsen zum wackligen Anlegesteg hinunterzuklettern. Erst wenn er sich bewegte, sah man, daß eines seiner Knie steif war.

Das kleine Boot schaukelte neben den brüchigen Planken, und als Tom näher trat, wurde ihm eine Leine zugeworfen.

„Machen Sie das fest, ja?“ wurde er mit rauher Stimme aufgefordert. „Und dann geben Sie mir Ihre Hand!“

Tom befestigte die Leine an einem einigermaßen solide wirkenden Pfosten und streckte der Gestalt im Boot lächelnd die Hand entgegen.

Vor ihm stand Sally Maguire, eine vierschrötige und stämmige Frau in Ölzeug. Sie funkelte Tom mit ihren braunen Augen halb kriegerisch, halb belustigt an.

„Kommen Sie schon, Sally“, sagte Tom und hievte sie auf die wackligen Planken des verrotteten Stegs. „Willkommen an Land!“

„Ha!“ schnaubte sie und zog sich die Wollmütze tiefer über die Ohren. „Diese morschen Balken! Keine Ahnung, warum ich überhaupt einen Fuß darauf setze.“

Tom hakte sie unter und führte sie auf den Felspfad, der zum Leuchtturm hinaufführte.

„Ich mache uns eine schöne Tasse Kaffee“, versprach er und blickte sie dann neugierig an. „Ist es eigentlich schon wieder Zeit für neue Vorräte?“

„Nein, ist es nicht. Ich bringe auch keine“, brummte sie. „Weil ich die Absicht habe, mit Ihnen zurückzufahren.“

Tom hatte gleich gewußt, daß der Kahn Unheil bedeutete. „Warum?“ fragte er.

Sie gab ihm keine Antwort, sondern konzentrierte sich darauf, auf dem steinigen Pfad einen Fuß vor den anderen zu setzen. „Das ist eine lange Geschichte, Tom. Warten Sie, bis ich wieder ein bißchen bei Atem bin.“

Er nickte und ging voraus, um die uralte Holztür des Leuchtturms aufzustemmen. Drinnen zog Sally ihr Ölzeug aus und warf es auf eine in der Nähe stehende Kiste. Tom betrachtete seine Besucherin mit einer Mischung aus Zuneigung und Respekt.

Sally Maguire hatte etwa fünfzig Jahre auf dem Buckel, war drahtig, „zäh wie Schuhleder“ und so zuverlässig, wie es der Besitzerin des einzigen Gemischtwarenladens am Ort, die gleichzeitig als Postmeisterin arbeitete, eben zukam. Abgesehen davon war sie die Frau des angesehensten Fischers im Hafen, der zudem der kleinen Fischereiflotte vorstand.

„Setzen Sie sich, Sally", sagte Tom und trat an den alten Herd, auf dem ein schwarzer Kaffeetopf vor sich hin köchelte, „und fangen Sie an zu erzählen."

Während er Kaffee aufgoß, nahm Sally auf einer Frachtkiste Platz und sah sich ein bißchen genauer im Leuchtturm um. Die Steinmauern waren dick und massiv, um den Winterstürmen zu trotzen und die Kälte abzuwehren. Es gab keine Bäume auf der Insel, daher mußte Tom zum Festland hinüber, wenn er Holz brauchte. Die Holztransporte waren eine Zumutung für Toms kleines Boot, aber sie lohnten sich, denn der alte Herd wärmte das Gemäuer und warf einen behaglichen Feuerschein gegen die nackten Steinwände.

Sally bemerkte das zufrieden und räumte zugleich insgeheim ein, daß Tom diesen alten Kasten ganz wohnlich gemacht hatte. Es gab einen Tisch und sogar einen aus zwei Frachtkisten zusammengehämmerten Bücherschrank.

„Wollen Sie die anderen Zimmer auch sehen?" fragte Tom, da Sally nicht zu wissen schien, wie sie beginnen sollte. „Sie waren seit meinem Einzug nicht mehr hier."

Sie wirkte verlegen. „Tja, nun, es war für mich einfacher, Danny mit den Vorräten vorbeizuschicken."

Tom lachte. „Ich beschwere mich nicht. Ich lade Sie lediglich zu einer Besichtigung ein."

„Hätte nichts dagegen", gab sie erleichtert lächelnd zurück.

Er führte sie die schmale Steintreppe hinauf, die sich um den Leuchtturm herumzog. Im nächsten Geschoß gab es einen einzigen runden Raum mit einer in eine Wandnische eingebauten Koje und einem runden Doppelglasfenster.

Sally sah sich in dem spartanisch eingerichteten Raum um und bemerkte: „Sieht ja ganz annehmbar aus." Dann folgte sie Tom, der mit großen Schritten vorausging, weiter die Treppe hinauf.

„Die Leuchtkammer habe ich im Grunde so gelassen, wie sie war", erläuterte Tom. „Sie gibt ein hervorragendes Atelier ab – das Licht ist sehr gut." Er zeigte hinauf zu der gläsernen Kuppel über ihren Köpfen, den großen runden Fenstern und der außen um die Kuppel führenden Galerie. Die riesige alte Laterne hing noch immer an ihren Metallverstrebungen unter der Kuppel.

„Funktioniert leider nicht mehr“, bemerkte Tom, „aber ich würde sagen, sie hat ihre Pflicht getan.“

„Die dürfte mehr als nur ein paar Leben gerettet haben“, stimmte Sally zu.

Sie drehte sich in der Leuchtkammer um und machte große Augen, als sie Toms Bilder erblickte. Einige von ihnen hingen an Nägeln, die er in das Mauerwerk gehämmert hatte, andere lehnten an den Wänden.

Er schien jede Einzelheit seines Inselrefugiums gemalt zu haben: die hohen Felstürme, wie sie im Winter von Stürmen umtost wurden, die See in jeder Stimmung – aufgewühlt wie im Zorn oder in trügerischer Ruhe. Dann natürlich Vögel, die unterschiedlichsten Arten, Seehunde, draußen auf den Felsen oder im Meer tauchend, und Ollie mit seinen großen, feuchten Knopfaugen. Er hatte nichts vergessen, und jedes seiner Bilder war ein zärtlicher Tribut an die Insel, die er liebte.

Sally schüttelte ungläubig den Kopf. Die Wände erwachten unter all diesen Farben förmlich zum Leben. Selbst die kalten Eisberge schienen von innen heraus zu leuchten. „Sie sind einfach wundervoll“, flüsterte sie.

„Lassen Sie uns wieder hinuntergehen“, erwiderte Tom, leicht verlegen über ihr unerwartetes Lob. „Der Kaffee wird fertig sein.“

Sally erhob keine Einwände und war entschlossen, sich nicht weiter in Ausflüchte zu retten. Sie würde sagen, weshalb sie gekommen war – ob Tom nun ärgerlich wurde oder nicht. Und so folgte sie ihm widerspruchslos die Wendeltreppe hinab und setzte sich auf ihre Frachtkiste, während Tom den Kaffee einschenkte.

„Es geht um Ihren Freund Greg“, begann sie abrupt.

Tom wirkte verblüfft. „Greg? Greg Selwyn? Was ist mit ihm?“

„Er hat mich angerufen. Aus London.“

„Woher weiß er, wo ich bin?“

„Keine Ahnung.“ Sally zuckte mit den Schultern.

Nur Toms Bank in England wußte, daß er sich in Neufundland aufhielt, und selbst die kannte lediglich eine Bankverbindung in St. John’s.

„Also gut, weiter“, meinte er und hörte sich gereizter an, als es seine Absicht war.

„Er sagte, er müsse mit Ihnen sprechen. Es sei dringend. Irgendwelche familiären Probleme.“

„Ich habe keine Familie“, knurrte Tom.

„O doch, das haben Sie, Tom Denholm." Sally ließ sich nicht einschüchtern. „Er hat es mir erzählt. Sie haben eine Schwester und einen Neffen in England, außerdem eine Nichte in den Vereinigten Staaten. Das ist doch eine Familie, oder? Und Ihr Freund meinte, es gebe Schwierigkeiten zu Hause."

„Ich habe sie seit Jahren nicht gesehen", erwiderte Tom mürrisch. „Außerdem bin ich ihnen nichts schuldig."

Sally sah ihn nur an. „Das ist keine Frage von Schuldigsein oder nicht", erklärte sie gelassen. „Familie ist und bleibt Familie. Das können Sie nicht leugnen."

„Vielleicht doch!" Toms Stimme klang noch mürrischer, aber er verlor eindeutig an Sicherheit.

„Nein, das können Sie nicht", beschied Sally autoritär. „Und deshalb werden Sie sich in Ihr Boot setzen, Tom Denholm, mit mir hinüberfahren und Ihren Freund anrufen. Oder ich. . ., oder ich ziehe Ihnen eins mit meinem Ruder über."

Tom schüttelte entmutigt den Kopf. „Sally Maguire, hat Ihnen schon mal jemand gesagt, daß man Ihnen einfach nicht widerstehen kann?"

ES WAR keine lange Fahrt zum kleinen Hafen hinüber, aber seit dem Winter hatte er sein Boot noch nicht wieder benutzt. In der Bucht trieb noch immer Eis, und es war riskant, wenn man sich nicht so gut auskannte wie Sally. Und so folgte er Sallys schnellerem Boot mit größter Vorsicht, um die gefährlichen Eisbrocken zu umfahren.

Er würde drüben übernachten müssen, denn die Tage waren noch immer sehr kurz, und schon bald würde sich Dunkelheit auf die tückische See senken. Es machte ihm nichts aus, bei Sally und ihrem Mann Ned zu bleiben. Sie waren gastfreundlich, aber nicht aufdringlich. Beide wußten, daß er Ruhe und Frieden schätzte.

Sie legten in Reward Cove an, vertäuten die Boote am Kai und machten sich an der kleinen Ansammlung ockerfarbener Holzhäuser vorbei auf den Weg zu Sallys General Store. Ihr Haus war nicht viel größer als die anderen, besaß aber einen großen Raum für den Laden und eine Holzveranda, auf der sie im Sommer Gemüse und Obst anbot.

„Sie hängen sich ans Telefon", befahl Sally, als sie ihre Küche betraten, „und ich mache uns einen Kaffee."

Tom schätzte, daß es in London jetzt sieben Uhr abends sein mußte.

Er konnte nur hoffen, daß Greg um diese Zeit schon zu Hause war. Nun gut, er mußte eben sein Glück versuchen. Am anderen Ende der Leitung läutete das Telefon beinahe endlos, bis er endlich Gregs forsche Stimme vernahm.

„Freut mich, daß du den Anstand besitzt anzurufen", meinte dieser trocken.

„Was soll das?" beschwerte sich Tom. „Seit wann ist es denn unanständig, ein ruhiges und ungestörtes Leben führen zu wollen?"

„Seit deine Familie dich braucht." Gregs Stimme duldete keinen Widerspruch.

Der Ton ließ Tom zusammenzucken. „Greg, du weißt, daß ich seit Jahren keinen Kontakt mehr zu Becky und Derek habe. Ich konnte mit ihrem Jet-set-Gehabe und all dem Luxus einfach nicht mithalten. Sie leben schon lange in einer ganz anderen Welt."

„Das war einmal", sagte Greg lakonisch.

„Was meinst du damit?"

„Damit meine ich, daß Derek Wade mit einer Zwanzigjährigen das Weite gesucht hat – mit ihr und mit seinem Einkommen, das astronomisch sein soll, wie ich hörte. Deine Schwester Becky dagegen bekommt lediglich ein Haus und ein Apartment zugesprochen. Eines davon will sie verkaufen, aber sonst bleibt ihr nichts."

„Das ist ja ungeheuerlich! Wie kommt Becky denn mit der ganzen Geschichte zurecht?"

„Hier liegt ja das Problem. Sie will einfach nicht akzeptieren, daß es vorbei ist. Sie kann sich weder zu einer Scheidung noch zu irgend etwas anderem aufraffen. Pausenlos ringt sie die Hände, und alles, was man von ihr hört, ist: ‚Wie soll ich nur die Rechnungen bezahlen?' Offensichtlich ist sie im Moment ziemlich . . . durcheinander."

Tom seufzte. „Was ist mit Kit und Jenny?"

„Jenny ist noch in Kalifornien. Sie hat auch nicht die Absicht, nach Hause zurückzukommen. Und Kit ist mit irgendeiner Hilfsorganisation unterwegs."

„Ist er denn überhaupt alt genug?"

Greg lachte auf. „Er ist immerhin älter als Dereks neueste Flamme." Als er fortfuhr, klang seine Stimme eine Spur sanfter: „Ich glaube, er wollte den Streitereien entgehen. Es ist nicht leicht für die Kinder, in einem solchen Fall Partei ergreifen zu müssen."

Dem konnte Tom nur zustimmen. „Und was hast du mit alldem zu tun?"

„Becky hat mich angerufen, um sich nach einem Anwalt zu erkundigen, und dann brach alles aus ihr heraus. Sie ist wirklich in einer verzweifelten Lage, Tom."

„Ich sehe nicht, wie ich ihr helfen könnte", meinte Tom.

„Du könntest immerhin mit ihr reden, Tom!" gab Greg aufgebracht zurück. „Du könntest sogar mit Derek reden."

„Ich glaube kaum, daß es mir gelingen würde, ihn dazu zu überreden, seiner neuen Freundin den Laufpaß zu geben und zu Becky zurückzukehren, oder?" Tom schwieg und fügte dann hinzu: „Will sie ihn überhaupt zurückhaben?"

„Weiß ich nicht. Einerseits tobt sie, sie wolle ihn nie wiedersehen, doch dann bricht sie im nächsten Moment in Tränen aus und sagt, sie könne ohne ihn nicht leben."

Entsetzt holte Tom tief Luft. „Greg, ich kann nicht nach Hause kommen. Das ertrage ich nicht. Dieses ganze Trara, all diese geldgierigen Schwachköpfe, die sich gegenseitig an die Kehle gehen. Das ist doch pervers."

„Ich weiß", stimmte Greg zu. „Aber so ist das Leben nun mal."

„Hier draußen ist es nicht so", widersprach Tom. „Es ist ruhig und friedlich. Ich bin hier glücklich und ich fange an, mit der Vergangenheit ins reine zu kommen, mit Suzis Tod und allem anderen . . ." Er kam nicht weiter. Nicht einmal Greg gegenüber konnte er zugeben, wie sehr das vergangene Leid noch immer schmerzte. Sehr viel mehr als seine zerschmetterte Kniescheibe, wenn er zu lange auf den Beinen war. „Wie hast du mich eigentlich aufgespürt?" fragte er abrupt.

Greg lachte leise. „Dein Farbenhändler in St. John's hat mich auf deine Spur gebracht. Die Bank in England erklärte mir, sie hätten lediglich eine Bankverbindung und keine Adresse von dir. Aber ich nahm an, wenn du noch unter den Lebenden weilst, würdest du auch noch malen."

„Sehr schlau."

„Tom", begann Greg und hörte sich ungewöhnlich sanft an. „Ich möchte wirklich nicht deinen Frieden stören, aber du kannst der Welt nicht für immer den Rücken kehren. Ruf Becky wenigstens an, Tom. Vielleicht hört sie auf dich."

„In Ordnung." Tom seufzte. „Ich werde mit ihr reden. Aber du mußt mir ihre Nummer geben. Ich weiß ja nicht einmal, wo sie ist."

„Sie lebt jetzt in einem Vorort nahe bei Uxbridge", erwiderte Greg und gab Tom ihre Adresse und Telefonnummer.

„Gut, ich will's versuchen", erklärte Tom. „Aber ich kann nichts versprechen."

„Du bist ein guter Kerl", sagte Greg erleichtert. „Wußte ich's doch, daß ich mich auf dich verlassen kann..." Und er legte auf, bevor Tom es sich anders überlegen konnte.

Bedrückt wählte Tom die internationale Vermittlung und ließ sich mit Becky verbinden. Sie war sofort am Apparat.

„O Tom", Becky brach in Tränen aus, sobald sie seine Stimme erkannt hatte, „was soll ich nur tun? Ich weiß nicht, wo ich wohnen soll, ich weiß nicht, was tun..."

„Was sagt dein Anwalt?"

„Er ist doch nur ein Provinzanwalt. Ich glaube kaum, daß er besonders gut ist."

„Aber ich dachte, Greg hätte dir einen guten Anwalt empfohlen."

„Hat er auch, aber Derek hat mir untersagt, daß ich mich mit ihm treffe."

„Das ist doch wohl deine Entscheidung, Becky, nicht seine. Er hat kein Recht, sich da einzumischen."

„Ich weiß", klagte sie, „aber wir können einfach nicht mehr miteinander reden, vor allem wenn es um Geld geht, ist er soviel cleverer als ich. Er hält mir immer wieder vor, wie dumm ich bin. Wir hatten ein gemeinsames Konto, und nun hat er alle meine Kreditkarten sperren lassen. Wie kann ich entscheiden, wo ich leben soll, wenn ich keine Ahnung habe, wie hoch meine Ausgaben in Zukunft sein werden oder was das Apartment in Kalifornien einbringt...?"

Resigniert ließ Tom diesen Strom der Klagen über sich ergehen. Schließlich unterbrach er sie schroff: „Das ist doch alles Unsinn, Becky. Du hast genug, um bequem leben zu können – verglichen mit den meisten anderen sogar mehr als genug. Du bist einfach verwöhnt."

„Ich und verwöhnt?" schrie sie empört auf. „Ich habe fünfundzwanzig Jahre meines Lebens mit diesem..., diesem Mistkerl verbracht! Ich habe seine Kinder großgezogen und bei seinen Einladungen die Gastgeberin gespielt! Ich habe es ihm in jedem der rückständigen Länder behaglich gemacht, in das ihn diese verfluchten Ölscheichs geschickt haben! Und was macht er? Läßt mich wegen einer billigen kleinen Schlampe im Stich, die jünger ist als seine eigene Tochter!"

Tom seufzte. „Hör mal, Becky, das stimmt ja alles, aber Klagen bringen dich nicht weiter. Ich will lediglich wissen, ob ich dir in irgendeiner Weise helfen kann.“ Er atmete tief durch und fügte hinzu: „Willst du, daß ich nach Hause komme?“

„Ich weiß nicht“, jammerte sie. „Ich glaube nicht. Du würdest nur mit mir herumstreiten . . . oder Derek verprügeln, und das würde alles nur noch schlimmer machen.“

Vielleicht, dachte Tom, wäre es gar keine schlechte Idee, Derek eine kleine Abreibung zu verpassen. „Geh wenigstens zu deinem Anwalt“, redete er ihr zu.

„Gut“, willigte sie überraschend schnell ein. „Ich werde tun, was du sagst.“

„Ich werde in ein paar Tagen wieder anrufen“, sagte er und war sich bewußt, daß er sich feige aus allem heraushalten wollte. „Ist dir das recht?“

„Ja. Ja, tu das, Tom.“ Sie holte zitternd Luft. „Es war sehr lieb von dir, mich anzurufen.“

Nachdem sie den Hörcr aufgelegt hatte, starrte Tom lange Zeit ins Leere. Er fragte sich, ob er richtig gehandelt hatte.

„KAFFEE“, verkündete Sally, stellte den Becher vor ihn hin und ignorierte seinen nachdenklichen Gesichtsausdruck. „Ned wird bald hiersein.“

Sie ließ ihn im Hinterzimmer sitzen und schloß den Laden ab. „Wir werden später rüberkommen“, sagte sie noch zu Millie, ihrer Verkäuferin, als sie sich von ihr verabschiedete. „Bei Tom bin ich mir allerdings nicht sicher.“

Mit einem Becher Kaffee kehrte sie ins Hinterzimmer zurück und versuchte, möglichst unschuldig auszusehen, als Tom sie fragte: „Über was sind Sie sich bei Tom nicht sicher?“

„Über fast alles“, gab sie zurück und bequemte sich zu einem Lächeln. „Bei Millie findet eine Tanzerei statt. Die meisten von uns gehen hin – aber wenn Sie Ihre Ruhe haben wollen, sollten Sie lieber hierbleiben.“

Tom wollte dem gerade zustimmen, als ihm plötzlich bewußt wurde, daß ihm eben eine Ablenkung von den sorgenvollen Überlegungen angeboten worden war, die Greg in ihm wachgerufen hatte. Außerdem wäre es ausgesprochen unhöflich, wenn er ablehnen würde. Die kleine Fischergemeinde nahm ihre traditionellen Feiern ernst, und es war eine Ehre für ihn, überhaupt eingeladen zu werden.

„Nein“, sagte er schüchtern. „Ich würde gern mitkommen – wenn ich darf.“

Sally warf ihm einen anerkennenden Blick zu. „Das gefällt mir schon besser.“

Als Ned wenig später nach Hause kam, fragte Tom ihn höflich, ob er sie zu Millies Tanzabend begleiten dürfe.

Ned Maguire war ein großer, stämmiger Mann, der selten lächelte und noch weniger sprach. Jetzt sah er Tom einen Moment lang schweigend an und nickte dann bedächtig. „Warum nicht? Ein bißchen Tanzen hat noch niemandem geschadet.“

Und so begleitete Tom die Maguires zu Millies Haus am Hafen, wo das Fest bereits in vollem Gange war. Irgend jemand versorgte Tom mit einer beunruhigend scharfen und hochprozentigen Flüssigkeit, und der Abend verging in einem ausgelassenen Rausch von Tanzen und Singen, Gelächter und Händeklatschen.

Doch später, nachdem er sich reichlich benommen von einer Menge neuer Freunde verabschiedet und sich auf das schmale Bett in Sallys Vorratsraum geworfen hatte, konnte er nicht einschlafen. Unaufhörlich gingen ihm Bilder seiner Schwester im Kopf herum, so wie sie früher gewesen war: hinreißend hübsch, mit kastanienbraunem Haar und erfrischend unbekümmert, bis sie seinen Schwager Derek kennengelernt hatte. Derek Wade, ebenso unsensibel wie fade, war schon immer zu selbstgefällig und zu erfolgreich gewesen. Er hatte Beckys Selbstsicherheit mit seinen ständigen Witzen über dümmliche Frauen langsam, aber sicher untergraben. Tom fragte sich, ob die Alarmzeichen nicht schon damals zu erkennen gewesen waren. Aber das Ganze ist schließlich nicht mein Problem, beruhigte er sich. Das müssen die beiden unter sich ausmachen. Ich kann mich da nicht einmischen. Sonst wird alles nur noch schlimmer.

Doch immer wieder hörte er Beckys verzweifelte Stimme: „Ich weiß nicht, was ich tun soll!“ Und er wußte, daß seine Argumente reichlich hohl waren.

NEBEN seinem kleinen Boot besaß Tom auch ein Auto, einen altgedienten Kombi, mit dem er durch ganz Kanada gefahren war, bevor er von Labrador aus die Fähre nach Neufundland genommen hatte. Er war vor den Gespenstern seiner Vergangenheit geflohen, aber sie hatten ihn immer wieder eingeholt. Erst als er rein zufällig auf den nicht mehr benutzten Leuchtturm auf der kleinen, felsigen

Insel Little Reward gestoßen war, hatte er seine Ruhe wiedergefunden.

Als er beschloß, auf der Insel zu leben, hatte er den Wagen mehr oder weniger Sally und Ned gegeben. Sie besaßen eine Garage für den Winter, und Tom konnte ihn sich jederzeit leihen. Diese Übereinkunft funktionierte zur beiderseitigen Zufriedenheit. Tom war nicht häufig unterwegs – er genoß es, in der ungestörten Abgeschiedenheit seiner kleinen Insel zu leben.

Aber am Morgen nach den beunruhigenden Telefongespräch mit Greg und Becky fühlte er sich rastlos. Er beschloß, ein paar Tage in die Wälder zu fahren.

„Wie sind die Straßen?“ fragte er Sally.

„Okay. Aber in den Wäldern liegt noch Schnee. Nehmen Sie auf jeden Fall Skier oder Schneeschuhe mit. Wir können Ihnen ein Paar leihen.“

So belud er den alten Kombi, nahm eine Thermoskanne Kaffee von Sally sowie eine Flasche Whisky von Ned entgegen und fuhr los.

Er wußte nicht genau, wohin er eigentlich wollte oder warum er überhaupt losfuhr. Er wußte nur, daß die alte Verzweiflung über seine Tragödie wieder wachgeworden war und er sie nicht mit auf seine ruhige Insel zurücknehmen wollte. Also mußte er zuerst wieder mit sich ins reine kommen.

Er fuhr ins Landesinnere in Richtung der Ortschaft Bishop's Falls. Während unter den Kiefern noch immer Schnee den Boden bedeckte, waren die Straßen bereits wieder frei. Schließlich gelangte er zu einem Campingplatz am Ufer des Red Indian Lake. Dort stellte er den Wagen ab, schulterte seinen Rucksack und lief einfach los.

Der Schnee lag nicht hoch, und anfangs bereitete ihm das Laufen keine Schwierigkeiten. Doch später begannen Toms Füße in tiefe Verwehungen einzusinken. Er blieb stehen, um Sallys Schneeschuhe anzuziehen. Die Stille um ihn war ehrfurchtgebietend. Mit einem Male wurde Tom bewußt, daß es wahrscheinlich Jahrtausende bedurft hatte, um diese majestätische Landschaft mit ihren Bergen, Seen und Wäldern hervorzubringen.

Wie unbedeutend wurden angesichts dieser Zeitspannen die eigenen kleinen Sorgen. Wahrscheinlich erlebten die Beothuk-Indianer, die hier lange vor uns jagten und fischten, auch schon ihre Tragödien: ein Pfeil aus der Dunkelheit . . . ein im Wald verirrtes Kind . . . einen Bärenüberfall . . . den Tod eines geliebten Gefährten . . .

Seine Gedanken wollten abschweifen, aber dann ermahnte er sich selbst: Nein. Du darfst es nicht immer verdrängen. Du hast dich deinem Problem auf der Insel gestellt. Warum willst du nun wieder davonlaufen? Suzi ist tot. Du hast dein Bestes getan, sie zu retten, aber es ist dir nicht gelungen. So wie sie vergeblich versucht hatte, das Kind zu retten. Es war eine Katastrophe, aber das ist Vergangenheit. Du kannst die Uhr nicht zurückdrehen. Du mußt dein Leben weiterleben. Und sie wäre die erste, die dir das sagen würde.

Tom stapfte energisch weiter. Er hoffte, daß die körperliche Anstrengung ihn von seiner sinnlosen Grübelei erlösen würde. Je weiter er ins Landesinnere vorstieß, um so mehr verlor er sich in der Betrachtung der ihn umgebenden Landschaft. Riesige Wälder aus blaugrünen Fichten und Kiefern erstreckten sich, so weit er schauen konnte. Hin und wieder öffnete sich der Nadelwald, und Haine zarter, winterkahler Birken und Espen verliehen der Szenerie helle Leichtigkeit. Auf einer dieser Lichtungen entdeckte Tom erstmals eine Karibuherde. Ruhig bewegten sich die Tiere zwischen den Bäumen und ästen an Flechten und Büscheln vertrockneten Grases, die aus dem Schnee ragten.

Wunderschön, dachte Tom. Wie gelassen und anmutig sie sind.

Es war schon spät, die Sonne begann hinter den Bäumen zu versinken. Tom machte sich auf den Rückweg zum Seeufer, um dort ein Lager aufzuschlagen. In seinem Rucksack befanden sich ein Schlafsack und ein kleines Zelt, und auf der Erde lagen jede Menge Zweige für ein Feuer herum.

Am Ufer des Sees hielt er bewundernd den Atem an. Die untergehende Sonne hatte die wasserüberspülte Eisfläche mit flamingorosigem Hauch überzogen. Und auf der offenen Wasserfläche in der Mitte des Sees wiegten sich Hunderte von weißköpfigen Wildgänsen.

Er sah zu, wie sie sich im Abendglanz der Sonne auf die Nacht vorbereiteten, und mit der hereinbrechenden Dunkelheit überkam ihn ein Gefühl grenzenloser Ruhe. Er konnte hier in der stillen Nacht sitzen und die Sterne betrachten. Die Probleme der Welt da draußen brauchten ihn nicht zu stören, nicht einmal zu bekümmern.

Gebannt beobachtete er, wie der aufsteigende Mond dem Schnee, dem schlafenden See und den bleichen Birkenstämmen einen opalisierenden Glanz verlieh. Doch schließlich spürte Tom, daß die Temperatur stark abgefallen war. Er entzündete mit Zweigen und

Tannenzapfen ein Feuer. Als es brannte, stapelte er vom Sturm abgebrochene und mit Moos bedeckte Äste darauf. Bald war ihm warm, und es widerstrebte ihm, in sein Zelt zu kriechen und dieser wundervollen Nacht den Rücken zuzukehren. So blieb er, bis ihn die Müdigkeit überkam. Erst dann schlüpfte er in seinen Schlafsack und schlief ein.

Am Morgen weckte ihn das Schnattern, Krächzen und Trompeten der Gänse auf dem See. Er stand auf, machte Feuer und kochte Kaffee. Im See wimmelte es vermutlich von Fischen. Mit Sicherheit könnte er mit einer improvisierten Angel und irgendeinem Köder ein paar fangen. Er entschloß sich, einen weiteren Tag und eine weitere Nacht zu bleiben. Es war so weit hier und noch friedlicher als auf seiner kleinen Insel, denn dort war man immer von den Geräuschen der See umgeben.

Doch schon vor dem dritten Tag wußte er, daß die Fahrt hierher seine Art war, sich von den ruhigen Tagen in der Wildnis zu verabschicden. Irgendwo ganz tief in seinem Inneren hatte er sich dazu entschlossen, in die Welt zurückzukehren, die er abgelehnt hatte. Zurück in die geschäftige, wimmelnde Welt mit ihren Verblendungen und Täuschungen, ihrer seelenlosen Mißachtung der menschlichen Schwächen und der unaussprechlichen Einsamkeit ihrer Bewohner. Ja, Einsamkeit ist das richtige Wort dafür, dachte er. Hier draußen, wo außer mir, den wilden Gänsen und den Karibus niemand ist, bin ich nicht einsam. In London war ich immer einsam. Bis mir Suzi begegnete. Und eine Zeitlang war meine Welt voller Glück und Erfüllung. Bis zu dieser letzten verhängnisvollen Fahrt. Danach wurde mir meine Einsamkeit in der riesigen Stadt unerträglich.

Hier, dachte er und blickte sich um, ist Frieden in der Abgeschiedenheit. Aber er erinnerte sich an die verzweifelten Worte seiner Schwester –„Ich weiß nicht, was tun!“ – und wußte, daß er zurückgehen mußte.

„SIE SIND also wieder da“, sagte Sally, als er bei ihr anlangte, und goß noch ein wenig Teig in die Pfanne für einen zusätzlichen Eierkuchen.

Lächelnd ging Tom in das Hinterzimmer und griff zum Telefon. Bei Becky meldete sich niemand, und nach einigem Überlegen rief er Greg an.

„Nein, Becky ist im Moment nicht in London“, erwiderte Greg auf

Toms besorgte Frage. „Sie ist in den Norden gefahren, um sich mit Derek zu treffen. Sie will einen letzten Versuch unternehmen, ihn zum Zurückkommen zu bewegen."

„Schaden kann es ja nicht..."

„Nein. Aber sie ist mit den Nerven am Ende. Ich fürchte, wenn er endgültig nein sagt, bricht sie völlig zusammen."

„Ich komme heim, Greg", sagte Tom.

„Das ist eine erfreuliche Nachricht." Tom konnte Wärme und Dankbarkeit in Gregs Stimme hören.

„Ich brauche noch ein paar Tage, um die Dinge hier zu ordnen", fuhr Tom fort. „Aber sobald ich in London bin, melde ich mich bei dir."

Er legte den Hörer auf, fest entschlossen, so schnell wie möglich heimzufahren. Es wird Zeit, daß du in die Wirklichkeit zurückkehrst, Tom Denholm, sagte er sich. Er schloß die Augen, und als er sie wieder öffnete, begegnete er Sally Maguires fragendem Blick.

„Sie fahren also zurück?"

Er nickte. „Sieht ganz so aus."

Sie nickte. „Dachte ich's mir doch. Ned und Danny helfen Ihnen bestimmt gern beim Packen, falls Sie Hilfe brauchen."

„Danke." Plötzlich erkannte Tom, wie sehr ihm Sally und ihre rauhe Freundlichkeit fehlen würde. Er fand jedoch nicht die geeigneten Worte, um seine Gefühle auszudrücken, und wandte sich verlegen ab.

Am nächsten Morgen füllte er den Tank seines kleinen Bootes auf. Vermutlich würde er mehrmals fahren müssen, um all seine Habseligkeiten von der Insel zu holen. Er hatte zwar nicht viele Besitztümer, aber da waren seine Bilder. Er beschloß, sie Sally zu geben, damit sie sie an die Sommergäste verkaufte.

Er tuckerte zur Insel zurück und lief den steinigen Pfad zum Leuchtturm hinauf. Es war wohl nötig, mit dem Ausräumen sofort anzufangen. Deshalb suchte er gleich einen Stapel Bücher und einige seiner kleineren Gemälde, die Becky vielleicht gefallen würden, zusammen.

Er wollte gerade wieder den Weg hinuntergehen, als er Ollie rufen hörte. Aber es klang gar nicht nach seinem üblichen Begrüßungsgebell, sondern irgendwie dringend und verzweifelt. Erstaunt verließ Tom den Pfad und ging dem Klang der Schreie nach.

Nach wenigen Augenblicken entdeckte er den Seehund unter sich, wo er hilflos im Geröll festsaß. Mit seinen hektischen Versuchen, sich aus seinem steinernen Gefängnis zu befreien, löste der kleine Seehund nur weitere Steinmassen aus dem Hang über ihm.

Es liegt am Tauwetter, dachte Tom. Das schmelzende Eis muß die Felsbrocken gelockert und in Bewegung gesetzt haben. Er legte seinen Stapel Bücher und Bilder ab und kletterte vorsichtig zu Ollie hinunter.

„Ich komme, Ollie!" rief er. „Beweg dich nicht! Es ist gleich wieder gut!"

Als der junge Seehund Toms Stimme vernahm, hörte er auf zu jammern und wartete zuversichtlich darauf, daß Tom ihn befreite. Es war nicht einfach, aber schließlich gelang es Tom, den schwersten der Brocken beiseite zu schieben, damit Ollie sich wieder frei bewegen konnte.

„Mach schon!" sagte Tom und versetzte der warmen Flanke des Seehunds einen aufmunternden Stoß. Ollie bäumte sich auf, machte einen Satz und schlitterte direkt zwischen Toms weit gespreizten Beinen hindurch die Felsen hinunter.

Doch der Befreiungssprung des Seehunds setzte weitere Steinbrocken in Bewegung, wodurch Tom gezwungen war, seine ohnehin bedenkliche Position leicht zu verändern. Mit einem Fuß geriet er ins Rutschen. Verzweifelt versuchte er noch, das Gleichgewicht zu halten, aber seine zerschmetterte Kniescheibe versagte ihm den Dienst. Er stürzte rückwärts, schlug schwer auf den unebenen Steinen auf und rutschte hilflos weiter hinab, bis er an einem scharfkantigen Felsbrocken bewußtlos liegenblieb.

Er kam mit der merkwürdigen Empfindung wieder zu sich, daß ihm jemand unablässig mit einem nassen Schwamm das Gesicht abwischte. Als er die Augen aufschlug, sah er in Ollies aufmerksames Gesicht und begriff nach und nach, daß der nasse Schwamm Ollies Zunge war.

„O Ollie", stöhnte er auf. „Was hast du nur mit mir angestellt?" Natürlich war sein Sturz nicht Ollies Schuld gewesen. Er hätte sich eben mehr in acht nehmen müssen.

Vorsichtig begann er, seine Verletzungen zu orten. Am Kopf hatte er eine beträchtliche Beule, und sobald er sich bewegte, durchschossen ihn Schmerzen am ganzen Körper. Der rechte Arm schien in Ordnung, aber der andere Arm lag seltsam abgewinkelt unter seinem Oberkörper. Vermutlich ausgerenkt, dachte er. Sein rechtes Bein wirkte soweit intakt, aber im linken mit der zerschmetterten Kniescheibe pulsierte ein dumpfer Schmerz.

Ich darf hier nicht liegenbleiben, sagte er sich. Jedenfalls nicht den ganzen Tag. Es ist zu kalt. Und kommen wird niemand. Sie erwarten mich erst morgen im Hafen zurück. Auf den Pfad komme ich nicht wieder hinauf, nicht in diesem Zustand. Also muß ich hinunterrutschen, um irgendwie ins Boot zu gelangen...

Unendlich langsam schob er sich Meter um Meter über die Felsen hinunter, bis er schließlich erschöpft und nach Luft ringend auf den brüchigen Planken des Anlegestegs lag. Er spähte über den Rand und sah, daß sein Boot nur knapp unter ihm auf den Wellen schaukelte. Aber wie sollte er hineinkommen? Ich muß mich hineinfallen lassen, dachte er, ohne daß dabei das Boot kentert.

Er beugte sich über den Stegrand und ließ sich ganz vorsichtig in das heftig schaukelnde Boot hinuntergleiten. Gerade mal gutgegangen, dachte er erleichtert, als er sicher im Boot lag.

Hinter sich hörte er es platschen und sah, wie Ollie ins Wasser sprang und begeistert um das Boot schwamm. Unter Schmerzen startete Tom den Motor und postierte sich halb sitzend, halb liegend neben dem Ruder. Er hielt auf das Festland zu und hoffte, daß er nicht das Bewußtsein verlor, bevor er dort anlegte.

Ich bin ein verfluchter Narr, dachte er. Ich war so unglaublich stolz auf meine Unabhängigkeit draußen in den Wäldern. Und jetzt habe ich mich innerhalb kürzester Zeit in ein hilfloses Wrack verwandelt. Wie konnte ich mir nur einbilden, hier alles ganz allein zu schaffen?

Vorsichtig steuerte er sein kleines Boot durch die Meerenge zwischen seiner Insel und dem Hafen. Viel behielt er von seiner Überfahrt nicht in Erinnerung – nur, daß der kleine Motor brav tuckerte und das Wasser am Bootsrumpf vorbeitrieb, während er versuchte, das Steuer gerade ausgerichtet zu halten. Auch hatte er den vagen Eindruck, daß Ollies neugieriges Gesicht immer wieder aus den Wellen auftauchte und daß der kleine Seehund ihm Gesellschaft leistete, bis er sicher in der Nähe des Strandes war.

Später erschollen Rufe der Fischer, die an der Anlegestelle ihre Netze flickten. Hände streckten sich nach ihm aus, als sich die Bewußtlosigkeit wie eine riesige schwarze Wolke auf ihn senkte und ihn verschluckte.

ALS TOM wieder zu sich kam, lag er in einem weißen Krankenhausbett. Um seinen Kopf hatte er einen Verband, der linke Arm war mit einer Art Schlinge an seinen Oberkörper fixiert und sein krankes Knie steckte in einer Schiene.

„Wie fühlen Sie sich?“ fragte eine Stimme, während gleichzeitig ein junges und erstaunlich hübsches Gesicht über ihm erschien.

„Verwirrt“, erwiderte Tom. „Und eines wüßte ich doch sehr gerne: Wo bin ich hier eigentlich?“

Die junge Krankenschwester lächelte ihn an. „Sie sind im Twillingate Krankenhaus.“ Sie glättete mit flinken Händen die Bettdecke. „Bleiben Sie ganz ruhig liegen. Doktor Grant wird in einer Minute hiersein.“

Kurz darauf trat ein freundlicher junger Arzt an sein Bett und warf einen prüfenden Blick auf Toms zahlreiche Prellungen und Verletzungen.

„Nun?“ erkundigte sich Tom. „Wie groß ist der Schaden?“

„Es ist nicht allzu ernst. Wir haben Ihre Schulter wieder eingerenkt. Sie muß noch einen oder zwei Tage ruhiggestellt werden, aber sie kommt schon wieder in Ordnung.“ Als er bemerkte, wie Tom sein Gesicht beim Luftholen vor Schmerz verzog, fügte er hinzu: „Sie haben sich außerdem ein paar Rippen gebrochen, aber auch die werden heilen. Jetzt heißt es, die Zähne zusammenzubeißen und nicht mehr zu lachen.“

Tom grinste, verbiß sich aber brav jedes Lachen.

„Und was Ihr Knie angeht“, fuhr der Arzt fort, „glaube ich nicht, daß Sie es außer ein paar Prellungen noch mehr geschädigt haben, als es ohnehin schon war.“ Er brach ab, fügte aber nach einer Pause hinzu: „Wie ist das passiert?“

„Durch eine Explosion“, antwortete Tom knapp.

„Heutzutage kann man da etwas machen – eine künstliche Kniescheibe einsetzen. Hat man Ihnen das nicht gesagt?“

„Doch...“ Tom gab nur widerstrebend Auskunft. „Aber sie wollten erst den Heilungsprozeß abwarten, und dann bin ich irgendwie nicht mehr dazu gekommen.“

„Sie sollten noch einmal zu einem Arzt gehen, wenn Sie wieder zu Hause sind. Sie wollen doch bald abreisen, oder? Ihre Freundin Sally war da sehr bestimmt. ‚Flicken Sie ihn ja schnell wieder zusammen‘, sagte sie, ‚er muß sofort nach Hause.‘“

„Das hat sie gesagt?“ Wieder mußte Tom grinsen. Dann fiel ihm etwas ein. „Wie bin ich eigentlich hergekommen?“

„Mit dem Rettungshubschrauber. Die fliegen im Notfall alle Inseln an. Das ist schneller als alles andere."

Tom lächelte. „Und ich bin sehr dankbar dafür." Dann fügte er erstaunt hinzu: „Aber wenn ich mit dem Hubschrauber gebracht wurde, wie kommt dann Sally ins Spiel?"

Dr. Grant schmunzelte. „Oh, sie kam gar nicht mit. Sie hat lediglich von ihrem Postamt aus angerufen und hat mir ins Gewissen geredet!"

„Das klingt ganz nach Sally. Wann werde ich entlassen?"

„In ein oder zwei Tagen. Sie wurden ziemlich durchgeschüttelt, dazu kommt noch der Schlag auf den Kopf. Bei Gehirnerschütterungen muß man vorsichtig sein."

„Aber mir geht es hervorragend."

„Tja, so sehen Sie aber nicht aus", gab Dr. Grant zurück. „Wir werden Ihre Freunde benachrichtigen, wenn Sie wieder transportfähig sind. Das hat Sally Maguire so angeordnet. Ich kann mir allerdings ein schrecklicheres Schicksal vorstellen, als in der Zwischenzeit von Schwester Julie Brown aufgepäppelt zu werden."

ES DAUERTE drei Tage, bis das Krankenhaus ihn ziehen ließ. Dann kam Ned, um ihn abzuholen. „Es ist Posttag", erklärte er Tom. „Den Laden kann Sally jemandem überlassen, aber die Post nicht."

Sofort bekam Tom Gewissensbisse. Er bereitete diesen liebenswürdigen, hart arbeitenden Menschen nichts als Schwierigkeiten. „Und was ist mit dem Fischfang?"

Lächelnd hob Ned die Schultern. „Da ist im Moment sowieso nicht viel zu fangen. Ich bin ganz froh, zur Abwechslung mal Stadtluft schnuppern zu können."

Bald darauf passierten sie auf dem Weg nach Hause die Brücke über die Tickle Bai. Nach Hause, dachte Tom traurig. Das alles muß ich nun hinter mir lassen und den kleinen Ort, den ich liebengelernt habe, gegen mein „Zuhause" in der lauten, umtriebigen Welt eintauschen.

Aber er verdrängte diese trüben Vorstellungen. Statt dessen blickte er auf die See zu beiden Seiten der langen Brücke und genoß die wechselnden Farben des auf dem Wasser treibenden Eises.

„Jetzt ist alles so sanft und friedlich", sagte Ned und machte eine umfassende Handbewegung über die ruhige See und die kleinen in der Sonne leuchtenden Inseln und Buchten in der Bai. „Im Winter kommt man gar nicht hinüber, es sei denn mit dem Schneemobil, und selbst das ist heikel."

Tom nickte und stellte sich den neufundländischen Winter vor, mit seinen gewaltigen Stürmen, den dunklen Wolkenmassen und dem eiskalten Nebel. „Es ist eine wilde Landschaft", sagte er leise, „aber sie wird mir fehlen. England ist so ... vollgepfropft."

Ned konzentrierte sich auf das Autofahren. Er wußte, wie schwer es Tom fallen würde, die kleine Insel und sein neues Leben aufzugeben. Aber er gehörte nicht wirklich hierher. Wie einfach er auch lebte, wie gut er sich auch anpaßte – er blieb ein Fremder in einem fremden Land, und letztendlich mußte er dorthin zurückkehren, wohin er gehörte. So sah es Ned. Er wußte, daß es alte Wunden gab, die Tom noch immer schmerzten – und dabei ging es nicht nur um das beschädigte Knie. Tom war eindeutig vor seinen Erinnerungen davongelaufen.

„Jetzt sind wir bald da", meinte Ned, als sie zum kleinen Hafen hinunterfuhren. „Sally sagte, daß Sie bei uns wohnen, bis Sie wieder für sich selbst sorgen können."

Tom wollte schon protestieren, erkannte dann jedoch, daß Sally wie üblich recht hatte. Vermutlich wäre er eine noch größere Belastung, wenn er auf seiner Selbständigkeit beharrte und irgend etwas schiefging.

„Gut", stimmte er zu. „Aber nur so lange, bis ich wieder sicherer auf den Beinen bin."

Als Sally das Auto hörte, kam sie aus dem Laden gelaufen. „Da seid ihr ja! Kommt rein! Der Kaffee ist gleich fertig."

Nachdem sie beiden ein herzhaftes Essen vorgesetzt hatte, gesellte sich Sally zu ihnen an den Tisch und nahm sich Tom vor.

„Wir wußten nicht, was Sie mit Ihren Sachen im Leuchtturm vorhaben, also haben wir sie gelassen, wo sie sind. Und Sie sind kaum in der Lage, dort hinüberzufahren, um sie zusammenzupacken und davonzutragen – geschweige denn, mit Ihrem Bein über diesen steinigen Pfad zu humpeln." Sie funkelte ihn an. „Ich meine, das alles hat noch einen oder zwei Tage Zeit."

Tom stellte seinen Kaffeebecher ab. Er wurde unruhig bei dem Gedanken, tatenlos herumzusitzen und nicht einmal die einfachsten Dinge organisieren zu können. „Sie haben vermutlich recht. Aber ich sollte mich bald auf den Weg machen. Ich habe es Greg versprochen."

„Da Sie ihn gerade erwähnen", meinte Sally, „Ihr Freund Greg hat wieder angerufen. Ich sagte ihm, daß wir uns um Sie kümmern, bis Sie reisefähig sind, und ihn verständigen würden, wenn es soweit ist. Irgendwelche Einwände?"

„Ich..., nein", erwiderte Tom und schämte sich seiner Ungeduld. „Natürlich nicht."

ES DAUERTE weitere drei Tage, bis Sally Tom gestattete, auf die Insel zu fahren, und selbst dann schickte sie ihren Neffen Danny mit, damit er ihm beim Tragen half.

Danny war ein fröhlicher Junge mit Sommersprossen auf der Nase und einem spitzbübischen Lächeln. Geschickt manövrierte er Toms Boot in die kleine Bucht.

„Was haben Sie denn mit dem *bedlamer* vor?" erkundigte er sich, als sie am ramponierten Steg anlegten.

„Mit wem?"

„Dem jungen Seehund. Haben Sie ihn nicht Ollie genannt?"

Tom machte große Augen. „Du weißt über ihn Bescheid?"

Danny grinste. „Wir alle wissen über ihn Bescheid. Manchmal klaut er uns die Fische von den Leinen", antwortete er gut gelaunt.

Tom wirkte verlegen. „Belästigt er euch?"

Der Junge schüttelte lachend den Kopf. „Nee. Wir haben einen ziemlichen Narren an ihm gefressen. Tante Sally sagt, im Sommer wird er bestimmt zu einer Touristenattraktion."

Tom fühlte große Erleichterung. Da er von der langen Tradition der Hafenbewohner im Wal- und Seehundfang wußte, hatte Tom Bedenken gehabt, ihnen von Ollie zu erzählen. Viele Generationen hatten so ihren Lebensunterhalt verdient, und er war davon ausgegangen, Ned und die anderen Fischer würden höchst verwundert reagieren, wenn einer sentimental genug war, ein verwaistes Seehundjunges zu retten. Aber offensichtlich hatte das gewachsene Interesse der Öffentlichkeit am Schutz der Umwelt und gefährdeter Tierarten auch ihre Haltung beeinflußt.

„Das nimmt mir eine große Last von der Seele", erklärte Tom zufrieden. „Übrigens, wie hast du ihn gerade genannt?"

„*Bedlamer*..., einen einjährigen Seehund."

War es wirklich fast ein Jahr her, seit er den verlassenen Heuler auf den Felsen gefunden hatte? Dann mußte er ja schon nahezu zwei Jahre auf der Insel leben... Kein Wunder, daß er sie so ungern verließ.

Er unterdrückte einen Seufzer und folgte dem Jungen langsam den steinigen Pfad hinauf. Es war gut, wieder hier zu sein, und gerührt schaute er sich in seinem kleinen Reich um.

Gemeinsam brachten Danny und er Bilder, Bücher und seine wenigen persönlichen Habseligkeiten zum Steg hinunter und luden sie in das Boot. Er hatte Sally von seinen Plänen erzählt, ihr die Bilder zu überlassen. Im Sommer würde sie die Gemälde in ihrem Geschäft ausstellen und den Touristen zum Kauf anbieten. Das schien ihm die praktischste und vernünftigste Lösung zu sein.

Schließlich hatten sie alles im Boot verstaut. Tom blickte sich noch einmal in den leeren Räumen des Leuchtturms um, zog die schwere Holztür zu und verschloß sie sorgfältig mit dem altertümlichen, rostigen Schlüssel.

„Sehen Sie!“ rief Danny so aufgeregt, daß ihm Toms traurige Miene entging. „Da ist Ihr Freund Ollie! Wahrscheinlich will er sich von Ihnen verabschieden.“

Ollie schwamm tatsächlich in der Nähe des Ufers zwischen den schwarzen Felsen umher. Als sie den Steg erreicht hatten, kam er ganz nahe heran und sah mit neugierigen, feuchten Knopfaugen zu, wie Danny ins Boot sprang und dann Tom helfend eine Hand entgegenstreckte. Tom zögerte.

„Die Tide springt um“, drängte Danny. „Zeit zur Abfahrt!“

Zeit zur Abfahrt. Ja, er hat recht, dachte Tom. Und ich darf die Dinge nicht hinauszögern, indem ich hier verharre wie ein . . . wie ein liebeskranker Seehund.

Doch Ollie hatte keinen Liebeskummer. Im Augenblick verfolgte er lediglich interessiert, was sein zweibeiniger Freund da vorhatte. Tom ergriff Dannys ausgestreckte Hand und kletterte umständlich in das Boot. Der kleine Motor begann brav zu tuckern, und Ollie folgte dem Boot durch das tiefblaue Wasser, bis es sicher am Ufer des Festlandes angelegt hatte. Dann hob er das kluge bärtige Seehundgesicht zu einem letzten Blick und verschwand in den tiefen Wassern des Atlantischen Ozeans.

Leb wohl, Ollie, dachte Tom. Du wirst mir fehlen.

„Wir werden auf ihn aufpassen“, versprach Danny aufmunternd. „Von den Fängen bleibt immer etwas übrig. Er wird nicht verhungern.“

Tom lächelte dankbar und wandte dem Meer entschlossen den Rücken zu. Langes Trauern war ihm an diesem letzten Abend ohnehin nicht vergönnt, da ihm zu Ehren eine Party veranstaltet wurde. Bald sah er sich im Mittelpunkt einer tanzenden, stampfenden und singenden Menge, die ihn mit Whisky versorgte, ihm lachend auf den Rücken schlug und ihm eine gute Reise wünschte.

„‚Gutes Wetter für dich und den Schnee im Rücken', sagt man bei uns." Ned streckte ihm eine große Schneckenmuschel als Abschiedsgeschenk entgegen und fügte tröstend hinzu: „In ihr können Sie immer das Meer rauschen hören."

Danny schenkte ihm einen blauen Stein. Es sei ein Labradorit, sagte er, und er stamme von Toms eigenem Strand. Einer der Fischer überreichte ihm ein winziges, aus Fischbein geschnitztes Boot.

Als letzte trat Sally auf ihn zu. In der Hand hielt sie einen eigentümlich geformten Silberring.

„Das hier", begann sie, „ist eine Art Freundschaftsring. Sehen Sie, die beiden Hände überspannen die See . . . " Sie hielt ihm den Ring so hin, daß er die verschlungenen Hände auf dem Reif erkennen konnte. „Er ist aus Neufundlandsilber gemacht", setzte sie hinzu. „Und wenn Sie glauben, ich würde Ihnen einen Antrag machen, Tom Denholm, so würde ich das tatsächlich ganz gern tun, aber Ned könnte etwas dagegen haben."

Schallendes Gelächter ertönte, doch Sally ließ sich nicht aus der Fassung bringen: „Er ist ohnehin nicht nur von mir, sondern von uns allen, Tom. Wir hoffen, daß Sie sich an uns erinnern – besonders dann, wenn die verdorbene Welt da draußen Ihnen besonders scheußlich vorkommt."

Sie weiß es, dachte Tom überrascht. Die rauhe, unverblümte Sally weiß ganz genau, warum ich herkam und warum ich so ungern zurückgehe! Lächelnd streckte er Sally seine Hand entgegen.

Der Ring wurde auf seinen Finger geschoben, worauf Tom sein Glas hob und einen Trinkspruch ausbrachte: „Über das Meer hinweg reichen wir uns die Hände!" Alle jubelten und klatschten, und die Geiger und Akkordeonspieler griffen zu ihren Instrumenten, bevor die allgemeine Rührung zu groß werden konnte.

Die Party zog sich bis weit in die Nacht hin, und es war bereits sehr spät, als sich Tom, Arm in Arm mit Ned und Sally, auf den Weg zurück zum General Store machte.

„Sehen Sie!" sagte Sally leise. „Das Nordlicht!"

Ergriffen schaute Tom den pulsierenden Farben zu, die sich wie leuchtende Finger über den nördlichen Horizont bewegten. Wie von

Zauberhand wurde dieser Nacht ein abschließendes Glanzlicht aufgesetzt.

„Ich habe es noch nie gesehen", hauchte er.

„Es wird immer noch dasein, wenn Sie wiederkommen." Sallys Stimme klang herzlich, als sie ihm versprach: „Und wir auch!"

## Teil zwei DAS FESTLAND

LONDONS großer Flughafen Heathrow war der übliche Alptraum und für Tom ein richtiggehender Schock – all die Menschenmassen, das unablässige Getöse, die Atmosphäre allgemeiner Hast und Beklemmung. Jedermann war in hektischer Eile und ausschließlich darauf bedacht, in kürzester Zeit von einem Ort zum anderen zu gelangen.

Bin ich dazu nach Hause gekommen? fragte sich Tom. Am liebsten wäre er auf der Stelle mit der nächsten Maschine zurückgeflogen.

„Tom!" rief eine Stimme. „Hier!" Er drehte sich um und erkannte das Gesicht seines Freundes Greg Selwyn, das ihn über die Köpfe der Menge hinweg anlächelte.

Tom erwiderte sein Lächeln und spürte, wie der Anblick des Freundes sein Entsetzen milderte. Schnell bahnte er sich einen Weg auf ihn zu. „Mein Gott, bin ich froh, dich zu sehen!"

„Mir geht es ebenso", antwortete Greg. „Komm, ich habe mein Auto draußen stehen."

Tom folgte Greg aus dem Flughafengebäude. Plötzlich wurde ihm bewußt, daß er zwar voller guter Absichten war, sich zu Hause nützlich zu machen, aber nicht den leisesten Schimmer hatte, wo er eigentlich anfangen sollte.

„Ich denke, du wohnst am besten zunächst einmal bei Marian und mir", sagte Greg und suchte nach einer Möglichkeit, eine Lücke im fließenden Verkehr zu finden. „Oder hattest du andere Pläne?"

„Hm – nein. Allerdings frage ich mich, ob ich vielleicht nicht gleich zu Becky fahren sollte."

Greg schwieg einen Moment, dann sagte er vorsichtig: „Tom, seit unserem letzten Gespräch hat sich einiges ereignet. Deshalb habe ich noch einmal versucht, dich in Reward Cove zu erreichen. Aber als ich dann von deinem eigenen Unfall erfuhr, hielt ich es für besser, damit bis nach deiner Rückkehr zu warten."

„Mein eigener Unfall?“ wiederholte Tom voll böser Ahnungen. „Was ist passiert?“

„Becky hat eine Überdosis Tabletten geschluckt.“

„O nein! Wie geht es ihr?“

„Sie wird wieder in Ordnung kommen. Aber eine Weile war das gar nicht so sicher.“

„Wo ist sie?“

„Sie war in einem Krankenhaus in Leeds. Ich habe dir doch gesagt, daß sie in den Norden wollte, um mit Derek zu sprechen. Ich weiß zwar nicht genau, was sich da abgespielt hat, aber es muß ein Desaster gewesen sein. Sie ging in ihr Hotel zurück und schluckte alle Tabletten, die sie bekommen konnte.“

Tom schüttelte fassungslos den Kopf. „Wer hat sie gefunden?“

„Der Portier.“ Er blickte Tom an, als müsse er sich rechtfertigen. „Ich wußte, daß sie dieses heikle Gespräch führen wollte, und machte mir Sorgen. Also habe ich ziemlich spät in ihrem Hotelzimmer angerufen. Als sie nicht abnahm, bat ich den Portier, ihr Zimmer mit einem Generalschlüssel zu öffnen. Sie wurde gerade noch rechtzeitig ins Krankenhaus gebracht.“

„Gott sei Dank hast du sie angerufen.“ Tom dankte Greg mit einem Lächeln. „Und sie hat es wirklich ernst gemeint? Es war nicht nur ein . . .?“

„Ein Hilferuf? Nein. Das war sehr ernst gemeint.“ Gregs Stimme klang grimmig. „Wenn ich richtig informiert bin, lag sie sogar mehrere Tage im Koma.“

„Ich wußte nicht, daß sie so verzweifelt war“, sagte Tom erschüttert.

„Das wußte keiner von uns“, erwiderte Greg. „Ich beging den Fehler, ihre Hysterie für heiße Luft zu halten . . . Aber ich fürchte, es sitzt sehr viel tiefer.“

Tom nickte. „Sie war in Leeds, hast du gesagt. Und wo ist sie jetzt?“

„In einer privaten Klinik auf dem Land, in der Nähe von York.“ Greg versuchte Tom zu beruhigen. „Es ist eine gute Klinik mit einem ausgezeichneten Ruf. Kleine Gebäude inmitten eines Parks, alles sehr geräumig und vor allem ruhig. Nicht der Hauch einer ‚Anstalt‘. Und die Ärzte sind erstklassig.“

„Hast du mit ihnen gesprochen?“

„Nur kurz, als Marian und ich Becky dorthin gebracht haben.“

„Aber sie wird doch wieder ganz gesund?“

„O ja. Davon waren sie ziemlich überzeugt. Aber sie sagten auch, daß derartige Angstneurosen sehr tief sitzen und schwer zu therapieren sind. Sie braucht viel Zeit."

„Ich möchte sie so schnell wie möglich besuchen."

„Ja. Morgen, Tom. Zunächst einmal mußt du dich ausschlafen."

Tom dachte über die beste Möglichkeit nach, seiner Schwester aus dieser Lebenskrise zu helfen. Wieder erinnerte er sich daran, wie sie als Kind gewesen war: mutig, abenteuerlustig und ohne jede Angst vor dem Leben. Wie hatte es mit ihr nur so weit kommen können?

„Wie alt ist Becky eigentlich genau?" wollte Greg wissen.

Tom überlegte. „Sie muß jetzt vierundvierzig sein. Ein Jahr jünger als ich."

„Das heißt, daß Kit jetzt dreiundzwanzig ist und Jenny gerade einundzwanzig." Er schwieg einen Augenblick lang und setzte dann bitter hinzu: „Sie war sehr jung, als sie Derek heiratete."

Greg hielt vor cinem imposanten Haus, das in einem gepflegten Viertel im Süden Londons lag. „Da wären wir", erklärte er und legte Tom eine Hand auf den Arm. „Tut mir leid, daß ich dir das alles gleich nach deiner Ankunft zumuten mußte."

„Schon gut, es hilft ja nichts, die Augen davor zu verschließen", erwiderte Tom.

„Wenigstens wirst du heute abend ein wenig ausspannen können", versprach Greg. „Marian hat ein Essen vorbereitet. Und vielleicht genehmigen wir uns erst mal einen guten Schluck, du kannst ihn sicher gebrauchen!"

WÄHREND des Abendessens sprachen sie über Toms Pläne für die nächsten Tage.

„Ich muß mir irgendwo eine Wohnung suchen", überlegte Tom laut. „Oder sollte ich vielleicht in Beckys Haus ziehen?"

„Das könntest du, aber es würde dir nicht gefallen", meinte Greg. „Es ist eines von diesen herausgeputzten Häusern mit pseudotraditionellen Bleiglasfenstern in einem überteuerten grünen Vorort. Alles ordentliche Häuser, separate Gärten, und keiner spricht mit dem Nachbarn.

Tom schüttelte den Kopf. „Hat Becky denn dort gar keine Freunde?"

„Kaum", antwortete Marian. „Sie hatte doch nie genügend Zeit, sich irgendwo einzuleben. Immer ging es gleich wieder nach Dubai, Südafrika, Kuwait oder Kalifornien... Ich glaube, in Kalifornien hat sie ein paar gute Freunde."

Tom seufzte. „Es ist zu schade, daß sie sich nicht für die Wohnung in Kalifornien entscheiden will."

„Das Problem ist das Geld", meinte Greg. „Eine Wohnung dort drüben ist schön und gut, wenn man über das nötige Einkommen verfügt. Und das Haus in England läßt sich im Moment leider nicht gut verkaufen."

Tom nickte. Er erkannte, wie glücklich er auf seiner kleinen Insel gewesen war – frei von all diesen Sorgen um Geld und Besitz.

„Und was willst du jetzt tun, Tom?" fragte Greg. „Abgesehen davon, daß du dich um Becky kümmern wirst, meine ich."

Tom sah ihn skeptisch an. „Ich weiß es noch nicht... Schließlich habe ich mich nach dieser Katastrophe aus der Werbeagentur zurückgezogen und geschworen, nie wieder zurückzugehen."

„Kannst du es dir denn leisten, nur zu malen?"

„Wenn ich allein lebe, schon. Ich war sehr zufrieden ohne großartige materielle Besitztümer. Aber jetzt, da ich an Becky denken muß, weiß ich nicht recht..."

Kurze Zeit war es still, und alle hingen ihren Gedanken nach, doch dann meinte Greg entschlossen: „Jetzt aber genug gegrübelt für heute. Wir diskutieren weiter, nachdem du Becky gesehen hast."

DAS TAXI setzte Tom auf dem Klinikgelände ab. Er stieg aus und sah sich um. Die ganze Anlage glich einem großen, friedlichen Park. In der Ferne sah er Tennisplätze, und auf einem kleinen Hügel konnte er ein Café erkennen, vor dem einige Patienten in der Frühlingssonne saßen.

Diese Umgebung müßte ihr eigentlich ganz gut bekommen, dachte Tom. Seufzend begab er sich auf die Suche nach seiner Schwester.

Er traf sie auf ihrem Bett liegend an. Becky war noch immer schlank, und nur wenige graue Strähnen durchzogen ihr volles kastanienbraunes Haar. Noch immer hatte sie etwas von der Grazie des Mädchens, mit dem er aufgewachsen war. Im Moment allerdings wirkte sie herzzerreißend zerbrechlich.

„Becky?" fragte er leise. Er nahm sie in die Arme und zog sie eng an sich, während ihr ganzer Körper von Schluchzen erschüttert wurde.

„Es tut mir leid", sagte sie immer wieder. „Es tut mir leid, aber ich wollte wirklich sterben."

„Du bist doch noch so jung, Becky", redete er ihr zu. „Du hast noch ein ganzes Leben vor dir."

Sie schüttelte nur hilflos den Kopf. „Was für ein Leben denn? Die Familie gibt es nicht mehr, und Derek ist fort. Ich weiß nicht mehr, wohin ich gehöre."

„Du gehörst zu mir", beruhigte sie Tom. „Es wird alles wieder gut."

„Aber ich habe nicht genug zum Leben, es sei denn, ich verkaufe das Londoner Haus, doch dann weiß ich nicht, wo ich wohnen soll..." Ihre Stimme nahm einen klagenden Ton an.

„Du hast mehr als genug zum Leben, Becky", erklärte er energisch. „Und wir können uns eine gemeinsame Wohnung mieten, irgend etwas, das uns gefällt."

Lange redete Tom beruhigend auf sie ein. Immer wieder entwarf er neue, positive Bilder von ihrer Zukunft, aber er hatte das Gefühl, sie nicht überzeugen zu können. Sobald er Atem holte, brachte sie neue Einwände vor, und obwohl sie sich auf seine Argumente zu konzentrieren versuchte, schweiften ihre Gedanken unablässig ab.

Schließlich überredete Tom sie dazu, ihr Zimmer für kurze Zeit zu verlassen, um sich mit ihm vor dem kleinen Café in die Sonne zu setzen.

Zuerst machte sie einen sehr gefaßten und vernünftigen Eindruck. Sie trank ruhig ihren Kaffee, während Tom ihr von seinem Leben auf Little Reward erzählte. Doch dann brach sie ganz unvermittelt in Tränen aus. „Er will mich nicht mehr", schluchzte sie verzweifelt. „Weißt du, er hat mir vorgeworfen, ich hätte nie in der Öffentlichkeit seine Hand gehalten, ihn nie vor aller Welt geküßt und ihm gesagt, daß ich ihn liebe, so wie Moyra das jetzt tut." Sie starrte ihn betrübt an. „Wie hätte ich das tun sollen, Tom? Nach fünfundzwanzigjähriger Ehe? Das ist doch unmöglich."

Insgeheim stimmte Tom zu und dachte, wie schlau sich diese Moyra den Mann seiner Schwester geangelt hatte und wie unvorstellbar gefühllos Derek war, Becky all das auch noch zu erzählen.

„Weißt du eigentlich", fuhr Becky fort, „daß sie mich hier im Krankenhaus besucht hat? Ich fürchte, ich habe eine Vase nach ihr geworfen."

„Ich kann es dir nicht verdenken", brummte Tom.

Aber Becky hatte genug. Plötzlich umklammerte sie Toms Arm und flüsterte: „Bring mich wieder hinein, Tom. Ich kann es hier draußen nicht mehr aushalten."

Also brachte er sie in ihr Zimmer zurück, wo sie sich aufs Bett legte und das tränenüberströmte Gesicht zur Wand drehte.

Tom sagte ihr, daß er morgen wiederkommen würde. Dann ließ er sie allein.

TOM VERBRACHTE eine ruhelose Nacht in einem stickigen Hotelzimmer. Immer wieder fragte er sich, wie er Becky erreichen, wie er zu der vernünftigen und mutigen jungen Frau vordringen konnte, die er gekannt hatte. Ihre wirkliche Persönlichkeit schien unter der erdrückenden Last ihrer Ängste und Probleme verschüttet zu sein. Wie sollte er sie von dieser Last befreien? In ihren Augen war ihr ganzes Leben vernichtet worden, als Derek sie fallengelassen hatte.

Tom warf sich lange im Bett herum, bevor er endlich in einen unruhigen Schlaf fiel. Schon früh erwachte er vom Gezwitscher der Vögel.

Vogelgezwitscher? Er hatte vergessen, daß er in den englischen Frühling heimgekehrt war. Ich sollte aufstehen und ihn mir ansehen, dachte er, zu Becky muß ich erst am Nachmittag.

Langsam schlenderte er durch die Straßen von York. Pflichtbewußt besuchte er zunächst die Kathedrale. Eine ganze Weile blieb er dort und bewunderte das hoch aufstrebende Deckengewölbe, die hallenden Räume und die herrlichen Farben des von der Sonne angestrahlten Rosettenfensters. Stockend sprach er ein Gebet für Becky, dann ging er wieder ins Freie. Das ist es, was ich brauche: Luft und Weite zum Atmen. Ich werde ins Moor hinausfahren, beschloß er. Aber ist das an einem Vormittag überhaupt zu schaffen? Er machte sich auf die Suche nach einem Schaufenster mit Reiseangeboten und betrat kurze Zeit später das örtliche Fremdenverkehrsamt, um sich informieren zu lassen.

„Warum nehmen Sie nicht an der Bustour zur Rievaulx Abbey teil?" schlug die Angestellte hinter dem Auskunftsschalter freundlich vor. „Dort beginnt das Moor bereits. Die Fahrt dorthin dauert nicht lange, nur eine halbe Stunde oder so."

Tom bedankte sich und fand sich bald darauf in einem modernen Reisebus wieder, der durch das grüne, fruchtbare Tal von York rollte.

Am Ziel angekommen, stieg er mit den anderen Touristen aus und beschloß, sich zunächst einmal das Kloster Rievaulx Abbey anzusehen. Er hatte nicht erwartet, daß die Ruine noch immer so erhaben wirkte. Irgend etwas an diesen unerschrocken in den Frühlingshimmel ragenden Bögen und Pfeilern verzauberte ihn so sehr, daß er sich kaum trennen konnte.

Aber die nahen Hügel lockten ihn, und so begann er schließlich, den gewundenen Pfad hinaufzusteigen.

Das habe ich gesucht, dachte er, als er über das hügelige, sich bis zum Horizont erstreckende Moorland blicken konnte. Verzaubert beobachtete er das Schauspiel der schnell vorüberziehenden Wolken, die ihre Schatten auf die Erde warfen. Und da habe ich Ned Maguire erklärt, England sei zu vollgepfropft, dachte er. Was für ein Narr ich doch war! Glücklich lief er weiter über den federnden Boden. Ein wundervolles Land, um zu malen, dachte er.

Gegen Mittag begann er sich zu fragen, wie er nach York zurückkommen sollte. In der Ferne konnte er die Hauptstraße sehen, die sich einen Hügel hinaufschlängelte. Wenn er einen der abwärts führenden Pfade nahm, würde er vermutlich unten im Tal auf sie stoßen. Überall auf den Hügeln grasten Schafe, weiße Punkte auf dem Grün und Braun. Die Schatten der vorüberziehenden Wolken flogen immer noch über ihn hinweg, und eine trillernde Lerche schoß fast senkrecht vor seinen Füßen in den blauen Himmel empor. Mit einemmal überkam ihn ein Gefühl absoluter Gelassenheit, und die ganze Welt erschien ihm plötzlich wieder neu und wunderschön.

Er lief die letzten Meter des Pfades zur Straße hinunter und sah dort einen Lastwagen stehen, der sich bedenklich nach einer Seite neigte. Eine junge Frau, offensichtlich die Fahrerin, trat wütend gegen eines der Räder.

„Kann ich Ihnen helfen?“ fragte er und lief auf die erboste Frau zu.

„Nur wenn Sie Atlas persönlich sind“, entgegnete sie. „Der Wagenheber rutscht immer wieder ab, und auch die Radmuttern lassen sich keinen Millimeter bewegen.“

Tom lachte. „Vielleicht könnten wir ihn mit Steinen hochbocken.“

Die junge Frau schob sich die bernsteinfarbenen Haare aus den Augen und funkelte ihn gereizt an.

Tom betrachtete schweigend den platten Reifen, dann schlug er vor: „Wie wär’s, wenn Sie sich auf das Radkreuz stellen und auf und ab springen?“

Sie hüpfte etliche Male, wobei ihr lose Haarsträhnen wie Sonnenstrahlen um das Gesicht tanzten. Schließlich gab die erste Mutter eine Spur nach.

„Sie machen das ganz hervorragend", lobte Tom. „Jetzt die anderen Muttern."

Sie schenkte ihm ein flüchtiges Lächeln. „Yes, Sir."

„Ich würde es auch tun", erklärte Tom. „Aber bei meinem Gewicht kippt möglicherweise die ganze Karre um."

Sie nickte und setzte ihr Gehüpfe fort. Bald waren auch die anderen Muttern locker genug, um sich bewegen zu lassen, und sie konnten damit beginnen, den Lastwagen aufzubocken.

„Gut", sagte Tom. „Und nun suchen wir uns Steine."

Gemeinsam schleppten sie Steine heran und schichteten sie unter den Wagen. Mit Hilfe des defekten Wagenhebers hoben sie das Chassis so Stück um Stück an. Schließlich hing das Rad frei über dem Boden, und Tom keuchte: „Nur noch ein paar Steine, und dann schaffen wir es." Wenig später war das Rad gewechselt.

„Vielen Dank", sagte die junge Frau und wischte sich die Hände an einem schmuddeligen Tuch ab. „Ich wüßte nicht, was ich ohne Sie getan hätte." Lächelnd streckte sie ihm ihre Hand entgegen. „Ich heiße Daisy, bekannt als Crazy Daisy. Kann ich Sie irgendwohin mitnehmen?"

„Tom", sagte er und ergriff ihre ausgestreckte Hand. „Ich wollte nach York zurück."

„Dorthin will ich auch", erwiderte Daisy. „Ich muß unterwegs aber ein paarmal anhalten. Sind Sie in Eile?"

Tom zögerte. „Nein. Ich werde erst am Nachmittag erwartet."

„Na, dann steigen Sie ein. Eine gute Tat verdient eine Gegenleistung." Sie bestieg die Fahrerkabine, und Tom kletterte auf der anderen Seite in den Laster. „Diesen Kerl bringe ich um", knurrte sie, als sie den Motor anließ.

„Wen?"

„Ted Wilkens, den Besitzer dieser Schrottkarre. Er hat mir den Laster großspurig für die Sammlung geliehen und getönt, er sei tipptopp in Ordnung!" Energisch legte sie den Gang ein, und der Wagen machte einen Satz nach vorn.

„Lassen Sie es nicht am Laster aus", protestierte Tom grinsend. „Er könnte zurückbeißen."

Grimmig lachte Daisy auf. „Das hat er bereits getan." Dann entspannte sie sich ein wenig und brachte das Fahrzeug in ein ruhigeres Tempo.

„Was für eine Sammlung?" fragte Tom neugierig.

„Für die Hilfsorganisation ‚Relief Aid‘. Wir sind von Zeit zu Zeit mit Hilfsgütern unterwegs.“

„Wohin?“

„Oh, nach Bosnien, Somalia, Ruanda... Wo die Not gerade am größten ist. In diesem Jahr vor allem nach Bosnien und Kroatien.“

„Doch hoffentlich nicht mit dieser Kiste...“

„Keine Angst.“ Sie grinste ihn fröhlich an. „Dieser Laster ist nur für Sammelaktionen in der Umgebung und den Transport zum nächsten Sammelpunkt bestimmt.“

„Bekommen Sie viel gespendet?“

„O ja. Die Menschen sind sehr hilfsbereit. Sie tun, was sie können.“

„Sie selbst tun aber sehr viel mehr“, sagte Tom leise und erinnerte sich nur zu gut an die langen, gefährlichen Fahrten über Berge, durch Schnee und Schlamm, an all die zahllosen Kontrollpunkte, die Heckenschützen und die tödlichen Granaten...

„Nun, was habe ich schon zu verlieren?“ Daisy lächelte.

Ihr Leben, dachte Tom. Aber das sagte er nicht.

Sie hielten unterwegs bei etlichen Farmen, wo Kisten mit Spenden in leeren Scheunen abgestellt waren, und Tom half Daisy dabei, sie auf der Ladefläche des Lasters zu verstauen.

„Das wär's, glaube ich“, verkündete sie nach dem letzten Stopp. „Ich weiß ja nicht, wie es um Sie steht, aber ich bin am Verhungern. Lassen Sie uns Mittagessen gehen.“

In einem einladend aussehenden Dorfgasthaus bestellte Tom zwei Käseplatten mit Brot, dazu ein Bier für sich und für Daisy ein Glas Apfelwein.

„Setzen Sie sich“, sagte Daisy, „und erzählen Sie mir, warum Sie mit diesem kaputten Knie durch die Gegend marschieren. Wie haben Sie sich das eigentlich zugezogen?“

„Ich...“, Tom zögerte, „ich... wurde verletzt.“

„Das sehe ich“, gab Daisy zurück. „Im Krieg?“

Er starrte sie verdutzt an. „Woher wissen Sie das?“

Sie zuckte mit den Schultern. „Keine Ahnung. Mit der Zeit erkennt man so was.“ Sie sah ihn noch immer an und beugte sich plötzlich vor. „Ich glaube, ich kenne Sie. Waren Sie nicht in diese Rettungsaktion verwickelt, die völlig schiefging? Tom Denholm und seine furchtlose Partnerin, Kameras liefen, die Kugeln pfiffen... “

„Hören Sie auf!“ unterbrach Tom sie scharf.

Etwas wie Mitgefühl überflog ihr Gesicht. „Ich erinnere mich... Es gab doch Tote, oder? Und Sie wurden zusammengeschossen, als Sie sie herausholen wollten."

Tom räusperte sich. „So war es nicht. Nicht ganz."

„Wie war es dann?"

Er seufzte. „Das ist eine lange Geschichte, Daisy, und sie ist nicht sehr erfreulich."

„Ich höre", sagte sie.

Tom schüttelte den Kopf. „Ich weiß nicht, wie ich beginnen soll... Also gut, damals arbeitete ich als Grafiker für eine große Werbeagentur. Zu unseren Kunden gehörte ein Pharmaunternehmen, das sein Image aufpolieren wollte. Und so kamen sie auf die Idee, ein bosnisches Krankenhaus mit Medikamenten zu versorgen und ein paar Verletzte herauszuholen."

Daisy schnaufte verächtlich in ihr Glas.

„Es ging ihnen nicht um Bosnien", fuhr Tom bitter fort. „Oder um die Sicherheit des Teams. Und so wählten sie eine ihrer Angestellten aus – die jüngste und hübscheste, die sie finden konnten –, damit sie mich begleitete. Gemeinsam mit ihr sollte ich die Verhandlungen führen und dafür sorgen, daß die Medikamente an Ort und Stelle kamen. Vor allem aber sollte ich alles hautnah miterleben, damit ich es in ihrer nächsten Werbekampagne illustrieren könnte. Suzi war aufgetragen worden, lächelnd die Medikamente zu übergeben und die Verletzten in Empfang zu nehmen, immer noch lächelnd."

Daisy starrte ihn ungläubig an. „Wußten die denn nicht, was da los ist?"

„Kaum. Sie können sich nicht vorstellen, wie sehr man in einem Londoner Wolkenkratzer aus Glas und Chrom von der Realität abgeschottet ist. Also gaben sie uns ein paar Leute mit und einen Ersatzfahrer, aber keine weiteren Instruktionen. Es war genau die Art von leichtfertigem Abenteuer, die die Vereinten Nationen am meisten verabscheuen." Tom verfiel in nachdenkliches Schweigen. „Ich kannte Suzi", fuhr er dann fort. „Aus London, meine ich. Wir hatten uns durch die Arbeit kennengelernt und mochten uns." Er nahm einen Schluck Bier und bemühte sich, gefaßt zu bleiben. „Sie war jung und idealistisch. Sie hatte keine Ahnung, worauf sie sich da einließ. Aber in diesem gefährlichen Kriegsgebiet darf man sich keine Verwegenheit leisten. Sie hat sich nicht an die Regeln gehalten."

„Und...?"

„Der Platz lag unter ständigem Beschuß. Aber ein Kind sah unseren Laster und kam herbeigerannt. Und Suzi lief ihm entgegen. Sie wußte, daß sie das nicht tun durfte, aber sie tat es. Wer könnte ihr Vorwürfe machen?“ Er schwieg, schloß die Augen und sah den Platz vor sich: die zerbombten Gebäude, den Rauch, die Trümmer um sie herum und das Kind, das auf dem Pflaster lag.

„Die nächste Granate traf sie beide“, sagte er, „gerade als ich zu ihnen hinauslaufen wollte – und gleichfalls gegen die Regeln verstieß. Es war so unsinnig“, murmelte er. „Sie konnte das Kind nicht retten. Und ich konnte sie nicht retten.“

„Sie war mehr als eine Kollegin, oder?“ fragte Daisy leise.

Er nickte. „Ich. . ., wir standen uns sehr nahe, ja. Wir wollten im Sommer heiraten.“ Er schwieg einen Moment, dann brach es zornig aus ihm heraus: „Nie hätten sie einen so jungen Menschen schicken dürfen. Es war eine solche Vergeudung. . . “

„Ich weiß nicht“, widersprach Daisy. „Ich kann mir keinen besseren Tod vorstellen, als wenn man versucht, ein Kind zu retten. Irgend etwas muß man doch tun.“

Tom schwieg. Aber er verstand jetzt besser, was für ein Mensch Daisy war.

„Ich weiß nicht, warum ich Ihnen das alles erzähle“, meinte er unsicher.

Sie lachte. „Weil ich Sie danach gefragt habe.“ Sie deutete auf seinen Teller. „Kommen Sie, essen Sie etwas. Was geschehen ist, ist geschehen. Und es gibt noch viel zu tun!“

Tom fühlte sich unendlich erleichtert. Sie verstand ihn.

„Schauen Sie, die Schatten der Wolken“, murmelte sie mit vollem Mund.

„Was?“

„Ich lebe hier auf diesen Hügeln – wenn ich zu Hause bin. Mein Vater hat eine Schaffarm.“ Daisy deutete zum Fenster, vor dem sich die sonnenüberflutete Landschaft erstreckte. „Wolken ziehen vorüber, und für einen Moment verdunkeln ihre Schatten das Moor. Aber das geht vorbei.“

Schatten verdunkeln das Moor, wiederholte Tom im stillen. Und er dachte nicht nur an Suzi, sondern auch an seine Schwester Becky mit ihren Problemen. „Sie sind eine seltsame Mischung, was, Crazy Daisy?“ sagte er und lächelte sie an. „Einerseits sind Sie so praktisch und robust, sammeln Spenden ein und fahren mit Lastern in Kriegsgebiete. Und dann werden Sie poetisch und schwärmen von Wolken, die Schatten aufs Land werfen!"

„Praktisch zu sein heißt nicht, daß man nicht auch das Schöne der Welt erkennen kann!" entgegnete Daisy. „Und gerade Kriegsgebiete wecken in mir die Sehnsucht nach dieser weiten, friedlichen Landschaft."

Tom sah sie erstaunt an. „So jung und schon so weise."

Daisy lächelte. Und um ihn abzulenken, fragte sie schließlich: „Was machen Sie eigentlich hier in der Gegend? Sie leben doch nicht hier, oder?"

„Nein." Tom kam nur zögernd in die Gegenwart zurück. „Im Augenblick lebe ich eigentlich nirgendwo. Ich bin hier, um meine Schwester in der Greenbanks Klinik zu besuchen."

Daisy wußte anscheinend, was der Name bedeutete. „Das tut mir leid . . . Wollen Sie mir davon erzählen?"

Tom fragte sich, ob er es tun sollte, aber dann erzählte er Daisy alles über Becky und ihre verzweifelte Situation.

„Vielleicht sollten Sie mit ihr nach Bosnien fahren", sagte Daisy. „Zeigen Sie ihr, wie es wirklich ist, kein Zuhause zu haben, kein Essen und kaum Wasser."

Tom nickte. „Sie haben recht . . . Sie ist ihr Leben lang entsetzlich behütet und verwöhnt worden. Aber ich glaube nicht, daß sie jetzt schon in der Lage ist, sich der Wirklichkeit zu stellen."

Tom wußte, daß noch einige Zeit vergehen mußte, bis Becky wieder imstande war, sich selbst und ihre Umwelt klar zu erkennen.

Daisy schob ihren Teller zur Seite. „Wir müssen los. Ich habe in York noch einiges zu erledigen. Soll ich Sie bei der Klinik absetzen?"

„Nein." Tom schüttelte den Kopf. Er wollte nicht, daß Daisy mit ihrer lebensfrohen Ausstrahlung auch nur ansatzweise mit Beckys düsterer Welt in Berührung kam. „Setzen Sie mich einfach ab, wo es für Sie am bequemsten ist."

„Gut." Sie fuhren durch die hügelige Landschaft hinunter in die weite Ebene von York und hielten schließlich bei einem Taxistand am Rand der Stadt.

Tom stieg aus und überlegte gerade, wie er sich von ihr verabschieden sollte, als sie ihm kurz zuwinkte und den Motor wieder anließ.

„He!" rief er erschrocken. „Daisy, ich habe ja nicht mal Ihre Adresse!"

Daisy kramte in ihrer Tasche und angelte eine Visitenkarte heraus.

Auf der Karte stand RELIEF AID, DAISY BELLINGHAM und eine Adresse in Yorkshire sowie eine im Londoner East End. „Und was ist mit Ihnen?"

„Ich habe noch keine Adresse", sagte Tom. „Aber ich melde mich bei Ihnen."

„Tun Sie das, Tom Denholm", erwiderte sie ernst. „Ich warte darauf." Und schon fädelte sie sich in den fließenden Verkehr ein.

Tom sah ihr einen Augenblick gedankenverloren nach. Dann stieg er in ein Taxi und fuhr zur Greenbanks Klinik.

DR. MORRIS BRADLEY war ein kleiner, drahtiger Mann mit durchdringend dreinschauenden grauen Augen. Er saß hinter seinem Schreibtisch und musterte Tom aufmerksam. „Mir ist bewußt, daß diese Dinge ihre Zeit brauchen", begann Tom vorsichtig, „aber ich hoffe, Sie können mir sagen, auf welche Weise ich meiner Schwester helfen kann."

Dr. Bradley seufzte. „Sie befindet sich in einer schweren Persönlichkeitskrise. Das war ein ernster Schlag für ihr Selbstwertgefühl. Die Demütigung, von jemandem zurückgewiesen zu werden, den man liebt, dem man vertraut – das ist schwer zu akzeptieren." Er hielt kurz inne. „Das Problem ist", fuhr er fort, „daß die Gesellschaft, in der wir heute leben, falsche Prioritäten setzt. Man hat uns beigebracht, Reichtum und soziale Stellung extrem hoch zu bewerten – Häuser, Autos, Kleidung, Urlaubsreisen in ferne Länder – all diese Statussymbole sind so wichtig geworden. Aber wenn uns diese Krücken, auf die sich unsere Eitelkeit stützt, plötzlich entzogen werden, haben wir nichts, worauf wir zurückgreifen können." Er sah Tom an. „Hat Ihre Schwester eigentlich irgendwelche Hobbys oder sonstige Interessen, die sie von ihren Problemen ablenken könnten?"

„Ich glaube nicht... In ihrer Jugend war sie ein aktiver, sportlicher Typ. Sie ritt gern und veranstaltete Picknicks und Ausflüge. Sie war damals sehr unternehmungslustig." Vor seinem inneren Auge tauchte das Bild eines langbeinigen, lachenden Mädchens mit fliegenden Haaren auf, das auf einem braunen Pony die Umgebung durchstreifte. Er seufzte tief und setzte verlegen hinzu: „Nach ihrer Heirat habe ich sie seltener gesehen. Sie und Derek waren ständig unterwegs, von einem Treffpunkt der Reichen und Schönen zum nächsten. Ich fürchte, ich gehörte nicht mehr zu ihrer Welt."

„Und was ist Ihre eigene Welt?" erkundigte sich Dr. Bradley lächelnd.

Tom sah ihn verdutzt an. „Ich weiß nicht recht, was ich darauf antworten soll. Ich arbeitete als Grafiker in einer Werbeagentur, aber das habe ich vor einigen Jahren aufgegeben."

„Warum?"

„Dieser ganze Kommerz ekelte mich einfach an. Jeder ist rücksichtslos, entwickelt eine knallharte Ellenbogenmentalität. Ich ..., ich wollte da nicht mehr mitmachen."

„Und was genau hat Ihre veränderte Einstellung ausgelöst?" hakte Dr. Bradley nach.

Tom starrte ihn an. „Sie sind ziemlich beharrlich. Warum wollen Sie das wissen?"

„Wenn Sie Ihrer Schwester helfen wollen, ist Ihre Lebenseinstellung nicht ganz unwichtig – besonders wenn sie, wie ich annehme, beträchtlich gesünder ist als die ihre oder die ihres Mannes."

Tom rang sich ein Lächeln ab. „Okay, das leuchtet mir ein."

Und so schilderte Tom dem Arzt die mißlungene PR-Kampagne, die die Agentur für das Pharmaunternehmen durchgeführt hatte, mit all ihren haarsträubenden Details, und endete mit dem schrecklichen Tod von Suzi und dem Kind.

„Den letzten Ausschlag gab eine Bemerkung, die ein Direktor der Pharmafirma gegenüber einem meiner Vorgesetzten äußerte: ‚Das mit Suzi ist natürlich sehr bedauerlich, aber es war eine hervorragende Werbung für uns!‘"

Dr. Bradley schnaubte verächtlich. „Kein Wunder, daß Sie gekündigt haben. Wohin sind Sie daraufhin gegangen?"

„Ich landete auf einer Insel im Norden Neufundlands. Dort habe ich hauptsächlich Vögel und Seehunde beobachtet ... und ein wenig gemalt." Er blickte auf. „Ich wollte eigentlich gar nicht zurückkommen. Ich habe keine große Lust, mich wieder in diesen Konkurrenzkampf zu stürzen."

„Könnten Sie sich's denn leisten, darauf zu verzichten?"

Tom hob die Schultern. „Ich schon. Aber Becky wird Unterstützung brauchen, auch finanzielle."

„Wenn meine Vermutungen stimmen, brauchen Sie sich in dieser Hinsicht keine Sorgen zu machen. Sie wird nur lernen müssen, ihre Ansprüche ein wenig herunterzuschrauben."

Ein Lächeln der Erinnerung erhellte Toms Gesicht. „Heute hat mir jemand geraten, mit ihr ins ehemalige Jugoslawien zu fahren."

Dr. Bradley wirkte höchst interessiert. „Wer war das?"

„Eine junge Frau, die mit dem Lastwagen Hilfsgüter transportiert. Ihr Name ist Daisy Bellingham."

„Oh, Crazy Daisy." Dr. Bradley lächelte. „Jedermann kennt Daisy. Sie ist einfach großartig."

„Das finde ich auch", stimmte Tom ihm zu. „Aber was kann ich im Moment für Becky tun?"

„Sie wird noch ein paar Wochen bei uns bleiben, um ihre Therapie zu beenden", erklärte der Arzt. „Es ist sicherer für sie, wenn wir die Dosierung der Antidepressiva bestimmen. So kann sie sie nicht horten. Außerdem bieten wir hier eine Gruppentherapie an, die in den meisten Fällen sehr erfolgreich ist."

„Ich habe bisher noch keine Wohnung. Sollte ich mich vielleicht hier um eine Unterkunft bemühen, damit ich sie jeden Tag besuchen kann?"

„Nein, das halte ich für keine besonders gute Idee", entgegnete Dr. Bradley. „Ein Teil ihrer Probleme besteht darin, daß sie sich in der Vergangenheit zu sehr darauf verlassen hat, daß ihr Mann alles für sie regelt. Jetzt muß sie lernen, die Dinge selbst in die Hand zu nehmen. Wenn Sie es ihr allzu leicht machen, wird sie in Ihnen den nächsten Rettungsanker sehen. Das wäre für Ihre Schwester nicht gut und eine zu große Belastung für Sie selbst."

Tom sah ihn dankbar an. „Sie sind sehr direkt."

„Es hat keinen Sinn, um den heißen Brei herumzureden", meinte Dr. Bradley. „Besuchen Sie Ihre Schwester einmal wöchentlich. Fordern Sie sie auf, Zukunftspläne zu machen, aber treffen Sie auf keinen Fall die Entscheidungen für sie." Er machte eine kleine Pause und setzte dann trocken hinzu: „Vielleicht könnten Sie den Ehemann dazu bewegen, die Scheidung zügig und ohne weitere Komplikationen einzureichen."

„Das werde ich tun", erklärte Tom. „Ich bin ohnehin fest entschlossen, ihm einen Besuch abzustatten."

Dr. Bradley verzog sein Gesicht zu einem grimmigen Lächeln. „Schlagen Sie nicht zu hart zu", sagte er.

DIESMAL wartete Becky bereits auf ihn. Sie war aufgestanden, hatte sich angezogen, das Haar gekämmt und sogar ein wenig Make-up aufgelegt. „Du siehst sehr viel besser aus", stellte Tom erleichtert fest.

Sie zeigte ein Lächeln. „Mir geht es heute auch sehr viel besser."

Sie schlenderten wieder zu dem kleinen Café hinüber und setzten sich an einen der Tische.

„Ich werde das Haus verkaufen", sagte sie plötzlich. „Und die Wohnung in Kalifornien ebenfalls. Ich will sie nicht mehr." Sie blickte ihren Bruder entschlossen an. „Ich will nichts mehr, das Derek gehört hat."

Tom nickte. „Hört sich gut an. Brich die Brücken ab, und fang noch mal von vorne an."

„Irgendwo etwas ganz Neues anfangen..." Sie holte tief Luft. „Ich würde mir jetzt am liebsten die Kleidung vom Körper reißen und mich in frisch gefallenem Schnee wälzen. Hört sich das nicht verrückt an?"

„Ach wo!" Seine Augen blitzten schalkhaft. „Norweger machen das täglich!"

Sie lachte. „Aber vermutlich gibt es noch andere Möglichkeiten, sich das alte Leben abzustreifen?"

„Unendlich viele", Tom lächelte. „Hier gibt es doch sicher ein Schwimmbad, oder?"

„Ja, aber ich war noch nie dort."

„Klares, kühles Wasser ...", schwärmte Tom, der spürte, wonach ihr der Sinn stand. „Was hältst du davon, wenn wir es jetzt gleich ausprobieren? Ich komme gerne mit, wenn du magst. Ich bin sicher, daß ich mir irgendwo eine Badehose leihen kann."

„Hättest du dazu wirklich Lust?" Ihr Lächeln schien ihm beinahe kindlich und voller Dankbarkeit.

Er stand auf und reichte ihr die Hand. „Klar. Also, auf geht's."

Becky ergriff sie, hielt sie einen Augenblick ganz fest und fragte mit leiser Stimme: „Bin ich nicht eine unzumutbare Belastung für dich, Tom?"

„Selbstverständlich nicht!" erklärte er voller Überzeugung. „Es war ohnehin Zeit, daß wir uns wieder besser kennenlernen. Ich war zu lange fort."

Noch immer war ihr Blick von tiefer Dankbarkeit erfüllt. „Du warst immer so nett zu mir – mein großer Bruder", sagte sie.

Ihr Verhalten beunruhigte ihn ein wenig. Er wollte nicht, daß sie allzu große Dankbarkeit für ihn empfand – mit diesem Gefühl ließ sich nicht unbeschwert leben.

„Hier ist es", sagte sie. Es war ein langgestrecktes, flaches Gebäude mit einem Glasdach und riesigen Fenstern, die im Sommer entfernt werden konnten. Doch jetzt, im Frühling, waren sie geschlossen, die

Luft war warm und das Wasser angenehm temperiert. Für Patienten, die keine Badesachen dabeihatten, standen Badeanzüge und Badehosen zur Verfügung, und Becky wählte leicht nervös einen schwarzen Einteiler aus.

Tom und sie sprangen ins Becken und bewegten sich mit kräftigen Kraulbewegungen durchs Wasser. Becky war schon immer eine gute Schwimmerin gewesen, aber Tom ließ sie nicht aus den Augen für den Fall, daß sie in Schwierigkeiten kam oder sich einfach sinken ließ. Ihm war bewußt, daß die Verzweiflung trotz ihrer momentan gelassenen Stimmung noch immer da war.

Jetzt trieb sie in Rückenlage mit geschlossenen Augen im Wasser. „Klar und kühl", wiederholte sie Toms Worte. „Ich fühle mich schon sehr viel wohler."

Er schwamm auf sie zu. „Sobald du hier rauskommst, schwimmen wir im Meer."

Sie wandte den Kopf und lächelte ihn an. „Das wäre schön." Aber irgendwie lag ein Hauch von Skepsis in ihrer Stimme.

Gemeinsam kletterten sie aus dem Becken und setzten sich kurz an den Rand. Plötzlich sagte Tom: „Becky, du wirst es doch nie wieder versuchen, oder?"

Sie antwortete nicht sofort und sah ihn auch nicht an. Aber schließlich meinte sie fast etwas trotzig: „Ich kann es gar nicht. Sie geben mir ja nur Tabletten für einen Tag!"

DEREK hatte vorgeschlagen, sich mit Tom in einem Hotel in Leeds zu treffen. Tom beschloß, vorher noch einige Erkundigungen einzuziehen. Was machte Derek eigentlich in Leeds? Eine nordenglische Industriestadt war kaum der typische Tummelplatz für jemanden wie Derek, der an die Metropolen dieser Welt gewöhnt war. Es mußte die Heimatstadt seiner neuen Freundin sein. Wahrscheinlich hatte sie darauf bestanden, daß er mit ihr zusammen ihre Eltern besuchte – ein geschickter Schachzug, um sicherzugehen, daß er auch fest an der Angel hing.

Tom schämte sich ein wenig, diese voreiligen Schlüsse zu ziehen, dennoch schlenderte er durch die Stadt, um einen Blick auf die Adresse zu werfen, die ihm Becky gegeben hatte. Schließlich stand er vor einem schmalen Reihenhaus in einem der schäbigeren Vororte. Das paßt, dachte er boshaft. Kein Wunder, daß Moyra versucht hatte, aus dieser Umgebung in die Arme eines wohlhabenden Mannes zu entfliehen. Ich frage mich, ob er die Unverschämtheit besitzt, sie mitzubringen.

Er kehrte zum Hotel zurück und saß bereits mit einem Drink in der Hotelbar, als Derek hereinkam – allein.

„Hallo, Tom. Wie ich sehe, hast du schon einen Drink." Er winkte einen Kellner heran. „Moyra wird später zu uns stoßen. Ich dachte, du solltest sie kennenlernen."

„So?" Tom hob die Augenbrauen und blieb sitzen.

Derek nahm ihm gegenüber in einem Sessel Platz. Es würde mit Sicherheit ein unangenehmes Gespräch werden. „Wie geht es Becky?" fragte er und versuchte besorgt zu klingen.

„Nicht besonders gut", erwiderte Tom, verzichtete aber auf weitere Erklärungen.

„Möchtest du etwas Bestimmtes mit mir bereden?" Dereks Stimme nahm den unpersönlichen Tonfall eines Geschäftsmannes an.

„Ja", sagte Tom. „Ich will mit dir über die Unterhaltszahlungen sprechen."

Derek tat gekränkt. „Ich glaube, ich war bereits mehr als großzügig."

„Tatsächlich? Zwei unverkäufliche Immobilien und kein regelmäßiges Einkommen?"

„Die Eigentumswohnung in Kalifornien ist keineswegs unverkäuflich."

„Woher weißt du das? Ich bezweifle, daß sie ihr genug einbringen kann, um auf Dauer davon zu leben. Und falls es deiner Aufmerksamkeit entgangen sein sollte: In England gab es eine Rezession, die sich nachteilig auf den Immobilienmarkt ausgewirkt hat."

„Ich bin sicher, daß das Haus verkauft werden kann." Dereks Stimme klang glatt und unverbindlich.

„Also, dann verkauf du es", zischte Tom. Als Dereks Augen groß wurden, setzte er ruhiger hinzu: „Ich glaube, du bist dir über die Situation deiner Frau nicht ganz im klaren. Du kennst dich mit solchen Geschäften aus. Becky nicht."

Derek zuckte mit den Schultern. „Das ist nicht meine Schuld. Kann sie sich nicht einen Berater suchen?"

„Das hat sie getan. Sie wollte sich einen Anwalt nehmen, aber du warst dagegen."

Derek verzog das Gesicht. „Ich hielt den, den sie bereits hatte, für völlig ausreichend."

„Das glaube ich gern. Ein einfacher Provinzanwalt ohne jede Ahnung von internationalen Geldgeschäften. Den kannst du doch nach Belieben über den Tisch ziehen."

„Und was verlangst du nun von mir?" fragte Derek.

„Daß du ausreichend für sie sorgst, damit sie sich nicht krummlegen muß, um Jenny in Kalifornien und Kit in England besuchen zu können."

„Ich dachte, das hätte ich bereits getan."

„Zufällig kenne ich dein augenblickliches Einkommen, Derek. Es beläuft sich auf dreihunderttausend Pfund im Jahr. Nach der geltenden Gesetzgebung steht Becky die Hälfte davon zu."

Derek wirkte immer mürrischer. „Ich habe jetzt neue Verpflichtungen."

„Das heißt aber nicht, daß du deine alten einfach abschütteln kannst."

Offensichtlich war genau das Dereks Absicht gewesen. „Die Immobilien bringen jede Menge Bargeld. Sie sind alles, was ich besitze."

Sie schwiegen eine Weile, bis Tom sagte: „Wie konntest du ihr das antun, Derek? Nach fünfundzwanzig Jahren Ehe?"

Derek sah ihn verwundert an. „Nach fünfundzwanzig Jahren werden die Dinge schal. Bei Moyra fühle ich mich wieder jung. Ich habe nur ein Leben."

„Becky auch."

Danach gab es nicht mehr viel zu sagen. Tom hatte sein Bestes getan, um Beckys Interessen zu vertreten. Aber es war eindeutig, daß Derek zu sehr mit seinem neuen Leben beschäftigt war, um sich auch nur ansatzweise Beckys gegenwärtige Situation vorzustellen. Tom bezweifelte, daß er überhaupt genügend Einfühlungsvermögen besaß, um zu verstehen, was sie durchmachte.

„Ich werde Beckys neuen Anwalt bitten, sich mit dir in Verbindung zu setzen", sagte er ruhig. „Der Rest liegt bei dir. Aber vielleicht solltest du wissen, daß ich ihn auffordern werde, sehr energisch vorzugehen, falls du Becky weiteren Ärger machst."

„Gut", meinte Derek. „Belassen wir es dabei."

In diesem Moment erschien, wie auf ein Stichwort, Moyra mit hohen Absätzen und klingelnden Armreifen in der Hotelbar. „Darling", rief sie, „komme ich zu früh?" Sie umschlang ihn von hinten und hauchte ihm einen Kuß auf den Kopf.

Moyra war jung, attraktiv und strotzte vor Gesundheit und Energie.

„Nein", sagte Derek und klang dabei lächerlich verliebt. „Du kommst nie zu früh!" Er sprang auf und küßte sie.

„Gehen wir heute abend aus? Im „Caledonian" findet ein schottischer Tanzabend statt. Reels, Strathspeys und so weiter."

„Klingt nach viel Bewegung."

„Natürlich. Und nach jeder Menge Spaß." Mit leuchtenden Augen wandte sie sich an Tom. „Kommen Sie auch?"

„Nein." Tom stand auf. „Das ist nichts für mich." Und für Derek auch nicht, sagte er sich. Sie wird noch dafür sorgen, daß er einen Herzanfall bekommt.

„O wie schade", seufzte sie übertrieben enttäuscht. „Es wäre so nett gewesen. Ich möchte, daß wir Freunde werden."

Tom starrte sie fassungslos an. Er sah keine Möglichkeit zu antworten, ohne grob zu werden. Schließlich wandte er sich an Derek und fragte ganz unschuldig: „Übrigens, ist dies hier das Hotel, in dem Becky gewohnt hat?" Etwas trieb ihn dazu, in diesen selbstgefälligen Menschen ein Gefühl von Reue zu wecken. Er wollte ihnen ihre Mitschuld an Beckys Selbstmordversuch bewußtmachen.

„Nein", erwiderte Derek und wurde rot. „Ist es nicht."

Ein peinliches Schweigen breitete sich aus, dann sagte Moyra: „Das mit Becky hat mir sehr leid getan. Ich hatte nie die Absicht, ihr weh zu tun."

„Tatsächlich?" meinte Tom. „Sie überraschen mich."

Und dann ließ er sie stehen – bevor er in Gefahr geriet, Moyra zu erwürgen und Derek durchzuschütteln.

TOM KEHRTE nach seiner Unterhaltung mit Derek nicht sofort zu Becky zurück. Er wollte in ihr keine Hoffnungen auf eine annehmbare Übereinkunft wecken, bevor er mit dem Anwalt gesprochen hatte und es realistische Zugeständnisse von seiten Dereks gab. Besser, ich warte bis zur nächsten Woche, sagte er sich. Vielleicht gibt es bis dahin schon Neuigkeiten.

Und so nahm er den Zug nach London, um bei Greg zu übernachten. Am nächsten Morgen suchten Tom und Greg den Anwalt auf, den Greg Becky empfohlen hatte, weil er ihn für den fähigsten und energischsten seines Fachs hielt. Toms erster Eindruck schien diese Meinung zu bestätigen. Austen Bennett war verbindlich und zuvorkommend, und aus seiner Stimme konnte man einen hartnäckigen Unterton heraushören.

„Also soll ich den Fall übernehmen?" erkundigte er sich.

„Darum bitte ich Sie", erwiderte Tom. „Setzen Sie sich über alle Einwände von Dritten hinweg."

Ein schwaches Grinsen erhellte das blasse Gesicht des Anwalts. „Ich muß gestehen, daß es mich doch überrascht hat, als mir der Ehemann meiner Klientin den Fall entzog."

„Wenn Sie ihn kennen würden, hätte es Sie keineswegs überrascht", antwortete Tom verdrießlich. Dann aber fragte er sich, ob er nicht vielleicht doch ein wenig unfair war, und schilderte seine Unterhaltung mit Derek so unvoreingenommen wie möglich. „Ich habe bereits ein paar Erkundigungen über die finanzielle Situation des Ehemannes eingezogen", antwortete Austen Bennett. „Es sollte nicht allzu schwierig sein, Vorschläge für eine finanzielle Unterstützung auszuarbeiten, die mit Sicherheit auch vor Gericht Bestand hätten."

„Aber Sie werden hart vorgehen müssen", warnte Tom.

Bennett lächelte. „Seien Sie davon überzeugt, Mr. Denholm, daß ich das tue. Besonders, wenn man versucht, mir Steine in den Weg zu legen."

Tom erwiderte das Lächeln und fühlte sich ungemein beruhigt.

NACHDEM sich Greg auf den Weg zur Arbeit gemacht hatte, hielt es Tom für angebracht, Beckys Haus einen Besuch abzustatten. Sie hatte ihm die Schlüssel gegeben, und er wollte sich vergewissern, daß alles in Ordnung war, und die Post mitnehmen.

Das Haus lag in einem grünen Vorort. Gepflegte Gärten versteckten sich hinter adretten Ligusterhecken, und alle Haustüren waren fest verschlossen. Weder in den Gärten noch auf den Straßen war eine Menschenseele zu sehen. Die Gegend wirkte wie ausgestorben.

Als er vor Beckys Tür stand und gerade den Schlüssel ins Schloß stecken wollte, kam es ihm so vor, als hätte er im Garten neben dem Haus eine Bewegung bemerkt. Er beschloß, der Sache auf den Grund zu gehen.

Ein Mann beugte sich mit dem Rücken zu Tom über eines der Blumenbeete und lockerte den Boden zwischen den sprossenden Tulpenzwiebeln auf.

„Guten Tag", sagte Tom freundlich.

Der Fremde zuckte zusammen und fuhr hoch. „Mein Gott, haben Sie mich erschreckt!" Es war weder ein altes noch junges, aber ein freundliches Gesicht, wenn auch im Moment eine Spur skeptisch.

„Ich bin Tom Denholm." Er streckte die Hand aus.

„Einer von Dereks Freunden?“

„Nein. Beckys Bruder.“

Der Mann nickte und ergriff erst jetzt Toms Hand. „Bob Nerris. Ich wohne in der nächsten Straße und kümmere mich um ihren Garten, solange sie fort ist.“ Er brach ab und fügte dann hinzu: „Wie geht es ihr denn?“

Tom zögerte. „Sie wissen, was geschehen ist?“

„Nun ja, Mrs. Selwyn kam, um ein paar Sachen für sie zu holen. Und meine Frau Mary wußte, wo die zu finden waren. Sie putzt für Becky, müssen Sie wissen, und die beiden verstehen sich recht gut.“

Tom merkte, daß Bob und seine Frau in Beckys Leben sehr viel mehr waren als bloß Gärtner und Haushaltshilfe. „Ich muß für Becky auch einige Dinge zusammensuchen“, erklärte er. „Vielleicht können Sie mir sagen, wo ich sie finde?“

„Vielleicht“, meinte Bob zweifelnd. „Aber ich würde lieber Mary holen. Sie weiß es mit Sicherheit. Ich könnte sie schnell anrufen.“

„Dann kommen Sie doch mit hinein!“ Tom machte eine einladende Handbewegung. „Und bitten Sie sie, ein bißchen Milch mitzubringen. Dann können wir uns einen Tee aufbrühen.“

„Das ist ein Wort“, stimmte Bob lachend zu.

SIE SETZTEN sich um den Küchentisch und tranken Tee. Mary war ein bißchen jünger als Bob, etwas mollig und hatte viel gesunden Menschenverstand.

„Sie hätte nie hierherziehen dürfen“, erklärte sie Tom überzeugt. „Sehen Sie sich doch diese Nachbarschaft an. Keiner kennt den anderen. Alle sind vom frühen Morgen an in London, um zu arbeiten oder sonstwas zu tun. Sie saß hier herum und konnte den ganzen Tag mit keiner Menschenseele reden.“

„Weshalb ist sie eigentlich hergezogen? Wissen Sie das?“

„Weil Derek das Haus damals, als es ihr nicht gutging, für sie gekauft hat. Der Arzt hatte damals gemeint, sie solle endlich irgendwo seßhaft werden und nicht dauernd durch die Weltgeschichte reisen.“

„Ich wußte gar nicht, daß sie schon einmal krank war. Wann war das denn?“

„Oh, so lange ist das noch gar nicht her.“ Mary sah Bob mit ihren blauen Augen fragend an. „Vor zwei Jahren?“

„Ja.“ Bob nickte. „Ungefähr.“

„Sie hielt sich damals irgendwo im Nahen Osten auf, weil Derek dort zu tun hatte. Aber Frauen konnten dort das Haus nicht verlassen, außer in Begleitung eines Chauffeurs, und das ging ihr so auf die Nerven, daß sie nach England zurückkehrte. Sie war in einem furchtbaren Zustand. Ich glaube, daß damals die eigentlichen Schwierigkeiten begonnen haben. Ich vermute, sie wußte schon damals, daß er Affären mit anderen Frauen hatte."

Tom nickte. Das klang durchaus logisch. „Also hat der Arzt Derek dazu überredet, dieses Haus zu kaufen?"

„Ja. Er meinte, sie brauche. . ."

„Beständigkeit", ergänzte Bob und fügte – ganz Gärtner – hinzu: „So etwas wie Wurzeln."

„Und gerade als sie hier ein bißchen zur Ruhe gekommen war, ist er schon wieder losgezogen", fuhr Mary entrüstet fort. „Erklärte, es sei besser, wenn sie hierbliebe, da es ihr doch nicht gutginge. Aber das machte alles nur noch schlimmer, so mutterseelenallein zurückzubleiben."

„Kann ich mir vorstellen", warf Tom trocken ein.

„Ich denke mir, daß sie sich mit dem Gesundwerden allzu sehr beeilt hat. Sie fuhr ihm nach, noch bevor sie wieder ganz auf der Höhe war." Mary schüttelte mißbilligend den Kopf. „Und ehrlich gesagt waren wir nicht besonders überrascht, als sie erneut krank wurde. Sie wird doch hoffentlich wieder ganz gesund?"

„Aber selbstverständlich." Tom versuchte so überzeugend wie möglich zu klingen. „Ihre Ärzte sind zuversichtlich. Aber es wird eine gewisse Zeit dauern."

„Nun, sie ist immer noch jung genug. Sie hat noch Jahrzehnte vor sich", meinte Mary. „Und was Derek Wade anbelangt, so kann sie sich nur freuen, den endlich los zu sein!"

Tom lachte. „Das habe ich ihr auch schon zu sagen versucht."

„Aber jetzt", wandte sich Mary praktischeren Dingen zu, „sollten Sie mir vielleicht sagen, welche Sachen Becky haben möchte, damit ich sie zusammenpacken kann." Sie stand auf und ging zur Treppe. Tom folgte ihr.

Doch in diesem Moment klingelte in der Diele das Telefon. Tom machte kehrt und nahm den Hörer ab.

„Könnte ich bitte mit Mrs. Wade sprechen? Mrs. Rebecca Wade?"

„Das tut mir leid", erwiderte Tom, „sie ist im Moment nicht da. Ich bin ihr Bruder. Kann ich Ihnen helfen?"

„Ich bin von der Hilfsorganisation YUGOSLAVIA AID AGENCY – kurz YAA. Mrs. Wade hat uns gebeten, Nachforschungen nach dem Aufenthalt ihres Sohnes Christopher anzustellen, da sie um seine Sicherheit besorgt ist.“

„Ich verstehe.“ Toms Stimme klang angespannt. „Gibt es irgendwelche Neuigkeiten?“

Am anderen Ende der Leitung entstand eine kleine Pause, dann sagte die freundliche Frauenstimme zurückhaltend: „Ich fürchte, die Nachrichten sind nicht besonders erfreulich.“

„Ist ihm etwas zugestoßen?“

„Wir wissen nichts Genaues. Wir haben lediglich erfahren, daß er in einem kleinen Konvoi in Kroatien unterwegs war. Die Straße war vermint, und sie mußten einen Umweg machen. Zwei Lastwagen erreichten inzwischen den Bestimmungsort, der dritte fehlt noch. Aber wir haben noch keinen wirklichen Anlaß zur Beunruhigung. Vermutlich wurde er nur durch schlechtes Wetter oder Absperrungen an den Kontrollpunkten aufgehalten. So etwas kommt immer wieder vor.“

„Ja, ich weiß. Ich war selbst dort.“

„Oh, dann werden Sie die Situation ja verstehen. Es kann durchaus sein, daß wir auch in den nächsten Tagen noch nichts Genaueres erfahren. Vielleicht könnten Sie das Ganze Mrs. Wade erklären?“

„Ich werde mich bemühen, sie zu beruhigen“, antwortete Tom darauf.

„Wir melden uns wieder, sobald wir Näheres wissen“, versprach die Anruferin. „Sind Sie unter dieser Nummer erreichbar?“

Tom dachte nach. „Unter Umständen bin ich nicht hier. Ich halte es für besser, wenn Sie Greg Selwyn oder seine Frau Marian anrufen. Sie wissen immer, wo Sie mich oder meine Schwester erreichen können.“ Er nannte der Mitarbeiterin der YAA-Hilfsorganisation Gregs Telefonnummer.

Das kann ich Becky nicht sagen, dachte er. Sie würde es nicht ertragen. Ich muß weitere Nachrichten abwarten.

„Ist irgendwas?“ rief Mary von oben zu ihm hinunter.

„Nein, alles in Ordnung“, erwiderte er.

Kit war nichts zugestoßen. Bestimmt nicht. Alles würde sich aufklären. Er mußte nur ein paar Tage Geduld haben.

Nach einiger Überlegung beschloß Tom, eine Nacht in Beckys Haus zu verbringen. Er wollte sich den seelenlosen Vorort, in dem sie lebte, genauer betrachten, um herauszufinden, ob man hier tatsächlich so einsam lebte, wie der erste Eindruck befürchten ließ.

Nachdem er sich von Bob und Mary verabschiedet und ihnen für ihre Hilfe gedankt hatte, entschloß er sich zu einem kleinen Erkundungsspaziergang durch die von Bäumen gesäumte Straße.

Die Luft war frisch und von Blumenduft erfüllt. Kirschbäume öffneten in den Gärten ihre weißen Blüten, und auf den kurzgeschnittenen Rasenflächen wiegten sich Narzissen im Wind. Aber sonst rührte sich nichts. Niemand trat aus einer Tür oder beugte sich zu einem Schwatz über die Gartenpforte oder Hecke.

Keine Läden, dachte er. Kein Lokal. Nicht einmal eine Gemeindeverwaltung. Nirgendwo auch nur die Spur von Gemeinschaftsgefühl. Wie konnten sie nur so leben? Konnte es Becky?

Je länger er darüber nachdachte, desto überzeugter wurde er, daß sie es nicht konnte. Was ist nur aus uns allen geworden, dachte er, daß wir uns mit einer derart seelenlosen Existenz abfinden? Er lief ein wenig schneller.

Die verlassene Straße mündete in eine belebte Durchgangsstraße am Fuße des Hügels. Autos und Lastwagen jeder Größe rasten in einem unablässigen Strom vorbei.

Er blieb kurz stehen, um einen Blick auf das brausende Verkehrschaos zu werfen, als auf der anderen Straßenseite ein kleiner, langhaariger Hund mit hinterherschleifender Leine um die Ecke geschossen kam. Er kümmerte sich nicht um den Verkehr, sondern lief geradewegs auf die Fahrbahn und entkam nur durch ein Wunder den heranrasenden Fahrzeugen auf die andere Straßenseite, während Tom starr vor Entsetzen zusah.

„Benji!" rief eine Kinderstimme. „Benji!" Und schon kam um dieselbe Ecke ein kleiner Junge mit roten Gummistiefeln geflitzt. Auch er achtete nicht auf den Verkehr, sondern hatte nur eins im Sinn: seinen Hund zu retten.

„Bleib stehen!" schrie Tom mit aller Kraft.

Aufgeschreckt durch den Schrei sah das Kind in seine Richtung.

„Bleib, wo du bist!" brüllte Tom. „Rühr dich nicht! Ich fange den Hund ein." Er streckte seinen Arm aus und bekam die Leine genau in dem Augenblick zu fassen, als das kleine Tier an ihm vorbeirannte. Er zog den Hund zu sich heran und nahm die Leine fest in die Hand.

In diesem Moment sah er, wie eine aufgeregte junge Frau mit blonden Haaren um die Ecke bog und den kleinen Jungen am Anorak packte.

„Oh, Gott sei Dank!" sagte Tom laut. Er hob den kleinen Hund auf, nahm ihn unter den Arm und überquerte die Fahrbahn, als der Fahrzeugstrom für kurze Zeit abbrach.

„Ich w-weiß gar nicht, wie ich Ihnen danken soll..." Tom sah, daß die junge Frau vor Angst am ganzen Körper zitterte. „Adam, du weißt doch, daß du nicht einfach über die Straße laufen sollst."

„Es war Benji...", rechtfertigte sich der Junge unsicher. „Er hat sich losgerissen und..."

„Es ist ja nichts passiert", beruhigte sie Tom.

Dann bemerkte die junge Frau Toms Blässe. „Was ist mit Ihnen? Ist alles in Ordnung?" fragte sie.

„Ja, es geht schon wieder", erwiderte er und rang sich ein mattes Lächeln ab. Einen Augenblick lang hatte er ein anderes Kind über eine andere Straße laufen sehen – und Suzi, die ihm nachrannte.

„Aber es sah so aus...", begann er und verstummte wieder. Die junge Mutter war ohnehin schon verschreckt genug. Noch immer sah sie ihn leicht verunsichert an. „Hören Sie, wir wohnen ganz in der Nähe. Würden Sie mit zu uns kommen, um einen Tee mit uns zu trinken?"

„Hört sich verlockend an", Tom nahm die Einladung dankbar an und setzte sich mit den beiden in Bewegung.

„Hast du dir dein Knie verletzt?" erkundigte sich Adam neugierig.

„Heute nicht", entgegnete Tom. „Das ist schon vor langer Zeit geschehen."

„Oh!" Besorgte blaue Augen sahen zu ihm auf. „Hättest du gern ein Pflaster? Mama könnte dir eins geben."

Tom lachte. „Das ist nicht nötig, Adam. Mir geht es blendend." Zu seiner Überraschung gingen sie zur nächsten Ampel, überquerten dort die Fahrbahn und liefen durch die Straße, in der sich auch Beckys Haus befand.

„Ach, Sie wohnen auch in dieser Straße?" fragte er interessiert.

„Und ich wußte gar nicht, daß Sie hier leben", gab sie zurück. „In welchem Haus wohnen Sie denn?"

„Ich bin nur ein Besucher. Ich wollte einen Blick auf das Haus meiner Schwester werfen. Es heißt ‚Hawthorne', glaube ich."

Die junge Frau schaute ihn verblüfft an. „Becky Wades Haus?"

„Ja, Beckys. Kennen Sie meine Schwester?“

Plötzlich wirkte sie sehr schüchtern. Zögernd antwortete sie Tom: „Eigentlich kenne ich nur ihren Sohn Kit.“

„Kit“, wiederholte Adam und hüpfte unbekümmert neben seinem Hund her. „Wann kommt Kit wieder zurück?“

Die junge Frau sah ein, daß sie Tom eine Erklärung schuldig war, und wandte sich ihm zu. „Mein Name ist Holly Ross. Kit und ich waren zusammen auf dem College. Er und ich . . ., als er noch zu Hause war, haben wir uns häufig gesehen . . .“

„Ich verstehe“, lächelte Tom. „In letzter Zeit habe ich Kit kaum gesehen. Ich war im Ausland.“

„Dann müssen Sie Kits berühmter Onkel Tom sein.“

„Eher berüchtigt als berühmt“, versetzte er.

„Wie geht es Becky?“ fragte Holly und hörte sich wieder schüchtern an. „Kit erzählte mir, daß es da schon länger Probleme gegeben hat. Geht es ihr wieder besser?“

„Nicht besonders“, erwiderte Tom. „Zur Zeit ist sie noch in der Klinik. Aber sie befindet sich auf dem Weg der Besserung.“

„Oh, das freut mich. Nach Kits Abreise wußte ich niemanden, bei dem ich mich hätte erkundigen können.“

Sie bog in eine kleine Sackgasse ab, in der einige bescheidenere Häuser standen. Ganz am Ende befand sich ein großes Haus, das wie ein altertümliches Pfarrhaus wirkte. „Da ist es“, sagte sie. „Ich habe eine kleine Wohnung nach hinten hinaus.“

Durch eine blaugestrichene Tür führte sie ihn in Räume, die früher vermutlich zum Küchenbereich des alten Hauses gehört hatten. Doch jetzt war daraus eine behagliche kleine Wohnung entstanden. Es gab ein gemütliches Wohnzimmer, eine gelbgestrichene Küche, ein winziges Bad und ein spielzeugübersätes Schlafzimmer.

„Setzen Sie sich“, sagte sie munter. „Sie sehen noch immer ein bißchen mitgenommen aus, und ich muß gestehen, daß ich mich auch noch mulmig fühle. Ich werde uns schnell eine Tasse Tee machen.“

Schließlich saßen sie einander gegenüber, während Adam und Benji durch die kleine Wohnung tobten und keine Spur mitgenommen wirkten.

„Es ist sehr angenehm hier“, erklärte Tom und genoß die wohlige Atmosphäre der kleinen Behausung. Nach Beckys überperfektem Haus war dies eine Umgebung, in der er sich wohl fühlte. „Wie lange wohnen Sie schon hier?“

„Seit fast zwei Jahren. Nach dem College blieb ich zunächst einmal in meinem gemieteten Zimmer, aber dann wurde es für Adam wirklich zu klein. Er braucht Bewegungsfreiheit."

„Er ist ein lebhafter kleiner Bursche", bemerkte Tom anerkennend.

Holly verzog leicht das Gesicht. „Mitunter allerdings ein bißchen zu lebhaft. Aber inzwischen geht er zur Vorschule, und da kann er einen großen Teil seiner Energie ausleben."

„Wie alt ist Adam denn?" erkundigte sich Tom, da er sich zu fragen begann, ob Kit unter Umständen der Vater des Jungen sein könnte.

„Er ist gerade fünf geworden. Bald werde ich zumindest halbtags arbeiten gehen können, das wird unsere Situation beträchtlich verbessern." Sie strich sich die langen blonden Haare aus dem Gesicht und seufzte. „Wir bekommen zwar etwas von der Sozialhilfe, aber viel ist das nicht."

„Bekommen Sie denn keine Unterstützung von dem Vater des Jungen?"

Sie lachte. „Ach der. Von wegen, eher lernen Schweine das Fliegen."

Tom schmunzelte über ihr unbekümmertes Gelächter. „Aber die Gerichte können doch dafür sorgen, daß Unterhalt gezahlt wird, oder?"

„Sicher... Wenn sie seiner habhaft würden."

„Was meinen Sie damit?"

„Wir waren beide Studenten." Sie blickte Tom mit plötzlicher Aufrichtigkeit an. „Ich habe ihn sehr geliebt – damals. Doch sobald die ersten Schwierigkeiten auftauchten, sah ich ihn nicht wieder. Er wollte sogar, daß ich... " In diesem Moment kam Adam hereingerannt, und Holly beendete den Satz nicht. „Nun, Sie können sich bestimmt vorstellen, was er von mir verlangte. Und als ich mich weigerte, machte er sich aus dem Staub. Männer sind sehr erfindungsreich, wenn es darum geht, sich aus der Verantwortung zu stehlen."

Ja, dachte Tom zerknirscht. Von dieser Schuld bin ich auch nicht ganz freizusprechen.

Holly Ross entging sein bekümmerter Gesichtsausdruck nicht. „Natürlich nicht alle Männer", setzte sie schnell hinzu. „Kit beispielsweise ist ganz anders."

„Ich freue mich, das zu hören", erwiderte Tom.

Holly lächelte. „Ich wette, Sie dachten, er könnte Adams Vater sein."

Tom erwiderte ihr Lächeln und war froh, ehrlich sein zu können. „Diese Möglichkeit ist mir kurz durch den Kopf gegangen."

„Er sagte, er würde es gern sein", gab sie zögernd zu. „Und ich weiß, daß Adam mehr als glücklich darüber wäre. Aber..." Sie brach ab und schien nicht zu wissen, wie sie fortfahren sollte.

„Aber?"

„Er ist zu jung, um sich mit einer Frau und einem Kind zu belasten."

„Und wie alt sind Sie?" erkundigte sich Tom.

„Ich bin vierundzwanzig", antwortete sie. „Mit neunzehn habe ich Adam bekommen."

„Aber dann sind Sie nur ein Jahr älter als Kit."

Sie seufzte. „Den Jahren nach vielleicht. Aber was die Lebenserfahrung angeht, bin ich hundert Jahre älter."

„Warum ist er eigentlich fortgefahren?" fragte Tom plötzlich.

„Ich habe ihm dazu geraten. Er wohnte hier bei seiner Mutter, aber die befand sich in einem Zustand, bei dem er nicht recht wußte, wie er ihr helfen sollte. Und sie ist ja dauernd seinem Vater nachgefahren, nach Kuwait, Dubai oder sonstwohin."

Tom nickte.

„Sie hatten eine merkwürdige Kindheit, Jenny und Kit. Sie besuchten teure Internate, verbrachten die Ferien an den luxuriösesten Orten dieser Welt, aber Kit sagte mir, daß er nie das Gefühl gehabt hatte, wirklich zu seinen Eltern zu gehören. Er war immer nur ein Anhängsel, das allen im Weg war. Und seinen Vater hat er nie richtig kennengelernt. Der war immer unterwegs. Ich bin davon überzeugt, daß sich seine Mutter nach Kräften bemühte, den beiden ein wirkliches Zuhause zu schaffen. Aber dann hat sie Derek zu lange sich selbst überlassen, und Sie wissen ja, was geschehen ist."

„Ja, das weiß ich", meinte Tom.

Sie lächelte über seinen grimmigen Ton. „Kit hat sie sehr gern, müssen Sie wissen. Er war ziemlich beunruhigt über ihren Zustand. Sie hat das letztemal einfach durchgedreht, und da dachte Kit, daß es ganz gut wäre, wenn er ihr ein wenig aus dem Weg ginge."

Das konnte Tom gut verstehen. „Aber warum mußte es ausgerechnet ein Krisengebiet wie das ehemalige Jugoslawien sein?"

„Sein Mitgefühl für andere, denen es schlechter geht als ihm selbst, ist sehr ausgeprägt, wissen Sie. Vielleicht rührt das gerade daher, daß sein reicher Vater so verantwortungslos ist!" Sie lachte kurz auf. „Kit hat mir erzählt, daß Sie auch schon dort gewesen sind. Er bewundert seinen berühmten Onkel Tom nämlich sehr."

„Ich bitte Sie", wehrte Tom entsetzt ab. „Ich kann nur hoffen, daß er sich von meinen katastrophalen Unternehmungen nicht beeinflussen ließ."

Sie lächelte ihn mitfühlend an. „Nein. Sie brauchen dafür keine Verantwortung zu übernehmen. Ich habe ihm gesagt, daß es gut für ihn wäre, eine Zeitlang ins Ausland zu gehen. Er soll ein wenig mehr vom Leben sehen, bevor er sich Verpflichtungen auflädt, für die er so noch nicht reif genug ist. Und der Krieg in Bosnien bot ihm die Möglichkeit, etwas Nützliches zu tun."

Wie Daisy, dachte Tom plötzlich. Daisy, natürlich! Mit ihr muß ich über Kit sprechen. Sie wird wissen, was zu tun ist.

Als hätten sie plötzlich dunkle Ahnungen überfallen, blickte Holly ihn scheu an und fragte: „Kit ist doch nichts zugestoßen, oder?"

Tom stöhnte innerlich auf. Was sollte er ihr darauf antworten?

„Nein..., äh, eigentlich nicht. Ich glaube, Becky hat sich größere Sorgen um ihn gemacht, als sie zeigen will. Sie scheint die Hilfsorganisation aufgefordert zu haben herauszufinden, wo er sich im Moment aufhält. Und die haben mich heute morgen angerufen und mir mitgeteilt, daß sie im Moment über keine gesicherten Informationen verfügen."

Holly nickte ernst. „Aber sie waren nicht beunruhigt?"

„Nein. Zumindest machten sie nicht diesen Eindruck."

Er sah, daß sich die junge Frau entspannte.

„Mama", sagte Adam und lehnte sich gegen Hollys Arm. „Kann der Mann nicht zum Abendessen bleiben?"

„Er ist nicht einfach ‚der Mann', Adam", erklärte sie ihrem Sohn. „Er ist Kits Onkel Tom. Und selbstverständlich kann er zum Essen bleiben... Falls er überhaupt mag."

„Sehr gern", lächelte Tom. „Kann ich Ihnen irgendwie helfen?"

„Auf gar keinen Fall. Sie haben meinem Sohn das Leben gerettet. Selbstverständlich werden Sie von uns verwöhnt!"

„Oh!" Tom lächelte verlegen. „Kann ich nicht wenigstens den Tisch decken?"

„Nein, das mache ich", verkündete Adam. „Aber du kannst die Gabeln holen."

Und so wurde es fast ein kleines Festessen. Bald nach dem Essen ging Adam ins Bett – mit der Bitte, daß Tom ihm zusammen mit seiner

Mutter noch gute Nacht sagte. „Ich mag Onkels", erklärte er Tom mit schon schläfriger Stimme. „Sie sind immer so lustig."

Tom sah Holly komisch entsetzt an. Er wußte nicht, ob er lachen oder weinen sollte. Er wußte nur, daß er nicht dazu taugte, der Held eines kleinen Jungen zu werden. Es war zu schwer, derartigen Vorstellungen zu entsprechen.

Tom und Holly tranken noch einen Kaffee zusammen, und als er sich an der Tür von ihr verabschiedete, fügte er über die Schulter hinweg hinzu: „Sobald ich etwas Neues über Kit erfahren sollte, sage ich Ihnen Bescheid."

Er drehte sich nicht noch einmal um. Und so sah er die Erleichterung nicht, die bei der Erwähnung von Kits Namen in ihren Augen aufblitzte. Aber er wußte, daß sie da war.

EIGENTLICH war der Besuch in Beckys Haus für Tom weit weniger deprimierend verlaufen, als er angenommen hatte. Das hatte vor allem an Bob und Mary Nerris' unverstellter Liebenswürdigkeit gelegen – und an der unerwarteten Begegnung mit Holly und Adam. Aber wenn er ganz aufrichtig war, mußte er sich eingestehen, daß sich seine Stimmung erst dann entscheidend verbesserte, als er sich entschloß, nach London zurückzufahren, um Daisy aufzusuchen. Krampfhaft war er auf der Suche nach einem Grund gewesen, mit ihr in Verbindung zu treten. Nun hatte er einen, und so fuhr er mit einer Mischung aus Hoffnung und Beklommenheit quer durch London auf die andere Seite der Themse. Candle Street Nummer vier stellte sich als kleines Büro in einer stillgelegten Fabrik heraus, die von Lagerhäusern und verfallenen Gebäuden umgeben war.

Tom stieß die blaue Tür auf. „Jemand da?" rief er hoffnungsvoll in den düsteren Raum.

„Wer will das wissen?" rief eine mißtrauische Stimme zurück.

Tom trat ein paar Schritte hinein und sah sich unvermittelt einem jungen Farbigen gegenüber.

„Ich bin auf der Suche nach Daisy Bellingham", sagte Tom.

„Sie finden sie vermutlich unten im Lager. Sie verladen heute."

„Wo ist das?"

Vom hellen Tageslicht geblendet, trat der junge Mann neben Tom an die Tür. „Da unten", antwortete er und wies mit der Hand die Richtung. „Das letzte Gebäude in der Reihe, sehen Sie es?"

„Vielen Dank." Tom nickte und machte sich auf den Weg.

Die großen Lagertüren standen offen, und im Inneren sah er einen schweren Lastwagen, hinter dem jemand geräuschvoll hantierte. Er bahnte sich seinen Weg um das Fahrzeug herum und blickte auf den Rücken einer völlig zerzausten Daisy, die gerade einen Arm voller Pakete von einem hohen Stapel an der Wand wuchtete.

„Kann ich Ihnen helfen?" fragte er. Diese Frage hatte er ihr doch schon einmal gestellt.

„Danke, gern", sagte Daisy, ohne sich umzudrehen. „Die müssen alle mit." Mit dem Rücken zu ihm ging sie auf die Ladefläche des Lastwagens zu und schien ihn noch immer nicht erkannt zu haben.

Tom griff sich gleichfalls eine Ladung Pakete und folgte ihr.

„Stellen Sie sie ganz nach hinten", ordnete sie an.

„Gut", erwiderte Tom, hievte sich auf den Laster und stapelte die Kartons so, wie sie es ihm aufgetragen hatte.

Plötzlich ließ Daisy einige der Spendenpakete fallen und begann zu lachen. „Tom Denholm! Was machen Sie denn hier?"

„Ich bin auf der Suche nach Ihnen", entgegnete Tom und schob die letzten seiner Pakete an Ort und Stelle. Dann drehte er sich lächelnd um, und sie sahen einander voller Freude an.

„Jetzt haben Sie mich ja gefunden", meinte Daisy schließlich. „Und nun?"

„Ich muß mit Ihnen sprechen", begann er. „Eigentlich brauche ich Ihren Rat. Aber zunächst helfe ich Ihnen, die Pakete zu verladen. Okay?"

„Okay", stimmte Daisy zu.

Sie arbeiteten Seite an Seite, bis alle Lebensmittelpakete und medizinischen Hilfsgüter verstaut waren. „Das wär's!" rief Daisy schließlich und wischte sich die Hände an ihrer Hose ab. „Kommen Sie, an der Ecke gibt es ein Café."

Sie überquerten die Straße und schoben sich durch die Tür in ein kleines Café namens „Joe's Place". Es roch nach Fisch und frisch gebackenen Bohnen.

„Hallo, Daisy!" rief der rundliche rothaarige Mann hinter der Theke. „Das gleiche wie immer?"

„Zwei Portionen bitte", orderte Daisy und führte Tom zu einem Tisch am Fenster.

Sie setzten sich und warteten, bis Joe gegrillten Speck in zwei halb aufgeschnittene Brötchen gefüllt hatte und sie ihnen zusammen mit zwei großen Tassen Tee servierte.

„Nun, was haben Sie auf dem Herzen?“ fragte Daisy. Sie sah Tom an, daß ihm etwas zu schaffen machte.

Und so berichtete er ihr von Kit, von Kits Freundin Holly und deren kleinem Jungen. Und er erzählte ihr ein bißchen mehr von Becky und davon, wie belastend es sein würde, wenn sie sich neben all ihren anderen Problemen nun auch noch um Kits Verschwinden Gedanken machen müßte.

„Ich kann es ihr nicht sagen, Daisy. Jedenfalls nicht jetzt. Ich muß abwarten, bis es erfreulichere Neuigkeiten gibt. Aber was ist, wenn sie ausbleiben?“

„Dann wird sie sich damit auseinandersetzen müssen“, entgegnete Daisy. „Es könnte ihr durchaus guttun, sich um einen anderen Menschen Sorgen zu machen und nicht nur um ihre eigenen Probleme.“

Tom seufzte. „Sie sind sehr hart, Crazy Daisy.“

„Nein, bin ich nicht“, entgegnete sie. „Durchaus nicht.“ Sie legte ihm eine Hand auf den Arm. „Nun machen Sie doch kein solches Gesicht. Wir werden nichts überstürzen.“

„Wir?“ fragte Tom, obwohl er wußte, daß das überflüssig war.

„Selbstverständlich wir. Sie sind doch hier, um mich um Hilfe zu bitten, oder?“

„Ich habe aber keine Ahnung, was wir tun könnten.“

Sie lächelte ihn voller Optimismus und Energie an. „Sie glauben Kit hinterherfahren zu müssen, nicht wahr?“

Er hob ratlos die Schultern. „Ich weiß nicht recht. Es dürfte kaum hilfreich sein, wenn sich da irgendwelche Amateure einmischen und die Situation unter Umständen noch komplizierter machen. Aber ich kenne mich ein bißchen in dem Land aus und spreche sogar ein paar Brocken Serbokroatisch.“

Sie sah ihn überrascht an. „Das hatten Sie mir gar nicht erzählt.“

„Vor langer Zeit habe ich ein Seminar in Slawischer Kunst an der Universität Sarajevo besucht.“

„Meine Güte!“ entfuhr es Daisy. „Sie könnten wirklich eine große Hilfe sein!“

„Daisy, wir wissen doch noch nicht einmal, ob er tatsächlich vermißt wird“, gab Tom zu bedenken und versuchte ihren Eifer zu bremsen.

„Da haben Sie recht“, räumte Daisy ein. Sie dachte kurz nach und sagte dann: „Ich muß ohnehin zunächst nach Yorkshire, um eine weitere Ladung abzuholen. Spätestens dann dürften wir Genaueres wissen."

„Darf ich Sie begleiten?" wollte er plötzlich wissen.

„Nach Yorkshire?" Sie lächelte ihn an. „Warum nicht? Wir könnten uns am Steuer abwechseln. Das heißt, wenn Ihr Knie das gestattet."

„Ich bin durch ganz Kanada gekommen", wehrte er ab. „Und die Rockies sind fast so anstrengend wie Bosnien."

„Ich hatte nicht die Absicht...", protestierte sie mit einem kleinen Lachen.

„O doch, das hatten Sie. Und falls ich Sie begleite, bestehe ich darauf, alles zu teilen: das Fahren, die Auseinandersetzungen an den Kontrollpunkten, die Risiken – alles!"

„Sie sind ausgesprochen autoritär", stellte sie grinsend fest.

„Nicht halb so autoritär wie Sie", gab er zurück, und beide lachten.

UND SO fuhren sie in einem ramponierten Lastwagen nach Yorkshire hinauf. Als sie in die Nähe von York kamen, fragte Daisy plötzlich: „Darf ich mitkommen, wenn Sie Becky besuchen? Es könnte wichtig sein, Tom. Wenn Sie wirklich dorthin fahren, meine ich. Sie hätte dann noch jemanden, den sie kennt und dem sie vertrauen kann."

Er nickte. „Aber vermutlich würden Sie mitkommen, wenn ich fahre", wandte er ein.

Sie stimmte ihm stillschweigend zu. „Aber ich könnte eher zurückkommen."

Tom überdachte die Gedankengänge, die hinter ihren Worten standen, und meinte anerkennend: „Sie denken sehr weit voraus, Daisy."

„Das muß ich. Besonders, wenn andere Menschen auf mich angewiesen sind", erwiderte Daisy. „Und nachdem wir bei Becky waren, möchte ich, daß Sie zu mir nach Hause kommen."

„Warum?"

Daisy blickte ihn ernst an. „Wie lange wird Becky in der Klinik bleiben, Tom? Und was wird danach mit ihr? Vor allem, wenn Sie nicht da sind, um sich um sie zu kümmern?"

„Ja, darüber habe ich auch schon nachgedacht", sagte er leise.

„Im Sommer vermietet meine Mutter immer ein oder zwei Zimmer an Feriengäste", erzählte sie so beiläufig, als wolle sie das Thema wechseln. „Es ist eine Farm, mit Schafen und ein paar Pferden. Frische Luft, gutes Essen... Ich glaube, Ihrer Schwester würde es gefallen. Sie mag doch das Leben auf dem Land und ist immer gern geritten, oder?"

Ihre Stimme wurde ganz sanft, als sie hinzufügte: „Und dort wäre sie gut aufgehoben, Tom. Sie bräuchten sich keine Gedanken um sie zu machen."

„Lassen Sie uns erst einmal sehen, wie es ihr geht", bemerkte Tom gerührt.

SEIT seinem letzten Besuch hatte es ein paar schlimme Tage gegeben, an denen Becky den Kopf in die Kissen vergrub und sich weigerte, überhaupt aufzustehen. Einmal waren ihre Ängste so unerträglich geworden, daß sie sogar fortlaufen wollte.

Doch inzwischen ging es ihr besser. Für Toms Besuch zog sie sich eine hübsche Seidenbluse und einen passenden Tweedrock an und gab sich besondere Mühe mit ihrer Frisur.

Als Tom auf sie zutrat, lächelte sie ihn an und sagte: „Ich freue mich so sehr, daß du gekommen bist."

Tom musterte sie anerkennend von Kopf bis Fuß. „Du siehst hervorragend aus, muß ich sagen. Wohin möchtest du? Wollen wir uns in die Sonne setzen?"

„Warum nicht? Ich würde gern hier herauskommen." Sie sah sich um und verzog leicht das Gesicht. „Es ist ja ganz hübsch hier, aber ich fange langsam an, mich eingesperrt zu fühlen."

Er nickte. „Das dachte ich mir schon. Du kommst doch bestimmt auch bald hier raus, oder?"

„Sie sagen, sie würden mich in rund einer Woche entlassen."

Tom zuckte unmerklich zusammen. Er würde unverzüglich entsprechende Vorbereitungen treffen müssen. Aber davon sagte er zunächst noch nichts. Er ging mit Becky hinaus in den Park und setzte sich mit ihr auf eine Bank, die unter den ausladenden Ästen einer Zeder stand.

Dort erzählte er ihr von seinem Treffen mit Derek und dem erfolgversprechenden Gespräch, das er mit Austen Bennett, ihrem Anwalt, geführt hatte.

„Du siehst, es ist alles in den besten Händen", versicherte er ihr. „Bennett wird sich um alles kümmern und dafür sorgen, daß du ausreichend und fair versorgt wirst."

„Du bist mir eine große Hilfe", sagte sie. „Ich fühle mich schon sehr viel besser."

Als nächstes berichtete Tom von seinem Besuch in ihrem Haus und wie liebenswürdig und verständnisvoll Bob und Mary gewesen waren.

„Ja", stimmte Becky zu. „Die beiden sind echte Freunde."

Schließlich hielt Tom die Zeit für gekommen, Becky von Daisy zu erzählen, die mittlerweile vermutlich in dem kleinen Café auf dem Krankenhausgelände auf sie wartete. Sie hatte ihm gesagt, daß sie einen kleinen Spaziergang über das Gelände unternehmen würde, während er allein mit seiner Schwester sprach. „Es macht nichts, wenn es länger dauert, Tom. Und wenn sie mich nicht kennenlernen will, dann zwingen Sie sie nicht dazu. Es wird sich auch noch eine andere Möglichkeit ergeben." Er hatte ihre wie selbstverständlich wirkenden Angebote mit Dankbarkeit akzeptiert.

„Ich habe dir jemanden mitgebracht", sagte er vorsichtig. „Eine Freundin von mir. Sie heißt Daisy. Ich hoffe, sie wird dir gefallen."

Betty sah ihn überrascht an. „Wie schön! Ein neues Gesicht kann mich nur aufmuntern."

Erleichtert über ihre Zustimmung stand er auf. „Sie wartet wahrscheinlich schon in der Cafeteria auf uns. Wollen wir zu ihr gehen?"

Vertrauensvoll hängte sich Becky bei Tom ein. „Erzähl mir ein bißchen über sie."

„Nun", begann er vorsichtig, „ihr Vater ist Schaffarmer hier in der Umgebung. Sie selbst lebt die meiste Zeit über in London. Vor allem aber transportiert sie mit einem Lastwagen Hilfsgüter nach Bosnien, Kroatien und andere Krisengebiete. Ich dachte, du würdest mit ihr vielleicht gern über Kit sprechen. Ich weiß, daß du seinetwegen beunruhigt bist. Sie wird dir zwar auch nicht sagen können, wo genau er sich aufhält, aber sie kann dir die Situation da unten ein wenig besser erklären."

Becky nickte. „Vermutlich mache ich mir völlig unnötige Gedanken, aber das geht wohl allen Müttern so, deren Kinder eigene Wege gehen . . ."

Als sie das Café betraten, bemerkte Daisy erleichtert, daß Becky ruhig und ausgeglichen wirkte. Ihr entging auch nicht, wie ähnlich Becky ihrem Bruder sah.

„Hallo", sagte Daisy und streckte die Hand aus. „Ich hoffe, es stört Sie nicht, daß ich mitgekommen bin."

Becky ergriff die angebotene Hand. „Es stört mich ganz und gar nicht", entgegnete sie herzlich. „Es ist sehr liebenswürdig von Ihnen, mich zu besuchen. Tom, kannst du uns vielleicht Kaffee holen?"

Tom atmete auf. Wie einfach es doch war. Als er mit dem Kaffee zurückkehrte, sagte Daisy gerade: „Wahrscheinlich ist es für ihn ein ziemlicher Schock, wie arm die Menschen dort sind und unter welch furchtbaren Bedingungen sie leben müssen. Selbst in den Krankenhäusern fehlt es an dem Allernötigsten. Aber diese Erfahrung kann ihm nicht schaden.“

„Mit Sicherheit nicht“, stimmte Becky zu. „Vermutlich hat er bisher ein allzu privilegiertes und behütetes Leben geführt. Und ich wohl auch. Aber Sie glauben doch nicht, daß er sich tatsächlich in Gefahr befindet, oder?“

Daisy sah ihr direkt in die Augen. „Er könnte durchaus gefährdet sein. Aber er arbeitet in einem gutorganisierten Team, und alle Mitarbeiter von Hilfsorganisationen erfreuen sich eines besonderen Schutzes. Schließlich helfen sie und bringen so unverzichtbare Dinge mit wie Medikamente und Lebensmittel.“ Sie lächelte. „Aber ein junger Mann muß dann und wann bereit sein, auch Risiken einzugehen.“

„Das sage ich mir auch immer wieder, aber ich fürchte, als Mutter würde ich trotzdem versuchen ihn aufzuhalten.“

Sie unterhalten sich wie gute Freundinnen, dachte Tom verblüfft. Wie schafft Daisy das nur?

Er hielt es für angebracht, das Gespräch auf Holly Ross und ihren Sohn Adam zu bringen. „Da gibt es noch jemanden, der Angst um Kit hat“, begann er behutsam. „Ich glaube, du bist ihr bereits ein- oder zweimal begegnet. Sie heißt Holly.“

Becky sah ihn erstaunt an. „Wann hast du sie denn kennengelernt?“

Tom berichtete von Adams gefährlicher Verfolgungsjagd.

Becky erschauerte. „Gott sei Dank, daß du rechtzeitig zur Stelle warst!“

„Ich habe lediglich ganz laut geschrien“, erwiderte er. „Und dann haben sie mich mit nach Hause genommen und zum Abendessen eingeladen. Du würdest sie sehr gern haben, Becky, wenn du sie erst einmal richtig kennenlernen könntest. Und der kleine Adam ist hinreißend.“

„Und du glaubst, sie hat Kit wirklich gern?“ fragte Becky.

„Ja, bestimmt“, erwiderte Tom, „aber sie hat ihn fortgeschickt. Sie war der Meinung, er sei noch zu jung, um sich um eine junge Mutter mit Kind zu kümmern.“

Becky wirkte erstaunt.

„Sie muß schon sehr viel für ihn empfinden, wenn sie ihn aus diesem Grund fortschickt“, sagte Daisy nachdenklich.

„Ja, wahrscheinlich haben Sie recht . . .“, gab Becky zu.

Tom entschied, für den Moment genügend über Holly gesprochen zu haben – und wie üblich hatte Daisy die richtigen Worte gefunden. Jetzt war es besser, das Thema zu wechseln. Das alles würde sich mit der Zeit schon entwickeln. Plötzlich meinte Becky: „Tom, fast hätte ich vergessen, es dir zu sagen. Doktor Bradley möchte kurz mit dir sprechen. Daisy und ich kommen für eine Weile sicher auch allein miteinander aus. Warum gehst du nicht gleich zu ihm?"

Tom sah Daisy fragend an, und sie nickte lächelnd. „Wir werden noch einen Kaffee bestellen und ein paar von diesen süßen, klebrigen Törtchen verdrücken."

Tom ließ sie plaudernd am Buffet zurück und machte sich auf die Suche nach Dr. Bradley.

„KANN sie wirklich schon entlassen werden?" erkundigte sich Tom unsicher.

Dr. Bradley zögerte. „Mit Sicherheit ist sie mittlerweile wieder in der Lage, eine weniger abgeschirmte Existenz zu führen. Dieses rundum behütete Leben hier in der Klinik ist künstlich und auch bequem. Aber ob sie sich schon soweit erholt hat, um eigenständig für sich sorgen zu können . . . Da habe ich meine Zweifel."

„Hätten Sie etwas dagegen, wenn ich einen Ausflug mit ihr unternehme?" fragte Tom und erzählte ihm von Daisys Vorschlag von der Schaffarm in den Hügeln Yorkshires.

„Das hört sich ja ganz ausgezeichnet an", antwortete der Arzt. „Und sie bleibt in der Nähe – für den Fall, daß sie unsere Hilfe braucht." Er überlegte und fügte dann hinzu: „Wir müssen ihr noch eine Zeitlang Antidepressiva geben, haben aber gewisse Bedenken, sie mit einem zu großen Vorrat auszustatten. Wenn sich Ihr Vorschlag in die Tat umsetzen läßt, könnte sie einmal in der Woche zur Untersuchung herkommen und einen Wochenvorrat mitnehmen."

„Wäre das denn unbedenklich?"

„Diese Menge könnte sie nicht umbringen. Beim letztenmal schluckte sie eine ganzes Fläschchen ähnlich starker Tabletten."

Tom nickte. „Natürlich weiß ich nicht, wie Becky auf unsere Idee reagieren wird. Sie könnte auch darauf bestehen, nach Hause zu gehen. Aber ich halte es nicht für sinnvoll, wenn sie ganz allein in diesem seelenlosen Vorort vor sich hin vegetiert, und ich selbst werde möglicherweise eine Weile nicht greifbar sein."

Dr. Bradley sah ihn verständnisvoll an. „Sie können natürlich nicht

Ihr gesamtes Leben auf Ihre Schwester ausrichten. Ich verstehe das nur zu gut.“

So vereinbarten sie, daß Tom Becky am folgenden Tag abholen und ihr die Farm zeigen würde.

ALS ER zu der kleinen Cafeteria zurückkehrte, saßen Daisy und Becky auf einer Bank in der Sonne und unterhielten sich angeregt.

„Tom“, rief ihm Becky mit strahlendem Gesicht zu, „Daisy hat mir von der Farm erzählt! Stell dir vor, sie ziehen verwaiste Lämmer in der Küche auf! Und sie haben sogar Pferde! Das hört sich alles ganz wundervoll an. Ich wünschte, ich könnte es mir ansehen.“

Tom blickte von Beckys leuchtendem Gesicht zu Daisys betont unschuldiger Miene und lachte. „Soll ich dir etwas verraten? Gerade habe ich mit Doktor Bradley besprochen, daß ich morgen mit dir einen Ausflug machen kann.“

„O Tom!“ Sie wirkte wie ein Kind, dem eine Fahrt ans Meer winkt. „Können wir uns nicht die Farm ansehen?“ Sie wandte sich an Daisy. „Oder würden wir dort stören?“

„Selbstverständlich nicht. Sie könnten beim Füttern der Lämmer helfen.“ Und sie fügte nachdrücklich hinzu: „Sie können es sich einfach nicht mehr leisten, noch länger krank zu sein! Da draußen wartet eine ganze Welt auf Sie!“

„Ich weiß“, entgegnete Becky. „Und ich bin fast soweit, ihr wieder entgegenzutreten. Nicht wahr, Tom?“

„Ja“, erklärte Tom überzeugt. „Ich denke, das bist du.“

„Jedenfalls“, meinte Daisy, „dürfen Sie Derek nicht die Genugtuung geben, Sie krank machen zu können. Dieser Kerl ist es nicht wert. Und Sie sind dafür viel zu stark!“

„Nein, Tom ist der Starke“, widersprach Becky mit einem melancholischen Lächeln. „Ich bin anders als er.“

„Unsinn!“ verkündete Daisy. „Ich finde, daß Sie einander sehr ähnlich sind.“ Sie lächelte Becky an und stand dann abrupt auf. „Wir sollten jetzt gehen. Ich muß nach Hause.“

Auch Tom stand auf. Er war zu verblüfft von Daisys direkter Art, um etwas einzuwenden. Aber er sah, daß Becky diese Unverblümtheit nicht übelnahm. Sie schien sie sogar aufzumuntern.

„Ich glaube, ich werde ein wenig Squash spielen“, erklärte sie und sah Daisy entschlossen an. „Sie haben in mir das Bedürfnis geweckt, sehr schnell und sehr hart zuzuschlagen.“

„Hervorragend!“ lobte Daisy mit blitzenden Augen. „Dann also bis morgen, Becky.“ Und schon schlenderte sie davon, um Tom Zeit zu geben, sich von seiner Schwester ungestört verabschieden zu können.

„Sie ist einfach toll“, meinte Becky mit einem Lachen. „Ich bin sehr froh, daß du sie mitgebracht hast.“

„Ja“, stimmte Tom zu. „Das war ein guter Einfall.“ Er sagte ihr nicht, daß es Daisys Idee gewesen war. Er nahm Becky einfach in die Arme und flüsterte ihr zu: „Mach weiter so!“

„Ich habe keine Ahnung, warum sie Ihnen Ihre Offenheit nicht übelgenommen hat“, begann Tom heiter, als sie in Richtung Yorkshire fuhren.

„Ich bin eine Fremde für sie“, erklärte Daisy. „Ich kann Dinge sagen, die Sie ihr gegenüber nie über die Lippen bringen dürften.“

„Und die Art und Weise, wie Sie Becky für die Farm interessiert haben, war ausgesprochen clever.“

Daisy blinzelte ihn an. „Ich war nicht clever, Tom. Ich habe lediglich von etwas geschwärmt, was ich liebe. Ich hoffe, es wirkt auch bei Ihnen.“

Am Himmel zogen die Wolken schnell vorüber und warfen eilige Schatten auf das hügelige Gelände. Regen und Sonne wechselten in schneller Folge. Tom und Daisy fuhren durch verlassene Hochmoorgebiete, bis sie Jim Bellinghams Farm erreichten. Etliche Scheunen, ein blitzsauberes Melkhaus und einige Ställe umgaben einen weiten, kopfsteingepflasterten Hof, an dessen hinterem Ende ein langgestrecktes Farmhaus mit einem moosüberwachsenen Ziegeldach aufragte.

„Jetzt können Sie es sich nochmals überlegen“, mahnte Daisy scherzend. „Wollen Sie hier wirklich über Nacht bleiben?“

Als sie anhielt, trat ihre Mutter aus der Tür und kam lächelnd auf sie zu. Ruth Bellingham wirkte wie eine etwas fülligere Version ihrer Tochter. Sie hatte das gleiche nicht zu bändigende Haar, die gleichen unbeirrbar schauenden grauen Augen und das gleiche ansteckend freundliche Lächeln.

„Kommen Sie herein, Tom. Ich habe schon viel von Ihnen gehört. Der Tee ist gleich fertig.“

Die große Farmhausküche war warm und gemütlich – und voller Tiere. Gleich neben dem ausladenden Herd lagen ein paar Lämmer in einer mit Stroh ausgelegten Kiste, und vor ihnen wachte eine alte Colliehündin, den Kopf auf den Pfoten.

„Das ist Nell“, erklärte Ruth. „Sie ist inzwischen zu alt, um zu arbeiten, aber sie kümmert sich rührend um die verwaisten Lämmer.“

Auf einer gepolsterten Bank an der Wand schliefen zwei Katzen, und auf der anderen Seite des Herdes stand eine weitere Kiste mit Entenküken.

„Die Lämmer sind nahezu alle auf der Welt“, meinte Ruth, „aber es gibt immer wieder ein paar Nachzügler. Jim ist draußen bei ihnen, aber er wird bald zurückkommen. Setzen Sie sich doch, und trinken Sie eine Tasse Tee.“

Sie zog die große braune Teekanne vom Herd und stellte sie auf den Tisch. Dazu gab es dicke Scheiben hausgeräucherten Schinken und weißen Wensleydalekäse, selbstgebackenes knuspriges Brot, farmeigene Butter und Heidehonig, einen Apfelkuchen mit Sahne und einen großen Nußkuchen.

Sie hatten gerade mit diesem Festmahl begonnen, als Jim Bellingham und zwei seiner Arbeiter eintraten. Jim war stämmig und verfügte über die beruhigenden Bewegungen eines Farmers, der gewohnt ist, mit verschreckten oder widerspenstigen Tieren umzugehen. Seine Gefährten wirkten ebenso ruhig und unerschütterlich.

„Das ist Tom“, stellte Daisy ihn vor. „Ich habe dir doch von ihm erzählt.“

„Stimmt“, erwiderte Jim Bellingham und streckte die Hand aus. „Freut mich, Sie kennenzulernen, Tom.“ Dann begab er sich auf seinen Platz an der Stirnseite des Tisches. „Das sind Mango und Lacey“, fügte er hinzu und deutete kurz auf die beiden Farmarbeiter. „Mango kümmert sich um die Kühe, und Lacey erledigt alles andere, einschließlich der Pferde. Das stimmt doch, oder?“

„Ja.“ Die beiden Helfer setzten sich an den Tisch. Sie schienen keine Männer großer Worte zu sein.

„Sammelst du morgen wieder Hilfsgüter?“ fragte Jim.

Daisy zögerte und warf einen kurzen Blick auf Tom. „Nein. Ich dachte, ich nehme mir einen Tag frei. Ich möchte Toms Schwester Becky die Farm zeigen.“

„Du kannst ihr das neue Fohlen zeigen“, schlug ihr Vater vor.

Mit leuchtenden Augen sah Daisy zu Lacey hinüber. „Dann hat Granat es also geschafft?“

Ein freundliches Lächeln erschien auf Laceys Gesicht. „Aber sicher. Ein prachtvolles kleines kastanienbraunes Fohlen, ging alles wie geschmiert."

Beim Essen langten alle kräftig zu. Die Unterhaltung verlief gelassen und heiter und drehte sich hauptsächlich um die Farm.

Als die letzte Tasse Tee getrunken, die letzte Scheibe Kuchen gegessen war, sagte Ruth zu Daisy: „Geh und zeige Tom den Ausblick von Jenks Fell, bevor es dunkel wird" und schob beide mit sanfter Gewalt zur Tür hinaus.

Und so stiegen sie den heidekrautüberwachsenen, aromatisch duftenden Hang hinter dem Farmhaus empor. Sie folgten den alten Schafpfaden, bis sie atemlos ganz oben auf Jenks Fell standen und in das langsam dunkler werdende Tal unter ihnen schauten. Hier oben war die Luft so rein und frisch. Nur das gelegentliche Blöken eines Schafes in der Ferne oder der klagende Ruf eines Brachvogels störte die Stille.

„Wundervoll", sagte Tom leise. „So ruhig."

Erneut blickte er auf die weiten Flächen des Hochmoors, das sich von Hügel zu Hügel erstreckte, so weit das Auge reichte. Aus den Tälern kroch die Dämmerung herauf, doch stellenweise war der Himmel noch hell und klar. Ein letzter rotgoldener Strahl der Sonne schob sich plötzlich durch eine Lücke zwischen den Bergen und verwandelte alles, was er berührte, in geschmolzenes Gold. Doch das war so schnell vorüber, wie es gekommen war, und im bläulichen Zwielicht schienen die Hügel vor der hereinbrechenden Nacht enger zusammenzurücken.

„Lassen Sie uns wieder hinuntergehen", meinte Daisy. „Wir können nicht für immer hier oben bleiben."

Tom antwortete nicht. Er griff nach ihrer Hand, und sie liefen den Hügel hinunter wie zwei Kinder, die nach Hause gehen.

SPÄTER am Abend klopfte es an die Tür des behaglichen, weißgestrichenen Zimmers, das Tom zugewiesen worden war, und Ruth Bellingham steckte den Kopf hinein. „Darf ich Sie kurz stören, Tom?"

„Selbstverständlich." Tom lächelte sie an.

„Fühlen Sie sich hier oben wohl?"

„Es ist herrlich – luftig, kühl und geräumig. Genauso, wie ich es am liebsten habe!"

Ruth lächelte. „Das freut mich." Aber sie war offenbar nicht gekommen, um sich nach seinem Wohlergehen zu erkundigen, also wartete Tom darauf, daß sie fortfuhr.

„Ihre Schwester, Tom... Daisy hat mir alles von ihr erzählt. Ich wollte Ihnen nur sagen, daß ich sie gern aufnehmen würde.“ Sie blickte Tom direkt in die Augen. „Es gibt viel zu tun auf der Farm, falls sie sich betätigen möchte – und viel zu sehen, wenn ihr nicht danach ist. Sie kann hier viele schöne Spaziergänge unternehmen, und wir könnten ihr gewissermaßen Gesellschaft leisten.“ Sie brach ab. „Damit will ich sagen, daß sie hier mehr als genug Beschäftigung hätte und daß wir uns natürlich um sie kümmern würden. Sie müssen jedoch bedenken, daß das Leben hier oben sehr einfach ist und keine Extravaganzen bietet. Was glauben Sie – würde ihr das genügen?“

Tom nickte. „In den letzten Jahren wurde Becky materiell zwar ziemlich verwöhnt, aber im Grunde ist sie nicht anspruchsvoll. Ich bin sicher, daß es ihr hier mehr als gefallen wird“, sagte er überzeugt. „Aber ist Ihnen auch bewußt, daß sie eine Belastung sein könnte?“

„Eine Farmersfrau kann es sich nicht leisten, vor Belastungen zurückzuschrecken“, gab Ruth zurück. „Wir müssen tagtäglich Krisen bewältigen. Außerdem ist die Klinik nicht weit entfernt.“

Er begegnete ihrem gelassenen Blick mit Respekt und Hochachtung. Was sollte er da noch sagen?

Hinter all ihren Vorschlägen steckte die unausgesprochene Annahme, daß Tom fortgehen und Becky in ihrer Obhut zurücklassen würde. Fort? Zusammen mit Daisy? Nach Bosnien oder Kroatien, um Kit zu suchen? Es war durchaus noch nicht sicher, ob er das tun mußte, aber Ruth und Daisy schienen davon auszugehen, daß es bereits entschieden war. Vielleicht ist es das auch, gestand er sich zum ersten Mal ein.

BECKYS Ausflug auf die Farm wurde erfolgreicher, als Tom oder Daisy je zu hoffen gewagt hatten. Von Anfang an war sie guter Stimmung und strahlte Zufriedenheit aus. Man konnte ihr ansehen, daß sie fest entschlossen war, diesen Tag in vollen Zügen zu genießen.

Unter einem klaren Frühlingshimmel fuhren sie der Hügellandschaft entgegen. Tom lehnte sich zurück und seufzte insgeheim erleichtert auf, als Becky mit großen Augen und begeistert wie ein Kind auf alle Sehenswürdigkeiten und Besonderheiten reagierte, auf die Daisy sie hinwies.

Zur Begrüßung hatte Ruth eine große Kanne Kaffee gemacht. Jedermann unterbrach seine Beschäftigung und kam für eine kurze Pause in die große Farmhausküche. Alle wurden Becky vorgestellt, und Lacey fragte lächelnd: „Sie werden sich doch sicherlich das Fohlen ansehen wollen, oder?"

„O ja, sehr gern!" rief Becky voller Freude und folgte ihm über den kopfsteingepflasterten Hof in die Ställe. Tom und Daisy sahen einander lächelnd an, bevor sie sich der Besichtigungstour anschlossen.

Lacey ließ sie alle über die Halbtür der Box hinweg in den warmen, strohgefüllten Stall blicken. Mit gespitzten Ohren stand Granat stolz neben ihrem Nachwuchs. Ihre großen braunen Augen blickten nervös von einem Besucher zum anderen.

„Alles in Ordnung, altes Mädchen", beruhigte sie Lacey mit sanfter Stimme. „Wir sind nur gekommen, um sie zu bewundern." Damit deutete er mit dem Finger auf das Fohlen, das auf spindeldürren, staksigen Beinen im Stroh stand.

„Oh!" hauchte Becky. „Ist das entzückend!"

Das Stutfohlen hatte das kastanienbraune, glänzende Fell seiner Mutter geerbt und wirkte wie sie wachsam und äußerst sensibel.

„Wir müssen einen Namen für sie finden", überlegte Daisy. „Was paßt zu Granat?" Sie blickte zu Becky, deren hingerissene Miene die Faszination für das neue Leben widerspiegelte. „Wollen Sie ihr nicht einen Namen geben, Becky?"

„Darf ich? Aber ich weiß nicht recht, was zu ihr paßt." Sie dachte nach. „Wie wäre es mit Juwel? Oder wäre Rubin besser?" An den Umgang mit Pferden gewöhnt, streckte sie behutsam eine Hand nach der nervösen Stute aus. „Was meinst du, Granat? Ist deine Tochter ein kleiner Rubin?"

Granat beäugte sie einen Moment lang mißtrauisch, rührte sich aber nicht.

„Oder möchtest du lieber, daß wir sie Juwel nennen?" fragte Becky zärtlich.

Diesmal antwortete die Stute mit einem Wiehern und kam an den Rand der Box, um mit ihrer Samtnase an Beckys Hand zu schnuppern.

„Nun, da bin ich aber platt", sagte Lacey anerkennend. „Sie mag Sie, das kann man sehen."

„Wenn Granat Sie akzeptiert, müssen Sie in Ordnung sein!" erklärte Daisy lachend. „Und wenn Sie das nächste Mal kommen, können Sie eines der anderen Pferde reiten. Was meinst du, Lacey?"

„Na klar", sagte der, ohne zu zögern. „Sie darf das."

Das war ein hohes Lob von dem zurückhaltenden Farmarbeiter, dessen war sich auch Becky bewußt.

„Kommen Sie", sagte Daisy, die wußte, daß man nicht zuviel Aufhebens um kleine Wunder machen durfte. „Lassen Sie uns zu den jungen Lämmern gehen!"

In den Ställen drängten sich Mutterschafe und blökende Lämmern: weiß, wollig und springlebendig. Becky verliebte sich auf Anhieb in die kleinen Geschöpfe und war sichtlich begeistert, als Jim mit einem winzigen Zwillingspärchen auf sie zukam und Daisy sowie Becky je ein Lamm in den Arm legte. „Bringt sie für mich ins Haus, ja? Ruth weiß, was mit ihnen zu tun ist."

„Das weiß ich auch", protestierte Daisy leicht eingeschnappt.

Aber Jim Bellingham grinste sie nur an und machte eine Daumenbewegung zum Haus.

Die beiden Frauen liefen mit den neugeborenen Lämmern zum Farmhaus. Tom blieb mit Jim allein zurück. „Kann ich mich irgendwie nützlich machen?" fragte er.

„Sie könnten mir helfen, noch mehr Strohballen aufzuschichten. Das hält den Wind von den Kleinen ab", sagte Jim.

Dessen Anweisungen befolgend, machte sich Tom daran, den Windschutz um die Schafställe zu verstärken.

Beide arbeiteten Seite an Seite, bis von der Tür des Farmhauses eine Glocke erklang. „Essenszeit", verkündete Jim gut gelaunt und ließ seinen letzten Ballen fallen. Mit dem Gefühl, etwas Sinnvolles geleistet zu haben, folgte Tom dem Farmer über den Hof.

Im Haus waren Daisy und Becky noch immer damit beschäftigt, die beiden Lämmer mit kleinen Flaschen zu füttern. Becky machte einen sehr zufriedenen, ganz in die Tätigkeit versunkenen Eindruck. Sie wiegte das zarte, lockige Fellbündel in den Armen, als hätte sie nie etwas anderes getan. Als Tom eintrat, sah Daisy auf und zwinkerte ihm zu. „Sie macht sich hervorragend", verkündete sie und lächelte Becky an. „Als wäre sie dazu geboren!"

Ruth stellte einen großen Topf mit dampfendem Hammelfleisch auf den Tisch und reichte Schüsseln mit Kartoffeln sowie in Butter geschwenkten Karotten und Kohlrüben nach.

Auch Mango und Lacey kamen von draußen herein und setzten sich an den Tisch. „So was ist mir noch nicht passiert", meinte Lacey zu Jim. „Sie streckt ihre Hand aus, und Granat kommt auf sie zu – folgsam wie ein Lamm."

„Becky konnte schon immer gut mit Pferden umgehen", ließ Tom verlauten, weil er genau wußte, wie gut Becky dieses kleine Lob tat. Sie errötete heftig, wirkte aber sehr angetan.

Tom betrachtete Becky und spürte, wie seine Befürchtungen um ihre Gesundheit und ihre Zukunft nachzulassen begannen. Er sah, wie entspannt sie war und wie selbstverständlich sie sich in den Kreis dieser liebenswürdigen Menschen einfügte.

Kann es wirklich so einfach sein? fragte er sich. Irgend etwas mußte doch schiefgehen. Das wäre ja fast zu schön, um wahr zu sein.

TOM WUSSTE nicht recht, wie er mit Becky über ihren möglichen Aufenthalt auf der Farm sprechen sollte, stellte dann aber zu seiner großen Erleichterung fest, daß ihm Ruth diese Aufgabe bereits abgenommen hatte.

„Stell dir vor, Tom", begann Becky und strahlte ihn wieder an wie ein begeistertes Kind, „Ruth hat mich gefragt, ob ich nicht eine Weile hier leben möchte – nur, bis ich wieder ganz auf eigenen Füßen stehen kann. Sie meint, es würde mir guttun, und ich fände es wundervoll. Glaubst du, ich könnte die Einladung annehmen?"

„Ich sehe keinen Grund, weshalb nicht."

Becky blickte ein wenig besorgt von Tom zu Ruth und fragte sie zögernd: „Ich. . . wäre Ihnen doch keine Belastung, oder?"

„Natürlich nicht", erklärte diese entschieden.

Daisy, die zwar zugehört, aber sich bewußt nicht an dem Gespräch beteiligt hatte, fügte jetzt lächelnd hinzu: „Mutter wird für Sie sorgen wie für den Rest ihrer Schützlinge!" Und damit deutete sie auf die bunte Mischung von Lämmern, Entenküken, Hunden und Katzen in der behaglichen Küche.

„Ich hätte absolut nichts dagegen, wie die kleinen Dinger behandelt zu werden", erwiderte Becky versonnen. „Die bekommen doch alles, was man braucht: liebevolle Betreuung, einen Platz neben dem Herd und jede Menge zärtlicher Umarmungen."

„Kommen Sie her", rief Ruth Bellingham und breitete beide Arme aus, „dann fangen wir gleich damit an!" Und während sie Becky fest an sich drückte, sagte sie über deren Kopf hinweg zu Tom: „Bringen Sie Ihre Schwester nächste Woche, Tom, und dann kann sie bleiben, solange sie mag!"

Während der Fahrt zurück in die Klinik ließ Becky ihren Tag auf der Farm nochmals Revue passieren. Begeistert schwärmte sie von Juwel, dem neugeborenen Fohlen, und den winzigen Lämmern in ihren Armen.

Daisy ließ sie reden und tat nichts, um ihren Überschwang zu dämpfen. Auch Tom hörte seiner Schwester ruhig zu. Sie waren so erstaunt über Beckys Verwandlung, daß sie es nicht wagten, irgendwelche Bedenken in Worte zu fassen.

Als sie Becky schließlich für ihre letzte Woche in der Klinik abgesetzt hatten, hielten sie vor einem Café in York, um gemeinsam die nächsten Schritte zu besprechen und um sich vorübergehend voneinander zu verabschieden. Tom wollte direkt nach London zurückfahren, um dort zu erkunden, ob es Neuigkeiten über Kit gab. Daisy hingegen wollte noch ein paar Tage auf der Farm verbringen, bevor sie zur endgültigen Zusammenstellung des Hilfsgüterkonvois nach London fuhr.

„Vielleicht werde ich nicht dabeisein können, wenn Becky auf die Farm zieht“, sagte Daisy fast entschuldigend. „Aber sie und meine Mutter scheinen sehr gut miteinander auszukommen. Ich glaube nicht, daß Sie sich Sorgen machen müssen.“

Tom wußte nicht, wie er Daisy seine Dankbarkeit über alles, was sie für ihn und Becky getan hatte, ausdrücken sollte. „Sie haben alle meine Probleme gelöst.“ Er schaute Daisy lange an.

„Nicht alle“, widersprach Daisy und umfaßte ihre Teetasse. „Da ist noch Kit.“

Tom seufzte bedrückt. „Wenn er tatsächlich vermißt wird... Wo soll ich anfangen, nach ihm zu suchen?“

Daisy dachte nach. „Kits Organisation wird die Route des Konvois kennen und Ihnen sagen können, wo die anderen Fahrer Kit aus den Augen verloren haben. Und sie werden auch bereits Nachforschungen angestellt haben, ebenso die Vereinten Nationen. Bei denen sollten Sie anfangen. Aber danach sind Sie auf sich gestellt... “ Dann meinte Daisy plötzlich: „Darf ich Ihnen eine unverschämte Frage stellen, Tom?“

„Jederzeit“, erklärte er. „Sie nehmen ja ohnehin kein Blatt vor den Mund.“

Daisy lachte, wurde aber schnell wieder ernst. „Wie ist es bei Ihnen eigentlich in finanzieller Hinsicht bestellt? Ich weiß, wie großzügig Sie sich mit meiner Mutter über Beckys Aufenthalt auf der Farm geeinigt haben, aber können Sie sich das wirklich leisten?“

„Ja. Bei der Werbeagentur habe ich ziemlich gut verdient. Das meiste davon habe ich gespart. Und dann hat mir das Pharmaunternehmen Schmerzensgeld für mein zerschmettertes Knie gezahlt. Bisher habe ich es nicht angetastet. Es kam mir vor wie Blutgeld. Aber in einem Notfall wie jetzt, wenn es um Becky und Kit geht, werde ich wahrscheinlich doch darauf zurückgreifen."

„Ich wollte es nur wissen, weil Sie unter Umständen da unten bestimmte Leute bestechen müssen."

Er war nicht sehr überrascht. „Mußten Sie es tun?"

„Aber ja. Beispielsweise, um Straßensperren zu umgehen oder um mehr Sprit zu bekommen. Aber nicht immer mit Geld, auch Schokolade, Zigaretten, eine Flasche Whisky können ganz hilfreich sein – eben alles, was dazu beiträgt, die Sache am Laufen zu halten."

Tom schüttelte den Kopf. „Sie entmutigt wohl nichts, was, Crazy Daisy?"

„Nicht sehr viel", räumte Daisy ein. „Dafür ist das Leben zu kurz."

Wie recht sie hat, dachte Tom, vor allem wenn man die Risiken bedenkt, die sie eingeht. Aber das sagte er ihr nicht. Er durfte Daisys unbekümmerten Mut nicht mit seinen Zweifeln und dunklen Warnungen erschüttern.

„Keine Sorge", sagte sie leise und legte ihre Hand begütigend auf die seine. „Ich kenne die Gefahren. Ich gehe keine Risiken ein – es sei denn, sie sind unvermeidlich!"

Tom lachte. „Bin ich so leicht zu durchschauen?"

„Für mich schon", erwiderte Daisy und warf ihm einen zärtlichen Blick zu.

Sie sahen einander überrascht, beinahe bestürzt an. Dann sagte Tom mit unsicherer Stimme: „Passen Sie gut auf sich auf, Daisy. Das ist eine andere Art von Risiko." Er beugte sich plötzlich über den Tisch und küßte sie.

„Also wirklich!" protestierte sie lachend. „In einem Café!"

„Was schlägst du denn statt dessen vor?" erkundigte sich Tom unschuldig. „Soll ich es von den Dächern schreien?"

„Nein!" lächelte Daisy. „Du sollst überhaupt nicht schreien." Dann sah sie ihn an, wieder sehr liebevoll und direkt. „Bewahre es auf", flüsterte sie und umfaßte seine ausgestreckte Hand. „Bewahre es gut auf, Tom, bis die Zeit dafür gekommen ist."

Er nickte und führte ihre Hand an seine Lippen.

IN LONDON fuhr Tom direkt zu Greg, wo ihn eine Nachricht der YAA-Hilfsorganisation erwartete. Er wurde gebeten, unverzüglich zurückzurufen.

Er wählte die Nummer und wartete geduldig, bis jemand abnahm. Als er die leise, zurückhaltende Stimme einer Frau hörte, bekam er auf einmal Angst. Sie klang sehr vorsichtig und erzwungen ruhig.

„Oh, Mr. Denholm. Ich bin froh, daß Sie anrufen. Es gibt ein paar Neuigkeiten über Kit Wade..., aber ich fürchte, sie sind nicht besonders gut. Inzwischen ist er definitiv als vermißt gemeldet. Seit er auf der Umgehungsroute verschwand, wurde weder von ihm noch von seinem Lastwagen etwas gesehen oder gehört."

„Können Sie mir den Namen des Ortes sagen, wo er verschwand?" fragte Tom. „Oder einen Ort in der Nähe?"

„Sie wollten zu einem Dorf zwischen Slavonska Pozega und Nasice. Seit dem Waffenstillstand sind bereits einige Hilfskonvois auf dieser Route nach Osijek durchgekommen. Es führt eine Straße durch die Berge dahin, dort wurden sie jedoch von Minen aufgehalten, und deshalb entschieden sie sich für den Umweg. In der Nähe halten sich noch immer serbische Truppen auf, und trotz des Waffenstillstandes kommt es immer wieder zu kleinen Feuergefechten." Die Mitarbeiterin von YAA klang nun echt besorgt. „Falls Sie daran denken sollten, auf eigene Faust nach ihm zu suchen, Mr. Denholm, so rate ich Ihnen dringend davon ab. Aber wenn Sie sich doch zu dieser Reise entschließen, dann wird Ihnen das Hilfsteam vor Ort sicherlich alle Informationen zukommen lassen, die sie haben. Zuvor müßten Sie sich natürlich an das Außenministerium wenden und die üblichen Behördengänge hinter sich bringen."

„Vielen Dank", sagte Tom. „Ich lasse Sie wissen, wie ich mich entscheide. Und Sie rufen mich an, sobald es etwas Neues gibt?"

„Selbstverständlich."

IN DEN folgenden Tagen traf Tom Vorbereitungen für seine Fahrt nach Kroatien, sah sich Landkarten an und frischte seine Sprachkenntnisse auf. Danach führte er zwei Telefongespräche, eines mit Derek und das andere mit Jenny in Kalifornien. Er fühlte sich verpflichtet, ihnen zu sagen, daß Kit vermißt wurde.

Wie zu erwarten, reagierte Derek fast völlig ungerührt. „Er wird schon wiederauftauchen", meinte er. „Burschen seines Alters tauchen öfter mal unter, das ist nichts Ungewöhnliches."

„Ich glaube, du begreifst die Situation nicht ganz", entgegnete Tom scharf. „Hier handelt es sich nicht um eine Halbstarkenlaune. Kit gehört einem Team gutorganisierter Helfer an."

„Offenbar ist das nicht gut genug organisiert", gab Derek zurück.

„Da drüben herrscht Krieg", zischte Tom. „Sie veranstalten kein Picknick."

Einen Moment lang herrschte Stille, dann fragte Derek fast ungläubig: „Willst du damit etwa sagen, daß Kit in Gefahr sein könnte?"

„Ja, genau das sage ich", antwortete Tom schonungslos. „Ich habe keine Ahnung, was ich in Kroatien herausfinden werde. Ich dachte nur, du solltest es wissen. Immerhin geht es hier um deinen Sohn."

„Weiß Becky davon?"

„Nein. Ihr Gesundheitszustand erlaubt keine weiteren Aufregungen. Aber wenn es wirklich schlechte Nachrichten gibt, muß sie diese natürlich erfahren."

„Lieber von dir als von mir", sagte Derek ausweichend. „Halte mich jedenfalls über die Ereignisse auf dem laufenden." Und er legte einfach auf.

Das Gespräch mit Jenny gestaltete sich nicht viel besser.

„Und was soll ich deiner Meinung nach nun tun?" erkundigte sie sich gereizt.

„Im Augenblick nichts", erwiderte Tom. „Aber wenn es unangenehme Neuigkeiten gibt, Jenny, solltest du nach Hause kommen. Weil deine Mutter dich dann brauchen wird."

„Sie hat mich früher auch nicht gebraucht", meinte Jenny trotzig.

„Das stimmt doch nicht, Jenny. Sie hat vielleicht nie groß darüber gesprochen, aber ihr beide fehlt ihr sehr – besonders jetzt."

Jenny seufzte laut. „Ich kann mich da wirklich nicht hineinziehen lassen, Onkel Tom. Wenn Dad mit einem Flittchen auf und davon ist, dann ist er eben auf und davon. Das passiert doch tagtäglich."

„Vielleicht, aber das macht es für diejenigen, die verlassen werden, auch nicht leichter."

„Wahrscheinlich hast du recht", räumte Jenny widerwillig ein.

„Was machst du eigentlich zur Zeit?" wollte Tom wissen. „Ist es sehr wichtig?"

„Ich studiere in Berkeley. Ja, für mich ist das sehr wichtig."

„Dann komm wenigstens den Sommer über nach Hause, Jenny. Ich zahle dir auch den Flug, falls dir das Sorgen macht."

„Vielen Dank...", begann sie, aber er hörte noch immer Skepsis in ihrer Stimme.

„Bitte, Jenny", flehte er. „Es wäre so wichtig für deine Mutter."

„Ich werde es mir überlegen", erwiderte sie, wobei sie nicht besonders begeistert klang.

Damit mußte er sich zufriedengeben. Aber nachdem er den Hörer aufgelegt hatte, fragte er sich, wie eine Tochter so abweisend reagieren konnte. Doch dann erinnerte er sich an Hollys Worte. Kit und Jenny hatten tatsächlich eine merkwürdige Kindheit gehabt. Statt ihnen ein normales Familienleben zu bieten, hatten ihre Eltern sie in exklusive Internate gesteckt und ihnen zum Ausgleich Ferien an den mondänsten Orten der Welt ermöglicht. Wenn er all dies bedachte, meinte er besser zu verstehen, warum sie sich alle so fremd geworden waren und so wenig Anteilnahme füreinander aufbrachten.

Seufzend wandte er sich wieder seinen eigenen Problemen zu. Er entschloß sich, ein Testament zu machen. Auf seinem Bankkonto befand sich eine Menge Geld, und er hielt es für besser, etwas Sinnvolles damit anzufangen. Die Hälfte davon vermachte er Becky – nachdem er sich bei Austen Bennett, Beckys tüchtigem Anwalt, davon überzeugt hatte, daß dessen Verhandlungen mit Derek auf eine akzeptable Lösung hinausliefen. Kit und Jenny sprach er ebenfalls jeweils eine beträchtliche Summe zu, und den Rest seines Geldes überschrieb er Daisy Bellingham „zur Unterstützung ihrer karitativen Tätigkeit".

Als das erledigt war, fuhr er zu Beckys Haus hinaus, um ihr Auto sowie einige andere Dinge zu holen – und um Holly und Adam zu besuchen. In den letzten Tagen hatte eine Idee langsam Gestalt angenommen. Deshalb telefonierte er erst einmal mit Ruth Bellingham auf der Farm, bevor er sich, sehr zufrieden über Ruths Reaktion, auf den Weg zum ehemaligen Pfarrhaus machte.

Zunächst traf er auf Adam, der mit seinem Dreirad über den gepflasterten Gartenweg flitzte. „Hallo, Onkel Tom", rief er, „willst du meine Mama besuchen?"

„Ich möchte euch beide besuchen", erwiderte Tom und lächelte den kleinen blauäugigen Jungen an, der sich über seinen Besuch wirklich zu freuen schien.

Da Holly ihre Stimmen gehört hatte, kam sie an die Tür und rief: „Kommen Sie doch herein, Tom. Das Teewasser kocht, und ich habe gerade ein paar Waffeln gebacken."

„Wer könnte da widerstehen?“ gab Tom lachend zurück und folgte ihr ins Haus.

Nachdem Adam drei Waffeln mit Sahne verputzt und ein Glas Orangensaft getrunken hatte, schickte Holly ihn wieder zu seinem Dreirad in den Garten und wandte sich ernst an Tom: „Gibt es irgendwelche Neuigkeiten von Kit?“

„Ich fürchte, ja, Holly.“ Er berichtete ihr, was ihm die Mitarbeiterin von Kits Hilfsorganisation erzählt hatte, und setzte hinzu: „Aber ich werde nach Kroatien fahren und ihn zurückholen, Holly. Ich bin sicher, daß alles gut wird.“

Sie sah ihn erschreckt an. „Müssen Sie wirklich wieder dorthin?“

„Ja, ich muß. Ich habe mich schon zu lange um meine familiären Verpflichtungen gedrückt. Und genau darüber würde ich mich gern mit Ihnen unterhalten.“

Hollys Blick wurde eine Spur wachsamer. „Über familiäre Verpflichtungen?“

„Genau. Eigentlich geht es um Becky. Ich habe ihr nichts von Kits Verschwinden erzählt, und ich denke, daß ich es auch nicht tun werde. Dafür ist später immer noch Zeit, wenn sich die Notwendigkeit ergibt. Jetzt sollte sie so wenig Aufregungen wie möglich haben.“ Er holte tief Luft. „Und da kommen Sie ins Spiel, Holly. Ich würde Sie gern um einen großen Gefallen bitten.“

Tom erzählte ihr von der Farm und der Vereinbarung mit Ruth Bellingham und wie sehr sich Becky auf den Aufenthalt dort freute. „Aber da ich nicht dasein werde und auch Daisy mit ihrem Lastwagen unterwegs ist, hat sie nur Ruth, um sich zu unterhalten, und die ist eine vielbeschäftigte Farmersfrau. Also habe ich mich gefragt, ob Sie nicht vielleicht für ein paar Wochen zu ihr fahren möchten. Adam wäre von der Farm bestimmt begeistert, und Sie wären eine hervorragende Gesellschafterin für Becky. Es ist ohnehin höchste Zeit, daß Sie einander besser kennenlernen...“

Holly zögerte. „Ja, aber was ist, wenn Becky mich gar nicht kennenlernen möchte?“

Tom hörte in ihrer Stimme Unsicherheit und die langen Monate der Isolation, die Holly als alleinerziehende Mutter in einer gleichgültigen Welt hinter sich hatte. „Sie wird Sie kennenlernen wollen“, entgegnete er zuversichtlich. „Und Adam wird sie schlichtweg lieben. Was Becky jetzt mehr als alles andere braucht, ist ein Gefühl von familiärer Geborgenheit.“

Holly seufzte und sah Tom an. „Aber ich gehöre doch gar nicht zu ihrer Familie."

„Ich denke schon", sagte Tom leise. „Sie haben Kit doch sehr gern."

Plötzlich füllten sich Hollys Augen mit Tränen. „Wenn es nur so einfach wäre."

„Es ist so einfach, ganz bestimmt!" In Situationen wie dieser, dachte er, zählen nur die Gefühle, die zwei Menschen füreinander empfinden. „Und was die Kosten anbelangt", fuhr er dann ganz praktisch fort, „das ist alles geregelt. Es wäre ein kostenloser Urlaub. Stellen Sie sich doch nur vor, wie sehr Adam die Lämmer und Pferde gefallen würden!"

„Schon gut, Sie haben mich überzeugt", meinte Holly lächelnd. „Natürlich werden wir nach Yorkshire fahren, wenn Sie glauben, daß es hilfreich sein kann. Wir können doch jederzeit nach Hause fahren, wenn Becky nicht einverstanden ist, oder?"

„Das versteht sich von selbst", sagte Tom. „Adam hat doch bald Ferien, nicht wahr?"

„Ja, die Vorschule endet in dieser Woche."

Er nickte. „Also könnten Sie gleich mit mir nach Yorkshire kommen. Ich bringe Becky ihr Auto, und darin ist noch jede Menge Platz."

Holly holte tief Luft. „Ja, ich denke, das ist möglich. Aber können Sie mir einen Tag geben, um alles vorzubereiten?"

„Zwei, wenn Sie mögen. Allerdings könnte ich Sie nur kurz auf der Farm absetzen, um mich dann so schnell wie möglich auf den Weg nach Kroatien zu machen." In diesem Augenblick kam Adam hereingelaufen und lehnte sich vertrauensvoll gegen Toms Sessel.

„Was hältst du davon, Adam, wenn wir auf eine Farm fahren?" fragte ihn Holly.

„Darf Benji mit?" erkundigte er sich prompt.

„Ja, ich bin sicher, daß er mitkommen kann", sagte Tom. „Wenn du aufpaßt, daß er auf der Farm keinen Unsinn anstellt."

Und als er sah, wie Adams Augen bei Hollys Schilderung der vielen Tiere auf der Farm immer größer wurden, wußte er, daß er das Richtige getan hatte.

IN YORK angekommen, schlug Tom Holly und Adam eine Besichtigung der herrlichen alten Stadt vor. Er würde in der Zwischenzeit Becky in der Klinik abholen.

„Wir treffen uns dann im Park wieder", sagte er, „in ungefähr einer Stunde. Ein kleiner Spaziergang tut Benji bestimmt gut."

„Mir auch", erklärte Adam. Auf der langen Fahrt in den Norden war er sehr brav gewesen, aber nun war er es leid, länger still zu sitzen. „Darf ich die Enten füttern?"

Tom hatte keine Ahnung, ob es im Park überhaupt einen Teich gab, aber Holly sagte schnell: „Ich bin sicher, daß wir das können. Komm, wir werden irgendwo etwas Brot kaufen", und ging mit Adam und Benji davon. Sie wußte, daß Tom mit Becky unter vier Augen sprechen und seiner Schwester ihre und Adams Anwesenheit erklären wollte.

Tom sah ihnen nach, wie sie Hand in Hand in der Frühlingssonne davongingen. Dann drehte er sich um und konzentrierte sich auf das Gespräch mit Becky, von dem er befürchtete, daß es nicht leicht werden würde.

Er hatte es bisher nicht gewagt, sich den wirklichen Grund einzugestehen, warum er Holly mit Becky zusammenbringen wollte. Doch ganz tief in ihm saß die Furcht, daß Kit da draußen in Kroatien getötet worden sein könnte. Sein Instinkt sagte ihm, daß die beiden Menschen, die den jungen Burschen wirklich liebten, einander auf irgendeine Weise Trost geben könnten – falls das jemals nötig werden sollte. Aber das durfte nicht nötig werden, redete er sich zu. Irgendwo muß Kit sein, und ich finde ihn. Ich muß ihn finden!

Er war so in seine Überlegungen vertieft, daß er kaum merkte, wie er die Greenbanks Klinik betrat und die Empfangshalle auf dem Weg zu Beckys Zimmer durchquerte.

Er traf Becky in bemerkenswert guter Stimmung an. Die Aussicht auf ein neues Leben auf der Farm schien ihr neue Hoffnung gegeben zu haben.

„Ich bin fast fertig", verkündete sie fröhlich. „Ich muß nur noch den Koffer schließen."

Tom widerstrebte es, ihre Vorfreude zu schmälern, aber es war unumgänglich, ihr von Holly und Adam zu erzählen. „Ich möchte dich um einen großen Gefallen bitten", begann er. „Ich habe Holly und den kleinen Adam mitgebracht. Ich dachte, sie könnten dir auf der Farm ein bißchen Gesellschaft leisten."

Sie blickte ihn erstaunt an. „Warum?"

„Weil Holly einsam ist, und weil sie sich ebensolche Sorgen um Kit macht wie du, Becky. Ich dachte, du könntest ihr vielleicht ein bißchen Sicherheit geben. Sie und das Kind haben eine Art Familie dringend nötig. Es ist nicht leicht, einen kleinen Jungen ganz allein aufzuziehen. Und ich habe so das Gefühl, daß du Kits Freundin besser kennenlernen solltest. Zwischen den beiden ist es, glaube ich, ziemlich ernst."

Becky nickte. „Darüber habe ich auch nachgedacht, seit Daisy neulich meinte, sie müsse ihn sehr gern haben, wenn sie ihn so fortschicken konnte..."

Tom dankte Daisy im stillen für ihre klugen Worte, die für Becky die Dinge ins richtige Licht gerückt hatten. Nun mußte er angesichts Beckys zugänglicher Stimmung seinen Vorteil nutzen. „Und Adam ist ein bezauberndes Kind. Du wirst dich auf Anhieb in ihn verlieben. Er freut sich schon so auf die Farm! Um ganz ehrlich zu sein, ich hatte auch Angst, daß du dich unter Umständen langweilen könntest, weil Ruth mit der Farm so viel zu tun hat. Besonders, da ich für eine Weile fortfahren muß und Daisy auch..."

Becky brach in schallendes Gelächter aus. „Du bist ein Ganove, Tom, weißt du das? Ich bin keineswegs so dumm, nicht zu merken, wenn über meinen Kopf hinweg über mich bestimmt wird! Aber du hast ganz recht. Ich sollte Holly wirklich besser kennenlernen."

Tom seufzte erleichtert auf. „Holly hat vorgeschlagen, daß sie sofort wieder nach Hause fährt, falls du nicht einverstanden bist. Es ist ihr ernst damit. Ich glaube, die Jahre als alleinerziehende Mutter haben sie viele Freunde und Bekannte gekostet. Sie hat deshalb große Angst vor Zurückweisungen. Ich habe mich gefragt, ob du sie vielleicht ein bißchen unter deine Fittiche nehmen könntest."

„Du bist ganz schön gerissen, lieber Bruder", erwiderte Becky lächelnd. „Aber du hast mich keine Sekunde lang täuschen können. Doch gut, laß uns zu ihr fahren."

Und so verließ Becky die Klinik ohne Bedauern und fuhr mit Tom zu dem kleinen Park, in dem sie sich mit Holly, Adam und Benji treffen wollten.

Als Adam sie kommen sah, lief er ihnen entgegen und drückte Becky sehr ernst eine in Papier gewickelte Blume in die Hand. „Das ist für dich, weil du Kits Mama bist und ich Kit sehr gern habe, und Mama sagt, es ist eine... eine...?"

„Eine weiße Rose", half Holly ihm lächelnd weiter. „Eine weiße Rose von York."

„Eine weiße Rose von York", wiederholte Adam gewichtig. „Und wir waren in einem besonderen Geschäft, weil es eigentlich noch keine Rosen gibt, aber die hier kommt aus... aus..."

„Aus Südfrankreich", ergänzte Holly erneut, und alle mußten lachen.

„Eine weiße Rose aus York, die aus Südfrankreich kommt", meinte Becky beeindruckt. „Das ist ja etwas ganz Besonderes! Kannst du sie mir in mein Knopfloch stecken?" Sie bückte sich, längst fasziniert von den großen blauen Augen und dem wuscheligen Blondschopf, damit Adam an das Revers ihres Mantels heranreichen konnte.

Über ihre Köpfe hinweg sah Tom Holly erleichtert und dankbar an. Und mit einem Male kamen sich alle vor wie bei einem richtigen Familienausflug und bestiegen das Auto, um zur Farm zu fahren.

RUTH empfing sie mit offenen Armen und einem reich gedeckten Tisch in der Küche. Adam war von den Lämmern neben dem Herd allerdings so begeistert, daß er nur mit Mühe dazu überredet werden konnte, einen Bissen zu sich zu nehmen.

Nach dem Essen zeigte Becky den zwei Neuankömmlingen die Stute Granat und ihr Fohlen Juwel, die noch immer in der strohgefüllten Box standen.

„Hallo, Granat", lockte Becky und streckte die Hand aus. „Dein Juwel ist ja noch hübscher geworden."

Und wie schon zuvor schob Granat die samtweichen Nüstern vor und beschnupperte sanft Beckys ausgestreckte Hand.

Auch diesmal sah Lacey wieder gebannt zu und murmelte: „Schätze, sie ist froh, Sie wiederzusehen."

Becky war sich bewußt, welches Kompliment ihr da gerade zuteil geworden war, und lächelnd wandte sie sich an Lacey: „Ja, aber Sie sind derjenige, dem sie vertraut", versicherte sie ihm, und das ließ Lacey vor Stolz fast sichtbar größer werden.

Tom hatte sich der allgemeinen Besichtigungstour nicht angeschlossen, um ungestört ein paar Worte mit Ruth wechseln zu können. „Es ist sehr liebenswürdig von Ihnen, auch Holly und Adam aufzunehmen", sagte er. „Ich kann nur hoffen, daß Benji Ihnen keinen Ärger macht."

Ruth lachte. „Die anderen Hunde werden ihn schon zur Räson bringen, keine Angst! Und was Holly und Adam betrifft: Es ist schön, mal wieder junges Volk unter unserem Dach zu haben. Das bringt ein bißchen Leben in die Bude."

Ihr Lächeln wirkte ebenso ansteckend wie Daisys, und das erinnerte Tom daran, was er noch sagen wollte. „Hat Daisy...", begann er.

„O ja. Sie hat Ihnen eine Nachricht hinterlassen." Sie trat an den mächtigen Küchenschrank und zog hinter einem Stapel blauer Teller einen zusammengefalteten Bogen hervor. „Es tat ihr leid, daß sie nicht auf Sie warten konnte."

*„Bin Montag im Depot in London"*, stand da in Daisys klarer, deutlicher Handschrift. *„Warte so lange wie möglich. Komm bald, D."*

SPÄTER am Abend, als alle in ihren Zimmern verschwunden waren, machte Tom nochmals die Runde, um zu erkunden, wie sich seine Schützlinge in ihrer neuen Umgebung fühlten. Er kam sich dabei ein wenig vor wie der Direktor eines Internats, aber er mußte sich vor seiner Abfahrt nach London unbedingt vergewissern, ob sie wirklich alle miteinander auskommen würden.

Becky traf er am Fenster an, wo sie auf die mondbeschienene Landschaft hinausblickte.

„Wie weit und wunderschön das alles ist", flüsterte sie andächtig, als er neben sie trat.

„Wirst du dich denn hier wohl fühlen?" fragte er und legte ihr einen Arm um die Schulter.

„Aber ja!" versicherte sie ihm. „Ich werde jede Minute auskosten. Außerdem hattest du recht mit Holly. Wir werden bestimmt gut miteinander auskommen."

Tom drückte sie fest an sich. „Es tut mir leid, daß ich fortmuß. Ich habe noch etwas zu erledigen. Aber ich komme so schnell wie möglich zurück."

„Mach dir keine Sorgen um mich", beruhigte ihn Becky. „Ich habe mich entschlossen, zunächst einmal von einem Tag zum anderen zu leben und jeden einzelnen zu genießen."

„Gut." Tom schmunzelte. „Das hört sich nach Ferien an." Er blickte sie an, und es kam ihm so vor, als wäre sie inzwischen schon sehr viel ruhiger und ausgeglichener geworden. Die bedrohlichen Schatten über ihrem Leben schienen sich verzogen zu haben. Sie hatte schon fast wieder etwas von der unbeschwerten und begeisterungsfähigen jungen Frau, die sie einmal gewesen war.

„Viel Glück, und schlaf recht gut", wünschte er ihr und ließ sie weiter zum Fenster hinaus auf die silbern schimmernden Hügel von Yorkshire blicken.

Er ging weiter zu Holly und klopfte ganz leise an die Tür, um Adam nicht zu wecken. „Ist alles in Ordnung bei Ihnen?“ fragte er, als Holly die Tür öffnete.

„In Ordnung?“ Holly schaute ihn glücklich an. „Es ist absolut traumhaft! Ich konnte Adam kaum ins Bett bekommen, so begeistert ist er über alles.“

„Und Sie?“

„Ich bin genauso begeistert. Und auch sehr erleichtert darüber, daß hier alle so herzlich sind. Außerdem glaube ich, daß Becky und ich eine ganze Menge gemeinsam haben.“

Tom lächelte. „Einschließlich Kit.“

Ihr Lächeln trübte sich für einen Moment. „Einschließlich Kit“, wiederholte sie leise.

Tom umfaßte einen kurzen Moment lang ihre Schultern. „Ich bin Ihnen so dankbar, daß Sie gekommen sind.“ Er wünschte Holly eine gute Nacht und ging dann zufrieden und beruhigt auf sein Zimmer.

Am nächsten Morgen stand er schon sehr früh auf und fuhr mit dem Milchlaster nach York, wo er sich in den ersten Zug nach London setzte. Es war an der Zeit, sein Vorhaben in die Tat umzusetzen. Es duldete keinen Aufschub mehr.

# Teil drei IM NIEMANDSLAND

IN LONDON trafen sich Tom und Daisy in ihrem angestammten Café, wo ihnen der rothaarige Joe den üblichen Gruß zurief und von sich aus zwei Brötchen mit gegrilltem Speck sowie zwei Tassen Tee an den Tisch brachte.

„Also“, sagte Daisy und sah Tom fest an, „wann können wir starten?“

Tom mußte über ihre Direktheit wieder einmal lächeln. „Wann immer du willst. Ich habe heute meine Visa und die anderen Genehmigungen erhalten. Hat deine Organisation noch zusätzliche Papiere für uns bereitgestellt?“

„Ja.“ Daisy nickte. „Die habe ich auch schon abgeholt!“

Tom beugte sich plötzlich vor und umfaßte ihr Handgelenk. „Ich möchte, daß du mir etwas versprichst, Daisy. Du darfst meinetwegen keine unnötigen Risiken eingehen.“

Sie hob den Kopf, als wollte sie protestieren, aber als sie seinem besorgten Blick begegnete, fügte sie sich mit einem gelassenen Schulterzucken. „Okay. Nicht mehr Risiken als nötig."

„Zeig mir nur die Leute, denen ich Fragen stellen muß", fuhr er fort, „und überlaß alles andere mir. Ich will nicht, daß du da hineingezogen wirst."

Diesmal mußte sie ihm widersprechen. „Ich stecke bereits mittendrin, Tom."

Sein Griff um ihr Handgelenk wurde fester. „Bitte, Daisy! Versuch das doch zu verstehen. Ich habe schon einmal den Tod eines Menschen verursacht, den ich liebte, vergiß das nicht!"

„Du hast ihn nicht verursacht, Tom."

„Ich war dafür verantwortlich."

„Nein. Jeder einzelne von uns ist selbst verantwortlich für das, was er tut. Deine Suzi hat freiwillig gehandelt. Das war sehr mutig und vielleicht auch sehr unvernünftig von ihr, aber es war ganz allein ihre Entscheidung. Nicht deine, Tom." In ihren klaren Augen konnte er die Aufforderung lesen, endlich diese Wahrheit zu akzeptieren. „Es ist höchste Zeit, diese quälenden Erinnerungen zu korrigieren", setzte sie leise hinzu und fuhr schnell mit energischerer Stimme fort: „Wir müssen an unseren Erfolg glauben! Du solltest das Ganze als Abenteuer ansehen. Das tue ich immer – und meistens ist es auch genau das. Besonders der erste Teil der Fahrt wird dir gefallen: jede Menge Landschaft und ein leicht durchgesessenes Hinterteil!"

Tom lachte, und die Schatten seiner Vergangenheit verzogen sich.

„Es geht los", sagte Daisy und stand auf.

Tom fand, daß sie aussah wie eine moderne Jeanne d'Arc, die mit wehenden Fahnen in den Kampf zog. Es war ein Abenteuer, und wie konnte es scheitern, wenn Daisy von seinem Erfolg überzeugt war?

MIT DER Hinfahrt behielt Daisy recht: Sie war zunächst einmal ein Abenteuer, und sie strapazierte die Sitzfläche. Der Lastwagen holperte die Berge hinauf und hinunter, an furchterregenden Abgründen entlang und durch Haarnadeln hindurch, bis selbst Tom, der am Steuer saß, fast schwindlig wurde. Aber er mußte zugeben, daß es sich für diese atemberaubende Landschaft lohnte.

Dieser Teil der Fahrt war für sie beide ein ganz besonderes Erlebnis. Sie hatten viel Zeit, miteinander zu reden und sich näher kennenzulernen. In der kleinen Welt der Fahrerkabine wuchs ganz allmählich eine ganz besondere, sehr enge Beziehung zwischen ihnen. Tom berichtete Daisy von seinen Tagen auf der Insel Little Reward. Er erzählte ihr sogar von Sally Maguires leidenschaftlicher Feststellung – Familie ist und bleibt Familie! –, die ihn schließlich zur Heimkehr nach England bewogen hatte. Und das führte ihn wiederum zu einer Frage, die ihm in letzter Zeit häufig durch den Kopf gegangen war.

„Wie stehst du eigentlich zu deiner Familie?"

Sie blickte ihn aufmerksam an, da sie ahnte, daß sich hinter dieser scheinbar beiläufig gestellten Frage sehr viel mehr verbarg. „Für mich war die Familie immer sehr wichtig", erklärte sie. „Aber..."

„Aber sie kann auch Tyrannei sein?"

Sie lachte. „Nur, wenn man das zuläßt. Ich hatte eine sehr glückliche Kindheit, obwohl ich glaube, daß mein Vater lieber einen Jungen gehabt hätte."

Tom sah sie erstaunt an. „Tatsächlich?"

„Aber ja. Einen Sohn, der später einmal die Farm übernehmen würde. Doch ich wollte immer schon in die Welt hinaus."

„Nun, das ist dir ja auch gelungen."

„Ja, aber ich fahre sehr oft nach Hause, und ich bemühe mich, immer dazusein, wenn die Lämmer zur Welt kommen. Dad braucht dann wirklich jede Unterstützung."

Tom nickte. „Aber du mußt hin und wieder auch Abstand gewinnen?"

Sie schüttelte den Kopf. „Es geht nicht darum, Abstand zu gewinnen. Ich muß von Zeit zu Zeit etwas Positives tun – es gibt so viel Leid auf dieser Welt. Ich könnte es einfach nicht ertragen, nur zuzusehen und nichts zu tun."

Tom lächelte. „Ich kann mir nicht vorstellen, daß du bei irgend etwas untätig zusiehst."

„Ich weiß", grinste Daisy, „ich bin eine Frau, die sich gerne einmischt."

„Das ist Sally Maguire auch", sagte er. „Und weißt du was, ich liebe Frauen, die sich einmischen!"

Beide mußten lachen, aber dann meinte Daisy ernst: „Im Grunde willst du doch sagen, daß deine Tage als Junggeselle gezählt sind und du jetzt ein Familienleben beginnen möchtest, oder?"

Tom seufzte. „Es sieht ganz danach aus. Jemand muß Becky doch einen Platz geben, an den sie gehört. Und dann sind da noch Holly und Adam und auch Kit, wenn wir ihn nach Hause holen können."

„Meine Mutter hatte das Haus stets voller Leute", sagte Daisy nachdenklich. „Ich bin daran gewöhnt. Eine große Familie gefällt mir. Die meisten Menschen leben in ihren kleinen, streng voneinander abgegrenzten Welten und denken an nichts anderes als an ihre eigenen Probleme. Ihre Umwelt ist ihnen völlig gleichgültig. Das ist doch eine hohle und sinnlose Existenz." Sie schwieg.

Für den Moment war dieses Thema ausreichend besprochen, trotzdem kam es Tom so vor, als hätten sie damit schon viel geklärt, was ihre Zukunft betraf.

Für die Fahrt ließen sie sich Zeit. Ihre Tagesetappen waren nicht zu lang und ermüdend, da Daisy betont hatte, wie wichtig es war, frisch und ausgeruht ans Ziel zu kommen.

Schließlich überquerten sie die österreichisch-kroatische Grenze und erreichten schon bald darauf Ljubljana und schließlich Zagreb. Hier brachte Daisy Tom zur Zentrale von Relief Aid. „Alle Hilfsgüter kommen durch Zagreb", erklärte sie. „Falls es irgendwelche Nachrichten über Kit gibt, so werden wir sie hier erfahren. Und ich bekomme meine Instruktionen."

Sie begab sich mit ihrer Spendenliste und den Reisedokumenten ins Büro und ließ Tom in einem Vorraum zurück. An einer Wand hing eine großflächige Landkarte von Bosnien und Kroatien. Auf ihr waren mit Stecknadeln die Routen gekennzeichnet, auf denen es Mitarbeitern gelungen war, ihre Lastwagen sicher durch das gefährliche Terrain und über die schmalen Bergstraßen zu bringen. Er war gerade dabei, die Karte näher zu betrachten, als hinter ihm eine Stimme sagte: „Sehr beeindruckend, nicht wahr? Aber dennoch ist es noch immer unmöglich, jeden zu erreichen, der unsere Hilfe braucht."

Tom drehte sich um. Die Frau, die vor ihm stand, war groß, mit kräftigen grauen Haaren, die aus dem Gesicht gekämmt waren. „Ich heiße Esmée", sagte sie und streckte ihm ihre Hand entgegen. „Und Sie sind Tom. Daisy hat mir gesagt, daß Sie kommen, aber sie hat nicht erwähnt, daß Sie Tom Denholm sind."

Tom sah sie verblüfft an. „Sie waren damals schon hier?"

„Aber ja."

Und wieder suchte er hilflos nach Entschuldigungen. „Es war ein sehr schlecht vorbereitetes Unternehmen", brachte er schließlich heraus.

„Ja, ich weiß.“ Sie schaute ihn verständnisvoll an. „Es war nicht Ihre Schuld.“

Tom wirkte überrascht. „Ich ... Es war eine sehr konfuse Situation.“

Esmée nickte. „Wie so häufig hier. Dauernd fallen Granaten. Niemand trifft im richtigen Moment die richtigen Anordnungen. Hinter jeder Ecke lauern Heckenschützen. Und die serbischen Anführer halten sich noch immer nicht an die Waffenstillstandsabkommen. Es ist noch immer das gleiche Chaos.“

„Ist es denn nicht zumindest ein bißchen besser geworden?“ fragte Tom.

„An manchen Orten schon. Dann und wann haben wir Hoffnung, daß der Krieg tatsächlich ein Ende findet. Aber dann brechen irgendwo neue Feindseligkeiten aus, und der Kreislauf der Vergeltung beginnt von vorn.“ Sie blickte ihn an. „Sagen Sie, haben Sie eigentlich jemals die Zeichnungen angefertigt, die man von Ihnen haben wollte? Ich meine, diese Bilder vom Krieg?“

„O ja, vor meiner Kündigung. Aber sie sind so erschreckend realistisch ausgefallen, daß sie es nicht wagten, sie zu veröffentlichen.“

„Es gibt hier noch immer viel zu zeichnen“, erklärte Esmée mit Nachdruck.

Tom machte große Augen. „Was meinen Sie damit?“

„Inzwischen sind zwei Jahre vergangen. Zwei Jahre mit zerbombten Häusern und verwundeten Menschen. Es mangelt an Nahrung, an Wasser, an Brennstoff. Das läßt die Menschen hier verzweifeln. Für sie bessert sich nichts. Es werden viele Jahre vergehen, bis sie wieder ein normales Leben führen können.“

„Was wollen Sie damit sagen?“

„Nun, eine Möglichkeit, die Welt zur Hilfe anzuregen, könnten Ihre Bilder sein. Sie könnten doch eine Ausstellung in London veranstalten, oder? Die Spendenbereitschaft der Menschen läßt schnell nach, wenn sie nicht immer wieder angeregt wird.“

Tom starrte sie verblüfft an. „Mit wem haben Sie denn darüber gesprochen?“

„Unter anderem mit mir“, meldete sich Daisy hinter ihm. „In weiser Voraussicht habe ich dir einen Skizzenblock mitgenommen. Für den Fall, daß du ein bißchen Zeit übrig hast.“

„Also ehrlich“, stöhnte Tom auf, „du gibst mir noch nicht einmal dic Chance, auch nur darüber nachzudenken.“

„Du wirst noch genügend Zeit haben, darüber nachzudenken“,

erwiderte Daisy ungerührt. „Und nun sage ich dir, was wir als nächstes tun werden." Sie trat vor die große Landkarte an der Wand. „Harry, einer der Männer, die mit Kit zusammen waren, trifft morgen in Zagreb ein. Zunächst wird er seiner Organisation Bericht erstatten, dann aber auch hier vorbeikommen. Vielleicht hat er Neuigkeiten für uns. Danach fahren wir nach Slavonska Pozega, dann nach Nasice und weiter nach Osijek. Die anderen drei Fahrer von Kits Konvoi halten sich noch immer in Osijek auf." Sie zeichnete mit dem Finger die Bergstraßen hinter Slavonska Pozega nach. „Das hier ist ein sehr schwieriges Terrain, um jemanden zu suchen, Tom. Es wird einige Zeit dauern. Trotzdem, man kann nie wissen, wir können auch Glück haben!"

Tom war das „Wir" nicht entgangen.

AM NÄCHSTEN Tag erzählte ihnen Harry dann alles, was er wußte. Viel war es nicht. „Wir wollten zu einem Dorf nördlich von Nasice", berichtete er. „Dort hatten die Kämpfe zwar aufgehört, aber UN-Posten warnten uns vor Straßenminen. Also entschlossen wir uns zu einem Umweg. Normalerweise fahren wir immer zu zweit, aber Kits Beifahrer wurde an diesem Tag krank. Leichter Ruhranfall, er hatte schlechtes Wasser getrunken." Er blickte unsicher von Daisy zu Tom, als wolle er sich entschuldigen. „Wir gingen davon aus, daß Kit uns folgte. Das Wetter war abscheulich, es schneite, und in den Bergen herrschte dichter Nebel. Erst kurz vor dem Ziel merkten wir, daß Kit nicht mehr hinter uns war."

Tom nickte. „Und was haben Sie getan?"

„Wir warteten ab, ob er nicht doch noch auftauchen würde. Wir nahmen an, daß er durch eine Reifenpanne aufgehalten worden war oder vielleicht durch eine Schneeverwehung."

„Und wann sind Sie dann losgefahren, um ihn zu suchen?" erkundigte sich Daisy.

„Gleich am nächsten Tag", antwortete Harry. „Wir fuhren zu der Kreuzung zurück, an der wir auf den Umweg abgebogen waren. Wir versuchten sogar, die verminte Straße zu befahren, aber eine UN-Patrouille hielt uns zurück."

„Was könnte ihm Ihrer Meinung nach zugestoßen sein?" wollte Tom wissen.

„Er könnte sich schlichtweg verfahren haben. Von der Route zweigen einige kleinere Straßen ab, die wer weiß wohin führen. Oder der

Laster könnte von plündernden Soldaten entführt worden sein…"
„Und was hätten die dann mit Kit angestellt?"
Harry erschauerte, als er sich das ausmalte. „Hm, eine Möglichkeit ist, daß sie ihn erschossen und dann mit dem Laster das Weite gesucht haben. Da gibt es jede Menge Schluchten, in die sie ihn geworfen haben könnten. Oder sie haben den Laster geklaut und Kit im unwegsamen Gelände laufenlassen. So was ist schon vorgekommen."
„Und was sonst noch?" Daisy hakte beharrlich nach.
Harry war sichtlich erschüttert von diesem Schreckensszenario. „Natürlich kann der Laster auch von der Fahrbahn abgekommen und in einen Abgrund gestürzt sein. Aber das halte ich für unwahrscheinlich. Dann hätten wir die Reifenspuren gesehen. . ." Erschöpft sackte er gegen den Tisch, vor dem er gestanden hatte. „Es tut mir leid, mehr kann ich Ihnen nicht sagen."
„Schlafen Sie jetzt erst mal ein wenig, Harry!" ordnete Esmée an. „Sie sind ja völlig übermüdet."
Er nickte und wandte sich an Tom. „Ich bin davon überzeugt, wenn ihn jemand finden kann, dann sind das Daisy und Sie. Daisys Fähigkeit, Wunder zu wirken, ist legendär." Er streckte Tom die Hand entgegen. „Viel Glück."
„Danke", erwiderte Tom. „Das können wir brauchen."

AUF DER Fahrt nach Slavonska Pozega wurden sie mehrmals an Straßensperren und Kontrollpunkten angehalten, aber die Wachhabenden schienen Daisy gut zu kennen. Die meisten von ihnen winkten sie fast unverzüglich durch, besonders, wenn sie ihren üblichen „Wegezoll" in Form von Zigaretten und Schokoriegeln aus dem Fenster streckte.
An einer Straßensperre jedoch trafen sie auf eine Gruppe serbischer Soldaten, die sie zunächst nicht passieren lassen wollten. Auf serbokroatisch versuchte Tom ihnen zu erklären, daß sie Mitarbeiter einer neutralen Hilfsorganisation seien, die ihr Leben aufs Spiel setzten, um den unschuldigen Opfern des Krieges zu helfen. Zu seiner Überraschung stellte er fest, daß die Männer ihm interessiert zuhörten. Nach kurzer Diskussion untereinander gestatteten sie ihnen die Weiterfahrt.
„Puh!" machte Daisy. „Du könntest einem alten Mann glatt eine Kinderrassel aufschwatzen."
„Weiß ich. Ich hab's gerade getan", meinte er.

TOM GESTAND sich ein, daß er sich vor der Rückkehr ins ehemalige Jugoslawien gefürchtet hatte. Es gab zu viele qualvolle Erinnerungen an seinen letzten verhängnisvollen Aufenthalt. Immer wieder wurden die schrecklichen Ereignisse in seinen Träumen lebendig und ließen ihn schweißgebadet aufwachen. Nun hoffte er auf Heilung, indem er sich den gegenwärtigen Schwierigkeiten und Gefahren stellte. Aber am Ende waren es nicht die erneut durchlebten Schwierigkeiten und Gefahren, die Tom heilten – es waren die Menschen.

Daisy fuhr mit ihm in ihren ersten Zielort, der auf ihrem Weg nach Nasice lag: Es war ein kleines Dorf, in dem kaum ein Haus unversehrt geblieben war. Die meisten Mauern waren durch Granaten zerstört, der Rest der bescheidenen Behausungen war durch Feuer vernichtet. Nun herrschte unter den wenigen Überlebenden, die zwischen den Ruinen dahinvegetierten, eine Atmosphäre hilfloser Verzweiflung. Es gab dort kein Krankenhaus, aber man hatte eine Art Erste-Hilfe-Station eingerichtet, in der die Verletzten nach besten Kräften versorgt wurden. Lebensmittel waren knapp, und die Menschen lebten vor allem von Kartoffeln und Bohnen.

Sie kamen nur zögernd aus ihren zerstörten Häusern und begrüßten Daisy so verhalten, als hätten sie Angst, daß die Freude allzu schnell in Unglück umschlagen könnte. Nur die Kinder kannten keine Zurückhaltung. Sobald sie den Laster sahen, kamen sie auf ihn zugelaufen.

Tom hatte Daisys Rat befolgt und seinen Rucksack mit Schokoriegeln, Zigaretten und sogar ein paar Schokoladenostereiern gefüllt. Diese begann er nun an die Kinder zu verteilen. Sie nahmen sie mit einer Mischung aus Ungläubigkeit und Begeisterung entgegen.

Dann luden Daisy und Tom die für den Ort vorgesehenen Lebensmittel und medizinischen Hilfsgüter ab und trugen sie in die Erste-Hilfe-Station. Die Dorfbewohner stellten sich in einer Reihe auf und warteten geduldig auf ihre Rationen. Die meisten von ihnen konnten „danke“ auf englisch sagen. Eine junge Frau – die einzige Krankenschwester des Ortes – sah Daisy mit Tränen in den Augen an und sagte in ihrer eigenen Sprache: „Ich kann Ihnen gar nicht sagen, wieviel uns das bedeutet“, was Tom pflichtschuldig übersetzte.

Aber die Krankenschwester hatte offenbar noch etwas auf dem Herzen. Sie zupfte Tom am Ärmel und bat ihn, sich mit Daisy eine ihrer Patientinnen anzusehen: ein kleines Mädchen, das – offensichtlich sehr krank und fiebernd – auf einer Matratze auf dem Boden lag. Als Daisy und Tom sich über das Kind beugten, schlug es die Augen auf und schaute sie bittend an. Erst da bemerkte Tom, daß dem Mädchen das linke Bein amputiert worden war.

„Ich kann sie hier nicht ordentlich versorgen", sagte die Schwester zu ihm, „und ich habe keine Möglichkeit, sie ins Krankenhaus von Osijek zu bringen. Wenn sie hierbleibt, wird sie sterben. Könnten Sie sie nicht mitnehmen?"

Tom wiederholte für Daisy die Frage auf englisch.

„Wo ist ihre Mutter?" erkundigte sich Daisy. „Oder ihr Vater?"

Die Krankenschwester schüttelte den Kopf. „Beide wurden getötet", entgegnete sie. „Das Kind hat man für tot gehalten. Wir fanden es unter dem Schutt des Hauses."

„Es ist zwar gegen die Bestimmungen", erklärte Daisy, „aber wir nehmen sie mit nach Osijek. Die Verantwortlichen der Vereinten Nationen haben zu entscheiden, was weiter mit ihr geschehen soll. Ich muß ohnehin im Krankenhaus etwas abliefern. Aber ich weiß nicht, ob man ihr dort helfen kann. Das Krankenhaus dort ist auch bombardiert worden."

„In jedem Fall hat sie es dort besser als hier", meinte die Schwester.

Und so hüllten Daisy und Tom das Kind in ein paar Decken und legten es auf den Sitz des Führerhauses im Lastwagen.

„Sie heißt Sonja", sagte die Schwester.

Plötzlich trat eine alte Frau auf Daisy zu, drückte ihr etwas in die Hand und bat flüsternd: „Das hat ihrer Mutter gehört. Bitte nehmen Sie es mit." In Daisys Hand leuchtete warm eine wunderschöne Bernsteinkette. „Ich werde gut darauf aufpassen", versprach sie ernst und lächelte in das besorgte Gesicht der alten Frau.

Dann wandte sie sich an Tom. „Komm, je schneller wir loskommen, desto früher wird sie behandelt." Und schon fuhren sie davon, verabschiedet von winkenden Händen.

Rechts und links der schmalen Straße erhoben sich kahle Berge und schroffe Hänge. Tom saß am Steuer, während Daisy das Kind in einem Arm hielt und mit der anderen Hand die Route auf der Straßenkarte verfolgte.

„Nur noch wenige Kilometer bis Nasice", verkündete sie.

Tom wollte gerade mit einem „Das ist gut!" reagieren, als es rechts in den Bergen dumpf grollte, etwas über den Lastwagen hinwegzischte und mit ohrenbetäubendem Krachen links von ihnen explodierte.

„Wir sollten hier so schnell wie möglich verschwinden", sagte Tom und beschleunigte um die nächste Kurve.

In Nasice hielten sich nur wenige Beobachter der Vereinten Nationen auf, und medizinische Versorgungsmöglichkeiten waren äußerst dürftig. „Wir haben keine Möglichkeiten, hier etwas für das Kind zu tun", erklärte der UN-Vertreter, an den sich Daisy gewandt hatte, bedauernd. „Sie werden das Mädchen nach Osijek bringen müssen."

Daisy und Tom warfen einen besorgten Blick auf das fiebernde Kind. Es war schwer genug gewesen, es bis hierher zu bringen. Würde es weitere fünfzig Kilometer bei diesen schlechten Straßenzuständen überhaupt überleben?

„Wir müssen es versuchen", entschied Tom.

Daisy zögerte keine Sekunde. „Ja, das müssen wir." Sie blickte den UN-Vertreter an. „Ich habe Hilfsgüter für Nasice. Aber ich denke, es ist besser, zunächst einmal Sonja nach Osijek zu bringen. Ich komme dann später wieder hierher zurück."

Unterwegs trafen sie lediglich auf eine Straßensperre, und die war zu ihrer Erleichterung von den Vereinten Nationen bewacht. Sie wurden durchgewinkt und erreichten bald darauf die zerstörten Vororte von Osijek.

Sie fuhren direkt zum Krankenhaus, und Tom trug Sonja in eine düstere und überfüllte Station. Der Zustand des Krankenhauses war erbärmlich: In den Fenstern fehlten die Scheiben, die Stromversorgung war zusammengebrochen, nur wenige Stunden am Tag lief ein Notstromaggregat. Wasser war knapp und wurde in kleinen Rationen verteilt. Medikamente waren nahezu ausgegangen, und es mangelte vor allem an Betäubungsmitteln.

Die erschöpften Ärzte und Schwestern begrüßten Daisy und ihre Hilfsgüter mit dankbarer Erleichterung. Aber der übermüdete junge Arzt, der Sonja untersuchte, meinte bekümmert: „Wir können hier nur wenig für sie tun. Sie gehört in ein Krankenhaus, das besser ausgestattet ist als wir."

Daisy nickte. „Ich habe schon befürchtet, daß Sie das sagen würden. Wir werden mit den UN-Vertretern sprechen und sehen, wie sie uns helfen können."

Unterdessen hatte sich Tom unter den beklagenswerten Opfern umgesehen, und von Sekunde zu Sekunde war sein Gesichtsausdruck trostloser geworden. Er hatte gewußt, daß es schlimm sein würde – aber so schlimm? Hilflos seufzend schüttelte er den Kopf.

„Verzagen Sie nicht", sagte der Arzt. „Viele von ihnen werden wieder ganz gesund."

Tom warf ihm einen dankbaren Blick zu. „Sie sind so geduldig", murmelte er.

„Ja, es sind wirklich sehr geduldige Patienten", meinte der junge Arzt. „Und die Kleine hier ist nicht anders." Er strich Sonja über das Haar und lächelte sie liebevoll an.

Sonja erwiderte sein Lächeln. Dann streckte sie ihre dünnen Ärmchen Daisy und Tom entgegen, um sich von ihnen zu verabschieden. „Vielen Dank, daß ihr mich hergebracht habt", flüsterte sie auf serbokroatisch, seufzte kurz auf und schloß dann wieder die Augen.

Daisy beugte sich über das kleine Mädchen und legte ihm die Bernsteinkette um den Hals. Dann drehte sie sich um und verließ mit Tom das Krankenhaus.

„Wie kannst du dieses Elend nur ertragen?" fragte er.

„Man muß hart sein", antwortete sie. „Es bringt nichts, sich davon überwältigen zu lassen. Dann erreicht man gar nichts."

„Hast du noch nie den Wunsch gehabt, eines dieser Kinder mit nach Hause zu nehmen?"

„O ja. Sehr oft sogar. Aber ich weiß, daß das nicht möglich ist. So etwas muß von den Vereinten Nationen genehmigt werden und die vorgesehenen Wege einhalten. Trotz ihres Gemetzels sind beide Seiten ausgesprochen pingelig, wenn es darum geht, ihre Staatsbürger außer Landes zu bringen."

Tom sah dies zwar ein, aber dennoch hätte er am liebsten ein Flugzeug gechartert und jedes verletzte Kind, das er hier vorfand, in ein sicheres Land ausgeflogen.

Du bist ein Narr, sagte er sich. Ein sentimentaler Narr. Hör auf mit den Tagträumen und widme dich der Aufgabe, deretwegen du hier bist. Finde Kit und bring ihn nach Hause. Das ist im Augenblick dein vorrangiger Auftrag.

„Jetzt werden wir Kits Kollegen aufsuchen", sagte Daisy, als hätte sie seine Gedanken erraten. „Hoffentlich sind sie noch hier."

Der zuständige UN-Vertreter erklärte jedoch, sie befänden sich gerade auf einer Hilfsexpedition und kämen erst am folgenden Tag zurück. Allerdings versprach er, für die kleine Sonja alles zu tun, was in seiner Macht stünde. „Obwohl es hier Menschen gibt, die Hilfe ebenso dringend nötig haben – aber wenn wir sie hinausbringen können, dann tun wir es."

Als sie wieder in ihrem Laster saßen, sahen Daisy und Tom einander nachdenklich an. „Wir werden hier übernachten müssen", erklärte Daisy. „Aber das ist kein Problem. Ich habe hier Freunde."

Tom war einverstanden. Mit seinen Nachforschungen konnte er frühestens am nächsten Tag beginnen. Und so verbrachten sie den Rest des Tages damit, die Lebensmittelspenden, die für Osijek bestimmt waren, an die verschiedenen Vorratslager der Stadt zu verteilen.

Abends steuerte Daisy mit Tom ein Stadtviertel an, das weniger zerstört wirkte, und hielt vor einem Wohnblock, der nahezu unversehrt war.

„Hier werden wir schlafen können. Wenn wir Glück haben, sogar in einem richtigen Bett", meinte sie zuversichtlich.

Sie parkten den Lastwagen, schlossen ihn sorgfältig ab und stiegen die Treppe des Wohnblocks hinauf. Als sie gerade an eine der Türen klopfen wollten, wurde diese von innen geöffnet, und ein ganzes Rudel von Leuten stürzte heraus.

„Daisy!" begrüßten sie sie, aufgeregt durcheinanderredend. „Herzlich willkommen! Wir haben schon gehört, daß du hier bist!"

Nach lautem Hallo und vielen Umarmungen tauchte Daisy aus dem Menschenknäuel wieder auf und stellte Tom vor. „Woher habt ihr denn erfahren, daß wir kommen?" erkundigte sie sich neugierig.

„Geoff von YAA hat es uns erzählt", erwiderte Drago, ein dünner, drahtiger Mann mit aufmerksamen Augen. „Und auch, daß du einen Freund mitbringen würdest." Er wandte sich zu Tom um und fügte höflich hinzu: „Es tut uns allen sehr leid, daß Ihr Freund vermißt wird. Aber Geoff wird tun, was er kann. Wir übrigens auch."

Tom neigte dankbar den Kopf. Es tat ihm gut, die Hilfsbereitschaft dieser fremden Menschen zu spüren. Er folgte Daisy in das überfüllte kleine Wohnzimmer. Jedem von ihnen hatte Daisy ein kleines Geschenk mitgebracht, das jetzt mit großer Spannung ausgepackt wurde. Anschließend brühte Irena, Dragos Frau, kostbaren Kaffee für Tom und Daisy auf.

„Sie sind ungemein gastfreundlich", flüsterte Daisy Tom zu. „Man muß sich von ihnen bewirten lassen, um sie nicht zu beleidigen. Sie sind sehr stolz."

Tom nickte und verzichtete darauf, ihnen mehr als zwei Riegel Schokolade und einen Pack Dosenbier aus seinem Rucksack anzubieten. Hier in diesem Wohnzimmer, in dem trotz des Krieges eine so freundschaftliche Atmosphäre herrschte, erinnerte er sich an Esmées Vorschlag, die Menschen und Zustände in diesem Land zu zeichnen. Unauffällig holte er seinen Skizzenblock hervor.

Wie so oft gab es auch an diesem Abend keinen Strom. Nach Einbruch der Dunkelheit spielte sich das Leben hier zumeist bei Kerzenschein ab, und die Menschen gingen früh zu Bett. Daisy und Tom waren dafür sehr dankbar, denn plötzlich merkten sie, wie erschöpft sie waren. Sie schliefen fast sofort ein, nachdem sie in ihre Schlafsäcke auf dem Wohnzimmerboden gekrochen waren.

Am nächsten Morgen verabschiedeten sie sich herzlich von Drago, Irena und den anderen. Sie würden fast den ganzen Tag auf Geoffs Rückkehr warten müssen, und Tom bemühte sich sehr, in der Zwischenzeit nicht die Geduld zu verlieren. Daisy dagegen hatte genug zu tun, und so half er ihr, weitere Spenden abzuladen.

Sie suchten auch noch einmal das Krankenhaus auf, um sich nach Sonjas Befinden zu erkundigen. Zu ihrer Erleichterung stellten sie fest, daß das Kind inzwischen sehr viel ruhiger schlief. Der Arzt teilte ihnen mit, daß bereits Vorkehrungen getroffen worden waren, um einige der Schwerverletzten, darunter Sonja, zu verlegen.

Am Nachmittag trafen die drei Mitarbeiter der YAA-Hilfsorganisation mit ihrem schlammverkrusteten Lastwagen ein und standen wenig später Tom für ein Gespräch zur Verfügung. „Wir können mit Ihnen zu der Kreuzung fahren, wo wir ihn zuletzt gesehen haben", boten sie an. „Die Ausweichroute wird noch benutzt, da die direkte Verbindung noch immer vermint ist."

Geoff, der Anführer der Truppe, sah Tom besorgt an. „Wir haben die ganze Gegend zwar sehr sorgfältig durchkämmt, trotzdem ist es möglich, daß wir etwas übersehen haben." Er schwieg kurz und fügte dann hinzu: „Ich glaube, ich sollte Sie vorwarnen. Die Medien könnten mittlerweile von der Sache Wind bekommen haben. Wir wollten Kits Verschwinden zunächst nicht an die große Glocke hängen, um die Situation nicht noch komplizierter zu machen. Wenn man hier anfängt, Beschuldigungen zu äußern, kann die Reaktion mitunter fatal ausfallen. Aber inzwischen ist zuviel Zeit vergangen. Irgend etwas muß Kit zugestoßen sein. Gleich morgen früh brechen wir auf."

„Okay", erwiderte Tom. Das bedeutete eine weitere Verzögerung, aber er sah ein, daß es tatsächlich bereits zu spät war, um am selben Tag noch etwas zu unternehmen.

Doch dann erklärte Daisy zu seiner Überraschung: „Wir werden jetzt erst einmal nach Nasice zurückfahren. Ich habe dort Hilfsgüter abzuliefern. Wir treffen uns dann morgen an der Straßenkreuzung.“ Sie holte ihre Straßenkarte hervor, ließ sich den Treffpunkt genau zeigen und vereinbarte für den nächsten Tag eine Uhrzeit. Verblüfft kletterte Tom zu ihr in den Laster, und sie verließen Osijek in Richtung Nasice. Er warf ihr einen fragenden Seitenblick zu, aber Daisy hüllte sich in Schweigen.

Nach etlichen Straßensperren und zeitraubenden Auseinandersetzungen trafen sie beinahe zu spät in Nasice ein. Es war fast schon zu dunkel, um die Spenden abliefern zu können. Aber Daisy schien wie von einer geheimen Kraft angetrieben zu sein, daher luden sie im zentralen Vorratslager ihre Güter ab, solange es ihnen die Lichtverhältnisse gestatteten. Danach machten sie sich auf den Weg zu ihrem Nachtquartier.

Auch in Nasice hatte Daisy Freunde. Sie gelangten in eine Gegend nahe der Bergstraße, wo viele Häuser nur noch rauchgeschwärzte Ruinen waren. Weiter oben am Hang waren einige der allgemeinen Zerstörung entgangen, und Daisy führte Tom zu einem kleinen Haus am Ende eines schmalen Pfades. „Ich hoffe, sie können uns helfen“, sagte sie.

Während sie noch sprach, ging bereits die Tür auf. Eine Frau kam mit ausgestreckten Armen auf sie zu. „Du bist wieder da! Milan“, rief sie über ihre Schulter, „komm schnell! Es ist Daisy!“

Ein hochgewachsener schlanker Mann kam erfreut aus dem Inneren des Hauses. Tom wurde vorgestellt, und Daisy überreichte auch diesen beiden Gastgeschenke. Während sie ihnen Instantkaffee und einen Karton Kekse übergab, förderte Tom erneut Schokolade und Bierdosen aus seinem Rucksack zutage. Schon bald saßen sie um den Tisch im Wohnzimmer und tauschten Neuigkeiten aus.

Als Daisy von Toms Suche nach Kit erzählte, wurde klar, warum sie ausgerechnet diese Familie für ihr Nachtquartier ausgewählt hatte. Sie wandte sich an Tom und sagte: „Frag Milan doch einmal, ob er vielleicht kleine, von der Hauptroute abzweigende Straßen kennt, auf denen ein Lastwagen versteckt worden sein könnte. Er kennt sich gut in den Bergen aus. Er ist Schäfer.“

Milan hörte sich Toms Übersetzung von Daisys Frage aufmerksam an. „Es gibt tatsächlich solche Wege, aber da oben haben Serben inzwischen Geschütze in Stellung gebracht. Sie lassen uns nicht in ihre Nähe." Er schaute Tom an. „Aber ich muß meine Schafe sowieso da herunterholen . . ., wenn ich kann."

Tom nickte dankend, denn er hatte Milans indirektes Angebot, ihm zu helfen, verstanden.

„Morgen treffen wir uns mit Kits Kollegen an der Straßenkreuzung, wo die Umleitung beginnt", sagte Daisy. „Wenn du uns dorthin begleiten würdest, könntest du Tom vielleicht ein paar dieser Pfade zeigen. Der Lastwagen würde dich dann wieder nach Hause bringen."

Erneut übersetzte Tom. Milan nickte. „Einverstanden, ich komme mit."

Daisy strahlte erst ihn, dann Tom an. „Na bitte! Endlich wäre ein Anfang gemacht!"

Tom lächelte dankbar. Dennoch hatte er Bedenken, die er jedoch für sich behielt, bis sie allein waren.

„Daisy", sagte er dann, „du kannst doch nicht deine Arbeit im Stich lassen, um mir bei meinen Nachforschungen zu helfen."

„Nein", stimmte Daisy gelassen zu. „Ich weiß. Aber ich kann euch zumindest da hinauffahren, und dann müssen wir festlegen, wo wir uns wieder treffen." Sie grinste ihn frech an. „Oder glaubst du, ich würde dich längere Zeit aus den Augen lassen?"

AM NÄCHSTEN Morgen trafen sie sich mit Kits Kollegen wie geplant an der Kreuzung und ließen sich von Geoff noch einmal erklären, was er wußte.

„Das da ist die Hauptstraße, aber wie gesagt, die ist vermint. Ich gehe auch davon aus, daß die Serben entlang der Straße schwere Geschütze postiert haben." Er drehte sich um und wies auf eine Straße, die in die Berge führte. „Wir sind dort entlanggefahren, direkt ins nächste Dorf. Auf dem Weg dahin gibt es unserer Kenntnis nach keine weitere Abzweigung."

Daisy blickte auf Milan. „Könnten wir nicht noch ein wenig höher hinauf fahren? So weit, wie sich Milan in dieser Gegend auskennt?"

„Warum nicht?" meinte Geoff.

Sie stiegen wieder in ihre Fahrzeuge und fuhren langsam die Straße entlang, wobei Milan hin und wieder auf Stellen hinwies, wo es möglich war, einen gestohlenen Lastwagen zu verstecken. Aber schließlich sagte er: „Tut mir leid, ab hier kenne ich mich nicht mehr aus. Von nun an müssen Sie selbst nach möglichen Verstecken Ausschau halten."

Tom nickte, und wieder stiegen alle aus, um sich zu beraten. „Erinnern Sie sich, wann Sie sich zum letzten Mal umblickten und Kit tatsächlich sehen konnten?“ fragte Tom Geoff.

„Ja. Das war rund drei Kilometer zurück, kurz vor der scharfen Kurve, an der diese verfallene Hütte steht.“

„Und wann haben Sie sich wieder umgedreht und bemerkt, daß er nicht mehr hinter Ihnen war?“

Geoff sah sich um und versuchte angestrengt, sich alles nochmals ins Gedächtnis zu rufen. An jenem Tag hatte dichter Nebel geherrscht, der die Sichtverhältnisse auf der kurvigen Straße extrem beeinträchtigte. „Ich glaube, das muß ungefähr hier gewesen sein“, sagte er schließlich zögernd. „Oder ein bißchen weiter vorn, aber nicht sehr viel weiter voraus, weil wir uns schon kurz vor unserer Ankunft im nächsten Dorf Sorgen um ihn machten.“

„Wie weit ist das?“

„Rund zehn Kilometer von hier aus“, erwiderte Daisy nach einem Blick auf ihre Karte. „Zufällig ist es ein Ort auf meiner Liste.“

Tom wußte, was ihr durch den Kopf ging, und holte seinen Rucksack aus dem Laster.

„Was haben Sie vor?“ erkundigte sich Geoff beunruhigt.

„Ich fahre in das Dorf“, erklärte Daisy entschlossen. „Sie würden mir einen großen Gefallen tun, wenn Sie Milan nach Nasice zurückbringen würden. . ., und vielen Dank für Ihre Hilfe.“ Ihr Lächeln war unbeschwert wie immer. „Und Tom. . .“

„Ich werde eine kleine Wanderung unternehmen“, unterbrach er sie.

Die anderen blickten ihn skeptisch an, aber Milan überreichte ihm seinen kräftigen Wanderstab. „Passen Sie gut auf Verwehungen auf“, riet er ihm. „Es liegt immer noch Schnee hier oben. Viel Glück.“

„Viel Glück“, wünschten ihm jetzt auch die anderen und stiegen wieder in ihren Lastwagen. Geoff beugte sich noch einmal aus dem Fenster: „Verlaufen Sie sich nicht. Wir möchten nicht auch noch Sie auf der Vermißtenliste stehen haben!“

Sie winkten, das Fahrzeug setzte sich in Bewegung, und dann standen Daisy und Tom allein auf der Straße.

„Ich weiß, was du vorhast“, sagte Daisy. „Ich kann nur hoffen, daß es keine vergebliche Mühe ist. Paß gut auf dich auf, ja?“

„Du auch“, antwortete Tom.

„Vermutlich werde ich im Dorf einen Tag auf dich warten“, sagte sie.

„Vielleicht auch zwei. Das hängt davon ab, wieviel dort zu tun ist." Sie sah ihn liebevoll an. „Dort kannst du mich treffen. Wenn ich nicht mehr da bin, geh nach Nasice."

Tom nickte. Plötzlich umschlang ihn Daisy mit beiden Armen. „Ich werde warten", flüsterte sie.

„Und ich werde kommen", versprach er.

Dann kletterte sie in ihren Lastwagen und ließ Tom allein auf der Bergstraße zurück. Er sah ihr nach, bis sie verschwunden war.

BECKY war den ganzen Morgen lang geritten. Sobald Lacey der Meinung war, sie könne ausreiten, hatte er eines der Pferde für sie gesattelt. Morello war eine brave, sehr aufmerksame schwarze Stute, deren Fell vor Gesundheit glänzte.

Lacey versetzte der Stute einen freundlichen Klaps, und Becky ritt begeistert in die weite Landschaft hinaus. Heute fühlte sie sich erstaunlich gut. Das selbstverständliche Leben auf der Farm schien all ihre Sorgen verbannt zu haben. Sie lebte von einem Tag zum anderen. Und ganz nebenbei faßte sie große Zuneigung zu Ruth Bellingham. Und auch zu Adam und Holly.

Holly überraschte sie. Trotz ihrer Erklärungen Tom gegenüber, hatte sie doch gewisse Bedenken gegen das Mädchen als mögliche Lebenspartnerin von Kit gehabt. Eine alleinerziehende Mutter war ihr nicht als ideale Wahl erschienen. Aber irgendwie schienen all diese Vorbehalte gegenstandslos zu werden, je besser sie Holly kennenlernte. Und Adam wurde zu einem liebenswürdigen Gefährten, der ihre Tage auf der Farm mit Lachen und spaßigen kleinen Abenteuern füllte. Alles entwickelte sich sehr viel besser, als sie zu hoffen gewagt hatte.

Als sie nun zur Farm zurückritt, sah sie, daß Holly und Adam mit Benji auf der Wiese herumtollten. Adam rannte juchzend durchs Gras und zog einen Drachen an einer Schnur hinter sich her, den Benji wild umsprang und zu schnappen versuchte. Hinter ihnen lief Holly. Als sie Becky kommen sah, winkte sie ihr lachend zu und rief: „Kommen Sie, leisten Sie uns Gesellschaft!"

Becky brachte Morello in den Stall und wollte sie gerade abreiben und ihr etwas zu fressen geben, als Lacey auftauchte und ihr die Zügel abnahm. „Ich kümmere mich um sie", sagte er. „Gehen Sie nur, der Junge hat schon nach Ihnen gerufen."

„Hat er das?" fragte Becky erfreut. Sie strich Morello noch einmal über die Nüstern und lief dann zu Holly und Adam.

„Wir sollten vielleicht weiter den Hügel hinaufgehen", meinte sie wenig später außer Atem. „Vermutlich hebt der Drachen dort besser ab."

„Adam wollte auf Sie warten", erklärte Holly und nahm Beckys entspannte Stimmung zufrieden zur Kenntnis.

„Heute nachmittag muß ich nach York fahren", sagte Becky. „Nur für eine Untersuchung und um mir ein paar neue Tabletten abzuholen. Wie wäre es, wollen Sie und Adam nicht mitkommen?"

„O ja, bitte!" rief Adam. „Darf Benji auch mitkommen?"

„Wenn du ihn auf dem Rücksitz anbindest und ihn davon abhältst, daß er im Auto herumspringt."

Adam versprach es, und so herrschte auf der Fahrt ausgelassene Ausflugsstimmung. In York machten sie einen Schaufensterbummel und kauften an einem Stand in der Nähe des Parks drei Portionen Eis. Danach fuhren sie weiter zu Beckys Klinik.

„Es dauert bestimmt nicht lange", versicherte Becky. „Warum machen Sie nicht inzwischen mit Adam einen kleinen Spaziergang über das Gelände? Ich werde Sie schon finden, wenn ich fertig bin."

Beckys Unterredung mit Dr. Bradley war kurz und sehr ermutigend. Er war der Meinung, daß es ihr entscheidend besserging und daß sie ihre Tabletten wahrscheinlich nicht mehr brauchte. Trotzdem gab er ihr noch einen Wochenvorrat mit – nur zur Sicherheit. Als sie aufstand, trat er auf sie zu und legte seine Hand auf ihren Arm: „Ich freue mich sehr, Sie so wohlauf zu sehen. Die Moore in Yorkshire scheinen wirklich einen ganz eigenen Zauber auszuüben."

„Ja", erwiderte Becky glücklich. „Das tun sie."

Sie verließ das Sprechzimmer und durchquerte die Empfangshalle, als sich die Tür zum Fernsehzimmer öffnete und ein Patient heraustrat. Es liefen gerade die Nachrichten, und eine Meldung über das ehemalige Jugoslawien ließ Becky aufhorchen.

„... Inzwischen wurde bestätigt, daß der junge Mitarbeiter einer humanitären Hilfsorganisation, Christopher Wade, in Kroatien vermißt wird. Die Suche nach ihm wurde eingeleitet..."

Wie angewurzelt starrte Becky auf den Bildschirm. Kit? Vermißt? Das konnte nicht wahr sein! Oder doch? Dann dachte sie daran, daß Tom gleich wieder von der Farm fortgefahren war. Hatte er gewußt, daß es Probleme mit Kit gab? Ja, dachte sie und erinnerte sich plötzlich an seine Worte: „Ich habe noch etwas zu erledigen."

Die Nachrichtensendung war zu Ende. Becky fuhr aus ihren Gedanken hoch und rannte wie gehetzt aus dem Krankenhaus.

Ich muß ihn selbst suchen, dachte sie verzweifelt. Ich kann das nicht Tom überlassen. Ich bin doch seine Mutter.

Panisch und ohne an Holly und Adam zu denken, lief sie zu ihrem Auto, steckte den Schlüssel ins Zündschloß und startete den Motor.

Aber Adam, der Benji an der Leine spazierenführte, sah, wie sie wegfuhr. „Becky!“ schrie er und rannte los. „Fahr doch nicht ohne uns los!“

Auch Holly lief los, alarmiert durch Adams Rufe. Adam und Benji hatten das Auto schon beinahe erreicht, als Adam über den Hund stolperte und beide als wirrer Haufen im Gras dicht neben der Auffahrt landeten – kurz vor den Rädern des Wagens. Becky trat auf die Bremse, und der Wagen kam kreischend zum Stehen.

„Was ist passiert?“ fragte Holly, die sofort sah, daß irgend etwas Becky total aus der Fassung gebracht hatte.

„Es geht um Kit“, erwiderte Becky, am ganzen Körper zitternd. „Er wird vermißt.“

Holly erschrak zutiefst. Toms angestrengte Bemühungen, diese Nachricht vor seiner Schwester geheimzuhalten, waren also umsonst gewesen, und sie hatte es nun doch erfahren. Schnell schob sie Adam und Benji auf den Rücksitz und setzte sich neben Becky auf den Beifahrersitz. Wenn sie alle bei ihr waren, konnte Becky zumindest nichts Unüberlegtes tun. „Erzählen Sie mir doch, was geschehen ist“, bat sie.

„Es…, es kam in den Fernsehnachrichten“, stammelte Becky. „Sie nannten seinen Namen und sagten, daß er vermißt wird…, in Kroatien…“

Holly atmete auf. Das hieß nicht zwangsläufig, daß Kit etwas wirklich Furchtbares zugestoßen war. Es bedeutete lediglich, daß die Medien von dem Fall erfahren hatten.

„Wußte Tom bereits davon?“ wollte Becky wissen.

„Ja. Er wußte, daß es Unklarheiten über Kits Aufenthalt gibt… Deshalb ist er dorthin gefahren.“

„Er hätte es mir erzählen müssen!“ rief Becky zornig.

„Er wollte Sie nicht beunruhigen.“

„Aber ich bin seine Mutter. Ich sollte auch nach Kroatien fahren.“

„Nein.“ Holly klang sehr bestimmt. „Nein, Becky. Überlassen Sie das Tom. Er kennt dieses Land. Sie wären ihm da unten keine Hilfe."

„Ich bin offenbar nirgendwo eine Hilfe", sagte Becky bitter.

„Das stimmt nicht. Sie werden hier gebraucht – von Adam und mir. Ich brauche jemanden, auf den ich mich verlassen kann, solange Kit nicht bei mir und Adam ist."

„Haben Sie es auch gewußt?"

„Nur das, was mir Tom erzählt hat..., daß sich die Leute von YAA Sorgen um Kits Verbleib machen. Mehr nicht." Sie sprach jetzt ganz offen mit Becky. „Ich habe mir Sorgen um ihn gemacht, noch bevor mir Tom etwas davon erzählt hat. Und jetzt bleibt uns nichts anderes übrig, als ruhig und geduldig zu warten, bis wir wieder etwas von ihnen hören."

„Aber dieses Warten ist furchtbar." Beckys Stimme klang gequält.

„Das stimmt", erwiderte Holly. „Aber es ist im Moment alles, was wir tun können."

Becky sah Holly nachdenklich an. „Es muß nicht leicht für Sie gewesen sein, das alles die ganze Zeit für sich zu behalten. Vermutlich hat Tom Sie darum gebeten?"

„Ja. Er war der Meinung, daß Sie bereits mehr als genug Sorgen haben."

Becky lachte bitter auf. „Nun, wenigstens können wir uns jetzt gemeinsam Sorgen machen." Sie lächelte Holly mit plötzlicher Wärme an.

„Onkel Tom wird ihn finden", erklärte Adam überzeugt. „Er kann alles."

Diesmal hörte sich Beckys Lachen unbeschwerter an. „Weißt du was, Adam? Ich glaube, du hast recht."

Becky ließ sich überreden, den Wagen stehenzulassen und in der Cafeteria der Klinik noch einen Kaffee zu trinken.

Insgeheim seufzte Holly erleichtert auf. Die unmittelbare Krise war überstanden. Aber sie mußte sich etwas einfallen lassen, um Becky mit Zukunftsplänen für Kit und Tom zu beschäftigen. Auf diese Weise konnte sie vermutlich dazu bewegt werden, fest an deren Rückkehr zu glauben.

Es war schließlich Ruth Bellingham, der die Lösung einfiel. „Ich habe mich gefragt", begann sie vorsichtig, „ob Sie sich vielleicht für eines der Farmcottages interessieren könnten..."

„Wieso?" Becky schaute Ruth verständnislos an.

„Ich dachte, Sie würden unter Umständen gern etwas Eigenes

haben, sobald Tom und Ihr Sohn Kit wieder zurück sind. Und Holly und Adam vielleicht auch? Wir haben drei davon. Sie stehen alle leer. Seit Lacey und Mango abends nach Hause gehen, brauchen wir sie nicht mehr. Die Dächer sind dicht, die Räume trocken und beheizbar – lediglich ein bißchen Farbe würde ihnen guttun."

„Wir könnten sie doch anstreichen", schlug Holly begeistert vor. „Was meinen Sie, Becky?"

„Und mit ein paar netten Möbeln", spann Ruth ihren Faden fort, „könnten Sie ein wirklich behagliches Zuhause daraus machen."

„Ruth, Sie sind ein Genie!" rief Becky voller Enthusiasmus. „Wann können wir anfangen?"

TOM LIEF zu der Straßenbiegung mit der verfallenen Hütte zurück, wo Geoff Kit in seinem Laster zum letztenmal gesehen hatte, und begann dort mit seiner Suche. Sobald sich ein Spalt in den Felsen öffnete, sobald ein Pfad von der Straße abzweigte, lief er einige Meter hinein und suchte nach Reifenspuren oder anderen Lebenszeichen von Kit.

Doch keiner der schmalen Pfade schien breit genug für ein Fahrzeug zu sein. Einmal entdeckte er einen befahrbaren Weg und folgte ihm weit ins Gelände hinein. Aber er endete schließlich in einem verlassenen Steinbruch, und Tom mußte zur Straße zurück.

Bisher war er weder auf der Straße noch in bergigem Gelände irgendeinem Menschen begegnet, aber kurz bevor er diesmal die Straße wieder erreichte, hörte er Geräusche von vorbeifahrenden Panzern und die Stimmen von Soldaten. Um nicht von ihnen entdeckt und ausgefragt zu werden, verbarg er sich hinter einem Felsblock und wartete ab, bis sie vorüber waren. Er verstand diesen Krieg ebensowenig wie die immer wieder ausgerufenen Waffenruhen. Ungeachtet aller Vereinbarungen kämpften die beteiligten Parteien unverdrossen weiter. Sie beschossen immer noch wehrlose Zivilisten, und überall schienen Gefahren zu lauern.

Als die Soldaten verschwunden waren, kehrte er auf die Straße zurück und lief zügig weiter. Der nächste abzweigende Pfad war zu schmal für einen Laster und der folgende so mit Felsbrocken übersät, daß ihn kein Fahrzeug passieren konnte. Auf einem dritten Weg endlich bemerkte er eine Spur im niedergedrückten Gras, so als wäre hier ein schweres Fahrzeug entlanggefahren. Er beschloß, dem Weg zu folgen.

Nach ungefähr zehn Minuten traf er auf ein Stück feuchten Lehmboden, in dem er deutlich den Abdruck eines Lastwagenreifens entdecken konnte. Doch danach wurde der Boden wieder hart und felsig. Es war nichts mehr zu sehen, absolut nichts – bis er plötzlich etwas Weißes im Gras bemerkte. Er bückte sich, hob es auf und stellte fest, daß es sich um eine Tablette handelte. Aspirin? Deutlich war der Markenname auf der aufgeweichten Tablette zu lesen. Kits Laster hatte doch Medikamente geladen...

Er schaute sich genauer um und fand wenig später neben dem Pfad eine zweite Tablette und bald darauf eine dritte...

Es sieht fast so aus, als hätte der Junge eine Spur gelegt, dachte Tom. Langsam lief er weiter. Die Fährte aus den kleinen weißen Tabletten zog sich in größeren Abständen, aber beständig weiter den Pfad entlang. Doch plötzlich hörte sie auf, und Tom entdeckte erneut niedergetrampeltes Gras und eine kleine Fläche aufgewühlten Erdboden. Am Felsen direkt darüber konnte er Spuren eines Geschosses erkennen. Jemand hat hier eine Waffe abgefeuert, dachte er. O Gott, hoffentlich haben sie ihn nicht erschossen! Wo zum Teufel sind diese Aspirintabletten geblieben?

Immer wieder suchte er die umliegende Grasfläche ab, aber nirgendwo konnte er einen Hinweis entdecken, der ihn weiterbrachte.

Moment mal, dachte er plötzlich. Wenn hier tatsächlich ein Kampf stattgefunden hat, wenn geschossen worden ist – würde ein Flüchtling dann nicht bergabwärts laufen, um schneller entkommen zu können?

Tom wandte sich von dem zertrampelten Gras ab und setzte seine Suche in dem dichteren Gebüsch fort, das sich den Hang hinabzog. Nach ungefähr hundert Metern fand er neben einem Grasbüschel eine weitere kleine weiße Tablette. Ich hatte recht! triumphierte er und lief weiter den Hang hinab.

Die Tablettenspur setzte sich fort, verlief über Schafpfade, zwischen Felsen hindurch, über Grasland – aber allmählich wurde der Abstand zwischen den kleinen weißen Pillen immer größer. Und schließlich konnte Tom gar keine mehr entdecken.

Verzweifelt blickte er sich um und suchte nach einem Hinweis, der ihm die Richtung weisen würde. Er wollte sich gerade auf den felsigen Boden setzen, um auszuruhen und sein schmerzendes Knie zu entlasten, als er in der Ferne etwas bemerkte. Hinter der nächsten Anhöhe stieg eine dünne Rauchfahne aus einem Hüttenschornstein in die Luft.

Hielten sich dort Moslems auf? Oder Serben? Waren sie freundlich oder feindlich gesinnt? Ein verzweifelter Mensch auf der Flucht würde alles riskieren, oder? Wie auch immer, ich werde es auf jeden Fall wagen.

Und so lief er weiter, bis er eine kleine Fläche bebautes Land erreichte, auf dem ein herrlicher Kirschbaum stand, der gerade zu blühen begann. Dahinter konnte er eine kleine Steinhütte erkennen und einen Esel, der neben der Tür angebunden war. Der Anblick des Kirschbaumes – so zerbrechlich, aber doch vollkommen inmitten dieser Kriegswirren – schnürte Tom die Kehle zusammen. War es wirklich ungefährlich, diese Insel des Friedens zu betreten? Oder würde er in Stücke zerfetzt werden, weil er es wagte, den Fuß auf feindliches Terrain zu setzen?

Während er noch zögernd verharrte, kam ein Mann mit einer spitzen Heugabel aus der Steinhütte heraus und stellte sich breitbeinig vor die Tür.

„Keine Angst!" rief Tom auf serbokroatisch. „Ich bin Engländer!"

Der Mann starrte ihn an und ließ langsam seine plumpe Waffe sinken. „Engländer?" wiederholte der Mann ungläubig.

Lächelnd ging Tom auf ihn zu und streckte ihm die Hand entgegen. „Ich bin kein Feind", betonte er. „Ich suche einen jungen Mann, der hierherkam, um Ihren Landsleuten zu helfen. Er wurde von seinen Kollegen getrennt, und wir befürchten, ihm könnte etwas zugestoßen sein." Er machte eine Pause, um sicherzugehen, daß seine Worte auch richtig verstanden wurden. Dann stellte er die entscheidende Frage: „Haben Sie ihn gesehen?"

Der Mann nickte langsam. „Ja", sagte er. „Er ist hier."

Eine Welle der Erleichterung und Freude durchströmte Tom. Er konnte es nicht glauben! Er hatte Kit tatsächlich gefunden!

„Ich heiße Branko", stellte sich der Mann höflich vor und ergriff endlich Toms dargebotene Hand. „Kommen Sie mit hinein."

Er führte Tom in die Hütte. In einem großen Kamin brannte ein helles Feuer. Eine Frau beugte sich darüber und nahm einen schweren schwarzen Kessel vom Haken. Neben dem Kamin stand ein langes, schmales Sofa, auf dem ein großer schlanker Mann lag.

„Kit?" fragte Tom. „Bist du das?"

Der Mann auf dem Sofa blickte ihm ungläubig entgegen. „Ich muß Halluzinationen haben. Das ist doch nicht möglich! Hallo, Onkel Tom!"

Tom trat neben das Sofa und lächelte auf ihn hinunter. „Du hast uns vielleicht Angst eingejagt!"

„Entschuldigung", murmelte Kit. „Habe mich verfahren..."

„Bist du verletzt worden?" fragte Tom mit einem Blick auf Kits Schulter, deren Verband einen dunklen Blutfleck zeigte.

„Nicht sehr", versicherte Kit schnell. „Es heilt bereits. Branko und Ana haben sich wundervoll um mich gekümmert."

Tom drehte sich zu der Frau um und streckte ihr die Hand entgegen. „Ana? Ich bin Tom Denholm, Kits Onkel. Vielen Dank, daß Sie so hervorragend für ihn gesorgt haben."

„Keine Ursache", antwortete sie. „Er war verwundet und in Schwierigkeiten. Wir hätten gar nichts anderes tun können."

Tom packte seinen Rucksack aus und bot Branko und Ana alles an, was sich noch darin befand, darunter Kaffeepulver, eine Dose Corned beef und den Rest seiner Schokolade. „Ich glaube, wir sollten ein wenig feiern", verkündete er.

Und so bereitete Ana aus den mitgebrachten Lebensmitteln ein kleines Festmahl, während Tom versuchte, mehr über die Ereignisse seit Kits Verschwinden zu erfahren.

„Sie sind buchstäblich aus dem Nichts aufgetaucht", berichtete Kit. „Ein halbes Dutzend Serben, alle bis an die Zähne bewaffnet. Sie beschlagnahmten den Laster, fuhren ihn in die Berge und zwangen mich, ihnen zu Fuß zu folgen."

Tom nickte. „Und dann?"

„Dann bekamen sie Krach. Ich glaube, einer von ihnen wollte mich als Geisel behalten, während der Rest der Gruppe mich einfach los haben wollte, und vorschlug, mich zu erschießen."

„Und wer hat sich durchgesetzt?"

Kit lachte. „Nun, ich lebe noch, oder? Einer von ihnen zeigte auf die Berge und erklärte, ich solle verschwinden. Aber als ich loslief, drückte er ab. Die Kugel traf mich nicht direkt. Ich glaube, sie ist von einem Felsen abgeprallt und streifte mich nur noch an der Schulter."

Toms Miene war ernst. „Was für ein Glück für dich, daß er so ein schlechter Schütze war."

„Ich bin nicht sicher, ob er mich tatsächlich treffen wollte. Vermutlich wollte er mir nur Beine machen. Hast du die Aspirintabletten gefunden?"

Tom grinste. „Habe ich. Jede einzelne durchweichte Pille!"

„Gott sei Dank hatte ich eine große Packung“, erzählte Kit. „Und bequemerweise ein Loch in der Hosentasche. Aber dann waren sie alle, und ich bin wohl noch eine ganze Weile im Kreis gelaufen, bis mich Branko gefunden hat.“

„Er lag im Gestrüpp in der Nähe meines Feldes“, erklärte Branko. „Zunächst habe ich geglaubt, er wäre tot.“

„Er hatte hohes Fieber“, mischte sich Ana ein. „Weil er mit seiner Wunde so lange da draußen herumgeirrt ist. Wir wußten, daß er in diesem Zustand nicht weiterkommen würde. Deshalb haben wir ihn hierbehalten.“

„Ich kann Gott nur danken, daß Sie zur Stelle waren.“ Tom schaute die beiden ernst an.

„Morgen werden Sie ihn mitnehmen können“, meinte Branko nach einem Blick aus dem Fenster. „Heute ist es schon zu dunkel.“

Tom sah ein, daß der Mann recht hatte. Es würde ihm nie gelingen, mit Kit in der Dunkelheit die Straße zu erreichen. Und von dort war es noch ein weiter Weg in das Dorf, in dem Daisy auf ihn warten wollte. Geduldig mußte er den neuen Tag abwarten, bevor er den Rest seiner Reise in Angriff nehmen konnte.

AM NÄCHSTEN Morgen wollte ihnen Branko seinen Esel als Transportmittel für Kit anbieten, aber Kit lehnte ab und verkündete, er könne sehr gut zu Fuß gehen. Nach einem Blick in Kits blasses Gesicht und auf seine unbeholfenen Bewegungen war sich Tom dessen durchaus nicht sicher, aber er schwieg. Er unternahm auch keinen Versuch, sich Kits Wunde genauer anzusehen, sondern hielt es für sicherer, die Schulter unangetastet zu lassen, bis er Kit im Krankenhaus abgeliefert hatte. So begnügte er sich damit, Kits Arm in einer behelfsmäßigen Schlinge ruhigzustellen und ihm einen Pullover aus seinem Rucksack um die Schultern zu legen.

Sie verabschiedeten sich dankbar von Branko und Ana und machten sich auf den beschwerlichen Weg zurück zur Straße.

„Sie haben keine Söhne mehr“, erklärte Kit seinem Onkel. „Beide wurden im Krieg getötet. Ich glaube, deshalb waren sie so gut zu mir.“

Tom nickte. „Du meinst, du warst eine Art Ersatzsohn für sie?“

„Vielleicht.“ Kit seufzte. „Familie ist sehr wichtig für sie.“

„Für dich nicht?“ Tom fragte ihn das ganz gezielt, denn er hielt es für an der Zeit, mit ihm über Becky, Holly und Adam zu sprechen.

Kit sah Tom mit wachen blauen Augen an. „Doch, Onkel Tom. Sie ist wichtig für mich. Vor allem angesichts der Tatsache, daß ich gerade von einem pflichtbewußten Onkel gerettet wurde, der eigentlich nie wieder hierher zurückkommen wollte."

Tom starrte ihn an. „Woher weißt du das?"

„Oh, das habe ich nur so vermutet." Er lachte und wurde dann ernst. „Ich habe lange nachgedacht, als ich da oben lag. Und Ana und Branko haben wirklich recht: Die Familie ist wichtig."

„Und?" lächelte Tom.

„Und so habe ich zwei Entschlüsse für den Fall getroffen, daß ich jemals nach Hause zurückkehren kann. Zunächst einmal will ich meiner Mutter helfen, sich ein neues Leben aufzubauen – anstatt mich aus allem herauszuhalten, wie ich es bis jetzt getan habe."

„Das hört sich gut an", meinte Tom. „Und die zweite Entscheidung hat nicht zufällig was mit Holly und Adam zu tun?" erkundigte er sich ganz unschuldig.

Kit sah ihn erstaunt an. „Was weißt du denn darüber?"

„Eine ganze Menge", erwiderte Tom. Und dann erzählte er Kit, was sich seit seiner Abreise alles ereignet hatte – auch von der Farm in Yorkshire und Beckys langsamer, aber beständiger Genesung.

Er hatte seine Schilderungen gerade beendet, als sie die Straße erreichten. Sie setzten sich einen Augenblick lang ins Gras, während Tom überlegte, was er als nächstes tun sollte. Das Dorf, in das Daisy gefahren war, lag knapp zehn Kilometer links von ihnen. Aber hielt sie sich dort noch auf? Und würde man Kit dort helfen können? Doch wenn sie nach rechts liefen, um nach Nasice zu gelangen, könnten sie Daisy unter Umständen total verpassen. Eine Zeitlang wog Tom die Vor- und Nachteile der beiden Möglichkeiten ab. Schließlich folgte er seinem Instinkt. Daisy hatte gesagt, daß sie einen Tag, möglicherweise zwei in dem Dorf auf ihn warten würde. Bis jetzt war erst ein Tag vergangen, und sie konnten am Nachmittag dort eintreffen, wenn Kit durchhielt.

Sie liefen im Gras neben der Fahrbahn entlang, als sie plötzlich hörten, daß sich hinter ihnen ein Lastwagen näherte.

„Runter von der Straße!" rief Tom. „Das könnten wieder ein paar schießwütige Soldaten sein!" Er zog Kit hinter einen schützenden Felsvorsprung, drückte ihn auf den Boden und ließ sich der Länge nach neben ihn fallen.

Als der Lastwagen ihren Felsvorsprung erreicht hatte, hielt er an.

Eine Tür wurde geöffnet und wieder zugeschlagen. Schritte näherten sich, und dann sagte eine Stimme: „Ich wußte gar nicht, daß ich so furchterregend wirke!"

„Daisy!" jubelte Tom und sprang hoch.

Daisy breitete die Arme aus, und Tom drückte sie glücklich an sich. „Du hast ihn also gefunden", bemerkte sie unnötigerweise. „Wie schön, daß Sie wieder da sind, Kit. Wo zum Teufel haben Sie nur gesteckt?"

„ABER du bist aus der falschen Richtung gekommen", sagte Tom, als sie alle im Laster saßen und Richtung Osijek fuhren.

„Tom Denholm", wies ihn Daisy zurecht, „wenn du geglaubt hast, ich würde seelenruhig darauf warten, daß du irgendwann wiederauftauchst, hast du dich gründlich getäuscht! Viermal bin ich in der letzten Nacht diese Straße hinauf- und hinuntergefahren und seit Tagesanbruch weitere vier Male. Die UN-Patrouille hat schon geglaubt, ich hätte den Verstand verloren!"

„Das hätte ich an ihrer Stelle auch", entgegnete Tom. „Aber ich bin sehr froh, daß du es getan hast!"

„Es tut mir leid, daß ich so viele Umstände mache", sagte Kit zerknirscht. „Eine schöne Hilfe bin ich gewesen!"

„Unsinn!" widersprach Daisy. „Sie haben eine ganze Reihe hervorragender Fahrten gemacht, seit Sie hier angekommen sind. Das haben mir die anderen erzählt."

„Haben sie das wirklich gesagt?" Er wirkte erleichtert. „Ich sollte sie informieren, daß es mir gutgeht."

„Genau das werden wir tun", erklärte Daisy. „Sie sind im Moment in Osijek. Und dort gibt es auch ein Krankenhaus."

„Ich brauche wirklich nicht...", begann Kit.

„Doch, Sie müssen sogar!" unterbrach ihn Daisy. „Ein Arzt sollte sich Ihre Schulter ansehen. Und dann werden wir darüber entscheiden, wie wir Sie am besten nach Hause verfrachten."

„Kann ich nicht mit euch kommen?" Er flehte sie geradezu an.

„Das kommt ganz darauf an", meinte Daisy. „Wenn die Ärzte der Meinung sind, es schadet Ihnen nichts, dann ja. Andernfalls werden wir Sie in ein Flugzeug nach England setzen."

„Nein!" erwiderte Kit heftig. „Wie kann ich einen Platz im Flugzeug beanspruchen, wo so viele Schwerverletzte darauf warten, ausgeflogen zu werden?"

Tom legte ihm begütigend eine Hand auf den Arm. „Warten wir doch erst einmal ab, was die Ärzte sagen."

Kit sah ihn verzweifelt an. „Ich habe so viel Furchtbares gesehen, Onkel Tom. Kinder mit abgerissenen Gliedern, Kinder mit Granatsplittern in den Augen... Und alte Menschen, die oft zu erschüttert waren, um überhaupt zu begreifen, was mit ihnen geschah. Wie kann ich da...?" Hilflos brach er ab.

Tom wußte, daß sein Neffe einem Zusammenbruch bedenklich nahe war. Seine Schußwunde an der Schulter und die Tage mit Fieber und voller Angst hatten ihm sehr zugesetzt. Vor allem anderen jedoch waren es die Gewalttaten des Krieges, deren Zeuge er gewesen war, die nun ihren Tribut forderten. Fürs erste brauchte Kit vor allem Sicherheit und viel Ruhe, dachte Tom.

„Kit", sagte Daisy und versuchte so überzeugend wie möglich zu klingen, „wir alle haben schreckliche Dinge gesehen. Und wir alle haben mit unseren bescheidenen Mitteln versucht, etwas dagegen zu unternehmen. Sie sollten zunächst einmal zusehen, wieder gesund zu werden, und dann versuchen, die Leute zu Hause glücklich zu machen! Nächstenliebe beginnt schließlich in der eigenen Familie!"

Tom lachte. Daisy hatte genau das ausgesprochen, was ihm nicht über die Lippen gekommen war.

„Du hast gut lachen", rügte ihn Daisy streng, konnte aber ein Schmunzeln kaum unterdrücken. „Du bist doch genauso schlimm. Zu Hause ist jede Menge zu tun!"

Die überlasteten Ärzte in Osijek entschieden, daß man mit der Behandlung von Kits Schulter warten konnte, bis er zurück in London war. Sie reinigten die Wunde und legten einen neuen Verband sowie eine festere Schlinge an. Kit war insgeheim erleichtert, aber Tom und Daisy waren sich nicht sicher, ob die anstrengende Heimfahrt im Lastwagen ihm nicht doch schaden würde.

Inzwischen hatte Daisy alle Hilfsgüter planmäßig ausgeliefert und versicherte Tom, daß es nichts weiter zu tun gab, als nach Hause zu fahren. Sie wollten ihre Abreise aus Osijek so unauffällig wie möglich gestalten. Doch damit hatten sie die Rechnung ohne die Menschen dieser zerstörten Stadt gemacht. Zwei von ihnen kamen im Namen aller und überreichten ihnen dankbar kleine Geschenke.

„Sie haben so viel für uns getan", erklärte der eine, ein kleiner, untersetzter Mann mit zerfurchtem Gesicht. „Sie haben Ihr Leben für uns aufs Spiel gesetzt.“ Er drückte erst Kit, dann Tom und schließlich Daisy die Hand. „Danke“, sagte er einfach, „und Gott beschütze Ihre Heimfahrt.“

IN ZAGREB unterbrachen sie ihre Fahrt, um der Hilfsorganisation Yugoslavia Aid Agency ausführlich Bericht zu erstatten, die bereits kurz von Kits Rettung erfahren hatte. Tom gelang es, mit Greg in London zu telefonieren. Er bat ihn, Ruth Bellingham die gute Nachricht weiterzugeben. Nachdem er so alles getan hatte, um die Sorgen der Daheimgebliebenen zu zerstreuen, kletterte er wieder in den Laster zu Daisy und Kit und startete den Motor.

„Es ist schon schade“, meinte er und zeigte auf die vorüberfliegende Landschaft. „Es ist ein so schönes und wildes Land, aber ich hatte keine Gelegenheit, es mir anzusehen... Nur einmal, da sah ich einen blühenden Kirschbaum.“

Daisy nickte. „Ja, es ist ein wundervolles Land. Es hat herrliche mittelalterliche Städte mit historischen Gebäuden und Brücken...“

„Und alles in Stücke gebombt“, mischte sich Kit ein.

„Sie werden es wiederaufbauen..., irgendwann.“ Daisys Stimme klang ruhig und zuversichtlich. „Diejenigen, die verschont bleiben. Letztlich wird alles wieder gut werden.“

Kit schwieg. Er war nicht überzeugt.

„Wirst du jemals wieder zurückkommen?“ fragte Tom.

Wieder schwieg Kit. Dann sagte er zögernd: „Ich glaube nicht. Ich möchte Holly heiraten, Onkel Tom. Und dafür muß ich mir einen ordentlichen Job suchen und mich irgendwo niederlassen.“

Tom nickte. „Ich dachte mir schon, daß es darauf hinauslaufen würde.“ Daisy fragte er nicht, ob sie nochmals zurückfahren würde, denn er fürchtete sich vor ihrer Antwort.

## **Teil vier** WIEDER ZU HAUSE

IN LONDON brachten sie Kit in ein Krankenhaus, wo die Ärzte beschlossen, ihn ein paar Tage dazubehalten. Sie vermuteten, daß in der Schulterwunde noch eine Kugel oder zumindest ein Splitter steckte, der entfernt werden mußte.

Nachdem sie ihm versprochen hatten, am Abend noch einmal

vorbeizukommen, verabschiedeten sich Daisy und Tom von Kit, um den Laster ins Depot von Relief Aid zurückzustellen und Bericht zu erstatten. Denn es gab viel zu erzählen, vor allem vom Transport der kleinen Sonja ins Krankenhaus von Osijek und von Kits Rettung.

„Ich kann nur hoffen, daß sie mir nicht vorwerfen, meine Kompetenzen überschritten zu haben", meinte Daisy besorgt. „Die Vereinten Nationen sehen es nicht gerne, wenn sich Außenseiter einmischen. Ihre Verhandlungen sind extrem kompliziert und heikel, und sie befürchten, Aktionen wie die unsere könnten ihre Bemühungen zunichte machen."

Sie erreichten das Depot, und Daisy erstattete Bericht. Zu ihrer Überraschung wurden sie fast wie Helden begrüßt, und man gratulierte ihnen zu ihrer erfolgreichen Rettungsaktion – auch wenn sie dabei einige Regeln mißachtet hatten.

„Puh!" machte Daisy. „Bin ich froh, das hinter mir zu haben!" Dann blieb sie einen Moment unsicher neben ihrem eigenen, kleineren Lastwagen stehen, mit dem sie nach Yorkshire zurückfahren wollte. „Und nun?"

„Laß uns zuerst in dein kleines Café gehen", schlug Tom vor. „Und dann könnten wir doch bei Greg und Marian wohnen, bis zu Kits Entlassung, um mit ihm zusammen nach Yorkshire zu fahren."

„Genau das tun wir", stimmte Daisy zu. „Schließlich müssen wir unseren Job ordentlich beenden."

Als sie das kleine Café betraten, ließ Joe einen Freudenschrei ertönen. „Seht da, die heimkehrenden Helden!" rief er, schmatzte Daisy lautstark einen Kuß auf die Wange und klopfte Tom kräftig auf den Rücken. „Die Speckbrötchen gehen aufs Haus!" verkündete er und eilte hinter seine Theke.

Daisy und Tom lächelten einander glücklich zu. Es war herrlich, wieder zu Hause zu sein, hier in diesem Café an ihrem gewohnten Platz zu sitzen und nichts anderes zu tun zu haben, als Tee zu trinken und Speckbrötchen zu essen.

KAUM bei Greg und Marian angekommen, schnappte Tom sich das Telefon und rief Becky auf der Farm an. Sie hörte sich beinahe ausgelassen an. „Das mit Kit ist einfach wundervoll!" rief sie. „Er hat vor kurzem mit mir gesprochen. Es scheint ihm gutzugehen."

„Ja, wir können bald nach Hause fahren“, erwiderte Tom, und erst nachdem er es ausgesprochen hatte, wurde ihm klar, was er gerade gesagt hatte. Diese kleine Farm dort oben in den Mooren von Yorkshire war für ihn tatsächlich ein Zuhause.

„Ich bin dir unendlich dankbar, Tom! Und Holly ist vor Freude außer sich. Sie hat sich übrigens großartig verhalten. Aber das erzähle ich dir, wenn du hier bist.“

„Du hörst dich an, als ginge es dir ganz hervorragend“, stellte Tom zufrieden fest.

„O Tom, ich bin auch wirklich glücklich! Diese Farm – Ruth, Holly und der kleine Adam haben Wunder bewirkt.“

Tom stand noch lächelnd neben dem Telefon, als Greg nach Hause kam. Der legte ihm freundschaftlich einen Arm um die Schultern, drückte ihn an sich und meinte: „Du hast deinen Auftrag hervorragend ausgeführt!“

Was Beckys Scheidung anging, konnte er berichten, daß Austen Bennett sehr zufriedenstellend gearbeitet hatte und Becky gut versorgt werden würde. Die Drohung, im Zusammenhang mit der Eigentumswohnung in Kalifornien amerikanische Anwälte einzuschalten, hatte Derek schließlich zum Nachdenken gebracht. „Die amerikanischen Gesetze in Sachen Unterhalt sind um einiges härter als die englischen“, grinste Greg. „Da hätte er für jeden Cent, den er jemals verdient hat, Rechenschaft ablegen müssen.“

Tom lachte. „Ich gehe davon aus, daß ihm noch genügend bleibt, um mit seiner Freundin in dem Stil zu leben, den sie sich wünscht.“ Dann fügte er plötzlich hinzu: „Das bringt mich darauf, daß ich ihm eigentlich sagen müßte, daß Kit heil zurückgekommen ist.“ Er griff zum Telefon.

„So?“ Dereks Reaktion auf Toms Anruf war gelassen. „Ist er also wiederaufgetaucht, was? Habe ich dir ja gleich gesagt. Es geht ihm also gut?“

„Nicht ganz“, entgegnete Tom kühl. „Er hat eine Schußverletzung an der Schulter und litt unter Fieberanfällen infolge von Unterkühlung.“

„Oh!“ Derek hörte sich nun doch besorgt an. „Und wo ist er jetzt?“

„Im Krankenhaus.“ Es entstand ein kurzes Schweigen, bis Derek endlich meinte: „Nun, ich bin froh, daß alles gut ausgegangen ist. Sag ihm, er soll mich anrufen, wenn es ihm bessergeht.“ Wieder entstand eine Pause, dann fügte er hinzu: „Danke, Tom. Du hast da unten ganze Arbeit geleistet." Damit legte er auf.

Tom starrte verwundert den Apparat an. Langsam dämmerte ihm, daß Derek bei weitem nicht so unbeteiligt war, wie er sich gab. Für einen Mann wie Derek war es nicht leicht, seine Empfindungen auszudrücken. Offensichtlich brauchte er eine extrovertierte Frau wie Moyra, die ihm half, aus seiner Zwangsjacke der Korrektheit und Selbstbeherrschung auszubrechen. Vielleicht ist sie letztlich doch die Richtige für ihn, dachte Tom.

Dann erinnerte er sich an Jenny in Kalifornien, die er auch anrufen sollte. Es war bereits später Abend, als er sie schließlich erreichte. Sie schien überraschend froh zu sein, daß es Kit gutging. Vielleicht gibt es zwischen ihnen doch so etwas wie eine familiäre Verbundenheit, dachte Tom. Und dann hatte sie eine weitere Überraschung für ihn parat. „Onkel Tom, ich habe über deine Worte nachgedacht. Und ich habe beschlossen, den Sommer über nach England zu kommen. Aber nur für den Sommer. Schließlich habe ich hier ein paar... Verpflichtungen."

Tom lächelte in den Hörer. „Das sind aber gute Neuigkeiten, Jenny. Becky wird überglücklich sein. Warum rufst du sie nicht gleich an und erzählst es ihr?"

Jenny schien ein bißchen zu zögern. „Ja, vielleicht. Jetzt, da mit Kit alles gut ausgegangen ist, müßte ich eigentlich unbesorgt mit ihr sprechen können, oder?"

„Absolut. Und was deine, äh, Verpflichtungen anbelangt... Warum bringst du ihn nicht einfach mit? Ich bin gern bereit, auch für seinen Flug aufzukommen."

Sie mußte lachen. „Oh, Onkel Tom. Bin ich so leicht zu durchschauen?"

„Ein wenig schon." Auch er lachte. „Aber ich meine es ernst."

„In Ordnung!" jubelte sie und hörte sich sehr jung an. „Vielen Dank, Onkel Tom. Ja, wir werden kommen."

„DU BIST unverbesserlich, Kit!" Daisy lächelte im engen Raum des Lasters zu Kit hinüber, während sie die letzten Kilometer zur Farm zurücklegten.

„Ich? Wieso?" fragte Kit verwirrt.

„Du hättest von Zagreb aus mit dem Flugzeug nach Hause fliegen können, aber das hast du abgelehnt. Du hättest mit dem Zug nach

York fahren können, aber das hast du auch abgelehnt. Bist du wirklich so erpicht darauf, dich in einem ungefederten Laster durchrütteln zu lassen?"

„Ich wollte...", begann er, brach dann aber ab.

„Du wolltest das zu Ende bringen, was du begonnen hast." Daisy nickte. „Du begreifst dich immer noch als YAA-Mitarbeiter."

„Wirklich? Im Moment komme ich mir eher vor wie ein ziemlich nutzloser Passagier."

Tom warf ihm einen besorgten Blick zu. Selbst nach zwei Tagen im Krankenhaus wirkte Kit noch immer sehr erschöpft. „Du hast deine Aufgabe glänzend bewältigt", sagte Tom. „Also hör auf, dir Vorwürfe zu machen!"

„Wir haben alle unsere Aufgaben erledigt", stimmte Daisy aufmunternd hinzu. „Und nun ist es höchste Zeit für uns, ein wenig zu entspannen und das Leben zu genießen."

Kit setzte sich auf und betrachtete durch das Seitenfenster die ihn umgebende Landschaft. Die sanft ansteigenden Hügel lagen im Sonnenschein, nur ab und zu wurde ein Flecken Erde von schnell dahinziehenden Wolken verdunkelt. Das Meer war genau so wie an jenem Tag, an dem Tom es zum erstenmal gesehen hatte.

„Eine herrliche Landschaft", stellte Kit fest.

Der Lastwagen bog von der Hauptstraße ab, und Tom lenkte ihn über den letzten Hügel zur Farm hinauf. Eine seltsame Mischung aus Freude und Beklommenheit überkam ihn, als er sich dem Ende seiner Reise näherte. Ihm war klargeworden, daß hier alle Stränge seines Lebens zusammenlaufen würden. Wie sollte er sie nur miteinander verknüpfen, damit es sich für alle zum besten kehrte? Im Moment wußte er nur eines ganz genau: Daisy war in seiner Nähe, und er wollte nicht, daß sich das jemals wieder änderte.

„Wir sind da!" rief Daisy. „Willkommen auf unserer Farm!" Und dann rollte der Laster auf den Hof und kam vor der Tür zum Stehen.

Das Begrüßungskomitee stürzte vollzählig aus dem Haus. Eine sehr viel jünger wirkende Becky breitete lächelnd die Arme aus. Holly, die neben ihr stand, sah sehr glücklich und zugleich sehr schüchtern aus. Adam hopste aufgeregt von einem Bein aufs andere. Hinter ihnen allen stand Ruth, die übers ganze Gesicht strahlte.

„Kit! Endlich bist du wieder da!" jubelte Becky und schloß ihn in ihre Arme – überaus vorsichtig, aus Angst um seine verletzte Schulter.

„O Tom!" Diesmal legte sie sich keine Zurückhaltung auf und umarmte ihn, so fest sie konnte.

Dann war Holly an der Reihe, aber sie blieb wie versteinert stehen, bis Kit die Initiative ergriff und sie vor den Augen aller Anwesenden in den Arm nahm und lange küßte. Dann zog er Adam mit seinem gesunden Arm an sich und hielt beide fest an sich gedrückt.

Ruth zeigte sich von der ganzen Aufregung erfreulich ungerührt und führte sie ins Haus, wo ein festlich gedeckter Tisch auf sie wartete.

Ausnahmsweise durfte Adam länger aufbleiben, und er starrte hingerissen zuerst Tom, dann Kit an. Jetzt hatte er gleich zwei Helden auf einmal zu bewundern, und er schien beinahe etwas überfordert zu sein.

„Gab es da Kanonen?" wollte er plötzlich wissen.

„Ja, aber ich hatte keine Waffe", erwiderte Kit. „Und Onkel Tom auch nicht."

„Aber jemand muß eine gehabt haben", führte Adam logisch aus, „weil auf Kit geschossen wurde."

Kit lachte. „Ja, aber nur ein bißchen. Im Moment kann ich leider nicht Kricket mit dir spielen, aber Fußball, das wird gehen."

„Morgen?"

„Morgen!" versprach Kit.

Schließlich erklärte Holly, daß es für Adam höchste Zeit sei, ins Bett zu gehen.

„Ich glaube, auch für Kit ist es Zeit, ins Bett zu kriechen", meinte Tom. „Immerhin ist er gerade erst aus dem Krankenhaus entlassen worden." Zu seiner Überraschung erhob Kit keine Einwände und stand auf.

„Becky, Sie wissen ja, wo Kits Zimmer ist", sagte Ruth und lehnte sich in ihren Sessel zurück, als Kit und Adam gemeinsam mit ihren Müttern die Küche verließen. Sie blickte Tom heiter an. „Lassen wir ihnen ein paar Minuten ganz für sich", meinte sie. „Sie werden es genießen."

Tom schaute sie glücklich an. „Also wirklich, Ruth, Sie lösen alle meine Probleme für mich, noch bevor ich Sie um Rat bitten kann."

Aber da gab es ein Problem, das Ruth nicht für ihn lösen konnte, und an das wagte er nicht einmal zu denken.

AM NÄCHSTEN Morgen stand Tom sehr früh auf und unternahm einen Spaziergang über das Moor, um einen klaren Kopf zu bekommen. Er wußte, daß er nun eine Entscheidung treffen mußte, und deshalb wollte er seine Gedanken ordnen.

Hier oben schien die Welt an diesem Morgen wie aus Blau und Gold gesponnen. Nach dem nächtlichen Regen glitzerte die Sonne auf den Ginsterzweigen, und jeder Farnwedel, jeder neue Sproß am Heidekraut schien zu strahlen. Die Luft war klar, und ihre Reinheit erfüllte ihn mit unerklärlicher Freude. Es ist wunderbar, am Leben zu sein, sagte er sich – nach allem, was ich gesehen habe. Es ist herrlich, mit Daisy an meiner Seite heimgekehrt zu sein... Aber damit sind nicht alle meine Probleme gelöst.

Seufzend drehte er um und näherte sich bereits wieder der Farm, als Daisy auf ihn zukam. „Oh, da bist du also!" Sie griff nach seiner Hand und sah forschend in sein Gesicht. „Du bist der schrecklichste Grübler, den ich mir vorstellen kann, Tom Denholm. Aber zufällig weiß ich, daß Becky eine Überraschung für dich hat. Du wirst sehen, alles wird gut."

Tom sah sie an und mußte über ihre nicht zu erschütternde Zuversicht lächeln. „Komm", sagte Daisy, „das Frühstück ist fertig!"

Das Frühstück auf der Farm war eine herzhafte Angelegenheit. Mango und Lacey hatten bereits große Schüsseln Porridge leer gelöffelt und machten sich jetzt über Eier mit Speck her. Sie grinsten Tom an, als würden sie sich über etwas köstlich amüsieren. Wenig später kam Jim Bellingham herein und nickte jedermann kurz zu.

Auch Holly und Adam saßen schon am Tisch. Gleich darauf gesellten sich Becky und ein vergnügt lachender Kit dazu.

„Ich habe ihm gesagt, er solle im Bett bleiben und sich verwöhnen lassen", sagte Becky, „aber davon will er nichts wissen."

„Und auf ein echtes Farmhaus-Frühstück verzichten?" Kit lachte. „Nie im Leben!" Er blieb stehen und streichelte zärtlich über Adams Haare, dann setzte er sich neben Holly an den Tisch.

Becky sah Tom geheimnisvoll an und sagte: „Nach dem Frühstück wollen wir dir etwas zeigen – Holly und ich."

Verdutzt blickte Tom vom strahlenden Gesicht seiner Schwester erst zu Holly, dann zu Daisy. Sie schienen sich über irgend etwas ungeheuer zu freuen, doch sie wollten ihm noch nichts verraten.

Erst nachdem alle ausreichend gefrühstückt hatten, stand Becky endlich auf. „Kommt mit!" rief sie. „Alle mir nach!" Dann wandte sie sich an Ruth. „Kommen Sie auch mit?"

„Nein." Ruth lächelte sie an. „Das überlasse ich Ihnen."

Und so folgten Tom und Kit den Frauen noch immer verständnislos über den Hof. Gemeinsam erklommen sie einen Pfad, der zwischen hohen Hecken hindurch auf den Hügel führte.

Die drei Cottages standen geschützt am Hang, und ihre geputzten Fenster schimmerten in der Sonne. Die Türen standen offen, und drinnen konnte man weißgetünchte Wände und blankgeschrubbte Holztreppen erkennen.

„Da!" rief Becky glücklich. „Holly und ich haben sehr hart gearbeitet. Ich hoffe, sie gefallen euch!"

„Ich auch", sagte Adam. „Ich habe die Wasserhähne geputzt!"

Becky sah Tom erwartungsvoll an, und dann sprudelte es aus ihr heraus: „Es war Ruths Idee. Und wir, Holly und ich, dachten, daß es für alle im Augenblick die perfekte Lösung wäre. Wir dürfen hier wohnen, so lange wir wollen, die Miete ist lachhaft niedrig, und die Cottages bieten Platz für alle. So könnten wir alle beieinander bleiben, bis wir genauer wissen, was wir künftig tun wollen. Was haltet ihr davon?"

Tom und Kit waren sprachlos, aber Becky hätte ihnen ohnehin keine Möglichkeit gegeben, sich zu Wort zu melden. „Ich dachte, Kit und ich könnten in das erste Cottage ziehen, Holly und Adam in das zweite – zumindest für den Sommer. Und du, Tom, könntest das letzte Cottage haben. Es verfügt sogar über einen Raum mit Oberlicht, den du als Atelier nutzen könntest. . ." Sie brach ab, da sie sich plötzlich nicht mehr sicher zu sein schien. „Ich weiß, daß ich vielleicht ein bißchen, nun ja, voreilig gewesen bin, aber irgendwie kam mir das alles sehr sinnvoll vor. Wenn es euch jedoch nicht gefällt. . ."

„Hör auf, Becky!" rief Tom lachend. „Selbstverständlich gefällt es uns." Er trat auf sie zu, nahm sie in die Arme und drückte sie herzlich an sich. „Aber du mußt uns schon Zeit geben, das alles erst einmal zu begreifen."

„Ich dachte, wir alle brauchen doch wieder ein richtiges Zuhause … Und wo könnten wir es besser finden als hier?"

„Nirgendwo!" Kit trat an Beckys Seite und legte seinen gesunden Arm um sie. „Allerdings werde ich wohl kaum lange mit dir zusammen wohnen, denn Holly und ich wollen heiraten."

Weder Tom und Daisy noch Becky wirkten angesichts dieser Neuigkeit sonderlich überrascht. „Das habe ich mir schon gedacht", gestand Becky lächelnd ein.

„Wann wurde das denn entschieden?" wollte Tom wissen.

„Gestern abend", erwiderte Kit. Und Holly fügte strahlend hinzu: „Er weigerte sich ins Bett zu gehen, bevor ich ja gesagt hatte."

„So ist es richtig", bemerkte Daisy trocken, und alle lachten.

Aber Becky sah noch immer Tom an und schien nicht zu wissen, ob sie nicht doch zu weit vorgegriffen hatte. „Es kann ja eine vorübergehende Lösung sein, bis du endgültig entschieden hast, wo du dich niederlassen willst."

„Oh, das weiß ich bereits", entgegnete Tom. „Und du hast absolut richtig gehandelt!" Dann drehte er sich zu Daisy um und fügte entschlossen hinzu: „Aber da gibt es noch ein paar Dinge zu klären. Wir sehen uns später." Damit ergriff er Daisys Hand und marschierte mit ihr davon.

„Das ist alles fast zu einfach", verkündete Tom, als sie oben auf Jenks Fell, dem Hügel hinter der Farm, saßen und ins Tal blickten.

„Nein, ist es nicht", widersprach Daisy. „Für Becky wird das Leben nie wirklich einfach sein. Und für Kit und Holly auch nicht."

„Und für uns auch nicht?"

„Davon habe ich nicht gesprochen."

„Ich bin zu alt für dich", entfuhr es Tom.

„Das bist du nicht! Ich bin sechsunddreißig. Und du bist fünfundvierzig."

„Woher weißt du das?"

„Becky hat es mir verraten. Das ist ein durchaus normaler Altersabstand."

„Und ich habe keinen festen Job."

„Willst du denn einen?"

Er dachte kurz nach. „Eigentlich nicht. Aber was ist mit dem Geld?"

„Brauchen wir denn welches?"

Er stupste sie sanft in die Seite. „O Daisy, du bist zu idealistisch."

„Bin ich das?" Sie zögerte. „Glaube ich nicht. Aber ich werde weiterhin Transporte organisieren und begleiten. Ist dir das klar?"

„Ja, das ist mir klar. Aber ich stelle auch eine Bedingung. Wenn es zu gefährlich ist, komme ich mit."

Daisy lachte. „Das ist Erpressung."

„Tut mir leid, Daisy, aber ich kann dich nicht allein da runterfahren lassen." Er nahm sie in den Arm. „Weißt du, als du mit dem Laster losgefahren bist..."

„...und ich dich auf der Straße zurückließ..." Sie erwiderte seine

Umarmung. „Überredet", stimmte sie dann zu. „Gemeinsam oder gar nicht."

„Abgemacht!" sagte Tom und küßte sie lange und leidenschaftlich. Jetzt gab es nur noch eine Sache, die er mit ihr besprechen mußte. „Und was ist mit Kindern, Daisy? Würden die dich nicht zu sehr einschränken?"

Sie sah ihn ernst an und antwortete: „Wenn ich auf meinen Hilfstransporten und meinen Besuchen in den Flüchtlingslagern dieses unbeschreibliche Elend sah, dachte ich oft, daß es bereits zu viele Kinder auf der Welt gibt. Aber ich habe meine Meinung geändert. Seit ich dich kenne, Tom, hat sich alles für mich verändert. Und ich möchte Kinder – von dir!"

Tom war selig. „O Daisy", flüsterte er nur.

Toms Probleme schienen sich alle nach und nach aufzulösen. Nun mußte er nur noch Ruth und Jim um ihre Zustimmung bitten. Er nahm sich vor, sie sofort nach ihrer Rückkehr auf die Farm zu fragen. Hand in Hand mit Daisy lief er durch Heidekraut, das hell in der Sonne leuchtete.

Sie hatten gerade die letzte Anhöhe oberhalb der Farm erreicht, als Daisy plötzlich stehenblieb. „Was ist denn da oben los?"

Tom hielt sich eine Hand schützend über die Augen und sah in die Richtung, in die sie deutete. Schafe schienen dort zu einem Haufen zusammengetrieben zu werden, und er hörte erregtes Hundegebell. Dicht neben der Herde lag irgend etwas im Gras.

„Ist das nicht euer Hund, der da bellt?" fragte er.

„Ja", erwiderte Daisy und rannte los.

Auch Tom setzte sich in Bewegung. Außer Atem erreichten sie die Schafe, die verschreckt blökten, während der kläffende Hund wie wild um sie herumraste. Jim Bellingham lag zusammengekrümmt und reglos im Gras.

Was nun folgte, ähnelte einem Alptraum. Daisy blieb bei ihrem Vater, während Tom losrannte, um Hilfe zu holen. Der angeforderte Krankenwagen fuhr so nahe wie möglich an die Unglücksstelle heran, trotzdem mußten die Sanitäter Jim auf einer Bahre das letzte Stück tragen.

Ruth fuhr mit ins Krankenhaus. Mit schneeweißem Gesicht, jedoch sehr gefaßt, übertrug sie Daisy und Tom die Verantwortung für die Farm. „Er lebt", sagte sie. „Herzanfälle sind nicht unbedingt tödlich. Wir können nur hoffen und beten!" Die Tür des Krankenwagens wurde geschlossen, und er fuhr mit Blaulicht davon.

WAS FÜR ein Schock für alle, dachte Tom. Ausgerechnet jetzt, wo sich alles zum Guten wendet. Mit aller Kraft konzentrierte er sich darauf, Daisy Trost und Hilfe zu sein. Sie wirkte tief erschüttert und völlig verunsichert. Das ruhige, beständige Leben ihrer Eltern war stets der Felsen gewesen, auf den sie sich gestützt hatte.

„Ich habe ihm nie gesagt, wie sehr ich ihn liebe", sagte Daisy traurig, als sie hinausging, um die Hühner zu füttern, was Ruth sonst immer um diese Zeit tat.

„Das brauchtest du ihm nicht extra zu sagen", tröstete sie Tom. „Das weiß er."

Becky, Kit, Holly und Adam blieben zunächst in den Cottages, um nicht im Wege zu sein. Aber auch sie waren tief beunruhigt, und daher beschloß Daisy, sie alle zum Abendessen ins Farmhaus zu holen.

„Ich kann auch kochen", bot Becky sofort an. „Ich würde Ihnen gern helfen."

In diesem Moment klingelte das Telefon. Daisy sprang auf und rannte an den Apparat. Es war Ruth, die sich aus dem Krankenhaus meldete.

„Die Ärzte meinen, wenn er die Nacht überlebt, ist das Schlimmste überstanden", berichtete sie. „Ich werde hierbleiben. Schaffst du es allein?"

„Selbstverständlich", versicherte Daisy. „Du bleibst bei ihm. Iß etwas, Mutter. Oder trinke zumindest einen Kaffee. Du darfst nicht auch noch zusammenbrechen."

„Oh, ich halte schon durch", erwiderte Ruth. „Ich bin zäher als Jim." Ihre Stimme zitterte jedoch bedenklich. „Ich rufe dich sofort an, wenn es etwas Neues gibt. Gott schütze dich", fügte sie hinzu und legte schnell auf, bevor Daisy hören konnte, wie sie weinte.

Zwei Tage und zwei Nächte lang schwebte Jim Bellingham in Lebensgefahr, doch am dritten Tag hatte er es überstanden und erholte sich zusehends. Bald nörgelte er, wie albern es sei, im Bett herumzuliegen, und verlangte nach einem gekochten Ei für sein Frühstück.

„Es geht ihm besser!" gab Ruth durch. „Er hat Hunger."

Und alle, die in der Küche saßen und auf Neuigkeiten gewartet hatten, stießen tiefe Seufzer der Erleichterung aus.

„Sollten wir nicht lieber ausziehen?" erkundigte sich Becky.

„Unsinn", erklärte Daisy. „Wir brauchen Sie. Mutter wird sich in der nächsten Zeit ein bißchen mehr um meinen Vater kümmern müssen, und da können wir ihr alle einige Aufgaben abnehmen, oder?“

„Meine Schulter ist fast wieder in Ordnung“, verkündete Kit. „In spätestens ein, zwei Tagen bin ich voll einsatzfähig.“

„Apropos“, meinte Tom, um Becky auf andere Gedanken zu bringen, „wovon willst du mit Holly eigentlich leben?“

„Das ist schon alles geregelt“, erwiderte Kit vergnügt. „Ich werde zwei Jobs übernehmen. Yugoslavia Aid Agency hat mir einen Bürojob angeboten. Ich kenne mich ganz gut mit Computern aus, mit Datenorganisation und ähnlichen Dingen.“

„Wirklich?“ fragte Tom zweifelnd.

Aber Daisy lachte. „Heißt es nicht immer: Im Zweifel für den Angeklagten?“

Tom warf ihr einen mißtrauischen Blick zu. „Was weißt du denn darüber?“

Daisy wirkte etwas verlegen, doch Kit ersparte ihr die Antwort. „Ich habe mich schon auf dem Rückweg im Büro in Zagreb nach einer Arbeitsmöglichkeit hier erkundigt. Nachdem du mir erzählt hattest, daß sich Holly in Yorkshire aufhält, wußte ich, daß ich am liebsten hier arbeiten würde. Natürlich haben sie mich sofort an Daisy verwiesen, als ich Yorkshire auch nur erwähnte.“

Tom sah sie vorwurfsvoll an. „Davon hast du mir gar nichts erzählt.“

„Da gibt es nichts zu erzählen“, antwortete Daisy leichthin. „Jedenfalls nicht, bevor Kit persönlich mit ihnen gesprochen hatte. Ich habe ihm lediglich gesagt, an wen er sich wenden muß. Den Rest hat er allein besorgt.“

„Und dann“, fügte Kit hinzu, „habe ich mit der Verwaltung meines alten Colleges eine Vereinbarung getroffen. Seinerzeit habe ich für sie eine Datenbank eingerichtet. Das gehörte zu meinem Kurs in Betriebswirtschaftslehre, und sie waren mit meiner Arbeit sehr zufrieden. Also habe ich ihnen das Versprechen abgenommen, mich anderen Universitäten für den Fall zu empfehlen, daß dort ebenfalls Datenbanken eingerichtet werden müssen.“

Tom starrte ihn verblüfft an. Das war eine Seite an Kit, von der er nichts gewußt hatte. „Und dann hast du im College von York angefragt?“

Kit wirkte sehr zufrieden mit sich. „Das war doch ein toller Einfall, oder? Und es hat geklappt. Die Einrichtung und der Probebetrieb der Anlage werden rund ein Jahr in Anspruch nehmen.“

Tom war tief beeindruckt. „Und wann wurde das alles entschieden?"

„Oh, als ihr, Daisy und du, so viel mit der Farm zu tun hattet. Ich dachte, ich sollte mich ein wenig um meine Zukunft kümmern." Er sah Holly an und lächelte. „Ich trage jetzt eine gewisse Verantwortung."

Tom und Daisy tauschten einen Blick, dessen Bedeutung nur sie kannten: Auch sie hatten Pläne für die Zukunft, doch mußten sie warten, bis Jim Bellingham wieder gesund war.

Am Abend kam Ruth nach Hause. Sie wirkte blaß und erschöpft, aber keineswegs entmutigt. „Er wird sich in Zukunft ein bißchen mehr schonen müssen", sagte sie, als sie sich zu einem späten Abendessen und einer Tasse Tee an den Tisch setzte. „Er kann nicht mehr Tag und Nacht auf den Beinen sein, wenn die Schafe ihre Lämmer bekommen."

„Wirst du ihn denn davon abhalten können?" fragte Daisy.

„Wir müssen es wenigstens versuchen." Ruth klang entschlossen.

„Er wird eine Hilfe brauchen", sagte Tom. „Könnte ich die Aufgaben eines Schaffarmers nicht lernen?"

„Warum nicht?" entgegnete Ruth. „Würde Ihnen das denn Spaß machen?"

Tom nickte.

„Viel Arbeit und wenig Lohn?"

„Das macht mir nichts aus", erwiderte Tom.

Er und Daisy blickten Ruth an und fragten sich, wie sie ihr sagen sollten, was sie vorhatten.

„Wann wollt ihr denn heiraten?" Wie so oft war ihnen Ruth mal wieder zuvorgekommen.

„Wenn es Vater bessergeht", antwortete Daisy beherzt.

Ruth nickte. „Dann solltet ihr ihm das auch sagen."

Sie waren sich nicht sicher. „Sollen wir wirklich? Jetzt schon?"

„Ja, das solltet ihr. Gebt ihm etwas, worauf er sich freuen kann." Sie sah sie fast spitzbübisch an. „Er hat sich schon immer Enkel gewünscht."

UND SO fuhren sie am nächsten Tag gemeinsam zu Jim Bellingham ins Krankenhaus und überreichten ihm einen Strauß aus Butterblumen und Gänseblümchen, die sie auf der Wiese neben dem Haus gepflückt hatten.

Sie trafen ihn im Bett sitzend an, kleiner und hinfälliger als sonst, aber unbeugsam wie immer. „Was soll dieser Aufwand?" Er klang unwirsch und verlegen zugleich. „In ein oder zwei Tagen bin ich wieder kerngesund."

Daisy kommentierte das nicht weiter, aber Tom fragte: „Könnte ich nicht bei Ihnen in die Lehre gehen, Jim? Sie werden eine rechte Hand brauchen."

Jim nickte nachdenklich. „Eine linke würde es auch schon tun." Er warf ihnen einen schlauen Blick zu. „Auf Dauer?"

„Auf Dauer!" antwortete Daisy für sie beide.

„Freut mich zu hören", brummte Jim. Ein leichtes Lächeln flog über seine Lippen. „Dorfkirche?"

Sie nickten feierlich.

„Mit allem, was dazugehört? Ich sehe unsere Daisy schon vor mir, mit Wiesenblumen wie diese hier in den Haaren."

Tom staunte. Der ergraute Farmer hatte tatsächlich eine romantische Ader – genau wie seine Tochter. Jim sah sie einen Moment lang intensiv an. „Geht nach Hause und bereitet alles vor", sagte er.

„Also gut", meinte Daisy. „Aber erst einmal wirst du gesund, hörst du? Schließlich mußt du mich zum Altar begleiten."

Er sah sie fest an. „Ich werde dabeisein", sagte er.

SO KAM es, daß sie sich plötzlich inmitten turbulenter Vorbereitungen für ihre Hochzeit befanden. Tom überlegte, ob er eine Doppelhochzeit mit Holly und Kit vorschlagen sollte, aber Kit sagte ihm, daß Holly und er vereinbart hatten, auf Jennys Heimkehr im Sommer zu warten.

„Daisy und du, ihr solltet vorher zur Tat schreiten. Ihr habt lange genug darauf warten müssen, daß andere ihre Probleme ins reine bringen."

„Auch wir hatten Dinge ins reine zu bringen", räumte Tom ein.

„Nun, inzwischen ist es euch gelungen", lachte Kit. „Also macht Nägel mit Köpfen. Adam brennt darauf, Page der Braut sein zu dürfen."

Und so machten sie Nägel mit Köpfen – trotz der Tatsache, daß es Jim noch nicht wieder völlig gutging. Aber Ruth hatte mit einem Farmer der Umgebung vereinbart, daß er Jim einen seiner Arbeiter für die Sommermonate auslieh, und nur deshalb waren Daisy und Tom mit einer Hochzeit bereits im Spätfrühling einverstanden.

„Meine Hochzeit soll so klein wie möglich werden“, bat Daisy. „Nur die Familie wird eingeladen.“

„Eine kleine Feier“, stimmte Ruth zu. „Das ist auch besser für Jim.“

„Und das Essen organisieren Holly und ich“, mischte sich Becky ein.

„Und was kann ich tun?“ erkundigte sich Kit, der nicht abseits stehen wollte.

„Du wirst mein Trauzeuge“, sagte Tom.

„Tatsächlich?“ Kit strahlte.

„Was hat so ein Page denn zu tun?“ wollte Adam wissen.

„Früher“, begann Kit mit ernster Miene, „trug er das Schwert des Ritters.“

„Hast du ein Schwert, Onkel Tom?“ Adam sah hoffnungsvoll zu ihm auf.

„Tut mir leid“, verneinte Tom. „Aber vielleicht kannst du Daisys Schleppe tragen.“

„Hast du eine Schleppe?“ fragte Adam begierig.

„Leider nein“, sagte Daisy bedauernd.

„Was kann ich denn dann tun?“ beklagte sich Adam.

„Eine Fahne“, entfuhr es Tom, denn er hatte sich plötzlich an seine Vorstellung von Daisy bei ihrem Aufbruch ins ehemalige Jugoslawien erinnert: verwegen, furchtlos und mit wehendem Banner... „Wir werden uns eine Fahne besorgen, und du kannst sie vor uns her in die Kirche tragen.“

„Mit welchem Motiv?“ erkundigte sich Becky sofort.

„Wie wäre es denn mit einem aufmüpfigen Schaf? Das könnte ich mir gut vorstellen“, meinte Daisy, und alle begannen zu glucksen.

Schließlich wählten sie genau dieses Motiv für Daisys Banner aus: ein wolliges weißes Schaf mit einem springlebendigen Lamm. Auch sollten ein paar Butterblumen und Gänseblümchen aufgestickt werden, um ihrem Vater eine Freude zu machen.

„Das wird Jim gefallen“, lächelte Ruth. Dann sah sie die beiden an und meinte: „Bisher habe ich noch gar nichts von einer Hochzeitsreise gehört.“

„Da Vater so krank ist, dachten wir...“, begann Daisy.

„Nun, da habt ihr eben falsch gedacht“, unterbrach sie Ruth. „Ein paar Wochen ohne euch werden hier schon keine Krise auslösen. Also laßt euch etwas Schönes einfallen.“

„Weißt du, was mir am meisten gefallen würde?“ meinte Daisy, als sie allein waren. „Wenn du mit mir auf deine kleine Insel fahren würdest.“

„Nach Little Reward?“ fragte er verblüfft. „Warum ausgerechnet dorthin?“

„Weil du diese Insel liebst“, erwiderte sie schlicht. „Und ich will mich überzeugen, daß du das häusliche Glück hier einem Leben in der freien Wildnis wirklich vorziehst.“

Er lächelte. „In Kroatien habe ich etwas gelernt, Daisy. Es ist mir völlig gleich, wo ich bin – solange du bei mir bist. Ich liebe dich nun einmal, Daisy Bellingham. Und wohin du auch willst, ob nach Little Reward oder sonstwohin – ich komme mit.“

ENDLICH war der große Tag da. Stolz schritt Daisy am Arm ihres Vaters zum Altar – mit einem Kranz aus Butterblumen und Gänseblümchen im Haar und in einem schlichten weißen Kleid, aber mit so leuchtenden Augen, daß es Tom beinahe Angst einjagte. Würde es ihm gelingen, sie weiterhin so glücklich zu machen?

Lacey und Mango hatten sich in ihre besten Anzüge gezwängt und sahen dem Anlaß entsprechend würdig aus. Becky und Ruth trugen ihre feinsten Kleider, selbst Kit hatte einen seriösen Anzug aufgetrieben, da er als Toms Trauzeuge eine verantwortungsvolle Aufgabe übernommen hatte. Adam in seinem dunkelblauen Pagenanzug trug Daisys Schafsbanner stolz durch die kleine Dorfkirche zum Altar.

Auf der Farm wartete ein üppiges Hochzeitsbuffet auf die Gäste, und alle schmausten und prosteten dem Hochzeitspaar mit einheimischem Apfelwein zu, bis es dunkel wurde. Dann umarmten Daisy und Tom alle, die in Reichweite waren, und brachen auf.

Tom hatte die Taxi-, die Bahnfahrt und den Flug nach St. John's in so schneller Folge arrangiert, daß kaum Zeit blieb, sich über etwas Gedanken zu machen, geschweige denn Sorgen um die Daheimgebliebenen. Schon am nächsten Morgen waren sie in ihrem Mietwagen auf dem Weg nach Reward Cove. Sobald sie dort ankamen, stürzte Sally Maguire aus dem Haus, um sie zu begrüßen.

„Da seid ihr ja endlich!“ rief sie. Erst zog sie Tom in ihre Arme, dann Daisy. „Alle Freunde von Tom sind mir willkommen, und eine Ehefrau ist doppelt willkommen – auch wenn Sie alle meine Hoffnungen zunichte gemacht haben!“

„Aber Sie haben doch schon einen Ehemann.“ Tom grinste.

„Von den guten Dingen kann man nie genug haben, oder?“ gab

Sally augenzwinkernd zurück. Dann führte sie die beiden hinunter zum kleinen Hafen, wo Toms altes Boot noch immer vertäut lag.

„Wir haben ein paar Vorräte hinübergebracht“, verkündete Sally. „Und euer Hochzeitsgeschenk ist auch da. Ihr könnt es gar nicht verfehlen.“

„O Sally, was haben Sie sich nun schon wieder einfallen lassen?“

„Das werdet ihr schon sehen“, erwiderte sie lachend. Sie half ihnen, ihr weniges Gepäck im Boot zu verstauen, und stieß sie ab.

Mit strahlenden Augen blickte Daisy um sich. Diese Landschaft war so ganz anders als alle, die sie bislang gesehen hatte. Hohe schwarze Felsen umstanden die kleinen Buchten und Inseln, unzählige Seevögel flogen von den Felsen auf und ließen sich wieder auf ihnen nieder. Blühende Heidelbeersträucher und silberblättrige Kräuter überzogen die Klippen und verliehen ihnen einen hellen Schimmer. Über dem Meer war das Licht so klar, daß es fast in den Augen schmerzte.

Ohne Zwischenfall landeten sie an Toms kleinem Strand auf Little Reward und blieben einen Moment stehen, um auf die See zurückzublicken.

„Ich frage mich, ob Ollie noch da ist“, überlegte Tom, und noch während er sprach, kam es ihm vor, als tauche ein kleiner runder Kopf mit neugierigen Knopfaugen aus der Brandung auf.

„Hier ist es wunderschön“, hauchte Daisy und griff nach Toms Arm. „Kein Wunder, daß du dein kleines Reich so liebst.“

„Aber nicht so sehr, wie ich Daisy Denholm liebe“, entgegnete er lächelnd und zog sie eng an sich. „Komm, jetzt möchte ich dir endlich den Leuchtturm zeigen.“

Arm in Arm liefen sie den Pfad hinauf, drehten den schweren Schlüssel im Schloß um und drückten die Holztür auf. Der Raum im Erdgeschoß sah noch genauso aus, wie er ihn verlassen hatte – mit Ausnahme eines neuen kleinen Tischs, auf dem ein paar Lebensmittel standen.

„Herrlich“, bemerkte Daisy mit einem ironischen Unterton in der Stimme. „Nirgendwo überflüssiges Zeug.“

„Das kannst du laut sagen“, grinste Tom. „Ich habe dich ja gewarnt, daß es primitiv ist. Warte, bis du erst das Schlafzimmer siehst!“

Aber als sie in den Raum mit den eingebauten Etagenbetten kamen, blieb Tom wie angewurzelt stehen – und begann schallend zu lachen.

Mitten im Raum prunkte ein altes, mächtiges Himmelbett mit golden schimmernden Seidenvorhängen und reichen Holzschnitzereien.

„Ach du Schreck!“ ächzte Daisy und begann ebenfalls zu lachen. „Was ist denn das?“

Sie traten näher und entdeckten auf der Damastbettdecke eine Nachricht in Sallys großzügiger Handschrift: *Dies ist ein altes französisches Bett. Es stammt vermutlich von einem Schiff, das vor langer Zeit hier in der Nähe auf Grund gelaufen ist. Aber die Matratze ist so neu wie die Bettwäsche! Glückliche Träume – von allen in Reward Cove!*

„Also wirklich“, meinte Tom, tief gerührt über das unerwartete Geschenk. „Sind diese Menschen nicht wundervoll? Was fehlt uns jetzt noch zum Glück?“

„Ja, was in der Tat?“ stimmte Daisy lächelnd zu. Doch dann wurden ihre Augen ernst. „Dennoch ist es nicht alles, was wir wollen, oder?“

„Natürlich nicht“, flüsterte er und zog sie eng an sich. „Da draußen wartet eine ganze Welt darauf, daß wir zu ihr zurückkehren. Aber jetzt gehören wir erst einmal – uns ganz allein.“

„Uns ganz allein“, wiederholte sie mit leuchtenden Augen.

Und rund um die Mauern des alten Leuchtturms sprach die Stimme der See zu ihnen von Ruhe und Frieden.

## ELIZABETH WEBSTER

Foto: Impact Photography

# „Mit meinen Romanen appelliere ich an das soziale Engagement meiner Leser."

Zahlreiche Autoren lassen sich vom Leben der Reichen und Mächtigen inspirieren. Elizabeth Webster hingegen schreibt über vom Leben weniger begünstigte Mitmenschen und rückt deren Notlagen in den Mittelpunkt ihrer Bücher. Wer ist angesichts dieses sozialen Engagements verwundert, daß sie in *Wolken, die vorüberziehen* die beklagenswerten Zustände in den Kriegsgebieten des ehemaligen Jugoslawien einfühlsam und doch wirklichkeitsnah nachgezeichnet hat? Hintergrundinformationen für ihren Roman erhielt die Autorin von einer Nachbarin, die zahlreiche Hilfstransporte in die Krisengebiete begleitete und vor Ort Hilfe leistete. Bereitwillig schilderte sie der Autorin ihre Eindrücke eines zerrissenen Landes und seiner Bewohner, die unter den Auswirkungen eines brutalen Bürgerkrieges zu leiden haben.

Neufundland, das den Schauplatz für den ersten Teil von *Wolken, die vorüberziehen* liefert, kennt Elizabeth Webster aus erster Hand, stammt doch ihre eigene Familie von dort. Ihr Großvater väterlicherseits war von Schottland in die östlichste Provinz Kanadas als Bischof entsandt worden. Die heute in Gloucestershire lebende Schriftstellerin verbrachte einen Teil ihrer Kindheit auf Neufundland und kehrt auch heute gelegentlich dorthin zurück, um Verwandte zu besuchen.

Ein zentraler Handlungsstrang des Romans läßt sich ebenfalls direkt mit der Familie der Autorin verknüpfen. „Wie Becky in *Wolken, die vorüberziehen* durchlebte meine Schwester eine geradezu traumatische Scheidung", meint Elizabeth Webster, „und meine Eltern ließen sich scheiden, als ich ein Kind war." Der Niedergang der traditionellen Familie ist für die Autorin eine Bedrohung unserer Gesellschaft, gegen die sie in ihren Büchern entschieden Stellung bezieht.

NATHANS FLUCHT
Originalausgabe: *Nathan's Run*
erschienen bei HarperCollins Publishers, New York


NIRGENDWO IN AFRIKA


LUNTE
Originalausgabe: *Decider*
erschienen bei Michael Joseph Ltd., London 1993


WOLKEN, DIE VORÜBERZIEHEN
Originalausgabe: *Cloud Shadows*
erschienen bei Severn House Publishers Ltd., Sutton


Übersetzer:
*Nathans Flucht:* Michaela Grabinger
*Lunte:* Malte Krutzsch
*Wolken, die vorüberziehen:* Hedda Pänke

Illustrationen und Fotos:
*Nathans Flucht:* S. 4 (links): Steve Weinberg/Photonica/SOA;
S. 6/7: Verlag Droemer Knaur; S. 8 und alle Vignetten im Text: Hubertus Mall
*Nirgendwo in Afrika:* S. 4 (rechts), 162/163: Boehnke/Zefa; S. 164: Damm/Zefa
*Lunte:* S. 5 (links), 324: Pictor; S. 322/323: AGE Kat./Mauritius;
alle Vignetten im Text: FPG/Bavaria
*Wolken, die vorüberziehen:* SuperStock

Die ungekürzten Ausgaben von *Nathans Flucht*, *Nirgendwo in Afrika*
und *Lunte* sind im Buchhandel erhältlich.
Die ungekürzte Ausgabe von *Wolken, die vorüberziehen*
wird demnächst im Buchhandel erhältlich sein.